L'IMPÉTUEUX

Tourments, tourmentes,
crises et tempêtes

Catherine Nay est éditorialiste à Europe 1, où sa voix légendaire et son esprit aiguisé s'exercent chaque matin. Elle est l'auteur d'ouvrages politiques fameux publiés chez Grasset dont *Le Noir et le Rouge*, *Les Sept Mitterrand* ou encore *Un pouvoir nommé désir*.

Paru dans Le Livre de Poche :

UN POUVOIR NOMMÉ DÉSIR

CATHERINE NAY

L'Impétueux

Tourments, tourmentes,
crises et tempêtes

Préface inédite de l'auteur

GRASSET

ISBN : 978-2-253-17470-7 – 1re publication LGF

Pour A…

L'empereur se mêlait de toutes choses ; son intellect ne se reposait jamais ; il avait une espèce d'agitation perpétuelle d'idées. Dans l'impétuosité de sa nature, au lieu d'un train franc et continu, il s'avançait par bonds et haut-le-corps, il se jetait sur l'univers et lui donnait des saccades ; il n'en voulait point, de cet univers, s'il était obligé de l'attendre ; être incompréhensible, qui trouvait le secret d'abaisser en les dédaignant ses plus dominantes actions et qui élevait jusqu'à sa hauteur ses actions les moins élevées. Impatient de volonté, patient de caractère, incomplet comme inachevé, Napoléon avait des lacunes dans le génie.

CHATEAUBRIAND,
Mémoires d'outre-tombe.

PRÉFACE

Lorsque j'ai entrepris la rédaction de cette chronique du quinquennat-Sarkozy, je n'étais ni une inconditionnelle, ni une adversaire. J'entendais d'abord – comme un romancier s'empare d'un personnage et se laisse surprendre par lui ? – comprendre comment et pourquoi ce Président, qui allait bientôt se soumettre à nouveau aux suffrages des Français, n'avait eu qu'un seul véritable ennemi : lui-même. Comme tout le monde, j'étais intriguée, voire fascinée, par sa débauche d'énergie, son sens tactique, son imagination, sa témérité – et, en même temps, je ne pouvais m'empêcher de contempler, navrée, les pièges que lui tendaient, sans cesse, ses propres faiblesses. D'où venait donc le « Rosebud » de cet homme-là ? Sur quelle scène primitive, ou secondaire, s'étaient figées les blessures et les audaces qui allaient, l'heure venue, le fissurer ou lui procurer son aplomb hors normes ?

C'est ainsi, en suivant le fil de ces questions – et la chronologie des événements –, que je me suis plongée avec gourmandise dans l'épopée élyséenne de ce petit-fils d'immigré devenu à vingt ans le porte-drapeau des bourgeois de Neuilly, de cet amoureux perpétuel ravagé par le caprice d'une femme. J'avais déjà publié en 2006 une biographie (*Un pouvoir nommé désir*) dans laquelle j'explorais les archives familiales et sentimentales, les sources de son ambition, qui l'avaient construit tel qu'en lui-même. Restait à savoir comment l'exercice du pouvoir allait nuancer, ou exacerber, ses ressorts primordiaux : Nicolas Sarkozy a-t-il été le jouet de son tempérament ? Le portrait qui s'en déduit me paraît rétrospectivement fidèle et loyal. Et je choisis, ici, de n'y apporter aucune retouche. Le plus étonnant, et qui nous interpelle tous aujourd'hui, c'est que cet homme-roman – je ne dis pas « romanesque » – si continûment décrié, moqué, sali par la presse, fascine encore ceux-là mêmes qui espéraient s'être débarrassés de lui. Comme si, avec cet homme, l'actualité tenait un acteur de premier plan. Un *performer* que son successeur – certes choisi par les Français – ne parvient pas à remplacer dans l'imaginaire national. Depuis qu'il n'est plus là, la France s'ennuie. Il y manque une électricité particulière. Un rythme. Une folie… Ce constat ne présume en rien des réussites ou des échecs à venir de François Hollande, mais, pour l'heure, il s'impose dans une époque avide de stars, de feuilletons à rebondissements et, d'une manière générale, de *story-telling*.

Bien entendu, on s'interroge : Nicolas Sarkozy reviendra-t-il ? En a-t-il l'envie ? Y pense-t-il tous les matins (en ne se rasant plus) ? Rêve-t-il de revanche ? Ses « amis » l'aideront-ils ou, au contraire, ont-ils déjà tourné la page ? Pour l'avoir longtemps fréquenté, et souvent entendu dire que « les fauves ne deviennent jamais végétariens », je crois que cette éventualité n'est pas inconcevable. Il me semble qu'un *come-back* satisferait ceux qui ont appris à s'émouvoir en dévorant les aventures du comte de Monte-Cristo. Mais ce n'est pas un Alexandre Dumas qui écrira ce scénario. Seules des circonstances – par définition extra-ordinaires – en décideront.

C. N.
Novembre 2012

2007

CÉCILIA

CHAPITRE 1

Tourments

« À toi je peux le dire, c'était le jour le plus triste de ma vie. » Cet aveu, lâché un soir de septembre 2007 devant une amie très chère dans un moment d'abandon, Nicolas Sarkozy ne le fera plus jamais à personne.

Il disait vrai pourtant. Mais qui aurait pu le croire ? Ce triste jour étant, figurez-vous, le 6 mai 2007. Celui de son élection à la présidence de la République. Le jour du couronnement de son ambition. Et quel couronnement ! Il en rêvait depuis ses vingt ans. Sans même oser imaginer un tel triomphe.

François Mitterrand et Jacques Chirac avaient dû s'y reprendre par trois fois avant d'accéder à l'Élysée, lui est élu dès le premier essai. Valéry Giscard d'Estaing avait dû se contenter d'une chiche victoire : 424 000 voix d'avance sur François Mitterrand. Plus de deux millions de voix le séparent, lui, de Ségolène Royal.

Un tel score aurait dû le rendre euphorique, ce jour-là au moins.

Tous les grands chefs de guerre ont connu, c'est vrai, le goût amer des lendemains de victoire. Mais en ce 6 mai 2007, ce n'est pas le poids des responsabilités à venir qui assaille et inquiète le nouveau Président. C'est le désastre de sa vie privée.

Les militants qui l'applaudissent à son arrivée, en fin d'après-midi, à son quartier général de campagne de la rue d'Enghien, vous en parlent encore. La famille, les amis, arrivés par grappes, ne l'ont pas davantage oublié. Tous sont sidérés. Ça n'est pas un vainqueur jubilant qu'ils applaudissent ou embrassent, mais un homme au sourire contraint, au front crispé. Ils sont venus à la fête, ils découvrent un héros cafardeux, comme perdu au milieu de leur liesse dévote. Cécilia ne se trouve pas à ses côtés. *Le vainqueur du 6 mai est un vaincu de l'amour.*

Depuis des mois, contre toute raison, il avait voulu s'en persuader : s'il était élu – et il le serait, il le savait –, Cécilia ne pourrait plus partir. Elle lui avait pourtant dit en mars sa volonté de divorcer, au moment même où il quittait le ministère de l'Intérieur pour se lancer dans la campagne présidentielle : « Dès que tu seras élu, je me tire » et, afin de rendre plus évidente sa détermination, elle avait aussitôt confié l'affaire à une avocate, Me Michèle Cahen.

Mieux, joignant le geste à la parole, elle l'avait chassé du domicile conjugal. En y mettant les formes, il est vrai.

Quelques semaines plus tôt, ils avaient vendu leur appartement de l'île de la Jatte et loué un meublé, toujours à Neuilly, rue Deleau. Depuis le début de l'année, Cécilia y vivait avec sa fille Jeanne-Marie et leur fils Louis. Durant toute la campagne, Nicolas Sarkozy fut donc hébergé Villa Montmorency (XVIe arrondissement de Paris) chez un ami du couple : Dominique Desseigne, le patron du groupe Barrière (palaces, casinos, et… le célèbre Fouquet's). Elle avait tout arrangé, expliquant à celui-ci : « Rends-nous ce service, Nicolas doit se concentrer, la famille le perturbe ; chez toi, il sera au calme, protégé. » Elle avait même pris soin de visiter sa future chambre, apporté ensuite, sur la suggestion de l'hôte, des photos des jours heureux. Et même, comme une épouse attentionnée, donné quelques conseils sur le régime alimentaire nécessaire à son mari. Lequel, bientôt arrivé là, ne laissait rien deviner de ses soucis conjugaux. Le matin au petit déjeuner, il évoquait le rôle qu'il aimerait voir jouer à Cécilia et parlait de sa famille comme de son « entourage prioritaire ».

Parfois, au retour de ses harassantes journées, Cécilia venait dîner là en compagnie du jeune Louis. Mais pas une fois elle ne l'avait accompagné dans son périple provincial. Restait, c'est vrai, le téléphone. Ils se parlaient plusieurs fois par jour : « Quand je voulais envoyer un message à Nicolas, je passais par Cécilia », raconte Michèle Alliot-Marie.

C'est qu'il ne disait mot, à personne, de cette séparation. Pas même à sa mère, ni à ses fils : « Mon frère et moi ignorions où il habitait pendant la campagne », témoigne Jean Sarkozy[1] ; pas même à ses amis, ni à

1. Qui avait pris ses distances avec son père depuis plusieurs mois : venu vivre avec lui au ministère de l'Intérieur quand Cécilia était à New York, il n'avait pas apprécié, lorsqu'elle était revenue,

ses plus proches collaborateurs : Claude Guéant, qui dirigeait sa campagne, Franck Louvrier, chargé de sa communication, qui ne le quittait pas d'un pouce. Lesquels pourtant n'étaient pas dupes.

Comment l'être en le voyant arriver le matin, l'œil éteint et les traits tirés ? Il avait d'évidence peu dormi, sans doute parce qu'il bataillait au téléphone avec Cécilia.

Ils s'interrogeaient : allait-il tenir le coup ? Ils s'émerveillaient chaque jour de le voir reprendre souffle et couleurs devant micros et caméras, comme lors des réunions de travail, quand le taux d'adrénaline remontait. Pourtant, Claude Guéant l'affirme sans détour : « Il a fait une campagne en dessous de ses capacités ; il n'était pas toujours aussi présent qu'il eût été normal qu'il fût. » Et Franck Louvrier de renchérir : « La campagne la plus difficile était celle qu'il cachait, celle que personne ne pouvait deviner. » Personne ? Des députés et des élus locaux UMP, étonnés et vexés, notaient qu'à la fin des meetings, sitôt descendu de la tribune, leur candidat s'isolait au téléphone et quittait les lieux, l'air morose et parfois hagard, sans même leur dire un merci ou un adieu.

Cécilia avait choisi son QG du 18 de la rue d'Enghien. Un grand loft Arts-Déco, jadis propriété du couturier Paco Rabanne. Un grand bureau avait été aménagé pour elle tout près du sien. Mais elle n'y était apparue que trois ou quatre fois à peine, laissant

---

qu'on lui demande sans trop de formes de partir et de laisser la chambre à Jeanne-Marie, la fille de Cécilia.

l'usage du lieu à ses protégés : José Frèches, ex-conseiller de Jacques Chirac[1] ; Roger Karoutchi, le fidèle des Hauts-de-Seine ; François de La Brosse, le mari de Conrada, l'amie intime des jours anciens, revenue dans ses bonnes grâces après dix années de boycott ; Jérôme Peyrat enfin, un autre chiraquien qui l'avait bien accueillie à l'UMP lorsqu'elle y travaillait aux côtés de son mari.

Ces quatre-là non plus ne pouvaient s'y tromper : le couple se désintégrait : « Cécilia ? Mais elle est passée hier », répondaient-ils pour décourager la curiosité des journalistes. Lors du meeting de fin de campagne du 29 avril à Bercy, elle n'avait pas daigné se montrer non plus, évoquant des obligations familiales : la préparation de l'anniversaire de Louis.

Restait à sauver les apparences.

Pour masquer leur séparation, le dimanche du premier tour, Nicolas Sarkozy doit imaginer un stratagème : se cacher dans une voiture banalisée pour entrer dans le garage de la rue Deleau afin de pouvoir sortir avec sa femme par la grande porte devant laquelle attendaient son chauffeur et un essaim de paparazzi et de caméras. Bien joué. Ni vu ni connu : le couple arrive tout sourires au bureau de vote.

Le 6 mai, en revanche, elle refuse tout net de se prêter à ce triste jeu. Non, elle ne veut pas l'accompagner, elle ne veut pas d'image. Non et non ! Est-ce clair ? Il se rend donc aux urnes en compagnie de Judith et Jeanne-Marie, les deux filles qu'elle avait

1. Nommé commissaire de l'Exposition universelle de Shanghai.

eues de Jacques Martin et que, devant les tiers, il appelait toujours « nos filles ».

Maintes fois, lors de ses allées et venues entre New York et Paris, de juillet 2005 à avril 2006, Cécilia lui avait reproché de ne pas les avoir traitées comme des Sarkozy. Il lui avait alors proposé de les adopter, même si leur père vivait encore… Ce que ses fils à lui n'avaient guère apprécié.

En le voyant le 6 mai aller voter avec elles, Jean Sarkozy crut que cette fois, cela se ferait. Qu'il allait les légitimer. Son père, il est vrai, n'avait cessé de multiplier les gestes envers elles. Il avait acheté un appartement à Judith, l'aînée, avec les droits d'auteur de son livre *Témoignage*[1]. « C'est Cécilia qui a trouvé le titre », expliquait-il dans les rédactions pour la valoriser. Une éclatante déclaration d'amour, publiée quand elle revint de New York avec leur jeune fils. Il était lui-même allé les rechercher – un aller-retour vite fait – pour les ramener Place Beauvau, au ministère de l'Intérieur que Jacques Chirac avait dû se résoudre à lui laisser après le désastre du référendum sur la Constitution européenne. Et si Nicolas Sarkozy avait accepté d'y revenir – contre l'avis de ses amis –, c'était avec l'espoir d'y retrouver le bonheur des années passées où ils avaient donné l'image – vraie à l'époque – d'un couple fusionnel.

Pour mieux dire ce bonheur, il confessait d'abord son malheur. L'amour l'emportait sur l'amour-propre : « Jamais, écrivait-il, je n'avais connu une telle épreuve. Jamais je n'avais imaginé en être aussi

1. Éditions XO, 2006.

profondément bouleversé. L'épreuve, c'est l'absence et non la blessure de vanité. » Voilà pour le passé. Et voici pour l'avenir : « Aujourd'hui, Cécilia et moi nous nous sommes retrouvés pour de vrai, sans doute pour toujours. Si j'en parle, c'est parce que Cécilia m'a demandé d'en parler pour nous deux. » Des paroles d'amoureux.

Jamais homme politique d'une telle stature n'avait ainsi ouvert son cœur au public. Jamais homme politique rompu aux acrobaties verbales et sachant le poids des mots ne s'était montré aussi impudique.

Comment, ce dimanche 6 mai, n'aurait-il pas repensé jusqu'à l'obsession à ses propos et à leurs risques ? Comment n'aurait-il pas reçu comme un soufflet le refus de Cécilia d'aller voter avec lui et, bien pire, son désir de s'abstenir ? Une catastrophe : il connaissait trop le monde médiatique pour savoir que cette abstention serait bien vite connue. Elle le fut.

Il suffisait à quiconque d'aller consulter les registres électoraux. Un rédacteur du *Journal du Dimanche*, soupçonneux comme on doit l'être dans ce métier, le fit et l'écrivit. Mais à la dernière minute, le directeur de la rédaction, Jacques Espérandieu, décida de ne point publier l'information, au motif que ses journalistes n'avaient pu – ultime vérification – joindre l'intéressée.

Quand la rumeur est lancée, elle court. Surtout lorsque Internet s'en mêle. Dès le lendemain, le site Rue89 racontait toute l'histoire. En ajoutant que le silence du *JDD* avait été exigé par Arnaud Lagardère, le propriétaire du journal. Le soir même, Jacques Espérandieu, interrogé par l'AFP, expliquait qu'il avait pris cette décision « en son âme et conscience », soulignant qu'il s'agissait d'une affaire privée. Mais il avouait aussi avoir reçu « quelques coups de téléphone ». Alors ? Autocensure ou censure ?

L'affaire suffit, quoi qu'il en soit, à créer des remous dans la presse. Dès le 15 mai, *Le Monde* tranchait en titrant : « Nicolas Sarkozy inquiète les médias. » Première polémique du quinquennat. Plusieurs quotidiens soulignant aussitôt les troublantes relations d'amitié entre le nouveau Président et certains propriétaires de journaux, radios ou chaînes de télévision : Arnaud Lagardère, mais aussi Martin Bouygues, Serge Dassault, Vincent Bolloré, Bernard Arnault. Allez donc lutter contre un tel soupçon !

Avant que l'abstention de Cécilia soit par tous confirmée, les proches du Président eux-mêmes refusaient d'y croire. C'était trop énorme. Près de dix-neuf millions de Français s'étaient déplacés pour le porter au pouvoir, mais non celle qui avait gravi avec lui chaque marche de son ascension – les dernières, il est vrai, avec quelque discrétion. Quand même, il fallait oser !

Un acte d'incivisme sans précédent, à ce niveau, allait prêter dans le petit monde parisien à de multiples interprétations : crise d'angoisse ? Désinvolture ? Égoïsme ? Désarroi ? Message adressé à l'amant Richard Attias qui avait mal accepté d'être plaqué ? Une explication s'imposait, qui fit le tour des chancelleries : c'était un acte de rupture. Une de ces surprenantes situations dont les Français, paraît-il, ont le secret.

Surpris, certains n'auraient pas dû l'être. « First Lady, je ne m'y vois pas, ça me rase », avait-elle confié deux ans plus tôt. Mais ses confidents ne l'avaient crue qu'à demi. Surtout depuis son retour à Paris, avec cette allure de « revenez-y » que son mari avait voulu transformer en succès. Devant des tiers, il l'inondait de mots tendres et de compliments, il la couvrait de cadeaux. Il ne s'imaginait pas sans elle à l'Élysée. Elle serait sa Jackie Kennedy.

Las ! Elle ne changeait pas d'avis. Surtout, elle en aimait un autre. Elle voulait partir. Et sur le chemin de sa liberté, elle n'allait cesser de semer des cailloux, parfois aussi gros que son abstention du 6 mai.

Quatre jours avant la victoire, elle lui avait encore imposé une rebuffade. Peu avant le débat télévisé qui allait l'opposer à Ségolène Royal – rituel de fin de campagne que l'on croit désormais décisif –, elle lui avait promis d'y assister. Mais se faisait attendre. Cinq minutes avant l'entrée sur le plateau de l'émission, son portable à la main et devant ses amis désolés, il la suppliait de venir, tempêtait, rageait même. Mais non, c'était non. Toujours non.

Quelques proches de Nicolas Sarkozy jugent que ce coup de colère-là eut néanmoins un effet bénéfique. Son agressivité ayant été déchargée et son stress évacué, le candidat était apparu plus détendu que d'ordinaire. Morne presque. « Ce soir, tu dois chercher le match nul, si tu agresses Ségolène ou si tu l'écrases, tu feras peur », lui avaient-ils conseillé. Son calme les avait donc rassurés. Les militants UMP, en revanche, ne l'avaient pas reconnu. Le jugeant ramolli, ils bombardaient le siège de SMS inquiets ou déçus.

Après le débat, Nicolas Sarkozy avait invité son entourage à dîner au restaurant Caviar Kaspia, place de la Madeleine et, bien sûr, Cécilia ne les avait pas rejoints.

Au lendemain du premier tour encore, elle avait répété à Isabelle Balkany, l'amie de toujours : « Je veux me tirer. » À quoi celle-ci, interloquée, avait rétorqué : « Es-tu bien sûre d'être attendue ? »

Bonne question. À l'époque, Richard Attias se montrait beaucoup en compagnie de l'actrice Mathilda May. Mais allez donc comprendre : le dimanche de l'élection, après ce refus d'accompagner son mari au bureau de vote, elle était apparue au déjeuner organisé à Neuilly par leurs amis Cromback. Ils étaient tous là : Dadue, la mère, Pal, le père, ses fils à lui, ses filles à elle, ses deux frères, leurs femmes, leurs enfants, les vieux copains. Tous euphoriques bien sûr. Mais lui, arrivé le premier, restait tendu, le regard éteint. Cécilia, affable certes, mais l'esprit visiblement ailleurs, ne le rassura qu'à demi. Il la couvait du regard et, d'une voix humide de tendresse, lui faisait mille grâces. Elle ne réagissait guère. Il réussit quand même à tromper son monde. « Nous ne pouvions imaginer combien il souffrait, nous pensions à la chance de Cécilia, à laquelle il offrait un destin hors du commun », dit leur hôtesse Agnès Cromback, directrice générale de Tiffany. Un destin dont Cécilia voulait moins que jamais. La suite de cette extravagante journée allait le montrer.

Premier accroc salle Gaveau, où les militants attendent leur idole depuis des heures. Il arrive enfin, accompagné des deux filles de Cécilia, décidément vouées à jouer depuis le matin les remplaçantes. Alors que les caméras filment son parcours depuis le QG, les téléspectateurs s'étonnent de ne pas apercevoir Cécilia dans sa voiture, mais deux jeunes blondes inconnues qui gesticulent, cigarette à la main et portable à l'oreille. À l'arrivée, devant son auditoire qui l'acclame, il parle comme il sait le faire, l'envoûte presque, lui promet la rupture avec les idées, les habitudes et les comportements du passé : « Je vais réhabiliter le travail, l'autorité, la morale, le respect. » Mais c'est une autre rupture, bien sûr, qui le hante.

Deuxième accroc : le soir même, cette réception privée du Fouquet's restée dans les annales comme le péché originel du sarkozysme [1]. C'est elle, Cécilia, qui avait choisi l'endroit, au cœur du Triangle d'Or du luxe parisien, le village où elle avait grandi. Elle avait tout organisé. Voulait-elle ainsi honorer le propriétaire du célèbre palace qui avait hébergé son mari

1. Interrogé sur le sujet en juillet 2009 par Denis Olivennes pour *Le Nouvel Obs*, Nicolas Sarkozy explique : « Je n'avais pas mes habitudes au Fouquet's… Cela correspondait à une époque de ma vie personnelle qui n'était pas facile, où j'avais à me battre sur plusieurs fronts. Je n'avais pas attaché à cette soirée une importance considérable. J'ai eu tort. »

Quatre ans plus tard, le 28 avril 2011, *Le Point* enquête à la Une : « Les amis du Fouquet's ». Ceux qui en ont profité et les autres… « Décidément, ils ne me lâcheront pas », soupire Sarkozy.

pendant la campagne [1] ? Peut-être, sans doute. Mais les vraies raisons étaient ailleurs. Absorbé par la campagne, le candidat lui avait laissé carte blanche. Et c'est elle seule qui avait dressé la liste des invitations. Et quel panel ! Une centaine de personnes. La famille au grand complet bien sûr, dont Rachida, « sa sœur de cœur », les vieux amis, plus une poignée de politiques : Jean-Pierre Raffarin, François Fillon, mais aussi des amis du show-biz : Johnny Hallyday et Laeticia, Christian Clavier, Marie-Anne Chazel, Jean Reno, Arthur. Des sportifs comme Basile Boli et Richard Virenque. Et surtout une brochette de patrons pesant leurs milliards d'euros : Bernard Arnault (LVMH), Antoine Bernheim (Assurances Generali), Patrick Kron (Alstom), Vincent Bolloré (président du groupe éponyme), Martin Bouygues (idem), Henri Proglio (Veolia), Stéphane Courbit (ex-président d'Endemol), Serge Dassault, Jean-Claude Decaux et ses fils, le milliardaire canadien Paul Desmarais, le milliardaire belge Albert Frère… Les Français peuvent parfois absoudre les hommes politiques de mettre les doigts dans la confiture. Ils ne leur pardonnent jamais d'être du côté de ceux qui mènent la danse.

On notait, en revanche, quelques absents de marque. Les collaborateurs les plus proches du nouveau Président n'avaient pas reçu de carton d'invitation : Brice Hortefeux, Laurent Solly, Franck Louvrier, Frédéric Lefebvre, Pierre Charon. Une équipe

1. « Le cocktail a été payé par l'UMP », assure Éric Woerth, le trésorier.

d'hommes prêts à tout pour aider leur mentor et baptisé « la Firme » par la presse, par référence au roman de l'Américain John Grisham qui met en scène un groupe de personnages de cette trempe. Lors de la fugue new-yorkaise de Cécilia, ils avaient été présents, disponibles jour et nuit. Ils avaient entouré, occupé, diverti, rassuré, dorloté leur chef (Pierre Charon encore plus que les autres). « Ce soir-là, nous n'avons même pas eu droit à une coupe de champagne », déplore l'un d'eux.

Car Cécilia les détestait. Ils le lui rendaient bien, toute révérence gardée. Leurs propos, acerbes le plus souvent, lui avaient été répétés durant ses absences et avec excès par quelques bonnes langues : à commencer, racontaient-ils en la fustigeant, par Rachida Dati, qu'ils désignaient comme leur ennemie prioritaire.

Cécilia leur en voulait donc. Elle avait d'ailleurs de longue date dénoncé ce qu'elle jugeait être leur mauvaise influence sur son mari. Toujours jalouse, très jalouse même, elle les soupçonnait d'avoir organisé pour lui – qui ne savait rester seul – ce que l'on appelle gentiment des « incartades ».

Après son retour à Paris, ses rapports avec eux s'étaient dégradés davantage encore. Elle se sentait jugée, jaugée, lisait l'opprobre et même l'absence de respect dans leurs yeux. Et leur chef les morigénait : « C'est dur pour Cécilia d'affronter vos regards. » Elle ne supportait pas qu'ils aient si vite fait le deuil de son départ pour New York. Et pis, qu'ils s'en soient si ouvertement réjouis. La terre avait tourné sans elle. Nicolas ne s'était pas effondré. N'ayant pas retrouvé toute sa place, elle n'avait plus qu'un but : évincer, punir ceux qui avaient – jugeait-elle – tiré profit de son absence. Aussi, pour célébrer la victoire, avait-elle préféré le Fouquet's au QG de son mari, d'où elle n'aurait pu les évincer. La vengeance froide d'une femme blessée. Un mobile intime, aux effets politiques dévastateurs.

Demeure une question : pourquoi donc était-elle rentrée au bercail ? Avec la volonté sincère, semble-t-il, d'y rester. Au moins dans les premiers temps. Son départ pour New York ? « Un pétage de plombs, une erreur », avait-elle affirmé à une amie.

Lui, Nicolas, voulait absolument croire définitives leurs retrouvailles. Ils avaient l'un et l'autre – lui plus qu'elle bien sûr – souffert de leur séparation. Mais ils n'avaient jamais cessé de se parler. Plusieurs fois par jour même. Elle lui adressait des SMS qui étaient des déclarations d'amour. Il les montrait aux amis : « Vous voyez, elle m'aime, elle s'ennuie à New York. » Il évoquait d'un ton navré et compréhensif ses angoisses et son devoir de la protéger.

Il allait donc mettre toute son énergie à la reconquérir, ignorant cette règle élémentaire du jeu de l'amour : suis-la, elle te fuit ; fuis-la, elle te suit. Quand elle repartait rejoindre Attias à New York, il enjoignait au consul de France de lui envoyer une voiture à l'aéroport. Quand elle revenait à Paris, il l'emmenait faire du shopping faubourg Saint-Honoré. « Il en fait trop, beaucoup trop », déplorait la famille. Mais tel est Nicolas Sarkozy.

Seulement voilà : l'absence vous change. Cécilia n'était plus la femme des premières années, celle qui, du matin au soir, l'accompagnait, s'occupait de lui, remplissait son agenda, organisait les dîners, choisissait ses costumes, l'encourageait, le conseillait. Celle qu'il interrogeait à tout bout de champ, en guettant son approbation : « Tu es d'accord Cécilia ? », « Qu'en penses-tu Cécilia ? ». Celle dont le jugement lui importait avant tout autre. « Va voir Cécilia », suggérait-il à ses visiteurs. Celle aussi qui le tempérait, qui « corrigeait ses trop pour que ne subsistent que les très », comme l'écrit joliment Anna Bitton [1]. Celle enfin qui l'isolait de l'entourage et se faisait craindre.

Retour à Paris, elle était autre. Elle avait goûté à la liberté, elle ne voulait plus être « la femme de ». Une simple potiche aux yeux du public, pensait-elle. Elle ne partageait plus son ambition. « Tout ce qu'elle aimait avant New York elle ne l'aimait plus après », avouait son mari. Elle voulait juste être libre. « Vous entendez ? Libre ! » disait-elle à ses amies, libre d'aller et de venir, avec l'envie de prendre un travail, de gagner sa vie – corollaire de la liberté –, d'acquérir un nouveau statut. Oui, être une femme comme une autre, qui « fait ses courses avec son caddie ». Ah ! Le caddie ! Les bonnes amies y décelaient en pouffant le caprice enfantin d'une femme qui avait toujours vécu avec la carte de crédit de ses maris.

Elle avait été tentée, c'est vrai, de mener une carrière personnelle. De se faire élire sur une liste aux régionales en Ile-de-France comme la proposition lui en avait été faite par Jean-François Copé en 2004. Ou, pourquoi pas, conquérir la mairie de Neuilly ? Elle y

1. Anna Bitton, *Cécilia*, Éditions Flammarion, 2008.

avait vraiment songé. Et avait même organisé des réunions. Mais son mari s'y opposait, craignant, disait-il, qu'à travers lui, elle ne devienne une cible désignée. Et surtout, réflexe machiste, il la voulait pour lui tout seul. Et c'est lui qui en avait fait l'annonce à la presse[1] : non, elle ne se lancerait pas dans une carrière politique. Cécilia en avait souffert. Atteinte, confiait-elle d'un ton grave, « d'une meurtrissure à l'âme ». Elle s'en était plainte : « Moi, on ne m'a pas aidée. »

« Ma priorité, ce sont mes enfants », expliquait-elle désormais. Comprenez : pas lui. Ou, plus rude encore : « Avec Nicolas, j'ai toujours mis un oreiller sur une partie de moi-même. » Si elle était revenue, c'était seulement – laissait-elle entendre – pour qu'on ne lui impute pas la responsabilité d'un éventuel échec électoral. Jalouse, elle n'aurait pas supporté non plus que durant son absence, une autre femme prenne sa place. Et, pis encore, que Nicolas menace de l'épouser. Et prenne déjà ses dispositions pour le faire. Il avait même osé lui fixer une date limite : « Reviens, sinon je l'épouse… » Mais aussi : « Si tu reviens, j'annule tout. » Elle était donc rentrée. L'amour-propre dure plus longtemps que l'amour.

À son retour, elle avait fait le vide autour d'eux. Banni les fils, les frères, la sœur, la mère : « Elle a cassé la famille », déplorait Dadue. Même traitement pour les amis de toujours, ceux qui avaient été les témoins de la liaison de son mari ou, pire, qui avaient reçu le couple. Et lui, espérant encore des jours

1. Interview de Bruno Jeudy au *Parisien*.

meilleurs, l'acceptait sans murmure. « Pour qu'elle reste, je suis prêt à sacrifier tout le monde », avouait-il à Pierre Charon. Il connaissait le caractère de sa femme, sa façon de détester le lendemain ce qu'elle adorait encore la veille. Ses bouderies avec les amis qui pouvaient durer des mois, voire des années et qui un jour cessaient. Elle les rappelait et la relation reprenait. Sans explication. De cette cyclothymie, les propres frères de Cécilia avouaient avoir souffert, la jugeant « irrationnelle dans ses sentiments ». Mais pour que Cécilia demeure auprès de lui, Nicolas acceptait tout. Ses caprices devenaient des ordres. Le mâle dominant validait toutes les fatwas de « la part non négociable de moi-même », ainsi qu'il l'avait qualifiée jadis.

Le plus étonnant restait à venir : ce jour de l'élection, elle avait décidé de ne pas participer à la soirée du Fouquet's, dont elle avait pourtant réglé tous les détails. Elle l'en avait averti le matin même : « Je ne viendrai pas, je n'ai plus rien à y faire. » Il s'était emporté : « Tu ne peux pas me faire ça. » Eh bien, si, elle comptait le faire. Et elle faillit tenir parole. En cette soirée glorieuse où tout l'aréopage qu'elle avait sélectionné s'abîmait en courbettes, elle n'arrivait pas. Et lui évidemment n'avait qu'une obsession : qu'elle soit à ses côtés. Il harcelait les amies, les filles de Cécilia : « Appelez-la, dites-lui de venir. » Toutes la bombardaient donc de SMS. Une folle soirée, où l'on attendait la reine. Qui finit par arriver. Mais sans couronne, beauté sans maquillage, au moment même où le Président, ne l'espérant plus, partait à la rencontre de la foule impatiente (35 000 personnes) qui l'attendait place de la Concorde depuis plus de trois heures.

Cette fête avait été organisée par Pierre Charon et Frédéric Lefebvre. Les téléspectateurs, qui s'interrogeaient sur l'absence de Cécilia, finirent par l'apercevoir sur la tribune, un peu en retrait, amaigrie, pâle, les yeux embués de larmes qui ne semblaient pas être de joie, vêtue d'un pantalon et d'un pull vagues qui n'étaient pas de circonstance. Étrange spectacle pour un triomphe.

Michèle Alliot-Marie avait joint et levé leurs mains, façon de mimer un amour dont la journée avait sans doute scellé la mort.

De retour à la soirée du Fouquet's, Cécilia pleurait encore. Ce qui restait d'invités comprit qu'ils dormiraient là. Ils s'éclipsèrent, saisis de doutes et de questions.

Ils ignoraient bien sûr que le couple ne vivait plus ensemble depuis des mois et que le nouveau Président, organisant une fois encore les apparences, avait fait apporter à l'hôtel bagages et vêtements collectés dans deux lieux distincts avant leur départ prévu pour le lendemain. Tard dans la nuit en effet, Cécilia avait consenti à l'accompagner dans une croisière que leur offrait Vincent Bolloré au large de l'île de Malte. Croisière de luxe qui apparaîtrait comme la deuxième erreur du quinquennat.

Pourquoi Malte ? Dans les derniers jours de la campagne, Nicolas Sarkozy avait laissé entendre à des journalistes qu'après le scrutin, il aimerait se recueillir au monastère de Lérins, sur l'île Saint-Honorat. Il avait même employé le mot « retraite », au risque de susciter les plaisanteries de ceux qui ne l'imaginaient pas prostré dans la prière et le jeûne. « Parce qu'il dégage beaucoup d'énergie, on le croit superficiel. Mais c'est faux, il était sincère », témoigne Nathalie Kosciusko-Morizet. Il irait ensuite, ajoutait-il, se reposer quelques jours en famille. Il songeait à la Corse, une île qu'il a toujours aimée. Il avait même fait retenir des chambres à la Cala Rossa (4 étoiles, Relais et Châteaux, étoilé Michelin, proche de Porto Vecchio). Mais la Corse est le pays de Marie-Dominique, sa première épouse. Et puis, il y avait passé un week-end avec son amie journaliste, pendant le séjour new-yorkais de Cécilia. Elle ne voulait donc pas aller en Corse. Ce soir-là, d'ailleurs, elle n'avait envie de rien.

Malte, proposé au débotté par Vincent Bolloré, lui plut. D'autant qu'un bateau naviguant en pleine mer ne serait pas une cible facile pour les paparazzi, qu'elle redoutait. Et le jeune Louis, dit-on, en rêvait. Dans la nuit donc, branle-bas de combat pour les filles de Cécilia et aussi les fils de Nicolas, qui n'avaient pas vu leur père durant toute la campagne. Pour assurer l'ambiance, on mobilisa même, à 2 heures du matin, un couple d'amis : Mathilde Agostinelli, patronne de la communication chez Prada, et son époux Roberto. Rendez-vous au Bourget en fin de matinée.

La surprise est le succès de ce projet de dernière heure. Tous ceux qui en furent parlent de « retrouvailles familiales », de « parenthèse magique » et même de « bonheur ». Il y avait le bateau blanc, la mer toute bleue, un grand soleil et surtout la gaieté partagée. Nicolas et Cécilia composaient en riant le gouvernement. Échangeaient des noms, en écartaient d'autres. Cécilia poussait Rachida Dati à la Justice. Et aussi Roger Karoutchi, Christine Lagarde, Xavier Bertrand, Xavier Darcos, David Martinon qui avait toujours gardé le lien avec elle. « C'est la dernière fois où j'ai vu Nicolas heureux avec Cécilia », note Mathilde Agostinelli. Cécilia de son côté adressait des SMS à une amie journaliste qui laissaient croire à une réconciliation. « On a le droit au bonheur », ou « Je vais essayer ».

Et au retour, elle essaya, c'est vrai. « Elle a vraiment voulu donner une chance à leur couple », atteste une de ses amies. Jusqu'à la cérémonie d'investiture, elle continua même à peser sur la composition du gouvernement. François Fillon se souvient d'une réunion à la Lanterne au cours de laquelle elle opposa un « Il n'en est pas question » sans appel à la nomination de Brice Hortefeux à la Défense.

Elle intervient aussi dans la composition du cabinet présidentiel. Écartant Laurent Solly, Frédéric Lefebvre, Pierre Charon. Et faisant entrer ses protégés : François de La Brosse, Jérôme Peyrat. Choisissant d'y ajouter Catherine Pégard, rédactrice en chef au *Point* qui venait pourtant d'accepter de travailler avec François Fillon. Cécilia comptait aussi évincer Franck Louvrier, collaborateur de longue date, chargé de la communication de son mari. « S'il n'accepte pas d'être sous les ordres de David Martinon, il ira ailleurs. » Son critère de choix était toujours l'attitude des uns et des autres envers elle lorsqu'elle était à New York. Ainsi pour Emmanuelle

Mignon, qui deviendrait directeur de cabinet : « Comment s'est-elle comportée, celle-là, quand je n'étais pas là ? » Et pour Claude Guéant : « Il s'est toujours bien conduit avec moi. » Henri Guaino ? « Lui au moins, il ne fait pas partie de la bande. » Pour s'occuper de sa communication personnelle, elle avait fait engager Carina Alfonso Martin, une jeune attachée de presse de Disneyland qui l'y avait toujours reçue avec beaucoup d'égards. Un lieu dont Cécilia raffolait et où elle avait emmené maintes fois Louis et… Nicolas.

C'est elle enfin qui voulut mettre en scène la cérémonie d'intronisation officielle du 16 mai. En écartant une fois encore les collaborateurs honnis. Brice Hortefeux, l'ami de trente ans, fut le seul à être repêché et invité *in extremis* par un coup de fil du Président. Les collaborateurs agréés par la Première dame reprirent soudain espoir. Surtout lorsqu'ils apprirent qu'à sa demande, la garde républicaine jouerait *Asturias*, en hommage à son arrière-grand-père, le compositeur espagnol Isaac Albéniz. Ils crurent y voir le signe qu'elle demeurerait auprès de son mari.

Le jour venu, ils admirèrent la mise en scène : l'arrivée de la Première dame dans la cour de l'Élysée, superbe dans sa robe Prada en satin ivoire, tenant la main du jeune Louis, entourée de ses deux filles à elle et de ses deux fils à lui, du même âge, quatre blonds qui se ressemblaient comme frères et sœurs. Un côté Grimaldi Casiraghi à l'Élysée.

Il avait été prévu que Pierre et Jean se rendraient à l'Élysée en compagnie de leur grand-mère Dadue.

Changement de programme de dernière heure : « Cécilia nous a appelés la veille pour nous dire qu'elle viendrait nous chercher », raconte Jean Sarkozy. C'est qu'elle avait écrit le scénario d'une fête de famille recomposée. Elle l'interpréta avec talent, prenant la pose sur le tapis rouge, s'y attardant, offrant au monde une image qui ravit le Président. « J'ai mis vingt ans pour que ces quatre-là s'aiment », confiait-il le soir même à un ami. Beau spectacle. Le quinquennat commençait comme une série télévisée.

Certains détails auraient pourtant dû les éclairer. Ils auraient notamment dû noter qu'au déjeuner presque intime qui suivit la cérémonie, pour lequel elle avait une fois encore dressé la liste des invités et fait les tables, elle avait placé à la droite de son mari Son Excellence, l'ambassadrice de Jordanie, une amie de Richard Attias. La bonne manière qui lui était faite devait rappeler à celui-ci leur escapade à Pétra deux ans plus tôt.

Rien n'était donc oublié, mais elle attendit encore. Non parce qu'elle avait découvert les commodités du pouvoir, mais parce qu'elle devait encore fléchir l'homme qu'elle aimait. Celui-ci avait en effet pris ses distances, affirmant aux journalistes que son aventure avec Cécilia « appartenait au passé », qu'elle lui avait valu trop de problèmes. Il ne voulait plus, assurait-il, « se brûler avec des êtres de feu ». Non, il n'y reviendrait pas. Était-ce clair ?

Elle, Cécilia, chantait de son côté sa petite chanson. Si elle voulait partir, plaidait-elle, c'était seulement en raison d'un autre amour, celui de la liberté.

La vérité est tout autre. Elle avait essayé de reprendre la vie commune, mais ça n'avait pas marché. La porcelaine était trop fêlée. Elle n'aspirait plus qu'à reconquérir son amant, recouvrer sa confiance. Lequel s'estimait trahi depuis qu'elle avait déserté New York d'où elle était partie « comme une voleuse ». Voulait-il des preuves de son amour toujours ardent ? Eh bien, elle allait lui en offrir. Non pas des petits gestes comme l'honneur fait à l'ambassadrice de Jordanie, mais des preuves « planétaires », confia-t-elle alors.

Elle tint promesse.

Première preuve : le 6 juin, un mois seulement après l'élection. Nicolas Sarkozy doit participer à un sommet du G8 en Allemagne, à Heiligendamm. Il va y rencontrer pour la première fois Vladimir Poutine. Elle consent à l'accompagner et fait sensation en descendant de l'avion en tailleur-pantalon blanc signé Saint Laurent. Quelle allure ! Mais, petit indice chargé de sens : elle retire prestement sa main quand, sur la passerelle, son mari tente de la saisir. Le soir, au dîner officiel, elle fait plus. Très remarquée dans une robe noire à bretelles de chez Alaïa, bras nus et ballerines plates, elle ne porte pour tous bijoux qu'un bracelet et une petite chaîne en or du joaillier Dinh Van sur lesquels figurent deux cœurs enlacés : des cadeaux de Richard Attias ! Et voici que le lendemain matin, elle abrège les mondanités, et tire sa révérence sous un prétexte qui ne trompe personne : la préparation de l'anniversaire – les vingt ans – de sa fille Jeanne-Marie. Comme si elle devait aller confectionner elle-même les pâtisseries. Pour ce retour impromptu à Paris, elle utilise un avion de la République, l'appareil de réserve qui accompagne tout déplacement présidentiel. Rien que pour elle et son garde du corps. La France profonde s'étonne de cette nouvelle entorse aux bonnes règles. Et de cette humiliation infligée au Président en pareille occasion. Le soir, au journal de 20 heures, les télévisions montrent Nicolas Sarkozy cheminant aux côtés de Vladimir Poutine, portable à l'oreille et en grande conversation, tendre soudain son téléphone au président russe : « Je lui ai passé Cécilia », expliquera-t-il plus tard aux journalistes. Tout faire pour sauvegarder les apparences.

Un mois plus tôt, il présidait au Havre une réunion organisée par l'UMP pour les très prochaines législatives (sa seule contribution à la campagne, tant une belle victoire est assurée). Il a demandé à Isabelle Balkany de l'accompagner. Elle raconte : « Quand l'hélicoptère amorçait sa descente, j'étais éblouie par le spectacle de la foule qui l'attendait, le déploiement des forces, les officiels au garde-à-vous, je lui ai dit : “Tu te rends compte, Nicolas, ça y est, tu es Président.” Et il m'a répondu : “Oh, tu sais, c'est tellement dur avec Cécilia.” J'ai senti qu'il était en grande souffrance et qu'il avait beaucoup de mal à se projeter dans son nouveau rôle. »

Que Cécilia reste auprès de lui tourne à l'obsession. Les ministres en témoignent : « Il était dans l'action, mais on le sentait l'esprit complètement tourneboulé par ses tourments intimes et surtout toujours prêt à mordre. » Ce qui éclaire d'un autre jour ce curieux propos, ressassé, telle une antienne, devant tous ses visiteurs à l'Élysée : « Je ne ferai qu'un quinquennat, je veux réformer la France et ensuite je gagnerai beaucoup d'argent. » Comme si le pouvoir était son purgatoire avant le paradis ? Après la soirée du Fouquet's et la croisière à Malte, ces propos en choquent plus d'un. Entre la ville et la Cour, les commentaires vont bon train : « C'est son côté bling-bling [1], show off, vulgaire », tranchent les uns. Quand d'autres glosent sur ses blessures d'enfance : « Il a souffert du manque de moyens. » Mais tous s'accordent pour trancher : ces choses-là ne se disent pas. Ce ne sont pas des paroles d'homme d'État.

Ses plus anciens amis en portent témoignage : « Nicolas a toujours eu peur de manquer », d'où, parfois, des achats compulsifs « jusqu'à dix chemises Lacoste ! ». Mais l'argent n'a jamais été sa motivation, il a choisi la politique en sachant très bien que l'on n'y fait pas fortune. Ce qui ne l'empêchait pas, c'est vrai, de déplorer souvent devant des tiers que les ministres soient moins bien payés que les présentateurs de télé. Pas suffisant, de toute manière, pour devenir riche. « Dans le privé, comme avocat, je gagnerais dix fois plus », lançait-il aussi. Après l'acquisition de leur appartement sur l'île de la Jatte, il confiait à des journalistes : « Je n'ai plus un sou pour le meubler. »

Alors, l'argent… Dans son panthéon personnel figurent, c'est vrai, ceux qui ont fait fortune en partant de rien. Ayant accompli la performance d'être élu

1. Mot popularisé par le titre *Bling Bling* du rappeur B.G des Cash Money Millionaires. Plusieurs journaux s'en disputent la paternité dès mai 2007 : *Marianne*, *Le Point* et *Libération*.

Président à la première tentative, il ne doutait pas de ses capacités à faire aussi bien qu'eux, s'il le décidait.

« L'argent représente pour lui la liberté », résume Franck Louvrier. Une liberté qu'il allait perdre pendant cinq ans ?

En réalité, en se laissant ainsi aller devant ses visiteurs, le Président s'adressait moins à eux qu'à sa femme. Quand un couple se défait, celui qui est quitté se bâtit toujours un roman pour justifier son échec. Et lui, il voulait s'en convaincre : s'il avait eu les moyens d'offrir à Cécilia la maison de campagne dont elle rêvait depuis si longtemps, elle n'aurait pas eu envie de partir. Des maisons ? Elle en avait visité un peu partout en France[1]. « Nicolas n'a jamais eu la frappe financière pour répondre à ses désirs », note une de leurs amies devant laquelle Cécilia souvent s'était plainte. « Nous n'avons jamais eu une maison à nous pour ranger nos bottes. » « Nicolas, qui n'a jamais su ce qu'était l'argent, croyait qu'Attias était milliardaire », renchérit un proche. Question : une maison, si fastueuse soit-elle, aurait-elle empêché leur séparation ? Voire ! Devenu Président, Nicolas Sarkozy offrait à celle qui était encore son épouse la jouissance de trois lieux de rêve pour cinq ans : le palais de l'Élysée et son service cinq étoiles, la résidence de la Lanterne, dans le parc de Versailles. Car c'était

1. Après la vente de leur appartement de l'île de la Jatte, Cécilia était allée visiter la maison de Jean Drucker dans les Alpilles, à Mollégès du côté de Saint-Rémy-de-Provence. Et c'est finalement Jean-Michel Goudard, conseiller en communication de son mari, qui en a fait l'acquisition.

pour elle qu'à peine élu il en avait évincé illico presto le Premier ministre, jusque-là toujours bénéficiaire du lieu [1]. Et pour l'été, enfin, le fort de Brégançon sur la Méditerranée. Ensuite ? Eh bien, il gagnerait de l'argent, « promis, juré, je serai riche. Cécilia attends-moi, sois patiente ! Je ne ferai qu'un quinquennat ».

Mais la belle allait s'éloigner chaque jour davantage.

Le 14 Juillet, elle fait encore son devoir. Elle apparaît à la tribune officielle, en robe Dior sans manches, imprimée grisouille, à l'unisson de son humeur sans doute. D'une main, elle tient celle du jeune Louis et de l'autre son BlackBerry qu'elle regarde presque davantage que le défilé. À l'évidence, elle attend des messages.

Dans la joyeuse cohue de la réception qui suit à l'Élysée, elle se montre distante et marque un mouvement de recul lorsque son mari rend un hommage appuyé à sa beauté. « Ce n'est pas la peine », lâche-t-elle. La veille et ce matin-là encore, elle lui a redit sa volonté de divorcer. Il confie alors à des journalistes : « Je n'ai qu'un problème : Cécilia. » Mais il ajoute, comme rêvant encore de le résoudre : « Nous nous installerons à l'Élysée en septembre. »

Le même soir, nouvel accroc. C'est elle qui a organisé avec Jean-Claude Camus, l'imprésario des stars, le concert de Michel Polnareff au Champ-de-Mars. Offert officiellement par l'Élysée et en réalité payé par le ministère de la Culture. Or, elle refuse d'y

1. Avec l'accord de Dominique de Villepin, Premier ministre jusqu'à l'intronisation officielle du Président.

apparaître aux côtés de son mari, qui s'y rend donc accompagné de… Judith, la fille de Cécilia. Comment s'y tromperait-il ? Ne lui a-t-elle pas répété jour après jour sa volonté de divorcer ? Il persiste pourtant à faire le sourd et le dos rond. Il mène jour après jour un combat désespéré pour la retenir et l'impliquer. José Manuel Barroso, qui reçoit sa visite à Bruxelles, raconte : « Comme je félicitais Nicolas d'avoir mis le drapeau européen à côté du drapeau français pour la photo officielle, il m'a répondu : "C'est une idée de Cécilia, tiens, je vais l'appeler et te la passer pour que tu la félicites." »

Tout faire donc pour l'associer.

Et puisqu'il avait avancé durant la campagne l'idée qu'elle pourrait le représenter à l'étranger, être sa messagère, il tient à lui offrir des rôles plus spectaculaires. Il veut lui éviter de se morfondre dans le rôle classique de la Première dame vouée aux bonnes œuvres et aux visites d'écoles. C'est ainsi qu'il évoque, lors du passage à Paris du président mexicain Calderon, au début du mois de juin, la possibilité que Cécilia, qui parle l'espagnol, aille en personne préparer sa visite à Mexico. Or, voilà qu'une autre occasion se présente. Aussi surprenante que remarquable. Il s'agit en effet de libérer des femmes qui vivent un calvaire en Libye. Un rôle à la mesure de Cécilia, veut croire le Président.

Lors de son discours d'intronisation comme candidat officiel de l'UMP, le 14 janvier 2007, Nicolas Sarkozy l'annonçait sans détour : « Si les Français me choisissent comme Président, la France sera aux côtés des infirmières bulgares condamnées à mort en Libye [1]. » Il l'avait répété le soir même de son élection.

Elles sont cinq. Cinq infirmières ainsi qu'un médecin palestinien accusés d'avoir ensemble sciemment inoculé le virus du sida à plus de quatre cents enfants libyens. Ils croupissent depuis huit ans dans les geôles de Kadhafi. On leur a extorqué sous la torture des aveux écrits en arabe sans qu'ils puissent être assistés d'un traducteur indépendant ni d'un avocat. Les infirmières et le médecin ont été battus et violés. Ils vivent un cauchemar. Et tous ont été par deux fois condamnés à mort. Mais les exécutions n'ont pas suivi. Le dictateur libyen préfère garder ses otages comme monnaie d'échange. Or, il est maintenant décidé à y procéder. La chute de Saddam Hussein l'a impressionné. Il ne voudrait pas avoir à subir le même sort que lui. Surtout, il se sent trop isolé dans le jeu

1. Depuis juin 2005, lors des réunions du Conseil des ministres européens, la France soulignait l'importance de cette affaire alors que le sujet était rarement à l'ordre du jour. En décembre 2005, Philippe Douste-Blazy avait été le premier ministre européen à rendre visite aux infirmières. Et en mars 2006, trente-cinq enfants et leurs familles avaient été accueillis pour être soignés en France.

international. Il ambitionne de retrouver un rôle à sa mesure.

Durant l'été 2003, Kadhafi a multiplié les gestes. D'abord en annonçant qu'il renonce aux armes de destruction massive. Puis, dans la foulée, au terrorisme en reconnaissant la responsabilité de son pays – jusque-là niée malgré l'irréfutabilité des preuves – dans l'attentat de Lockerbie : le 21 décembre 1988, un Boeing 745 de la Pan Am avait explosé au-dessus de ce petit village écossais. On avait dénombré 270 victimes. L'année suivante, un DC-10 de la compagnie française UTA avait subi le même sort au-dessus du désert du Ténéré (Niger) : 170 morts. Pour cet attentat aussi, Kadhafi a fini par passer aux aveux.

Des gestes auxquels les pays occidentaux se montrent sensibles.

Après vingt-quatre années de rupture, les États-Unis rétablissent une relation diplomatique avec la visite du secrétaire d'État adjoint William Burns.

L'Union européenne, au nom du « droit à la rédemption », décide de lever l'embargo commercial qui frappait la Libye depuis quinze ans. Et bientôt celui sur les ventes d'armes. Pas mécontente, il est vrai, d'y faire des affaires. Tous les chefs d'État et de gouvernement s'y bousculent presque. Dans l'ordre : l'Espagnol José Maria Aznar, l'Anglais Tony Blair, l'Italien Silvio Berlusconi, l'Allemand Gerhard Schröder. Jacques Chirac, qui ne veut pas être en reste, s'envole le dernier fin novembre 2004 pour Tripoli en expliquant : « La Libye est un marché prometteur, il faut y investir. » (La France ne se classe qu'au 6e rang des partenaires commerciaux de la Libye.)

Mais Kadhafi, qui a déjà été reçu à Bruxelles, rêve d'être invité à Paris. Quelques mois après la visite du président français, ses services en avaient fait la demande au Quai d'Orsay. « Libérez d'abord les infirmières », leur avait-il été répondu.

« J'ai rencontré Kadhafi quatre fois en tête à tête, il ne comprenait rien au sida. Mais il voulait donner les infirmières à la France. Il me l'a dit plusieurs fois. J'avais transmis le message à Jacques Chirac qui m'avait répondu : "Je laisse cela à mon successeur" », révèle Patrick Ollier, le président de l'amicale parlementaire franco-libyenne qui ajoute : « J'en ai parlé à Nicolas le jour de son investiture. »

Dans un discours prononcé à Alger en mars 2005, celui qui se fait appeler « le Guide » ébauche les termes d'un échange possible : « Chaque officiel qui vient me voir, dit-il, demande à repartir avec le personnel médical, mais personne ne se préoccupe de nos enfants. »

Traduction évidente : les enfants libyens d'abord.

À Bruxelles, Benita Ferrero-Waldner, ex-ministre des Affaires étrangères d'Autriche, devenue commissaire européenne aux Relations extérieures, reçoit le message cinq sur cinq. Et décide d'agir vite, d'autant que la Bulgarie vient d'entrer dans l'Europe. La voilà partie quelques semaines plus tard pour la Libye, en faisant d'abord étape à Benghazi.

C'est en effet dans cette ville, très disputée pendant la guerre entre Anglais et Italiens, que sont soignés les enfants. Et Kadhafi choie d'autant plus leurs familles que la région lui est hostile [1] (elle sera la première à se rebeller en février 2011). Chaque famille a reçu un logement – leurs voisins les rejettent comme des pestiférés –, une voiture et un salaire pour le père. Mais on leur répète que les infirmières travaillaient pour la CIA et le Mossad. Toujours l'accusation d'empoisonnement volontaire. Quarante-sept des enfants sont hélas décédés. Le sort des autres n'est pas brillant. Ils sont expulsés des écoles. Les médecins de la ville refusent de les opérer par peur de la contagion. À l'hôpital, les conditions d'hygiène sont déplorables et les équipements sanitaires indigents, alors que le pays regorge de dollars.

Mme Ferrero-Waldner s'engage à remettre l'hôpital aux normes occidentales et à former du personnel. Mais les familles, qui ont compris les jeux et les enjeux, veulent que leurs enfants soient soignés en Europe. Les parents sont en effet autorisés à les accompagner. Les ambassades prenant en charge tous leurs frais (autour de 5 000 euros par mois). Un pactole dans un pays où le salaire mensuel d'un professeur d'université ne dépasse pas 800 euros.

La commissaire européenne assure aux familles que les nouvelles thérapies permettront aux enfants de mener une vie normale. Et pour démontrer qu'elle ne craint pas la contagion, elle en prend un sur ses genoux alors que les mères n'osent plus toucher leurs enfants malades. Effet symbolique garanti.

---

1. Au début des années 1990, il avait écrasé dans le sang une rébellion islamiste.

Après quoi, accompagnée de l'ambassadeur Marc Pierini, représentant de l'Union européenne auprès de la Libye, lui aussi très actif sur le dossier, elle s'envole pour Tripoli. Mais Kadhafi n'est pas encore disposé à libérer les infirmières. Prétexte invoqué : les condamnations à mort décidées par la Cour suprême. Pour « restaurer l'honneur des familles », cette cour réclame en effet la « Diyya » : le prix du sang, qui, selon le droit coranique, peut être compensé par un versement d'argent. Dix millions de dollars par victime. Voilà ce que réclament alors les Libyens. Le chiffre n'a pas été fixé au hasard. Il est exactement celui que la Libye a versé à chaque famille des morts de l'attentat de Lockerbie.

Mais aucun des États européens ne veut entendre parler du montant de cette indemnité, ni même d'indemnité tout court. Ce qui serait reconnaître une culpabilité alors que la faute a été commise par l'État libyen.

En novembre 2005, un groupe de négociateurs britanniques, américains, bulgares et libyens réunis à Londres décide de contourner l'obstacle en créant un fonds international dit « de Benghazi » (en réalité une ONG de droit libyen), chargé de collecter des dons publics ou privés en faveur des familles. Ce fonds est présidé par Marc Pierini. Mais en décembre 2006, jugeant que les promesses de dons (autour de 200 000 euros) sont trop faibles, le colonel Kadhafi s'emporte. La négociation est bloquée. Et le restera jusqu'en février 2007... Alors que la France est en pleine campagne présidentielle. Quoi qu'il en soit, un premier geste libyen est adressé à l'Union européenne.

Le fils du Guide, Saïf al-Islam Kadhafi, président de la fondation Kadhafi pour le développement, adresse à Benita Ferrero-Waldner une nouvelle demande. Il attend des Européens une aide sur le plan clinique pour les enfants, la création d'une logistique hospitalière moderne à Benghazi et surtout – condition expresse mais voilée du règlement final – le retour de la Libye sur la scène internationale.

Le voilà invité à Bruxelles, où il se voit offrir neuf millions d'euros pour la coopération médicale. L'Allemagne, qui préside l'Union européenne, y ajoute un million d'euros. Le fonds international de Benghazi promet, lui, deux cent soixante mille euros à chaque famille. La question de l'indemnisation n'est pas résolue pour autant. Mais les affaires sont les affaires, sept accords commerciaux sont alors signés.

Un mois après l'élection de Nicolas Sarkozy, les 11 et 12 juin 2007, Benita Ferrero-Waldner et Frank-Walter Steinmeier, le ministre des Affaires étrangères allemand (qui s'est lui aussi beaucoup investi dans le dossier des infirmières), retournent en Libye, confiants dans une issue heureuse qu'ils espèrent imminente. Ils ont invité Bernard Kouchner à se joindre à eux. Mais le ministre a décliné leur offre : il se trouve à Khartoum, trop occupé, leur explique-t-il, par l'organisation de la conférence sur le Darfour. Seulement Kadhafi n'a pas l'intention de faire une fleur à l'Allemagne, qui ne vend des armes qu'aux pays de l'OTAN. Le ministre et la commissaire repartiront en ayant rencontré le fils Saïf al-Islam, mais sans avoir vu le père, dont dépend le dénouement de l'affaire.

Les choses progressent néanmoins. La fondation Kadhafi annonce qu'elle a décidé de faire son affaire de l'indemnisation des familles. En clair, les Libyens acceptent de payer, car Kadhafi veut se réinsérer dans le concert des nations.

C'est à ce moment que Nicolas Sarkozy va entrer dans le jeu. C'est bien ce qu'attend le Libyen.

Lorsqu'il était ministre de l'Intérieur, le nouveau Président avait noué un dialogue avec les Libyens sur les questions de lutte contre le terrorisme. Claude Guéant, son directeur de cabinet, était chargé de cultiver ses contacts. Et voilà que quatre jours seulement après le deuxième tour, le chef des renseignements libyens, Moussa Koussa [1], rend visite à celui-ci pour lui signifier la volonté de Kadhafi d'ouvrir des relations nouvelles avec son Président. Et il ajoute, mine de rien, que la France pourrait jouer un rôle dans la libération des infirmières. Une offre qui ne tombe pas dans l'oreille d'un sourd. Nicolas Sarkozy et le colonel Kadhafi se téléphonent dès le 28 mai. Ils évoquent les problèmes du Darfour, les perspectives de l'Union méditerranéenne et bien sûr le sort des infirmières.

Le 10 juillet, Claude Guéant reçoit du colonel libyen une invitation en bonne et due forme. Pas question de tarder. « Ce serait une bonne idée que Cécilia vous accompagne », lui glisse Nicolas Sarkozy. Voilà donc l'occasion rêvée de lui offrir un beau rôle.

---

1. Nommé quelques mois plus tard ministre des Affaires étrangères. Il sera l'un des premiers à abandonner le navire. Depuis mars 2011, il réside à Londres.

Envoyer sa femme en émissaire, c'est utiliser la coutume arabe selon laquelle on adresse à celui que l'on veut honorer la personne qui vous est la plus chère. En dépêchant son épouse comme émissaire personnel, le président apportait aux discussions franco-libyennes le lustre espéré par Kadhafi.

Le 12 juillet, l'équipe française s'envole donc pour Tripoli. À bord, Claude Guéant, Cécilia et le jeune Boris Boillon, conseiller technique à l'Élysée chargé de l'Afrique du Nord et bon connaisseur du Moyen-Orient [1], ainsi que leurs gardes du corps.

Dès leur arrivée, Kadhafi les reçoit sous sa tente plantée devant les ruines de ce qui fut son palais avant les bombardements américains de 1986. Le sort des infirmières est bien sûr évoqué d'emblée. Le chef de l'État libyen repousse froidement les arguments des Français sur l'origine de l'infection des enfants. Toutes les expertises médicales occidentales ont démontré que c'est l'utilisation d'aiguilles souillées qui a provoqué la contamination des enfants. Il ne veut rien entendre. C'est que la veille encore, et comme par hasard, la Cour suprême, lors d'un nouveau procès en appel, a confirmé une fois de plus le verdict de mort. Les Français insistent pour que la sentence soit commuée en prison à vie, le Guide rétorque qu'il n'y peut rien, la sensibilité de son opinion publique, leur assure-t-il, est trop à vif.

---

1. Il sera nommé ambassadeur en Irak. Puis en Tunisie après la chute de Ben Ali, où il connaîtra des débuts difficiles : chahuté par les journalistes, ses réponses seront jugées pour le moins fort peu diplomatiques.

Après quoi la délégation se rend à la prison pour visiter les infirmières, avant de s'envoler pour Benghazi afin de rencontrer les enfants malades et leurs familles. Retour à Tripoli. Cécilia Sarkozy obtient un nouvel entretien avec le colonel Kadhafi. En tête à tête cette fois, dans son bunker. On serait impressionné en si petit comité. Plus tard, elle racontera : « Kadhafi, je l'ai pris au collet, je ne l'ai plus lâché[1]. » Et encore : « Très vite, j'ai eu la mainmise sur Kadhafi, j'ai senti que j'avais un pouvoir sur lui[2]. » Seul résultat : Kadhafi invite Cécilia à rencontrer sa fille Aïcha. « Tu es une femme courageuse, je voudrais qu'elle te ressemble[3]. » Mais celle-ci, comme son père, se borne à insister sur la sensibilité de l'opinion libyenne. Les Français regagnent Paris pour la fête nationale.

Bredouilles ? En apparence, oui. En réalité, les Libyens bougent. Et vite ! Ils ont déjà précisé aux familles le montant de l'indemnisation : un million de dollars par victime. L'argent – soit 460 millions de dollars – est emprunté le 15 juillet par le Fonds international de Benghazi au Fonds de développement économique sur lequel la Libye dépose ses avoirs liés aux recettes pétrolières. Les Européens n'auront donc pas à verser le moindre centime d'euro. Les familles sont indemnisées dès le lendemain, le 16 juillet. Dès lors, elles n'exigent plus l'application

1. Yves Derai et Michaël Darmon, *Ruptures*, Éditions du Moment, 2008.

2. A. Billon, *Cécilia*, *op. cit.*

3. *Ibid.*

de la peine de mort. Le 17 juillet, le Haut Conseil de justice libyen commue la peine de mort en réclusion à perpétuité. Contrepartie : les prisonniers doivent s'engager à ne pas poursuivre l'État libyen. C'est-à-dire à renoncer à leur droit légitime de réclamer une vraie justice. Une nouvelle humiliation ! Mais tous signent, bien sûr. Car ils l'ont compris : on s'achemine vers une libération. Quand ? Bientôt ! Prudent, Marc Pierini s'est assuré que leurs passeports sont prêts. Le 18, la demande d'extradition des infirmières et du médecin (qui a pris leur nationalité) est transmise aux autorités libyennes. Manque seulement la signature du procureur de Tripoli et… bien entendu l'accord du Guide.

Parce qu'il s'agissait d'une invitation personnelle de Kadhafi, l'Élysée n'avait pas jugé bon d'avertir, ni d'associer, les représentants de l'Union européenne. Du coup, le déplacement de Cécilia Sarkozy et de Claude Guéant suscite un vif agacement à Bruxelles. On y voit un coup des Français pour récupérer sans effort particulier le patient travail accompli depuis trois ans. Benita Ferrero-Waldner se montre la plus vexée de ne pas avoir été tenue au courant. Cécilia lui téléphone pour la rassurer. « Pourquoi ne travaillerions-nous pas ensemble ? » suggère la commissaire. De son côté, Nicolas Sarkozy appelle le colonel Kadhafi. Il veut le remercier et surtout l'inviter à franchir le dernier pas : la libération. Il reçoit aussi la commissaire européenne qui l'encourage : « Tout ce qui peut débloquer la situation est bienvenu. » Elle lui rappelle toutefois « le travail d'équipe depuis longtemps entamé ».

La religion du Président est faite. Il faut repartir pour Tripoli, et vite, le fruit est mûr. Sans y avoir été invités « mais en les prévenant », selon l'expression de Claude Guéant [1]. Voilà les Français en route pour la Libye accompagnés cette fois de Benita Ferrero-Waldner.

Ils disposent d'un nouvel atout, capital : Nicolas Sarkozy a programmé un voyage en Afrique. Or, le colonel Kadhafi, qui le lui a fait savoir, aimerait que Tripoli soit sa première escale. Façon d'illustrer son retour sur la scène internationale. La réponse de l'Élysée est catégorique : pas question tant que les infirmières n'auront pas été libérées.

Commence alors un long film aux péripéties multiples. À son arrivée, au début de l'après-midi du 22 juillet, Cécilia – pantalon et blouse blanche, son éternel BlackBerry à la main – est accueillie au pied de l'avion par la femme du Guide, Madame Kadhafi en personne. C'est un signe de bon augure, bien sûr. Suivent un passage à l'hôtel et une heure d'attente. Puis une invitation à la libyenne : une visite touristique du superbe site archéologique de Sabrata, à 60 kilomètres de la capitale. Une façon de montrer qui est maître du jeu et du calendrier. Benita Ferrero-Waldner raconte : « Dans la voiture, Cécilia était très nerveuse. Elle avait cru que la libération des infirmières se ferait dans l'après-midi et qu'elle pourrait

1. Témoignage devant la commission d'enquête parlementaire. Elle sera présidée par le socialiste Pierre Moscovici avec pour rapporteur l'UMP Axel Poniatowski, président de la Commission des affaires étrangères. Rapport qui sera publié en janvier 2008.

rentrer aussitôt à Paris. Je lui ai dit que nous étions entre leurs mains, que c'était leur tactique habituelle et qu'il fallait se montrer patients [1]. »

De retour à Tripoli, les négociations commencent enfin entre la délégation française et, côté libyen, le ministre des Affaires étrangères Chalgam [2], le secrétaire d'État aux Affaires européennes et le directeur de la fondation Kadhafi. Elles seront ponctuées de nombreux apartés. « Ils voulaient rouvrir tous les dossiers des relations entre l'Europe et la Libye », soupire l'envoyée de Bruxelles. Vers 2 heures du matin, les conversations tournent court. Fin du premier acte.

Quelques heures plus tard, Nicolas Sarkozy relance Kadhafi et joue son atout maître : il ne viendra pas en Libye tant que les infirmières n'auront pas été libérées. L'ayant dit, il se munit d'une autre carte : il demande au Premier ministre du Qatar d'entrer dans le jeu. La Libye ne pouvant être insensible à l'intervention d'un État qui dispose de relais considérables dans le monde arabe. Notamment via la chaîne Al Jazira, devenue le média de référence au Moyen-Orient.

Le lundi matin, la délégation attend toujours. Les Libyens voulant ainsi notifier qu'ils ont, et eux seuls, la solution. L'après-midi, Cécilia est enfin invitée à rencontrer Kadhafi. Nouveau tête-à-tête sans interprète !

---

1. Conversation avec l'auteure.

2. Nommé quelque temps après ambassadeur à l'ONU par Kadhafi, il sera le premier en février 2011 à réclamer à l'ONU des sanctions contre lui.

Elle a raconté s'être présentée à lui comme une mère qui veut le bien des enfants. Elle lui redit aussi tout le bénéfice qu'un tel geste lui vaudrait dans la communauté internationale. Que son image s'en trouverait améliorée dans le monde.

Il s'agit en réalité d'un grand jeu de rôles. Ne prêche-t-elle pas un homme déjà convaincu, qui lui aurait néanmoins assuré : « Tu es la clé, je te le jure, tu vas repartir avec elles[1]. »

Dès lors, Cécilia peut se prévaloir de lui avoir soutiré son accord. Ouf ! Mission accomplie. « J'ai fait le grand casse du siècle, Kadhafi n'avait aucune intention de libérer ces filles. C'est moi qui ai mené les négociations[2]. »

La partie paraît alors terminée, le succès assuré ? Pas encore. Si l'accord du Guide est indispensable, il n'est pas suffisant. Il faut y mettre les formes. Et que chaque administration procède aux formalités nécessaires. Or, il y a des réticences à vaincre, dans l'entourage même de Kadhafi. Les négociations reprennent dans la soirée – cette fois au restaurant marocain de l'hôtel Corinthia – et avec de nouveaux interlocuteurs : le Premier ministre Baghdadi et le chef du protocole… qui traînent les pieds. « Nous avons alors soupçonné qu'ils souhaitaient libérer les infirmières, mais seulement à l'occasion de l'escale du Président à Tripoli », indique Claude Guéant. Bientôt en effet, prétextant la fatigue de tous, les Libyens demandent que les négociations soient reportées au lendemain

1. Y. Derai et M. Darmon, *Ruptures*, *op. cit.*

2. *Ibid.*

matin 8 heures. Les infirmières, ajoutent-ils, pourraient être libérées vers 10 heures. Ces changements fréquents de position, assortis d'un long délai, sont un grand classique des négociations libyennes. Quand même, trop, c'est trop ! La délégation, qui craint d'être menée en bateau, refuse le report au lendemain. On est au bord de la rupture.

« Vous ne respectez pas la parole de votre Guide, vous ne respectez pas mon mari, insiste alors Cécilia. Si vous ne voulez pas faire ce que le Guide vous a dit de faire, eh bien, nous allons repartir et votre problème – car c'est votre intérêt que l'on sorte les infirmières – ne sera pas résolu. » Le Premier ministre Baghdadi accepte alors de faire rédiger dans la nuit les décrets d'extradition. Et il fait appeler les fonctionnaires du ministère de la Justice et des Affaires étrangères.

Fin de la partie ? Trop simple. Pas encore.

Vers 2 heures du matin, rien n'a bougé. Il manque toujours un papier. « Nous sentions une réelle mauvaise volonté en dépit de la promesse de Kadhafi », dit Claude Guéant. Alors, avec Cécilia, ils vont tenter un coup de poker sous forme d'ultimatum : « Si dans deux heures le problème n'est pas réglé, nous partons. » Bien plus, joignant le geste à la parole, la délégation décide de quitter l'hôtel pour l'aéroport suivie par le Premier ministre libyen et le chef du protocole. Pendant ce temps, Marc Pierini se rend à la prison dont il connaît le directeur de longue date. Celui-ci lui affirme n'avoir reçu aucune instruction mais ajoute, prudent : « Vous pouvez attendre dans la cour jusqu'à 4 ou 6 heures du matin. » Plus tard, devant la commission d'enquête parlementaire française, Marc Pierini notera : « Sur le moment, je n'ai prêté aucune attention au détail de cet horaire, or le personnel médical sera justement réveillé à 4 heures et arrivera à l'aéroport à 6 heures. »

L'attente se poursuit. Claude Guéant décide d'envoyer l'ambassadeur de France Jean-Luc Sibiude et les deux policiers qui accompagnent la délégation en reconnaissance à la prison. « Cécilia dévoile son plan à ses hommes et leur lance sur le ton du défi : "C'est le moment de prouver que vous en avez." Il ne faudra pas le leur dire deux fois. Les bodygards font sauter les verrous des cellules de Djoudeida avec leurs armes de poing [1]. »

La réalité est moins rocambolesque. Les trois hommes se forgent sur place une certitude : les choses bougent, mais traînent encore. Cécilia Sarkozy et Benita Ferrero-Waldner, aussi nerveuses l'une que l'autre, multiplient les allers et retours entre le salon VIP de l'aéroport et leur avion. Cécilia est en permanence au téléphone avec son mari qui de son côté passe de multiples coups de fil, notamment à l'émir du Qatar [2]. « Quand Cécilia parlait du Président, elle disait toujours "mon mari, mon mari". On sentait entre eux un accord profond, physique même, comme des équipiers engagés dans une partie capitale », témoigne Boris Boillon.

Ils vont l'emporter. L'équipe envoyée à la prison leur apprend que des véhicules 4 × 4 viennent

1. Y. Derai et M. Darmon, *Ruptures*, *op. cit.*
2. Invité officiel de Nicolas Sarkozy le 14 Juillet.

d'arriver devant la porte. Tous commencent à respirer, enfin !

À 5 h 30, les infirmières et le médecin sont en effet libérés. Exactement après la prière de l'aurore, qui, pour bien des musulmans, ponctue le début de l'activité du jour. Mais c'est une libération grincheuse. Quand, à 6 heures, les Bulgares arrivent sur le tarmac pour monter dans l'avion, le Premier ministre libyen a déjà quitté les lieux, comme s'il ne voulait pas assister à leur départ. Boris Boillon, qui voulait prendre des photos, est ceinturé par des militaires qui entourent l'avion arme au poing. La caméra d'un collaborateur de Benita Ferrero-Waldner lui est arrachée et confisquée. « Jusqu'au dernier moment, la situation pouvait dégénérer. C'était du romanesque puissance vingt », commente Boris Boillon.

On embarque enfin. L'Airbus A319 de l'armée de l'air française est autorisé à décoller. C'est seulement quand le pilote annonce qu'il est sorti de l'espace aérien libyen que les applaudissements éclatent. Tout le monde pleure. « Voilà qui donne un sens à l'existence », lâche Cécilia. « L'émotion l'avait complètement lessivée », dit Claude Guéant.

Un beau résultat. Jean-Luc Sibiude le dit tout net : « Avec un pouvoir atypique et aussi déroutant, nous étions à la merci d'imprévus, un échec de dernière minute était possible [1]. » Avec cette libération très spectaculaire, Nicolas Sarkozy replaçait la France dans le jeu libyen au nez et à la barbe de ceux qui s'étaient le plus investis dans le dossier. « Pourquoi la

1. Déclaration à la commission d'enquête parlementaire.

France devrait-elle s'interdire d'avoir une relation forte et globale avec la Libye ? Les Américains n'ont-ils pas signé avec elle un accord de coopération nucléaire ? Et les Britanniques n'y envoient-ils pas leurs industriels de l'armement ? », s'interroge-t-il le 25 juillet devant la presse.

Mais il offrait surtout à Kadhafi un retour dans le jeu international « avec le meilleur deal[1] », reconnaît Benita Ferrero-Waldner.

Comme promis en effet, le lendemain, Nicolas Sarkozy, accompagné des ministres Bernard Kouchner, Jean-Marie Bockel et Rama Yade, fait escale à Tripoli avant de se rendre au Sénégal puis au Gabon. Les entretiens avec Kadhafi ouvrent la voie à des accords commerciaux. (On en compte une demi-douzaine, l'un d'eux concernant des installations nucléaires civiles.) Ils sont signés, pour l'image, devant le Mémorial des bombardements américains de 1986 : la villa en ruine qu'occupait la famille du Colonel, devant laquelle une sculpture en tôle soudée représente une main de fer – symbole de la révolution populaire libyenne – qui écrase un avion de guerre de l'agresseur américain[2].

En contrepartie, le Guide libyen obtient de Nicolas Sarkozy ce que Jacques Chirac lui avait refusé en 2005 : une visite d'État en France. « Après le dîner avec Kadhafi, le Président est venu nous voir. Il exultait. Il nous vantait le rôle de Cécilia. Il en faisait des

1. Entretien avec l'auteure.

2. Sculpture détruite et piétinée par la foule quatre ans plus tard.

tonnes. Il était heu-reux », raconte Bruno Jeudy, envoyé du *Figaro*.

Le lendemain matin, les Français s'envolent pour Dakar. Nicolas Sarkozy doit prononcer un discours devant les étudiants de l'université Cheikh Anta Diop.

Comme toujours ou presque, c'est Henri Guaino qui doit écrire le texte. En l'occurrence, plutôt le réécrire. Le premier projet de discours, élaboré par la cellule diplomatique de l'Élysée, n'a pas plu au Président. Comme toujours ou presque, il écrit sous la pression de l'urgence. Le discours n'était pas achevé au départ de Paris. Il ne l'est toujours pas le lendemain matin. Il arrive feuille par feuille, par fax, dans l'avion durant le trajet Tripoli-Dakar.

Le thème général en a, bien sûr, été fixé auparavant avec le Président. Il s'agit d'inciter les jeunes africains à regarder en face la réalité, dresser un vrai bilan des relations franco-africaines. En reconnaissant les fautes et les crimes de la colonisation, bien sûr, mais en soulignant aussi ses aspects positifs et en refusant de s'attarder sur le passé. « Nul ne peut demander aux fils de se repentir des fautes de leurs pères. »

Le texte, par ailleurs, exalte les richesses de la culture africaine, en la sublimant même : « L'art moderne doit presque tout à l'Afrique. » Mais il ajoute : « L'homme africain n'est pas assez entré dans l'Histoire, le paysan africain ne connaît que l'éternel recommencement du temps, rythmé par la répétition sans fin des mêmes gestes et des mêmes paroles. Dans cet imaginaire où tout recommence toujours, il n'y a place ni pour l'ouverture humaine ni pour l'idée du progrès. »

Ces phrases, d'une insigne maladresse, condescendantes, offensantes même, ont bien sûr attiré l'attention du staff élyséen chargé de relire le discours (Jean-David Levitte, le sherpa, Bruno Joubert, chargé des questions africaines, Cédric Goubet, le chef de cabinet). Seulement, une heure avant l'arrivée à Dakar, aucun d'eux ne veut se risquer à alerter le Président. Et surtout pas celui dont la prose avait été retoquée. Encore marqué par l'interminable suspense de la négociation libyenne, ils le savent tendu et surtout ils craignent ses emportements. « Notre rôle n'était pas de l'insécuriser », dit l'un d'eux. Ils ne tiennent pas non plus à provoquer le courroux d'Henri Guaino, toujours prompt à menacer de démissionner quand on met en cause ses écrits. « À se mettre en congé de sa grandeur », moque l'un d'eux. C'est donc motus et inch'Allah ! Si ça n'est pas une faute professionnelle, c'est, pour le moins, une grosse erreur…

Comme ils le craignaient, la phrase commence par blesser l'auditoire. La presse africaine réagit au canon. Bientôt, l'onde de choc va parcourir le continent. Quelques intellectuels africains lancent l'accusation habituelle de néocolonialisme et relèvent que ces phrases s'inspirent de l'ouvrage *La Raison dans l'Histoire*, dans lequel le philosophe allemand Hegel évoquant l'Afrique au début du XIXe siècle écrivait : « L'Afrique est le pays de la substance immobile et du désordre éblouissant, joyeux et tragique de la création. »

En France, la presse : « En infériorisant la jeunesse africaine, il s'est aliéné l'élite de demain », lit-on dans *Libération*. Les intellectuels prennent le relais. Honte au Président. Bernard-Henri Lévy, qui dénonce un « discours raciste ignoble », se voit en retour traité de « petit con prétentieux » par Henri Guaino. Quelques mois plus tard, Ségolène Royal ira demander pardon aux Africains, au nom de la France, pour « ces paroles humiliantes ». Martine Aubry lui apporte bien sûr son appui. Mais dans un article publié par *Le Monde*, Jean Daniel, conscience morale du *Nouvel Observateur*, reprochera à Mme Royal d'avoir omis de lire la première partie du discours, qu'il a, lui, fort appréciée. Il la qualifie de « profession de foi anticolonialiste, comme on n'en avait jamais entendu dans la bouche d'un homme d'État français ». Beau compliment ; venant d'une plume d'ordinaire critique envers Nicolas Sarkozy.

Le président sénégalais Abdoulaye Wade, qui qualifie d'« inacceptable » la phrase sur l'homme africain, veut bien considérer que « Nicolas Sarkozy est un ami de l'Afrique », mais… qu'il a été « victime de son nègre ». Lui seul pouvait le dire. Une manière de clore le débat qui ne manque pas d'humour. Le président sud-africain Thabo Mbeki écrit à Nicolas Sarkozy pour le féliciter de la teneur de son discours. Il sera bien le seul [1].

Quand, deux ans plus tard, le 11 juillet 2009, Barack Obama s'adressera aux Africains à Accra,

---

1. Nicolas Sarkozy, accompagné de Carla, lui rendra visite en février 2008.

Nicolas Sarkozy retrouvera avec bonheur dans ses propos – petite phrase sur l'homme africain exceptée – l'exact écho de son discours de Dakar : « L'Afrique a sa part de responsabilité dans son propre malheur. La colonisation n'est pas responsable des guerres sanglantes que se livrent les Africains entre eux, ni du fanatisme, ni de la corruption. » Les deux Présidents proclament le même souci d'intégrer l'Afrique au monde.

Finalement, la libération des infirmières bulgares sera très peu mise au crédit du Président. L'opinion française est plus encline à s'émouvoir sur le sort d'une autre prisonnière, la Franco-Colombienne Ingrid Betancourt, retenue par les FARC depuis six ans [1].

Demeurait pour Nicolas Sarkozy l'espoir d'un autre bénéfice, celui-là bien plus capital à ses yeux : que Cécilia prenne goût à son rôle de Première dame de la République. Raté.

Le divorce

Que la Première dame ait été très satisfaite de son intervention auprès de Kadhafi, elle le proclame volontiers. Allant jusqu'à la qualifier de « moment le plus dur et le plus intense qu'il m'ait jamais été donné

---

1. Le soir de son élection, Nicolas Sarkozy lançait : « La France n'abandonnera pas Ingrid Betancourt. » Les 17 et 25 mai 2007, il s'entretenait de son sort avec le président colombien Alvaro Uribe.

de vivre[1] ». Ou encore : « J'ai sauvé seule six vies humaines, il n'y a pas beaucoup de gens qui peuvent en dire autant[2]. » « Cécilia a vécu cet épisode avec un enthousiasme mystique », note une de ses amies. Nicolas Sarkozy s'en réjouit et le crie haut et fort : « Elle a été formidable, exceptionnelle. » Devant les caméras de télévision, il loue « son courage », « son travail remarquable ». Il insiste sur son rôle décisif. C'est qu'il espère encore la retenir. Et puis, comme le souligne un familier : « Nicolas a besoin d'avoir auprès de lui une femme qu'on admire et qu'il admire. »

Pourtant, à l'arrivée de l'avion qui ramène les infirmières à Sofia, Cécilia semble se cacher. Sur une image du groupe, on l'aperçoit au troisième rang, moulée dans un polo blanc, le visage chiffonné par l'absence de sommeil et les larmes. Elle refuse de s'exprimer devant les caméras et les micros, nombreux bien sûr, qui se tendent vers elle. « Elle était très fatiguée. Elle trouvait que cette histoire avait trop duré. Elle n'avait aucune intention de jouer les bienfaitrices et de rouler des mécaniques. Je n'ai pas senti chez elle une vocation de grande dame de l'humanitaire, comme avait pu souhaiter l'être Danielle Mitterrand[3] », constate Benita Ferrero-Waldner qui se trouvait à ses côtés.

---

1. Interview de Valérie Toranian pour *Elle*, 19 octobre 2007.
2. A. Bitton, *Cécilia*, *op. cit.*
3. Conversation avec l'auteure.

« Cécilia n'a pas joué le jeu. Elle n'a pas voulu assumer, faire ce cadeau à Nicolas », déplore un conseiller de l'Élysée.

Le *Financial Times* lui consacre néanmoins sa Une. Et son mari s'en émerveille : « C'est formidable, non ? » répète-t-il en boucle. Le *Time Magazine* souligne avec quelque ironie que « vouloir reconquérir un amour perdu en envoyant sa femme chez Kadhafi est une tentative unique dans les annales de l'amour courtois ». Dans son ensemble, la presse française applaudit, mais sans enthousiasme. Elle est surtout intéressée par le rôle politique ainsi attribué à une femme qui n'est pas élue et qui n'appartient pas au corps des serviteurs de l'État. Elle parle de « confusion des genres », s'interroge davantage sur le flou juridique du statut nouveau qui lui est conféré.

Bref, c'est la légitimité de son intervention en politique qu'elle met en cause comme auparavant à Neuilly, à Bercy ou à Beauvau. Toujours le même refrain. Cécilia, qui jadis se plaignait tant de ne pas figurer sur les photos, ne supporte plus désormais la lumière.

« Quoi que je fasse, on me critique », lâche-t-elle. Non, décidément, le statut dont rêvait pour elle Nicolas ne l'intéresse pas. Elle répète à qui veut l'entendre que ce n'est pas « la vraie vie ».

L'opposition martèle que la diplomatie doit rester l'affaire des diplomates. Et demande aussitôt la formation d'une commission d'enquête parlementaire – à laquelle l'Élysée donne son feu vert illico – afin de mesurer ce qu'a obtenu la Libye dans cette affaire. En clair, si la France a payé et combien. Au nom de la

« séparation des pouvoirs », Nicolas Sarkozy refuse que son épouse y soit auditionnée. « Elle a fait un travail remarquable. Si quelqu'un a à rendre compte, c'est moi, qui l'ait envoyée », explique-t-il à la télévision.

« On ne m'empêchera jamais d'essayer de soulager la misère du monde dans quelque pays que ce soit », déclare en écho Cécilia Sarkozy [1]. Comprenez : elle entend poursuivre sa mission. Mais ce sera seule, et à son initiative, sans avoir de comptes à rendre à quiconque. Elle estime avoir fait son devoir. En cette fin juillet, elle juge que sa tâche est terminée.

Un mois plus tôt, une polémique l'a définitivement convaincue qu'elle n'a décidément rien à faire à l'Élysée. Fin juin, *Le Canard enchaîné* révélait que Cécilia Sarkozy possédait une carte bleue dont les dépenses seraient prélevées sur le compte du Trésor public ouvert à la Présidence. Le député apparenté PS, René Dosière, spécialiste du budget de l'Élysée, avait aussitôt écrit à François Fillon pour s'étonner de cette pratique. « Ces sommes n'étant soumises à aucun contrôle, ne peuvent que susciter l'inquiétude de ceux qui se préoccupent de la bonne gestion des fonds publics. »

Les épouses des anciens Présidents faisaient régler leurs frais de représentation et dépenses personnelles par l'aide de camp du Président, le seul à disposer d'une carte bleue. Dépenses qui n'étaient jamais quantifiées ni justifiées publiquement. En donnant l'usage de cette carte à sa femme, le Président

---

1. Interview d'Yves Derai, *L'Est républicain*, 4 septembre 2007.

cherchait-il à l'enrôler auprès de lui ? « Non, c'était pour avoir une traçabilité des dépenses », assure Franck Louvrier. Le journal *L'Humanité* dénonce sur-le-champ une pratique qui « réintroduit la confusion entre le patrimoine de l'État et celui qui le préside ». On apprenait que depuis le 16 mai, Cécilia avait utilisé cette carte deux fois : deux déjeuners pour des montants de 129 et 272 euros. Le 4 juillet, Cécilia avait rendu sa carte. Afin de clore la polémique, Nicolas Sarkozy demandait à Philippe Séguin que les fonds alloués à la présidence de la République soient désormais soumis à des règles de transparence. Une première dans l'Histoire. Jusque-là, ce budget – qui s'élevait à 32 millions d'euros pour l'année 2007 – ne faisait l'objet d'aucun contrôle. À l'instar du budget du Parlement ou du Conseil constitutionnel, en raison de la séparation des pouvoirs [1] (lesquels ne sont toujours pas contrôlés).

1. Il l'annonçait le 12 juillet à Épinal : « Je prendrai des initiatives pour que le budget de l'Élysée obéisse à des conditions de transparence indispensables. » Depuis 2008, les comptables de la Cour des comptes passent plus de six mois par an à l'Élysée. Ils épluchent tous les comptes. « Ce ne sont pas des rigolos », selon le mot de Didier Migaud, successeur de Philippe Séguin qui veut bien louer les efforts de l'Élysée. Nicolas Sarkozy acquitte de sa poche toutes ses dépenses personnelles : invitations de sa famille ou de ses amis, achats divers jusqu'au dentifrice. Les collaborateurs payent désormais leurs repas à la cantine. Et ceux de leurs amis lorsqu'ils font des invitations. Le nombre des voitures mises à la disposition du personnel de l'Élysée a été réduit de moitié. La garden-party du 14 Juillet a été supprimée.

Retour de Libye, Cécilia ne remet plus les pieds à l'Élysée. Elle exige même que son nom disparaisse de l'organigramme. Elle ne veut plus rien. Nada. Nicolas Sarkozy, que la fin heureuse de l'affaire des infirmières avait fait rêver, s'en montre d'autant plus déçu. Il vit désormais un calvaire au quotidien.

« Une femme n'est puissante que par le degré de malheur dont elle peut punir son mari », a écrit Stendhal. À ce compte, on peut estimer que Cécilia se trouve alors au zénith de sa puissance. Ce que va prouver, en août, un nouvel incident. L'acmé du malheur sera alors atteinte.

Les rumeurs de divorce commencent à circuler dans Paris. Rumeurs que David Martinon, porte-parole de la Présidence, fait mine d'ignorer chaque mercredi à l'issue du Conseil des ministres. Et voilà que le couple présidentiel, comme pour les démentir, a accepté une invitation de leurs amis Cromback et Agostinelli. Il s'agit de passer les vacances aux États-Unis. Une innovation qui choque quelque peu l'opinion. Nicolas Sarkozy, qui aurait préféré la Méditerranée, veut une fois de plus offrir une satisfaction à Cécilia. Tous – Rachida Dati comprise, qu'elle a fait inviter – gardent un bon souvenir du séjour. Même si tous reconnaissent que les rapports souvent tendus entre Nicolas et Cécilia « plombaient l'ambiance ». Mais chacun faisait mine de ne rien voir. Surjouant la gaieté au besoin pour alléger l'atmosphère. La météo du couple variant d'ailleurs, selon les heures. Certains jours, disent-ils, Cécilia se montrait très tendre, « amoureuse même de son mari ». Mais le lendemain, ils la voyaient lointaine, mutique, presque hostile.

Parfois, prétextant la fatigue, elle quittait la table sitôt le dîner fini. Nicolas donnait le change, en parlant beaucoup. « Il s'enivrait de mots. » Le groupe regarde des DVD. « Le matin au petit déjeuner, nous mesurions à leurs mines les tensions de la nuit », raconte Mathilde Agostinelli qui ajoute : « En réalité, nous avons sous-estimé son vrai chagrin. »

Or, comme on le sait, ces étranges vacances se situent à Wolfeboro, dans le New Hampshire, à quelque 82 kilomètres de la résidence d'été des Bush. Lesquels, ayant été informés de leur venue bien avant leur arrivée, ont invité le couple présidentiel à déjeuner.

La veille du jour convenu, Nicolas Sarkozy a fait un aller et retour imprévu à Paris pour assister aux obsèques du cardinal Lustiger. Et depuis quarante-huit heures, le petit Louis, souffrant d'une angine, garde la chambre. Au matin de l'invitation, Cécilia apparaît la première au petit déjeuner avec un gros foulard noué autour du cou. « Je n'irai pas chez les Bush aujourd'hui, j'ai très mal à la gorge, une angine blanche », lance-t-elle à la cantonade. Un ange passe. Nicolas arrive, la mine sombre, Cécilia s'empresse de lui apporter son jus de fruits préféré.

Les amis comprennent qu'elle lui a fait part de sa décision, qu'il a tenté de la faire changer d'avis et qu'elle n'a rien voulu entendre.

« Pour qu'elle vienne, ils voulaient tous nous amener chez les Bush », dit l'une d'elles. Ce qui, semble-t-il, déplaît à Cécilia. Rien à faire donc. N'ayant pu réussir à la fléchir, le Président se rend seul au déjeuner où il arrive avec 45 minutes de retard… Une méchante entorse au protocole américain ! Accueilli par les Bush au grand complet, il doit leur expliquer les raisons de l'absence de son épouse : l'angine. « Nous comprenons, mais nous sommes déçus. Nous l'attendions avec les enfants, c'est une femme très dynamique », répond le président américain. Une accolade à son homologue. Une poignée de main à Bush Sr. (deux hommes que Nicolas a en grande estime : « Le père et le fils trois fois présidents des États-Unis à eux deux, ça n'est pas rien »). La bise à Laura. Un baisemain à Madame Mère. Nicolas Sarkozy se prête de bonne grâce au programme prévu par ses hôtes. Promenade en mer, pique-nique à la bonne franquette avec hot-dog et tarte aux myrtilles.

Les télévisions, qui guettaient cette rencontre, sont aussi déçues que la famille Bush. L'affront fait à celle-ci est commenté *all around the world*. Richard Attias vient de recevoir une éclatante « preuve planétaire » de l'amour de Cécilia.

N'ayant pas encore tout à fait mesuré les effets dévastateurs de cette affaire, Nicolas Sarkozy, après avoir pris congé des Bush, téléphone aux amis pour la minimiser et sans doute se consoler. À Isabelle Balkany et à Pierre Charon, il sert le même baratin : « Je souffrais d'une angine la semaine dernière, je l'ai passée à Louis et Cécilia. »

Or, dès le lendemain, les paparazzi peuvent zoomer sur une Cécilia flânant, très décontractée, dans les rues de Wolfeboro pour y faire son shopping. Foulard et mal de gorge oubliés.

Bien entendu, les jugements sévères du type « irresponsable » ou « manque d'éducation » se multiplient en France. Et, bien entendu, ils atteignent également le Président.

« Avec le Fouquet's, le yacht de Bolloré, les vacances américaines, Nicolas a complètement raté son entrée en scène », reconnaît alors l'un de ses proches qui ajoute : « Ses actes ne correspondaient guère aux discours de campagne dans lesquels il promettait un style de présidence irréprochable. »

Nicolas Sarkozy rentre donc à Paris déconfit, plus irritable que jamais, morose et… résigné au divorce.

Ce qu'explique Alain Minc : « Nicolas avait accepté ces vacances pour faire plaisir à Cécilia, il espérait qu'elle jouerait le jeu. Elle l'a au contraire humilié. Ce sont tous ces chocs successifs qui l'ont peu à peu amené à l'idée de l'inacceptable. »

Fin août, devant les journalistes, le Président laisse deviner sa souffrance : « J'aime pas cette vie, j'ai peu d'amis, je reçois trop de compliments ou trop d'injures. Maintenant que je suis élu, je suis, c'est vrai, libéré d'un poids, je n'ai plus ce creux que j'avais à l'estomac. Je vais faire le boulot, me donner à fond, mais je vous le dis : je ne finirai pas ma vie dans la politique. »

De son côté, Cécilia prend chaque jour davantage ses distances, pour couper peu à peu tous les ponts. On la redoutait régente, faisant et défaisant les carrières, on la découvre indifférente. On la disait femme de pouvoir, elle ne veut plus « être dans le film ». On ne la voit plus. Ni à l'Élysée, ni à la Lanterne où vit son mari. Convoqués par le Président chaque week-end pour travailler, les ministres et ses collaborateurs l'y rencontrent toujours seul. Tandis qu'elle, on la signale à Londres, à Genève ou dans le Midi. Et parfois aussi à Paris.

Qu'y fait-elle ? Du shopping, assurément. Dans les boutiques chic de la capitale. Les magazines la montrent les bras toujours encombrés de paquets. On l'aperçoit aussi au volant de sa Mini noire, souvent en compagnie de sa fille Jeanne-Marie, dont elle prépare les fiançailles. Ou bien déjeunant dans les restaurants branchés ou encore prenant le thé avec ses amies au bar du Bristol, à quelques dizaines de mètres de l'Élysée. Bref, donnant l'image d'une vie désœuvrée et facile, au gré de ses envies et de ses humeurs. Elle aurait pu fuir tous ces lieux à la mode, hantés par les paparazzi dont elle dit pourtant avoir horreur. Mais non : la vérité n'est jamais simple.

Se serait-elle mise tout à fait hors circuit, on l'eût vite déclarée trop fragile pour assumer son devoir. Et qui sait ? Malade. En se montrant au contraire altière, paisible, d'une minceur idéale – beaucoup trop même –, elle entend faire savoir *urbi et orbi* qu'elle maîtrise la situation et a pris sa décision. Un nouveau message clair à l'adresse de son amant : « Je t'attends. »

Harcelés, les collaborateurs du Président s'épuisent à prendre l'air dégagé pour assurer qu'il ne se passe rien d'étrange à l'Élysée. Le Président, affirment-ils, est parfaitement calme, zen, accaparé par son travail… Ils ne notent aucune altération de son physique ni de son caractère. Et s'il s'emporte très souvent contre eux le matin, comme la rumeur le propage dans le microcosme, c'est seulement, répètent-ils à l'envi, parce qu'il s'impatiente de la lenteur des réformes. Rien que de très ordinaire en somme.

Qui peut les croire ? Chacun sait que son humeur, sa météo psychologique, dépend de la présence ou de l'absence de Cécilia. Or, elle n'est plus là. Du tout. Le Président compense ce vide par un emploi du temps « surbooké ». Les incertitudes économiques d'ailleurs le servent. Chaque jour, les Français peuvent l'entendre : « C'est l'offensive permanente, explique le philosophe Marcel Gauchet dans *L'Express* du 23 août : il submerge ses contradicteurs par une occupation constante de la scène médiatique, si bien que sa parole prend le dessus... Dans cette logique, le sujet qui passe mal un jour est compensé par celui qui arrive le lendemain. » Une logique de désespoir aussi. 4 septembre : le Président s'adresse aux enseignants dans une longue lettre aux éducateurs. Le 11 à Rennes, il promet aux agriculteurs de construire une agriculture de premier plan en France. Le 18, il s'exprime sur la politique sociale devant les partenaires sociaux réunis au Sénat. Le 19, il lance la refonte du service public : « Je veux des fonctionnaires moins nombreux mais plus payés. » Le 20, interview sur TF1. Et ainsi de suite. Un tourbillon.

Le 24 septembre, Nicolas Sarkozy se rend à l'Assemblée générale de l'ONU pour y prononcer sa première intervention. Un baptême du feu. On l'entend alors plaider pour un « new deal économique et écologique à l'échelle planétaire ». Il s'agit d'une mise en garde contre la spéculation financière. Il est très applaudi. Mais en réponse, George Bush, qui le félicite, salue… son action au Darfour. Car ce discours-là est reçu dans l'indifférence par le monde anglo-saxon. Toutefois, la crise aidant, il sera mieux entendu et fera même figure de précurseur.

À sa demi-sœur Caroline – longtemps sa confidente – qu'il ramène à Paris dans l'avion présidentiel, il ne dit pas un mot de ses tourments conjugaux. « Il était, au contraire, très joyeux », note-t-elle.

C'est pourtant à la mi-septembre que Cécilia révèle ses intentions aux amies : « Je veux divorcer », sans jamais citer le nom de Richard Attias. Elle reprend juste son habituel refrain sur les ennuyeux « ors de la République », dont elle n'a pas besoin.

Le 20 septembre, on l'aperçoit à Lyon aux obsèques de Jacques Martin, son ex-mari et le père de ses filles. Elle a demandé à Rachida Dati de l'accompagner, ce que Nicolas n'apprécie guère. La garde des Sceaux est vivement sermonnée.

Toujours prêt à parler de Cécilia lors de sa fugue new-yorkaise en 2005, le Président garde désormais le silence à son propos. Il ne se donne plus la peine de faire semblant. Trop douloureux. Il est dans l'indicible.

Car Cécilia persiste à l'éviter. Ainsi le 1er octobre, elle est absente lorsqu'il remet à l'Élysée les insignes de la Légion d'honneur à David Lynch. Mais on l'aperçoit quelques heures plus tard au Bristol, où le cinéaste américain offre une réception. Mieux encore : elle ne l'accompagne même pas en Bulgarie, où elle est pourtant attendue comme une héroïne. C'est sûrement « le » voyage où elle aurait dû être à ses côtés. Et lui il est obligé de chercher des excuses qui ne trompent personne : « Ma femme a été blessée par les polémiques. » Une occasion de la complimenter à nouveau : « Elle a fait un travail absolument remarquable, avec beaucoup de courage, de sincérité, d'humanité. » Les infirmières sont très déçues. La présence de Sylvie Vartan, née en Bulgarie et invitée personnelle du Président, ne les console pas. Car c'est elle, Cécilia, et personne d'autre, qu'elles voulaient revoir. Tout comme la population, qui se promettait de lui faire la fête. Au nom de la Bulgarie tout entière et pour remercier la France, le Président Parvanov remet à son homologue français les grands insignes de la Stara Planina. Lors de la cérémonie organisée à l'ambassade de France, chacun peut mesurer combien le Président est perturbé. Il expédie son discours, remercie à peine les infirmières qui lui ont remis des cadeaux pour sa femme. Et décide de repartir au plus vite, en dépit de toute bienséance. « Il avait très mauvaise mine. On le sentait très malheureux, il était très mal », témoignent les journalistes.

La rumeur du divorce enfle chaque jour davantage. Elle est bientôt confirmée. Le 15 octobre, Cécilia se rend au tribunal de Nanterre pour signer la première étape de leur séparation. Dans la soirée, la présidente des juges aux affaires familiales, Nicole Choubrac, vient à l'Élysée afin d'obtenir la signature de son mari. La veille encore, il l'avait suppliée de réfléchir. En vain. Ce matin-là, il a reçu à l'Élysée des associations de lutte contre la misère et l'après-midi, Jacques Attali est venu lui remettre son rapport sur la croissance. Le lendemain mardi, il se rend à Bordeaux sans que son entourage – la version officielle – décèle chez lui le moindre signe de faiblesse. Ce jour-là, cependant, David Martinon annonce – nouvel indice – que le Président se rendra seul la semaine suivante en voyage officiel au Maroc.

Le mercredi, l'information fuite : le divorce est révélé par *Le Nouvel Observateur*. À la table du Conseil des ministres, le Président écoute imperturbable l'exposé de Christine Lagarde sur le rapport Attali. Il conclut par un commentaire enthousiaste : « C'est un travail formidable. Vous vous rendez compte : Attali travaillait avec Mitterrand, il a fait un rapport digne de celui de Rueff et Armand [1]. » Et les ministres d'admirer cette capacité à s'enflammer pour un rapport alors que sa vie va basculer.

L'après-midi, il est reçu par le Conseil économique et social où il prononce un discours sur la pauvreté et la solitude qu'elle engendre. Deux phrases font dresser l'oreille : « Il y a sans doute la bonne solitude, dit-il, celle de la réflexion, celle qui offre le silence, la sérénité, la liberté. » Passe encore. La seconde sonne en revanche comme l'aveu d'un homme en détresse : « Il y a la solitude poisseuse, celle qui oppresse, celle qui naît de la privation de l'écoute, du soutien du regard de l'autre, celle qui fait oublier le sentiment d'aimer et d'être aimé. »

---

1. Le rapport émanant d'un comité présidé par l'économiste Jacques Rueff et l'ingénieur Louis Armand avait été commandé par le général de Gaulle au début de la Ve République pour définir les obstacles à l'expansion économique. Il était devenu une référence dans le débat politique français.

Il fixe alors Pierre Charon, son fidèle qu'il vient de faire entrer dans cette institution, comme s'il ressentait le besoin d'un appui, d'un réconfort amical.

Mais dans la soirée, endossant sa grande armure de comédie, il continue à jouer les bravaches devant les dirigeants de l'UMP. On lui présente un point sur la grève du lendemain. Les gros bataillons du service public doivent (déjà !) manifester contre la réforme des régimes spéciaux des retraites. Par trois fois, ils le voient quitter la réunion pour téléphoner et remarquent à son retour que son visage est marbré de plaques rouges, comme toujours quand il est stressé.

C'est vers 13 h 20 le lendemain, 18 octobre, que tombe sur l'AFP un communiqué de l'Élysée : « Cécilia et Nicolas Sarkozy se sont séparés par consentement mutuel. » On ne saurait imaginer phrase plus courte s'agissant d'un tel couple. Le microcosme parisien est sous le choc. Claude Guéant jure avoir appris la chose à cet instant seulement. Cécilia, qui déjeune avec Isabelle Balkany, fulmine quand elle en prend connaissance : c'est que le mot divorce n'est pas écrit noir sur blanc ! Elle téléphone aussitôt à l'Élysée pour que le texte soit rectifié d'urgence ! Deux heures plus tard, un nouveau communiqué précise donc que, par séparation, il faut comprendre divorce. Et David Martinon qui, pressé de questions le matin même par les journalistes, avait gardé bouche cousue est autorisé à préciser que les époux Sarkozy ont divorcé « par consentement mutuel ».

Tout comme Claude Guéant, la mère de Nicolas Sarkozy, ses fils, ses frères, sa sœur, son père apprennent, eux aussi, la nouvelle… par la presse. Il n'avait fait la confidence de son divorce à aucun de ses proches. Franck Louvrier, qui l'accompagne depuis des années, explique : « Nicolas n'est jamais négatif à son propos. C'est un adepte de la confession positive. Je ne l'ai jamais entendu dire : "Je suis malheureux, je suis fatigué." Il ne se lamente pas, il a horreur que les gens se plaignent. Il garde pour lui ses cauchemars, c'est sa part de mystère. »

Le Président n'ouvre jamais son âme. « Plus les choses le touchent, plus il est secret. S'il parle d'abondance, c'est souvent pour détourner l'attention », analyse Catherine Pégard.

Comique involontaire ou maladresse, la porte-parole du Parti socialiste Annick Lepetit veut voir dans cette annonce une manœuvre politique : « Choisir ce jeudi, jour de forte mobilisation sociale contre la réforme des régimes spéciaux des retraites, pour officialiser un divorce, est-ce vraiment une coïncidence ? » Elle n'est pas seule à tenir ce langage : « C'est une opération de com, une manœuvre de diversion délibérée », ironise Jean-Claude Mailly, le patron du syndicat Force ouvrière. Et le très psychologue Noël Mamère : « Quand on connaît le cynisme du Président, on voit bien que derrière ces événements domestiques se cache de la manipulation. » Au moment où paraît le communiqué, Nicolas Sarkozy a quitté la France pour Lisbonne où se tient le sommet européen avec un ordre du jour important : les Vingt-Sept doivent conclure un accord sur un nouveau traité simplifié. Un texte qui remplace la défunte

Constitution européenne. C'était son idée pour relancer l'Europe.

C'est à coup sûr, pour lui, une victoire, il s'est beaucoup battu pour le faire adopter, avec le concours d'Angela Merkel. Ses homologues l'en félicitent, bien sûr, mais lui, ce qui n'est pas son genre, demeure muet, le teint blême. Les caméras filment une scène qui en dit long. On voit la Chancelière l'attirer à l'écart du groupe pour lui manifester sa sollicitude. La presse, et pas seulement française, accorde à l'événement plus d'importance qu'au traité.

Aux journalistes qui l'interrogent, il répond sur un ton rageur : « J'ai été élu pour apporter des solutions aux problèmes des Français, pas pour commenter ma vie privée. Eux (les participants au sommet), ils ont plus de pudeur que vous et l'élégance en plus. »

C'est qu'il est à cran. Il rembarre même violemment devant témoin Jean-David Levitte qui vient lui chuchoter des informations à l'oreille.

Le lendemain, dans un entretien donné à son interlocuteur habituel Yves Derai (un ami de Richard Attias), pour *L'Est républicain*, Cécilia explique avoir tout essayé pour relancer son couple mais que « ça n'a pas été possible ». Elle confesse aussi avoir rencontré « quelqu'un » en 2005. « Je suis tombée amoureuse, dit-elle. Ce qui m'arrive est arrivé à des millions de gens. Un jour, vous n'avez plus votre place dans le couple. Le couple n'est plus la chose essentielle de votre vie. Ça ne fonctionne plus. Les raisons sont inexplicables. » Et d'ajouter : « La page se tourne, je ne regrette jamais mes décisions. »

Exit Nicolas.

Les amis sont navrés : « C'est beaucoup de chagrin pour nous tous. Mais eux seuls connaissent l'énigme de leur couple. » Il n'y a rien d'autre à dire.

Sauf que dans l'histoire de la Ve République, pour la première fois, un Président en exercice divorce. Napoléon avait répudié Joséphine. En ce cas précis, c'est Cécilia qui a voulu partir. Joséphine répudie Napoléon… Mais le bon peuple s'en moque.

Le psychanalyste Serge Hefez explique dans *Le Point* : « Voilà un homme, Sarkozy, qui a une image de mâle dominant, triomphant, autoritaire, rien ne lui résiste, sauf sa femme. Mais il n'est pas ridicule. Ce que révèle l'épisode Cécilia, c'est combien l'image de l'homme a évolué. À l'heure où la conjugalité est en crise, Sarkozy trompé n'est pas ridicule. Que Cécilia le trompe, le quitte ne ternit pas son image virile. On l'imagine blessé dans son amour, on le plaint éventuellement, mais on ne se moque pas. »

En reprenant sa liberté, Cécilia espère surtout fléchir enfin son amant. Or, celui-ci, interrogé par les journalistes, ne paraît toujours pas décidé à revenir vers elle. A-t-elle conscience de prendre un risque ? « Cécilia a toujours pensé que les hommes finissent par faire ce qu'elle veut », tranche une amie du couple.

Puisqu'il faut encore donner des preuves planétaires à l'amant indécis, elle a élaboré un plan médiatique de star. La veille de l'annonce de son divorce, elle fait comme par hasard la Une de *Match* : un beau portrait qui met en valeur son regard de chatte égyptienne. « Les images d'une femme sereine, à la veille des fiançailles de sa fille Jeanne-Marie », annonce l'hebdomadaire qui écrit aussi : « Cécilia s'impose comme une redoutable guerrière de l'ombre. Du modèle franc-tireur. »

Deux jours plus tard, c'est l'hebdomadaire *Elle*[1], qui lui consacre sa couverture avec quatorze pages de texte relatant ses vingt ans de vie avec Nicolas. Avec article, interview et illustrations évidemment préparés longtemps à l'avance. Dont une série de photos plus superbes les unes que les autres. Sublimées. L'une d'elles en pied la montre debout appuyée contre un mur, vêtue d'une robe grise chic et sobre. Elle est chaussée de talons de 12 centimètres… Façon de souligner que, désormais, elle ne s'interdit plus rien.

La voilà libre. Enfin.

Et que dit-elle[2] ? « J'ai un respect immense pour Nicolas, pendant vingt ans, je me suis dévouée dans l'ombre pour lui, je me suis mise entre parenthèses. Nous étions un couple ordinaire, dans une fonction extraordinaire, avec une pression extraordinaire et nous n'y avons pas résisté. Je suis une femme qui n'était pas faite pour vivre dans la lumière, les ors, les palais. Tout cela me faisait peur. Ce qui me manque par-dessus tout, c'est d'aller faire des courses au supermarché (encore le caddie !), avec mon fils Louis… Je pars pour rien ni personne » (Ouais !). Et d'affirmer comme une vérité – la sienne en tout cas :

1. Qui réalise là sa plus grosse vente depuis trente ans. Six cent mille numéros vendus, les kiosques étaient en rupture de stock au bout de deux jours.

2. Interview de Valérie Toranian pour *Elle*, 19 octobre 2007.

« Aujourd'hui, Nicolas n'a plus besoin de moi, je lui souhaite de trouver la sérénité. Il a droit au bonheur, il le mérite, et moi je ne peux pas le rendre heureux si je ne vais pas bien personnellement. »

La décision de Cécilia, téméraire à coup sûr, lui vaut l'admiration de bien des femmes et de beaucoup d'hommes : « Elle a du cran », admire Philippe Séguin. Les mœurs ont évolué. Le divorce est fréquent, presque toujours admis et souvent approuvé. Mais s'il s'agit d'une attitude moderne aux yeux des uns, d'autres la critiquent, « compte tenu des circonstances et de ses responsabilités ». Cependant l'époque est révolue où l'on se sacrifiait au nom du devoir. Danielle Mitterrand, dont le mari vivait dès qu'il le pouvait en compagnie de Mazarine et de sa mère Anne Pingeot, Bernadette Chirac, qui n'a jamais caché son agacement devant les succès féminins de son époux, n'ont pas divorcé.

Lorsqu'il se présentait comme le candidat de la « rupture », Nicolas Sarkozy pouvait-il imaginer que Cécilia, sans laquelle, à ce qu'il disait, « la victoire n'était pas possible », en ferait une réalité ?

Il n'a consenti qu'à grand-peine à ce divorce (il gardera d'ailleurs son alliance jusqu'à la fin des formalités juridiques, en décembre). Sa santé même en pâtit. À peine rentré de Lisbonne, cet homme qui n'est jamais malade doit passer quelques heures au Val-de-Grâce, pour faire soigner un mauvais phlegmon à la gorge. Simple coup de froid ? Voire ! Sa vie partait en vrille. Sous le choc, ses défenses immunitaires l'ont lâché.

Il trouve quand même la force le lendemain, dans la soirée, de s'adresser à l'état-major de l'UMP. C'est Jean-Pierre Raffarin qui a eu l'idée de cette réunion pour célébrer l'adoption du mini-traité européen à Lisbonne. Une victoire pour la France et son Président lequel, le visage chamboulé, s'efforce de parler de bonheur : « Je suis heureux, mes amis. C'est de l'UMP que tout est parti. Je n'ai pas fait le traité pour cela, mais si cela me permet de revenir ici devant vous, cela en valait la peine. » Et de se lancer dans un plaidoyer sur l'Europe que ses auditeurs jugent brillantissime. Et très vite, il s'éclipse [1].

Mais il n'attend pas la fin de leurs applaudissements. Qui pourrait imaginer qu'il a un cathéter posé sur son poignet ? On doit lui administrer des antibiotiques à haute dose. Il le porte encore le lundi matin en s'envolant pour le voyage officiel au Maroc. Un trajet durant lequel, contrairement à ses habitudes, il n'invite pas les ministres à le rejoindre à l'avant de l'appareil. Tous sont frappés par sa très mauvaise mine, ses traits tirés, une lassitude qu'il ne parvient pas à masquer. « C'était un homme brisé », disent-ils. Tout juste arrivé, il fait repousser son rendez-vous avec le Premier ministre et annuler le dîner prévu avec des artistes marocains. Il préfère passer la soirée en compagnie de ses fils.

1. La visite de Nicolas Sarkozy au siège de l'UMP constitue une première. Jacques Chirac Président n'est jamais revenu au siège du RPR, et François Mitterrand n'est retourné rue de Solférino qu'après avoir quitté l'Élysée.

Accompagné de son épouse, le Roi vient lui témoigner son affection. Cécilia absente, c'est Rachida Dati qui, le lendemain, est invitée à la table royale lors du dîner d'État. Elle joue, de fait, les Premières dames remplaçantes. « De quoi lui donner des idées », commentent quelques ministres jaloux, voire perplexes…

Cent cinquante-six jours après son entrée en fonctions, après onze ans de mariage et vingt ans de vie commune, Nicolas Sarkozy, 52 ans, se retrouve seul. Six ans plus tôt, dans son livre *Libre*, il écrivait : « Je reste convaincu que réussir sa vie, c'est d'abord réussir sa vie de famille. C'est sans doute la plus belle ambition, le grand rêve que l'on peut souhaiter à chaque jeune. » Comment cet homme qui ne se vit bien qu'en couple n'aurait-il pas un grand sentiment d'échec ? Cécilia s'en est allée, emmenant avec elle Louis et les filles. C'est tout son îlot affectif qui sombre.

Lors de la première réunion du matin qui suit le divorce, il déclare aux membres de son cabinet : « Mes états d'âme sont sans importance, la vie continue, je suis chef d'État, je me dois aux Français. » Alors, pour noyer son chagrin, il ne va plus arrêter. Autrement dit, il va continuer. On va l'entendre tous les jours. Le 25 octobre, il lance le Grenelle de l'environnement – préparé par Jean-Louis Borloo, une réussite. Il promet à la tribune que la France sera leader en matière d'énergies renouvelables. « Elle sera exemplaire. » L'ex-vice-président des États-Unis, Al Gore, invité à la réunion, saisi par l'euphorie, s'exclame : « Il faut un Grenelle mondial. »

Une nouvelle vie commence.

Comme pour tirer un trait sur le passé, Nicolas Sarkozy lâche en confidence à Claude Guéant : « Qu'est-ce qu'elle m'en a fait voir Cécilia, qu'est-ce que j'ai enduré avec elle ! » « Il me l'a répété plusieurs fois », précise même celui-ci.

Le Président demande à tous ses collaborateurs de ne plus avoir aucun contact téléphonique avec son ex-femme.

Pour le staff élyséen, ce divorce est une délivrance. C'est la fin d'un cauchemar. « Il était temps, l'atmosphère devenait irrespirable à l'Élysée », confie l'un d'eux.

Dans la majorité, quelques élus compatissent à son malheur. Ainsi le très chiraquien François Baroin : « Ce que Cécilia lui a fait subir, je ne le souhaiterais pas à mon pire ennemi. » D'autres se réjouissent, ainsi Lionnel Luca : « Le départ de Cécilia a été une bonne nouvelle pour nous tous. »

CHAPITRE 2

Nicolas et François

À l'orée du quinquennat, Nicolas Sarkozy savoure – ô temps ! suspends ton vol – ces instants de félicité fragile, quand le nouvel élu, planant sur les hauteurs olympiennes, respire à pleines narines l'air pur de la faveur populaire. Les sondages sont au zénith. Il fascine bien des Français.

« J'ai un projet, je veux occuper tout l'espace », clame-t-il alors.

Il l'avait annoncé, à la fin de la campagne [1] : « Tout ce que j'ai dit, je le ferai. » Il le répète : « Les Français m'ont élu pour que je fasse, pas pour que je fasse faire. » Ajoutant – promesse qui sera tenue : « Je continuerai chaque semaine à aller sur le terrain. » Et il est pressé : « Il faut faire toutes les réformes à la fois parce que sinon on ne fait rien. »

Comment n'aurait-il pas le sentiment de sa toute-puissance ? Ses adversaires, au centre, l'ont pour la

1. Interview au *Figaro Magazine*, le 24 avril 2007.

plupart rallié. La gauche est en miettes, pour longtemps, croit-il.

« J'entre dans un club très limité où nous ne sommes que six : de Gaulle, Pompidou, Giscard, Mitterrand, Chirac et moi », se plaît-il à dire devant ses collaborateurs. Et encore : « Je n'ai personne au-dessus de moi, je ne me suis jamais senti aussi libre. »

Alors, grisé ? L'homme privé sûrement pas : sa situation conjugale, on l'a vu, le perturbe et le désespère. Mais le politique, lui, est heureux : comme quelqu'un qui a toutes les briques en main, la gestion de son calendrier, et prend un plaisir visible à dire : « C'est moi qui décide », témoigne Emmanuelle Mignon, sa directrice de cabinet.

« Je veux être ministre de tout », confie-t-il à des journalistes.

Quelques mois plus tôt, dans un discours consacré à la jeunesse et prononcé à Marseille, il avait cité Michel-Ange : « Seigneur, donnez-moi la grâce de désirer plus que je ne peux accomplir. » Ceux qui vont l'entourer, à commencer par le Premier ministre, sont prévenus.

Le 17 mai, les télévisions, qui guettent le moindre de ses gestes, le montrent faisant son jogging au bois de Boulogne. François Fillon l'accompagne. Une heure plus tôt, un communiqué de l'Élysée a annoncé sa nomination à Matignon. Ils courent côte à côte, au même rythme. Façon de mimer leur future bonne entente ? Pas seulement. Cette exhibition énergétique veut symboliser la rupture avec l'atonie réformatrice du quinquennat de Jacques Chirac.

Ce duo signe aussi l'arrivée au pouvoir de la génération quinqua. À une unité près, ils ont le même âge[1], et un point remarquable, ils n'ont pas fait l'ENA[2]. Depuis trente ans, ils se sont croisés dans le même parti, ont d'abord servi Jacques Chirac, puis pris l'un et l'autre leurs distances avec lui, ont partagé une véritable amitié pour Philippe Séguin, ont été ministres d'Édouard Balladur et l'ont soutenu lors de l'élection présidentielle de 1995. Tous deux sont de très bons orateurs. Là s'arrêtent les ressemblances.

C'est l'alliance du néolibéral européen (Sarkozy) et du gaulliste social anti-Maastricht (Fillon), lit-on çà et là. Le jugement méritera d'être révisé.

On ne saurait imaginer deux tempéraments complexes à ce point aux antipodes.

Le nouveau Président est un conquistador doté d'une force de conviction hors du commun. L'esprit infatigable, comme le corps. Il est un boulimique d'action qui travaille avec la certitude de n'en faire jamais assez. Cet être de ferveur veut être à la source de tout, seulement son activisme fait antidote au raisonnable : il ne hiérarchise pas ses priorités, il se disperse, il en fait trop. Revers de la médaille : son impatience l'incline à croire que les choses sont réalisées parce qu'il a parlé. « Alors que derrière ça ne suit pas toujours. » Prendre son temps l'assomme. Toujours dans l'urgence, il aime les actions qui ont un

1. Nicolas Sarkozy est né le 28 janvier 1955 ; François Fillon le 4 mars 1954.

2. Le premier est avocat, le second a une maîtrise de droit et a fait Sciences-Po.

commencement et une fin. Pour décider, il tranche et vite. « Pas toujours au bon moment, ni au bon endroit. » Il est plus tacticien que stratège.

Hypermnésique, il connaît à fond tous les dossiers, y compris les plus techniques. « Souvent bien mieux que les spécialistes », à en croire les ministres, à commencer par le Premier, qui, redoutant d'être pris en faute, sont terrorisés. Ils ne l'en admirent pas moins. « Il a un moteur surpuissant au regard des autres », admet François Baroin.

Imaginatif, il ose cette comparaison : « Un politique qui n'a pas d'idées est un commerçant qui n'a rien dans sa vitrine. »

Et voilà le plus singulier : sa violence verbale[1], qui peut fondre sur un collaborateur, un ministre, un élu, un patron, un banquier, un journaliste, n'importe qui, lorsqu'il doit évacuer le stress qui le mine. Ce qui l'amène à proférer des jugements hâtifs, inopportuns, maladroits, injustes, voire cruels. Qu'il consent à réviser parfois. Il lui arrive de dire : « J'ai eu tort. »

« Il y a toujours la phrase de trop dans ses discours, surtout quand il improvise », admet le Premier ministre.

« Nicolas serait un piètre chasseur. Il ne tue pas, il blesse ; contrairement à Jacques Chirac qui, lui, tuait, allait à l'enterrement et s'occupait de la veuve », s'amuse un proche.

Le Président blesse, donc il vexe et suscite des rancunes tenaces. Il va se faire beaucoup d'ennemis. Mais il n'est pas un pervers. « Moi, je ne plante pas

1. Elle déclinera au fil des années.

des aiguilles dans une poupée », dit-il. Car cet égocentrique est un grand affectif, un tactile, qui peut se montrer chaleureux, enjôleur, effusif, tendre, ingénu presque, manipulateur aussi. Doté d'empathie, il se laisse submerger par la compassion : « Les détresses individuelles le bouleversent durablement », dit Franck Louvrier.

« Quand il y a un drame, c'est lui le plus révolté, le plus exposé à l'émotion. On se sent presque coupable de ne pas l'être autant que lui. Dans ces cas-là, il est d'une totale sincérité », témoigne Jean-Pierre Raffarin. Qui ajoute néanmoins :

« Je ne connais personne capable d'être aussi gentil que lui. Je ne connais personne capable d'être aussi méchant que lui. »

« Il peut être odieux, mais c'est un faux méchant, je crois que ça lui fait mal de faire mal », rectifie un ministre.

Tous soulignent une autre singularité : « Son sang-froid exemplaire pendant les crises. Plus c'est dur, plus la situation est difficile, plus il est calme, maître de lui, disent-ils, comme si l'intensité de l'action l'apaisait. Il est à son meilleur. Alors que dans les périodes calmes, il mobilise moins ses qualités de fond. Il redevient égocentré. »

« C'est un homme fait pour les grandes crises », affirme Henri Guaino.

François Fillon, lui, est un introverti, taiseux, toujours sous contrôle. « Il exècre les confidences qui obligent l'autre à avouer ses faiblesses », note Myriam Lévy qui dirige sa communication à Matignon. Il est insaisissable. On ne l'a jamais vu se mettre en colère, même si l'on perçoit un feu intérieur qui brûle en lui. Son goût pour les sports extrêmes en est sans doute le reflet [1]. Il est susceptible, orgueilleux, ombrageux. Mais il s'applique à n'en rien laisser paraître, trahi parfois par ce pli qui soudain lui barre le front.

Ses collaborateurs le décrivent comme un patron « agréable, égal d'humeur, mais qui garde toujours ses distances. Ça n'est pas un copain », disent-ils. « Toute démonstration affective est chez lui proscrite », raille un ministre. Certains membres du gouvernement se plaignent de son côté « poisson froid » : « Il n'est pas un animateur d'équipe. Il n'appelle pas. Il n'a pas le geste de prendre son téléphone pour encourager avant une émission ou pour féliciter si elle est réussie, pour dire un mot gentil, ou tout simplement merci. Ce que sait très bien faire Nicolas… de temps en temps. »

D'autres témoignent avoir reçu de lui un SMS amical pour leur anniversaire, par exemple. « Il a invité Darcos à dîner quand il a été viré du gouvernement, il fait ce qu'il faut, mais pas plus », souligne son conseiller Jean de Boishue.

Ses proches vantent « un homme solide, réfléchi, loyal, conscient de sa valeur, mais qui n'a pas la grosse tête et doté d'une capacité de résistance hors du commun ». Ce que la presse et les Français constateront bientôt dans ses rapports avec Nicolas Sarkozy.

A-t-il jamais rêvé de l'Élysée ? Il ne leur en a jamais fait la confidence. « C'est un ambitieux refoulé, parce que clamer ses rêves et ses désirs, cela ne se fait pas »,

---

1. Conduite automobile, alpinisme.

plaisante encore Jean de Boishue qui ajoute : « Il est trop indépendant ou pas assez motivé pour se créer des réseaux. Et puis, il n'a pas les Corses qu'il faudrait… »

Igor Mitrofanoff, qui écrit la plupart de ses discours depuis 1991, admire son « art d'utiliser les circonstances ».

Contrairement au Président, il déteste se mettre en scène et tient à préserver sa vie privée. Il n'a jamais fait la Une des magazines people. Son épouse, Penelope, née Clarke (d'origine galloise), s'est elle-même définie un jour comme « une paysanne ». Elle cultive son jardin dans la Sarthe, soigne ses chevaux, a élevé leurs cinq enfants. On ne la reconnaît pas dans la rue. Ne donnant rien à voir ni à entendre, ils forment un couple dont on ne parle pas. « Depuis le temps que je les connais, je n'ai jamais vu François poser la main sur le genou de Penelope devant des tiers », s'esclaffe leur amie Roselyne Bachelot, qui ajoute, fine mouche : « Il plaît aux femmes, et il le sait. »

Difficile d'imaginer un duo plus hétérogène. Leur alliance, qui ira toujours cahin-caha [1], s'apparente à « une cohabitation subliminale », selon Jean de Boishue. « Plutôt un mariage de raison », rectifie Roselyne Bachelot. « Avec, en fin de parcours, une vraie connivence. Nicolas a horreur de changer de têtes », précise Franck Louvrier.

Ils n'ont jamais déjeuné en tête à tête… pour le plaisir.

---

1. Qui aurait parié en 2007 qu'elle durerait cinq ans ?

Ils ne viennent pas du même monde. Fils et petit-fils d'immigré, les origines du Président sont multiculturelles et multicultuelles[1], ce qui explique qu'il parle tant d'identité nationale. « Je suis fils d'immigré, fils d'un Hongrois et aussi petit-fils d'un Grec de Salonique qui avait fait la Première Guerre. Et il a eu peur, lui, le Juif pendant la Seconde. J'ai été élevé par lui. Je l'adorais », avait-il clamé durant sa campagne. Interrogé en 2007 sur les raisons de son ambition, « le petit Français de sang mêlé », comme il se définissait alors, avait cité Corneille (le chanteur), « parce que je viens de loin ». Plus tard, il lâchera devant l'Israélien Netanyahou : « Obama et moi nous sommes des bâtards. »

Ancien élève des Jésuites, François Fillon est né au Mans, d'un père vendéen, notaire et d'une mère basque, enseignante. Sa famille est l'archétype de la France profonde, catholique de droite, vaguement hostile à Paris. Les enfants ont reçu une éducation à la fois souple et balisée : il faut travailler, respecter les convenances, aller à la messe. Des valeurs que François Fillon a transmises à ses enfants.

Leur parcours politique illustre également deux types d'ascension.

Pour Nicolas Sarkozy, l'Élysée est le résultat d'un combat de trente ans, mené sans répit, à la hussarde, avec fracas. En ne tenant aucun compte des conseils de prudence que lui prodiguaient ses amis : « Si je les

---

1. On s'étonnera qu'en juillet 2010 dans son discours de Grenoble, il stigmatise « les Français d'origine étrangère ».

avais écoutés, je ne serais pas là où je suis », se plaît-il à dire.

S'emparant à 20 ans des rênes de la permanence UDR de Neuilly, il l'avait claironné : « Je les boufferai tous. » Et il l'avait fait. D'abord en évinçant l'un après l'autre les anciens militants qui voulaient l'encadrer, puis en barrant – à 28 ans – l'entrée de la mairie de Neuilly à Charles Pasqua, rusé patron du département des Hauts-de-Seine. En s'appropriant ensuite d'autorité une circonscription que Jacques Chirac ne lui destinait pas. Enfin, en essayant d'empêcher celui-ci, qu'il avait pourtant servi longtemps, d'accéder à l'Élysée. C'était alors au profit d'Édouard Balladur. « Je les ai tous niqués », lâchera-t-il plus tard.

Pour arriver au but, Nicolas Sarkozy a plusieurs fois tué le père. Sans doute afin de se libérer d'une rage jamais dissipée contre son géniteur, qualifié par sa mère de « monument d'égoïsme ». Un père absent qui lui avait prodigué peu d'amour et offert peu d'argent. « J'en ai beaucoup souffert », avait-il avoué. Longtemps, il se plaindra d'être un mal-aimé en politique : « Moi, on ne m'a rien donné, j'ai dû tout prendre. » Rien donné ? À une exception près : Édouard Balladur qui, en 1993, le fait ministre du Budget de plein exercice en y ajoutant la fonction de porte-parole du gouvernement et bientôt, après la démission forcée de son ami Alain Carignon pour cause d'ennuis judiciaires, le ministère de la Communication.

Un jour, dans un élan, il déclara même à Édouard Balladur : « Vous êtes mon vrai père », lequel, comptant déjà quatre fils, n'en espérait sans doute pas un cinquième.

Le parcours de François Fillon est celui du montagnard qui gravit les sommets marche après marche. Lentement. Sûrement. Avec un avantage dès le départ : son siège dans la Sarthe est celui de Joël Le Theule, un ami de ses parents dont il avait été l'attaché parlementaire. Cet ancien ministre du général de Gaulle et de Valéry Giscard d'Estaing décède brusquement en décembre 1980[1]. François Fillon fait donc figure d'héritier (même si une élection est toujours à risque). Il va reprendre un à un tous ses mandats. Élu triomphalement conseiller général de la Sarthe dans le canton de Sablé, en février 1981, il devient député en juin suivant. Élu dès le premier tour en pleine vague rose socialiste. Un beau succès. Il n'a que 27 ans. Benjamin de l'Assemblée nationale, il se rapproche d'emblée de Philippe Séguin, dont il dira : « À son contact, j'ai beaucoup réfléchi au sens de la Nation, à la question sociale et républicaine. Il m'a aidé à former ma doctrine. » Son mentor, donc, avec qui il va mener – et avec d'autres aussi – la fronde contre les socialistes. Aux élections municipales de 1983, François Fillon est élu maire de Sablé, puis réélu député en 1986. Toujours au premier tour, et dans la foulée, il se hisse alors à la présidence de la commission de la défense. Un poste qu'il occupe jusqu'à la présidentielle de 1988. Jacques Chirac, cette fois encore, est battu. François Fillon

1. Chaque année, François Fillon se rend sur sa tombe à la date anniversaire de sa mort.

retrouve pourtant son siège aux législatives qui suivent la réélection de François Mitterrand, lequel avait totalisé 58 % des voix dans sa circonscription.

Très déçu par l'échec de Jacques Chirac, avec lequel il n'a jamais eu d'atomes crochus – « Il ne m'a jamais fait confiance, je ne lui ai jamais fait confiance », dit-il –, convaincu que l'avenir de celui-ci est désormais derrière lui, Fillon se mêle à l'aventure des douze « rénovateurs de la droite », avec Philippe Séguin, François Bayrou, Michel Barnier, Dominique Baudis, etc. Douze jeunes hommes qui veulent secouer le cocotier pour éliminer Giscard et Chirac. Cette aventure sans lendemain coûte à Fillon sa place au bureau national du RPR. Il suit alors Philippe Séguin dans son alliance avec Charles Pasqua pour tenter de s'emparer du parti et surtout en finir avec son secrétaire général Alain Juppé, la bête noire de Séguin. L'opération tourne court. La liste Chirac-Juppé obtient 70 % des voix. Mais tout va bien pour Fillon. En avril 1992, il remporte la présidence du conseil général de la Sarthe. Et un an plus tard, il devient ministre. Pour la première fois. Édouard Balladur lui confie l'Enseignement supérieur et la Recherche. Le style Balladur, posé, réfléchi, toujours courtois, l'enchante. « Balladur exerçait sur moi un charme irrésistible [1] », écrit-il. Vingt ans plus tard à Matignon, François Fillon arborera les mêmes chaussettes rouges que lui, achetées à Rome chez Gammarelli, le fournisseur des cardinaux, une coquetterie.

1. François Fillon, *La France peut supporter la vérité*, Éditions Albin Michel, 2006.

Comme Nicolas Sarkozy, il soutient Balladur à la présidentielle, tandis que son ami Philippe Séguin appuie Jacques Chirac. Lequel, aussitôt élu, nomme à Matignon son ennemi Alain Juppé. Philippe Séguin, qui guignait le poste, est très dépité, mais il impose à Chirac l'entrée de Fillon au gouvernement. Le voilà ministre des Technologies de l'Information et de la Poste, où il va conduire la privatisation de France Telecom. C'est encore « Fillon le chanceux ». Les balladuriens sont, eux, voués aux gémonies et hués dans les congrès RPR. Nicolas Sarkozy, accueilli par des crachats, entame une traversée du désert. Très rancunier, Jacques Chirac ne leur tend pas la main.

En 1998, nouvelle chance : François Fillon succède à Olivier Guichard à la présidence du conseil régional des Pays de la Loire. Un an plus tôt, la dissolution de l'Assemblée nationale, décidée conjointement par Jacques Chirac, Alain Juppé son Premier ministre et Dominique de Villepin le secrétaire général de l'Élysée, a installé Lionel Jospin à Matignon… pour cinq ans !

Selon le scénario le plus improbable, Jacques Chirac est réélu en 2002, avec 82 % des voix, face à Jean-Marie Le Pen. Et Fillon figure toujours dans le casting : ministre des Affaires sociales du gouvernement Raffarin. Il va y réformer les retraites : le service public s'alignera sur le régime privé pour le calcul des trimestres cotisés.

Récapitulons : pendant vingt et un ans, François Fillon n'a connu aucun revers : « C'est quelqu'un qui n'a jamais souffert », se plaisait à souligner alors Nicolas Sarkozy sur ce ton supérieur de qui en a bavé.

Et puis voilà qu'en 2004, sa région bascule à gauche comme la quasi-totalité des autres. Il en est très surpris et très dépité. Le soir des résultats, sur les plateaux de télévision, il parle d'un « 21 avril à l'envers », par allusion à la cinglante défaite de Lionel Jospin éliminé au premier tour en 2002. Son mot fera florès. S'il est une référence peu appréciée par Jacques Chirac, c'est bien celle-là. François Fillon doit quitter les Affaires sociales où il est remplacé par Jean-Louis Borloo… On lui offre l'Éducation nationale.

Un an plus tard, après l'échec du référendum sur la Constitution. Exit Raffarin. Dominique de Villepin, forçant la main de Jacques Chirac, s'installe à Matignon. Cette fois, Fillon n'est plus ministre. Et c'est Jacques Chirac en personne qui le lui annonce par un bref coup de téléphone : « Tu ne fais plus partie de mon gouvernement. » Et il raccroche net. Ce que Fillon prend très mal : « Chirac m'a appelé, il ne m'a pas dit un mot sur ce que j'avais fait au gouvernement : or, je suis le seul à avoir mené neuf réformes législatives. Quand on dressera le bilan de Chirac, on ne se souviendra de rien, sauf de mes réformes [1]. » Du Fillon tout craché. Évidemment, c'est une rupture. Jacques Chirac vient de le précipiter dans les bras de Nicolas Sarkozy : « En me virant du gouvernement, ils ont fait de moi son directeur de campagne avant l'heure », reconnaît-il.

Les deux hommes se sont flairés depuis longtemps. Quand en 1999, au beau milieu de la campagne européenne, Philippe Séguin, sur un coup de

---

1. Déclaration au *Monde*, 1er juin 2005.

tête, avait démissionné et de la direction de la campagne et de la présidence du RPR, Nicolas Sarkozy, nommé secrétaire général du mouvement par Séguin, avait appris la nouvelle par une dépêche de l'AFP. Contre l'avis de Jacques Chirac, il s'était senti obligé de prendre, impromptu, la suite de Séguin en tête de liste. Pour connaître son premier gros échec électoral : avec 13 % des voix, sa liste arrive derrière celle de Charles Pasqua. Une humiliation ! Mais pas question de renoncer. Il propose l'alliance à François Fillon, chargé des fédérations : « Je prends la présidence, et toi tu auras le secrétariat général. » C'est non. Fillon ne veut pas devenir son vassal, avoir avec lui des relations hiérarchiques. Explication de Jean de Boishue : « Pour François, Sarko et ses amis, c'était la bande du drugstore, pas son genre. » En réalité, François Fillon guigne lui aussi la présidence du RPR « pour incarner le courant gaulliste social », annonce-t-il au bureau politique sous le regard éberlué de Sarkozy, lequel a fini par céder. Il n'est plus candidat. Jacques Chirac ne voulait pas de lui.

« Nicolas en a voulu à Fillon », reconnaît Brice Hortefeux. « Fillon, il est sournois et faux cul », disait-il alors.

En politique, l'ennemi d'hier peut toujours devenir l'ami de demain. En 2005, les deux hommes se sont trouvé un point d'accord capital : la dénonciation de la politique présidentielle. Dans son livre [1], François Fillon ne mâche pas ses mots : « Jacques Chirac porte une responsabilité sérieuse dans le décrochage

1. *La France peut supporter la vérité*, *op. cit.*

économique et social de la France. » Il décrit Nicolas Sarkozy comme « un compagnon chaleureux profondément humain, et incapable de dissimulation ».

L'alliance est vite scellée. Fillon se voit chargé d'élaborer le programme législatif de l'UMP. Pendant la campagne présidentielle, autre marque de confiance, il se voit offrir, au QG de la rue d'Enghien, le bureau le plus en vue : en haut de l'escalier. Il voisine avec celui du directeur de campagne, Claude Guéant. Chaque matin, Fillon coordonne les interventions politiques de la journée : « On peut dire au candidat ce qui ne va pas à condition de lui apporter toujours une solution », apprécie-t-il. C'est leur grande époque fusionnelle, ils se parlaient tous les jours.

Longtemps avant l'élection, Nicolas Sarkozy lui avait confié qu'il songeait à lui pour Matignon. Mais ils n'en avaient pas vraiment reparlé pendant la campagne. Fillon s'était pris à douter. Il interrogeait ses proches : « Tu crois qu'il va me nommer ? » « Moi, je lui répondais non », raconte Jean de Boishue qui ajoute : « Il voulait devenir Premier ministre parce qu'il se sentait capable de l'être. »

Chose rare : la promesse est tenue. Bavardant avec les journalistes, le nouveau Président s'amuse : « Lui, c'est les jambes et moi, la tête. » Ce qu'un proche du Premier ministre traduit aussitôt : « Tout ira bien entre l'Élysée et Matignon à condition de rester aux ordres. »

Dans les premiers temps, « tout baigne ». Douze jours seulement après l'élection, Claude Guéant, le secrétaire général de l'Élysée, annonce sur le perron du Palais et selon un rite immuable la composition du gouvernement : quinze ministres et quatre secrétaires d'État.

La continuité est assurée par Alain Juppé, nommé ministre d'État, de l'Écologie, du Développement et de l'Aménagement durables. Un grand ministère taillé pour lui sur mesure. Huit jours plus tard, il annonce un grand projet novateur : le Grenelle de l'environnement, promis à Nicolas Hulot durant la campagne. Michèle Alliot-Marie se hisse au ministère de l'Intérieur. Elle est la première femme à occuper ce poste, comme dans le précédent gouvernement, elle avait été la première femme nommée au ministère de la Défense. Un beau parcours. Pour l'aile radicale, Jean-Louis Borloo, rallié de dernière heure, obtient ce qu'il souhaitait – Bercy – et proclame son ambition : ramener le taux de chômage à 5 % avant 2012. Il se trouve flanqué d'un ministre du Budget nommé Éric Woerth. C'est un proche de Juppé, qui en avait fait le trésorier de l'UMP[1]. Rachida Dati, bénéficiant de l'appui insistant de Cécilia, devient à 41 ans la plus jeune ministre de la Justice. Le Président la charge d'emblée de faire voter dès l'été deux lois emblématiques du quinquennat : l'instauration des « peines planchers » pour les récidivistes et l'abaissement à 16 ans de la majorité pénale. Il la charge aussi de réformer la carte judiciaire, qui n'a pas bougé depuis cinquante ans. Ce qu'elle fera.

---

1. Poste dont il devra démissionner en juillet 2010, pris dans la tourmente de l'affaire Bettencourt.

Autre chouchou de Cécilia : David Martinon devient porte-parole de l'Élysée, où il ne va pas tarder à faire double emploi avec Laurent Wauquiez, nommé, lui, porte-parole du gouvernement.

Agrégé de lettres, Xavier Darcos obtient – enfin – l'Éducation nationale [1]. Xavier Bertrand, autre porte-parole de la campagne, les Relations sociales et le Travail. L'ami Brice Hortefeux se voit confier l'Immigration, l'Intégration, l'Identité nationale et le Codéveloppement. Un ministère qu'il doit créer de toutes pièces : « Tu vas beaucoup voyager, tu seras très content », lui dit le Président. Il est cinquième dans l'ordre protocolaire.

Les femmes ne sont pas trop mal loties. Outre Michèle Alliot-Marie et Rachida Dati, Christine Lagarde est nommée à l'Agriculture, Roselyne Bachelot à la Santé, Valérie Pécresse à l'Enseignement supérieur, Christine Boutin au Logement et Christine Albanel à la Culture.

Mais la surprise, c'est l'ouverture à gauche. Le nouveau Président n'a que ce mot à la bouche.

Lors de son discours officiel de candidature le 14 janvier, il l'annonçait sans détour : « Je demande à mes amis qui m'ont accompagné jusqu'ici de me laisser libre. Libre d'aller vers les autres, vers celui qui n'a jamais été mon ami, qui n'a jamais appartenu à notre camp, à notre famille politique, qui parfois nous

1. Ministre délégué à l'Enseignement scolaire auprès de Luc Ferry – ministre de l'Éducation nationale dans le gouvernement Raffarin –, il avait très mal supporté cette cohabitation avec le philosophe.

a combattus. Parce que, lorsqu'il s'agit de la France, il n'y a plus de camps. »

Le plus emblématique est bien sûr Bernard Kouchner, 67 ans, fondateur de Médecins sans Frontières puis de Médecins du Monde. Un militant infatigable qui a inventé le droit d'ingérence humanitaire. Il a aussi dirigé, une année durant, la difficile mission de l'ONU au Kosovo. Par ailleurs, ayant participé aux événements de 1968, il en a gardé quelques idées. Enfin, sa cote de popularité est très élevée. Les Français apprécient son courage physique, son franc-parler, ses colères (souvent feintes), ses coups de cœur (sincères), ses allures d'éternel ado facétieux. Comme Nicolas Sarkozy, il aime l'exposition médiatique, l'action, le pouvoir. Et il ne déteste pas l'argent.

S'il accepte le Quai d'Orsay – il en rêvait – à la demande d'un Président qui vitupère les soixante-huitards, il se croit néanmoins sarko-compatible. Pro-européen sans réserve, il juge – comme le Président – qu'après l'échec du référendum sur la Constitution européenne, il faut relancer la communauté par un traité aux ambitions plus limitées. Mais, contrairement à Nicolas Sarkozy, il est favorable à l'entrée de la Turquie et pense réussir à convaincre le Président (un rêve). Il n'est pas antiaméricain. Opposé à la guerre en Irak, il n'a pourtant pas apprécié la manière trop violente avec laquelle Dominique de Villepin avait manifesté l'hostilité de la France.

Pendant la campagne présidentielle, il avait soutenu Ségolène Royal et ensuite qualifié de « scandaleuse » la création d'un ministère de l'Immigration et de l'Identité nationale.

« Je sais quelles sont tes convictions, je ne te demande pas de les renier », lui assure Nicolas Sarkozy lorsqu'il lui propose d'entrer au gouvernement. Ce qui n'est pas une surprise pour Kouchner : quelques mois plus tôt, les deux hommes s'étaient rapprochés par l'intermédiaire de Brice Hortefeux. Il répond : « Je suis social-démocrate depuis vingt ans, j'ai toujours voté à gauche et je continuerai.

— Tu verras, on s'entendra bien », rétorque Nicolas Sarkozy.

Topons là. Une grosse prise.

Jean-Pierre Jouyet est nommé secrétaire d'État aux Affaires européennes, un domaine qu'il connaît bien : il a été directeur de cabinet de Jacques Delors à Bruxelles, puis directeur adjoint du cabinet de Lionel Jospin. Ami de François Hollande et de Ségolène Royal, il est le parrain de l'un de leurs quatre enfants. À la fin de la campagne, il a signé l'appel dit « des Gracques », avec de hauts fonctionnaires socialisants, partisans de l'alliance avec Bayrou. Mais il connaît bien le Président. Lorsqu'en 2004, celui-ci était devenu ministre des Finances, Jouyet, directeur du Trésor, avait été évincé, puis nommé ambassadeur (sans ambassade) en charge des questions économiques et internationales. « C'est mon socialiste préféré », disait alors Nicolas Sarkozy. Pourquoi Jouyet a-t-il accepté la proposition ? Il l'explique sans fard : « La tentation européenne était trop forte… Et puis la gauche ne m'avait jamais proposé de poste ministériel. » Il n'y a rien d'autre à ajouter ! Nicolas Sarkozy lui donne une consigne : passer la semaine à Bruxelles, où la France a perdu beaucoup de terrain [1].

Le plus inattendu est Martin Hirsch, successeur de l'abbé Pierre à la tête d'Emmaüs. Il a dirigé le cabinet de Bernard Kouchner, alors ministre de la Santé. Il se dit sympathisant du PS. Mais il n'est pas un militant encarté. Après bien des tractations, menées entre autres par la catholique Emmanuelle Mignon, Hirsch accepte d'être nommé haut-commissaire aux Solidarités actives contre la pauvreté (et non pas ministre, même s'il en a le rang et assiste à tous les Conseils du mercredi). Il poursuit un objectif : mettre en œuvre le RSA (revenu de solidarité active). Nicolas Sarkozy le lui a promis.

Éric Besson est l'illustration la plus radicale de l'ouverture. En effet, lui a choisi de passer avec armes et bagages dans l'autre camp. Pendant sept ans, il avait appartenu au bureau politique du PS avec le titre de secrétaire national à l'Économie. Lorsqu'il préparait des fiches pour la candidate Royal, il avait déclaré « pas crédible » le programme économique du candidat Sarkozy, qu'il qualifiait alors de « néoconservateur américain doté d'un passeport français ». Nicolas Sarkozy s'était ému de ce pamphlet. Et puis voilà que sur un coup de tête, en février 2007, Besson envoie tout balader, songe même à quitter la politique : il ne supporte plus Ségolène et

1. Jouyet n'aura pas à se plaindre de l'ouverture, il sera richement doté en quittant le gouvernement en décembre 2008 : la présidence de l'Autorité des marchés financiers. Ce qui ne l'empêchera pas de qualifier l'ouverture d'« imposture ».

finira par publier sur elle un livre à charge, *Qui connaît Madame Royal ?*[1], dans lequel il dénonce une personnalité uniquement motivée par sa propre gloire et qui abuse de la démagogie. Il rejoint, du même coup, le candidat UMP. Les socialistes n'auront de cesse de fustiger le traître, le félon, le déserteur. Il rétorque que c'est le PS qui a trahi son histoire et ses valeurs. Il juge surtout – et c'est là sans doute l'essentiel – que Nicolas Sarkozy est plus qualifié que Royal pour présider la France. Contrairement à Kouchner ou Jouyet, il a choisi de lier son destin politique à celui du Président. Il a changé de camp. C'est un billet de non-retour. On le voit participer, quelque peu gêné, à des meetings de l'UMP où il est pourtant reçu à bras ouverts par des militants ravis. Certains se méfient, certes, mais tous apprécient sa ductilité intellectuelle et une dialectique incomparable. Il est nommé secrétaire d'État chargé de la Prospective et de l'Évaluation des politiques publiques.

Les centristes, en rupture de ban avec Bayrou et qui ont rallié Nicolas Sarkozy entre les deux tours, s'estiment, eux, lésés. L'ouverture au centre est en effet plutôt mince. Ils n'obtiennent qu'un seul ministère – régalien certes –, celui de la Défense, attribué à Hervé Morin. Qui, plus tard, nourrira et proclamera des ambitions présidentielles.

Au total, les plus déçus sont les sarkozystes historiques. Certes, Roger Karoutchi, l'un des plus anciens compagnons de Nicolas dans les Hauts-de-Seine, est entré au gouvernement, chargé des Relations avec le

---

1. Éditions Grasset, 2007.

Parlement – grâce à l'appui de Cécilia. Patrick Devedjian est le plus amer. Il ambitionnait depuis toujours d'être ministre de la Justice. Il supporte très mal qu'une novice comme Rachida lui ait été préférée. Il se voit offrir deux lots de consolation : la succession de Nicolas Sarkozy à la tête du conseil général des Hauts-de-Seine et la direction de l'UMP. Sauf que cette dernière faveur ne le passionne pas vraiment.

Des élus UMP donnent libre cours à leur amertume : « Il est dur d'admettre et difficile d'entendre dire par le Président qu'un homme de gauche est plus compétent que quelqu'un de la famille. »

Ils veulent pourtant espérer encore, après tout, ce gouvernement n'est que provisoire. Les législatives de juin seront comme toujours suivies d'un remaniement. Mais ceux qui rêvent ne sont pas au bout de leurs surprises.

CHAPITRE 3

Premier accroc

Le premier électeur venu vous le dirait : annoncer la simple éventualité d'un nouvel impôt à quelques jours d'un scrutin décisif est plus qu'étrange, dangereux, voire suicidaire ! C'est pourtant ce que va faire le gouvernement dirigé par François Fillon, dont la nomination coïncide avec le lancement de la campagne des législatives.

A priori, la victoire des partisans de Nicolas Sarkozy ne fait aucun doute. Il en est ainsi depuis la naissance de la Ve République : les électeurs confirment toujours leur vote de la présidentielle, le renforcent même parfois.

Les résultats du premier tour confirment cette règle non écrite : sept ministres sont aussitôt élus ou réélus. Le Parti socialiste fait pâle figure. Les premières « projections » de l'institut CSA ne lui accordent pour le deuxième tour que 90 députés au maximum, alliés compris. Contre 440 pour l'UMP, où la perspective d'une telle marée d'équinoxe fait rêver candidats et militants.

Nicolas Sarkozy, qui d'ordinaire ne lâche jamais le pied lors d'une campagne, n'entend pas intervenir entre les deux tours. Il a simplement demandé aux Français, lors d'un unique déplacement au Havre, de lui donner une majorité à la mesure de ses ambitions de réforme. Tout en clamant : « La France, ce n'est pas la droite, la France, ce n'est pas la gauche, la France, c'est tous les Français, disait le général de Gaulle. » Il laisse donc François Fillon et ses ministres achever le travail.

Mais voilà que se produit, dès le soir du premier scrutin, un incident de parcours. Que l'on n'attendait pas, bien sûr, et dont on ne mesure pas aussitôt les conséquences.

Comme d'ordinaire, ce dimanche-là, se poursuivent sur les plateaux de télévision les rituelles et souvent ennuyeuses séances de commentaires et de débats. Sur TF1, Laurent Fabius, qui n'a rien à dire pour sauver la face d'un Parti socialiste exsangue, titille Jean-Louis Borloo, pour l'heure ministre de l'Économie et des Finances. « Où le nouveau pouvoir va-t-il dénicher les milliards d'euros nécessaires au financement de son programme, sans compter le remboursement de la dette ? » lui demande-t-il. Réponse du ministre : « On va regarder l'ensemble des sujets, y compris l'éventualité de la TVA sociale. »

Ravi, Fabius saute sur l'occasion : « La TVA est un impôt sur la consommation, donc forcément impopulaire. D'autant que l'on s'apprête à accorder des allègements fiscaux aux plus aisés. »

Un boulevard s'ouvre donc à la gauche, qui n'en attendait pas tant. François Hollande et Ségolène

Royal s'y engouffrent dès le lendemain. Sur l'air de « la TVA antisociale ». Henri Emmanuelli, toujours prêt à bondir, dresse, virulent, un parallèle entre cette éventuelle augmentation de TVA et ce que l'on commence à appeler le bouclier fiscal. « Nicolas Sarkozy, tonne-t-il, gouverne pour les riches. » Un refrain qu'il fredonnera pendant cinq ans.

À Matignon on crie « au feu ».

De quoi s'agit-il ? L'idée est simple : la protection sociale, cette grande fierté française, est financée par des cotisations payées à la fois par l'employeur et le salarié. Baisser ces cotisations allégerait les charges du premier, concurrencé par des pays où le coût du travail est faible, et augmenterait le pouvoir d'achat du second. Mais comment dès lors financer le maintien de la protection ? Par l'impôt ! En l'occurrence la TVA. « Nous n'avons pas le droit, dit le Premier ministre, d'ignorer une idée qui pourrait sauver ou créer des centaines de milliers d'emplois en France. » Il ajoute, quand même prudent, qu'elle ne serait pas retenue s'il était démontré qu'elle entraînerait « une augmentation injuste des prix ».

Injuste ou juste, c'est le mot « augmentation » qui frappe l'opinion.

Alors s'ouvre une de ces polémiques dont le quinquennat de Nicolas Sarkozy semble avoir le secret. Le PS maintient évidemment la pression. Personnellement plus dubitatif que le Président, François Fillon se montre publiquement favorable à une expérimentation. Interrogé le 12 juin par David Pujadas, sur France 2, il tente de calmer le jeu : « Le taux de la TVA n'augmentera pas pour financer les dépenses de l'État, assure-t-il. Nous ne voulons pas que la TVA soit une sorte d'expédient pour financer des dépenses qu'il faut au contraire réduire. Ce que nous disons simplement, et nous ne sommes pas les premiers à le dire [1]… c'est qu'il faut réfléchir à une façon de lutter contre les délocalisations. La protection sociale va coûter de plus en plus cher… Si on fait porter le coût de cette protection sociale sur le capital, le capital se délocalise aussi. Donc il reste cette proposition : transférer les cotisations sociales sur la TVA.

— Tout cela sans augmentation du taux ? demande David Pujadas.

— Alors, si on transfère une partie des cotisations sociales, on augmente le taux…

— De combien à peu près ?

— Ça dépend de l'effort que l'on veut faire sur les cotisations sociales.

— Par exemple, cinq points ? L'ordre de grandeur pourrait être celui-là ?

— Il pourrait être celui-là… C'est pour cela que Nicolas Sarkozy m'a demandé d'engager une vraie

---

1. Dominique Strauss-Kahn l'avait proposé en 2005 aux universités du PS. Manuel Valls, candidat socialiste aux primaires, en vantera lui aussi les vertus.

Nicolas Sarkozy a rouvert le débat à haut risque à Bordeaux en novembre 2011 : « Nous devons repenser le financement de notre système social. » Il en a reparlé dans son discours de Toulon le jeudi 1er décembre. Pour en lancer la réforme le 29 janvier 2012.

Laurence Parisot, la patronne du MEDEF, réclame, elle aussi, une nouvelle formule de TVA sociale, qu'elle défendra, dit-elle, « bec et ongles ».

concertation avec les partenaires sociaux, je suis prêt à le faire avec l'opposition. »

Et ainsi de suite…

L'erreur est évidemment d'avoir approuvé un tel chiffre. Qu'a-t-il dit là ! Quelle bourde ! « François a complètement dérapé » reconnaissent ses proches. Nicolas Sarkozy, qui regarde la prestation de son Premier ministre, explose de rage. Les socialistes ont trouvé leur nouveau slogan : « Votez contre la TVA à 24,6. » Bien joué ! Les candidats UMP en campagne dans leurs circonscriptions bombardent l'Élysée de messages alarmistes. Le Président décide alors d'intervenir pour indiquer qu'aucune décision ne serait prise avant la fin de l'été. Et pour affirmer qu'il n'acceptera pas une hausse de la TVA qui entamerait le pouvoir d'achat. Il le dit avec autant plus de force qu'on vient de lui montrer un sondage (non publié) : 60 % des Français se disent hostiles à une telle mesure.

Puisque le projet, de l'aveu même du Président, n'est pas officiellement abandonné, François Fillon demande à Éric Besson d'étudier ses conséquences possibles et à Jean-Louis Borloo d'en préciser l'affectation à la protection sociale. Qu'ils rendent leurs rapports dans six semaines !

Le 17 juin, retour aux urnes pour le deuxième tour. Pour 60 % des Français seulement. Le taux d'abstention, premier chiffre connu, est en effet plutôt élevé, ce qui n'est pas une bonne indication. Et bientôt la cascade des résultats confirme la tendance. Curieux spectacle : sur les plateaux télévisés, la majorité – qui garde certes la majorité – se montre embarrassée. Et c'est la gauche qui jubile. Car elle obtient 227 sièges. Dont 184 pour le PS, soit 43 députés de plus que dans la législature précédente. Et le double de ce que lui laissaient prévoir les résultats du premier tour ! Sans doute a-t-elle bénéficié d'un report de voix du MoDem. Car François Bayrou, qui avait d'abord présenté des candidats partout[1], enregistre un piteux résultat : quatre élus en tout et pour tout.

C'est la polémique fiscale qui a corrigé sévèrement les résultats de la majorité présidentielle : 346 sièges, soit une centaine de moins que prévu par les sondages et, pour l'UMP, trente de moins que dans la précédente assemblée !

Ce soir du deuxième tour, Nicolas Sarkozy ne décolère pas. Il juge « mauvais », sans exception, les ministres, y compris le premier d'entre eux, qui défilent sur les plateaux de télévision. Et il en tire très vite la conclusion : « Si je ne fais pas les choses moi-même, ça ne marche pas. »

La plupart des députés réélus pensent, eux – et le clament – qu'ils ne doivent leur succès qu'à leurs qualités et à leur travail sur le terrain. François Fillon relativise : « Si Nicolas n'avait pas été élu à la présidentielle, la plupart auraient été battus. »

Une fissure se crée donc, dès les premières semaines, entre la majorité et le Président. Elle laissera des traces : cette histoire de TVA sociale sera souvent rappelée par les parlementaires de l'UMP.

---

1. Ce qui lui permettra de bénéficier d'un confortable financement public pour son parti. Une voix rapporte douze euros par an durant cinq ans.

Même après la mise aux oubliettes du rapport d'Éric Besson et l'enterrement définitif du projet, à l'automne, par Nicolas Sarkozy.

Pour l'heure, il s'agit de remanier, comme prévu, le gouvernement. Moins prévue était la défaite d'Alain Juppé à Bordeaux. Un nouveau coup dur pour le numéro deux du gouvernement et qui fait du bruit. Juppé en tire la conséquence : il quitte un gouvernement dont il était le seul chiraquien estampillé. Qui va le remplacer à la tête du grand ministère qu'on lui avait taillé sur mesure ? Jean-Louis Borloo, à la grande stupéfaction de la majorité, laquelle le juge – à tort – responsable de ses premières désillusions électorales. Lui-même n'est guère satisfait de ce changement de poste [1]. « C'est Fillon qui a gaffé et c'est moi qui suis puni », se plaint-il. Mais c'est une punition promotion, qui le hisse au rang de numéro deux du gouvernement, avec titre de ministre d'État. Quand même, c'est la mort dans l'âme qu'il quitte Bercy. Pendant quelques semaines, il déprime avant de rebondir tout feu tout flammes : il a un projet, il va sauver la planète, il fait le plus beau métier du monde. Youpi ! Il sera le maître d'œuvre du Grenelle de l'environnement lancé par Juppé.

Reste à le remplacer aux Finances. Nicolas Sarkozy a songé à son ami Henri de Castries, le président d'Axa, inspecteur des Finances, bardé de diplômes, mais il a décliné l'offre. Ce sera donc Christine Lagarde. La voilà propulsée ministre de l'Économie,

---

1. Il sera resté quatre semaines à Bercy. Un record de brièveté à ce poste.

de l'Industrie et de l'Emploi. Elle n'a pas le titre de ministre des Finances car l'Élysée ne veut pas blesser le ministre du Budget, Éric Woerth, qui guignait le poste. Pendant deux ans, il n'y aura donc pas de ministre des Finances. La ministre récupérera le titre après la démission d'Éric Woerth !

Elle n'a aucune expérience des affaires politiques, mais cette avocate qui dirigeait deux ans plus tôt le grand cabinet américain de Chicago Baker et McKenzie (et qui fut classée par la presse des USA parmi les cent femmes les plus influentes du monde) sera plus à l'aise, croit-on, à Bercy qu'au ministère de l'Agriculture, où elle affirmait pourtant « se plaire beaucoup ». Nicolas Sarkozy avait depuis longtemps remarqué la qualité de ses interventions [1]. Il était aussi très bluffé par… sa pratique de l'anglais.

À tous ceux qu'il rencontre, il déclare alors : « Elle sera la seule femme à la réunion de l'Ecofin, ça aura de la gueule. Si elle m'écoute, elle peut aller très loin. » Sous-entendu : jusqu'à Matignon.

Il ne soupçonne évidemment pas que la crise économique va lui donner un rôle de premier plan [2]. Il lui assigne une vaste mission. Rétablir les comptes extérieurs, fusionner l'ANPE et l'UNEDIC, mettre en œuvre la loi TEPA… et réaliser enfin le plein emploi !

D'autres nominations suscitent de nombreux commentaires. D'abord, celles de plusieurs femmes.

1. Elle était ministre du Commerce extérieur dans le gouvernement Villepin.

2. Mieux même : international. Qui aurait pu parier qu'elle succéderait à Dominique Strauss-Kahn au FMI ?

À commencer par l'arrivée au Quai d'Orsay de Rama Yade, promue secrétaire d'État en charge des Droits de l'homme. Benjamine du gouvernement à 30 ans, elle est noire et belle : « Il y aura désormais deux femmes noires sur la scène internationale, Rama et Condi Rice, la Secrétaire d'État de George Bush », clame enthousiaste le Président. Autre symbole fort : l'arrivée de Fadela Amara, présidente de « Ni putes ni soumises » et militante des cités, au secrétariat d'État à la Ville. « La diversité », comme on dit, est enfin représentée. Ce qui suscite des commentaires laudateurs.

Ouverture toujours : dans l'après-midi du deuxième tour, le Président a lui-même appelé le socialiste Julien Dray, coordinateur de la campagne de Ségolène et ami de longue date : « Je te donne ce que tu veux », mais sans lui faire de proposition précise. On n'en finirait pas de citer tous les socialistes ainsi approchés : de Manuel Valls au fabiusien Bartolone en passant par Claude Allègre ou Malek Boutih. Tous refusent. Flattés quand même.

Nicolas Sarkozy fait en sorte que cela se sache. Histoire de flanquer la pagaille rue de Solférino, sans doute. Mais pas seulement. Il cherche toutes les occasions de montrer son absence de sectarisme, sa volonté de rassembler. Il l'a expliqué à Dominique Paillé, défait dans les Deux-Sèvres, qu'il nomme secrétaire adjoint de l'UMP : « J'ai gagné parce que j'étais le candidat de la créativité, du mouvement. Pour gouverner, il faut une assise toujours plus large. Je dois être à l'origine de cette évolution. » Avant même la formation du premier gouvernement, il avait sollicité – en vain – Anne Lauvergeon, l'ancienne sherpa de François Mitterrand devenue PDG d'Areva. Il lui en voudra toujours un peu. Il avait aussi reçu Hubert Védrine, ex-ministre des Affaires étrangères de Lionel Jospin.

Jack Lang avait proposé ses services, il téléphonait régulièrement à Brice Hortefeux. On lui trouve un lot de consolation : une place au Comité de réflexion sur la modernisation des Institutions présidé par Édouard Balladur. Nicolas Sarkozy fait campagne auprès de ses homologues européens pour que Dominique Strauss-Kahn accède à la direction du FMI. « Il en a les capacités », plaide-t-il. Le mandat du directeur du FMI étant de cinq ans, il espère ainsi se débarrasser d'un adversaire. Lorsqu'il le reçoit avant son départ pour Washington, connaissant sa réputation établie de séducteur insatiable, il lui recommande la prudence. « Tu sais, les Américains ne sont pas comme les Français. » Un conseil judicieux qui ne sera, hélas, pas écouté !

Le sénateur maire de Mulhouse, Jean-Marie Bockel, qui avait soutenu Ségolène Royal, est chargé de la Coopération et de la Francophonie. Un mois avant le scrutin, il avertissait qu'il ne fallait pas « diaboliser Sarkozy ». Une déclaration concertée, bien sûr. « Cela faisait deux ans que Nicolas Sarkozy me demandait de le rejoindre. »

Devenu ministre, Bockel confie au *Parisien* le 29 juin : « De gauche je suis, de gauche je reste. » Très bien. Seulement l'Alsace, la région qui a le plus voté pour Nicolas Sarkozy (65 % de suffrages), apprécie peu d'être représentée au gouvernement par un socialiste, fût-il considéré comme blairiste.

La présidence de la Commission des finances revient au député socialiste de l'Isère, Didier Migaud. Voilà pour l'ouverture. Moins resserrée que prévu (31 membres), moins paritaire qu'annoncé mais politiquement plus bigarrée, cette équipe Fillon 2 porte indéniablement la griffe Sarkozy : mélange d'expérience et de nouveauté, de confirmations et de vraies surprises (il y en aura d'autres comme l'entrée au gouvernement après la Coupe du monde de rugby du sélectionneur du XV de France, Bernard Laporte).

Qu'on y prenne garde pourtant : médiatiquement forte, cette équipe est politiquement faible. Les nouveaux ministres, en effet, ne représentent, pour la plupart, aucun courant structurant de la vie politique. Le chef de l'État fédère autour de lui des sarkozystes de la première heure, des juppéistes (Woerth), un raffarinien (Dominique Bussereau), un libéral (Hervé Novelli, ministre des PME), des centristes en rupture de ban, une poignée de socialistes en déshérence et des personnalités inclassables.

Les parlementaires UMP, eux, sont désappointés. Ils se sentent méprisés. « Il n'y a qu'avec les siens que le Président n'est pas très ouvert », grognent certains. Les militants sont encore plus choqués par la place faite à des personnalités de gauche qui les ont souvent brocardés sur le terrain. « Le Front national s'était effondré. Nommer des gens de gauche a décontenancé notre électorat. C'est le péché politique originel du quinquennat », s'insurge Lionnel Luca, député des Alpes-Maritimes.

Nicolas Sarkozy, qui le sent bien, réagit vite. Avant même que le Premier ministre ne prononce son discours de politique générale, il reçoit à l'Élysée les 344 députés et les 160 sénateurs de la majorité dont il veut contenir les humeurs peccantes. Mais il enfonce le clou : « On ne fait pas de grandes réformes avec une petite équipe, explique-t-il, je me suis exonéré de toutes mes amitiés, de toutes mes attaches partisanes. Si je suis allé chercher des personnalités si différentes, c'est parce que je ne supportais plus l'idée que la France soit diverse à la base et ne porte pas cette diversité au sommet. » Il veut surtout éviter que l'opposition taxe son gouvernement d'« État-UMP » comme, jadis, elle avait qualifié d'« État-RPR » celui de Jacques Chirac. Mais il ne les convainc pas. Ça ne passe pas.

Mais voici plus fort encore : le 18 juillet, devant deux mille cadres de l'UMP réunis au Carrousel du Louvre, il promet de poursuivre l'ouverture pour les municipales. « Il faudra ouvrir les listes et les renouveler de la manière la plus large possible afin d'occuper tout l'espace. L'ouverture n'est pas un choix, c'est un devoir. » Il confie aussi à Jacques Attali, l'ancien collaborateur de François Mitterrand, la direction d'une commission sur la libération de la croissance : « Tout ce que vous préconiserez, promet-il, je l'appliquerai. » Michel Rocard, ancien Premier ministre, se voit dans le même temps confier le parrainage d'un comité chargé d'organiser la concertation sur la revalorisation du métier d'enseignant.

Son entourage est lui aussi mobilisé pour « vendre l'ouverture ». En rappelant par exemple les tentatives de Valéry Giscard d'Estaing, en 1974, qui avait fait entrer Jean-Jacques Servan-Schreiber – pour neuf jours seulement (JJSS, ministre des Réformes, avait dû démissionner, pour cause de déclaration non autorisée sur les essais nucléaires). Et aussi Françoise Giroud, la directrice de *L'Express* qui avait appelé à voter Mitterrand. Giscard avait même fait approcher Pierre Mauroy via son ami Michel Poniatowski, ministre de l'Intérieur, qui l'avait reçu à Beauvau.

En 1988, le deuxième gouvernement Rocard comptait quinze ministres ou sous-ministres issus de l'opposition. Une ouverture très mal acceptée par les socialistes. L'ex-UDF Jean-Pierre Soisson, nommé ministre de l'Emploi, raconte que pendant plusieurs mois Lionel Jospin, ministre de l'Éducation nationale, refusait de le saluer.

Autre rappel : maire de Neuilly, Nicolas Sarkozy s'était toujours montré très généreux avec l'opposition – pourtant ultra-minoritaire dans son conseil municipal. « Beaucoup plus qu'avec nous », se plaignaient ses coéquipiers RPR.

« Pour faire les grandes réformes, répète-t-il à chaque occasion, il faut rassembler les gens. »

Encore faudrait-il éviter de les brutaliser. Le 30 mai, les télévisions montrent un Nicolas Sarkozy assis devant un parterre solennel de robes rouges rehaussées d'hermine. Il est venu assister à l'installation du nouveau premier président de la Cour de cassation, Vincent Lamanda. Il écoute les discours de tous ces magistrats qui n'en finissent pas de le remercier d'être là. À quoi songe-t-il ? On le saura quatre mois plus tard : le 7 octobre, il accepte d'être interviewé par Michel Drucker, qui consacre son émission « Vivement Dimanche » à Rachida Dati. Le Président revient alors sur cette séance de la fin mai. « J'ai voulu être là pour bien montrer la confiance que je fais à l'institution judiciaire. Je regardais la salle. Je voyais 98 % d'hommes qui se ressemblaient tous. Même costume, même origine, même formation, même moule… la tradition des élites françaises, respectable bien sûr. Aussi, voir Rachida assise dans son grand fauteuil rouge au milieu de tous ces hommes, franchement, j'étais ému. » Et d'ajouter : « Je n'ai pas envie d'avoir autour de moi des gens sortis du même moule, les mêmes personnes alignées comme des petits pois, de la même couleur, du même calibre, de la même saveur. Ça n'est pas comme cela que je vais rassembler la France… Si la diversité ne vient pas par le bas, il faut que je l'impose par le haut. Si je veux être sévère avec les voyous, il faut aussi qu'il y ait des symboles comme Rachida. »

Très content de sa formule, celui qui doit être le garant de l'unité et de l'indépendance de la magistrature reparlera des petits pois devant les députés.

Quand éclateront, quatre ans plus tard [1], les manifestations des magistrats sur tout le territoire, le terme « petits pois » sera inscrit sur leurs pancartes. Le

1. En janvier 2011.

monde judiciaire n'a jamais digéré cet hymne à la macédoine[1].

Nicolas Sarkozy a le chic pour se faire des ennemis. Il s'en fera d'autres.

Dans l'immédiat, les réactions ulcérées des plus importants « petits pois » ne simplifient pas la tâche de Rachida Dati, affairée à un vaste programme de mutation des procureurs généraux, un programme qui doit féminiser la hiérarchie. « Pourrait-on vous suggérer d'adopter des méthodes moins brutales ? » lui demande Philippe Bilger, avocat général à la cour d'appel de Paris.

Nicolas Sarkozy a décidé de dépoussiérer, de dynamiter les rituels antédiluviens à ses yeux. « Il veut casser tous les codes », explique sa conseillère Catherine Pégard.

Tous, y compris les moins importants. Qui sont parfois les plus significatifs. À l'Élysée, les huissiers n'ont pas le temps de se lever qu'ils le voient débouler en bras de chemise, parfois même en short et baskets Nike grimpant quatre à quatre les escaliers, téléphone à l'oreille. Les amis, les politiques, les journalistes qui le tutoyaient sont invités à ne pas changer

1. Dans un entretien au *Monde* publié le 14 novembre 2011, Philippe Bilger y revient : « Le tournant, c'est dérisoire, est venu lorsqu'il a traité les magistrats de la Cour de cassation de petits pois, et ceux-ci n'ont pas réagi. C'était la première seconde de l'humiliation que l'on a continué à subir… Sur le plan de l'État de droit, il est devenu une sorte de Caligula aux petits pieds. » (Une comparaison audacieuse. Caligula, empereur romain, tyran sanguinaire, souhaitait que le peuple romain n'eût qu'une tête, afin de la trancher d'un seul coup. Il mourut assassiné.)

leurs habitudes. « Je ne veux pas être un Président glacé qui finit par être glaçant, clame-t-il, il faut mettre de la vie au plus haut niveau du pouvoir. »

Lors de sa première interview télévisée, le 20 juin, recevant à l'Élysée PPDA et Claire Chazal, il s'installe avec eux autour d'une table basse – il a lui-même réglé la mise en scène. On le voit assis jambes écartées, le pied gauche posé sur le genou droit (à moins que ça ne soit l'inverse), le dos calé contre le dossier du fauteuil, à la manière du bon copain qui vous convie à prendre un pot en fin de soirée pour raconter ce qu'il a en tête. Jamais un Président n'avait affiché une telle décontraction. Conséquence : jamais un journaliste ne s'était montré aussi désinvolte. « On vous a vu au G8, très à votre aise avec les chefs d'État et de gouvernement, presque même un peu excité, comme un petit garçon qui est en train d'entrer dans la cour des grands », ose PPDA, qui a sans doute perdu ce soir-là sa place de présentateur vedette de TF1.

Autre changement : l'Élysée annonce que le Conseil des ministres ne sera plus figé et formel. Le Président souhaite instaurer, chaque mercredi, outre les communications et nominations rituelles, une partie D comme « débats ». Sur un thème choisi. Les ministres pourront tous s'exprimer. La partie D fera vite long feu.

Autre rupture : il n'y aura plus d'amnistie pour les infractions au code de la route, alors que chaque élection présidentielle s'accompagnait d'une vague de clémence envers les petits contrevenants. Et il n'y aura plus de grâce présidentielle pour les condamnés en fin de droit. (Ce que regretteront beaucoup d'avocats, alors que les prisons sont pleines.)

Pour l'heure, ce comportement plaît aux Français : 69 % d'entre eux se déclarent satisfaits. Ils jugent le style présidentiel plus proche, plus direct.

La France est encore sous le charme.

CHAPITRE 4

Le gouvernement bis

Durant les dernières années Mitterrand comme pendant l'ère Chirac, l'Élysée ressemblait au château de la Belle au bois dormant. Et pas seulement en période de cohabitation. L'ambiance y était compassée et l'atmosphère cotonneuse. Aucune impulsion forte n'était donnée, sauf en matière de politique étrangère. « Le travail s'arrêtait à midi et reprenait à 16 heures », raille un conseiller de Nicolas Sarkozy.

Avec le nouveau Président, l'Élysée est devenue, on l'a vu, un centre névralgique et opérationnel. Un lieu où se prennent les décisions, d'où se lancent les projets, bref, le vrai cœur du pouvoir.

D'un côté, le gouvernement, de l'autre, les hommes avec lesquels travaille au quotidien Nicolas Sarkozy, persuadé que la réforme doit être pilotée depuis le Palais.

Raymond Soubie tient à rafraîchir les mémoires : « Du temps de Giscard, entre 1974 et 1976, c'était pareil, tout se décidait à l'Élysée [1]. »

Au moment de l'installation, on affirme à Matignon que les ministres viendront chercher les arbitrages rue de Varenne [2] et non à l'Élysée. Mais il n'avait échappé à aucun membre du gouvernement que les négociations sur les décrets d'attribution de chaque ministère s'étaient déroulées dans le bureau du secrétaire général de l'Élysée. Tous les ministres avaient reçu des lettres de mission rédigées par la directrice de cabinet Emmanuelle Mignon.

« Avec moi, rien ne se fera plus comme avant », avait prévenu Nicolas Sarkozy, qui entend s'appuyer d'abord sur une équipe restreinte et réduite. « Vous êtes là pour me protéger », répète-t-il à cette dizaine d'hommes et de femmes venus d'horizons divers qui se réunissent chaque matin à 8 h 30 dans le petit salon vert qui jouxte le bureau du Président. On y commente l'actualité, on peaufine les stratégies, on élabore la communication et la riposte.

Nicolas Sarkozy avait parlé de rupture. Il n'a pas craint la continuité en choisissant ses principaux collaborateurs. Il voulait, disait-il, être « entouré des

---

1. Après la démission de Matignon de Jacques Chirac en août 1976, Marie-France Garaud, sa conseillère, lui avait asséné : « Vous n'avez pas été un mauvais Premier ministre, vous n'avez pas été Premier ministre du tout. »

2. Après quelques mois de flottement, les arbitrages se feront en effet à Matignon.

meilleurs ». Tant pis ou tant mieux s'ils avaient déjà servi d'autres maîtres.

Honneur au tout premier : le préfet Claude Guéant, le secrétaire général. Haut fonctionnaire dans les Hauts-de-Seine, il a fait une partie de sa carrière dans l'ombre de Charles Pasqua. En 1993, devenu ministre de l'Intérieur, celui-ci en avait fait son directeur adjoint de cabinet, pour le nommer, un an plus tard, patron de la police nationale. De Charles Pasqua, Claude Guéant dit « avoir appris le management des hommes ». Et bien davantage. Auprès de lui, il a découvert l'Afrique, que le ministre de l'Intérieur sillonnait et où il avait ses réseaux, comme Jacques Foccart auparavant. Une diplomatie parallèle ? Alain Juppé témoigne : « Quand j'étais au Quai d'Orsay, en 1993, et que je me rendais dans ces pays, chaque fois les hommes de Pasqua étaient passés avant moi. »

C'est justement sur les recommandations de Charles Pasqua que Nicolas Sarkozy a appelé Claude Guéant à ses côtés, au ministère de l'Intérieur, en 2002. Il cherchait un véritable second. Ils n'allaient plus se quitter.

En 2004, Nicolas Sarkozy l'impose au ministère de l'Économie où jamais la caste des inspecteurs des Finances n'avait vu un préfet prendre la direction du cabinet du ministre. Il le ramène avec lui à l'UMP. Puis à nouveau à l'Intérieur avant de le bombarder directeur de sa campagne.

Un parcours fulgurant, unique dans les annales. Claude Guéant, surnommé « le Cardinal » ou encore

« le Préfet », va être pendant quatre ans [1] la pièce maîtresse du régime. Taille moyenne, un visage sans trait distinctif, si ce n'est un regard malicieux, abrité derrière de fines lunettes, et une manière de ponctuer un propos toujours sérieux de grands sourires juvéniles et même d'éclats de rire. Il est l'incarnation du haut fonctionnaire à la française, secret et lisse (en apparence), qui a su se rendre indispensable : il est « la tour de contrôle », l'homme de confiance. Ce qui lui coûte quinze à seize heures de travail par jour, week-ends compris. Sans que la fatigue altère ses traits. Dans son genre, un phénomène [2]. Contrairement à Nicolas Sarkozy, il ne pratique aucun sport. « Je marche une heure le samedi », avoue-t-il. Depuis son veuvage, il ne semble vivre que pour son travail. Il se « surinforme » en permanence. Il a des réseaux partout. D'où un certain halo de mystère. On le dit franc-maçon. On le verrait bien dans une loge. Il l'a toujours nié. (Sans vraiment convaincre.) « Il voit des gens qu'il n'est sûrement pas prudent de fréquenter », constate avec regret un membre du staff élyséen. Mais pour le Président, il représente la sécurité la plus totale. Il peut l'appeler tous les quarts d'heure. « Alors Claude, que se passe-t-il ? » Claude Guéant sait tout et veut tout savoir. « Dans le traitement des parlementaires, il accorde trop de place aux ragots », déplore un député. À l'Élysée, on apprécie

1. Jusqu'en février 2011 où il devient ministre de l'Intérieur.

2. Il devra tout de même subir un pontage coronarien au début de l'année 2011. Une opération qui l'éloignera de sa tâche moins d'un mois.

son autorité, sa capacité à s'opposer – pas tous les jours – à Nicolas Sarkozy. Il lui arrive même d'emporter l'adhésion présidentielle. Il explique lui-même, plutôt fier : « Le Président aime convaincre, mais on peut réussir à le faire changer d'avis. »

Claude Guéant voit tout. C'est un homme de pouvoir. Il reçoit beaucoup : tous ceux, ministres, étrangers de passage, personnages de la société civile auxquels le Président a délivré ce conseil : « Si tu as un problème, un message à me faire passer, va voir Claude. » Guéant s'occupe de tout, comme une sorte de vice-président.

« Il est mon référent, je déjeune avec lui tous les deux mois », expliquait Jean-Marie Bockel. En réalité, tout le gouvernement passe par « Claude ». La plupart des ministres – y compris les plus importants – se plaindront longtemps de n'avoir jamais pu obtenir un rendez-vous en tête à tête avec le Président. « J'ai demandé à le voir, je n'ai pas eu de réponse », déplorent-ils. « Moi, je l'ai toujours vu en tête à tête », se félicite Michèle Alliot-Marie. C'est qu'il est toujours au travail. Claude Guéant explique : « Les ministres, il les voit en réunion et sur un dossier précis. Ou alors lorsqu'il est en voyage : l'avion est le meilleur endroit pour lui parler. Mais souvent, le Président juge qu'ils ne lui apprennent rien. »

François Pérol, son adjoint, juge tout à fait normal que « Claude mette un filtre entre le Président et tous ceux qui veulent le voir. Il faut bien que quelqu'un prenne la responsabilité de lui dire ou de ne pas lui dire les choses. De lui faire ou non passer un dossier, il ne faut pas l'encombrer inutilement ». D'où, selon certains ministres, quelques hiatus : « Il m'est arrivé de parler d'un dossier au secrétaire général, qui m'a dissuadé d'y donner suite. Puis, quand je l'ai évoqué devant le Président, celui-ci m'a donné au contraire son accord. » Personne, bien sûr, ne met en doute la loyauté de cet homme « très organisé, avec qui les choses ne traînent pas », admire François Pérol. Tandis qu'un autre conseiller s'inquiète : « Une partie de son activité est hors contrôle du Président. » Sans compter qu'il est toujours chargé « de faire le sale boulot » : virer quelqu'un ou lui annoncer une mauvaise nouvelle. C'est aussi lui qui supervise les grands contrats industriels de la France à l'étranger. En décembre 2009, avant que les Émirats arabes unis ne préfèrent l'offre du consortium coréen pour construire leur centrale nucléaire, il tenait encore trois réunions par semaine avec les patrons d'EDF et d'Areva, passait les derniers coups de fil à Abu Dhabi. Il a essayé de rattraper les choses. En vain. L'échec de la France l'a convaincu de changer tout le système. Et il a pesé de tout son poids pour que son ami Henri Proglio quitte Veolia afin de diriger EDF (alors que Soubie et Ouart, conseiller pour les affaires de justice, étaient contre) et par ricochet pour que le mandat d'Anne Lauvergeon à la tête d'Areva ne soit pas renouvelé. Claude Guéant est aussi l'homme de missions spéciales en Syrie, en Afrique, où il se rend souvent seul ou accompagné de Jean-David Levitte. C'est lui, par exemple, qui a amorcé – dit-il – la reprise des relations avec le Rwanda. Le Quai d'Orsay s'agace de ce rôle qui lui échappe.

Claude Guéant et Nicolas Sarkozy forment « un couple ». Certains conseillers de l'Élysée ont jalousé cette relation.

Jamais un secrétaire général n'avait eu autant de pouvoir. « Guéant, c'est un saint », dit Christian Frémont, le directeur de cabinet [1]. C'est que le secrétaire général doit lui aussi supporter les colères présidentielles. Au début du règne, elles sont très fréquentes.

Les conseillers avoueront plus tard avoir vécu, quand Cécilia préparait son divorce, une période cauchemardesque. « Le prétexte du courroux présidentiel pouvait être de tout ordre, un élément de langage qui ne lui convenait pas dans un discours, une étape trop longue dans un voyage car il n'aime pas partir longtemps. Une petite phrase d'un ministre ou d'un député, ou encore un titre dans la presse. Curieusement, notent-ils, le Président s'emportait moins quand on avait fait une vraie bêtise. » À l'époque, il arrivait presque tous les matins la mâchoire crispée, tendu. Et à la moindre contrariété, il explosait. La foudre s'abattait alors sur l'un ou l'autre. « C'était une épreuve », reconnaît Claude Guéant. Qui ajoute : « Il existait toujours un lien entre ses éruptions et les difficultés de sa vie intime. Pour qui ne l'aurait pas su, cela aurait été très difficile à supporter. Mais c'était juste comme un lâcher de vapeur. Après quoi il redevenait gentil et donnait des signes d'affection, mais sans en faire trop. » Ce que confirme un autre

1. Qui a succédé à Emmanuelle Mignon en juillet 2008. Celle-ci a choisi de quitter l'Élysée pour le Conseil d'État. Elle ne voulait pas rester sous la férule du secrétaire général.

conseiller : « Il ne s'excuse jamais, mais il s'arrange toujours pour avoir un mot aimable dans les heures qui suivent l'explosion. »

Stéphane Richard, le directeur de cabinet de Christine Lagarde, raconte : « Je me souviens d'une scène terrible pendant l'été 2007. Il nous avait convoqués un dimanche à la Lanterne, il est arrivé en retard, il avait sa tête des mauvais jours, des plaques rouges sur les joues. Il a jeté son portable sur la table, puis a commencé à dénigrer tout le travail qui avait été fait. Il y avait François Fillon, Christine Lagarde, Claude Guéant. Une colère qui a duré vingt minutes, au bout desquelles il s'est calmé, et nous avons enfin pu discuter. »

Jusqu'au divorce, de telles sautes d'humeur furent quotidiennes. Ensuite, elles s'espaceront peu à peu, pour disparaître presque totalement une fois bien installée la relation avec Carla.

Mais en toutes périodes, Nicolas Sarkozy ne cessera jamais de louer son staff devant ses interlocuteurs : « Je suis content, je crois que nous n'avons pas fait trop d'erreurs, mais tu sais à l'Élysée, j'ai la meilleure équipe qui soit », dit-il à un avocat de ses amis [1], lequel s'étonnera ensuite que le Président n'ait pas eu un mot pour le Premier ministre et son gouvernement. Comme s'ils n'existaient pas.

Son staff auquel il lance les jours de bonne humeur : « Ce que vous faites avec moi, dites-vous bien que ce sont les plus beaux moments de votre vie. » Et devant des tiers, il s'amuse à dire : « Je suis à

1. Au printemps 2008.

la tête d'une équipe de pur-sang, si je n'étais pas là, ils s'entre-tueraient. »

De fortes personnalités en tout cas, des individualités brillantes. Ainsi, Raymond Soubie, qui avait travaillé avec Raymond Barre et Jacques Chirac, surnommé « le pape des relations sociales ». Il raconte : « Nicolas Sarkozy m'a appelé quelques jours avant le deuxième tour. Je me suis dit qu'il allait se passer plein de choses, et j'ai débarqué impromptu. Il recevait déjà des syndicalistes. » Une alchimie particulière s'est créée entre ce petit homme de 66 ans à l'œil vif et d'humeur jubilatoire. On remarque qu'il lui manque un bras. Il prévient : « Une bombe anglaise quelques jours après ma naissance. » Jusqu'à l'âge de 15 ans, il a dû subir de multiples opérations. « Cela donne du recul par rapport aux gens qui ont une vie normale », commente-t-il.

Quatre décennies d'expérience des relations sociales et politiques lui ont permis d'acquérir une connaissance des dossiers et un carnet d'adresses inégalé. À quoi s'ajoute un entregent rare. Raymond Soubie émaille sa conversation d'histoires drôles. Il cite par exemple – et en imitant son zézaiement – Edgar Faure, lequel énonçait : « Annoncer une réforme, c'est très bien ; la réaliser, c'est un suicide. » Ou encore : « Pour un ministre, il existe deux solutions. L'une consiste à annoncer une réforme A, très audacieuse, et engager ensuite une réforme B, bien plus prudente. L'autre, c'est d'annoncer une très grande réforme, s'en faire louer par la classe politique, puis quitter le ministère avant de l'engager. »

« C'est mon plus jeune collaborateur », dit de Soubie Nicolas Sarkozy. Qui ajoute : « Il est lumineux et puis il est… riche. » Une remarque significative chez lui. La fortune de Raymond Soubie est tardive et due à son seul mérite : il l'a bâtie en 2002, grâce à la vente d'un cabinet de conseil aux chefs d'entreprise, Altedia (800 consultants), qu'il avait fondé dix ans plus tôt.

Soubie est fasciné par l'énergie du Président, son imagination. Il est bluffé par son engagement physique, son courage au milieu des ouvriers en grève. « Il n'a peur de rien », dit-il.

Jouant les modestes, le pape des relations sociales se flatte volontiers d'avoir été consulté par tous depuis le début des années 1980, de Pierre Bérégovoy à Édouard Balladur. À l'UMP, ses détracteurs lui reprochent de ne jamais prendre de position idéologique. « Il aurait pu appartenir, disent-ils, à n'importe quelle majorité. » En fait, Soubie serait plutôt un fervent du prince de Lampedusa : « Il faut que tout bouge pour que tout reste pareil. » N'exagérons pas cependant. Sa connaissance du terrain et des hommes l'en a convaincu : les vraies ruptures sont d'abord négociées et acceptées. Dans ce pays, si l'on choisit d'appliquer la formule « Ça passe ou ça casse », ça casse toujours. Et voilà pourquoi, constate-t-il, « la France est un cimetière de réformes ».

Savoir lâcher du lest sur l'accessoire pour sauver l'essentiel et surtout ne jamais humilier sont ses principales recettes. Elles l'aident aussi à rattraper les effets secondaires des humeurs de Nicolas Sarkozy. Ainsi à l'automne 2008, il demande au Président, qui multipliait les signes de complicité avec Bernard Thibault, de ne pas délaisser François Chérèque. Battu froid en public pour avoir révélé dans un livre[1] la teneur de conversations privées.

C'est un fait. Sarkozy a un faible pour le leader de la CGT, avec lequel il négocie très souvent en direct. « Avec Thibault, c'est toujours cash, explique-t-il. J'aime bien son physique, son côté "D'où viens-tu Johnny ?", quand il est stressé il a mal au dos, c'est humain. Et puis, il tape plus souvent sur le patronat que sur moi. C'est bien ! » En revanche, le Président déplore que Chérèque « avance en crabe, jamais de manière frontale ». Ce que Soubie traduit : « Chérèque est hanté par deux démons socratiques : son oreille droite lui dit : "François, ne t'engage pas." Son oreille gauche lui conseille : "François, ne reste pas à l'écart." » Le leader de la CFDT est aussi un habitué de l'Élysée.

Raymond Soubie qui avait eu, à ses débuts, Force ouvrière comme interlocuteur privilégié, s'est ensuite empressé de négocier avec la CGT afin de marginaliser les contestataires de SUD.

Tant d'années d'expérience et de contacts lui ont donné une telle connaissance de tous les acteurs des relations sociales (et des journalistes qui suivent ces questions) qu'il est capable de prévoir les réactions des uns et des autres. Quiconque veut savoir comment se déroule une manifestation syndicale n'a qu'à l'interroger. Il sait toujours.

1. *Si on me cherche*…, entretiens avec Carole Barjon, Éditions Albin Michel, 2008

Une fois la réforme des retraites votée à l'automne 2010 – lui plaidait pour une retraite à 63 ans –, il a estimé sa tâche accomplie. Il a quitté l'Élysée pour reprendre son activité de conseil dans le privé.

Autre personnage important des premiers temps du quinquennat : Emmanuelle Mignon, directrice de cabinet, jouissait alors d'une grande influence. En témoigne la surprise qu'elle avait provoquée en intervenant à l'hôtel Matignon lors d'une réunion interministérielle consacrée au régime fiscal des heures supplémentaires. Une réunion à laquelle elle n'était pas attendue. Elle vint doctement expliquer à la compagnie comment cette mesure phare du projet Sarkozy devait être mise en œuvre. Or, par tradition, le directeur de cabinet de l'Élysée n'a jamais eu de rôle politique.

Mais politique, cette jeune femme, sortie major de l'ENA en 1995, l'était depuis plusieurs années déjà. En 2002, elle était entrée au cabinet de Nicolas Sarkozy alors ministre de l'Intérieur qui avait demandé au vice-président du Conseil d'État de lui confier « le plus beau cerveau de ses services ». Et elle l'avait toujours suivi, devenant en 2004 directrice des études de l'UMP. À l'Élysée, elle s'est occupée des relations avec le monde catholique – auquel elle appartient –, à commencer par le Vatican. Elle a eu en charge aussi, ou organisé plusieurs dossiers importants. La réforme des institutions, la réforme territoriale (qui a provoqué la mauvaise humeur des élus) et aussi les états généraux de la presse, avant de rejoindre en 2009 le Conseil d'État et en 2010 la holding du cinéaste Luc Besson.

Jean-David Levitte, autre personnage clé, a été le sherpa de Jacques Chirac à l'Élysée après avoir collaboré avec Valéry Giscard d'Estaing. Nicolas Sarkozy l'avait remarqué de longue date. Quand ministre des Finances, puis ministre de l'Intérieur, puis futur candidat, il se rendait aux États-Unis, chacune de ses visites était préparée par l'ambassadeur Levitte avec minutie et un rare sens du détail. À quelques mois de l'élection présidentielle américaine, il lui avait conseillé de rencontrer deux hommes : le sénateur McCain chez les républicains et, chez les démocrates, Barack Obama. Bien vu.

Nicolas Sarkozy savait déjà qu'il ferait appel à lui dès son entrée à l'Élysée. Ce qu'il fait quelques jours après l'élection : « J'ai besoin de vous. » Réponse de Levitte : « J'arrive cet après-midi. » Et les membres du cabinet (qui le surnomment « Diplomator ») apprécient cet ancien élève des Langues O', qui parle chinois, à la physionomie impassible et à l'inaltérable courtoisie qui le rendent aussi impénétrable que la Cité interdite au temps des Ming.

Sa connaissance des dossiers lui a permis de survivre au changement politique en se révélant indispensable à Nicolas Sarkozy après l'avoir été à Jacques Chirac pendant ses deux présidences. Mais cette fois, il pouvait dire aux Américains : « France is back. » C'est que le refus de la guerre en Irak, la menace de faire usage du veto à l'ONU, le discours enflammé de Dominique de Villepin pour manifester l'opposition à cette opération militaire avaient suscité une grave crise dans les relations entre les deux pays.

Avec lui, le Président a trouvé le meilleur des « go-between » par mauvais temps. C'est avec lui qu'il a voulu reconquérir l'Amérique, grâce à lui qu'il a prononcé devant le Congrès[1] « une déclaration d'amour ». Un texte écrit d'abord par Henri Guaino et heureusement revisité par Jean-David Levitte : « On n'allait tout de même pas arriver et commencer par faire la leçon aux Américains », explique-t-il.

Ce fils d'une Sud-Africaine élevée au Mozambique et d'un immigré ukrainien spécialiste d'études judaïques exaspère Bernard Kouchner, qui l'a baptisé « Machin », puisqu'il avait un temps représenté la France à l'ONU. Le voilà ministre bis des Affaires étrangères. Il tient sa revanche. Et pas seulement à l'égard de Kouchner : en 1993, Alain Juppé avait hésité entre deux possibles directeurs de cabinet. Levitte ou Villepin. Il avait choisi ce dernier dont la carrière diplomatique était moins remarquable. Il en fut blessé. Lorsqu'ils se retrouvèrent tous deux à l'Élysée, le flamboyant Villepin moquait volontiers dans les couloirs le guindé Levitte, toujours égal à lui-même. Précis, courtois, inoxydable.

Comme Claude Guéant, il doit souvent affronter le courroux présidentiel. Surtout lorsqu'il vient présenter à Nicolas Sarkozy le programme de ses déplacements à l'étranger. Souvent, avant d'entrer dans le bureau du Président, il lui arrive de croiser Claude Guéant qui lui lance : « Je te préviens, il est bien chaud. » Son impassibilité sous la grêle présidentielle suscite l'admiration de tous : « Comment peut-il le supporter ? » Mais une fois la colère passée, Nicolas Sarkozy adore le mettre en boîte : « Jean-David, comment faites-vous pour être toujours aussi bien peigné ? »

---

1. En novembre 2007.

Tout autre est Henri Guaino : il fut l'un des concepteurs du thème de la fracture sociale qui servit beaucoup à la campagne de Jacques Chirac. Et il confie avoir vécu comme un coup de poignard qu'une fois élu, celui-ci lui lance, alors qu'il allait abdiquer ses promesses : « Voyons, Henri, vous êtes un intellectuel, un intransigeant. » « Pour Chirac, dit Guaino, les idées sont une prison. » L'intellectuel n'alla donc pas à l'Élysée. Il accepte la direction du Commissariat au Plan que les socialistes, revenant au pouvoir après la dissolution, lui retirèrent. Il passa donc de la voiture avec chauffeur au métro, alla pointer à l'UNEDIC, jusqu'au jour où il trouva refuge au conseil général des Hauts-de-Seine auprès du patron, Charles Pasqua.

Philippe Séguin fut son maître à penser. Comme lui, il ne jure que par Charles de Gaulle et un autre Charles : Péguy. Moins pessimiste que Séguin, Guaino est aussi intraitable que lui. Il a toujours raison et rend presque fous ses interlocuteurs par sa capacité à argumenter sans fin tout en ponctuant ses propos de fréquents raclements de gorge.

En janvier 2006, il était venu trouver Nicolas Sarkozy : « Tu ne seras jamais élu si tu n'es qu'un libéral. Je peux t'aider. » Un langage que le futur candidat a très bien compris. C'est Guaino qui lui a soufflé : « Je serai le Président du pouvoir d'achat. » Guaino encore qui a introduit les noms de Jaurès, de Blum et de Guy Môquet [1] dans ses discours écrits dans un style

1. Fils de Prosper Môquet, député communiste de Paris, il fut fusillé par les Allemands à l'âge de 17 ans. Sa lettre d'adieu : « Ma petite maman chérie, je vais mourir… » avait bouleversé Nicolas

barrésien. Si bien qu'en 2007, Édouard Balladur s'était inquiété auprès de Nicolas Sarkozy de l'influence grandissante de ce mauvais génie qui entraînait le candidat sur une mauvaise pente : dépensière.

Mais Nicolas Sarkozy a tenu bon : « J'ai pris Guaino pour sa sensibilité. Pas pour son idéologie… il est un peu fêlé, mais il a du génie, j'ai besoin de lui. » Guaino a écrit la chanson de geste du candidat.

Guaino aime la lumière médiatique. Pour expliquer la parole du chef de l'État ou participer à une bagarre télévisée contre un séide de la pensée unique, il est toujours prêt. Il aime fustiger « les cercles des gens qui savent tout ».

Sarkozy qui entendait la faire lire chaque année dans les écoles comme modèle de la jeunesse résistante. Un contresens historique. Guy Môquet fut arrêté par la police de Vichy en octobre 1940 pour avoir distribué des tracts contre « les magnats de l'industrie, qu'ils soient juifs, catholiques, protestants ou francs-maçons, qui ont trahi notre pays et l'ont contraint à subir l'occupation étrangère ». En 1940, suite au pacte germano-soviétique, pour les communistes français, l'ennemi n'était pas les nazis, mais les patrons.

Môquet est incarcéré, sur ordre de Vichy, dans un camp en Loire-Inférieure. Le commandant des troupes allemandes dans la région ayant été tué en octobre 1941, les occupants exigeront en représailles l'exécution de vingt-sept otages dont le jeune Môquet. Il est un martyr. Mais pas un résistant.

Suite de l'histoire… Épisode grotesque. Le 7 septembre 2007, lors de l'ouverture de la Coupe du monde de rugby, Bernard Laporte fit lire la lettre dans le vestiaire aux joueurs qui allaient affronter l'Argentine. La tristesse consécutive leur avait coupé les pattes. Ils furent battus 17 à 12 et Bernard Laporte nommé ministre des Sports quelque temps après.

L'orgueil de l'auteur et l'âme gaulliste qui bouillonne en lui ont maintes fois été heurtés au début du quinquennat. D'autant que c'est un tellurique. Naguère, il aurait démissionné plusieurs fois. « J'ai besoin de toi », lui répond le chef de l'État chaque fois qu'il lui livre ses états d'âme. Il se veut hors classe, hors parti, il échappe à toute école. Paraphrasant l'historien Alain Besançon, il aime dire : « La différence entre le croyant et l'idéologue est que le premier sait qu'il croit, et le second croit qu'il sait. »

« J'aime beaucoup Guaino, répète Nicolas Sarkozy. Quand on écrivait ensemble les grands discours (ceux de la campagne électorale), on se faisait monter les larmes aux yeux. »

Guaino restera donc conseiller spécial du Président. Même après le départ de Claude Guéant, qui deviendra ministre de l'Intérieur. Même après le départ de François Pérol, secrétaire général adjoint, qui aura été longtemps, avec lui, le principal pourvoyeur en idées anticrise. Un inspecteur des Finances qui a gagné la confiance de Nicolas Sarkozy en 2004 quand ce dernier arrivait à Bercy. Le futur Président fut séduit d'emblée par la vivacité, l'efficacité de ce quadragénaire fin et caustique, grand amateur de la radio Rire et Chansons. Ensemble, ils étaient allés à Bruxelles négocier le sauvetage d'Alstom, alors que l'allemand Siemens était en embuscade et guignait les plus beaux morceaux de l'empire. Ils avaient réussi à convaincre Mario Monti, l'intraitable commissaire à la Concurrence [1].

1. Mario Monti succédera à Silvio Berlusconi après sa démission le 12 novembre 2011.

Un souvenir inoubliable pour François Pérol.

Élu Président, Nicolas Sarkozy lui avait demandé de le rejoindre à l'Élysée. Entre-temps, il était entré dans la banque d'affaires Rothschild. Il accepte donc de diviser son salaire par vingt [1].

Le Tout-Paris économique a défilé dans l'étroit couloir qui mène à son bureau niché sous les combles du palais de l'Élysée.

Il a formé un duo redoutable et heurté avec Henri Guaino. Il fut souvent exaspéré par cette plume potentiellement dangereuse. « Il ne rend jamais ses discours à l'heure, il est inorganisé. Et puis aller expliquer à un chef d'État qu'il est un gros nul, ça ne gênerait pas Henri », moque-t-il. Sur le fond aussi, ils se sont écharpés régulièrement. « On est radicalement différents mais complémentaires », expliquait Pérol [2]. En cas de conflit trop rude, Claude Guéant jouait les arbitres.

Et c'est ce qui a été l'art et la force de Nicolas Sarkozy : réunir et faire travailler ensemble des personnages aussi différents par leur passé ou leurs idées. Et qui ont formé sous sa direction et à ses côtés un véritable gouvernement bis.

---

1. Depuis le 26 février 2009, il est président du directoire du groupe BPCE, né de la fusion des Caisses d'Épargne et des Banques Populaires. Il a été remplacé à l'Élysée par Xavier Musca, directeur du Trésor et ami personnel de Nicolas Sarkozy.

2. Ils ont écrit ensemble le discours de Toulon prononcé par Nicolas Sarkozy en pleine tourmente bancaire en septembre 2008.

CHAPITRE 5

Un tandem impossible ?

C'est un peu une version de l'arroseur arrosé. Bien avant l'élection présidentielle, François Fillon s'était fait le théoricien de l'effacement du Premier ministre : « Depuis la réforme du quinquennat, l'élection présidentielle est plus que jamais le principal rendez-vous politique, écrivait-il… Dans ces conditions, il est impensable que le Président ne gouverne pas réellement. Il doit diriger le gouvernement, expliquer régulièrement ses choix au pays, rendre des comptes devant le Parlement [1]. »

À l'en croire, le Premier ministre ne serait plus, à l'avenir, un acteur majeur.

Un plaidoyer sûrement sincère mais plus facile à théoriser dans l'abstrait qu'à accepter dans la pratique. Avec un Président qui préempte tous les sujets de politique intérieure, François Fillon peine à trouver son espace et son oxygène.

1. F. Fillon, *La France peut supporter la vérité*, *op. cit.*

Il en souffre et s'agace. Ainsi avait-il prévu de donner une interview au *Figaro* le 7 juin. Pas de chance : Nicolas Sarkozy décide d'intervenir deux jours plus tôt dans le même journal. Voilà François Fillon contraint de se rattraper quelques jours plus tard dans *Le Parisien*. Pis encore : la veille du jour où le Premier ministre doit présenter à l'Assemblée nationale la traditionnelle déclaration de politique générale, il découvre dans le quotidien économique *La Tribune* une longue interview de Claude Guéant, le secrétaire général de l'Élysée. Une mise en lumière qu'aucun des prédécesseurs de Nicolas Sarkozy n'aurait tolérée de ses collaborateurs.

François Fillon veut bien être numéro deux mais pas numéro trois. En outre, quand ce n'est pas Claude Guéant qui s'exprime dans les médias, c'est Henri Guaino, la plume du Président, qui intervient, ou encore Raymond Soubie, autre conseiller d'importance, qui livre sa pensée sur les problèmes sociaux. Aussi douées soient-elles, ces personnalités n'ont à ses yeux aucune légitimité pour parler au nom du chef de l'État.

Celui-ci s'en explique ainsi : « J'ai toujours souhaité que mes collaborateurs prennent la parole parce que je ne suis pas jaloux et que les Français veulent voir les visages de ceux qui m'entourent [1]. » Il fait donc fi de l'irritation de son Premier ministre, qui ne voit pas du tout les choses de la même manière : « Nicolas a habitué ses conseillers à être au-dessus des ministres, ça n'est pas normal. » François Fillon tique

---

1. Interview du 20 septembre sur TF1.

encore plus lorsque certains membres du gouvernement viennent lui annoncer, l'air dégagé, qu'ils ont déjà réglé le problème à l'Élysée. En clair, qu'ils ont eu l'accord de Claude Guéant. Alors quel rôle lui laisse-t-on ? « Le Premier ministre doit avoir la vocation à être le coordinateur de la majorité », avait plaidé jadis Nicolas Sarkozy[1]. Le Premier ministre n'est donc pas le coordinateur du gouvernement ?

Ce qui le fait plus enrager encore, c'est de ne jamais pouvoir parler au Président en tête à tête. Lors de leurs entretiens, Guéant est toujours présent. Tel un commissaire politique.

« Dans le tête-à-tête, on peut faire passer beaucoup de choses à Nicolas : se confier, lui parler crûment. La présence de Guéant inhibait François. Aucun vrai dialogue n'était possible. Sans doute Nicolas le voulait-il ainsi », déplore un ministre. Ne se parlant pas en tête à tête – et François Fillon n'étant pas du genre à appeler le Président sur son portable –, une distance se crée entre les deux hommes.

Ce malaise qui s'instaure – et dont la presse fait des gorges chaudes – aurait dû se dissiper très vite. Il va traîner en longueur. Curieusement, il ne vient à l'esprit d'aucun conseiller du Président qu'en se faisant moins présent dans les médias, il contribuerait à l'amélioration du climat. « Claude savonnait la planche de Fillon. Souvent, il excitait le Président contre lui », témoigne un conseiller de l'Élysée. « Nicolas engueulait ses collaborateurs, qui, pour se

1. Lors de son discours de vœux en 2005.

mettre aux abris, le montaient contre moi », confirme le Premier ministre.

« Henri Guaino expliquait à la presse que Fillon était une erreur de casting », s'insurge un conseiller de Matignon.

Bientôt, le secrétaire général de l'Élysée est présenté comme « l'homme le plus puissant de France ». Ce qui semble le ravir. Du côté du palais présidentiel, on explique : « Nicolas a très vite pris conscience de l'inexpérience de ses ministres. Il faisait plus confiance à son entourage. » Devant ses visiteurs interloqués, il donne souvent libre cours à son irritation contre son gouvernement. Fustigeant l'un ou l'autre, François Fillon compris. « Il ne voit pas qu'en les critiquant, il se critique lui-même, puisque c'est lui qui les a choisis », déplore-t-on du côté de l'UMP.

Bien des ministres osent même avancer : « Dans une entreprise, Nicolas serait le pire des DRH ! » Une sentence qui reviendra comme un leitmotiv durant le quinquennat.

Une équipe gouvernementale qui compte de nombreux novices met toujours un certain temps pour entrer dans son rôle. En symétrie, un Président nouvel élu n'entre pas dans la fonction du jour au lendemain ! « Dans les premiers temps, Nicolas ne se prenait pas pour le Président », reconnaît Franck Louvrier, qui ajoute : « Mitterrand surjouait la majesté, lui l'a sous-jouée. »

À ses dépens.

Nicolas Sarkozy est sur tous les fronts. Et tous les jours. « C'est le seul type que je connaisse qui a voulu se faire élire Président pour être Premier ministre ! »

s'amuse, finaud, Jean-Louis Borloo. Sa formule fait mouche.

Si François Fillon parle peu au Président, il ne reste pas muet pour autant. Qui écoute avec attention la musique que fait entendre le duo au sommet discerne très vite des dissonances. Dans un déjeuner privé, le Premier ministre exprime en effet sa crainte de devoir endosser des réformes « qui n'ont que l'apparence de réformes ». Lui veut incarner une ligne plus dure que le Président.

Ainsi, évoquant la prochaine loi sur le service minimum dans les transports et celle des régimes spéciaux, il s'écrie : « La majorité silencieuse exige que l'intérêt général ne soit plus l'otage des intérêts corporatistes… Nous n'avons pas été élus pour réformer à coups de petites réformettes. »

Bémol : Nicolas Sarkozy évoque quelques jours plus tard – à propos des régimes spéciaux – le principe d'une « loi-cadre qui laisserait à chaque entreprise le soin de négocier les modalités de la réforme avec les syndicats. La rupture, oui, mais en douceur ». « La rupture tranquille », avait-il promis en fin de campagne. Un bel oxymore ! C'est qu'il écoute volontiers Raymond Soubie, qui avait déjà rempli ce rôle auprès de Jacques Chirac et de Raymond Barre, et sa culture en matière de grands mouvements sociaux sous la Ve République est encyclopédique. Fort d'une longue expérience, il prêche la conciliation, l'écoute des dirigeants syndicaux. Son credo : mieux vaut une réforme réussie à 80 % que pas de réforme du tout. François Fillon (qui l'avait sollicité en mai pour faire partie de son cabinet) le soupçonne d'« anesthésier

Nicolas Sarkozy ». Réplique du conseiller : « Fillon, il est plus réformateur en paroles qu'en actes. Je ne l'ai jamais vu se battre pour imposer son point de vue face au Président. » Et tac !

Lorsqu'il était ministre des Finances et négociait l'ouverture du capital d'EDF, Nicolas Sarkozy avait flatté la CGT. Il l'avait caressée dans le sens du poil. Appliquant toujours avec elle la même tactique : on lâche un peu, beaucoup, souvent trop, ça coûte cher, mais au moins on avance et surtout pas d'histoires. Le futur Président s'était alors montré au mieux avec Frédéric Imbrecht, patron de la CGT à EDF. Il l'appelait sur son portable, le tutoyait ostensiblement. Instituant avec lui un rapport franc et viril comme il les aime.

« Nicolas fait de la politique comme un avocat d'affaires. Il deale toujours avec la partie adverse », explique le Premier ministre.

« Vous allez élire Margaret Thatcher en veston », avait prédit Ségolène Royal. Erreur. C'est que la France n'est pas l'Angleterre. « La France n'est pas une page blanche », dit-il souvent en Conseil des ministres. Et de décrire un pays susceptible, toujours prompt à la révolte, « qui a guillotiné le Roi, ne l'oubliez pas ».

En outre, l'expérience récente l'en a convaincu : « Si on a un gros accident social type CPE avec les jeunes, on ne peut plus rien faire. »

« Nicolas n'a jamais cru à la réforme définitive, mais à celle qui est le mieux acceptée, quitte à l'améliorer plus tard », explique Franck Louvrier. La politique des petits pas en somme.

Un exemple significatif : lors de l'élaboration du programme présidentiel, François Fillon, expert en la matière, puisque ancien ministre de l'Enseignement supérieur, avait élaboré avec un groupe d'experts la réforme de l'autonomie des universités. Quand elle avait été présentée au candidat Sarkozy, celui-ci l'avait jugée « pas assez radicale ». On avait donc ajouté la sélection après la licence au bout de trois ans. L'élection passée, Valérie Pécresse, en charge du projet, présente le texte aux intéressés. C'est l'une des premières grandes réformes du quinquennat [1]. Il fallait s'y attendre : gros tumulte chez les universitaires et les étudiants. « Tout cela ne se présente pas bien, l'affaire est mal engagée », lâche Nicolas Sarkozy lors de l'habituelle réunion matinale à l'Élysée. Il va recevoir lui-même tout le monde : les enseignants, les syndicats, les étudiants qu'il veut inviter à déjeuner. Raymond Soubie est chargé d'organiser le repas dans un restaurant branché de la rue Saint-Dominique, les Cocottes. Valérie Pécresse n'est pas invitée. À la fin du repas, Nicolas Sarkozy a abandonné la sélection et a aussi lâché sur la composition des nouveaux conseils d'administration des universités. Avant la réforme, ces conseils comprenaient soixante personnes. Ingérable. Valérie Pécresse voulait en réduire le nombre à vingt. Nicolas Sarkozy tranche, ce sera trente personnes. Le Président accepte aussi qu'en soient exclues « les personnalités qualifiées », c'est-à-dire

1. Et jugée par toute la communauté universitaire comme une grande réussite à la fin du quinquennat.

hors circuit universitaire. Résultat des élections : des conseils d'université monocolores. À gauche tous !

François Fillon y décèle une grosse entorse aux engagements de campagne. Il n'est pas content : « Ça n'est pas la version initiale prévue dans le programme. » Le Président le niant, le Premier ministre lui rapporte le texte le lendemain : « Je sais quand même ce que j'ai écrit ! »

Sur le même sujet en revanche, les positions vont s'inverser. Nicolas Sarkozy souhaite que l'ensemble des quatre-vingt-trois universités passent à l'autonomie en même temps : « Moi, j'étais pour le volontariat, dit Fillon, je pensais qu'une réforme marche d'autant mieux qu'elle est choisie par ses acteurs. » François Fillon l'emporte. Le volontariat est retenu. Le choix se révélera judicieux : « Dès qu'une université s'est dite intéressée, toutes les autres ont voulu suivre », constate Valérie Pécresse [1].

Nouveau désaccord : alors que l'Assemblée examine le projet de loi sur le service minimum dans les transports, François Fillon en rajoute une couche en se disant favorable au « service minimum des

---

1. Le projet de loi sur l'autonomie des universités est adopté le 25 juillet 2007, dans un climat dépassionné. En novembre, le gouvernement signe un accord avec la conférence des Présidents pour investir 5 milliards d'euros d'ici 2012. Du jamais vu. Pour contribuer à ce financement, Nicolas Sarkozy annonce la vente de titres EDF. Annonce prématurée qui fait chuter le cours de Bourse !

En marge de la réforme, Valérie Pécresse majore de 2,5 % les bourses universitaires pour 500 000 étudiants. C'est la plus forte augmentation depuis cinq ans.

« La réforme des régimes spéciaux est prête, elle est simple à faire. Le gouvernement attend le signal du président de la République. » Il n'avait pas prévenu l'Élysée. À la fin de l'émission, il a droit à un coup de fil laconique du Président : « Merci, François. »

Deux jours plus tard, le Président est en déplacement en Bretagne. Et bien sûr, on l'interroge sur la phrase du Premier ministre. « Un peu de méthode ne nuit pas à la solution d'un problème », répond-il. Ambiance.

L'homme de la rupture semble plus que jamais convaincu qu'il faut passer en douceur, tout en donnant aux Français le sentiment que les choses bougent vite. Négocier est son maître mot. Dès lors, Xavier Bertrand, le ministre du Travail, est seul autorisé à parler publiquement de la réforme des régimes spéciaux. À condition d'être chapitré chaque jour par Raymond Soubie. Or, les cheminots ont fait savoir qu'ils rejetaient le projet.

Il faut tout de même calmer le jeu. Nicolas Sarkozy sait trouver les mots qu'il faut : « François Fillon est mon Premier ministre, on a fait campagne ensemble, on a écrit le programme ensemble. Il fait son travail de façon remarquable », dit-il. Il ajoute même : « Lui et moi sommes interchangeables [1]. » Vraiment ?

Las ! La tension remonte dès le lendemain. François Fillon est en déplacement en Corse, près de Calvi. C'est l'heure du déjeuner, il fait beau. Une table, chargée de charcuteries locales, avec du bruccio

1. Interview télévisée du 20 septembre 2007.

et un petit rosé, est dressée dans une cour de ferme. De quoi passer un bon moment. Des agriculteurs présents font part de leurs doléances. Réponse ferme du Premier ministre : « Le déficit, ça fait trente ans que ça dure, que l'on n'a pas voté un budget en équilibre. Moi, je suis à la tête d'un État en faillite, ça ne peut pas durer. J'ai une obligation : ramener le budget de l'État à l'équilibre avant la fin du quinquennat. » Sur le chemin du retour vers Ajaccio, François Fillon a pris conscience de la force du mot « faillite », même s'il correspond, pense-t-il, à la réalité. Il interroge son conseiller Jean de Boishue : « Tu ne crois pas que je suis allé trop loin ? » Il cherche une justification : « C'était bien entendu une image, je voulais faire comprendre que si la France était une entreprise ou un ménage, elle serait en cessation de paiement. »

Image ou pas, le soir même, ses propos passent en boucle dans les journaux télévisés et sont ressassés par les radios. Gros effet garanti. Et surprise : Nicolas Sarkozy, qui passait naguère pour très libéral, s'inscrit donc dans la ligne chiraquienne, tandis que François Fillon, qui passait pour un gaulliste social, se présente en gardien de l'orthodoxie européenne.

Nicolas Sarkozy ne décolère pas. La petite phrase du Premier ministre n'est pas seulement anxiogène, mais pis : dangereuse et fausse. « Non, la France n'est pas en faillite [1] », s'insurge François Pérol, le

---

1. Suite à la crise de l'euro et aux menaces sur le triple A, François Fillon, présentant le 7 novembre 2011 un nouveau plan de réduction de dépenses, introduira son propos par : « Le mot faillite n'est plus un mot abstrait. » Une petite vengeance.

secrétaire général adjoint de l'Élysée en charge des affaires économiques. Tandis qu'Édouard Balladur rappelle, en privé, que la France n'a pas été en banqueroute depuis le Directoire. Deux anciens Premiers ministres réagissent eux aussi. « Non, l'État n'est pas en situation de faillite », martèle Dominique de Villepin sur Radio J. Lionel Jospin, invité sur LCI, tranche net : « Un Premier ministre ne devrait jamais parler de faillite à propos de son pays. C'est lui porter un coup. » Il s'agit bien – l'Élysée le souligne – d'une lourde faute politique.

Jean-Claude Trichet est, lui, d'avis contraire. Il félicite le Premier ministre : « La France doit tenir, dit-il, ses engagements de réduction de déficit. Elle est le pays le plus dépensier de l'Europe. » En réponse, Nicolas Sarkozy se livre à une critique virulente de la Banque centrale européenne « dont les taux d'intérêt élevés ne facilitent guère les exportations et la croissance. On fait, dit-il, des facilités pour les spéculateurs, mais on complique la tâche des entrepreneurs ». Rude. L'Europe s'en mêle. Le ministre allemand des Finances, Peer Steinbrück, invite la France à ne pas « faire preuve de nervosité » et félicite Jean-Claude Trichet pour son indépendance et « sa politique appropriée ». L'Allemagne ne comprend pas les options économiques françaises. Début septembre, l'OCDE révise à la baisse ses prévisions de croissance pour plusieurs pays du G7. La France n'est plus créditée que de 1,8 %. Ces chiffres ne font pas l'affaire du gouvernement, qui a préparé son budget sur une hypothèse de croissance de 2,2 %. Le Président répond à cette publication par un redoublement du volontarisme : « J'irai chercher la croissance avec les dents… En allant encore plus loin dans les réformes. » Joignant le geste à la parole, il confie à Jacques Attali une mission nouvelle sur les leviers de la croissance.

Durant sa campagne, Nicolas Sarkozy avait prévenu : il retarderait à 2012 le rééquilibrage des comptes de l'État « par souci de réalisme » (*sic !*). Son projet en faveur du travail, de l'emploi et du pouvoir d'achat (la loi TEPA) allait déclencher, plaidait-il, « un choc de croissance ». Une fois élu, il était allé annoncer lui-même sa décision à Bruxelles, le 9 juillet, devant une réunion de l'Ecofin (les ministres des Finances européens). C'est peu dire qu'il n'avait pas convaincu.

Mais il n'en démord pas : il se refuse à engager une politique de « sacrifices » au détriment de la cohésion nationale.

Et il a banni, tels des chats noirs porteurs de malheur, les mots « rigueur », « faillite », « sacrifice » du vocabulaire gouvernemental : quand Christine Lagarde prononce le mot « rigueur » sur Europe 1, elle est contredite dans l'heure sur LCI par Claude Guéant.

Lorsqu'il était ministre des Finances en 2004, Nicolas Sarkozy avait demandé à l'ancien gouverneur de la Banque de France et directeur du FMI, Michel Camdessus, un rapport sur la dépense publique. Celui-ci avait alors dénoncé son niveau beaucoup trop élevé (5,7 % du PIB à l'époque), responsable selon lui d'un chômage structurel élevé et aussi source d'impuissance de l'État par les déficits qu'elle alimente et les prélèvements qu'elle impose. Le ministre

CHAPITRE 6

Les réformes

1. La loi TEPA

Une malédiction pèse-t-elle sur les lois les plus célèbres du régime ? Leur nom, qui ressurgit à chaque controverse entre majorité et opposition, reste mystérieux. Leur contenu aussi. L'opinion, n'en voyant pas la cohérence, n'en retient qu'un trait : celui qui prête à la caricature.

Ainsi en va-t-il de la loi TEPA, un sigle qui rassemble pourtant des mots qui font consensus et qui indiquent une volonté sociale : travail, emploi, pouvoir d'achat.

Il s'agit du premier grand chantier de la présidence Sarkozy. Le nouvel élu veut marquer, d'un signe fort, qu'il tient ses promesses. Henri Guaino, l'inspirateur du projet, tient à s'en porter personnellement le garant.

C'est un programme de mesures fiscales qui s'adresse en priorité aux classes moyennes qui ont largement contribué à la victoire électorale. Mais pas seulement à elles.

Le moment semble favorable. Les prévisions des économistes sont optimistes et les chiffres du premier semestre le confirment, hormis ceux du commerce extérieur, décidément mauvais : encore trois milliards d'euros de déficit en mai 2007. Thierry Breton, le ministre des Finances du gouvernement précédent, estimait en quittant Bercy que la croissance dépasserait 2,5 %, atteindrait peut-être même 3 %. Ce que personne, Commission européenne comprise, n'avait mis en doute.

Sarkozy veut aller vite. La loi TEPA est présentée le 20 juin au premier Conseil des ministres du gouvernement Fillon 2 par Christine Lagarde qui a tout juste eu le temps (la veille au soir) de poser sa serviette à Bercy.

La mesure la plus spectaculaire concerne les heures supplémentaires. Il s'agit de mettre en musique le « travailler plus pour gagner plus » de la campagne, en augmentant l'offre du travail et le pouvoir d'achat. Les heures supplémentaires augmentées de 25 % seront défiscalisées, exonérées de charges sociales et aussi de la CSG et de la CRDS. « Ce qui allait creuser encore un peu plus le trou de la Sécu [1] », déplore le député Nouveau Centre Charles de Courson.

La mesure est alléchante pour les salariés qui souhaitent travailler davantage (si l'entreprise peut le leur

1. En 2010, ces exonérations représentent 3,1 milliards de moins pour la Sécu, compensés à hauteur de 3 milliards par l'État, grâce à l'emprunt.

proposer bien sûr). Ce n'est pas une mesure pour les riches. Les employés des TPE (très petites entreprises, moins de vingt salariés), qui travaillent 39 heures, en seront les premiers bénéficiaires : effet d'aubaine, augmentés dès la 36e heure, ils gagneront plus sans travailler davantage. Des ouvriers de l'industrie y trouveront leur compte (mais pas tous). La fonction publique est elle aussi concernée, sur la longue période, ce sont les professeurs qui en profiteront le plus. C'est la mesure la plus coûteuse : 4,5 milliards d'euros.

Il s'agit pour Nicolas Sarkozy de contourner la loi des 35 heures sans l'abolir. Il n'avait pourtant cessé d'en dénoncer les effets pervers pendant la campagne. Avant de promettre, lors de son face-à-face avec Ségolène Royal entre les deux tours, qu'il ne toucherait pas à la durée légale du travail. Ce qui en avait déçu plus d'un dans son camp. « Il a manqué de courage », regrettent des élus.

C'est que cette loi, tant décriée en raison de ses effets nocifs sur l'économie, est entrée dans les mœurs et les usages. « On ne pouvait pas effacer les 35 heures d'un trait de plume, explique Gilles Carrez, député UMP du Val-de-Marne et rapporteur de la loi TEPA : entre 2002 et 2007, beaucoup d'entreprises avaient passé des accords avec leurs salariés pour répartir annuellement le travail. Les heures supplémentaires y étaient intégrées. Ces accords ont rendu quasi impossible tout retour en arrière. Supprimer les 35 heures était encore possible en 2002, mais Jacques Chirac s'y est refusé. Il a laissé courir, je lui en veux beaucoup. »

Même écho chez Charles de Courson : « On ne pouvait pas en droit les supprimer. Les conventions collectives sont des contrats. Il aurait fallu que le Conseil constitutionnel les annule. »

« Quand on veut, on peut », rétorque Hervé Novelli, alors ministre en charge des PME [1]. Jusqu'à la fin du quinquennat, il milite pour leur abrogation.

Ils sont nombreux ceux qui, dans la majorité, avancent : « Il faudra bien un jour faire sauter ce verrou de la durée légale [2]. »

Le décrochage de l'industrie française a en effet commencé en 2001, année de l'entrée en vigueur de la loi. Aujourd'hui, les 35 heures et autres allègements de charges ont un coût : 19 milliards chaque année… pour que les Français travaillent moins. Les heures supplémentaires défiscalisées, pour que les

1. En 2004, Hervé Novelli, député UMP d'Indre-et-Loire, avait publié un rapport très éclairant sur les méfaits des 35 heures. Il proposait de les abolir. Ce gros travail avait été jugé « imbécile » par Jacques Chirac en privé, car il estimait que les 35 heures étaient un acquis social auquel il ne fallait pas toucher. Ce que confirmera à sa manière François Fillon lors d'un voyage au Viêtnam : « La vérité c'est qu'en 1997, la majorité de gauche a été élue sur un programme de gauche, et c'est elle qui a fait le plus de privatisations dans l'histoire de notre pays. En 2002, la majorité de droite a été élue sur un programme de droite… Et elle n'a quasiment rien fait pour remettre en cause les 35 heures. » Un tacle pour Chirac.

2. En novembre 2011, l'UMP a inscrit à son programme la négociation par branches de la durée légale du travail pour en finir avec les 35 heures. Négociations déjà menées en 2008 par les partenaires sociaux, qui avaient signé un accord dont le gouvernement n'avait pas tenu compte.

Français travaillent davantage : c'est 4,5 milliards d'euros. Faites les additions : près de 25 milliards par an. Un choix unique au monde. Complètement aberrant pour nos voisins allemands.

Il faut aussi inciter les chômeurs à chercher du travail. Ceux qui bénéficient du RMI et d'aides diverses ne sont pas motivés. En leur offrant un revenu supplémentaire, le RSA, grande idée de Martin Hirsch, on devrait les inciter à passer d'une logique d'assistance à une logique d'emploi, pour se réinsérer dans la société. C'est travailler pour gagner plus (pas facile en période de crise).

Le nouveau commissaire aux Solidarités participe à Matignon à la réunion qui doit boucler la loi TEPA. Au moment de la clore, François Fillon demande si quelqu'un veut encore intervenir. « Vous auriez intérêt à mettre une pincée de social dans la loi. Un peu de RSA », glisse-t-il. « Bonne idée », dit François Pérol. Après avoir hésité, le Premier ministre tranche : « Si vous êtes capable de rédiger quatre articles dans la soirée, on prend. »

« En une nuit, quatre articles étaient rédigés et j'avais obtenu 30 millions pour les mettre en œuvre (à titre expérimental) [1] », raconte Hirsch. Le RSA remplacera bientôt le RMI.

« Je veux une France de propriétaires », avait promis le candidat Sarkozy. Traduction dans la loi TEPA : les acheteurs de logements pourront déduire de leur impôt sur le revenu 20 % de leurs intérêts

1. Martin Hirsch, *Secrets de fabrication*, Éditions Grasset, 2010.

d'emprunt dans la limite de 1 500 euros par an. Une mesure valable pour la durée du quinquennat. Nicolas Sarkozy exigeait aussi que la mesure soit étendue aux intérêts d'emprunt déjà en cours de remboursement. Or, voilà qu'Éric Woerth, nouveau ministre du Budget, déclare à *La Tribune* que « la déductibilité ne pourra concerner que les nouveaux emprunts ». Publiquement contredit, le Président pique une de ses plus terribles colères contre le ministre « qui a failli sauter au bout de dix jours », racontent les conseillers de l'Élysée.

Saisi par le PS, le Conseil constitutionnel donnera raison au ministre du Budget. Au nom du sacro-saint principe de non-rétroactivité des lois. Trois ans plus tard, cette déduction fiscale jugée trop coûteuse, en temps de crise (deux milliards d'euros), sera supprimée.

D'autres mesures sont prises pour les classes moyennes. Par exemple, les étudiants salariés âgés de 21 à 25 ans pourront bénéficier d'une défiscalisation (jusqu'à trois fois le SMIC mensuel). Ils sont plus d'un million à être concernés. Ils apprécient.

La baisse des droits de succession retient aussi l'attention. Première clause : ces droits sont totalement abolis pour le conjoint survivant (lequel ne bénéficiait jusque-là que d'un abattement de 75 000 euros). Nicolas Sarkozy l'avait remarqué au cours de la campagne : il était ovationné chaque fois qu'il en parlait dans ses meetings. Ça n'est pas tout : l'abattement des droits consenti aux enfants est triplé ; les parents pourront effectuer des donations-partages plus aisément : 150 000 euros tous les six ans[1], au lieu de 50 000 euros jusqu'ici. « C'est beaucoup trop », avait alors tempêté Gilles Carrez. Le résultat de ces mesures est impressionnant : 95 % des Français (contre 73 % auparavant) ne paieront désormais plus aucun droit de succession. Mais de telles dispositions, qui enchantent les classes moyennes, n'ont qu'un défaut : elles coûtent cher. Deux milliards d'euros[2].

Mais c'est une autre mesure qui, avant même son adoption, va offrir à la gauche le fil rouge de toutes ses attaques et susciter peu à peu une véritable fronde populaire : le bouclier fiscal. L'affaire, ses multiples rebondissements et conséquences méritent d'être contés.

Bien avant le début de la campagne présidentielle, des parlementaires (UMP : Gilles Carrez, rapporteur du Budget à l'Assemblée nationale, Pierre Méhaignerie, le président de la Commission des affaires sociales, Hervé Novelli, ou encore le sénateur Philippe Marini, rapporteur du Budget au Sénat) avaient insisté auprès du futur candidat pour qu'il supprime l'ISF. Quitte à compenser cette suppression par une tranche supplémentaire d'impôt.

---

1. Corrigé en tous les dix ans en 2011.

2. Les barèmes seront révisés en juin 2011 et les taux pour les grosses successions remontés de 40 à 45 %. Mais on ne touche pas au nouveau droit pour le conjoint survivant. « La gauche n'y reviendra pas », assure Gilles Carrez.

Supprimer l'ISF[1] ? Nicolas Sarkozy n'avait rien voulu entendre : « Jacques Chirac l'a fait en 1986, et il a été battu à la présidentielle de 1988. » Dans son discours officiel de candidature, il avait opté pour un autre système qui éviterait, selon lui, autant que possible, la fuite des fortunes à l'étranger et favoriserait, croyait-il, le retour des exilés fiscaux. « Quand il n'y a pas de riches dans un pays, disait-il, ce sont les pauvres qui en pâtissent. Je veux un bouclier fiscal à 50 %, CSG et CRDS compris. »

Bouclier fiscal ? Qu'est-ce à dire ? Bien des Français, à l'époque, en ignorent l'existence. Ils savent encore moins que l'idée en revient à Michel Rocard, Premier ministre qui énonçait en 1988, quand l'ISF avait été rétabli après la réélection de François Mitterrand, qu'« aucun contribuable ne devrait payer au fisc plus de 70 % de ses revenus annuels ». En 2005, le gouvernement de Dominique de Villepin avait abaissé ce taux à 60 %.

Avec Nicolas Sarkozy, c'est 50 %. Mais avec une disposition nouvelle : le contribuable qui y est assujetti pourra déduire, lors de sa déclaration annuelle, les investissements qu'il a faits avant le 1er janvier dans les PME (jusqu'à 50 000 euros). Ce qui devrait être excellent pour l'économie. Un amendement de Gilles Carrez relève de 20 à 30 % l'abattement au titre de la

1. Impôt supprimé en Autriche en 1994, au Danemark en 1996, en Allemagne en 1997, aux Pays-Bas en 2001, en Finlande et au Luxembourg en 2006, en Suède en 2007 et en Espagne en 2009 (rétabli en 2010).

résidence principale[1]. Tout le monde applaudit dans la majorité.

Seulement voilà : les services de Bercy, à qui toute baisse d'impôt donne des boutons, veulent restreindre la portée du bouclier. Comment ? Pour en bénéficier, les contribuables aisés devront d'abord en faire la demande. Mais ils ne seront remboursés qu'une fois l'impôt payé, par un chèque du Trésor public. Bercy refuse de mettre en œuvre un système déclaratif, pourtant plus simple, qui aurait permis aux contribuables de payer directement au fisc leur dû ramené à 50 %. Pour Bercy, l'intérêt du système, dit de restitution (le chèque), est de dissuader les riches de se signaler, car il est toujours périlleux d'attirer l'attention du fisc sur soi. Va donc pour le chèque[2].

Le symbole est politiquement dévastateur : surtout quand la presse révélera en juin 2010 le montant de celui que reçoit Liliane Bettencourt : 30 millions d'euros. C'est alors que Nicolas Sarkozy devra se résoudre à le supprimer. À contrecœur.

En août 2007, lors d'un déplacement dans la Sarthe, Nicolas Sarkozy avait tempêté contre ces embarras créés par Bercy : « Je crois qu'il faut aller au bout de la logique du bouclier, en choisissant le système déclaratif », avait-il dit. Le Président parle, la

1. Pour permettre aux classes moyennes, pénalisées par la flambée des prix de l'immobilier, de sortir du barème de l'ISF.

2. Système qui existait quand Jean-François Copé était en charge du Budget dans le gouvernement Villepin. Mais attirait moins d'attention, le bouclier se situant à 60 %.

forteresse de Bercy ne lâche rien [1]. Pour faire peur au gouvernement, la direction de la législation fiscale du ministère des Finances a même surévalué le coût de la mesure : 810 millions d'euros, répartis entre 234 000 contribuables. En réalité, en 2008, première année d'application de la loi, 14 000 contribuables ont touché 458 millions d'euros. Et en 2009, 19 000 bénéficiaires en ont touché 679 millions [2].

« Bercy cherchait toujours à embrouiller les choses, raconte Xavier Bertrand. Pour l'application des heures supplémentaires défiscalisées, les services avaient commis une note de 40 pages absolument incompréhensible pour les chefs d'entreprise. Ce qui a retardé leur application et mis en rage le Président : "Je n'ai pas été élu pour complexifier les problèmes, mais au contraire pour les simplifier." »

Il avait donc fallu réunir les représentants des PME pour leur expliquer les avantages du système. Nicolas Sarkozy avait enjoint Mme Lagarde d'aller sur le terrain convaincre les patrons réticents des avantages d'un système qui les obligeait à réviser tout le logiciel

---

1. On pourrait faire au bouclier fiscal une autre critique plus fondée, et relevée notamment par Raymond Soubie : il protège les gros patrimoines à revenus faibles, donc les fortunes acquises, plus que les fortunes en train de s'édifier, donc les contribuables à revenus importants grâce à leurs performances.

2. Soixante-dix pour cent des bénéficiaires du bouclier fiscal sont des foyers fiscaux modestes dont le logement, suite à l'envolée des prix de l'immobilier, les assujettissait à un impôt qu'ils ne pouvaient acquitter : exemple, les habitants de l'île de Ré. Il est vrai que ces 70 %-là n'ont reçu que 10 % du total du bouclier, quand les 30 % les plus fortunés se sont partagé 90 % du pactole.

informatique des bulletins de salaire. Et les salariés que ce serait bon pour leur pouvoir d'achat [1].

Et ce fut vrai en tous domaines. « La technostructure de Bercy contraignait à des marchandages permanents. Entre ce que nous voulions faire et ce qui a été réalisé en fin de compte, l'écart était important », regrette Emmanuelle Mignon.

Lors du vote de la loi TEPA, Martin Hirsch, l'homme dont le passé suggère qu'il est le soutien des pauvres gens, est assis au banc du gouvernement aux côtés de Christine Lagarde. Pour présenter la loi, la ministre a choisi d'adopter ce que la droite appelle, dit-il, « le registre décomplexé ». Elle fait l'apologie du travail (valeur vraiment démocratique), qu'elle oppose au mythe de la fin du travail (sous-entendu les 35 heures). Elle vante avec chaleur l'efficacité prévue du bouclier : le retour en France des fortunes évadées.

« J'ai senti, raconte Martin Hirsch, que parlant après elle, mon propos serait décalé et que je ne m'en tirerais pas. » En effet, le socialiste Henri Emmanuelli et le communiste Jean-Pierre Brard brocardent allègrement le gouvernement : « 13 milliards pour les riches, et 30 millions pour les pauvres [2]. » Un slogan qui sonne bien.

Deux chiffres qui, aux yeux de beaucoup, allaient ensuite résumer de façon erronée la loi TEPA. « J'avais beau expliquer, poursuit Martin Hirsch, que

---

1. Les chefs d'entreprise saisiront cette opportunité pour ne pas augmenter les salaires.

2. « En réalité, le coût de la loi TEPA, dit "paquet fiscal", n'a jamais excédé 7 milliards d'euros », précise Gilles Carrez.

les 30 millions pour le RSA ne représentaient que la phase d'expérimentation, laquelle était appelée à s'élargir à 2 milliards, et qu'à l'inverse, le bouclier fiscal proprement dit ne coûterait pas 1 milliard à l'État, j'avais compris que mon discours ne serait pas entendu. Tout cela n'était pas rattrapable [1]. »

Et ne fut jamais rattrapé.

Comme il arrive souvent dans le débat politique, l'opinion et ceux qui l'influencent s'attachent plus aux signes et aux symboles qu'aux réalités.

Le bouclier fiscal est devenu la sardine en or qui a bouché tout le port.

« J'avais envoyé une note à la mi-mai à l'Élysée pour leur recommander d'attendre la loi de finances pour y inclure le bouclier. Seulement, le Président voulait aller vite, tout mettre à la fois. On n'a pas assez réfléchi », regrette Gilles Carrez.

« Le bouclier a cancérisé la loi TEPA », reconnaît Laurent Wauquiez, alors porte-parole du gouvernement.

Et les exilés fiscaux ne sont pas revenus en France.

Nicolas Sarkozy du côté des riches ?

Le 1er juillet 2007, le SMIC est augmenté de 2,01 % : le strict minimum légal. Ceux qui attendaient un coup

---

1. La gauche avait inscrit le RSA dans son programme. Jean-Marie Le Guen, Manuel Valls, Arnaud Montebourg en étaient de farouches partisans. Voté le 1er décembre 2008, le RSA est entré en vigueur en juin 2009. Au 1er février 2010, un million sept cent mille personnes le percevaient. Un million cent mille sans avoir d'activité professionnelle et six cent mille en complément d'un salaire ou d'un revenu de travailleur indépendant.

de pouce supplémentaire sont déçus. Quelques jours plus tard, Mme Lagarde s'exprime pour la première fois devant la communauté financière de Paris. Elle s'exclame sous les applaudissements : « Enrichissez-vous. » Une formule à l'honneur sous Louis-Philippe. Mais à proscrire en ces temps d'inégalités aggravées. Elle entend que les investisseurs viennent s'implanter en France ou y reviennent : « Il faut freiner ces wagons de banquiers français que l'Eurostar nous emporte tous les dimanches soir », ajoute-t-elle. Un discours très mal reçu à gauche. *L'Humanité* y décèle « les contours d'une contre-révolution conservatrice ».

Et voilà que l'on apprend que le Président a augmenté son salaire. L'affaire fait grand bruit. Parce que mal expliquée et donc mal comprise.

Quelques jours après son entrée en fonction, Nicolas Sarkozy interroge sa directrice de cabinet :

« Combien gagnait mon prédécesseur ?

— 21 000 euros mensuels net. Il cumulait son salaire de base de 7 000 euros net, avec sa retraite d'ancien député : 5 500 euros, de maire de Paris : 2 480 euros, de conseiller général : 2 318 euros et de conseiller référendaire à la Cour des comptes : 4 184 euros.

— Et moi ?

— Un peu plus de 8 400 euros.

— Pourquoi cette différence ?

— Parce que vous n'avez pas toutes ces retraites

— Et le Premier ministre ?

— Un peu plus de 19 000 euros net par mois.

— Qui fixe le montant de mon salaire ?

— Vous. Vous me donnez l'ordre et je signe. »

Pendant la campagne, Nicolas Sarkozy avait annoncé vouloir réviser le financement de l'Élysée. Mais à ce moment, il a le choix : il peut s'augmenter sans attendre ou laisser au Parlement le soin de le faire lors de l'examen du Budget. Il opte pour les deux solutions : il fixe lui-même le montant de son salaire : 19 331 euros net par mois. Pour se trouver à égalité avec le Premier ministre. La mesure est votée fin octobre par le Parlement.

L'opposition, qui fait feu de tout bois, ne se prive pas d'exploiter ce que *Libération* dénonce comme « une grassouillette augmentation de 140 % ».

« Quand on a des gens qui sont précaires, qui n'ont pas le SMIC, l'histoire de s'aligner sur le Premier ministre, ça ne tient pas la route, c'est surréaliste », s'indigne Jean-Louis Bianco, député PS.

« C'est indécent, à force de fréquenter des gens qui ont beaucoup d'argent, des fortunes du CAC 40, vous êtes obligé de vous mettre à niveau », renchérit Jean-Pierre Balligand, député PS de l'Aisne et vice-président de l'Assemblée nationale.

« C'est une insulte à la misère », s'emporte Maxime Gremetz[1]. Claude Guéant a beau expliquer que, même avec son augmentation, Nicolas Sarkozy gagne

1. Pendant la campagne des primaires socialistes, Martine Aubry, toujours mesurée, dénonce l'augmentation scandaleuse de 172 % (par rapport aux 7 000 euros de Jacques Chirac) du salaire présidentiel. Et propose de réduire de 30 % les salaires du Président et des ministres. Proposition que François Hollande a reprise à son compte.

moins que son prédécesseur et encore moins que les chefs d'État et de Gouvernement d'Allemagne, du Royaume-Uni, d'Irlande et ainsi de suite, allez donc l'expliquer à ceux qui ont en mémoire le dîner du Fouquet's, la croisière à Malte, les vacances d'été aux États-Unis. D'autant que la situation des finances publiques, dont les chiffres sont publiés à cette époque, ne confirme pas les prévisions optimistes du printemps.

La campagne hostile s'étoffe. Pierre Moscovici répète que le bouclier fiscal est « le péché originel du quinquennat ». « Son marqueur idéologique », selon Michel Sapin. François Bayrou tance un pouvoir « qui a mené une politique laxiste et injuste, en distribuant des milliards à ceux qui en avaient déjà ».

Éric Woerth a beau expliquer que le financement du programme gouvernemental « n'est pas un coût mais un investissement », il n'est pas entendu. Comment le serait-il quand le climat est empoisonné par les révélations sur les salaires exorbitants des grands patrons, des banquiers et des bonus accordés aux traders ?

La loi TEPA a bien prévu quelques mesures de contrôle et quelques limitations : les parachutes dorés accordés lors du départ des grands chefs d'entreprise seront désormais liés à leurs performances. Ils ne pourront plus recevoir d'indemnités de départ s'ils n'ont pas créé de la valeur pour leur société : soit en augmentant les bénéfices, les cours de Bourse, soit en créant des emplois. Mais en aucun cas s'ils ont démérité.

Ces mesures perdues dans les nombreux articles d'un texte important sont moins visibles que l'attribution de chèques aux contribuables les plus riches.

Harcelés par l'opposition, les ministres, l'entourage présidentiel sont sur la défensive et donc inaudibles. « Nous avons été très mauvais », avoue Henri Guaino. Même écho chez François Fillon. D'où cette conviction maintes fois proclamée par Nicolas Sarkozy devant des tiers : « Si j'avais fait moi-même la communication de la loi TEPA, jamais les socialistes n'auraient pu proférer de tels mensonges. »

« Sarkozy s'est trompé de stratégie économique, il n'a pas assez investi », explique Didier Migaud, le président socialiste de la Commission des finances, qui veut bien saluer en revanche le crédit impôt-recherche adopté lors du vote du budget 2008 [1].

« Il a cru que son élection allait libérer les forces productives parce qu'il était le premier Président qui voulait réformer. Contrairement à Mitterrand qui s'était fait élire en 1988 sur le ni-ni, et Jacques Chirac qui, lui, ne voulait rien bouger », résume Charles de Courson.

Alain Minc tire à sa façon les leçons de l'affaire : « Quand un Président est élu, il doit payer le prix de ses promesses. Ça coûte toujours autour de dix milliards d'euros [2]. »

La majorité des experts économiques s'accorde surtout à reconnaître que le nouveau Président n'a

---

1. Le crédit impôt-recherche permet de déduire tous les frais de recherche et développement de l'impôt sur les sociétés.

2. Il pouvait dire cela en 2010, il ne le redirait plus en 2012.

pas eu de chance. Si les prévisions économiques du printemps 2007 s'étaient avérées vraies, la loi TEPA aurait pu apporter ce « 1 % de plus de PIB qui manque toujours depuis quinze ans », comme le répétait le candidat. Seulement, entre le printemps et l'été, le temps – celui de l'économie – a changé. Les premiers nuages noirs qui se déverseront en orage mondial durant l'été 2008 se profilent déjà à l'horizon. Première alerte : le 16 août 2007. Les Bourses, parmi lesquelles celle de Paris, affichent brutalement une baisse de plus de cinq points. Pour les observateurs qui ne sont pas en vacances, ce n'est pas une surprise. Trois jours plus tôt aux États-Unis, la banque Goldman Sachs a dû injecter trois milliards de dollars dans l'un de ses fonds pour le sauver. Suite à des résultats catastrophiques, le patron de la banque Merrill Lynch, troisième plus gros établissement de Wall Street, doit démissionner. Le 14 août, la banque britannique Northern Rock, spécialisée dans le crédit hypothécaire, est sauvée de la faillite par la Banque d'Angleterre. Toute la sphère financière est déstabilisée. Les banques françaises ne sont pas épargnées. BNP-Paribas doit geler trois fonds. On commence à parler de *subprimes*. La Société Générale sera la première à passer aux aveux en annonçant en décembre le retrait de 43 milliards d'actifs en raison des pertes de sa filiale américaine.

Les banques centrales prennent conscience qu'il faut d'urgence éviter le blocage du crédit. Le 9 août, la Banque centrale européenne a injecté 94 milliards d'euros dans le circuit interbancaire pour faciliter un refinancement à bon marché entre les établissements de crédit. Prudent, Jean-Claude Trichet, son président, estime alors « qu'il est encore trop tôt pour tirer les leçons de ces difficultés ».

À la fin du mois, Mme Lagarde a beau affirmer ne pas craindre « une contamination de l'économie réelle par la sphère financière », elle ne rassure pas du tout. L'inquiétude monte. Le 30 août, François Fillon convoque les banquiers à Matignon, pour leur demander de s'engager à maintenir le financement des entreprises et des ménages.

Les économistes, eux, tranchent vite : cette crise hypothèque la stratégie de relance du Président, dont la loi TEPA était l'instrument. Mme Lagarde l'avait elle-même qualifiée de « pari ».

Et les ennuis s'accumulent. Nicolas Sarkozy avait promis qu'il serait « le Président du pouvoir d'achat ». Or, à la fin septembre, pour des raisons purement climatiques, le cours mondial du blé atteint des records historiques. Cette envolée se répercute rapidement sur le prix du pain et de tous les produits alimentaires : entre 7 et 10 % d'augmentation à la fin de l'année, qu'ils soient nationaux ou importés. Car les prix des matières premières se mettent à grimper aussi, en partie parce que celui du pétrole s'envole. Dans le courant de 2007, l'essence et le gazole augmentent de 15 %. Dur pour le panier de la ménagère, dur pour le pouvoir d'achat. Et catastrophe pour la croissance : à la fin de l'année, le baril du pétrole dépasse les 100 dollars à New York, ce qui ampute automatiquement le PIB.

Pour ne rien arranger, les cheminots, qui s'opposent à la réforme des régimes spéciaux (voir ci-après) se sont mis en grève durant neuf jours en novembre. Ces grèves ont un coût estimé entre deux et trois milliards d'euros. Ce qui se traduit, selon les estimations de Bercy, par une baisse apparemment légère mais néanmoins perceptible du PIB (entre 0,1 et 0,2 point).

Résumons : si le bouclier fiscal[1] était un cadeau pour les riches, il l'a été plus encore pour la gauche. Elle y a trouvé son leitmotiv pour stigmatiser jour après jour celui « qui gouverne pour les riches ». « Dire qu'on s'est fait pourrir la vie pour 600 millions d'euros », se lamente la majorité, qui regrette que Nicolas Sarkozy ne l'ait pas supprimé plus tôt.

2. *Le service minimum*

L'opinion le souhaitait, Jacques Chirac l'avait promis. Nicolas Sarkozy l'a fait.

L'opinion le souhaitait et parfois même se révoltait : les Français ne supportaient plus de piétiner durant des heures sur les quais de gare en espérant, en vain, des trains ou des métros, d'attendre un courrier ou un colis urgent qui n'arrivait pas.

Lors de sa campagne présidentielle en 2002, Jacques Chirac avait promis d'organiser « un service public garanti » en cas de grève. Au printemps 2003, des grèves à la SNCF, à la RATP, à la Poste, dans les hôpitaux paralysent le pays pendant plus d'un mois. C'est la fronde du service public qui refuse de

1. Supprimé en 2011.

s'aligner sur le privé, comme le prévoit la loi Fillon sur les retraites. Face à la tempête sociale, le gouvernement tient bon, la mesure est votée. Mais à quel prix ! Le manque à gagner pour l'économie est exorbitant : 260 millions d'euros pour la SNCF, 229 millions pour la Poste ; 30 à 40 % de pertes dans les PME.

La production industrielle est touchée de plein fouet et menace la reprise attendue pour l'été. Il faut agir. Lors de ses vœux du 31 décembre 2003, Jacques Chirac promet, une fois de plus, que la réforme annoncée en 2002 sera votée « durant le premier semestre ». L'UMP applaudit, la gauche, unanime, dénonce une « remise en cause du droit de grève ». Didier Le Reste, le leader de la CGT Cheminots, qui veut toujours être en avance sur Bernard Thibault, menace le pays d'« une secousse de grande ampleur ». François Chérèque, lui, se dit favorable à une négociation. (Mais son syndicat est minoritaire à la SNCF.) Alors que plus des deux tiers des Français affichent leur volonté d'en finir avec de telles pratiques, le gouvernement renonce une fois encore à légiférer. Il crée une commission : « Le meilleur moyen d'enterrer un problème », selon une citation attribuée à Clemenceau. Un rapport du conseiller d'État Dieudonné Mandelkern suggère que les grévistes soient contraints d'annoncer quarante-huit heures à l'avance leur participation au mouvement.

En décembre 2006, le candidat Nicolas Sarkozy y revient : « Si je suis élu, dit-il, j'organiserai dès le mois de juillet un service minimum dans les transports publics. La contrepartie du monopole, c'est le service minimum, puisque l'usager n'a pas d'autre solution pour rentrer chez lui. »

Promesse tenue. Tout juste élu, avant même d'entrer à l'Élysée, Nicolas Sarkozy reçoit tous les leaders syndicaux à la Lanterne pour leur faire part de ses intentions. Pendant la campagne, il avait tenu des propos martiaux, parlant même de « réquisition » au besoin, un discours musclé, donc. Après ses rencontres syndicales, il adoucit son propos : il pense en effet qu'être volontaire sur l'objectif et pragmatique sur les moyens vaut mieux qu'être velléitaire sur l'objectif, puis lâche lorsqu'il faut agir. Il renonce aussi à l'idée d'organiser un référendum dans l'entreprise après huit jours de grève.

Dès le 21 juin, un projet de loi-cadre est envoyé aux partenaires sociaux. Il tient en quatre propositions : une alarme sociale obligatoire de quatorze jours pendant lesquels les candidats à la grève négocient avec la direction ; l'obligation de se déclarer gréviste quarante-huit heures avant un conflit ; le droit des usagers à être informés des conséquences du mouvement. Enfin, le non-paiement des jours de grève.

Le 2 juillet, Bernard Thibault brandit le risque d'une « très forte dégradation sociale à la rentrée ». Examinée le 31 juillet à l'Assemblée nationale, la loi Bertrand sur la continuité du service public minimum dans les transports terrestres est adoptée le 2 août. Elle entre en vigueur rapidement : le 1er janvier 2008. L'opinion publique soutient le projet presque à l'unanimité : 87 %, disent les sondages.

Fustigeant une loi qui menace le droit de grève, le Parti socialiste saisit le Conseil constitutionnel le

7 août. Neuf jours plus tard, les neuf Sages valident la loi.

« Cela faisait vingt-cinq ans que le pouvoir tournait autour comme des Indiens qui tirent trois fléchettes et puis s'en vont sans rien faire », moque Guillaume Pepy, qui se réjouit que Nicolas Sarkozy n'ait pas reculé. Avec une satisfaction que ne partagent pas aujourd'hui encore tous les usagers, le patron de la SNCF explique : « Cette loi a tout changé. Avant la loi, avec 50 % de grévistes, on avait moins de 20 % des trains qui roulaient, aujourd'hui avec 50 % de grévistes, 50 % des trains roulent. On peut s'organiser, prévenir les usagers. Avec l'obligation de se déclarer gréviste quarante-huit heures à l'avance, il n'y a plus ces piquets de grève qui empêchaient les non-grévistes d'aller travailler. Des grèves, il y en a toujours, mais elles sont moins fréquentes, moins longues, donc moins pénibles pour les usagers. C'est un grand mieux et c'est surtout l'état d'esprit qui a changé dans la maison. »

Ce qui prouve que la détermination est payante. Surtout quand le nouvel élu bénéficie du traditionnel « état de grâce » qui suit la présidentielle. Avec ce bémol : en cas de grève générale, le service minimum est d'une moindre efficacité.

3. Les régimes spéciaux

Bien des Français ne l'ont appris qu'en novembre 2011 – l'amplification de la crise poussant alors le gouvernement aux économies : les salariés du service public n'étaient jusque-là passibles d'aucune « journée de carence » lorsqu'ils se déclaraient en arrêt maladie, la Sécurité sociale prenant dès le premier jour le relais de l'employeur, alors que ceux du privé en subissent trois (trois jours pendant lesquels ils ne sont pas payés [1]). Un exemple parmi bien d'autres de la complexité du droit du travail [2], mais aussi des inégalités qui persistent entre le public et le privé.

Depuis des décennies, les gouvernements ont été conduits à instaurer pour certaines corporations – policiers, militaires, pompiers, marins – des régimes spéciaux, bien sûr, en raison de la pénibilité du métier. Mais aussi à l'aune de leur poids syndical et de leur capacité à paralyser le pays. Sans jamais oser ni pouvoir y toucher, lorsqu'ils sont devenus des privilèges.

Ainsi, le régime spécial des cheminots, autorisés à quitter le travail à 55 ans, voire 50 ans pour les conducteurs de machine, date de 1909, à une époque où les travailleurs du rail mouraient jeunes, 51 ans en moyenne, où les locomotives roulaient au charbon. À l'époque, le régime général n'existait pas. La pension des cheminots était conçue comme une assurance contre le risque de ne plus être en état physique de travailler et comme une sorte de compensation à ce qu'ils appelaient « le dur labeur ».

---

1. Vingt et un jours d'arrêt maladie en moyenne par an pour les salariés des collectivités locales. Onze pour les salariés du privé.

2. Le Code du travail fait en France 955 pages, contre une moyenne de 300 pages dans les autres pays européens.

Mais un siècle plus tard, les métiers les plus pénibles ne sont pas à la SNCF ni à la RATP. Pourquoi une caissière de supermarché, qui manipule chaque jour des tonnes de produits, devrait-elle cotiser plus pour payer les retraites des contrôleurs de train ? En octobre 2007, selon un sondage BVA, 7 Français sur 10 souhaitaient que la réforme sans cesse repoussée des régimes spéciaux soit enfin menée à son terme. Ils ne veulent plus que perdurent de telles inégalités en termes de durée de cotisations, de mode de calcul du salaire moyen, d'indexation des pensions, de décotes et surcotes, etc. Bien sûr, ils comprennent que l'espérance de vie à 60 ans dans certaines professions pénibles, comme les mineurs hier et les marins aujourd'hui, justifie sans doute un départ à la retraite plus rapide. Les Français veulent surtout plus d'équité. Ils ont appris que les avantages de certains régimes ne sont pas toujours la contrepartie d'une carrière moins avantageuse. C'est même souvent tout le contraire.

En 1995, Alain Juppé, Premier ministre, droit dans ses bottes, avait voulu réformer les régimes spéciaux. Il s'y était attaqué alors que l'alignement du service public sur le privé (37,5 années de cotisations pour le public et 40 années pour le privé) n'était pas encore réalisé [1]. C'était mettre la charrue avant les bœufs, si bien qu'il avait mobilisé tout le secteur public contre son projet, les syndicats lui reprochant de ne pas les avoir consultés. Résultat : trois semaines de grève à la

1. Il fallut attendre la loi Fillon… en 2003.

SNCF. Même chose à la RATP et à la Poste. Le pays bloqué. L'opinion ne l'avait pas suivi. Un fiasco.

« De tous les chantiers, je pense que le plus difficile est celui des régimes spéciaux, nous aurons dix jours de grève à l'automne », prédisait Raymond Soubie, en juillet 2007. « Je ferai la réforme des régimes spéciaux, c'est une question de justice », annonçait à Colmar Nicolas Sarkozy le 6 septembre. Pendant la campagne, il avait même évoqué la possibilité de « réformer par décret ». Mais fidèle à sa méthode, « la rupture tranquille », il affirmait après l'élection ne pas vouloir braquer les syndicats : « Il n'y a pas de projet de décret sur les régimes spéciaux. D'ailleurs comment pourrait-on l'imaginer alors que tous ces régimes sont différents ? Cette question des régimes spéciaux relève des entreprises concernées, c'est à elles de négocier avec leurs organisations syndicales. » Trois jours plus tard, François Fillon prenait moins de précautions, en affirmant tout de go sur Canal+ que « la réforme était prête ». Ce qui allait réveiller en fanfare les leaders syndicaux.

Le plus menaçant est François Chérèque : « Si le gouvernement a déjà tout décidé, s'il passe en force, il y aura un conflit majeur, y compris avec la CFDT. » Bernard Thibault, le secrétaire général de la CGT, annonce : « Il y aura du sport, et pas seulement dans les stades de rugby, si le gouvernement procède par fait accompli. » Jean-Claude Mailly, le secrétaire général de FO, est bien entendu sur la même ligne : « Si le dossier est prêt comme le dit François Fillon, il ne faut pas exclure un conflit majeur. »

En septembre 2007, le front syndical est donc sans faille. « Nicolas avait très peur », dit François Fillon. Xavier Bertrand, le ministre du Travail, n'a pas oublié les propos que lui tenaient, menaçants, les syndicalistes qu'il recevait : « En 1995, nous avons fait trois semaines de grève, ensuite nous avons été tranquilles pendant douze ans. » Il importait donc de négocier.

Intervenant le 18 du même mois devant l'Association des journalistes d'information sociale, Nicolas Sarkozy reprend son thème favori sur le sujet : « Il s'agit d'une question de justice, même s'il peut exister des exceptions pour les activités les plus éprouvantes. Mais il faut en finir avant la fin de l'année. »

Les concertations commencent dès le lendemain avec Xavier Bertrand. Tous les sujets sont sur la table : durée des cotisations, principe du calcul des pensions, mode d'indexation, place des primes, calendrier de la réforme.

Xavier Bertrand avait devant le Sénat défini les modalités de la réforme : passage progressif à 40 années de cotisations en 2012, mise au point d'un système de décote et de surcote, indexation des retraites sur l'inflation. Il s'agit aussi de mettre fin aux pratiques « couperets » qui imposent la retraite à un âge précis pour certaines professions.

Or, voilà que les syndicats de cheminots annoncent une grève pour le 18 octobre. Et voilà aussi que Bernard Thibault commence à jouer le rugbyman dans la mêlée, comme il en avait menacé le pouvoir. La CFDT se montre plus conciliante, en admettant la nécessité du changement, mais en exigeant des contreparties : des hausses de salaire pour les actifs.

Une bonne majorité de Français, 57 %, selon un sondage BVA/*Les Échos,* jugent la grève injustifiée.

Les dirigeants syndicaux n'en ont cure. Raymond Soubie, fin connaisseur de leurs tactiques, explique : « Cette grève n'a qu'un but : arriver en position de force pour négocier. »

Quoi qu'il en soit, la mobilisation du 18 est massivement suivie à la SNCF (73,5 % de grévistes) et à la RATP (58 %). Les fédérations de l'Énergie rejoignent le mouvement : 45 % de participation chez EDF et GDF.

Le 26 octobre, soit huit jours après la grève, Nicolas Sarkozy s'invite par surprise (mais sous l'œil des caméras… très important !) au centre de maintenance de la SNCF du Landy près de Saint-Denis, qui a été un haut lieu du mouvement (73 % de grévistes). C'est Guillaume Pepy, alors numéro deux de l'entreprise, qui lui en a donné l'idée… Mais craignant un mouvement de colère incontrôlable des ateliers, il avait alerté l'Élysée la veille au soir : « Il vaudrait mieux que le Président ne vienne pas. » Réponse de Nicolas Sarkozy : « J'y vais. » Il veut vendre sa réforme.

À son arrivée, à 8 h 30, le comité d'accueil est peu amène : le délégué CGT refuse de lui serrer la main : « Avec vous, c'est travailler plus pour gagner moins. » Tout sauf un auditoire acquis au principe des quarante années de cotisations. Nicolas Sarkozy s'insurge : « Ça fait vingt-cinq ans qu'un Président n'est pas venu à la SNCF, alors vous pouvez me serrer la main ! »

Les syndicalistes commencent par exposer leurs griefs sur un sujet qui leur tient à cœur : les sept mille emplois supprimés à la SNCF. Mais le Président est venu leur parler de leurs retraites : « Il n'est plus possible de travailler trente-sept années et demie, il faut travailler plus longtemps, aller jusqu'à quarante ans. Il n'y a pas un pays au monde qui fait différemment. Je ne peux pas croire que vous êtes à ce point inconscients de la réalité. Je ne céderai pas. »

Réponse du délégué SUD : « On n'a rien à vous dire. C'est la rue qui va parler, on fera tomber le ministre, ça s'est toujours passé comme ça. » Réponse de Sarkozy : « La rue n'est pas un bon choix, ça montera une partie de la France contre les cheminots. En revanche, je m'engage à ce que personne ne perde. Votre statut, vous le garderez. On peut discuter de tout, du salaire, de la pénibilité, de la décote et de la date d'application. » Les cheminots n'en croient pas leurs oreilles. Ils ont compris qu'ils ne seraient pas perdants.

Il fait froid. Le Président, qui en a assez de piétiner à l'extérieur, lance alors à la cantonade : « Est-ce que quelqu'un va m'offrir un café ? »

« Le Président avait très mauvaise mine, c'était dix jours après son divorce. J'avais très peur qu'il attrape la crève », se souvient Anne-Marie Idrac, la patronne de la SNCF.

La discussion reprend donc dans le bâtiment. « Tout le monde m'avait dit de ne pas venir, mais je n'ai pas peur, la France nous regarde : même si vous n'êtes pas d'accord, les Français voient que l'on peut se parler », martèle Nicolas Sarkozy. Téléphone portable en l'air, les cheminots photographient le Président. Un souvenir. Beaucoup semblent impressionnés. Toujours chahuté et même hué, Nicolas Sarkozy déroule son programme, évoque le développement du fret ferroviaire. La construction de nouvelles lignes TGV. Bref, l'avenir de la profession. Il est déjà près de 11 heures, après une bonne cinquantaine de poignées de main, il s'engouffre dans sa berline. Retour à Paris.

L'événement provoque la colère de la gauche : « C'est une provocation, déclare le socialiste Benoît Hamon, une stratégie délibérée de confrontation avec le mouvement social. »

Malgré l'ampleur de la grève du 18, Nicolas Sarkozy a marqué un point. Et il bénéficie d'un large soutien de l'opinion. L'affaire, pourtant, n'est pas réglée le 31 octobre. Jugeant les concessions de la direction insuffisantes, six fédérations de cheminots, qui ont bien enregistré les promesses présidentielles, appellent à un arrêt de travail général reconductible à compter du 13 novembre. Il va durer neuf jours. Soubie l'avait bien dit. Pourtant, les Français sont de plus en plus nombreux à juger la grève injustifiée. Les syndicats sont divisés. En réalité, ils ne maîtrisent plus le terrain. Le gouvernement refuse d'aller plus loin dans la négociation sans une reprise préalable du travail.

Durant ces neuf jours, le Président n'intervient pas publiquement. Officiellement, il laisse œuvrer Xavier Bertrand et Raymond Soubie. Pour ne pas radicaliser la situation. En réalité, il est chaque jour au téléphone avec Bernard Thibault (la CGT est majoritaire à la SNCF : 40 %, loin devant la CFDT : 11 %). Comment sortir de l'enlisement quand la base ne suit pas ? Et puis voilà que des actes de sabotage se multiplient sur des lignes TGV. Le syndicat SUD, qui se veut toujours à la pointe extrême des conflits, est soupçonné. Attention, danger ! Cela change la donne. Il faut que les cheminots reprennent le travail. Et vite. Comment ? Bernard Thibault va appeler en renfort des anciens, les héros de la grève de 1995, qui iront dans les ateliers, inciter les grévistes à reprendre le chemin du travail. Une stratégie risquée pour un leader dont le plus gros des troupes se trouve à la SNCF. Le travail reprend le 23 novembre.

Le gouvernement peut imposer sa réforme. Mais la SNCF et la RATP ont négocié des mesures sociales d'accompagnement très avantageuses pour les salariés, comme la création d'échelons d'ancienneté supplémentaires. Et aussi des hausses de salaire ! Leur coût est un sujet de friction entre le gouvernement et une partie de la majorité, qui trouve l'addition salée. « On a trop cédé à Thibault », déplorent certains députés. Mais Nicolas Sarkozy peut se targuer d'avoir sonné la mort des régimes spéciaux. (Pas pour tout de suite...)

Selon le rapport du sénateur UMP d'Indre-et-Loire, Dominique Leclerc[1], la réforme a changé les comportements. Aujourd'hui, près d'un cheminot sur deux poursuit son activité après 55 ans, contre seulement 20 % avant la réforme. Mais il a fallu y mettre le

---

1. Publié en novembre 2009, lors de la discussion du projet de loi de finances.

prix : en juillet 2008, le gouvernement tablait en effet sur une économie cumulée de 500 millions d'euros en 2012, grâce aux gains réalisés en cotisations et pensions, or la caisse de retraite de la SNCF annonce seulement 282 millions. Celle de la RATP évoque le chiffre de 8 millions d'euros. Si l'on met en relation les économies d'un côté, et les mesures sociales de l'autre, la réforme à la RATP devrait entraîner un surcoût de l'ordre de 2 millions d'euros par an jusqu'en 2015, avant de dégager des économies évaluées à 23 millions d'euros en 2020.

À la SNCF, un gain moyen d'environ 200 millions d'euros par an est escompté sur la période 2009/2030. Mais la réforme présente un inconvénient quelque peu singulier : si elle commence par rapporter jusqu'en 2019, elle va coûter beaucoup plus cher entre 2020 et 2030.

Si l'on n'avait jamais vu un Président dans les ateliers à la SNCF, on n'avait jamais vu non plus un Président face à des pêcheurs en colère. Quinze jours avant son passage au Landy, alors que les marins pêcheurs criaient leur colère contre le renchérissement de leurs coûts de production dû à l'augmentation du prix du gazole, Nicolas Sarkozy, en route pour Washington, avait débarqué impromptu sur le port breton du Guilvinec. Une halte qui l'a sans doute préparé à sa rencontre avec les cheminots.

À peine descendu de sa Citroën présidentielle, il avait en effet, sous les huées, poussé les barrières de sécurité pour répondre à ceux qui l'invectivaient. « Je ne laisserai pas tomber le monde de la pêche, je suis ici pour vous témoigner la solidarité de la nation », avait-il promis dans un climat de tension extrême. Un jeune marin l'avait insulté. Il lui avait lancé : « Toi, si tu as quelque chose à dire, tu n'as qu'à descendre, viens ici. »

Nicolas Sarkozy a écouté les doléances, invité même les interlocuteurs les plus belliqueux à participer à la table ronde prévue avec le comité de crise.

Et il n'est pas venu les mains vides. Il annonce l'exonération totale des charges patronales et salariales. Le temps que Michel Barnier, ministre de l'Agriculture et de la Pêche qui l'accompagne, mette en place un mécanisme durable, intégrant le coût du gazole dans le prix du poisson vendu à l'étal. Cette seule mesure représente un coût de 21 millions d'euros par trimestre. Nicolas Sarkozy évoque aussi la mise en œuvre d'un plan de sauvegarde pour moderniser les bateaux – en France, leur moyenne d'âge atteint vingt-quatre ans – afin de les rendre plus économes et plus sûrs.

Ni les pêcheurs ni les cheminots n'avaient prévu ce type d'intervention présidentielle. Sondages à l'appui, l'opinion approuve la démarche du Président. Sa majorité beaucoup moins, qui juge qu'un Président doit éviter de se faire insulter. Ils n'ont pas apprécié les images, ni le ton de sa harangue, beaucoup trop familière.

2008

CARLA

CHAPITRE 1

La rencontre

Au lendemain de son divorce, Nicolas Sarkozy se hisse au rang de célibataire le plus en vue de l'Hexagone. Le jour, il se consacre entièrement à sa tâche, les Français peuvent le constater. Mais que fait-il le soir ? Avec qui dîne-t-il ? Les médias sont en alerte. Des paparazzi campent très tard dans la nuit près de la grille du Coq, qui clôt les jardins de l'Élysée, dans l'espoir de saisir un minois derrière la vitre d'une berline officielle. Bref, de réaliser « le » scoop !

On prête déjà au Président plusieurs liaisons : avec une journaliste, avec une navigatrice émérite, une vedette de cinéma. Le feuilleton promet d'être vendeur. Juteux donc. À condition que la suite tienne les promesses des chapitres précédents, bien sûr !

Or, les circonstances ne sont pas particulièrement roses. Moins d'un mois après le divorce, le 13 novembre 2007, la France est paralysée par une nouvelle grève des transports. Les cheminots protestent contre la réforme de leur régime spécial de retraite. La fédération CGT de la SCNF, qui joue toujours les trublions dans la confédération, aiguillonnée par sa rivale SUD, cherche à défier le pouvoir en s'engageant dans un conflit long et dur. Certes, la grève est impopulaire, il n'empêche…

Ce soir-là, à sa demande, Nicolas Sarkozy est invité à dîner chez le publicitaire Jacques Séguéla, à Marnes-la-Coquette.

Le très indiscret publicitaire a retranscrit les dialogues de ce repas intime [1]. Le lecteur assiste médusé à la naissance de l'idylle.

Autour de la table : l'hôte et son épouse, le Président, Carla Bruni, l'architecte Guillaume Cochin et sa femme Péri, Luc et Marie-Caroline Ferry.

Le Président vient d'arriver. À peine assis, son téléphone sonne.

« L'amour ? lui lança Carla.

— Non, le boulot », répondit Nicolas.

Il bondit et sortit de la pièce, l'aparté s'éternisa.

De retour : « C'était Bernard Thibault », s'excusa-t-il [2].

Pour rompre la glace, Séguéla demande à Nicolas Sarkozy de leur « raconter l'Amérique ».

Une semaine plus tôt, il avait en effet fait une visite éclair à Washington. Devant le Congrès, il avait prononcé un discours qui devait sceller les retrouvailles de la France avec l'Amérique après plusieurs années de grand froid. Trente-cinq minutes durant lesquelles il avait été applaudi 25 fois, dont 8 standing ovations

---

1. Jacques Séguéla, *Autobiographie non autorisée*, Éditions Plon, 2009.

2. Ce jour-là débutait la grève à la SNCF contre la réforme des régimes spéciaux.

de plusieurs minutes. Un énorme succès, donc[1], clôturé par un dîner en grande pompe à la Maison Blanche.

(...) *Comme attiré par un aimant, Nicolas orienta sa chaise vers Carla. Le geste fut si soudain et si naturel qu'il ne choqua personne, pas même la maîtresse de maison, à qui son invité tourna le dos la soirée entière.* (Séguéla juge bon de le relever tout de même !) *Ils étaient seuls au monde. Nous, nous étions au « Théâtre » ce soir...*

À la fin du dîner, les invités entendent le Président lancer à l'artiste :

« Le 1er juin, tu vas chanter au Casino de Paris, ce soir-là, je serai au premier rang et nous annoncerons nos fiançailles. Tu verras, nous ferons mieux que Marilyn et Kennedy ! » (Ils se tutoient déjà.)

Prise au piège de son propre jeu de rôles, Carla enchaîna :

« Des fiançailles ? Jamais ! Je ne vivrai désormais avec un homme que s'il me fait un enfant[2]. »

Tous confirment le récit de leur hôte. Ils ont bien été les témoins d'un coup de foudre en direct : « Nicolas était subjugué par la vivacité, la grâce, les

1. Le discours, d'abord écrit par Henri Guaino, avait été totalement réécrit par Jean-David Levitte, comme on l'a vu plus haut. Levitte avait profité de l'arrêt du Président – en route pour l'Amérique – au Guilvinec, pour rencontrer les pêcheurs en colère afin de gommer tout ce qui aurait pu fâcher. Guaino avait très mal pris la chose. « Ils se battaient encore dans les couloirs du Congrès », se souvient un ministre.

2. Propos prémonitoire. Carla a affiché d'emblée son désir d'enfant.

reparties, l'intelligence de Carla », dit Péri Cochin qui ajoute : « Et elle, c'était visible, cherchait à le séduire. »

Deux mois et demi plus tard, ils seront mariés !

Au moment de leur rencontre, Nicolas Sarkozy et Carla Bruni sont deux cœurs disponibles. Lui est sentimentalement à la dérive, meurtri par son divorce (il porte toujours son alliance) et humilié. Il lui faut une revanche – et vite – pour effacer l'affront. Elle, séparée de son compagnon Raphaël Enthoven, père de son fils Aurélien, est prête pour une nouvelle aventure… Et plus si affinités ?

Ils ne se connaissaient pas, mais chacun sait à qui il a affaire.

Carla fait partie des vingt mannequins les plus riches et les plus glamour dans les classements des magazines, au même titre que Naomi Campbell et Claudia Schiffer. Elle est aussi une artiste internationale : son premier album, sorti en 2002 – *Quelqu'un m'a dit* –, s'est vendu à plus de deux millions d'exemplaires, dont huit cent mille à l'étranger. Elle écrit ses chansons. Des artistes lui passent commande. Parolière inspirée au vocabulaire subtil, elle est douée. Elle n'est pas une cantatrice qui envahit l'espace sonore. Son timbre a une tessiture feutrée, rauque, sensuelle, mais de piètre amplitude. Un miaulement dans du papier de soie. Du charme, donc. Beauté à la tête bien faite, elle s'est détachée de la frivolité : « À côtoyer constamment le vide, on s'aguerrit beaucoup », avait-elle dit un jour. Elle impose un style de top model intellectuel et se décrit comme une pessimiste chronique. C'est une vraie personnalité.

ses prédécesseurs. » Guaino ajoute que « le qualificatif collaborateur n'a rien d'humiliant » (vu qu'il en est un).

François Fillon n'est pas de cet avis. Il en a toujours « gros sur la patate » quand Claude Guéant [1] répond à sa place à propos de la fusion GDF/SUEZ ou du report de la TVA sociale. Six membres du gouvernement sont sur le plateau. Une véritable escorte de Premier ministre. Et ça continue : voilà que Rama Yade, réprimandée publiquement par le Premier ministre pour s'être rendue à Aubervilliers constater l'évacuation d'un squat demandée par le maire communiste, répond au 20 Heures de TF1 : « Tout ira bien tant que je bénéficie de la confiance du Président. » Autrement dit : « Cause toujours François »... À l'Élysée, personne ne corrige ou ne contredit la jeune et impertinente secrétaire d'État.

En réalité, leurs désaccords portent moins sur le fond que sur les tactiques et le rythme : « Dès le début, le Premier ministre était prêt à aller plus vite, plus loin que le Président. Mais il est vrai aussi que le numéro deux court moins de risques que celui qui est en première ligne », souligne Antoine Gosset-Grainville, directeur adjoint du cabinet du Premier ministre.

Celui-ci estime qu'il ne faut pas s'embarrasser de lents préparatifs. Il reprend à son compte une thèse ancienne sur l'état de grâce : dans les six premiers mois de la présidence, on peut faire ce que l'on veut. Alors lui, il y va. Le 9 septembre, il lâche sur Canal+ :

1. Invité au « Grand Jury » de RTL/LCI.

professeurs dans l'Éducation nationale ». Ce que l'Élysée n'apprécie pas du tout. Le Premier ministre pousse le bouchon trop loin ! « Il n'existe aucun autre projet que le service minimum dans les transports, c'est une expression malheureuse », rectifie David Martinon. Et pan sur la tête de Fillon.

Lorsqu'il découvre, le 21 août, dans *Sud-Ouest* une interview du Président qui le qualifie de « collaborateur [1] », c'est pour lui le summum de l'humiliation. Il ne prend pas son téléphone pour s'en plaindre, mais, interrogé quelques jours plus tard par *Paris-Match* [2], il répond qu'« il ne reprendrait pas un tel terme, parce qu'un collaborateur est quelqu'un d'appointé par un patron, tandis qu'un homme politique a une légitimité que lui confère le suffrage universel ». Il ajoute : « Il arrive à chacun de commettre des imprécisions de vocabulaire. » On n'est pas plus aimable.

Trois semaines plus tard, Henri Guaino, interrogé dans *Le Nouvel Observateur* [3], relativise cette brouille au sommet : « Ces échanges d'épithètes malséantes sont bien loin des propos violents qui naguère opposaient Chaban et Pompidou, Chirac à Giscard, Rocard à Mitterrand. Le Président est en charge de l'essentiel, disait le Général. "Je veux être un Président qui gouverne", disait Pompidou. Giscard se mêlait de tout, François Mitterrand également. Nicolas Sarkozy ne concentre pas plus de pouvoir que

1. « Le Premier ministre est un collaborateur. Le patron, c'est moi. »

2. 3 septembre 2007.

3. 26 septembre 2007.

Président cannibale qui réduit au silence non seulement Matignon, mais tout son gouvernement. Ceux qui en sont exclus – à l'instar de François Baroin – avancent qu'il « n'est plus intéressant d'être ministre ». Il changera d'opinion trois ans plus tard.

Accusé par l'Élysée de vouloir aller trop vite, le Premier ministre – comme c'est étrange – est affecté fin septembre d'une tendinite qui l'empêche de marcher pendant plusieurs jours. « Le pauvre, il somatise », compatit un proche.

a ses limites. Souvent, les courants d'air proviennent d'une trop grande ouverture », ose Josselin de Rohan, le président du groupe UMP au Sénat : ses propos lui vaudront une rude semonce présidentielle quelques jours plus tard.

À la réunion de Strasbourg, le Premier ministre espérait pouvoir tenir le haut de l'affiche en s'adressant à 11 heures aux parlementaires. Mais le même jour, à la même heure, Nicolas Sarkozy est en déplacement en Auvergne pour le congrès national des sapeurs-pompiers. À lui donc la vedette.

Le mardi suivant, c'est l'ouverture de la session parlementaire. François Fillon peut penser qu'il en sera le principal acteur, puisque l'on commencera par les désormais rituelles questions au gouvernement. Comme par hasard, Nicolas Sarkozy décide de recevoir le jour même à l'Élysée – en présence de la presse – les parlementaires de l'UMP et du Nouveau Centre.

Et ça continue. Quelques jours plus tard, l'état-major de l'UMP est réuni à l'Élysée. Nicolas Sarkozy arrive avec sa tête des mauvais jours. Il lance à la ronde : « Il n'y a pas de place pour deux à la tête de l'exécutif. » Réponse immédiate de François Fillon : « Écoute, Nicolas, si tu décides de supprimer le poste de Premier ministre, je m'en vais, pas de problème. »

« Mais non, ça n'est pas le sujet », rétorque le Président qui se radoucit aussitôt. Une fois encore, l'orage est passé.

La presse continue de s'interroger : « À quoi sert le Premier ministre ? » Elle lui a trouvé un nom : « Mister Nobody ». Cruel. Les hebdomadaires évoquent un a-t-il pris connaissance qu'il sent la crise venir et joint aussitôt le Président pour l'en informer. Celui-ci, n'ayant encore rien lu, minimise... Puis rappelle quelques minutes plus tard. Cette fois, il est furieux. Il se montre d'autant plus susceptible qu'il est en train de régler les dernières formalités de son divorce. Une fois de plus, François Fillon répète qu'il ne veut surtout pas le gêner. Pas de réponse. Le téléphone a été raccroché.

Le lendemain, les parlementaires de l'UMP sont réunis à Strasbourg. Ce désaccord au sommet suscite commérages et débats multiples. Les uns plaignent « ce pauvre François, soumis aux ordres de Claude Guéant », d'autres avancent : « Nous avons changé d'époque, le Président occupe tout l'espace politique. Le quinquennat a tout changé. » Considéré comme un contrepoids à l'hyper-Président, le Premier ministre est ovationné. Il bénéficie d'un préjugé favorable. « Il est de la famille, lui », disent certains. Les parlementaires les plus versés dans les questions financières louent son courage et sa lucidité et tous se sentent frustrés parce qu'ils n'ont toujours pas digéré l'ouverture.

Patrick Devedjian, secrétaire général de l'UMP, avait déjà suggéré, ironique, qu'elle s'étende « jusqu'aux sarkozystes ». Ce jour-là, il en rajoute : « L'UMP, dit-il, n'a pas vocation à redevenir un parti de godillots, la brigade des applaudissements, la démocratie des autocars. » Il faut dire qu'une rumeur insistante prête au Président l'intention d'ouvrir tout grand la porte du gouvernement à... Jack Lang. Là, ça serait le bouquet ! Trop, c'est trop ! « L'œcuménisme l'avait approuvé, jurant même que ce rapport serait « sa bible ». Devenu Président, il préfère croire – comme François Mitterrand – au primat du politique sur l'économique.

« C'est Guaino qui lui a tourné la tête et vendu l'idée que la politique n'a que faire des raisonnements comptables », déplore Édouard Balladur.

« Cessez donc de me bombarder de notes sur les dettes et les déficits, proposez-moi des mesures pour le pouvoir d'achat », répète Nicolas Sarkozy, tel un leitmotiv, à ses collaborateurs.

Voilà donc pour le mot « faillite ». Mais il y avait pire encore dans les propos du Premier ministre en Corse : « Je suis à la tête d'un État », avait-il dit. Non mais, pour qui se prend-il ? La veille il est vrai, Nicolas Sarkozy prétendait que Fillon et lui étaient « interchangeables ». Le Premier ministre a eu tort de prendre ce propos au pied de la lettre.

Le voilà convoqué à l'Élysée pour entendre un orage présidentiel d'une rare violence s'abattre sur lui.

« Qu'est-ce que tu es allé raconter ? Tu peux dire que l'État est endetté, mais pas en faillite.

— Écoute, Nicolas, si je te gêne, tu as ma démission », rétorque Fillon, impavide.

L'orage est passé. Nicolas Sarkozy change de sujet.

L'orage, mais pas les gros nuages. Avec des risques de coups de vent.

Ainsi le 23 septembre, *Le Monde* titre à la Une : « François Fillon se pose en garant des réformes. » Le journal souligne les divergences réelles et profondes au sein de l'exécutif. À peine le Premier ministre en

« Carla vient d'une autre planète, celle des êtres envoûtants. Frapper à la porte de sa vie n'est jamais anodin. Si elle vous la referme au nez, malgré cette politesse des grandes familles et cette élégance des grands artistes, vous en ressentirez comme une morsure, mais si vous avez le bonheur d'être admis dans son monde, l'entrée vous en sera toujours ouverte. Farouche mais fidèle, Carla n'aime que le vrai, l'intense et contrairement à sa réputation, le durable. Mais à la première déception, elle vous chasse, et pis : elle vous oublie. Il en est ainsi des amants comme des amis. » Qui trace ce portrait ? Jacques Séguéla.

Jean-Pierre Jouyet la voit, lui, « telle une femme libre », « parce que si fragile » comme le chante Julien Clerc dans « Femmes… je vous aime » [1].

Née à Turin dans une famille italienne fortunée, elle a grandi dans le château familial de Castagneto entre un père compositeur de musique dodécaphonique et une mère pianiste et soliste. Femme de conquêtes, Carla s'est fait une réputation de croqueuse d'hommes. Elle s'y est même complue. Comme on ne peut imaginer que ce soit par forfanterie, on doit en conclure qu'elle aime provoquer, transgresser (voilà déjà un trait commun avec son futur époux). Dans son premier album, qu'elle qualifie de « largement autobiographique », elle s'explique en chansons : « Je n'ai pas d'excuse, c'est inexplicable, même inexorable, c'est pas pour l'extase, c'est que l'existence, sans un peu

1. Jean-Pierre Jouyet, *Nous les avons tant aimés, ou la chanson d'une génération*, Éditions Robert Laffont, 2010. Paroles de Jean-Loup Dabadie.

d'extrême est inacceptable, je suis excessive, j'aime quand ça désaxe. »

Carla connaît la vie et le proclame sans chichis : « C'est moi qui fais les premiers pas, on ne m'a jamais fait la cour, on me l'a faite après. » Et aussi : « On ne désire pas les hommes beaux, on aime ceux qui plaisent aux belles femmes. »

On lui prête bien des liaisons : avec des musiciens, des chanteurs, des acteurs, un écrivain, un milliardaire américain, un politique français connu, un avocat, des intellos : « J'en connais des superbes, des bien mûrs, des acerbes, des velus, des imberbes. J'en connais des sublimes, des mendiants, des richissimes, des que la vie abîme. » Paroles et musique… Un long palmarès de femme très libre qui se prête plus qu'elle ne se donne.

En février 2007, elle avouait [1] : « Je suis une amadoueuse, une chatte, une Italienne, j'aime projeter la féminité la plus classique : la douceur, le "charmage", la "charmitude" comme pourrait dire Ségolène, mais je ne suis pas née comme ça. Ce sont des vides que je remplis. » Et c'est justement cette dernière phrase qui interpelle : des « vides » qui ne demandaient donc qu'à être comblés ?

À première vue, Carla n'est pas le contraire de Cécilia : même haute silhouette longiligne, même regard oblong, mêmes pommettes hautes. « C'est fou ce qu'elles se ressemblent ; c'est à se demander si finalement cette femme n'est pas la seule constante de sa

1. Interview au *Figaro Madame*, le 17 février 2007.

vie », s'interroge le psychanalyste Serge Hefez, lorsque la liaison sera connue.

De leur ressemblance, les premiers avertis se disent tous frappés. Ce que Péri Cochin réfute avec vigueur : « Rien à voir, elles n'ont pas du tout la même personnalité, ni le même genre, ni les mêmes centres d'intérêt… Carla a toujours travaillé pour gagner sa vie. Elle est une artiste qui a les moyens financiers de son indépendance. » Une flèche pour Cécilia !

« Elles n'ont pas du tout le même caractère, renchérit une amie du couple. Avec Cécilia, on était toujours un peu dans la tension. Carla, elle, est dans l'attention. » Nuance !

Tout de même, si l'on en croit les psychanalystes, tout couple est pathologique et la vie n'est qu'une suite de répétitions inconscientes. N'est-ce pas étrange : Carla, Cécilia : deux prénoms qui commencent par C et qui se terminent par A. Trois syllabes pour Cécilia, bientôt trois pour Carla, vite appelée Car-li-ta par Nicolas. L'une est d'origine espagnole, l'autre est italienne.

Différence notoire : Carla est « épidermiquement de gauche » selon Séguéla. Un symbole de cette ouverture si chère au Président au début de son quinquennat. « Je ne suis plus de gauche, je n'ai jamais voté pour la gauche », rectifiera plus tard la Première dame[1].

Un mois avant leur première rencontre, elle avait signé une pétition contre le recours aux tests ADN proposé par le député UMP Thierry Mariani pour

1. Interview au *Parisien* en janvier 2011.

lutter dans certains cas contre l'immigration clandestine.

Une proposition que Fadela Amara, secrétaire d'État à la Politique de la ville, avait jugée publiquement « dégueulasse ». Un mot jusque-là interdit de séjour sous les lambris de la République [1].

Interviewée par *Elle*, Carla employait des termes plus châtiés : « Est-il possible qu'on réduise la filiation à la génétique, et cela pour une catégorie de gens seulement ? Désormais, il y aurait des Français de souche à qui appartiendrait le droit légitime de composer leur famille selon leur histoire intime, et les candidats à la vie en France qui devraient prouver qu'ils sont unis à leurs enfants par les liens du sang. » Et d'ajouter : « Une femme qui élèverait l'enfant de sa sœur, comme c'est le cas dans les régions où sévissent la guerre ou le sida, devrait-elle le laisser au pays ? C'est impossible ! »

Il y avait du vécu dans ce propos bien senti ! C'est à la mort de celui dont elle porte le nom qu'elle apprit n'être pas sa fille biologique, mais le fruit des amours de sa mère avec un jeune violoniste, Maurizio Remmert. Un choc pour elle, bien sûr.

L'alliance Carla-Nicolas, c'est aussi la jonction de deux narcissismes. Chacun renvoie à l'autre un effet miroir on ne peut plus gratifiant. Chacun a pour

---

1. À la gauche qui demande sa démission – son départ apporterait la preuve que l'ouverture n'est qu'une manœuvre politicienne –, Fadela rétorque : « Je n'ai pas de leçons à recevoir de la part de députés de gauche qui nous ont laissés vivre dans des endroits dégueulasses quand ils étaient aux affaires. »

l'autre valeur de trophée. Séduire après moult célébrités un président de la République, connu du monde entier, est un beau challenge. La belle a décroché le pompon du manège. Chacun a trouvé un partenaire à sa hauteur.

Pour parler de soi, l'un et l'autre sont d'intarissables bavards.

Jadis, dans les dîners entre amis, Cécilia assistait muette au *one-man show* de son mari.

Avec Carla, les rôles sont inversés. C'est elle qui monopolise la parole, « toujours enjouée, drôle, hilarante même », témoignent leurs commensaux qui ajoutent : « Devant elle, Nicolas est béat d'admiration, elle le flatte ! »

« Tout de suite, j'ai senti qu'il ne fallait pas laisser passer cet homme[1] », avoue-t-elle.

Et encore : « C'est une rencontre importante, unique, inespérée en termes de tendresse, de confiance, de discussions, d'échanges. C'est la première fois que je me sens comprise et soutenue, accompagnée. C'est la première fois que je donne et que je reçois autant[2]. »

« Carla ? C'est un miracle, peut-être ce que j'ai réussi de mieux dans ma vie », lui répond en écho son mari[3].

Elle dit de lui : « Nicolas a six cerveaux. »

---

1. Entretien avec l'auteure.

2. Confidence de la Première dame au *Figaro Madame*, mars 2010.

3. Entretien avec l'auteure.

Il dit d'elle : « Carla est tellement intelligente. »

Ils se bluffent mutuellement en permanence.

« Dans un dîner en petit comité, ils vont même jusqu'à s'envoyer des textos. Ils se sont créé un univers complice », raconte une de leurs amies.

Une alliance gagnante-gagnante, donc.

Dès le lendemain du dîner chez Séguéla, le Tout-Paris commence à bruisser de la rumeur de leur liaison. « Mais non, qu'est-ce que tu me dis là ? » « Mais si, je te l'assure. »

Les collaborateurs du Président le voient arriver d'humeur badine et l'œil brillant. Quel changement ! Que lui arrive-t-il ? « Ça va être atomique [1] », lâche-t-il jubilatoire et sans plus d'explications à Franck Louvrier, qui comprend sur-le-champ que son patron est amoureux. Mais de qui ? Mystère.

Les ministres qui accompagnent le Président en voyage doivent saisir qu'il les met au parfum. Jean-Pierre Jouyet raconte : « Nous entendîmes pour la première fois évoquer son nom lorsqu'il nous fit la confidence d'avoir rencontré Carla à dîner chez des amis. "On va encore dire que je suis avec elle, comme on l'a dit pour Carole Bouquet", s'amusait-il. Je le rassurai maladroitement en arguant de son union avec Raphaël Enthoven. "Mais c'est terminé depuis longtemps !" m'asséna le Président. Levitte, excellent diplomate mais moins fin psychologue, crut protéger Nicolas en indiquant à la cantonade que tout cela était ridicule car chacun savait bien que Carla avait

1. « C'est mondial », annonce-t-il à Mathilde Agostinelli. Elle sera témoin de son mariage.

été la compagne de Fabius. Vrai ou faux ? Silence. Chacun retourna à ses dossiers [1]. »

Autre changement immédiat, apprécié par le staff présidentiel et les ministres : ils cessent d'être conviés à l'Élysée ou à la Lanterne tous les samedis et tous les dimanches pour travailler ! Le Président se fait même plus rare aux réunions de 8 h 30. Ses colères sont moins fréquentes. Le Président a moins mal au caractère. Tout le monde respire.

« L'arrivée de Carla a eu deux effets dans les voyages présidentiels, s'amuse Jean-Pierre Jouyet : l'irruption de romans et de chansons d'Aznavour. Pour la lecture, nous commençâmes par Françoise Sagan, *La Chamade* et *Château en Suède*, suivie par Le Clézio, qui venait d'obtenir le prix Nobel de littérature, *Désert* et *Le Procès-verbal* trônaient sur la table. Mais comme le flot verbal présidentiel ne tarissait pas, point de lecture... Puis Charles Aznavour prit possession de l'avion. Avec des solos endiablés et remarquablement interprétés par Bernard Kouchner qui – ponctuant leurs travaux diplomatiques – arrivait à entraîner Nicolas Sarkozy sur quelques standards : "La Bohème", "Viens voir les comédiens", "J'habite seul avec maman", "Emmenez-moi" etc., etc. »

Au début de ce mois de décembre, la France profonde n'est pas encore au parfum de l'idylle présidentielle. Elle a bien d'autres images et d'autres soucis quotidiens en tête. Tout augmente. Le fuel ? + 9,7 %. Le pain ? + 4,2 %. La volaille ? + 7 %. Et puis, le 10, tous les projecteurs sont braqués sur la visite à Paris

1. J.-P. Jouyet, *Nous les avons tant aimés*, *op. cit.*

du Libyen Kadhafi, suite à l'invitation que lui avait lancée Nicolas Sarkozy en juillet à Tripoli. Pervers, le Guide de la révolution a lui-même choisi la date de sa venue : le jour de la célébration des droits de l'homme. Les premières images de son arrivée au palais de l'Élysée le montrent au pied des marches du perron, en djellaba marron prenant la pose et levant le poing : un signe de victoire adressé à son opinion publique et au monde arabe. Un beau pied de nez pour la France. Et ça n'est pas tout. Il a exigé de planter sa tente bédouine dans les jardins de l'hôtel de Marigny et fixé à cinq jours la durée de sa visite, le temps maximal pour une visite d'État.

Le « Mouammar show » va vite se transformer en cauchemar pour le pouvoir. Les médias sont unanimes : il ne fallait pas le recevoir. « Tout simplement odieux », clame Ségolène Royal avec la gauche. Beaucoup dans la majorité font part de leur hostilité ou de leur malaise. Au sein même du gouvernement, la gêne est manifeste. Bernard Kouchner trouve d'opportunes raisons pour ne pas croiser Kadhafi : « Je n'étais pas à l'aise, mais il faut donner un peu de crédit à ceux qui font des progrès », explique-t-il. Ajoutant : « C'est une visite douloureuse et indispensable. »

Rama Yade est moins diplomatique : « Le colonel Kadhafi doit comprendre que notre pays n'est pas un paillasson sur lequel un dirigeant, terroriste ou non, peut venir s'essuyer les pieds du sang de ses forfaits. » Une phrase qui lui vaut d'être convoquée à l'Élysée et rappelée à l'ordre par Claude Guéant. Tandis qu'un communiqué du Palais indique qu'il ne lui a pas été demandé de démissionner. Ce qu'elle aurait, clame-t-elle, l'air bravache, refusé : « On ne déserte pas en rase campagne. » N'est-elle pas dans son rôle de secrétaire d'État aux Droits de l'homme ? Conséquences : on se méfiera d'elle désormais. Elle ne participera plus jamais aux voyages présidentiels. Quelques mois plus tard, son secrétariat d'État sera supprimé : le constat d'une mission impossible dans notre monde compliqué [1].

À l'Assemblée nationale, Jean-François Copé, le président du groupe UMP, justifie par un « emploi du temps trop chargé » son absence lors de la rencontre organisée avec les parlementaires par le président Accoyer. Kadhafi exigeait d'être reçu dans ce temple de la démocratie qu'est l'hémicycle. Pas question. Le président de l'Assemblée nationale veut bien lui offrir une rencontre avec une centaine de parlementaires dans la grande salle des fêtes. Ceux-ci rechignant à venir, des fonctionnaires de l'Assemblée et… des figurants viendront combler les vides.

Tous les ponts de la capitale ayant été interdits de circulation lorsque Kadhafi fait sa promenade en bateau-mouche sur la Seine, les Parisiens bloqués plusieurs heures dans les embouteillages enragent. Le Guide s'offre une sortie au Ritz où « l'ami des

---

1. Un an plus tard, en pleine célébration des droits de l'homme, Bernard Kouchner battra sa coulpe dans une interview au *Parisien* : « J'ai eu tort de demander un secrétariat d'État aux Droits de l'homme, c'est une erreur… Ça n'est pas un problème de personne, mais de structure. Il y a une contradiction permanente entre les droits de l'homme et la politique étrangère d'un État… Il ne faut pas faire d'angélisme. On ne peut diriger la politique extérieure d'un pays uniquement en fonction des droits de l'homme. »

dictateurs » Roland Dumas l'accueille par un révérencieux « Profonde et cordiale bienvenue ». Il faut l'occuper, l'Élysée lui organise une chasse à Rambouillet avec un lâcher de deux mille faisans. Le Guide n'en tuera que trois dont deux à terre. Preuve qu'il ne serait pas un tireur d'élite, à moins qu'il n'ait une très mauvaise vue.

Mais il y a plus grave : interrogé sur France 2 par David Pujadas, Kadhafi dément avoir parlé des droits de l'homme lors de son entretien avec le président Sarkozy, qui avait pourtant indiqué que le sujet serait à l'ordre du jour de leur rencontre.

« Avez-vous parlé des droits de l'homme avec le Président ? Évoqué avec lui l'organisation de partis politiques en Libye et aussi d'une presse libre ? » demande le journaliste.

Trois questions en une qui permettent au dictateur de répondre :

« Nous n'avons pas parlé de ces sujets, la Libye est une démocratie populaire directe, ce sont les Libyens qui se dirigent eux-mêmes. La question des droits de l'homme ne se pose donc pas. »

Aussitôt, l'opposition s'engouffre dans la brèche. « Nous avons le droit, nous, à l'Assemblée nationale d'exiger la vérité », gronde Jean-Marc Ayrault, le président du groupe PS, sur ce ton de procureur teigneux qu'il croit bon d'adopter lorsqu'il s'adresse au gouvernement. Et d'accuser Bernard Kouchner de tartufferie : « Vous cautionnez tout ce que jadis vous avez combattu. » Claude Guéant a beau assurer que « le Président a évoqué les droits de l'homme à deux reprises », c'est parole contre parole.

Le 12 décembre, Kadhafi refuse de condamner un attentat terroriste commis ce jour à Alger, mais, pressé par Nicolas Sarkozy, il se résigne à parler d'« acte condamnable ». Sans conviction bien sûr. Très mécontent des critiques suscitées par sa visite, il riposte en administrant une leçon à la France lors d'un discours à l'UNESCO, où il reçoit des représentants des États africains et maghrébins : « Avant de parler des droits de l'homme, vous devriez vérifier que les immigrés en bénéficient chez vous. » Et tandis qu'il visite le château de Versailles, il s'enquiert auprès de Jean-Jacques Aillagon si Louis XIV a bien traité ceux qui ont construit le château. Et le conservateur de rétorquer : « Hélas, le socialisme libyen n'était pas encore inventé ». Le Guide aurait, paraît-il, souri [1].

C'est donc avec un vif soulagement que les Français le voient repartir. Et l'Élysée plus encore. Après les effusions de l'arrivée, Nicolas Sarkozy évite de raccompagner son ami jusqu'à sa gigantesque limousine blanche. Quant aux contrats commerciaux promis par son fils Saïf al-Islam, qui devaient s'élever à dix milliards de dollars, pas moins… ils ne seront jamais honorés.

---

1. Avant de partir, Kadhafi avait écrit un mot sur le livre d'or du château où il se disait « impressionné de visiter un lieu où l'odieux traité de Versailles avait humilié l'Allemagne vaincue ». Révélation : la page a été volée par un collectionneur indélicat. « J'ai constaté à ses commentaires sur plusieurs tableaux qu'il connaissait très bien l'Histoire de France et de l'Europe », dit Jean-Jacques Aillagon.

La libération des infirmières bulgares aura finalement peu rapporté à la France mais, en revanche, coûté politiquement très cher au Président.

Deux heures plus tard, l'avion de Kadhafi se pose à Madrid, étape suivante de son voyage. L'Espagne lui déroule le tapis rouge. Le Roi en personne vient l'attendre au pied de l'avion. Le Premier ministre socialiste Zapatero lui offre un grand dîner de gala et le lendemain, c'est l'ex-Premier ministre libéral Aznar qui l'invite à déjeuner en Andalousie. Sans que la presse ibérique s'en émeuve, « L'Espagne s'unit à la France pour réintégrer Kadhafi dans le concert international », titre le grand quotidien *El País*. La société pétrolière Repsol doit prolonger ses contrats avec la Libye. Il n'est pas question d'insulter les intérêts du pays. Vérité en deçà des Pyrénées, erreur au-delà [1]...

L'indignation force 9 sur l'échelle de Richter ayant fait trembler l'Élysée pendant cinq jours, il importe d'introduire un peu de douceur dans notre Hexagone querelleur.

Le lendemain, soit deux mois, jour pour jour, après l'annonce du divorce, le site L'express.fr et le magazine *Point de Vue* (qui appartiennent au même groupe de presse belge Roularta) rendent officielle la liaison. Avec une photo surprenante : le Président en compagnie de Carla, de son fils Aurélien âgé de six ans et de sa mère Marisa photographiés nuitamment à Disneyland.

---

1. Contrairement à la France, l'Espagne n'avait pas subi d'attentat meurtrier lié au terrorisme libyen.

Pour les sarkologues, ces images ont un curieux parfum de déjà vu. Nicolas, en effet, y accompagnait souvent le petit Louis et Cécilia, qui adoraient tous deux fréquenter ce parc d'attractions. Tous les psys le disent : « On change de femme, on garde les mêmes repères. » Curieux endroit tout de même pour officialiser une liaison quand on est chef de l'État. Les éditorialistes – et pas seulement en France – aiguisent leurs plumes. Ainsi, le *New York Times* s'étonne que Nicolas Sarkozy ait choisi le pays de Donald et de Mickey pour la première apparition publique du couple.

La *Tribune de Genève*, qui énumère la liste des précédents compagnons de Carla, n'y décèle « rien de très prometteur pour un homme qui a besoin de stabilité affective ». Un dessin paru dans *Le Temps*, autre quotidien suisse, évoque une brève de comptoir. L'un des personnages dit : « Sarkozy sort avec Carla Bruni », et l'autre de rétorquer : « Ah bon ! Il n'est déjà plus avec Kadhafi ? » C'est que les observateurs s'interrogent. En officialisant à ce moment précis sa liaison avec Carla Bruni, le Président ne cherche-t-il pas à faire oublier le séjour en France du Guide libyen ? Dans *L'Express*, le politologue Vincent Tiberj explique : « Cette fuite sur le couple vient opportunément créer une bulle médiatique pour faire vendre du papier sur un sujet qui ne peut pas lui nuire. »

« Tu te fais du tort », téléphone au contraire Dadue à son fils. C'est qu'elle n'est pas pressée d'hériter d'une nouvelle belle-fille. « Pendant plusieurs jours, il ne m'a pas rappelée[1] », dit-elle. Au magazine *Point de Vue*, elle confie que « dans sa position, son fils n'a aucun mal à trouver de la compagnie et même qu'il n'a que l'embarras du choix ».

C'est à Christophe Barbier, rédacteur en chef de *L'Express*, et ami de son ex-compagnon, Raphaël Enthoven, que Carla confirme la liaison. En précisant qu'elle n'était « pas gênée de le dire puisque ça allait devenir une histoire d'amour publique ».

De ce jour, le Président et la chanteuse ne se quitteront plus.

Mais notre amoureux ne va pas cesser d'étonner le pays et de détonner.

Le Président et les religions

Lorsqu'il était ministre de l'Intérieur et des Cultes, Nicolas Sarkozy avait affronté l'un des tabous de la société française, la laïcité, dogme de la République, et aussi la place des religions dans nos sociétés mondialisées. Ce qui se comprend : en moins de quarante ans, l'islam est devenu la deuxième religion de France. Nicolas Sarkozy avait même publié un livre d'entretiens très intéressant avec le père Verdin, intitulé *La République, les Religions, l'Espérance*[2]. Le besoin de sens de l'homme, les mystères de la vocation, l'espérance que la foi apporte aux croyants, ces questions l'ont toujours interpellé, taraudé presque.

1. Conversation avec l'auteure.
2. Éditions du Cerf, 2004.

Nathalie Kosciusko-Morizet se souvient de longues conversations avec lui durant la campagne présidentielle, notamment sur les moines de Tibhirine dont le massacre l'avait bouleversé. « Que des hommes puissent faire vœu de pauvreté et de chasteté durant toute leur vie a toujours impressionné Nicolas », s'amuse Laurent Solly qui fut son chef de cabinet au ministère de l'Intérieur.

Une fois élu Président, il avait choisi comme directrice de cabinet Emmanuelle Mignon, boîte à idées de sa campagne, classée ouvertement droite catho.

Le voilà donc qui ouvre un nouveau chapitre du quinquennat. Pendant quasiment un trimestre, tout en travaillant d'arrache-pied, et en se démultipliant avec une visite en province chaque semaine, il va passer du profane au sacré, du public au privé, en alternant les séquences à un rythme endiablé. « La logique de Nicolas est toujours de prendre à contre-pied la logique », note l'un de ses proches. En voici des preuves. Multiples.

Quatre jours à peine après l'officialisation de sa liaison, Nicolas Sarkozy est reçu en audience par Benoît XVI. Le pape accueille le président de la France « Fille aînée de l'Église » (qui arrive avec vingt minutes de retard !). De mémoire de vaticaniste, jamais un chef d'État en visite officielle n'avait affiché aussi peu de solennité. Visiblement ému, mais sans s'incliner, Nicolas Sarkozy salue son hôte d'une franche poignée de main. « C'est très émouvant pour moi, Très Saint-Père, d'être reçu par vous. Vous parlez si bien le français. »

« Oui, je l'ai appris dans mon gymnase[1] de Bavière », répond le pape qui doit se demander pourquoi sa connaissance de la langue provoque une telle émotion.

Au terme de leur bref entretien en tête à tête – une demi-heure –, le Président Sarkozy présente à Benoît XVI ceux qui l'ont accompagné : l'humoriste Jean-Marie Bigard, grand spécialiste des blagues salaces et des « lâchers de salopes ». « C'est un homme qui a rempli le Stade de France, comme votre prédécesseur Jean-Paul II », précise le Président sur un ton très admiratif. Il n'est pas certain que le pape ait apprécié la comparaison. En revanche, des catholiques français en éprouveront des haut-le-cœur durables. Certains y verront comme un sacrilège. Quand d'autres y décèlent une incroyable faute de goût qui restera longtemps au débit du Président. Que l'humoriste ait cru bon d'annoncer qu'il prie « dix fois par jour » n'est pas une excuse. « Amener Bigard chez le pape, c'est ça la rupture, je me fous des critiques. À travers Bigard, je montre que le peuple peut rencontrer le pape », explique le Président aux journalistes. Bigard chez le pape ? « C'est une idée de Pierre Charon », cafarde un conseiller de l'Élysée. C'est lui, il est vrai, qui avait amené l'humoriste un soir au ministère de l'Intérieur. Du temps où Cécilia était à New York. Il fallait divertir Nicolas.

« Nicolas a une telle soif de revanche sur l'establishment qu'il choisit toujours ses repères symboliques dans le paroxysme », explique un de ses

---

1. Lycée se dit « *Gymnasium* » en allemand.

proches. Reste que cela passe mal. Les sondages ne tarderont pas à être en chute libre dans l'électorat catholique.

Pour accommoder un peu les choses, le Président a aussi invité le père Guy Gilbert, autoproclamé « curé des loubards », toujours friand d'apparitions médiatiques, qui, pour l'occasion, a remisé ses habituelles santiags, son blouson de cuir, orné de multiples breloques, pour un impeccable habit de clergyman [1]. Plus évidente est la compagnie du dominicain Philippe Verdin, coauteur du livre d'entretiens (cité plus haut) qui sera offert au Saint-Père ainsi que deux éditions rares des romans de Georges Bernanos (*La Joie* et *L'Imposture*).

Figurent aussi dans ce groupe l'académicien prolifique Max Gallo, Jean-Claude Gaudin, maire de Marseille et ancien professeur d'histoire dans une école libre, l'ancien ministre Dominique Perben et Patrick Buisson, conseiller politique du Président. Quatre catholiques fervents.

Toujours décontracté, Nicolas Sarkozy présente aussi au pape les journalistes qui l'ont suivi : « Vous savez, ils ne sont pas toujours gentils avec moi. » Les journalistes rétorquent : « Mais nous le sommes toujours avec vous, Très Saint-Père. » « Vous voyez comme ils sont injustes », réplique le Président. Et le pape de sourire. Et tandis que la délégation l'entoure, les caméras filment le Président consultant et pianotant sur son téléphone portable. Guettant à coup sûr

1. Offert par le roi des Belges, rapporte Catherine Pégard à laquelle le père Gilbert a fait cette confidence durant le voyage.

les messages de Carla. Une invitée n'a pas été présentée à Benoît XVI : Marisa, sa mère, qui est elle aussi du voyage.

L'après-midi, Nicolas Sarkozy est intronisé chanoine honoraire de la basilique du Latran, un titre que reçoivent tous les chefs d'État français [1]. Le général de Gaulle, Valéry Giscard d'Estaing et Jacques Chirac avaient fait le déplacement. Georges Pompidou et François Mitterrand en avaient accepté la charge, mais sans s'y rendre.

Là encore, Nicolas Sarkozy se distingue de ses prédécesseurs.

Devant tout ce que la communauté française de Rome compte de religieux et de religieuses, il va défendre l'héritage chrétien de la France et donner – le discours a été écrit par Emmanuelle Mignon – sa vision de la laïcité : « C'est la liberté du citoyen, celle de croire ou de ne pas croire. Une nécessité et une chance. Comme Benoît XVI, je considère qu'une nation qui ignore l'héritage éthique, spirituel, religieux de son histoire, commet un crime contre sa culture. Un homme qui croit, c'est un homme qui espère ; et l'intérêt de la République, c'est qu'il y ait beaucoup de femmes et d'hommes qui croient. »

Napoléon proclamait : « L'homme sans Dieu, je l'ai vu à l'œuvre en 1793, cet homme-là on ne le gouverne pas, on le mitraille. Pour former l'homme qu'il nous faut, je me mettrais avec Dieu. »

---

1. Une tradition veut même qu'en ce lieu, Charlemagne fut couronné empereur d'Occident par le pape en l'an 800.

Tocqueville, dans le style qui est le sien, ne disait pas autre chose : « La religion est le garde-fou qui empêche les peuples démocratiques de se pervertir dans la liberté reine. »

Nicolas Sarkozy est lui aussi persuadé de l'utilité sociale des religions. Évoquant la déchristianisation de la France, il poursuit : « La désaffection progressive des paroisses rurales, le désert spirituel des banlieues, la disparition des patronages, la pénurie de prêtres n'ont pas rendu les Français plus heureux. C'est une évidence. La laïcité n'a pas le pouvoir de couper la France de ses racines chrétiennes. Elle a tenté de le faire, elle n'aurait pas dû. »

Une critique à peine voilée de Jacques Chirac et Lionel Jospin qui, en 2001, avaient mené le combat pour exclure toute référence aux racines chrétiennes de l'Europe dans le préambule du traité constitutionnel européen.

Le Président introduit alors une notion personnelle, celle d'une « laïcité positive, c'est-à-dire une laïcité qui, tout en veillant à la liberté de penser, celle de croire et de ne pas croire, ne considère pas que les religions sont un danger, mais plutôt un atout pour la République ». Tout en précisant : « Il ne s'agit pas de modifier les grands équilibres de la loi de 1905 [1], les Français ne le souhaitent pas et les religions ne le demandent pas. »

Mais voilà le plus surprenant : « Messieurs les Cardinaux, je voudrais vous dire très simplement les

1. Loi établissant cette année-là la séparation des Églises et de l'État.

sentiments que m'inspirent vos choix de vie. Je mesure les sacrifices que représente une vie tout entière au service de Dieu et des autres. Mais sachez que nous avons au moins une chose en commun : c'est la vocation. On n'est pas prêtre à moitié, on l'est dans toutes les dimensions de la vie. Croyez bien que l'on n'est pas non plus président de la République à moitié. Je comprends que vous vous soyez senti appelés, par une force irrépressible qui venait de l'intérieur, parce que moi-même je ne me suis jamais assis pour me demander si j'allais faire ce que j'ai fait. Je l'ai fait. Je comprends les sacrifices que vous faites pour répondre à votre vocation, parce que moi-même je sais ce que j'ai fait pour réaliser la mienne. »

Mais la vocation religieuse – le service de Dieu – et la vocation politique – le service des hommes – ne ressortissent pas de la même motivation. Il ne s'agit pas non plus des mêmes sacrifices. Et puis surtout, quel besoin de se mettre en scène en ce lieu ?

Et voilà la phrase choc : « Dans la transmission des valeurs et dans l'apprentissage de la différence entre le bien et le mal, l'instituteur ne pourra jamais remplacer le curé ou le pasteur, même s'il est important qu'il s'en approche, parce qu'il lui manquera toujours la radicalité du sacrifice de sa vie et le charisme d'un engagement porté par l'espérance. »

Napoléon, qui regrettait – déjà – que la religion ait perdu de son empire sur les masses, déclarait devant le Conseil d'État : « Je préfère voir les enfants d'un village entre les mains d'un homme qui ne sait que son catéchisme et dont je connais les principes, que d'un quart de savant qui n'a point de base pour sa morale et point d'idée fixe. La religion est la vaccine de l'imagination. Elle la préserve de toutes les croyances dangereuses et absurdes… Si vous ôtez la foi au peuple, vous n'aurez que des voleurs de grands chemins [1]. »

Emmanuelle Mignon avait-elle puisé son inspiration dans l'histoire napoléonienne ? Ou bien les grands esprits se sont-ils rencontrés ?

Henri Guaino et Claude Guéant, qui avaient relu le discours, n'ont pas jugé opportun de supprimer cette phrase. Jamais le général de Gaulle, catholique très pratiquant, ne se serait risqué, lui, à un tel mélange des genres. Beaucoup accusent le Président de s'aventurer sur un terrain qu'il connaît mal. À Rome, au contraire, on se félicite : « Rarement dans le passé, un chef d'État n'avait présenté l'héritage spirituel de son pays de manière aussi claire et explicite », se réjouit monseigneur Tauran, cardinal bordelais et membre de la Curie. « Monseigneur Poupard m'a dit : il y a longtemps qu'on attendait un discours comme celui-là », témoigne Dominique Perben.

Or, voilà le paradoxe. De tous les présidents de la République – Mitterrand compris –, Nicolas Sarkozy est celui qui a le moins fréquenté les églises, celui que l'on a le moins vu à la messe (ses fils Pierre et Jean portent néanmoins les prénoms de deux paroisses de la ville de Neuilly !). Or, c'est ce pratiquant très occasionnel qui parle de la foi de la façon la plus ostensible, libre et décomplexée.

1. Cité par José Cabanis dans son ouvrage *Le Sacre de Napoléon*, Gallimard, 1970.

Ce rappel des racines chrétiennes n'est cependant pas le signe annonciateur d'une politique qui s'en inspire. Sur des sujets majeurs, l'action de Nicolas Sarkozy fait fi des recommandations de l'Église. En voulant déjudiciariser le divorce, ne veut-il pas le faciliter ? En encourageant le travail du dimanche, ne veut-il pas contribuer à le banaliser ? Et plusieurs aspects de sa politique (notamment sur l'immigration) ont été critiqués par une bonne partie des évêques. Il n'empêche, il souhaite que les catholiques et autres chrétiens participent avec plus d'audace au débat public. Ministre de l'Intérieur, il s'étonnait déjà que les responsables religieux ne se montrent pas plus offensifs dans la défense de leurs intérêts. Bref, il veut entendre les catholiques, même s'il n'est pas toujours prêt à les écouter.

Fin de l'épisode romain.

Sarko bling-bling ?

La classe politique et intellectuelle en est encore à disserter sur les mérites comparés de l'instituteur, du curé ou du pasteur, quand six jours plus tard, retour au profane, Nicolas Sarkozy s'envole pour les vacances de Noël en Égypte. Voyage mi-privé, mi-officiel. Une partie des collaborateurs du Président est déjà sur place pour préparer sa rencontre avec le Président Moubarak, prévue le 30 décembre au Caire.

Nicolas Sarkozy débarque donc à Louxor accompagné de Carla, de Dadue (qu'il veut convaincre de son bon choix), de son fils Jean et de sa fiancée Jessica. Ils ont voyagé à bord d'un Jet Falcon 900 prêté par… l'homme d'affaires Vincent Bolloré.

Le yacht Bolloré pour Cécilia. L'avion Bolloré pour Carla. La vie est bien une suite de répétitions, n'est-ce pas ? Avec les mêmes polémiques. Arnaud Montebourg s'interroge sur les « contreparties que M. Bolloré, homme d'affaires rusé, est en droit d'attendre ». Il critique « le mélange des intérêts privés et publics, nuisible à l'impartialité de l'État ». Il n'est pas le seul. Ségolène Royal juge que « cela met en cause la dignité présidentielle ». Les communistes tapent plus fort encore : « Il est indigne que le représentant du peuple français se comporte comme un clinquant milliardaire étiqueté Bolloré lors de chacune de ses vacances. La fréquentation des milliardaires est une injure à la pauvreté et à la difficulté de vie de millions de Français qui travaillent dur pour boucler leurs fins de mois sans y parvenir. »

« Le Président a le droit de prendre quelques jours de repos », s'insurge Luc Chatel, le secrétaire d'État au Tourisme et à la Consommation. Sans convaincre. Tandis que Patrick Balkany tente de relativiser. Il compare sans sourire le jet privé à « un ami qui vous prêterait sa voiture ».

Retour de croisière à Malte six mois plus tôt, le Président avait fait valoir, on le sait, que son voyage n'avait pas coûté un centime au contribuable et souligné que Vincent Bolloré n'avait jamais travaillé avec l'État. Les images du couple gravissant les marches du somptueux « Old Winter Palace » font la Une de tous les quotidiens européens. Lui, en costume, chemise blanche col ouvert et lunettes Ray-Ban. Elle, Carla, en pull décolleté en V, pantalon serré et cheveux au vent. Le lendemain, tel un adolescent frimeur, le Président téléphone à un ami : « Alors, les images télé, c'était bien ? » En tout cas, elles ne passent pas inaperçues et suscitent les railleries. « Napoléon est allé en Égypte avec 34 000 soldats pour trouver la gloire, Nicolas Sarkozy y va avec Carla pour la même raison », ironise le tabloïd anglais *The Sun*. Le site du magazine *Gala*, lui, souligne que Carla arbore au doigt une grosse bague rose en forme de cœur, la même que portait Cécilia un an plus tôt.

En amour, c'est bien connu, les hommes sont dépourvus de toute imagination. Ils offrent à leurs femmes successives (les généreux du moins) les mêmes bijoux et les emmènent en voyage dans les mêmes lieux et les mêmes hôtels.

La bague ? Il s'agit d'un cupidon de Dior Joaillerie, une création de Victoire de Castellane, la demi-sœur de Mathilde Agostinelli.

Carla fête en effet ses 39 ans. Cette bague est un cadeau d'anniversaire. Les magazines y décèlent, bien sûr, la promesse d'un mariage prochain.

31 décembre. Retour à Paris. 20 heures, vœux présidentiels. Alors que les Français s'apprêtent à réveillonner, le Président se montre grave lorsqu'il apparaît à la télévision : « Je sais les craintes que beaucoup éprouvent pour l'avenir de leurs enfants. Mais tout ne peut pas être résolu tout de suite. » S'il concède qu'il a pu commettre des erreurs, il dit combien sa détermination est sans faille. Mais voilà le plus surprenant : « Depuis trop longtemps, la politique se réduit

à la gestion, en restant à l'écart des causes réelles de nos maux qui sont souvent plus profondes. J'ai la conviction que dans l'époque où nous sommes, nous avons besoin de ce que j'appelle une politique de civilisation. » Et d'appeler à bâtir l'école et la ville du XXIe siècle, à mettre au cœur de la politique, l'intégration, la diversité, la justice, les droits de l'homme, le goût de l'aventure et du risque, la moralisation du capitalisme financier. Et de conclure : « Notre vieux monde a besoin d'une nouvelle Renaissance. Eh bien, que la France soit l'âme de cette Renaissance ! »

Hou là là ! La politique de civilisation ! C'est qu'on ne lui en demandait pas tant, surtout ce soir-là [1] ! Julien Dray y décèle un « concept fumeux », alors que sur la question essentielle : « Le pouvoir d'achat (alpha et oméga des socialistes pour dénoncer une promesse présidentielle non tenue), il n'a rien dit. »

« Cet élan de spiritualité était fait pour corriger le côté clinquant de ces dernières semaines », écrit *Le Parisien*. Tandis que *Le Monde* moque des « notions au caractère nébuleux ».

Côté UMP, où l'on devine qui est la plume du Président, on ne se montre guère satisfait : « Guaino s'est vraiment gratté la tête pour pondre pareil texte », raille-t-on. Beaucoup déplorent qu'il se soit inspiré des écrits du sociologue Edgar Morin. Une référence

1. Ce 31 décembre, le droit de fumer dans les cafés, les restaurants, les boîtes de nuit, les lieux de travail et lieux publics est légalement aboli. C'est de cela que les Français parlent le lendemain. Les fumeurs pour s'en désoler, les non-fumeurs pour s'en réjouir.

de plus à la gauche. Une vraie maladie chez Sarkozy[1] !

Tous pourtant l'ont compris : à l'issue de vacances ultra-médiatisées, le Président veut redonner essence et profondeur à son action. François Fillon, naturellement, est le premier à s'y associer. Il se déclare « prêt à relever le défi des réformes des civilisations et à changer la France en profondeur ». Dans une « tribune » publiée le 2 janvier dans *Le Monde*, le député communiste Patrick Braouezec, allié au philosophe Michel Onfray, écrit que ce discours nous renvoie à « l'avant 1789, avant le siècle des Lumières, la Déclaration des droits de l'homme et l'émergence du citoyen moderne » (comme si Sarko était Louis XVI ! Un message subliminal ?). La tribune se termine par un appel à voter à gauche aux municipales : « C'est dans les conseils municipaux, écrivent-ils en effet, que se joue une question de civilisation. » Un raccourci qui a dû beaucoup surprendre dans les mairies !

Le message du Président passe d'autant plus mal que cinq jours plus tard, le 4 janvier, vacances succédant aux vacances, Nicolas Sarkozy s'envole pour la Jordanie accompagné de Carla, comme il se doit. Il répond à l'invitation du roi Abdallah, qui a eu la courtoisie de lui envoyer son avion. Le lendemain, les caméras filment le couple visitant les ruines nabatéennes de Pétra. Aurélien, le fils de Carla, capuche

1. « Oui, je me suis planté dans les grandes largeurs, en parlant de politique de civilisation. J'étais à côté de la plaque. D'habitude, je renifle, là, j'avais tout faux », confessera-t-il à la direction de la rédaction du *Nouvel Observateur* le 16 mai 2008.

sur la tête, juché sur les épaules du Président, se cache le visage de ses mains pour échapper aux flashes des paparazzi. « C'était l'image qui tue, qui désacralise », déplore l'UMP Lionnel Luca. Ces photos choquent en effet beaucoup de monde, à commencer par le père de l'enfant, qui s'oppose dès lors à toute reproduction d'une image de son fils sans son autorisation. Une faute que Carla reconnaîtra plus tard[1] : « Mon erreur fut d'emmener mon fils dans cette visite, cela a donné une image choquante, violente, obscène qui m'a procuré de la honte en tant que mère. Ce n'est pas l'erreur de Nicolas. C'est la mienne. »

L'image du couple à Pétra fait le tour du monde. La vie est une suite de répétitions inconscientes, n'est-ce pas ? En juin 2005, Cécilia y avait rejoint son amant Richard Attias. Une escapade qui avait assommé de douleur Nicolas Sarkozy. Pétra, symbole de son infortune conjugale, premier signe du commencement de la fin de son couple. Pourquoi choisir d'y revenir ? Pour avoir le dernier mot, pardi ! En y emmenant Carla, Nicolas Sarkozy effaçait le passé, réinventait une continuité. Le couple est mort, vive le couple ! C'était aussi un message explicite adressé à Cécilia : « Tu es allée à Pétra avec ton amant, j'y suis avec une star, plus jeune, plus riche que toi et je vais l'épouser. » La réponse du berger à la bergère infidèle !

Le Président, on le sait, ne se vit bien qu'en couple. Son mariage avec Carla réglerait bien des problèmes de protocole. Ils s'étaient déjà posés une semaine plus

1. Interview à *L'Express*, février 2008.

tôt en Égypte (Carla n'a pu l'accompagner au Caire). Ils font question pour le prochain voyage du Président en Inde. Il ne faut donc plus traîner. À la mi-décembre, pourtant, Dadue déclarait à *Point de Vue* : « J'en ai marre des mariages, je ne dis pas ça pour Nicolas, je dis ça pour mes fils. » Mais quinze jours plus tard, l'autre future belle-mère, Marisa Borini, vend la mèche à la presse italienne : « Le Président m'a demandé sa main, je lui ai répondu : Monsieur le Président, je n'ai aucune raison de vous la refuser. » Elle voit déjà sa fille installée à l'Élysée et prévient, protectrice : « Si Carla devient la Première dame de France, elle devra garder pour elle un lieu et du temps pour écrire. » Décidément très bavarde, elle ajoute : « Carla vit une authentique histoire d'amour, je pense qu'ils peuvent très bien se compléter. »

En ce début d'année 2008, le Président apparaît comme un homme qui mène une vie frivole et clinquante. L'exposition médiatique de sa vie privée indispose les Français. Le baromètre LH2 publié par *Libération* montre que 63 % des personnes interrogées jugent qu'il expose trop sa vie privée. Est-ce la rapidité de l'affichage d'une liaison très people, suivant de très près un divorce, qui affecte sa popularité ? La dégringolade commence, c'est un fait, avec la médiatisation de sa relation avec Carla [1]. Les Français

1. Début décembre 2007, un sondage CSA, pour *Valeurs Actuelles*, se montrait plutôt flatteur : 66 % des personnes interrogées jugeaient qu'il incarnait bien la fonction présidentielle, 58 % qu'il faisait ce qu'il faut pour réformer le pays et 73 % qu'il défendait bien la France à l'étranger.

s'interrogent sur la réalité des sentiments des deux partenaires. Un an plus tôt, Carla avouait, bravache, « s'ennuyer follement dans la monogamie ». Plus : en mai 2007, elle parlait du mariage comme d'« un piège qui vous marque au fer rouge ». Preuve qu'il ne faut jamais dire fontaine…

En janvier 2008, *Der Spiegel*, l'hebdomadaire de référence le plus vendu en Allemagne, choisit d'afficher à la Une le couple présidentiel avec ce titre : « Affaire d'État Sarkozy-Bruni, l'érotisme du pouvoir ». Quatorze pages pour raconter les aventures du Président, sa Rolex, ses Ray-Ban, ses femmes, ses apparitions à cheval, en bateau, en footing. Le « Sarko show ». Et de moquer son côté m'as-tu-vu, le contraire exact d'Angela Merkel, « qui œuvre à l'excès dans la direction opposée », regrettait presque l'hebdomadaire.

« Le spectacle déployé par Sarkozy, épouse pour le meilleur et pour le pire, un nouvel âge de la démocratie où s'engloutissent les pudeurs, secrets et autres philtres de la démocratie représentative », écrit l'éditorialiste Claude Imbert [1].

À l'Élysée, on commence à comprendre que la séquence Disney-Égypte-Pétra fait le plus mauvais effet sur l'opinion. Pour la première fois, Catherine Pégard, ex-journaliste devenue conseillère politique du Président, prend la plume dans *Le Monde* du 7 janvier (le lendemain, le Président tient sa première conférence de presse). « Ça n'est pas le Président qui me l'a demandé », précise-t-elle. Elle écrit :

1. In *Le Point*, 3 janvier 2008.

« Le plus difficile avec quelqu'un qui parle beaucoup, qui agit beaucoup, c'est de faire apparaître sa cohérence dans la durée, écrit-elle, la singularité de Nicolas Sarkozy réside aussi dans sa volonté de réduire au minimum sa part de comédie (...). La communication consiste à montrer le Président le plus possible dans la réalité de ce qu'il est (...). J'ai découvert qu'il y a beaucoup d'humanité et d'humilité dans le travail du président de la République. Il faut être au plus près de cette vérité complexe. C'est difficile parce que Nicolas Sarkozy n'est jamais dans le gris. Il est dans le blanc et dans le noir et les fait cohabiter (...). On le fait passer pour un butor qui n'a lu aucun livre et ce, d'autant plus facilement que sa prévention contre les cuistres le fait forcer le trait en sens inverse. Quand ils le rencontrent, ses interlocuteurs changent d'avis sur lui. En le fréquentant, on s'aperçoit que ses curiosités sont multiples, qu'il a beaucoup de tiroirs en lui, beaucoup de réflexions, d'interrogations, de doutes, peu d'*a priori*. Mais il adore s'afficher dans la provocation et la transgression. C'est sa façon d'affirmer sa liberté. Mais il ne vient pas de nulle part. »

Catherine Pégard voit juste. Mais elle ne répond pas à la question : un Président doit-il provoquer pour affirmer sa liberté ?

Avec une droite aux ordres, une gauche sonnée, une extrême droite marginalisée, Nicolas Sarkozy avait en arrivant au pouvoir toutes les cartes en main. Est-il en train de tout gâcher ? Le staff de l'Élysée en est convaincu, il faut réinjecter de la gravité dans la fonction. Mais qui ose le lui dire ? Personne pour l'instant.

La dégringolade

8 janvier 2008. Première conférence de presse du règne. Les ministres y ont été conviés la veille au soir vers 22 heures. La salle des fêtes de l'Élysée est comble : plus de 500 journalistes, dont tous les correspondants de la presse étrangère. Le Président commence par un long préambule d'une heure. Sa feuille de route pour l'année. Un vrai pêle-mêle.

D'abord, puisqu'il parle aux gens des médias, il dit réfléchir à la suppression totale de la publicité sur les chaînes de télévision publiques. Une idée qu'Alain Minc lui a soufflée lors du dîner du réveillon. Topons là ! Les ministres concernés apprennent la nouvelle en même temps que la presse. L'annonce fait l'effet d'une bombe – est-ce bien raisonnable vu l'état de nos finances ? C'est que Nicolas Sarkozy entend changer la donne de la politique culturelle, trop marquée elle aussi, pense-t-il, par la société de consommation.

Deuxième chapitre : il confie à deux Prix Nobel d'économie, l'Américain Joseph Stiglitz et l'Indien Amartya Sen, une mission de réflexion sur les changements des instruments de mesure de la croissance. Il les veut plus précis et plus larges à la fois. Car, explique-t-il, « la différence entre la perception que l'on en a et la réalité mine la croissance : plus personne ne croit à l'économie ».

Troisième annonce : Simone Veil présidera une commission chargée de rédiger un projet de texte complétant le préambule de la Constitution afin de garantir « l'égalité de l'homme et de la femme et de rendre possibles de véritables politiques d'intégration ou pour répondre au défi de la bioéthique ».

Retour à l'économie : il souhaite que les programmes de stock-options et la distribution d'actions gratuites bénéficient à tous les salariés.

Immigration enfin : le Parlement devrait fixer chaque semaine le nombre de titres de séjour que la France entend accorder en fonction des besoins économiques du pays. Il faut faire passer de 10 à 50 % la part de l'immigration liée au travail.

Un programme copieux s'il en est. On passe aux questions des journalistes et, bien évidemment, il en est une qui brûle les lèvres de toute l'assistance : son mariage. On remarque qu'il ne porte plus son alliance. Un signe ! Et c'est Roselyne Febvre, représentant la chaîne France 24, qui la pose. Le Président devait tout de même s'y attendre : « Je remercie les médias français de s'intéresser à mes déplacements plus qu'à ceux de mes prédécesseurs. Quand le Président socialiste allait en vacances avec son avion présidentiel et différentes familles, tout le monde le savait, personne n'en parlait. Je ne me permets pas de juger. À chacun sa vie et la vie est si difficile et douloureuse… »

Revenant à lui, il met les points sur les i : « Président de la République, ça ne donne pas droit au bonheur plus qu'un autre, mais pas moins qu'un autre. » (Sauf que les citoyens n'en ont rien à faire du bonheur d'un Président. Ils l'ont élu pour qu'il s'occupe d'eux.)

« Avec Carla, c'est du sérieux » (on croirait entendre un adolescent qui présente une fiancée à ses parents). La phrase s'inscrit aussitôt sur le Net. Il ajoute : « La date du mariage, il y a de fortes chances que vous l'appreniez quand ce sera déjà fait. »

Le voilà qui fait ensuite des confidences, mais pour donner des leçons. « En 2007, j'ai divorcé, ce ne fut pas la période la plus heureuse de ma vie. J'ai eu honte quand j'ai entendu, dans la bouche de certains, que l'annonce du divorce était faite pour masquer les grèves. J'ai vu quantité d'articles, je n'ai donné aucune instruction à aucune rédaction. En décembre avec Carla, nous avons eu l'idée originale d'aller à Disney. Si ces photos sont trop douloureuses, n'envoyez pas de photographes. Lorsqu'en Égypte on a décidé – idée originale – de visiter les Pyramides… Très originale … Si vous avez peur d'être instrumentalisés, n'envoyez plus de photographes. Nos vacances seront excellentes quand même. »

« Souhaitez-vous que 2008 signe la fin des 35 heures ? » interroge Fabien Namias d'Europe1. Réponse lapidaire du Président : « Oui. »

« C'est la fin du travailler plus pour gagner plus », tempête dans l'après-midi François Chérèque, le leader de la CFDT. Et la gauche lui emboîte le pas.

Le soir même, le Président charge Henri Guaino de rectifier le tir : « On ne touche pas à la durée légale du travail », explique-t-il, en ajoutant que l'on pourrait cependant déroger à cette règle par des accords majoritaires de branches ou d'entreprises.

Le lendemain, Nicolas Sarkozy se corrigera lui-même devant les parlementaires qu'il reçoit pour les vœux : « Si on supprime la durée légale du travail, on supprime les heures supplémentaires. Je ne suis peut-être pas intelligent, mais j'ai compris cela[1]. » Mais pour les Français, c'est brouillage sur toute la ligne, les 35 heures, on n'y comprend plus rien.

Retour à la conférence de presse. À une question sur sa promesse d'être le « Président du pouvoir d'achat », il répond en ouvrant les bras. Un geste d'impuissance. « Qu'attendez-vous de moi ? Que je vide des caisses déjà vides ou que je donne des ordres à des entreprises à qui je n'ai pas à en donner ? » Et alors que dans toutes les enquêtes auprès des Français le sujet est au cœur de leurs préoccupations, le Président insiste : « Réduire le débat politique à la seule question du pouvoir d'achat, c'est absurde. »

Contraste saisissant avec le candidat du « tout est possible ».

À Laurent Joffrin, directeur de *Libération* qui lui reproche d'avoir instauré « une monarchie élective », le Président répond, sarcastique : « Moi ? Issu de la monarchie ? Alors si la monarchie c'est l'élection, c'est plus la monarchie. Mais monsieur Joffrin, c'est une obsession ; le pouvoir personnel, vous en parliez déjà à propos du général de Gaulle. »

---

1. Entre Noël et le Jour de l'An, François Fillon avait envoyé une lettre aux syndicats pour leur suggérer de réfléchir à la possibilité de revenir sur la durée légale du travail.

En novembre 2011, l'UMP inscrit la suppression des 35 heures dans son programme.

Une réponse jugée trop agressive.

Un mois plus tard, le 14 février, dans un appel à la vigilance républicaine, l'hebdomadaire *Marianne* dénonce « toutes dérives vers une forme de pouvoir purement personnel confinant à la monarchie élective ». Parmi les signataires, on relève les noms de Ségolène Royal, François Bayrou, Dominique de Villepin, Bertrand Delanoë, Nicolas Dupont-Aignan et même Pierre Lefranc, l'ancien chef de cabinet du général de Gaulle.

Dans la presse du lendemain, il est surtout question du mariage prochain du Président qui a, c'est clair, raté sa conférence de presse. Contrairement à ses promesses de campagne, il ne réitérera plus l'exercice avant décembre 2010, pour lancer le grand emprunt. Une fois encore en janvier 2011, pour évoquer la préparation du G8 et du G20 qu'il va présider.

Trop de Carla, pas assez de pouvoir d'achat, les municipales sont proches : à peine trois mois. Dans la majorité, c'est le désespoir. « J'en ai marre de répondre aux questions, Cécilia par-ci, Carla par-là », se plaint un candidat. Pour les magazines people, c'est l'aubaine. Ils triplent leurs ventes. Rien n'est épargné au couple : Carla et ses amants, Carla fruit des amours adultérines de sa mère, des photos de Carla posant dans le plus simple appareil (superbes). Sans compter le succès de trois ouvrages consacrés à Cécilia et qui s'arrachent comme des petits pains.

Celle qui a refusé d'être reine, mais qui enrage d'être si vite remplacée, règle ses comptes avec son ex. L'amour, comme la guerre, est la continuation de la politique par d'autres moyens. Dans leur livre intitulé

Ruptures[1], Michaël Darmon et Yves Derai racontent l'histoire secrète du divorce. Mais c'est incontestablement le livre d'Anna Bitton, *Cécilia*[2], qui crée l'événement. Cécilia s'est confiée à la jeune journaliste du *Point* plus qu'à toute autre depuis longtemps. À tel point qu'inquiète d'en avoir trop dit, elle tente d'empêcher la publication de l'ouvrage – une habitude chez elle. Cette fois en vain. Il est vrai qu'elle n'y va pas de main morte. C'est un florilège de petites phrases « vachardes », prononcées pendant les mois qui ont précédé le divorce (tous les avocats le savent, dans ce cas-là, on démolit toujours l'autre pour se donner encore plus de raisons de le quitter). Le portrait qu'elle dresse de son ex-mari est peu amène. Exemples : « Je ne l'aime plus. Quand je le regarde aujourd'hui, je me demande même comment j'ai pu. » Ou encore : « Il ne se conduit pas bien. Nicolas est généreux si on est avec lui, mais si on le quitte, il est pingre. » Ou encore : « C'est un sauteur, tout le monde me le dit, je ne sais pas si c'est vrai. Je suis partie parce que je suis tombée raide dingue d'un homme tout simplement. Il n'aime personne, pas même ses enfants. » Et pis : « Nicolas, il ne fait pas président de la République, il a un réel problème de comportement, il faut que quelqu'un le lui dise, j'ai fait cela pendant dix-huit ans, je ne peux plus le faire. » Pour conclure, il y a un message adressé à l'amant : « Richard Attias est la personne que j'ai le plus aimée dans ma vie. Je crois que je n'avais jamais

1. *Op. cit.*
2. *Op. cit.*

aimé avant lui. C'est l'homme de ma vie, je suis la femme de sa vie. »

La lecture de l'ouvrage plonge dans l'affliction les amis du Président : « Dire que Nicolas n'aime pas ses enfants, ça, je ne lui pardonnerai jamais », s'emporte Isabelle Balkany.

L'amant, en revanche, reçoit le message cinq sur cinq : il annonce fin janvier à son patron Maurice Lévy, le président de Publicis, qu'il compte épouser bientôt Cécilia. Alors qu'il lui jurait le contraire jusque-là…

Le dernier des trois livres, *Cécilia, la face cachée de l'ex-Première dame de France* [1], est une biographie où Cécilia apparaît comme une personnalité rusée, dissimulatrice et un brin mythomane.

Les trois ouvrages figurent bien entendu au menu de tous les dîners parisiens et du microcosme politique. Ils font mal au Président. Il ne va pas tarder à se venger. Le samedi 12 janvier, Tony Blair est venu de Londres pour parler devant le conseil national de l'UMP. L'ancien Premier ministre travailliste symbole de l'ouverture y fait un tabac. Avec humour, il se définit comme un homme de centre gauche. Ajoutant : « Aux USA, je serais démocrate. En Grande-Bretagne, je suis travailliste. En France… je serais probablement au gouvernement. » Et la salle de s'esclaffer. Et encore : « Le socialisme c'est le mouvement et le mouvement, chez vous, c'est Nicolas Sarkozy. Vous avez de la chance d'avoir un Président

1. Laurent Léger et Denis Demonpion, Éditions Pygmalion, 2008.

aussi “énergétique”… dans tous les domaines. » Et les militants de rire et d’applaudir. Après quoi l’orateur, fêté par l’UMP, est convié à déjeuner par le Président à l’hôtel Bristol, en compagnie de Carla. Avec autour de la table : Jean-Pierre Raffarin, Nathalie Kosciusko-Morizet, Brice Hortefeux, Catherine Pégard. Un déjeuner joyeux où l’on parle de tout et aussi de chansons. Carla se montre très volubile. À un moment, elle s’éclipse. Et le Président de lancer à la cantonade : « Elle est belle et elle au moins elle en a dans la tête, ça me change. » Des propos vite répétés bien sûr à Cécilia.

Les religions toujours

À la mi-janvier, retour au sacré. Nicolas Sarkozy étonne encore. Il s’envole pour l’Arabie Saoudite, il vient y parler contrats en tous domaines : transports terrestres, aviation civile, eau, électricité, sécurité. Un voyage qui devrait être important pour l’économie française.

Lors de leur première rencontre à Paris, le 21 juin 2007, le roi Abdallah, sans doute surpris par la tonicité du nouvel élu, déclarait : « Le Président Sarkozy ressemble à un pur-sang fringant et fougueux, mais, comme tous les pur-sang, il devra accepter l’épreuve des rênes pour trouver l’équilibre. » Le pur-sang est certes un noble animal, très prisé des Saoudiens, il n’empêche, le royal compliment est empreint de réserve.

« Cheval fougueux est heureux de voir son grand ami si sage », lance à son arrivée Nicolas Sarkozy au roi Abdallah. Mais celui-ci n'aura pas le temps de modifier son jugement. Les visites à l'étranger de Nicolas Sarkozy sont toujours des voyages éclairs. « Il ne veut pas que le protocole fixe sa loi », explique Jean-David Levitte. Un long tête-à-tête, croit-il, suffit pour établir une relation confiante. Les dîners officiels l'assomment. Il fait tout pour les éviter, ce qui est hélas toujours très frustrant pour ses hôtes[1], voire désobligeant. Il a horreur de dormir hors de chez lui. (Même en campagne électorale.) Arrivé le dimanche dans la soirée à Ryad, il en repart le lendemain soir : 24 heures à peine. Une rapidité qui est jugée vraiment… cavalière !

Les entretiens avec le Roi sont donc menés à un rythme endiablé. Moins d'une heure pour évoquer le processus de paix dans la région, l'Iran, le Liban, l'Irak et les relations bilatérales. Les ministres des deux pays paraphent quand même des accords de coopération. Pendant la séance de signature, les caméras filment le Président pianotant une fois de plus sur son téléphone portable aux côtés du souverain impassible. Une fois de plus, ces images font mauvais effet en France. Temps fort de la visite : Nicolas Sarkozy, comme Jacques Chirac en 2006, doit prendre la parole devant le Conseil consultatif de Ryad, un embryon de Parlement dont les membres

1. « Lors de dîners d'État à l'Élysée, celui qui est placé en bout de table a rarement le temps d'avoir un dessert », moque un diplomate.

sont nommés par le Roi, gardien des lieux saints. Devant eux, il a choisi d'évoquer à nouveau la place des religions dans le monde. Mais en allant plus loin qu'au Latran. Cette fois, il élargit son propos à toutes les religions du Livre, notamment à l'islam, un œcuménisme inhabituel. Venir parler de religion dans le royaume wahhabite est plus osé que d'évoquer les droits de l'homme en Union soviétique avant la chute du Mur.

« Sans doute musulmans, juifs et chrétiens, ne croient-ils pas en Dieu de la même façon, sans doute n'ont-ils pas la même façon de vénérer Dieu, le même Dieu auquel s'adressent leurs prières. C'est le même besoin de croire et le même besoin d'espérer qui leur fait tourner leurs regards et leurs mains vers le ciel pour implorer la miséricorde de Dieu. Dieu qui n'asservit pas l'homme mais le libère. Dieu qui est le rempart contre l'orgueil démesuré et la folie des hommes… Souvent, le sentiment religieux a été instrumentalisé pour satisfaire d'autres intérêts, mais je l'affirme devant vous, ce n'est pas le sentiment religieux qui est dangereux, c'est son utilisation à des fins politiques, régressives, au service d'une nouvelle barbarie… La France veut être l'amie de l'Arabie Saoudite, nos deux pays partagent les mêmes objectifs d'une politique de civilisation parce que l'Arabie Saoudite et la France ont le même souci de tout faire pour que soient évités les chocs des civilisations et la guerre des religions. »

Jamais un politique occidental n'avait eu le culot – ou le courage – de parler religion en Arabie Saoudite. Jouant au Président philosophe, Nicolas Sarkozy a pendant une heure brassé les siècles, embrassé les religions, mais aussi sauté de l'écologie à la cause palestinienne, dénoncé le profit, le terrorisme bien sûr, et salué la récente rencontre du roi Abdallah avec le pape.

Ryad après Rome : est-ce l'itinéraire d'une nouvelle croisade, pacifique celle-ci ?

Le roi Abdallah aurait, paraît-il, trouvé le discours de Sarkozy intéressant mais tout de même… un peu trop long ! Alors que la très catholique Emmanuelle Mignon avait écrit le discours du Latran, c'est Henri Guaino, cette fois, la plume de Ryad. Il explique : « Le but n'était pas de faire la leçon au régime saoudien, car si le pacte entre les Wahhabites et la famille Saoud s'effondrait demain, ce serait la catastrophe. Mais tout centimètre gagné là-bas dans le sens de l'ouverture est bon à prendre. Il faut aider ceux qui veulent transformer l'islam dans le sens opposé au fanatisme. »

En France, plusieurs obédiences de francs-maçons jugent décidément inquiétante cette nouvelle provocation. « Mettre le religieux dans la politique extérieure, dans un pays qui a financé la promotion d'une forme d'islamisme, est un contresens, une faute », déplore aussi François Hollande.

« Tout de même, faire assaut de bondieuseries à Ryad, dans la citadelle du wahhabisme qui condamne tout esprit critique à la potence, il faut oser », clame l'apôtre laïc Jean-Luc Mélenchon, vaguement admiratif.

Les parlementaires et la délégation qui suivent le Président racontent, eux, pour s'en désoler, une scène à laquelle ils ont assisté lors du déjeuner officiel chez le prince héritier âgé de 80 ans, un homme malade. Nicolas Sarkozy est placé à sa droite et Bernard Kouchner à sa gauche. Pendant tout le repas, ils voient le Président converser avec l'interprète, tandis que Bernard Kouchner s'éclipse avant la fin du déjeuner, prétextant un rendez-vous avec son homologue. Le prince a terminé le repas sans que personne lui adresse la parole. « Nicolas ne se rendait compte de rien », déplore un sénateur.

Le discours de Ryad achevé, Nicolas Sarkozy s'envole pour le Qatar, richissime émirat gazier, pour signer dans la soirée un contrat dans le domaine de l'électronique et un protocole d'accord dans le nucléaire civil. Après le dîner privé avec l'émir, il revient à l'hôtel où la presse l'attend. Entouré de Bernard Kouchner et de Jean-David Levitte, il dresse le bilan du voyage. Soudain, le téléphone sonne, il décroche, on l'entend dire : « Oui, ma chérie. » Il s'éclipse quelques minutes et revient :

« C'était Carla ? interroge un journaliste.

— À votre avis ? » rétorque le Président, l'air ravi.

La conférence de presse terminée, le Président s'attarde, les journalistes comprennent qu'il n'a pas envie d'aller se coucher. Il les entraîne vers le bar de l'hôtel où tous résident et demande un cigare. « Jusqu'à 2 heures du matin, il nous a parlé de Carla, de sa vie avec elle, du sport, de son régime », avançant même : « Je ne ferai pas deux mandats, après je profiterai d'elle », témoigne l'un d'eux qui ajoute : « On le sentait bouffé par son histoire. Une scène surréaliste. Il aime Carla et veut que cela se sache. »

Le lendemain matin, il s'envole pour Abu Dhabi, richissime monarchie pétrolière, membre le plus important des Émirats arabes unis, l'un des principaux clients de l'industrie d'armement française. Il vient y signer la création d'une base française interarmées permanente de 400 à 500 hommes. Cette demande émane des Émirats eux-mêmes : ils ne veulent pas se laisser enfermer dans un face-à-face étouffant avec les États-Unis. Un accord-cadre fixe aussi les conditions d'implantation d'une filière complète de nucléaire civil : deux réacteurs de troisième génération EPR. (Areva, Suez et Total sont associés pour l'occasion.) Le projet échouera, Abu Dhabi choisira une solution coréenne. Il vient aussi annoncer l'ouverture en 2013 d'une antenne du musée du Louvre (en 2006, la Sorbonne y avait ouvert une filiale). Six heures plus tard, Nicolas Sarkozy regagne Paris.

Trois pays en trois jours, des voyages comme les aime « Cheval fougueux », le roi Abdallah l'avait bien dit.

Retour à Paris le 17 janvier. Vœux aux représentants des cultes. Catholiques, protestants, musulmans, juifs, orthodoxes sont là ainsi que les bouddhistes, pour la première fois. Le Président leur annonce qu'il envisage de faire entrer les représentants des religions au Conseil économique et social. Il évoque aussi la possibilité, pour les jeunes, d'effectuer un service civique dans des associations à caractère confessionnel. Il conclut ainsi son propos : « Le changement climatique et le retour du religieux sont les deux défis auquel sera confronté le XXIe siècle [1]. » L'archevêque de Paris, monseigneur Vingt-Trois, se réjouit de cette nouvelle manière d'aborder le fait religieux plus paisible, moins conflictuelle, qui correspond, pense-t-il, à une nouvelle génération politique.

Si les religieux apprécient le propos présidentiel, les politiques beaucoup moins. Ils y décèlent une obsession vraiment curieuse. Le député socialiste Jean Glavany le déplore : « Dieu n'est plus cité à chaque page mais à chaque ligne. » Jean-Louis Debré s'inquiète : « La laïcité est un des piliers de la République, il ne faut pas que cet équilibre soit rompu. » Le CNAL [2], qui regroupe les puissantes fédérations de l'enseignement public, souhaite dans un communiqué « une année laïque au président de la République ». Côté majorité, c'est la désolation : « Personne sur le terrain ne nous parle de religion, il faudrait qu'il arrête. »

Mais avec le Président, on change rapidement de domaine. Après le sacré à haute dose, retour au privé.

Le 25 janvier, le Président est en visite en Inde – son 29e voyage à l'étranger depuis son élection. Avant son arrivée, une seule chose intéresse les médias locaux : Carla sera-t-elle du voyage ? L'*Indian Times* croit savoir que la chanteuse pourrait accompagner le Président lors de sa visite au Taj Mahal. Le

1. Une phrase qu'il répétera mot pour mot deux jours plus tard lors des vœux au corps diplomatique. En ajoutant : « Le retour du religieux dans la plupart des sociétés est une réalité que seuls les sectaires ne voient pas. »

2. Comité national d'Action laïque.

protocole n'ayant pu organiser sa venue, la presse indienne évoque très peu les contrats que la France espère signer, mais beaucoup l'idylle présidentielle entre un président de la République et une star mannequin, artiste, très belle et libre. Interrogé sur son absence, le Président répond, l'air mystérieux : « Vous allez encore dire que j'instrumentalise ma vie privée, mais je pourrais être accompagné lors du voyage officiel prévu à Londres fin mars. »

L'Inde : encore un voyage éclair : 37 heures chrono. Le temps d'être ovationné par un parterre de patrons qui ont admiré la performance : Nicolas Sarkozy monte à la tribune, refuse d'un geste de prendre le discours que lui tend un collaborateur. Il va parler sans notes pendant plus de quarante minutes pour vanter la coopération franco-indienne et proclamer son admiration pour ce grand pays.

Trois jours plus tard, Nicolas Sarkozy fête ses cinquante bougies. Carla a organisé le dîner d'anniversaire chez elle. Et invité une cinquantaine d'amis, parents, politiques et vedettes du show-biz. Le lendemain, la presse révèle leurs noms : François Fillon, Rachida Dati, Brice Hortefeux, Nathalie Kosciusko-Morizet, Bernard Kouchner, Rama Yade, Patrick et Isabelle Balkany, Catherine Pégard, Franck Louvrier, Pierre Charon qui, depuis le départ de Cécilia, n'est plus interdit de séjour à l'Élysée. Côté show-biz, Didier Barbelivien, Michel Sardou, Johnny Hallyday. Côté famille, Dadue et Marisa, les deux belles-mères, Jean et Pierre Sarkozy les fils. Côté amis, la comédienne Marine Delterme et son compagnon, l'écrivain

Florian Zeller, les Bouygues, Nicolas Bazire. On sait tout du menu : potage à l'artichaut et aux truffes de Guy Savoy, le plat préféré du Président, suivi de pizzas et de tomates à la mozzarelle. Des invités raconteront le lendemain que Carla, très amoureuse, a passé la soirée sur les genoux du Président, offrant à tous l'image même du bonheur.

La fin de l'état de grâce

Vendredi 1er février. Nicolas Sarkozy est à Nice où il vient présenter le plan national de lutte contre la maladie d'Alzheimer. Un sujet austère, angoissant s'il en est, et dont le financement reste à définir. Retour à l'Élysée, il réunit dans la soirée un conseil restreint de Défense avec autour de lui François Fillon, Hervé Morin, le général Georgelin, chef d'état-major des armées : au Tchad, une colonne de rebelles opposés au président Idriss Deby est entrée à N'Djaména la capitale. Le Président distribue les ordres d'envoi d'hélicoptères sous le feu des rebelles pour protéger nos ressortissants. Une consigne : on ne tire pas. Et il demande que l'on se revoie le lendemain à 9 heures pour faire le point [1].

---

1. « Nous avons sauvé les ambassadeurs des États-Unis, d'Allemagne. Ils ont été amenés en sécurité sur notre base. Quand je suis allé au Tchad, ils remerciaient vivement la France », témoigne le général Georgelin. « Pas un coup de feu n'a été tiré », se réjouira Nicolas Sarkozy devant les journalistes.

Samedi matin, la réunion dure une heure. Les participants s'en vont et croisent des invités qui commencent à arriver dans ce même salon vert. C'est qu'à 11 heures précises [1], Nicolas Sarkozy épouse Carla Bruni. Le maire du VIIIe arrondissement s'est déplacé pour recevoir leurs consentements. Les époux s'unissent sous le régime de la communauté de biens. Selon les vœux exprès de Carla. « Tu te rends compte, elle me donne la moitié de sa fortune », confie aux amis le Président, ébloui. Une belle preuve d'amour et d'engagement sincère, en effet.

Nicolas a deux témoins : Nicolas Bazire, l'un des dirigeants influents du groupe LVMH, ancien directeur de cabinet d'Édouard Balladur, lequel, jadis, moquait « les deux ambitieux ». Un ami de près de vingt ans, donc et toujours son conseiller officieux. Et Mathilde Agostinelli, l'ex-amie de Cécilia.

Carla, elle, a choisi Farida Khelfa qui fut l'égérie de Jean Paul Gaultier et aussi son amie très chère, la comédienne Marine Delterme.

Les nouveaux mariés, leur famille au grand complet et leurs invités passent la soirée au pavillon de la Lanterne. Aucun photographe – selon leurs vœux – n'a été convié à filmer cette intimité. Néanmoins, le lendemain, le *Journal du Dimanche* fait sa Une avec une photo, prise au téléobjectif au restaurant La Flottille dans le parc de Versailles,

---

1. Jean-David Levitte, qui assiste à la réunion, se voit invité à la cérémonie. « Moi, j'ai appris la nouvelle du mariage par la presse », dit François Pérol.

où le couple, accompagné du père de la mariée, Maurizio Remmert, et de son épouse, s'est arrêté pour prendre le thé. L'image montre Carla, les yeux clos, le visage appuyé sur l'épaule de son mari. Amoureuse. Très.

Invité le même jour sur Radio J, Jean-Louis Debré, président du Conseil constitutionnel, n'est que sévérité : « À partir du moment où vous avez reçu une mission du peuple, quelle que soit cette mission, il faut avoir une certaine tenue et faire attention à ne pas désacraliser la fonction. » Jugement sans appel du plus fidèle ami de Jacques Chirac.

Claude Guéant, le secrétaire général de l'Élysée – qui n'a pas été invité à la noce, lui réplique dans la soirée sur Europe 1 : « Le Conseil constitutionnel a pour mission de vérifier la conformité des lois, je ne savais pas qu'il était chargé d'être l'arbitre des comportements dans ce pays. » Jean-Pierre Raffarin et Édouard Balladur viennent à la rescousse du Président. Ils reprochent à Jean-Louis Debré d'être sorti de son devoir de réserve.

Dans la majorité, on veut espérer que la régulation de la liaison par le mariage va – enfin – mettre un terme à la parenthèse people. Que Carla va lui faire oublier ses tourments passés. « Les choses vont devenir plus naturelles, la situation est clarifiée », croit pouvoir dire Claude Guéant.

Or, ce dimanche 3 février, on est à cinq semaines des élections municipales et cantonales. Le soir même, les résultats de la législative partielle de Chartres sonnent comme un coup de semonce annonciateur de la défaite de mars[1]. Le candidat socialiste l'emporte, avec 55 % des suffrages. Mauvais présage.

Pour Nicolas Sarkozy, c'est la fin de l'état de grâce.

En décembre, un sondage CSA pour *Valeurs Actuelles* montrait que 50,6 % des Français estimaient que l'action du Président allait dans le bon sens.

Fin janvier, une dizaine de sondages révèlent qu'il ne recueille plus que 40 % d'opinions favorables. À la fin du mois de février, un Français sur trois seulement lui accorde sa confiance. C'est la dégringolade. Pis encore : François Fillon, que le Président critique ouvertement devant des tiers, frôle, lui, les 60 % de bonnes intentions (soit, selon les enquêtes, un écart de 20 à 30 points).

De ce jour, et jusqu'à la fin du quinquennat, jamais le chef de l'État ne repassera devant son Premier ministre. En termes de popularité, c'est bien connu, on descend par l'ascenseur, on remonte par l'escalier.

Tous les commentateurs sont d'accord : c'est le comportement présidentiel et non sa politique qui est la cause de ce désamour. La cote de François Fillon en est la preuve : chargé d'appliquer la politique du Président, lui s'envole. De ce différentiel, évidemment, le Président prend ombrage. Ça lui est même intolérable, insupportable. En privé, il le répète sur tous les tons : « Fillon ne me protège pas, il ne monte

1. Réélu en juin 2007 avec 59 voix d'avance, le député-maire UMP sortant Jean-Pierre Gorges avait vu son élection annulée pour avoir multiplié les inaugurations de logements à quelques semaines du scrutin.

pas assez au créneau, il n'est pas courageux. » Comme en écho, celui-ci rétorque devant des journalistes : « Plus les sondages baissent, plus il est difficile de lui parler. »

Et voilà que le Premier ministre est désormais reçu chaque mardi à la réunion du groupe tel un héros par les députés UMP. Il explique, écoute, motive la troupe avec ce mélange d'énergie tranquille et de sérieux qui le caractérise : « Fillon est calme, il connaît la province, il nous correspond bien », clament les députés, qui l'ovationnent comme une star. Fillon devient intouchable, ce qui aggrave son cas à l'Élysée. Les élus sont atterrés par ce qu'ils entendent sur le terrain. Que disent les citoyens ? Que tout ça va trop vite : divorcé le 16 octobre, remarié trois mois plus tard, avec une personne qui s'est déclarée hostile à la monogamie. L'exposition de sa vie privée les indispose.

Les plus indulgents des députés expliquent : « Nicolas est victime de la rupture dont il ne voulait pas : son divorce avec Cécilia. C'est elle qui l'a plombé. »

Les plus sévères notent que le jour où l'on épouse une fonction, on a l'obligation de devenir quasi un saint laïc. « Il s'autodétruit », déplorent-ils.

Réaction des plus classiques : quand les choses vont mal, la majorité n'est plus sarkozyste.

Et pourtant, dès le lundi, le Président retourne au charbon. Son mariage ne le détourne pas de son devoir. Ce jour-là, il se rend à Gandrange, à l'usine Arcelor-Mittal, menacée de fermeture partielle. Elle compte mille ouvriers. La direction veut rationaliser sa production d'acier, car elle n'est plus compétitive. Seul le laminoir est rentable. L'usine a perdu 36 millions d'euros en 2007. L'aciérie doit fermer. La société a proposé un plan de reclassement pour les 571 salariés concernés. On leur offre 218 postes à Florange, à huit kilomètres de là, et deux cents emplois au Luxembourg, à quarante-cinq kilomètres. Quant à la centaine d'ouvriers qui ne trouveraient pas de travail dans les deux sites, la direction propose de les former et de les reclasser. La CFDT a jugé ce plan intéressant et voudrait signer. Mais pas la CGT, qui croit à la pérennité de la production d'acier à Gandrange à condition de moderniser l'usine. Ce qui suppose des investissements très lourds que l'entreprise refuse d'engager.

La CGT songe alors à faire venir un repreneur pour l'aciérie. Elle a interpellé Nicolas Sarkozy, qui demande à voir le patron du groupe. Le richissime Indien Lakshmi Mittal se rend donc à l'Élysée où, à sa demande, il accepte de prolonger la négociation de deux mois. La CGT a donc jusqu'au début du mois d'avril pour présenter des solutions alternatives. Et c'est à son invitation que le Président se rend ce matin-là sur place, où les ouvriers vont l'entendre – stupeur – faire siennes les revendications de la Centrale. Mieux : suggérer que l'État s'engage financièrement pour sauver l'activité « avec ou sans son propriétaire actuel ». En oubliant seulement que Bruxelles ne laissera jamais l'État français subventionner un groupe privé international qui réalise des profits substantiels. Dès le lendemain, Christine

Lagarde et Éric Woerth s'activent pour mettre un bémol à cette suggestion, préférant vanter le volontarisme présidentiel. À l'Élysée, ses conseillers l'avaient mis en garde : « N'y allez pas. » Mais il ne les a pas écoutés. C'est qu'il entend reprendre pied avec l'électorat populaire : « Mettez-moi plus de déplacements sur le terrain, je veux voir les gens », voilà ce qu'il recommande à son chef de cabinet Cédric Goubet.

Du côté de chez Mittal, on déplore qu'il « brouille la négo » : « Le plan de la CGT est un rêve sans lendemain. Celui qui a été proposé aux ouvriers est le meilleur », dit-on. Le Président quitte l'usine – il y a passé à peine deux heures – en lançant à la ronde : « Gandrange comme voyage de noces, y a pas mieux ! » (Il y a mieux comme humour aussi !)

Il se fait ovationner par les ouvriers, auxquels il a assuré la pérennité de l'aciérie. (La promesse ne sera pas tenue, mais les 570 ouvriers seront reclassés par Mittal.)

Après quoi le Président s'envole pour la Roumanie. Son nouveau beau-père, Maurizio Remmert, est du voyage. Jean-Pierre Jouyet raconte : « Appelé de manière impromptue à suivre le Président à Bucarest, alors que je devais être au banc du gouvernement pour la ratification du traité de Lisbonne par le Congrès [1], je me retrouvai avec le père de Carla qui

1. Ce jour-là, députés et sénateurs adoptent à Versailles la révision de la Constitution, préalable nécessaire à la ratification du traité européen de Lisbonne. Trois ans après le « non » au référendum, la majorité y voit l'occasion historique d'acter la réconciliation entre la France du « oui » et celle du « non ». Nicolas Sar-

voulait mieux connaître son gendre. Outre l'élégance, l'humour, la distinction de ce monsieur italo-brésilien, je remarquai sa surprise d'entendre en boucle Charles Aznavour dans un avion présidentiel. Il me glissa à l'oreille : "Ils aiment beaucoup ce chanteur, ou c'est le chanteur officiel ?" Il me parla avec énormément d'affection de sa fille, se remémorant qu'elle l'avait réveillé au Brésil à 3 heures du matin pour lui dire qu'elle était amoureuse. »

« Pourquoi me réveilles-tu ?

— C'est un peu spécial cette fois.

— Ce n'est pas un criminel ou un bandit ?

— Non. C'est le dirigeant d'un pays.

— Ce n'est pas Chavez ? Ce n'est pas Morales ? Ce n'est pas un dictateur ?

— Non.

---

kozy, dès son élection, avait beaucoup bataillé pour convaincre la chancelière allemande et ensuite le faire adopter par ses homologues européens. Les socialistes divisés auraient voulu un référendum. Durant sa campagne présidentielle, Nicolas Sarkozy avait prévenu qu'il passerait par la voie parlementaire. Pour mettre tout le monde d'accord, Jean-Marc Ayrault avait cru trouver la bonne solution : boycotter le congrès pour marquer la préférence du PS pour un nouveau référendum. Vincent Peillon avait jugé que dire « non » une deuxième fois au traité couperait la France de ses alliés européens. Après moult palabres, la direction du Parti avait tranché : les socialistes se rendraient à Versailles… Et s'abstiendraient. Mais trente-deux parlementaires sont passés outre les consignes, dont Jack Lang, Manuel Valls, Robert Badinter. Quelques jours plus tard, le 11 février, Nicolas Sarkozy rendait hommage à Angela Merkel : « Grâce aux efforts de la France et de l'Allemagne, l'Europe dispose maintenant d'un cadre qui lui est nécessaire pour se remettre en marche. »

— Il n'est pas sud-américain ? Ce n'est pas Berlusconi ?

— Non. C'est un Français.

— Alors, c'est très bien. »

La visite de Nicolas Sarkozy à son homologue roumain est aussi brève que sa rencontre avec les ouvriers de Gandrange. Il est de retour à Paris dans la soirée… pour dîner avec Mme Sarkozy.

Deux jours plus tard, le voilà à Aytré, près de La Rochelle, pour le lancement du nouveau TGV d'Alstom, qu'il qualifie de « merveille technologique ». Nicolas Sarkozy se sent chez lui à Alstom. « Je crois aux usines, c'est mon truc », lâche-t-il aux journalistes. Ministre des Finances en 2004, il avait, en effet, sauvé l'entreprise d'un démantèlement au profit de Siemens, que voulait lui imposer Bruxelles. À l'issue d'une rude bataille avec le commissaire à la concurrence Mario Monti, il lui avait fait accepter le rachat par l'État français de 22 % du groupe alors en crise de liquidités, en s'engageant à revendre les parts de l'État une fois l'équilibre revenu. Ce qui fut fait deux ans plus tard. Elles furent cédées trois fois plus cher à Bouygues ! Une bonne opération.

Les ouvriers d'Alstom savent qu'ils lui doivent une fière chandelle. Le Président n'est pas peu fier de leur dire : « À Gandrange, il y a deux jours, ils m'ont dit : ce que vous avez fait avec Alstom, il faut le faire avec nous. »

Sauf que les deux dossiers n'ont vraiment rien à voir.

Pas le temps de souffler. Un souci chasse l'autre. Le nouveau, l'imprévu, est de taille. D'ordre privé. Et public aussi.

Le 7 février, soit cinq jours seulement après son mariage, Nicolas Sarkozy porte plainte pour faux et usage de faux contre le site Internet du *Nouvel Observateur*. Lequel vient de publier « un scoop » aussitôt repris dans tous les médias. De quoi s'agit-il ? Huit jours avant son mariage avec Carla, Nicolas Sarkozy aurait envoyé à Cécilia un SMS plus que surprenant. Détestable pour sa nouvelle épouse : « Si tu reviens, j'annule tout. »

Jamais un Président en exercice sous la Ve République n'avait porté plainte au pénal contre un média. Une grande première, donc. Mais compréhensible ! « C'est Carla qui l'a exigé », témoigne un proche. L'auteur d'une telle « révélation » diffusée par le journaliste Airy Routier ne peut être qu'un (ou une) ennemi(e) du couple Sarkozy. Quelqu'un qui cherche à lui nuire, qui veut humilier Carla, la faire douter de la sincérité des sentiments de son mari. Une sale histoire. Si ce SMS s'avérait exact, la source ne peut être que celle qui pourrait l'avoir reçu : Cécilia. Comme ça n'est pas elle qui a directement informé le journaliste, cela voudrait dire qu'elle en aurait fait la confidence à des fidèles, forcément. Mais qui ? Et quand ? Et dans quel but ?

Selon Airy Routier, ce message aurait été adressé à Cécilia le 25 janvier. Or, à cette date, on le sait, Nicolas Sarkozy clame à qui veut l'entendre son amour pour Carla. Il a tourné la page Cécilia et il est ulcéré, exaspéré par le contenu des trois livres (un surtout) évoqués plus haut et consacrés à son ex-épouse où celle-ci tient des propos fort peu élogieux sur lui. Comment croire qu'un homme sain d'esprit propose à la femme dont il est divorcé depuis quatre mois et qui le traite si bas, un revenez-y à la veille même de son remariage ? Pour les proches, ce SMS a sûrement existé, mais ils le datent de la fin 2005 quand, pour faire revenir Cécilia de New York, Nicolas menaçait d'épouser son amie journaliste.

Entendu par la police, Airy Routier dit être certain de la véracité de la chose, alors que lui-même avoue ne pas avoir vu le SMS. Quelle est sa source ? Mystère. Interrogé par *Le Monde*, il persiste et signe : « Toute information sur la psychologie du Président mérite d'être publiée, si elle est juste. Et pour moi, c'est du béton. »

La plupart des journaux, les sites Internet font leurs choux gras de cette histoire. *Libération* interroge les blogueurs : « Auriez-vous publié le SMS, si tant est qu'il ait existé ? » Ceux-ci répondent non en majorité. « Ce SMS, disent-ils, n'honore pas la presse. » Le « buzz » va durer un mois… Jusqu'au 7 mars.

Ce jour-là en effet, Cécilia est entendue par les policiers. Elle oppose un cinglant démenti : « Non, je n'ai jamais reçu de SMS de cette tonalité depuis mon divorce. » Mais pourquoi ne l'a-t-elle pas dit plus tôt ? Le jour même, elle s'envole pour les États-Unis afin d'y convoler avec Richard Attias. Un événement dont la presse people va remplir ses colonnes au grand dam de l'Élysée [1].

Interrogé au « Grand Journal » de Canal+, Airy Routier plaide en majesté, menton relevé, qu'il n'a pas franchi la ligne jaune, parce que, dit-il, « le Président qui mélange sa vie publique et sa vie privée brouille les cartes ». Il aurait surtout dû ajouter : « Et moi je les embrouille. »

L'avocat de Nicolas Sarkozy, Me Herzog, s'indigne : « Jamais un Président n'a été aussi maltraité par les médias. » Les ministres sont témoins de son trouble. « Il a ressenti cette histoire du SMS comme la pire des agressions », témoigne Michèle Alliot-Marie. « Quand je lis la presse, je tombe sur des aberrations, s'emporte Nicolas Sarkozy. La personne qui prétend que ce SMS existe, on ne lui demande pas d'en apporter la preuve, et à moi on me demande de prouver que je ne l'ai pas envoyé. Si le SMS existait, c'est un viol de la vie privée. S'il n'existe pas, c'est de la voyoucratie. »

Certains ministres se manifestent auprès de lui. Pas tous. En tout cas pas François Fillon, trop prude et introverti pour trouver les mots qu'il faudrait en pareille circonstance. « Nicolas m'a beaucoup reproché de ne pas l'avoir défendu dans cette affaire », reconnaît le Premier ministre. « Mais le défendre contre qui ? Contre quoi ? C'était mission impossible », commente Jean de Boishue.

---

1. Pierre Charon demandera au directeur de *Gala* de ne plus mettre Cécilia à la Une.

À Jean Daniel, conscience du *Nouvel Observateur* et qui s'est désolidarisé de Routier – « cette information n'avait pas sa place sur le site de notre journal » –, Nicolas Sarkozy confie combien cette affaire l'a bouleversé. Carla l'interroge jour et nuit. Elle a douté. Il n'en dort plus. Il vit un enfer. Le Président maintient sa plainte. L'auteur de la pseudorévélation pourrait encourir trois ans de prison et 75 000 euros d'amende.

Jean Daniel téléphone à Carla pour lui dire ses regrets : « Je veux une lettre d'excuses de Routier », exige-t-elle. Celui-ci finit par s'exécuter. Il risque de se voir retirer sa carte de presse.

L'affaire du SMS n'est pas close. Certes, Nicolas Sarkozy retire sa plainte. Mais dans une « tribune » publiée par *Le Monde* et intitulée : « Halte à la calomnie ! », la nouvelle Première dame inflige au journaliste une leçon de morale professionnelle. « Ce qui est malhonnête et inquiétant dans cet épisode, écrit-elle, c'est qu'à aucun moment l'information n'a été vérifiée, recoupée, validée. Quand on est indiscret, il faut être sûr de ce que l'on raconte. De son propre aveu, Airy Routier n'a pas vu – et pour cause – le SMS qu'il a pourtant présenté comme un fait. Je n'ai aucune leçon de déontologie à donner à qui que ce soit, mais il me semble que, quand un journaliste, aux dépens de l'honnêteté qu'il doit à ses lecteurs, sanctifie la rumeur et prend ses désirs pour des réalités, il ne doit pas invoquer "des sources en béton". Si les fantasmes servent de scoop, où allons-nous ? En attaquant le site du *Nouvel Observateur*, mon mari ne s'en prend pas à la liberté de la presse, mais au droit de dire et d'écrire n'importe quoi. De ce point de vue, loin de se conduire en despote, c'est la liberté de chacun qu'il protège (...). Relisez Beaumarchais : "la calomnie, Monsieur, vous ne savez guère ce que vous dédaignez, j'ai vu les plus honnêtes gens près d'en être accablés (...). Elle s'élance, étend son vol, tourbillonne, enveloppe, arrache, entraîne, éclate et tonne et devient grâce au ciel un cri général, un crescendo public, un chorus universel de haine et de prescription. Qui diable y résisterait ?" Réponse : les journalistes, les vrais. »

Cette affaire a en tout cas convaincu la nouvelle Première dame qu'elle a des ennemis dans la place. Sont visés tous (et toutes) les fidèles, les chouchous de Cécilia. Carla sait se défendre dans la vie. Elle sera désormais impitoyable. Rachida est dans le viseur. Elle sera dès lors moins invitée à l'Élysée, puis bientôt écartée. Rupture en douceur. Elle ne fait plus partie de la « famille royale ». Quelques mois plus tard, elle quittera le gouvernement. Les amies que Nicolas partageait avec Cécilia ne sont plus conviées pour des dîners intimes au palais. Le chouchou David Martinon est remercié. Un jour, en ouvrant son ordinateur dans son bureau de l'Élysée, Carla découvre une photo d'elle posant nue. Elle est horrifiée. Qui l'a chargée dans l'appareil ? Dans quel but ? Il faut un coupable. Elle croit l'avoir trouvé [1]. L'ancien majordome, homme à tout faire de Cécilia, mais qui, après son départ, s'occupait toujours des appartements

1. Confidence faite à l'auteure par l'intéressée lors d'un déjeuner à l'Élysée.

privés, est prestement invité à quitter le palais. Revenu à l'Élysée pour la familiariser avec les arcanes politiques, Pierre Charon ne la dissuade pas, bien au contraire. Pour protéger Carla, et aussi régler ses comptes, il va faire la police, châtier les fidèles de Cécilia tels des hérétiques, ceux qui lui doivent leur poste à l'Élysée ont du souci à se faire. « Quand j'ai vu Charon arriver aux réunions de 8 h 30, j'ai décidé de partir », dit Jérôme Peyrat, jusque-là conseiller politique.

Carla écrit bien, on l'a vu. Maintenant, elle doit affronter officiellement les honneurs, les difficultés et les devoirs d'une fonction à laquelle elle n'était pas préparée. Comment conçoit-elle son rôle ? Le 14 février, elle donne une interview à Christophe Barbier, le patron de la rédaction de *L'Express*, un vieil ami.

Question : « Vous vous doutiez que la politique ressemblait à ça ?

— Je m'en doutais, mais je n'avais jamais eu affaire à ce monde. J'imaginais bien qu'en politique, il n'y aurait plus aucune mesure, mais je croyais que cet univers était respecté. Or, il est logé à la même enseigne que celui du spectacle. La politique suscite des pulsions primitives, alors que l'art et l'image déclenchent des pulsions plus subtiles, plus raffinées, plus civilisées.

— Avez-vous, en découvrant cette violence, eu envie de fuir l'univers politique, malgré votre nouvelle vie sentimentale ?

— Non. Car je suis amoureuse. J'assume la situation et je ne peux rien y changer. Je ne veux pas me battre contre le monde extérieur, je m'accroche à l'intimité réconfortante et merveilleuse. Aussi merveilleuse que le reste est parfois cruel.

— Vous voici Première dame de France : comment envisagez-vous cette fonction, ce métier ?

— Je l'aborde à peine, car je n'ai rien calculé, je n'ai rien prévu, je ne me suis jamais mariée avant. Je suis de culture italienne et je n'aimerais pas divorcer. Je suis donc Première dame, jusqu'à la fin du mandat de mon mari, et son épouse jusqu'à la mort. Je sais bien que la vie peut réserver des surprises, mais c'est là mon souhait.

— Vous qui ne vous êtes jamais mariée, vous n'avez pas hésité ?

— Je n'ai pas hésité. J'ai tout de suite eu envie de l'épouser. Il me semble qu'avec lui, rien de grave ne peut arriver. Nicolas n'est pas accroché à son pouvoir, c'est ce qui le rend courageux. J'aime être avec lui, plus que tout. Auprès de lui a disparu une inquiétude que je ressentais depuis l'enfance. On me dit que tout cela est trop rapide. C'est faux. Entre Nicolas et moi, ce ne fut pas rapide, ce fut immédiat. Donc, pour nous, ce fut en somme assez long. Je sais bien que l'on ne devrait pas se marier dans l'instant et que, de plus, nous sommes exposés à la face du monde. Mais les amoureux, on le sait, ont leur propre temps. Le nôtre est *up tempo*. »

Une longue interview, à la tonalité très sage. Mme Sarkozy n'est plus la provocatrice Carla, mais une jeune épousée rangée qui dit « mon mari » comme on se délecte d'une gourmandise. Elle sait à merveille jouer les ingénues officielles. Elle termine l'interview par une protestation de beaux et nobles sentiments : « Je ne sais pas encore ce que je peux faire, mais je sais comment je veux le faire : sérieusement. Je suis fière et heureuse d'être Première dame de France, je ferai de mon mieux. » Un sans-faute !

Avec Carla en couverture, *L'Express* réalise sa plus grande vente en kiosque de l'année : plus de deux cent mille exemplaires.

Enfin un peu de décence et de calme, après deux mois de peopolisation et de tumultes ? Même pas. Ça continue.

La veille du jour où sort l'interview de sa femme, Nicolas Sarkozy est l'invité d'honneur du dîner annuel du CRIF (le Conseil représentatif des institutions juives de France), un rendez-vous très couru par le monde politique. Le Président veut profiter de cette tribune pour désamorcer les critiques suscitées par ses récents discours sur le rôle des religions et la laïcité. Dans son discours introductif, le président du CRIF, Richard Prasquier, avait manifesté quelques nuances sur l'idée d'apport civilisateur des religions défendu par le Président : « J'ai trop de respect pour ceux des Justes [1] qui étaient des athées pour croire que les religions sont la seule barrière contre le mal. Elles peuvent être meurtrières quand elles prétendent imposer une vérité absolue. L'homme ne détient qu'une vérité partielle. C'est le message de la tradition juive. C'est le message des Lumières. »

1. Les institutions juives déclarent « Justes », pour les honorer, les hommes et les femmes qui ont aidé des juifs à échapper à la Shoah.

Devant un parterre d'un millier de personnes, parmi lesquelles une vingtaine de membres du gouvernement, mais aussi des responsables de l'opposition (Bertrand Delanoë, François Hollande, Ségolène Royal), et aussi les représentants des religieux monothéistes, le Président s'efforce de corriger les expressions maladroites qui ont irrité le camp laïc et aussi certains croyants : « Jamais je n'ai dit que la morale laïque était inférieure à la morale religieuse. Ma conviction, c'est qu'elles sont complémentaires. Et jamais je n'ai dit que l'instituteur était inférieur au curé, au rabbin ou à l'imam pour transmettre des valeurs. Mais ce dont ils témoignent n'est tout simplement pas la même chose. » Et de s'interroger sur la chape de plomb intellectuelle qui se serait abattue sur le pays au point de s'offusquer qu'un Président en exercice puisse dire tout simplement que l'expérience religieuse est toujours une question importante pour l'humanité.

En choisissant de revenir sur ce terrain miné, le chef de l'État prend le risque de raviver les critiques. Un élu socialiste présent au dîner note : « Il me faisait penser à Mitterrand, il ne supporte pas d'avoir tort, alors il en remet une couche. C'est un avocat qui présente ses obsessions comme des vérités évidentes. »

Répondant au président du CRIF, Nicolas Sarkozy évoque le nazisme et le communisme et plaide que « le drame du XXe siècle n'est pas né d'un excès de Dieu, mais de sa redoutable absence ». Bien plus, il défend l'idée que « les enfants aient aussi le droit de rencontrer, à un moment de leur formation intellectuelle et humaine, des religieux engagés qui les ouvrent à la question spirituelle et à la dimension de Dieu ».

Cette fois, l'auditoire juge qu'il en fait beaucoup, vraiment beaucoup. Et lorsqu'il annonce son souhait de voir confier à chaque élève de CM2, dès la rentrée scolaire 2008, la mémoire d'un des onze mille enfants français victimes de la Shoah, alors là, c'est beaucoup trop !

Qui a bien pu lui mettre cette idée de parrainage macabre en tête ? Est-ce Marek Halter, qui la juge formidable ? Il dit avoir évoqué le sujet un an plus tôt avec le Président. « Je m'étais demandé, dira-t-il, comment il était possible que les juifs, si attachés à leur mémoire, n'aient pas su la partager avec les non-juifs. Il n'y a aucune garantie que cela marchera, mais c'est une idée forte qui vaut la peine d'être essayée [1]. »

À gauche, François Hollande et Ségolène Royal qui assistent au dîner se déclarent d'emblée favorables à l'initiative. Ils se rétracteront le lendemain. La proposition provoque un tel charivari ! Le syndicat SE-UNSA de l'Éducation nationale la qualifie d'« ânerie morbide ». La Ligue internationale contre le racisme et l'antisémitisme s'interroge : « Revient-il au chef de l'État, qui plus est à l'occasion d'une manifestation communautaire, de décider de ce que doit faire l'Éducation nationale en matière historique ? »

Simone Veil, ancienne déportée et l'une des personnalités juives les plus respectées de France, est la plus virulente. Ses voisins du dîner la voient

---

1. En 2011, il précise à l'auteure : « Non, ça n'est pas moi qui lui ai donné cette idée. »

s'empourprer de colère, fulminer contre un projet « inimaginable, insoutenable ». Sur le site Internet de *L'Express*, elle explique : « À la seconde, mon sang s'est glacé. (...) On ne peut pas infliger ça à des petits de dix ans. On ne peut pas demander à un enfant de s'identifier à un enfant mort. Cette mémoire est beaucoup trop lourde à porter. (...) Et puis, comment réagira une famille très catholique ou musulmane quand on demandera à leur fils ou à leur fille d'incarner le souvenir d'un petit juif ? » Surtout, elle craint que cette proposition ne relance l'antisémitisme.

À l'exception de Jean-François Copé, qui salue une démarche invitant les enfants à s'associer à « l'indispensable devoir de mémoire », les réactions politiques sont très négatives. Le Président ignore-t-il que le génocide juif est déjà inscrit au programme de CM2 ?

À l'Élysée, on tente de dépassionner le dossier en expliquant que dès 2003, Nicolas Sarkozy, ministre de l'Intérieur, confronté à la montée des agressions antisémites, avait eu la conviction qu'il fallait éradiquer le mal dès l'école. Mais tout de même, qui lui a donné cette idée ? Enquête faite, il semble que la responsabilité en incombe à Emmanuelle Mignon. Le ministre de l'Éducation nationale Xavier Darcos, convenant que l'idée présidentielle était sans doute « un peu normative », juge la formule choisie « un peu abrupte ». S'étonnant d'être mis devant le fait accompli, il s'étonne et s'explique avec la directrice de cabinet. Elle proteste :

« Mais tu étais d'accord avec le projet.

— Mais non, je n'ai jamais cautionné l'adoption par un enfant ! » rétorque le ministre.

Emmanuelle Mignon suggérera alors que la mémoire d'un enfant victime de la Shoah puisse être confiée à une classe entière et non plus à un enfant seul. L'idée demeure mauvaise. Pas question. Le Président charge son ministre d'arrondir les angles : « Débrouille-toi comme tu veux. » Xavier Darcos confie à la présidente de l'Association de la maison d'Izieu la charge d'élaborer des documents pédagogiques pour les enseignants. Quelques mois plus tard, en juillet 2008, sans surprise, une mission menée par Simone Veil et le cinéaste Claude Lanzmann conclura à l'inadaptabilité de la suggestion présidentielle.

« Il faut garder son calme, personne n'a l'intention de traumatiser des enfants en leur imposant une charge psychologique trop forte », explique Emmanuelle Mignon au *Figaro*. Ajoutant : « Le Président voulait simplement introduire un traitement particulier sur la Shoah dans le programme de CM2. »

Or, voilà que celle qui parle de calme déclenche une tempête en déclarant quelques jours plus tard à *VSD* : « Les sectes sont un non-problème en France », avant d'ajouter à propos de la scientologie : « Ou bien c'est une dangereuse organisation et on l'interdit, ou alors elle ne représente pas de menace particulière pour l'ordre public et elle a le droit d'exister en paix. » Non mais, qu'est-ce qui lui prend ? Ses déclarations heurtent à droite comme à gauche.

En déplacement dans le Pas-de-Calais, Nicolas Sarkozy tente de calmer le jeu : « Ma position a toujours été claire. Les activités sectaires sont inacceptables, inadmissibles, il faut faire preuve à leur égard de la plus grande fermeté. » Le soir même sur France 2, François Fillon lâche : « C'est au président de la République de gérer ses conseillers. » Jean-Pierre Raffarin en rajoute, jugeant que « s'exprimer, c'est un métier ».

Las, on n'en a pas fini avec les polémiques.

La vie privée du Président, qui se mêle à la vie publique, connaît un nouvel épisode mi-février.

Micros et caméras sont tournés vers Neuilly-sur-Seine (Hauts-de-Seine) où se préparent les municipales. Une succession qui, pourtant, devrait se faire sans remous. Neuilly, c'est « Sarkoland ». Nicolas Sarkozy y a été élu et réélu maire pendant vingt ans. La ville lui a accordé 86 % de suffrages à la présidentielle. Avant même son élection, Nicolas Sarkozy avait proposé son fauteuil à Laurent Solly, son chef de cabinet, qui l'avait refusé. Il ne voulait pas faire de politique. Dès juillet 2007, David Martinon, porte-parole de l'Élysée, avait fait savoir au Président qu'il aimerait se porter candidat à Neuilly. Avec les encouragements de Cécilia bien sûr. Le Président pouvait-il, à cette époque, dire non au protégé de sa femme ? Ce n'était pas le moment de la contrarier. Fin septembre, il fait mieux en allant présenter lui-même le parachuté à l'Hôtel de Ville de Neuilly. On y fête l'élection de Marie-Cécile Ménard, qui lui a succédé dans son canton. Conscient tout de même que les choses ne vont pas être aisées pour le poulain de Cécilia, le Président s'assure qu'Arnaud Teullé, le responsable de la puissante section UMP de Neuilly – fort marri de ne point être désigné –, fera équipe avec Martinon en étant, lui, numéro deux sur sa liste. Mais sitôt le Président parti, la fronde démarre. Les militants supporters de Teullé expriment leur colère, en scandant tout haut : « Martinon, non, non. »

Jean Sarkozy raconte : « Martinon avait demandé à mon frère Pierre si cela l'intéressait de figurer sur sa liste. Pierre ayant dit non, moi je lui ai dit “Ça m'intéresse”. J'avais très envie d'être le responsable jeune sur sa liste. Neuilly fait partie de mon histoire et de ma géographie intime. J'y suis né, j'y ai grandi, j'y ai été élevé par ma mère, une femme d'une infinie gentillesse qui m'a appris à aller vers les autres. Martinon m'a répondu OK. Et moi, je n'en ai rien dit à mon père, j'ai fait [1]. »

Seulement voilà : malgré de multiples réunions chez l'habitant, malgré le soutien ostensible et visible de Jean Sarkozy, très populaire dans la ville, la greffe Martinon a du mal à prendre. Il raconte : « C'est lorsque mon père m'a invité à l'accompagner au Maroc en octobre que je lui en ai parlé. Et ça s'est très mal passé. » (Cinq jours après son divorce, le Président n'était, il est vrai, pas à prendre avec des pincettes.) « Il a tenté de me dissuader. “Ne t'investis pas, la politique ce n'est pas pour toi, tu es trop jeune.” Et moi, je l'ai très mal pris. Cela m'a beaucoup choqué qu'il puisse m'interdire de faire ce que lui avait fait à mon âge. J'ai décidé de passer outre, j'ai pris l'exact contrepied de ses conseils et j'ai continué la campagne de Martinon. » Non mais !

---

1. Conversation avec l'auteure.

Laquelle tourne bientôt au calvaire. La greffe ne prend pas. « C'est moi qui le premier, en décembre, ai dit à Martinon : "Tu es mauvais, tu vas perdre", poursuit Jean Sarkozy. Je suis allé voir mon père pour l'avertir, il m'a encore engueulé, et moi je lui ai répondu : "Mais tu sais, moi je fais ça pour toi, hein !" » C'est qu'en face, le candidat divers droite, Jean-Christophe Fromantin, surfe sur le rejet de David Martinon. Ce Neuilléen de souche, chef d'entreprise, quadragénaire, marathonien, rassure. Les sondages confirment sa percée à la mi-janvier. Un second sondage, publié mi-février, est fatal à Martinon. Tandis que Nicolas Sarkozy est en voyage en Guyane, Claude Guéant est mandaté pour lui intimer l'ordre de se retirer. Les choses ne traînent pas. Deux jours plus tard, Patrick Devedjian, le secrétaire général de l'UMP, tirant les conclusions du retrait forcé de Martinon, apporte son soutien à Jean-Christophe Fromantin, le futur vainqueur. « Ce n'est évidemment pas le choix du cœur, mais celui de la raison », écrit-il aux militants.

Pour les UMP neuilléens qui n'ont jamais adoubé Martinon, le choix Fromantin ne passe pas du tout. C'est un véritable crève-cœur. Sans l'aval de l'Élysée, Arnaud Teullé décide alors de se lancer dans la course. Il est aussitôt suspendu de l'UMP. Jean Sarkozy ne figurera pas sur sa liste… Il se porte candidat aux cantonales qui ont lieu le même jour que les municipales. Le match Fromantin-Teullé commence. Que les Neuilléens y comprennent quelque chose ! Nicolas Sarkozy reçoit les deux candidats à l'Élysée : Fromantin, qu'il assure de son soutien parce qu'il vaut mieux adouber le vainqueur prévisible pour ne pas faire figure de vaincu, et Teullé parce qu'il est un très vieil ami de la famille. Son père, conseiller municipal de Neuilly, avait joué un rôle décisif dans sa prise de pouvoir à la mairie, lorsqu'il affrontait Charles Pasqua. Cela ne s'oublie pas.

Comme rien n'est simple à Neuilly ni dans la famille Sarkozy, Teullé peut compter sur le soutien de Pierre et de Jean, mais aussi sur celui de Dadue, la mère du Président, qui trône au premier rang de ses réunions. Les caméras ne peuvent la manquer. Le feuilleton neuilléen, aux allures de saga familiale, fait la Une des médias en France et même à l'étranger. Des Japonais se promènent caméra au poing dans les rues, attirés par le côté symbolique d'une ville qui a servi de tremplin au locataire de l'Élysée. Tous les ingrédients sont réunis pour faire un excellent feuilleton : dissidence, trahison, parachutage raté, querelles familiales, sans compter l'inévitable dose people. Neuilly la sage devient pendant deux mois la « folle du 9-2 » (Hauts-de-Seine). François Bayrou moque les grâces et disgrâces de la « monarchie Sarkozy », François Hollande dénonce une histoire « qui serait risible, si elle ne déconsidérait pas la fonction présidentielle ». Au final, Jean-Christophe Fromantin l'emporte avec 61,67 % des voix. Un beau succès. Jean Sarkozy, lui, est élu dans le canton de Neuilly Sud. Il tire très bien son épingle du jeu. C'est même pour lui un double succès : « Après ma victoire, mon père a enfin accepté de parler politique avec moi. Et j'ai été pris par la passion de la chose publique. » La politique pour exister enfin aux yeux d'un père si absent depuis l'enfance… À 21 ans, le fils démarre une carrière avec un an d'avance sur lui.

Les militants UMP, eux, sont amers. Fromantin n'est pas de la famille. Que Neuilly leur échappe sonne comme une défaite personnelle du Président. Comme le note Jean-François Copé : « Ça n'est pas comme ça que les choses doivent se faire. »

Trop c'est trop ? En ce mois de février, *L'Express* titre à la Une : « Fait-il vraiment Président ? », tandis que *Le Nouvel Obs* affiche : « Le Président qui fait pschitt ». Pour le stigmatiser, on s'inquiète de son style et de son comportement. Les digues habituelles semblent avoir cédé et les inhibitions aussi. Le mardi 13 février, Frédéric Taddeï reçoit une demi-douzaine d'intellectuels dans l'émission « Ce soir ou jamais » sur France 3. Au menu, la mauvaise humeur des Français à l'approche des municipales. Tous les commentaires sont négatifs sur Sarkozy. Et voilà que Jean-Didier Vincent, neurobiologiste réputé, dont les travaux sur le cerveau sont mondialement reconnus, prononce avec l'air le plus sérieux du monde des mots stupéfiants : « Il n'y a qu'un seul problème actuellement, dit-il, c'est comment se débarrasser de lui. Il est devenu encombrant pour tout le monde. Nous l'avons élu, nous l'avons soutenu, nous l'avons aimé. Nous avons trahi nos idées dans l'attente d'une récompense et tout d'un coup, il nous lâche. Alors je ne vois qu'une solution, il n'y a que l'assassinat !

— Vous parlez des politiques, relance Taddéi, l'air interloqué, feignant d'avoir assisté à un numéro d'humour noir.

— Nous n'avons de moyens autres de s'en débarrasser que l'assassinat », répète le savant.

Mais déjà, l'on passe à autre chose, sans que personne réagisse sur le plateau alors que c'est énorme ! Ce sont des propos monstrueux, inacceptables dans une démocratie. Un esprit faible ou dérangé pourrait y entendre une incitation au crime. La Ligue des droits de l'homme, en général si prompte à dénoncer pareil dérapage, ne bronche pas. D'ailleurs, personne ne proteste. Preuve que tout est dérangé.

Ce mois de février, le plus court de l'année pourtant, bat décidément un record d'avanies pour le Président.

Le samedi 23 février, suivant la tradition, il se rend au Salon de l'agriculture. Il doit y prononcer un grand discours sur l'avenir de l'agriculture, ce qui est une grande première en ce lieu. Il est attendu, bien sûr, par micros et caméras, dont celle du « Collectif Youpress », qui vend des images aux télévisions régionales. Dès l'arrivée du Président, le réalisateur se précipite dans la bousculade, caméra au poing. Dans le tohu-bohu, il ne prend pas conscience de ce qu'il enregistre, ni de ce qu'il entend. C'est seulement dans l'après-midi, au montage, qu'il réalise l'énormité du scoop. De quoi s'agit-il ?

On voit le Président tendre la main à un visiteur, dont on ne connaîtra jamais (curieusement) l'identité.

Celui-ci marque un mouvement de recul.

« Ah non ! Touche-moi pas.

— Casse-toi alors, rétorque le Président.

— Tu m'salis, dit l'homme.

— Casse-toi alors pauvre con ! »

Effet dévastateur garanti[1] ! L'enregistrement se promène sur la Toile. Trois millions d'internautes auront visionné la vidéo en quarante-huit heures. Tous les quotidiens en font leur Une, toutes les radios reprennent le son, et toutes les télés l'image. Inconvénient de l'époque pour les hommes politiques. Avec l'omniprésence des reporters d'images, la multiplication des téléphones mobiles avec caméra intégrée, ils doivent être en permanence sur leurs gardes. Cette vidéo traduit aussi le manque de sérénité d'un Président face à l'outrage.

Lionel Jospin, sans excuser la sortie de Nicolas Sarkozy, juge inacceptable qu'un citoyen insulte de la sorte un président de la République. Mais ce dérapage confirme et amplifie la métamorphose spectaculaire du paysage. Les prédécesseurs de Nicolas Sarkozy usaient en public d'expressions retenues et châtiées. Ce qui ne les empêchait pas, en privé, de se lâcher, et comment ! Mais il n'y avait pas toutes ces caméras et ces micros cachés pour les piéger.

On verra le « casse-toi pauvre con ! » du Salon de l'agriculture rejaillir en 2010 sur les pancartes, dans les défilés des manifestants hostiles à la réforme des retraites. Puis en janvier 2011, à Tunis, sur celles des manifestants venus houspiller le tout neuf et tout jeune ambassadeur de France Boris Boillon, coupable d'avoir tenu des propos fort peu diplomatiques devant la presse tunisienne.

---

1. Dans la même veine, Chirac avait fait preuve d'une plus grande repartie. Apostrophé de « pauv' con ! » lors d'une visite, il répondit : « Enchanté, moi, c'est Chirac. »

Les couvertures des hebdos le carillonnent : « Ça finira mal ! »

Le lynchage fait vendre, bien sûr. Les ministres montent en ligne pour défendre le Président et d'abord le premier d'entre eux : « J'en ai marre de ce système complètement insensé où l'on ne retient que quelques secondes de cette visite, alors que le Président a prononcé un discours fondateur pour l'agriculture, dont les médias n'ont rien dit. (Ce qui est exact, hélas pour le Président.) Franchement, ça nous arrive à tous d'avoir ce type de réaction quand on est insultés. » Il n'empêche : le mal est fait.

L'Élysée a compris évidemment qu'il importait une fois encore de réagir, et vite. Le lundi, Nicolas Sarkozy s'entretient avec les lecteurs du *Parisien*. L'article paraît le mardi avec ce titre : « J'aurais mieux fait de ne pas lui répondre ». Tout le monde comprend de quoi il s'agit. Or, le matin de la publication, le directeur adjoint de la rédaction du quotidien, Dominique de Montvalon, assure sur Canal+ que cette phrase d'excuse a été rajoutée par l'Élysée lors de la relecture de l'interview. « Sarkozy lui-même, explique-t-il, n'a pas exprimé le moindre regret. » Quand une telle affaire est lancée, il est difficile de l'arrêter. Le lendemain, le journal publie les deux versions de l'interview. L'enregistrement intégral et la « retouche élyséenne ». On voit que les choses sont moins nettes. Le Président avait répondu : « Je n'aurais pas dû lui dire "casse-toi". » Ce qui était bien l'expression d'un regret. Il s'agit là d'un faux scandale monté en mayonnaise. Cette nouvelle affaire n'en est pas une.

En 2002, le président polonais Lech Kaczynski avait, mot pour mot, répondu de la même manière à un individu qui l'avait violemment abordé dans la rue. Il y a toujours une vidéo quelque part. Celle-là s'était retrouvée sur Internet. Et cinq ans plus tard, lors de la campagne législative, l'opposition au président polonais avait fait de cet autre « casse-toi pauvre con », son slogan de campagne. Le parti de Kaczynski avait subi une écrasante défaite.

Le jour où Nicolas Sarkozy visitait le Salon de l'agriculture, *Le Monde* publiait une tribune signée Édouard Balladur, intitulée « 2008, année décisive » dans laquelle celui qui avait été le mentor du Président lui dispensait quelques conseils. « Nicolas Sarkozy est soucieux de franchise, de liberté, de vérité et de simplicité. Il a raison. La modernisation de nos institutions est aussi à ce prix. Pour autant, la sincérité n'est pas exclusive d'une certaine sobriété, la rapidité de la décision n'interdit pas la concertation préalable. Il n'est pas non plus indispensable pour mieux orienter les commentaires de créer tous les jours un événement. Nicolas Sarkozy est trop avisé pour l'ignorer, il est perspicace et lucide, il saura infléchir son style tout en conservant son originalité. »

Qu'en termes galants ces choses-là sont dites !

En cette fin février, des intellectuels, des journalistes font référence dans leurs chroniques à l'ouvrage célèbre et déjà ancien, *Les Deux Corps du roi*, d'Ernst Kantorowicz, un médiéviste américain d'origine allemande, spécialiste de l'histoire des États, dans lequel il énonçait que le souverain a deux corps. Le premier, mortel et naturel. Le second, surnaturel et immortel.

Une dualité reconnue par les historiens et les philosophes. Rapporté à la présidence Sarkozy, le corps prosaïque, naturel, écrivent-ils, a phagocyté le second qui symbolise la distance et la solennité de la République. La personne a perturbé le cérémonial solennel de la République gaullienne. Que disent-ils ? Pour avoir désacralisé la fonction, Nicolas Sarkozy est un Président régicide.

CHAPITRE 2

Les municipales

Les observateurs l'avaient prévu : les Français profiteraient de la première occasion venue pour infliger au Président un bon coup de semonce. D'autant que c'est une tradition de la Vᵉ République : un succès à l'élection présidentielle est toujours contredit par un échec aux élections locales qui suivent. Le général de Gaulle lui-même n'y avait pas échappé après son triomphe aux consultations de 1958. Ça n'a pas raté : les municipales et les cantonales de mars font figure de Bérézina.

La gauche reprend trente-six communes de plus de trente mille habitants, elle détient désormais deux villes sur trois de plus de cent mille habitants. Et ainsi de suite. La majorité obtient quand même quelques beaux lots de consolation : le plus évident est le net succès d'Alain Juppé à Bordeaux. Battu aux législatives un an plus tôt, il est réélu dès le premier tour avec 56,6 % des suffrages. Un vrai baume sur ses meurtrissures. Deux jeunes ministres confirment leur talent : Laurent Wauquiez, porte-parole du gouvernement, enlève à 32 ans la mairie du Puy-en-Velay : 56 % dès le premier tour. Un an plus tôt [1], la ville avait voté en majorité pour Ségolène Royal. Luc Chatel, le secrétaire d'État à la Consommation, enlève, lui aussi à la gauche, dès le premier tour, la mairie de Chaumont en Haute-Marne. Mais ces deux victoires ne suffisent pas à faire un printemps pour la droite. Certes, Éric Woerth, le ministre du Budget, est lui aussi réélu à Chantilly, et Hubert Falco à Toulon, avec 65,2 % des voix. La droite conserve à Paris ses trois mairies d'arrondissement. Une déception pour Bertrand Delanoë, qui en guignait au moins une.

« Sur 184 députés UMP qui se présentaient, 43 sont restés sur le carreau », veut relativiser Jean-François Copé.

Pas de quoi pavoiser quand même : désormais, trois Français sur cinq vont vivre dans des villes administrées par la gauche.

La faute à qui ? « Au Président ! » répondent les battus. Ainsi Xavier Darcos, ministre de l'Éducation nationale, auquel il a manqué 39 voix pour conserver la mairie de Périgueux. Or, Nicolas Sarkozy était venu le soutenir en personne une semaine plus tôt. La circulation bloquée dans la ville le temps de sa visite avait irrité les Périgourdins. Tous les battus le disent : se référer à lui les a fait perdre. Ça n'est pas sa politique qui est en cause. L'analyse des résultats est

1. Il a battu la socialiste sortante qui est aussi la mère de Bruno Julliard, le leader de l'UNEF, toujours en première ligne dans les manifs contre le gouvernement.

explicite : ça n'est pas tellement la gauche qui a gagné que la droite qui a perdu, ses électeurs l'ont boudée. Leur champion les a déçus : la dispersion de ses interventions, ses transgressions, ses incartades. Ils ne saisissent pas toujours où il veut en venir. Quelques députés – rares – osent même mettre en cause sa vie privée. Ainsi Yves Nicolin, battu à Roanne : « S'il n'y avait pas eu le divorce suivi du remariage, j'aurais été réélu. Il y avait 16 % de chômeurs en 2002, 7 % aujourd'hui, et je me suis fait virer. »

Beaucoup, sans l'exprimer, pensent comme lui. Leurs électeurs avaient cru porter au pouvoir un magicien, ils ont eu droit à un épisode de la série télévisée *Les Feux de l'amour*. Mais le reproche va beaucoup plus loin. C'est tout un style qui est contesté. Au soir même de la défaite, Nicolas Sarkozy a eu sous les yeux un très explicite sondage du CSA : 58 % des Français – près de deux sur trois – estiment qu'il doit adopter un style plus présidentiel. Ce qui exige distance et gravité. « Il s'agit moins de réformer les réformes que de réformer le réformateur », avance Alain Duhamel dans *Libération*. Dans *L'Express*, Christophe Barbier ordonne : « Changez, Monsieur le Président ! » Jusqu'au *New York Times*, qui joue les professeurs de maintien : « Lorsque la conduite d'un homme politique interfère avec sa mission, il est temps d'appliquer une dose de discipline. » Alain Juppé fait chorus : « Il faudrait que le Président préside, admet-il, c'est le seul réglage à faire. Il lui faut prendre du recul. Il a suffisamment de finesse politique et de capacité d'adaptation. »

Juppé-le-Sage, qui savoure son succès, fait mine de ne pas trop s'émouvoir de la donne politique actuelle. « Cela passera, il y a eu la "sarkolâtrie", il y a maintenant la "sarkophobie". Et un jour on arrivera à la "sarko-sérénité". »

Changer ? Qu'en pense l'intéressé ? Le peut-il ? Le veut-il ? Au petit déjeuner où il a rassemblé les élus de la majorité, il tente de relativiser la portée de l'échec de « ces élections de voisinage ». Il n'a pas apprécié l'usage du mot « défaite » par Jean-François Copé le soir du second tour sur les plateaux de télévision. Mais il ajoute qu'il tiendra compte des résultats. Sans convaincre tout à fait. Bien sûr, il change quelques postes ministériels [1], les ministres battus ne sont pas évincés. Pour l'heure, la colonne vertébrale gouvernementale n'est pas modifiée.

Il réorganise aussi son cabinet de l'Élysée. David Martinon, le porte-parole, est limogé. C'est la fin des points de presse hebdomadaires qui, souvent, faisaient doublon avec ceux du porte-parole du gouvernement. Le journaliste Georges-Marc Bénamou, dont les sympathies affichées sont plutôt à gauche, lui aussi

1. Six nouvelles personnalités font leur entrée. Anne-Marie Idrac, ex-patronne de la SNCF, fait son retour en politique comme secrétaire d'État au Commerce extérieur. Nadine Morano, battue à Toul, hérite de la Famille. Hubert Falco et Alain Joyandet, élus dans leurs villes, sont nommés respectivement secrétaires d'État à l'Aménagement du territoire et à la Coopération. Yves Jégo, sarkozyste historique, succède à Christian Estrosi (élu à la mairie de Nice) à l'Outre-mer et Christian Blanc, ex-rocardien, député du Nouveau Centre, s'occupera du Grand Paris.

s'en va – à sa demande. L'efficace Franck Louvrier est promu : il prend en charge le pôle de communication et Catherine Pégard le pôle politique, assistée de Jérôme Peyrat et d'un jeune préfet, Olivier Biancarelli. Cette réorganisation vise à mieux écouter et prendre en compte les impatiences des députés. « Messieurs les dépités », comme les a appelés leur président de groupe Jean-François Copé dans un beau lapsus. Et ils ne se gênent plus pour les exprimer. Il n'y a pas que l'étalage de la vie privée qui les indispose. L'ouverture à gauche leur donne de l'urticaire. Elle a, disent nombre d'entre eux, Claude Goasguen et Bernard Debré en tête, « désarçonné l'électorat de droite sans rien nous rapporter à gauche ». Ils ne manquent pas d'arguments : Bernard Kouchner n'avait-il pas déclaré que la réélection de Delanoë à Paris ne lui déplairait pas ? Et Jean-Pierre Jouyet avait fait de même. Quant à Fadela Amara, n'avait-elle pas annoncé dans *Le Point*, qu'en 2012, elle ne voterait pas Sarkozy ? Leur verdict est clair : à vouloir être le président de tous les Français, Nicolas Sarkozy a oublié d'être d'abord le président de ceux qui l'avaient élu. L'ouverture est un échec. Les grognards de l'UMP mettent aussi en cause le rapport Attali. Nicolas Sarkozy avait en effet chargé l'ancien conseiller de François Mitterrand, une de ses vieilles connaissances, de rassembler des propositions pour libérer la croissance. Il lui avait laissé toute liberté pour définir le champ de ses investigations et aussi sur la composition de la commission qui l'assisterait. Un rare privilège. Travaillant jour et nuit pendant trois mois et pressant ses quarante-deux acolytes, Attali avait remis au Président en janvier 316 propositions d'inspiration « sociale-libérale », selon son auteur. Pour construire une société de plein emploi, il proposait pêle-mêle de supprimer les départements, de moduler les prestations familiales, d'abroger les lois Galland, Royer et Raffarin qui restreignent l'installation des grandes surfaces. Mais c'est l'ouverture très large à la concurrence des professions réglementées (les notaires, les coiffeurs, les vétérinaires, les pharmaciens et les chauffeurs de taxi) qui avait suscité un vif mécontentement, à commencer par ces derniers : le 6 février, les taxis avaient bloqué les deux aéroports franciliens. Reçus par le Premier ministre, ils obtenaient l'assurance que leur statut ne serait pas modifié : « Touche pas à ma plaque ! »

Interrogé sur RTL, l'ancien Premier ministre Raffarin estimait que « la moitié des propositions sont bonnes, mais l'autre moitié très faibles ». Et surtout, que la commission Attali est le reflet d'une partie de la France, mais pas de toute la France. « J'attendais de la créativité, dit-il, et au fond, j'ai vu ressurgir toutes les vieilles lunes. » Raffarin donne quand même la moyenne au rapport. Certaines propositions étant déjà l'objet de projets de loi ou de négociations sociales. Une note que Jacques Attali juge infâmante. Il rétorque sur Europe 1 : « Monsieur Raffarin est le symbole du conservatisme de ce pays. Sa façon de gouverner fut un désastre. » Pas aimable…

Claude Goasguen, libéral revendiqué, ayant eu l'audace de taxer ce rapport de « République des experts », Attali réplique furibard : « Je comprends très bien que Monsieur Goasguen soit contre la

République des experts, il préfère la République des imbéciles où il a sûrement toute sa place. »

Quelle arrogance ! La majorité suffoque de colère. Non mais, pour qui se prend Attali ? Il a baptisé « décisions » ses mesures, comme s'il détenait la légitimité politique pour les imposer. Dans sa chronique de *L'Express*, il a opposé avec morgue la couardise de l'UMP à sa propre intrépidité. Les députés acceptent encore moins que Nicolas Sarkozy les dessaisisse de leur rôle de proposition. Certaines mesures ont mis vent debout des Français à la veille des municipales, était-ce bien utile ?

« C'est le rapport Attali qui nous a plombés », se lamentent les militants, qui reprochent en sourdine au Président d'avoir déclaré « adhérer pour l'essentiel aux conclusions de ce rapport » (même s'il a d'emblée repoussé la suppression des départements).

Si, du côté de l'UMP, on rejette la responsabilité de l'échec sur l'Élysée, du côté de l'Élysée, on juge que le parti a mené campagne de façon bien molle. La critique vise en priorité Patrick Devedjian, son secrétaire général. On va donc l'encadrer en nommant deux secrétaires généraux adjoints [1], Xavier Bertrand, le ministre du Travail et des Affaires sociales, et Nathalie Kosciusko-Morizet, secrétaire d'État à l'Écologie qui franchit ainsi une nouvelle étape dans une carrière prometteuse. Tous deux ont pour

1. Le pôle communication du mouvement est également remanié. Dominique Paillé, Frédéric Lefebvre, député des Hauts-de-Seine, et Chantal Brunel, députée de Seine-et-Marne, sont promus porte-parole.

mission d'encadrer le secrétaire général. Mais la promotion de la jeune secrétaire d'État fait d'autant plus de bruit qu'à ce moment précis François Fillon envisageait de la virer pour non-respect des consignes gouvernementales. De quoi s'agit-il ? De dissensions au sein de la majorité sur la délicate question des OGM. Il faut transposer en droit français les directives européennes sur les plantes génétiquement modifiées et définir leur coexistence avec les exploitations traditionnelles. Une affaire qui traînait depuis sept ans et qui contraint la France à payer chaque année 38 millions d'euros de pénalités à Bruxelles.

Parlez d'OGM à des élus et vous verrez aussitôt les divisions apparaître, les esprits s'enflammer. La secrétaire d'État à l'Écologie, NKM, comme on va bientôt l'appeler, a le malheur de laisser adopter dans la nuit par l'Assemblée un amendement déjà repoussé du communiste André Chassaigne, très suspicieux à l'égard des OGM. La ministre a laissé faire. À Matignon, à l'UMP, on crie haro sur celle qui « a trahi l'arbitrage interministériel ». Sans se démonter, elle dénonce dans *Le Monde* : « Un concours de lâcheté et d'inélégance entre Jean-François Copé qui essaie de détourner l'attention pour masquer ses propres difficultés au sein du groupe et Jean-Louis Borloo (son ministre) qui se contente d'assurer le minimum. » Manque pas d'air ! NKM tentera par la suite d'atténuer la portée de cette phrase. François Fillon exige des excuses publiques, en envisageant à défaut d'en tirer toutes les conséquences. Ça chauffe !

Bien entendu, la secrétaire d'État se soumet en utilisant les ficelles habituelles : « Ces propos, assure-t-elle, ont été déformés par la presse. » Il n'empêche : elle se voit infliger quelques punitions protocolaires. Elle est privée de voyage au Japon où elle devait accompagner le Premier ministre. Ce qui ne suffit pas à satisfaire les pro-OGM, d'autant qu'elle s'est laissé photographier embrassant José Bové, se montrant à tu et à toi avec lui alors que la loi qu'elle défend renforce les sanctions contre les arracheurs de plantes transgéniques. C'est un baiser à un hors-la-loi. Pas sérieux. Bien des élus s'emportent, dont le président de l'Assemblée nationale, Bernard Accoyer, pourtant paisible d'ordinaire : « Pendant que Bové fait du fauchage, on oublie ce que la recherche peut apporter avec les cultures expérimentales des OGM : la lutte contre le cancer dépend des modifications génétiques. En 1997, il y avait 115 cultures expérimentales autorisées en plein champ ; en 2008, il n'y en a plus une seule, notre recherche biomoléculaire, qui était leader il y a dix ans, est en train de mourir en France. Les chercheurs s'en vont. »

« Elle nous fait passer pour des ringards en Europe », déplore Michel Barnier, son collègue de l'Agriculture.

Une ministre qui critique le gouvernement a toujours les faveurs de la presse. « Cela suffit pour devenir une icône médiatique », remarque Claude Goasguen, député UMP de Paris.

Pas seulement. Ses prises de position sur les OGM sont plébiscitées. Selon un sondage IFOP publié dans *Le Journal du Dimanche*, 78 % des sondés lui donnent raison. Plus étonnant : le Président la couvre d'éloges. Il la juge courageuse. Ce qui fait désordre, bien sûr.

C'est pour les députés une nouvelle occasion de déplorer que Nicolas Sarkozy soit aussi faible avec les femmes ministres rebelles. Les ingérables Rama Yade, Fadela Amara, NKM, qu'il vient de promouvoir à l'UMP. « Elles le prennent en otage. Ça n'est pas juste », grogne la troupe disciplinée qui avale des couleuvres en silence.

Après des mois de gouvernance qualifiée de « baroque », Nicolas Sarkozy doit se ressaisir pour conforter son camp et ses fidèles.

« Il savait qu'il était responsable de cette baisse de popularité. Il nous en voulait, à nous, ses collaborateurs », raconte Emmanuelle Mignon.

« Il faut que je fasse Président ? Je vais faire du Mitterrand », leur annonce-t-il un matin.

Aidé par un calendrier pourtant établi depuis plusieurs mois, il débute cette mue en s'illustrant dans des domaines régaliens.

On le voit dans la cour des Invalides rendre un hommage solennel au dernier poilu Lazare Ponticelli qui vient de s'éteindre à l'âge de 110 ans, puis à la Résistance le 18 mars sur le plateau des Glières (Haute-Savoie), où sont morts cent cinq maquisards en mars 1944. Comme François Mitterrand allait en pèlerinage à la Roche de Solutré, Nicolas Sarkozy y reviendra chaque année. Ce jour-là, il avait songé à se faire accompagner de sa garde rapprochée (à l'instar de l'ex-Président). Brice Hortefeux et Pierre Charon devaient être du voyage. Le Président y renonce, jugeant qu'une telle image apparaîtrait trop clanique.

Le 21 mars, il prononce à Cherbourg son premier discours sur la défense, lors de la présentation du *Terrible*, dernier-né des sous-marins nucléaires français. Il dit son attachement à la dissuasion, qu'il qualifie d'« assurance vie de la Nation ». Et s'en prend en termes vifs à « tous ceux qui menaceraient de s'en prendre aux intérêts vitaux de la France, s'exposeraient à une riposte nucléaire sévère, entraînant des dommages inacceptables pour eux, hors de proportion avec leurs objectifs ». Se rangeant ainsi dans la lignée de ses prédécesseurs.

Cette fois, c'est du de Gaulle. « Vous voyez, il est redevenu Président », constatent, ravis, ses fidèles. Un discours que le général Georgelin, chef d'état-major des armées, qualifie de « sacre militaire du Président ».

Tout n'est pas réglé pour autant. À preuve : les sondages, examinés à la loupe, sont toujours déprimants. Seulement 33 % des Français l'approuvent, alors que 55 % jugent que l'action de François Fillon va dans le bon sens. Des chiffres qui irritent Nicolas Sarkozy au plus haut point. Et l'amènent à considérer le Premier ministre presque comme un rival. « Fillon est loyal mais pas courageux », dit-il à ses visiteurs. Et puisque le Premier ministre le défend mal, il forme autour de lui un petit cabinet pour se protéger. Choisissant parmi les ministres ceux qu'il juge être les meilleurs communicants. Ils sont sept. Son G7 à lui : Nadine Morano, devenue ministre après son échec aux municipales mais dont il apprécie la combativité (« de petite chèvre de Monsieur Seguin »), Xavier Bertrand (son porte-parole durant la campagne présidentielle), dont il loue le courage et la loyauté – lequel, se sentant encouragé par l'Élysée, se pose aussitôt en rival de François Fillon –, le sérieux Éric Woerth, le « très plaisant » Xavier Darcos, Luc Chatel et Laurent Wauquiez, les deux jeunes qui « ne lui donnent que des satisfactions », et… Brice Hortefeux. Pour ce fidèle d'entre les fidèles, c'est un retour en grâce bien mérité. Au début du quinquennat – pour ne pas déplaire à Cécilia –, le Président gratifiait tout juste ce disciple de trente ans d'une poignée de main presque indifférente. Avec l'arrivée de Carla [1], Brice Hortefeux retrouve son statut d'antan. Ses collègues le constatent, le Président l'accueille désormais avec chaleur, lui glisse quelques mots à l'oreille et l'emmène souvent dans ses appartements privés après le Conseil des ministres. La disgrâce avait été injuste, Hortefeux en avait beaucoup souffert, mais sans jamais se plaindre. La grâce est évidemment exquise. Il se garde bien de le claironner.

Il en va toujours ainsi avec Nicolas Sarkozy. Jamais une position n'est solidement acquise, même pour les plus fidèles compagnons. Il suffit parfois d'un rien, d'une tocade, d'une sentence négative de sa femme (jadis Cécilia, aujourd'hui Carla). Ou bien d'une maladresse dans les médias, d'un propos malheureux ou ambigu, pour passer d'un statut à l'autre. « Ma force, c'est que j'ai tenu comme si de rien n'était », explique Brice Hortefeux. À sa grande satisfaction,

1. « Comme personnalité, j'aime beaucoup Monsieur Hortefeux », déclare-t-elle au *Monde*.

Rachida Dati ne fait pas partie du « G7 ». Sa disgrâce a commencé.

Les autres ministres ne cachent pas tout le mal qu'ils pensent de la création de cette « task force ». Ils se ruent à Matignon pour dire à François Fillon : « Ton autorité est bafouée. » Ils sont vexés, se sentent méprisés, mal récompensés de leurs efforts. Et ils craignent pour leur avenir. Mauvaise ambiance. Ils voudraient que le Premier ministre soit moins passif. Qui leur répond : « N'oubliez pas que lui, il est élu et moi, je suis nommé. »

Sans doute donnent-ils trop d'importance à cette réunion qui est avant tout, pour le Président, une opportunité pour tester ses idées devant un auditoire restreint. Car il parle plus qu'il ne les consulte. Ce dont témoigne Xavier Bertrand : « Devant nous, il se précisait à lui-même sa pensée. À nous ensuite d'aller l'expliquer. »

« Nicolas est quelqu'un qui écoute avec les yeux. Il voit, il sent aux réactions muettes s'il convainc ou pas », analyse Éric Besson, qui ne fait pas partie du club.

Reste que les rapports entre les ministres exclus et les sept bénéficiaires de cette distinction ne s'en trouvent pas simplifiés. L'esprit d'équipe que leur recommandait justement le Président en prend un grand coup.

Selon les aveux mêmes de François Fillon, ce moment du quinquennat est l'un des plus difficiles pour lui.

Il est vrai que les tensions entre les Présidents et leurs Premiers ministres ont été fréquentes sous la

Ve République. Même au temps du général de Gaulle, qui confiait à Alain Peyrefitte : « Je suis le vrai chef du gouvernement. » Au début des années 1960, il ne supportait plus le pessimisme, l'activisme, les emportements de Michel Debré. Stakhanoviste infatigable, qui gémissait chaque jour sur le déclin de la France, le Général l'avait remplacé par son exacte antithèse : Georges Pompidou, un homme égal d'humeur, optimiste, qui avançait ses pions lentement mais sûrement, qui savait comme nul autre analyser puis démolir, avec talent, les projets de tel ou tel ministre. Si bien que le Général se plaignait devant des tiers de ses prudences. « Pompidou, il ne bouscule pas les pots de fleurs. »

« Mais vous savez bien que de Gaulle est un être chimérique », avait rétorqué devant André Malraux Georges Pompidou, qui est resté plus de six ans à Matignon. Un record sous la Ve République.

Les sondages n'avaient pas, à l'époque, acquis leur statut d'aujourd'hui et leur capacité à aiguiser la compétition entre les hommes politiques.

Nicolas Sarkozy ne supporte pas que son Premier ministre le devance. Il y voit comme une injustice : n'est-ce pas lui qui impulse, qui donne les directions, bref, qui fait l'essentiel ? Il ne peut donc s'empêcher de tancer Fillon devant tous ses visiteurs : « Il faut que je lui demande les choses plusieurs fois. Sans cela rien ne bouge, je ne suis pas aidé. » Et ses propos sont évidemment répétés à l'intéressé. Sans compter qu'ils sont parfois contradictoires, parce que le Président a des sautes d'humeur.

Ainsi, le 6 mai 2008, Nicolas Sarkozy et Carla ont invité les ministres et leurs épouses à dîner à l'Élysée pour célébrer le premier anniversaire de l'élection. Chaque épouse a reçu un bouquet. Un moment de chaleur et de convivialité partagé. Et que dit le Président ? : « Ne croyez pas la presse, ce que les journalistes disent sur nos rapports. François et moi sommes liés, nous partageons la même vision des choses, nous allons faire un long chemin ensemble. » En réponse, François Fillon se lève pour remercier le Président et lui dire combien il est fier de travailler à ses côtés. Deux âmes qui vibrent à l'unisson. Tout baigne ? Voire ! Quelques jours plus tard, le même Président reçoit à déjeuner Nicolas Domenach et Maurice Szafran du journal *Marianne* et se plaint devant eux de son Premier ministre pendant tout le repas. Même numéro le lendemain devant la rédaction du *Parisien*. Qui ne serait pas blessé par une telle attitude ?

François Fillon est invité sur France 2 le 12 juin à l'émission politique d'Arlette Chabot. C'est sa première grande apparition à la télévision depuis un an. Bien entendu, la moitié du gouvernement occupe les premiers rangs, à commencer par Xavier Bertrand, autodésigné comme son successeur. Ils voient et entendent un Premier ministre calme, maître de lui, connaissant à fond ses dossiers. Pas démago. Très pédago. Donc, rassurant. Un Premier ministre aussi qui, deux heures durant, s'attache à balayer les rumeurs de mésentente avec Nicolas Sarkozy : « Depuis un an, jure-t-il, il n'y a pas eu un seul sujet de fond sur lequel nous n'étions pas d'accord. » Et d'ajouter : « Les réformes, c'est l'œuvre de ma vie, je n'ai aucun autre horizon que de mettre mon nom à côté de celui du président de la République sur la transformation la plus profonde que j'ai connue depuis vingt-cinq ans. » Et d'ajouter : « Quand je vois ce que racontent les médias de notre relation (référence au « Ils se détestent » lu dans *L'Express* et qu'il n'a pas digéré), je me dis que tout ça est irréel. »

Certes, il veut bien reconnaître qu'existent parfois des tensions mais sur un ton qui signifie clairement : « c'est normal, c'est la vie, comment pourrait-il en aller autrement ? » « Plus loyal que moi, tu meurs » est le message du Premier ministre. Sa façon de suggérer : « Je veux rester à Matignon. »

Cette émission connaît un grand succès d'audience. François Fillon ayant multiplié les compliments envers Nicolas Sarkozy, cela méritait au moins un coup de fil présidentiel. Mais non. Rien. Le silence. Pis encore : le lendemain même, Nicolas Sarkozy confie à des journalistes qu'il pourrait bien changer de Premier ministre à la fin de la présidence française de l'Union européenne, qu'il assure à partir du 1er juillet jusqu'au 1er janvier 2009. La presse juge bien faibles ses chances de rester à Matignon. Le Président pousse toujours de l'avant Xavier Bertrand. Que François Fillon a fini par détester, bien sûr. Quand Bertrand révèle qu'il appartient à la franc-maçonnerie, Fillon plaisante avec aigreur : « Maçon, il l'est sûrement. Mais franc… »

Et bien pis encore : le lendemain, Nicolas Sarkozy et Carla offrent un grand dîner en l'honneur du président américain George Bush et de son épouse Laura. Il y a là une centaine d'invités. François Fillon et son épouse en sont, bien sûr. Mais le Premier ministre a la désagréable surprise de ne pas se trouver à la table d'honneur où figurent, entre autres, Bernard Kouchner, le ministre des Affaires étrangères, son épouse Christine Ockrent, et Laurence Parisot, la présidente du MEDEF. Cette fois, il enrage. Et songe même à quitter la table. C'est Penelope, sa femme, qui le retient par la manche : « Non, François, tu ne peux pas partir. »

Cela ne peut plus durer : « J'ai dit à Nicolas que je voulais le voir en tête à tête », c'est-à-dire sans Claude Guéant, raconte le Premier ministre.

Un sondage CSA vient de tomber, qui attribue 67 % de popularité au Premier ministre. Du gros sel sur les plaies présidentielles. Les deux hommes s'expliquent néanmoins : « Il a vu que ça n'allait pas et comme toujours dans ces cas-là, il a fait du charme, il a voulu me désarmer, dans le style : "Écoute, j'ai gagné grâce à toi, on va faire un long bout de chemin ensemble. Et puis, l'on se verra désormais toutes les semaines" », témoigne le Premier ministre. Mais Nicolas Sarkozy ne répond pas lorsque François Fillon évoque les ravages du « G7 » sur la cohésion gouvernementale. « Le Président a estimé qu'il n'avait pas à plier devant l'agacement de son Premier ministre », explique-t-on à l'Élysée.

Les réunions autour de Nicolas Sarkozy cesseront quelques mois plus tard. Elles se feront désormais autour de Claude Guéant.

Les sept ministres étant jugés trop bavards par l'Élysée : « Tout ce que le Président leur disait se retrouvait dans les journaux. »

Résultat immédiat : un changement de climat au sommet. Le Président et son Premier ministre se voient désormais en tête à tête, chaque mercredi avant le Conseil des ministres, au cours duquel le Président s'applique à dire « François et moi » pour que le gouvernement soit bien avisé de leur bonne entente. Ça va mieux. Pourtant, dans cette période d'embellie, François Fillon est assailli de douleurs. Il ne peut plus bouger. Ce qui l'oblige à rester alité plusieurs jours. « Il en avait plein le dos », résume un de ses proches.

Les leçons des municipales

Nicolas Sarkozy va-t-il se décider à changer de style ? Tout l'y pousse : ses fidèles, sa majorité et surtout des sondages de plus en plus catastrophiques. Le voilà donc reparti à l'offensive. Il va parler. C'est son grand talent. Celui qui lui a permis d'être élu. Il le sait. C'est bientôt la période anniversaire de sa victoire. Une bonne occasion de dresser son bilan. Devant quelques journalistes qu'il reçoit à l'Élysée. Sans modestie excessive, il se flatte d'avoir mené « une action réformatrice telle que le pays n'en avait pas connu depuis de Gaulle ». Il n'a dû retirer aucun texte. Il n'a pas subi de défaite semblable à celle de Villepin dans l'affaire du CPE. Aucun scandale n'a éclaboussé le pouvoir. Il n'a subi que neuf jours de grèves… En revanche, il a mis en œuvre des réformes réputées impossibles à faire : celle des régimes spéciaux, des contrats de travail, la fusion des ASSEDIC et de l'UNEDIC, la représentativité des syndicats, le statut de la fonction publique, la réforme de la carte judiciaire, l'unification de la direction des Impôts et de la Comptabilité publique, l'autonomie des universités. Et ainsi de suite...

Et de s'étonner que la presse et les Français ne lui en sachent pas gré.

Puisque c'est ainsi, il va s'adresser directement à eux. À la télévision bien sûr. Le 24 avril. Mea-culpa pour commencer, il veut bien changer de ton : « Je comprends les déceptions, la France était endormie depuis vingt-cinq ans. Elle ne s'est pas adaptée. La mondialisation a transformé le monde en village... La place n'est plus garantie pour personne », etc.

Mea-culpa encore : « Sans doute ai-je fait des erreurs, si les Français sont déconcertés, j'y ai ma part de responsabilité. » Le mot erreur – nouveauté ! – revient même plusieurs fois à propos de la loi TEPA, dit « paquet fiscal ». « Une erreur de communication », précise-t-il. Le projet a été mal présenté et mal expliqué.

Pour finir, le satisfecit : malgré la crise qui se profile, l'envolée du prix du pétrole et des matières premières, malgré le niveau de l'euro qui atteint des sommets, dans ce contexte difficile, « nous avons créé trois cent mille emplois », dit-il. Et de conclure : « Depuis que je suis élu, j'ai lancé cinquante-cinq réformes. Tous ceux qui dans leur pays ont réformé ont connu des épreuves. Mais je garderai le cap (...) Mon rendez-vous avec les Français, ce sera la fin de mon quinquennat. Mais l'idée d'une réélection est très éloignée aujourd'hui de mon esprit. Ce soir, je suis venu parler de la France. » Et de fustiger une fois de plus « ce capitalisme financier qui marche sur la tête et les agences de notation qui devraient être sanctionnées ».

Près de 12 millions de téléspectateurs ont écouté ses propos pendant 90 minutes. Un record. Un évident signe d'intérêt. « Une preuve que les Français sont toujours en attente à l'égard du Président », commente Claude Guéant.

Restent les députés. Qui doutent toujours de leur chef. Il les reçoit le 8 mai à l'Élysée. Devant eux aussi, il veut bien battre sa coulpe sur « ses erreurs », notamment l'exposition de sa vie privée « qui est maintenant en ordre », promet-il. Avant de se livrer à une attaque contre les médias : « Aucun Président n'a jamais été traité comme moi. » Et de citer *Marianne*, *Libération*, *Le Monde*[1]. Pour illustrer son propos, il évoque le cas de Ségolène Royal, qui semble l'avoir beaucoup frappé : « Elle a été condamnée par la justice dans un conflit avec deux salariées qu'elle avait refusé de payer. Or, la presse en a très peu parlé. » Deux poids, deux mesures donc.

Après les médias, il s'en prend à ses prédécesseurs qui ont tous reculé devant les difficultés. Une longue liste qui commence par le projet Devaquet (du temps de Jacques Chirac en 1986), et celle du CIP sous Édouard Balladur : « Quand tout va bien on ne réforme pas : exemple Jospin à Matignon. Et quand tout va mal, on ne réforme pas non plus : voir Chirac. Il a été élu en 1995, a tenté de réformer pendant

1. François Mitterrand se plaignait lui aussi d'être maltraité par la presse Hersant.

quelques mois, puis ce fut la dissolution en 1997. Et la cohabitation. Réélu en 2002, Jacques Chirac a laissé Fillon réformer les retraites. Et après, plus rien, il s'est arrêté. »

Ce discours, qui se voulait mobilisateur, passe mal auprès des parlementaires. Une fois de plus, les chiraquiens tordent le nez.

Les résultats de cette opération reconquête sont donc mitigés. Il va la relancer autrement.

L'atout Carla

Au lendemain du premier tour des municipales, Shimon Peres est reçu à Paris, en visite d'État. Nicolas Sarkozy donne à l'Élysée un très grand dîner. Mais la vedette de la soirée n'est pas le président israélien. C'est vers Carla, la nouvelle Première dame, que tous les regards et les caméras se tournent. Elle apparaît superbe dans une longue robe violette. Les Français pourront l'admirer dans la quasi-totalité des magazines.

Coïncidence ? Trois jours plus tôt, Cécilia a épousé Richard Attias à New York. En grand tralala : trois jours de festivités au 65e étage du Rockefeller Center. Le nouveau couple est en couverture de *Gala* et *VSD*.

Mais l'Élysée compte sur la visite du couple présidentiel à Londres pour imprimer un ton nouveau au quinquennat. Vous voulez un Président plus Président ? Eh bien, vous allez voir !

La tâche s'annonce rude. La veille du voyage, *Le Parisien* a publié « dix conseils pour bien se tenir devant Élisabeth II » et sur LCI, un journaliste talentueux et réputé pour son sérieux ose dire, sans rire, qu'il espère que « le Président se tiendra bien et qu'il ne se mouchera pas dans les rideaux ». *No comment.*

Nicolas Sarkozy n'a pas besoin de tels conseils pour savoir qu'il est attendu au tournant. « Si la seule chose que l'on me reproche, c'est le style, cela signifie que sur le fond, il n'y a rien à me reprocher. J'ai mené toutes les réformes que j'avais promises. Cela fait un an que je suis président de la République, je n'ai reculé sur aucun sujet, et s'il y a un problème de style, j'espère que vous apprécierez l'habit que je me suis fait faire pour la soirée royale », dit-il lors d'un entretien à la BBC.

Le jour de son arrivée à Londres, dans un éditorial intitulé « Président bling-bling », le *New York Times* raille « ses bouffonneries médiatisées ». « Pour un homme qui a travaillé si longtemps et si dur pour arriver à l'Élysée, Monsieur Sarkozy démontre de curieuses notions sur la manière de se conduire une fois installé dans la place. »

Une charge qui ne peut laisser ses collaborateurs indifférents.

Mais l'atmosphère va vite changer. « The winner is Carla. »

La partie n'était pas non plus jouée d'avance pour elle. La veille encore, la presse tabloïd anglaise avait publié une ancienne photo d'elle entièrement nue (1993) qui devait être vendue aux enchères à New York le 10 avril.

Or, elle va franchir l'obstacle, faire oublier toutes les critiques en administrant une belle leçon de maintien dans l'un des lieux les plus stricts et les plus exigeants de la planète en matière de protocole.

Il a suffi d'une révérence devant la Reine. Et d'un sourire charmant. Carla porte une tenue classique, d'une rare sobriété. Un manteau gris ajusté à la silhouette, descendant sous le genou, ceinturé de noir, comme ses gants. Elle est coiffée d'un adorable petit bibi en tissu assorti. Le tout signé Dior. Elle est chaussée de ballerines plates. La grâce personnifiée.

La presse britannique, aussitôt séduite, s'emballe, en la comparant à Jackie Kennedy ou à Audrey Hepburn. C'est la « Carlamania ».

Du coup, les propos de son mari impressionnent moins. Pourtant, devant les deux Chambres réunies dans la fastueuse galerie royale de Westminster, il multiplie les protestations d'amitié et les appels à la collaboration franco-britannique. Il annonce que les troupes françaises resteront en Afghanistan « avec nos alliés, aussi longtemps que nécessaire pour assurer la stabilité dans ce pays ».

Mais pendant son discours, c'est sur Carla que les caméras sont le plus souvent braquées. On ne voit qu'elle. Assise dans un fauteuil les genoux joints, rien ne bouge, pas un cil. Parfaite ! On admire son maintien de reine. Élisabeth II, justement, est tombée sous le charme. Le couple présidentiel ayant été invité à passer la nuit à Windsor, la Reine vient elle-même vérifier que tout est en ordre dans leur appartement, y compris le fonctionnement des robinets dans la salle de bains, qu'elle actionne elle-même devant ses invités ébahis. Un grand souvenir.

Mais le voyage aurait pu mal se terminer. Le staff élyséen va connaître une vraie grande frayeur. Car outre le grand dîner du premier soir avec la famille royale, à Buckingham autour d'une table longue de trente mètres, le programme prévoit le lendemain un déjeuner avec le Premier ministre Gordon Brown, quand Nicolas Sarkozy réalise qu'il doit assister à un autre dîner, celui-là offert par le lord-maire de Londres. Et qui exige qu'il remette son habit. Le Président exècre, on le sait, ces grands dîners qui n'en finissent pas. Il refuse d'y participer, il veut rentrer. « Pour alléger la pression sur Carla », explique-t-il. Ses conseillers, Jean-David Levitte le premier, le supplient : « Vous ne pouvez pas partir puisque vous devez porter un toast à la Reine. » Le Président finit quand même par se laisser convaincre, mais il arrive – *shocking !* – avec une heure de retard. Il veut bien participer au dîner, prononcer le toast à la Reine, mais il refuse de passer une seconde nuit à Windsor, comme il était prévu – au grand étonnement de la Reine –, et exige de lever le camp alors que le dessert est à peine entamé, sous le regard médusé de ses hôtes. Du pur Sarkozy. Voyage réussi tout de même. L'Angleterre est sous le charme de Carla et la presse dithyrambique.

En France, c'est pareil. « Les Français aiment déjà Carla » titre *Le Parisien* le 5 avril. Sceptique avant le voyage, le quotidien livre un commentaire élogieux : « Deux mois après son mariage, Carla Bruni-Sarkozy impose son style : élégante, moderne, intelligente et sympathique. Son allure séduit à droite, son côté aristo-bobo attire des sympathies à gauche. Carla atout maître pour un Président dont la fougue brouillonne déroute les Français. » Ce que confirment les sondages : plus de deux tiers des Français se disent satisfaits de la Première dame. Mais 64 % des sondés jugent qu'elle ne contribuera pas à améliorer l'image de son mari : lui c'est lui, elle c'est elle. Quelques jours plus tard, elle accompagne le Président au marché de Rungis. Elle s'est pour cela levée à 4 heures du matin. « C'est l'Italienne qui a eu cette idée », dit Nicolas Sarkozy à Jean-Pierre Raffarin. Sur place, elle prend volontiers la pose avec qui sollicite une photo avec elle. Un beau succès.

« Carlamania ou sarkopub ? » s'interroge *L'Express*. Le 21 juin, *Libération* lui consacre sa couverture. Elle est l'invitée du journal. Mais la rédaction lui a refusé le titre de « rédacteur en chef » dont sont gratifiées pour un jour des personnalités qui, d'ordinaire, interviennent sur tous les sujets d'actualité. Fait-elle la promotion de son album ou la communication de son mari ? Bilan : des centaines de mails de protestation, mais... 47 % de ventes en plus !

« Ma vie privée est en ordre », assurait Nicolas Sarkozy quelques jours plus tôt. Carla a réussi son entrée. Mieux même. Elle l'a réconcilié avec sa famille. La mère, les frères, mais aussi le père sont régulièrement invités à l'Élysée et – chose impensable du temps de Cécilia – Marie-Dominique, la première épouse du Président, la mère de Pierre et Jean, est elle aussi conviée à déjeuner le dimanche. Les amis écartés par Cécilia reviennent aussi. « Carla est douce, elle met du liant dans les rapports », dit Jean Sarkozy. Ce qui le change, dit-il, des années passées. « Avec Cécilia, tout était très compliqué. Elle était jalouse de tout. Du lien qui existait entre mon père et nous. Elle ne voulait jamais que l'on prenne Louis. Parfois, elle pouvait être gentille, mais ça ne durait pas longtemps. Mon père ne se rendait compte de rien. »

Les amis eux aussi le confirment : Carla lui a apporté la sérénité. « Elle l'a réparé. »

CHAPITRE 3

Le barreur de haute mer

Subprimes, Ossétie, Abkhazie, titrisation, UPM[1] (et non UMP) : durant le second semestre 2008, les Français vont enrichir leur vocabulaire. Et découvrir un autre Sarkozy, écouté sur la scène européenne et internationale, à l'aise, inspiré, goûtant au plaisir de la réussite et de l'influence dans les affaires mondiales.

Il en avait besoin. La France aussi, qui prend la présidence de l'Union européenne le 1er juillet. En Europe, sa perte d'influence a été vertigineuse : on ne l'écoute plus guère depuis que les Français ont voté « non » au référendum de 2005 et donc repoussé la Constitution européenne[2]. Jacques Chirac, en fin de mandat et de carrière, n'a pas pris de grandes

---

1. Union pour la Méditerranée.

2. Une Constitution élaborée afin de sortir du traité de Nice insuffisant et bâclé. Elle avait été demandée avec insistance par les Français (entre autres), écrite sous la houlette d'un Français, Valéry Giscard d'Estaing. Que les Français la rejettent est incompréhensible pour nos partenaires.

initiatives. La France disparaît des écrans radars européens. Deux mois avant la présidentielle, dix-huit de nos partenaires s'étaient réunis à Madrid pour s'interroger : comment poursuivre l'aventure européenne en se passant de la France ?

Nicolas Sarkozy, lui, a besoin d'un second souffle. Ses collaborateurs le décrivent désabusé : « Au printemps, il avait du mal à comprendre le désamour des Français », dit l'un d'eux. Pire : « Il était déçu par le pouvoir, il ne croyait plus à la politique », ajoute un autre. Et tous s'accordent pour dire qu'il était meurtri par les traitements que lui infligeait la presse chaque semaine.

Ainsi *Le Point* qui, à la fin de mai, titre en couverture : « Sarkozy et les psys » et questionne plusieurs psychiatres sur « ses failles béantes de comportement ». « Ils veulent me faire passer pour fou », se plaint-il. Son porte-parole Franck Louvrier nuance cependant : « Même dans les périodes difficiles, Nicolas a toujours estimé avoir beaucoup de chance. » Un optimiste donc.

Sa chance, cette fois, c'est justement la présidence de l'Union européenne. Déjà, il peut se targuer de l'avoir remise en marche. Quelques mois après son élection, en octobre 2007, les Vingt-Sept adoptaient un projet de traité simplifié dit « traité de Lisbonne [1] » : une idée que Nicolas Sarkozy avait en tête

1. Le compromis avait été bouclé à la fin de la présidence allemande, mais celle-ci a eu l'élégance d'en laisser la paternité à la présidence portugaise qui a pris le relais en juillet 2007, d'où le nom de traité de Lisbonne.

depuis des mois[1]. « La France est de retour en Europe », promet-il le soir de son élection. Dès le lendemain, il s'était entretenu de son projet avec Tony Blair – lui-même assez rétif – en le priant d'aller en toucher deux mots à Angela Merkel. Laquelle au départ ne s'était guère montrée enthousiaste. Quoi ! Dix-huit pays avaient déjà ratifié la Constitution, et il faudrait détricoter tout ce travail pour satisfaire la France !

En s'impliquant personnellement, Nicolas Sarkozy prenait le risque d'entamer son mandat comme son prédécesseur avait terminé le sien : démonétisé sur la scène européenne.

Sauf qu'à peine investi, il se précipite à Berlin chez la Chancelière pour une grande opération de câlinothérapie. Sous l'œil des caméras, il l'embrasse sur les deux joues, avant de la prendre familièrement par les épaules[2]. Un témoignage public de sa proximité. Avant son élection, il s'interrogeait tout haut sur le bien-fondé d'une relation trop exclusive. Ce soir-là, il s'exclame : « Pour la France, l'amitié franco-allemande est sacrée et rien ne saurait la remettre en cause. » Lors du dîner qui les réunit en tête à tête, il explique à la Chancelière qu'un nouveau texte qui

1. Il l'avait évoqué dès février 2006 à Berlin, puis un peu plus tard à Bruxelles. Dès son investiture, il s'en était entretenu avec le Premier ministre espagnol, les Polonais très réticents, et José Manuel Barroso, le président de la Commission européenne.

2. Les manifestations d'effusion ont d'abord choqué la Chancelière, puis sont passées dans les mœurs de leurs rencontres. Désormais, elle se montre aussi démonstrative que lui.

sortirait l'Europe de l'enlisement serait un très grand succès pour l'Allemagne, qui préside alors l'Union. Et de fait, le futur traité rédigé par les Allemands est constitué de matériaux recyclés. Bien sûr, on évite de repasser le même plat, mais les ingrédients sont à peu près semblables. C'est l'assaisonnement qui diffère. Sur des pensées anciennes, faisons des vers nouveaux. C'est ainsi que quelques semaines plus tard, le 23 juin à Bruxelles, au terme d'une nuit marathon, naîtra le projet de mini-traité européen. Il remplace le traité de Nice. La bataille nocturne fut rude. Notamment avec les Polonais. Cette adoption par les Vingt-Sept signe la victoire du volontarisme sarkozyen et du sens de l'opportunité de la Chancelière, qui partage avec le Français un succès très applaudi en Allemagne.

« Sarkozy a été un bon ouvrier de la relance. C'est une bonne chose pour la France, c'est une bonne chose pour l'Europe [1] », applaudit Jack Lang. La crise européenne était en effet si profonde que l'on ne pouvait la résoudre autrement que par un tour de passe-passe. « On est allé du rêve au cauchemar », avait reconnu Jacques Delors en personne.

Il n'empêche, la présidence française est accueillie avec méfiance, voire hostilité, dans la plupart des États membres. Grande donneuse de leçons, arrogante, incapable de se discipliner en matière budgétaire, la France a toujours irrité ses partenaires.

Si la personnalité de Nicolas Sarkozy, tout en énergie, hâbleur, narcissique, peut donner des boutons, il fascine aussi. Pierre Sellal, alors le

---

1. *Libération* du 25 juin 2007.

représentant de la France à Bruxelles (aujourd'hui, secrétaire général du Quai d'Orsay), le constate, admiratif : « Il a réussi à vendre aux Vingt-Sept son mini-traité comme un produit nouveau. C'était Talleyrand arrivant en vaincu à Vienne en 1815 et qui était parvenu à ce que tout tourne autour de lui. »

Pourtant, la présidence française commence mal. Le 12 juin, 53,4 % des Irlandais rejettent le traité de Lisbonne. Leur « non » risque de tout bloquer [1].

Variation rapide du climat : « Dans l'Europe en doute, la présidence française suscite de fortes attentes », constate *Le Monde*, le 1er juillet 2008.

« Il faut changer notre façon de construire l'Europe », lance alors Nicolas Sarkozy qui promet de s'occuper davantage du quotidien des Européens. Valéry Giscard d'Estaing, qui n'est pas lui-même d'une humilité folle, lui recommande d'être modeste.

La présidence française veut faire aboutir cinq dossiers clés :

— Le paquet climat-énergie [2]. Son objectif : les trois fois 20 (– 20 % d'émissions de gaz à effet de

1. L'article 48 du traité de l'Union dispose qu'un traité ne peut entrer en vigueur que si tous les États membres l'ont ratifié. Ainsi, 862 000 Irlandais peuvent bloquer 495 millions d'Européens. Quatre-vingts pour cent de ceux qui ont voté « non » affirment deux jours plus tard ne pas vouloir quitter l'Union. Les Irlandais reviendront sur leur vote le 2 octobre 2009. La crise financière leur a fait comprendre l'intérêt de la solidarité européenne. Le traité de Lisbonne entrera donc en vigueur en décembre 2009.

2. « L'Europe fait deux fois plus que l'Amérique et dix fois plus que la Chine », souligne le président de la Commission européenne José Manuel Barroso.

serre, + 20 % d'économie d'énergie, + 20 % d'énergie renouvelable à l'horizon 2020). Un programme difficile à accepter pour les pays de l'Est, la Pologne notamment, qui dépendent encore fortement du charbon.

— Le pacte sur l'immigration avec harmonisation des règles et interdiction de régulation massive ou générale [1].

— L'adaptation de la politique agricole commune.

— La défense européenne (avec en contrepartie la réintégration de la France dans le commandement armé de l'OTAN).

— L'Union pour la Méditerranée (UPM), déjà actée lors du Conseil européen du 14 mars 2008.

Sur tous ces dossiers, Nicolas Sarkozy doit arracher l'accord des vingt-six partenaires. Une gageure. Il est tenu en outre par l'ardente obligation de marcher main dans la main avec l'Allemagne. Surtout, ne pas vexer la Chancelière, toujours très susceptible [2].

---

1. Il sera adopté par les Vingt-Sept dès septembre 2008 avec Brice Hortefeux à la manœuvre, qui a visité les vingt-six partenaires : « Brice a bien travaillé », applaudit Nicolas Sarkozy.

2. Deux mois plus tôt, le 1er mai, Angela Merkel recevait le prix Charlemagne, le prix Nobel de l'Europe. Elle avait demandé à Nicolas Sarkozy de prononcer le discours. Pourquoi lui ? Pour l'entendre dire que le sauvetage du traité de Lisbonne était bien une réussite à deux. Emporté dans son élan, délaissant le discours écrit, Nicolas Sarkozy s'était lancé dans une improvisation très effusive à l'égard de celle qu'il voulait honorer. Se tournant vers son époux, le très discret Joachim Sauer, Nicolas Sarkozy, oubliant que la Chancelière porte le nom de son premier mari, l'avait ainsi interpellé : « Monsieur Merkel, elle et moi formons un couple harmonieux… politiquement s'entend. » Et l'assistance

Sa présidence pourrait échouer sur des petits détails, des erreurs psychologiques. Il importe donc de se faire des alliés, de convaincre les plus réticents. D'être réformateur et diplomate à la fois. En un mot, il faut séduire : les euro-députés de Strasbourg pour commencer. Nicolas Sarkozy se présente devant eux dès le 10 juillet. Depuis deux mois, Jean-Pierre Jouyet a beaucoup préparé le terrain.

Alors qu'il rentre d'une réunion du G8 au Japon, consacrée à l'environnement [1] (dix heures de décalage horaire), Nicolas Sarkozy prend d'abord soin de rendre aux présidents de groupes les honneurs qu'ils attendent, avant de prononcer devant l'Assemblée – sans notes ni prompteur – un discours de cinquante minutes resté dans la mémoire de ses auditeurs, encore impressionnés par la performance. Ils l'ont écouté bouche bée. Un exercice auquel, à l'évidence, il prend grand plaisir. Il aime convaincre son auditoire et il sait qu'il a le talent pour le faire. On comprend pourquoi il avait tant souhaité introduire,

---

ainsi que le mari de rire et d'applaudir. Angela Merkel avait presque la larme à l'œil. Un peu lourd quand même.

1. La réunion se déroule alors que les prix de l'énergie et des matières premières enregistrent des records inégalés. Le blé a augmenté de 100 % en un an. Le pétrole est passé de 77 dollars en juillet 2007 à 145 dollars en juillet 2008. Les prix à la consommation s'envolent, l'inflation mensuelle atteint un taux record : + 4 % en juillet. L'amélioration du pouvoir d'achat n'est vraiment pas à l'ordre du jour. « Nous restons optimistes », dit cependant la déclaration finale.

dans la réforme constitutionnelle française[1], la possibilité pour le président de la République de s'exprimer directement devant les députés ou les sénateurs[2].

Il va donc s'offrir à Strasbourg le plaisir qu'on lui a chichement rogné à Paris. Cet examen de passage est réussi au-delà de toute espérance. « Un discours exceptionnel », témoigne Bernard Kouchner, qui se trouve à ses côtés.

Bien des euro-députés guettaient un morceau d'arrogance française, voire un dérapage. Les plus méfiants sont contraints d'applaudir. Salut l'artiste ! Ensuite, deux heures durant, sans se départir de son calme, plein d'humour et d'urbanité, le voilà qui répond à chacun des intervenants[3]. Et pas seulement aux présidents de groupes comme c'était l'usage. Ainsi, à Daniel Cohn-Bendit, lequel passablement énervé juge « honteux et minable » sa décision de se rendre à Pékin pour l'ouverture des jeux Olympiques[4]. En réponse, Nicolas Sarkozy lui dit comprendre son émotion, mais souligne qu'il a

1. Votée par le Parlement fin juillet 2008. Voir annexe 1 en fin d'ouvrage.

2. Une suggestion non retenue par la Commission Balladur. Le Président pourra néanmoins s'exprimer désormais devant le Parlement réuni en Congrès à Versailles.

3. « S'exprimer trois heures durant, répondre à chaque question avec un grand sens politique, sans notes, sans background : sincèrement, je n'avais jamais vu cela », s'enflamme Jean-Pierre Jouyet.

4. Le 8 juillet, Pékin avait menacé Paris de sanctions, si Nicolas Sarkozy rencontrait le dalaï-lama.

consulté sur le sujet ses vingt-six partenaires et qu'aucun d'entre eux ne l'en a dissuadé. Il ajoute qu'il a l'intention d'évoquer la question des droits de l'homme avec les dirigeants chinois et aussi de s'entretenir avec « le Prix Nobel de la paix », évitant ainsi de prononcer le nom du dalaï-lama [1].

Au total, pour tous les parlementaires européens, cette première visite est un grand moment. Tony Blair avait lui aussi remporté un franc succès à Strasbourg. Mais il n'y était venu qu'une seule fois. Et la présidence anglaise n'est pas restée dans les annales européennes comme un modèle de réussite. Nicolas Sarkozy, lui, viendra s'y exprimer trois fois. Mieux : le président du Parlement européen et les présidents des groupes parlementaires seront invités trois fois à déjeuner à l'Élysée. Jamais jusque-là ils n'avaient été traités avec autant d'égards.

Ce mois de juillet 2008 est décidément très chargé. Le 13, veille de la fête nationale, Nicolas Sarkozy pavoise [2]. Il accueille en effet sur le parvis du Grand Palais quarante-quatre chefs d'État et de gouvernement venus participer à la création de l'Union pour la Méditerranée [3]. En présence du secrétaire général de l'ONU et du président de la Commission européenne.

---

1. Finalement, c'est Carla Bruni, accompagnée de Bernard Kouchner et de Rama Yade, qui rencontrera le 22 août le chef spirituel tibétain venu consacrer à Lodève – à flanc du Larzac – le plus vaste temple bouddhiste d'Europe.

2. *L'Express* titre à la Une « Sont-ils à la hauteur ? », avec en photo Nicolas Sarkozy et Bernard Kouchner.

3. Projet exposé par Nicolas Sarkozy en octobre 2007 dans son discours de Tanger.

Du grand théâtre. La première présidence est bicéphale. Elle est assurée par la France et l'Égypte en la personne d'Hosni Moubarak.

Les choses auraient pu mal tourner. En raison de la tentation française de ne pas y associer tous les États membres de l'Union européenne. Façon de redessiner la zone d'influence française (une idée plaidée par Henri Guaino).

C'était feindre d'ignorer qu'en 1995, sur une initiative espagnole, l'Union européenne avait déjà scellé des accords avec dix États riverains de la Méditerranée. Des moyens financiers avaient été mobilisés. Peu de projets concrets avaient vu le jour, mais l'architecture était en place. C'était le processus dit « de Barcelone ». Outre que la France risquait de vexer Madrid, c'était négliger que l'Allemagne a elle aussi, depuis des lustres, des intérêts en Méditerranée. Lors d'un Conseil européen en mars 2008, la Chancelière, redoutant que s'organise une coupure de l'Europe en deux blocs – l'un autour de l'Allemagne avec les pays de l'Europe du Nord tournés vers l'Est, et l'autre autour de la France, avec ceux du Sud, vers les pays du Maghreb et du Machrek –, avait même menacé de réunir, ce jour-là, à Berlin « un contre-sommet avec les pays du Nord », révèle un diplomate. Nicolas Sarkozy s'était laissé convaincre. Et puis, faire venir tout le monde à Paris donnerait encore plus d'éclat à la manifestation.

Ce 13 juillet, ils sont donc tous là. Sauf Kadhafi, qui exigeait que les pays africains soient eux aussi présents. On se passera de lui avec soulagement. Sauf le roi du Maroc, peu amateur de ce genre de réunions et très mécontent du refus algérien de désigner Rabat comme siège du secrétariat de l'UPM. Il y dépêche donc son frère. Sauf le roi de Jordanie. Et sauf, côté français, François Fillon, en raison de son mal de dos persistant qui le cloue au lit. Pour le reste, chacun peut imaginer l'exploit que représente la réunion, autour d'une même table ronde, des frères ennemis de tous calibres : le Palestinien Mahmoud Abbas, l'Israélien Ehud Olmert, le Syrien Bachar el-Assad, le Libanais Michel Sleiman, l'Algérien Bouteflika, le Tunisien Ben Ali et aussi le Turc Recep Erdogan (pas vraiment un ami de Nicolas Sarkozy). Un vrai casse-tête protocolaire ! Entourant les deux coprésidents de l'UPM, chaque pays sera donc placé par ordre alphabétique de part et d'autre de la grande table. Le but premier étant évidemment d'éviter toute proximité entre la Syrie et Israël. D'ailleurs, on verra les dirigeants syriens et palestiniens s'éclipser quand Ehud Olmert prendra la parole. On l'entendra proposer l'aide d'Israël à ses voisins arabes pour dessaliniser l'eau de mer. « Nous avons les meilleurs procédés, on peut vous aider », lance-t-il. « À cet instant, une colombe a plané au-dessus de la table », note un participant. Sans doute pris par l'euphorie du moment, l'Israélien ajoute même : « Nous n'avons jamais été aussi proches d'un accord de paix [1]. »

Pourtant, Nicolas Sarkozy a choisi un ordre du jour exactement inverse à celui de Barcelone qui, en 1995,

1. Sauf que ces déclarations ne rencontrent aucun écho en Israël. La police poursuit ses investigations sur des malversations dont il aurait été le bénéficiaire…

avait abordé les problèmes politiques les plus délicats : il est vrai que quelques mois plus tôt à Oslo, l'Israélien Rabin et le Palestinien Arafat avaient accepté de se rapprocher et même de se serrer la main à Washington devant les caméras du monde entier. Ce qui leur avait valu le prix Nobel de la paix... Et à leurs peuples, ensuite, de grandes déceptions.

Cette fois, la France veut mettre sur pied des projets concrets de coopération entre nations riveraines. Les discussions sont néanmoins très âpres. Adoptée à l'unanimité, la déclaration finale énumère quand même six chantiers communs, à commencer par la dépollution de la Méditerranée. Nicolas Sarkozy savoure le moment. Il rencontre les acteurs clés du conflit proche-oriental avec l'espoir d'imposer la France et l'Europe dans un dossier où les États-Unis entendent jouer le premier rôle (peu concluant d'ailleurs).

Le soir, sous un ciel de Paris azuré, il accueille ses hôtes et leurs épouses à dîner [1], au Petit Palais, avec pour l'ambiance sonore un air de circonstance : *La Mer* de Charles Trenet. Le chef d'orchestre israélien Daniel Barenboim, très engagé dans la réconciliation israélo-arabe, a même fait spécialement le voyage pour y assister. « L'Union pour la Méditerranée, nous en avions rêvé, c'est maintenant une réalité », s'exclame-t-il grisé.

Tous le diront plus tard, le moment était magique. C'est que dans tous les discours les mots paix,

---

1. Dîner expédié en moins d'une heure, à la stupéfaction de certains participants.

horizon commun, civilisation, ont été prononcés en abondance. Une grande fête d'un jour pour des hommes de bonne volonté.

L'agenda du lendemain 14 juillet a aussi prévu la place donnée sur la tribune officielle au Syrien el-Assad, qui s'illustrera – si l'on peut dire –, en 2011, par la répression sanglante des émeutes populaires qui lui réclament un peu de démocratie. Sa présence à Paris constitue « un coup spectaculaire ». On peut parler de rupture : après l'assassinat au Liban de son ami Rafik Hariri, Jacques Chirac avait gelé tout contact avec Damas. Nicolas Sarkozy a souhaité interrompre cette quarantaine en pariant sur la bonne volonté du numéro un syrien. N'envisage-t-il pas de nommer un ambassadeur au Liban ? Une preuve qu'il pourrait renoncer à stigmatiser le pays. L'Élysée concède toutefois que cette dictature qui a fait de l'assassinat le bras occasionnel de sa diplomatie n'est pas « un exemple parfait du respect des droits de l'homme ». *Paris-Match* – photos à l'appui – vante la modernité du couple qu'il forme avec son épouse. Cela ne suffit pas. Sa présence au défilé de la fête nationale suscite un tollé en France. La gauche y décèle un *remake* du séjour tumultueux de Kadhafi six mois plus tôt à Paris. Nicolas Sarkozy répond à ces critiques en assurant avoir reçu l'accord de la quasi-unanimité de ses partenaires – États-Unis compris. « Le Président a réussi une opération historique », admirent les conseillers du prince [1].

---

1. Mais très coûteuse : 16 millions d'euros selon la Cour des comptes.

Le lancement de l'UPM est salué positivement par la presse internationale. La classe politique française s'interroge sur le succès à long terme de cette « noble chimère ». Elle n'aura pas tort. Cinq mois plus tard, le 27 décembre 2008, Israël, profitant du vide américain créé par la fin de l'ère Bush, lance une violente offensive contre le territoire palestinien de Gaza aux mains du Hamas. Elle sera la plus meurtrière depuis la guerre des Six Jours en 1967. La plupart des sites importants sont bombardés, y compris ceux reconstruits par l'Union européenne (dont la France). Dans une zone aussi densément peuplée, où s'enchevêtrent bâtiments civils et sites militaires, cette offensive fait dès les premiers jours plus de 300 morts et 1 400 blessés, dont 104 enfants [1]. Pour la première fois, Israël utilise des bombes au phosphore. L'horreur.

Nicolas Sarkozy, encore président de l'Union pour deux jours, demande un cessez-le-feu immédiat. Israël (les élections ont lieu à la mi-février) lui répond par une fin de non-recevoir.

Cette guerre, conjuguée au manque d'argent, contribuera à l'assoupissement du projet. L'avenir radieux de l'UPM attendra [2].

1. À la mi-janvier, on dénombrera 900 morts dont 273 enfants côté palestinien pour onze soldats et trois civils tués par des roquettes côté israélien. Sans compter 4 000 blessés qui souffriront, voire agoniseront faute de soins nécessaires. À une époque où l'émotionnel prime sur le rationnel, Israël a perdu la grande bataille de la compassion.

2. En novembre 2008, sous l'égide de Bernard Kouchner, le secrétariat de l'UPM est constitué. Son siège sera Barcelone. Pour

Mais ces 13 et 14 juillet 2008, rien ni personne n'aurait pu gâcher la fête de Nicolas Sarkozy. Après le show du Grand Palais et son festival d'entrechats diplomatiques, après le défilé militaire – auquel étaient conviés les invités de la veille – finalisé par un saut de parachutistes devant la tribune officielle, les réjouissances continuent. Ingrid Betancourt, libérée deux semaines plus tôt de la jungle colombienne, est l'invitée vedette de la garden-party de l'Élysée. Elle vient recevoir la Légion d'honneur des mains du Président. Et pour la touche glamour, Carla Bruni-Sarkozy, toute de mauve vêtue et chignon haut perché, inaugure sur la tribune officielle son rôle de Première dame pour la fête nationale.

Pour le spectacle, le président français ne craint vraiment personne.

À cette heure, il n'imagine pas qu'il va devoir intervenir sur d'autres fronts, bien plus violents et complexes.

---

la première fois, un Israélien travaillera dans une organisation où tous les pays arabes sont représentés.

CHAPITRE 4

La Géorgie

Depuis que l'éclatement de l'URSS l'a fait accéder à l'indépendance, la Géorgie (patrie de Staline) a connu bien des difficultés qui ont d'ailleurs fort peu retenu l'attention en France. Or voilà que dans la nuit du 7 au 8 août 2008, alors que diplomates et chefs d'État sont pour la plupart en vacances, son Président, Mikheil Saakachvili, élu « démocratiquement » en 2004 suite à une révolte populaire, décide de bombarder l'Ossétie du Sud et sa capitale Tskhinvali. Il entend faire revenir cette enclave séparatiste dans le giron géorgien.

Il faut ici faire un peu de géographie et d'histoire. La République géorgienne est une fédération qui comporte plusieurs provinces au nationalisme exacerbé, dont l'Abkhazie et la République d'Ossétie du Sud, peuplées en majorité de populations non géorgiennes. Il existe aussi une Ossétie du Nord, mais Staline, toujours soucieux de morceler les nationalités afin de mieux régner, l'avait intégrée à la Russie sans en laisser le choix aux populations. Lorsque l'URSS éclate, les Ossètes du Sud se proclament indépendants. La République ossète autoproclamée est ratifiée par référendum en décembre 1991 par... 99 % de la population ! Alors qu'au regard du droit international, elle fait partie de la Géorgie. (Les Géorgiens vivant en Ossétie n'ont pas pris part au vote.) Ce qui, après diverses péripéties, finit par entraîner un conflit armé de quelques mois entre Ossètes et Géorgiens. Moscou saisit l'occasion pour intervenir, impose un cessez-le-feu, et installe en 1992 en Ossétie une force d'interposition composée de 25 000 militaires russes, avec l'accord et au soulagement des puissances occidentales.

Le président Saakachvili, qui a étudié en France et aux États-Unis, a pris ses distances avec Moscou. Il s'est entouré de conseillers militaires américains et envisage d'adhérer à l'OTAN. Un projet approuvé par George Bush, qui voudrait même y ajouter l'Ukraine[1]. Ce qui fait enrager Moscou.

Ce 7 août donc, il veut reprendre le contrôle de l'Ossétie du Sud par la force. L'administration Bush l'y a-t-elle poussé ? Certains diplomates le pensent. Il faut dire que les Russes l'ont provoqué. Des militaires sont pour la première fois sortis de leur périmètre en franchissant le tunnel de Roki. Le président géorgien a choisi son moment : Vladimir Poutine se trouve à Pékin pour les jeux Olympiques. C'est « profitons-en le chat n'est pas là ». Calcul simpliste.

1. Une suggestion à laquelle Nicolas Sarkozy et Angela Merkel ont dit non : il s'agit de leur premier veto commun au sommet de l'Alliance atlantique à Bucarest.

À peine l'armée géorgienne est-elle entrée en Ossétie que, sur ordre de Poutine et de Medvedev resté, lui, à Moscou, les troupes russes ripostent et bombardent le 9 août le port de Poti sur la mer Noire, modernisé grâce à l'aide des Émirats arabes unis. Les colonnes géorgiennes sont repoussées d'Ossétie en quelques heures. C'est le pot de terre contre le pot de fer.

Nicolas Sarkozy apprend la nouvelle alors qu'il se trouve à Pékin aux côtés de Poutine dans le stade où tous deux attendent l'ouverture des Jeux. D'où ce dialogue :

Nicolas Sarkozy : Une guerre dans la région est inacceptable, vous ne pouvez pas annexer la Géorgie, donne-moi quelques jours pour régler la crise.

Poutine : Pas question d'arrêter, il faut se débarrasser de Saakachvili.

Empêtrée en Irak et en Afghanistan, la voix de l'administration Bush, avec un Président en fin de mandat, ne compte plus guère. Washington se contente de protester.

Restent les Européens. Ils ne sont pas plus unis qu'à l'ordinaire. La Pologne, la Tchéquie, les pays baltes, par hostilité de principe à la Russie, défendent l'intégrité territoriale de la Géorgie. Leurs présidents se rendent aussitôt à Tbilissi pour soutenir Saakachvili. En revanche, l'Italie et dans une moindre mesure l'Espagne et Chypre manifestent une grande compréhension pour les exigences russes. Poutine et Medvedev ont calculé que Paris et Berlin ne bougeront pas pour défendre un président géorgien aussi aventuriste. Leurs troupes continuent donc de bombarder et de progresser dans le pays. Le 10, ils frappent Gori, la ville de naissance de Staline. Le renversement de Saakachvili ne présente plus aucune difficulté militaire.

Les 9 et 10 août, Bruxelles est aux abonnés absents. Javier Solana, le Monsieur Politique étrangère de l'Europe, indisponible également.

Retour de Pékin, Nicolas Sarkozy veut agir. De quel moyen dispose-t-il ? Du verbe ! Bernard Kouchner, qui rentre tout juste de Grèce, décide après quelques échanges avec ses homologues de se rendre à Tbilissi puis en Ossétie.

Pierre Charon se trouve alors en vacances au Cap Nègre, chez le Président. Il raconte : « Je voyais Nicolas en maillot de bain, marcher de long en large sur le bord de la piscine, téléphone à l'oreille et je l'entendais parler à Medvedev (par un système de téléphone avec traduction simultanée). "Écoute Dmitri, vous ne pouvez pas faire ça, vous allez repartir pour des décennies de guerre froide avec l'Europe." Puis il appelait Saakachvili : "Je ne sais pas si tu te rends compte Mikheil, je suis en train de te sauver la peau." Et moi je lui disais : "Nicolas, tu es le maître du monde" », s'extasie Charon.

Sans attendre d'être mandaté par les Vingt-Sept, mais non sans s'être concerté avec Angela Merkel et Gordon Brown, Nicolas Sarkozy monte seul une opération de sauvetage diplomatique. Car ça urge. Le 12 août, il s'envole pour Moscou accompagné de Jean-David Levitte, qui souligne au passage : « Personne n'était volontaire pour y aller à notre place. » Bernard Kouchner les y rejoindra. Il vient déjeuner avec Medvedev, auquel s'ajoute Poutine. Qui arrive, la joue rouge et enflée (il sort de chez le dentiste), l'humeur en furie contre Saakachvili qu'il fustige en se signant – comme s'il voulait chasser le diable. Il l'accuse d'avoir fait tuer des civils, ses troupes ont, dit-il, jeté des grenades dans des caves où s'étaient réfugiées des femmes avec leurs enfants (oubliant que les Russes en ont fait de même côté géorgien). Il menace d'envahir le pays tout entier. Il veut la peau de Saakachvili. « Bush a bien pendu Saddam Hussein », dit-il. Du grand théâtre. « Tu veux terminer comme Bush, dans ce cas, on va vers trente ans de guerre froide », rétorque Sarkozy.

Plus tard, le Président racontera l'épisode à des journalistes. « À Pékin, j'avais dit à Poutine : il faut arrêter les hostilités tout de suite. Le 9, je l'ai redit à Medvedev. Le 11, je lui ai annoncé ma venue pour le lendemain en ayant obtenu des assurances. Je lui ai dit : "Ne me plante pas, tu me jures que l'armée russe qui se trouvait alors à 40 kilomètres de Tbilissi n'y sera pas quand j'arriverai." Il me l'avait promis. Bush m'avait dit : "N'y va pas, tu vas te faire avoir." Certains de mes collaborateurs pensaient de même. Et moi, j'ai décidé d'y aller. En arrivant, j'ai dit à Medvedev : "Tu vois, je n'ai pas écouté ceux qui me déconseillaient de venir à Moscou." L'armée russe n'est pas entrée à Tbilissi. »

Le déjeuner, qui devait durer une heure, se transforme en un marathon trois fois plus long. Medvedev ouvre sur la table une grande carte de la Géorgie. La négociation commence. Les Russes refusent de se retirer sur leurs lignes antérieures et exigent la création d'une zone tampon. « Mais vous allez couper l'autoroute », rétorque Nicolas Sarkozy qui prend un crayon, une feuille de papier et propose de rédiger à trois les six principes d'un accord de cessez-le-feu. Pour commencer, il veut bien accepter la création d'une zone tampon mais « à titre provisoire ». Et il demande que les mots « souveraineté et indépendance de la Géorgie » figurent bien dans le communiqué, façon de conforter le pouvoir de Saakachvili. Le texte stipule l'arrêt immédiat des hostilités, l'engagement de cesser de recourir à la force, le libre accès de l'aide humanitaire, le retrait des forces géorgiennes d'Ossétie, le retour à terme des Russes sur leurs lignes antérieures, l'ouverture de négociations internationales sur la sécurité et la stabilité de l'Ossétie du Sud et de l'Abkhazie.

Au final, la garantie de l'intégrité territoriale de la Géorgie et sa souveraineté sur l'Ossétie ne figureront pas dans le texte. Medvedev et Poutine ont dit *niet*. Mais dès ce moment, la partie la plus dramatique de la crise – la guerre et l'invasion totale de la Géorgie – est stoppée.

Reste à faire accepter l'accord par le président géorgien. Sitôt le papier signé par les Russes, Nicolas Sarkozy s'envole pour Tbilissi. Accueilli à son arrivée par Saakachvili, celui-ci l'emmène face à une foule rassemblée – plus de cent mille personnes – devant le Parlement. Il voudrait que Nicolas Sarkozy prenne la parole. Ce qu'il refuse. Après moult péripéties, le président géorgien, d'abord réfractaire, finit par signer à son tour. « Son conseiller américain lui disait en aparté de tout refuser », raconte Jean-David Levitte. Ce qui permet à Nicolas Sarkozy de lancer à

Saakachvili : « Demande à ton conseiller combien de troupes américaines viendront te sauver si les Russes débarquent à Tbilissi.

— Si j'accepte, c'est que j'accepterai ce que je ne veux pas », rétorque celui qui a compris que s'il ne signait pas l'accord, il ne dirigerait bientôt plus son pays.

Avant de regagner le Cap Nègre, Nicolas Sarkozy appelle Medvedev pour l'informer du résultat. Il n'a pas dormi durant 24 heures chrono.

Le lendemain à Bruxelles, Bernard Kouchner réunit ses homologues. Il s'agit de leur faire approuver le texte déjà signé par les deux belligérants. Ce même jour, Pierre Sellal, le représentant de la France à Bruxelles, fait de même avec les ambassadeurs. Tout le monde en est bien conscient, il n'y avait pas de meilleure solution. Chacun le reconnaît aussi : si la crise était intervenue trois mois plus tôt sous présidence slovène, la Géorgie aurait été envahie et Saakachvili destitué.

Dix jours plus tard, la principale artère de Géorgie est à nouveau libre… Sauf que la zone tampon s'est juste déplacée. Les postes de contrôle des forces russes sont situés pour certains à moins d'un kilomètre de cette route vitale. Ce qui veut dire qu'il ne leur faudrait que quelques minutes pour paralyser le pays. Poutine et Medvedev poussent leurs avantages en faisant voter par le Parlement russe un texte reconnaissant l'indépendance de l'Ossétie et de l'Abkhazie (qui ne veulent plus – c'est un fait – de la tutelle géorgienne). Bien sûr, l'Europe et Washington condamnent la manœuvre. Mais au moins, l'Union européenne n'a pas à assister, impuissante, à des combats armés à ses portes, comme en 1991 dans l'ex-Yougoslavie.

Résultat concret de la médiation Sarkozy : les combats ont cessé. La Géorgie n'est pas occupée, mais elle a définitivement perdu l'Ossétie et l'Abkhazie. Il s'agit d'un changement unilatéral de frontières qu'aucun pays occidental, malgré les protestations, ne remettra jamais en cause. Comme le dit Jean-Pierre Jouyet, réaliste : « Personne n'était prêt à mourir pour l'Ossétie. »

Interviewé en novembre 2010 par Étienne Mougeotte pour *Le Figaro*, Mikheil Saakachvili tire les leçons de l'épisode : « Sarkozy a réalisé un coup stratégique, il a sauvé l'État géorgien à un moment très important pour nous. Il a utilisé les cartes qu'il avait en mains pour réaliser ce qui paraissait alors impossible : calmer le jeu et sauver la région. Si la Géorgie était tombée, l'Asie centrale et le Caucase étaient perdus pour l'Europe ». Mais de déplorer aussi : « 20 % de notre territoire est toujours occupé par les Russes, nous avons perdu les deux tiers de notre littoral, Moscou refuse toujours de négocier et même de reconnaître le gouvernement de la Géorgie [1]. »

Nicolas Sarkozy, lui, peut se targuer d'avoir « géré au mieux ce conflit ». D'avoir été le chef d'orchestre

1. La Géorgie bloquant l'entrée de la Russie à l'OMC, Medvedev et Poutine, sous l'égide de l'Union européenne, ont accepté, en 2011, quelques concessions : que des douaniers contrôlent les territoires de l'Ossétie et de l'Abkhazie comme s'ils faisaient toujours partie de la Géorgie. On reste dans le symbole.

du meilleur résultat possible : « J'ai réussi à 95 % [1] », lâche-t-il.

Les Européens reconnaissants saluent chapeau bas celui qui a offert à la diplomatie européenne « une visibilité inégalée ».

Mais une autre crise – plus grave encore, bien que prévisible – va bientôt éclater et provoquer un tsunami financier : celle des subprimes.

---

1. Le vendredi 7 octobre 2011, la Géorgie accueille Nicolas Sarkozy. Tbilissi a vu grand. Au centre de la place de la Liberté, un immense mât pavoisé aux couleurs françaises, européennes et géorgiennes domine une foule de cent mille personnes réunies pour acclamer celui qui était venu à la rescousse de la Géorgie. « Nous ne l'oublierons pas », lance le président Saakachvili, qui invite son homologue français à prendre la parole depuis l'immense tribune. Pour la première fois, publiquement, Nicolas Sarkozy admet que trois ans plus tard, l'accord de paix est loin d'avoir tenu ses promesses. « La France ne se résigne pas au fait accompli. » Il est ovationné.

CHAPITRE 5

Avis de tempête

Le mot « subprimes », presque inconnu jusque-là en Europe, a surgi dans la presse durant l'été 2008. Origine : l'Amérique. Après l'attentat du 11 Septembre, le président de la Réserve fédérale, Alan Greenspan, gourou alors réputé infaillible, fait le choix de soutenir l'activité économique américaine « à tout prix », c'est-à-dire par une politique d'expansion des liquidités et d'endettement à outrance du Trésor.

Comment ? Par des prêts à bon marché. Le dollar que l'on peut se procurer pour rien, ou presque. Notamment quand il s'agit d'emprunter afin d'acheter une maison. Plus besoin d'apport. Greenspan n'en démord pas : le risque encouru par les prêteurs – les banques – sera couvert par un boom spectaculaire de l'économie américaine engendrant des gains de productivité suffisants.

La suite est connue : les établissements financiers ont donc prêté sans rechigner à des foyers démunis de ressources. En leur consentant des taux de faveur proches de zéro. Ils pensaient que la hausse des prix de l'immobilier – dû à l'accroissement de la demande – permettrait aux emprunteurs, en cas de nécessité, de revendre aisément leur bien, avec bénéfice même. Et s'ils n'y parvenaient pas, la banque saisirait le bien en question et réaliserait à l'occasion une plus-value. Un bel optimisme. Les arbres allaient monter au ciel.

Cependant, on n'est jamais trop prudent, les établissements prêteurs ont externalisé leurs risques en vendant leurs masses de créances – via des instruments financiers aussi complexes qu'obscurs – à d'autres banques. Principalement en Europe. Une opération appelée « titrisation ». Un mot barbare pour l'homme de la rue. Un banquier en donne le sens : « C'est si je gagne, c'est pour moi tout seul, mais si je perds, le manque à gagner est mutualisé. » Les agences de notation, si promptes à administrer des leçons, ont toutes donné leur feu vert. En assurant que les risques étaient faibles, elles se sont trompées lourdement. Les investisseurs, paresseux, leur ont fait confiance. Ils ont cru acquérir des actifs juteux.

Seulement voilà : la hausse des prix escomptée n'est pas au rendez-vous, et les acheteurs se font rares. Résultat : les établissements financiers prêteurs et les acheteurs de créances se trouvent en panne de liquidités. Plus qu'à sec dans certains cas. Durant l'été 2008, la Réserve fédérale américaine vole à leur secours en leur en fournissant en abondance. Mais bientôt cela ne suffit plus. C'est la crise. Les marchés financiers crient méfiance, et bientôt défiance. Trop tard !

Deux organismes américains qui financent le crédit immobilier, Fannie Mae et Freddie Mac, ont été les premiers à pleurer famine. Il s'agit d'établissements de forte taille, aussi solides et familiers à l'Américain moyen que les Caisses d'Épargne en France. En urgence, le Congrès leur avait alloué une aide de 300 milliards de dollars en 2007. Énorme ! Mais cela ne suffit pas à apaiser les doutes et, bientôt, à enrayer la panique. Le 7 septembre 2008, les autorités fédérales mettent donc à nouveau la main au portefeuille : encore 300 milliards ! Le mal s'étend. La rumeur atteint d'autres banques. Les boursiers ne perdent pas de temps. Ils vendent.

Le 9 septembre, l'action Lehman Brothers, une institution géante – elle est la quatrième banque d'investissement au monde –, perd 45 % de sa valeur en une seule séance de Wall Street. Et la descente s'accélère. Mais le Trésor américain refuse d'intervenir. Il croit à la doctrine du « too big to fail » (trop gros pour faire faillite). Il se contente d'enjoindre au secteur privé de se porter au secours de la banque. Mais Wall Street, affolée, n'y est pas disposée. C'est chacun pour soi ! Les mauvaises nouvelles se multiplient. Le 15 septembre, Merrill Lynch, première banque d'investissement new-yorkaise, est rachetée *in extremis* pour 50 milliards de dollars par la Bank of America. AIG, première compagnie d'assurances américaine, perd 61 % de sa valeur en Bourse. Et ce jour-là, Lehman Brothers se déclare en faillite et présente son bilan : 813 milliards de dollars d'engagements. Cette fois, le mot panique est insuffisant : un vent de folie souffle sur Wall Street. Et bien sûr gagne les autres marchés financiers de la planète. La crise du crédit se répand sur l'économie réelle. En laissant tomber Lehman, l'administration Bush a mondialisé la crise financière.

Le lundi 22 septembre, Nicolas Sarkozy arrive à New York pour participer à l'assemblée générale de l'ONU. Il est très conscient de la gravité de la crise [1]. Une rencontre lui fait mesurer plus encore l'étendue du désastre : un petit déjeuner avec Ben Bernanke, le successeur de Greenspan à la tête de la Réserve fédérale. La veille, celui-ci a déclaré aux membres du Congrès : « Si des mesures urgentissimes ne sont pas prises dans la semaine, il sera presque impossible de sauver l'économie des États-Unis. »

Et la France ? Et l'Europe ? Réalisant le danger, Nicolas Sarkozy demande aussitôt à son conseiller François Pérol de le rejoindre à New York. Il veut pouvoir s'adresser au pays dès son retour. Il lui dicte la teneur du discours qu'il entend prononcer :

---

1. Au début du mois, René Ricol, un homme de terrain et qui connaît les chiffres (il est président d'honneur du conseil supérieur de l'ordre des experts-comptables et de la Compagnie nationale des commissaires aux comptes), lui a remis le rapport sur la crise financière qu'il lui avait demandé un an plus tôt. « Dès août 2007, il a compris que la crise à venir risquait d'être grave. Il voulait en connaître les causes pour pouvoir se faire une doctrine réaliste sur les moyens d'en sortir », explique René Ricol. Qui ajoute : « Le travail a mobilisé une centaine d'experts français, européens et américains. Leur verdict est clair : la crise est sans équivalent dans l'histoire financière récente. Le rapport proposait trente recommandations pour retrouver la confiance des marchés financiers, entre autres, agir au niveau européen, promouvoir l'Europe comme acteur de la globalisation et aussi renforcer l'architecture de la régulation à l'échelle mondiale. »

« Avant tout le monde, il a compris qu'à crise systémique, il fallait une réponse globale », note René Ricol.

Ce même jour, lors de la 63e assemblée générale de l'ONU, il s'offre une tribune pour fustiger une fois de plus le capitalisme financier. Et il lance l'idée d'une amorce d'un gouvernement économique mondial, qui associerait l'Europe, les États-Unis et les puissances économiques émergentes : « Apprenons à gérer collectivement les crises les plus aiguës que nul, pas même les plus puissants d'entre nous, ne peut résoudre seul. »

« Ce jour-là, il a annoncé la création du G20 », explique François Pérol.

Le soir, il est l'invité de la prestigieuse fondation Élie Wiesel. Les participants ont payé jusqu'à 20 000 dollars pour l'entendre et le voir, en compagnie de Carla, somptueuse dans un fourreau bleu. Pour la petite histoire, qui dans l'esprit de Sarkozy ne compte pas pour du beurre, Élie Wiesel est un ami très proche de Richard Attias. Il devait être le témoin de son mariage avec Cécilia. Il s'était finalement récusé. Intervenir en ce lieu n'était pas un geste innocent, mais à coup sûr un message subliminal adressé à son ex (« tes amis sont aujourd'hui mes amis ! »).

Mais ça n'est évidemment pas Cécilia qui préoccupe ce soir-là Nicolas Sarkozy. Devant ce parterre d'Américains richissimes – le Tout-New York est là – accompagnés de leurs épouses décorées comme des arbres de Noël, il dénonce sur un ton indigné les responsables du désastre : les banquiers de Wall Street cupides qui ont mis le monde dans la panade. Et il reprend le thème de son premier discours devant l'ONU un an plus tôt : la nécessaire moralisation du capitalisme.

Il tape si fort qu'une partie de la salle murmure. Une dame de l'assistance tire par la main Xavier Darcos qui accompagne le Président : « Mais monsieur, sait-il devant qui il parle ? » Réponse du ministre : « Mais oui, madame, justement. »

25 septembre. Retour en France. Le Président reprend son thème favori devant un tout autre auditoire : 4 000 personnes réunies au Zénith de Toulon. Sur un ton bien plus grave, bien plus lent que d'ordinaire, il pose un diagnostic bien plus sombre qu'à New York : « Une crise sans précédent ébranle l'économie mondiale. De grandes institutions financières sont menacées, des milliers de petits épargnants dans le monde, qui ont placé leurs économies à la Bourse, voient jour après jour fondre leur patrimoine. Des millions de retraités, qui ont cotisé à des fonds de pension, craignent pour leur retraite. Les Français ont peur pour leurs économies, peur pour leur pouvoir d'achat... Il faut vaincre cette peur, c'est la tâche la plus urgente. Il faut aussi dire la vérité aux Français : la crise aura des conséquences sur la croissance, sur le chômage et sur le pouvoir d'achat. »

Il croit pouvoir annoncer : « C'est une certaine idée de la mondialisation qui s'achève avec la fin du capitalisme financier qui avait imposé sa logique à toute l'économie et contribué à la pervertir. On a laissé les banques spéculer sur les marchés au lieu de faire leur métier qui est de mobiliser l'épargne au profit du développement économique. On a financé la spéculation plutôt que l'entrepreneur. On a laissé sans contrôle les agences de notation et les fonds spéculatifs. On a soumis les banques à des règles comptables qui ne fournissent aucune garantie sur la bonne gestion des risques (...). C'était une folie dont le prix se paie aujourd'hui. Le système où celui qui est responsable d'un désastre peut partir avec un parachute doré, où un trader peut faire perdre cinq milliards d'euros à sa banque sans que personne s'en aperçoive [1]. Où l'on exige des entreprises des rendements trois fois plus élevés que la croissance de l'économie réelle. Ce système a creusé des inégalités, a démoralisé les classes moyennes, mais ce système, ça n'est pas le capitalisme. »

Faisant valoir la primauté du politique sur la refondation du système, il prévient : « L'autorégulation, le laisser-faire, le marché tout-puissant, c'est fini. » Et d'ajouter : « Il faut que l'État intervienne, qu'il impose ses règles, qu'il investisse, qu'il prenne des participations, pourvu qu'il sache se retirer quand son intervention n'est plus nécessaire. Rien ne serait pire qu'un État prisonnier des dogmes. »

« Ce qui était nouveau, souligne René Ricol, c'est qu'il annonçait à son de trompes le retour de la puissance étatique dans l'économie. »

« L'État est là et fera son devoir », martèle Nicolas Sarkozy à la tribune et voilà l'essentiel : « Je n'accepterai pas qu'un seul déposant perde un seul euro parce qu'un établissement financier se révélerait

1. Une allusion claire à Jérôme Kerviel et à l'attitude des patrons de la Société Générale.

incapable de faire face à ses engagements. C'est dans ces moments que la solidarité avec ceux qui sont en difficulté doit être la plus forte. »

« Quand j'ai entendu cela, j'ai compris qu'il ne fallait plus paniquer », explique Augustin de Romanet, le président de la Caisse des dépôts qui voit les notaires affluer pour que son établissement accueille les économies de leurs clients affolés. « Et moi, je leur disais, il n'en est pas question. Vous allez ajouter la panique à la panique. »

Fin du discours présidentiel : « C'est la raison pour laquelle j'ai pris la décision de créer le RSA [1], d'augmenter le minimum vieillesse (+ 25 % d'ici 2012), les pensions de reversion des veuves les plus modestes seront portées à 60 % au lieu de 55 %, les titulaires de minima sociaux recevront une prime exceptionnelle. » Et de conclure : « Dans la situation où se trouve l'économie, je ne conduirai pas une politique d'austérité, parce que l'austérité aggraverait la récession. Je n'accepterai pas de hausses d'impôts et de taxes (ce qu'il vient pourtant de faire) qui réduiraient le pouvoir d'achat des Français. »

---

1. À la surprise générale, un mois plus tôt, le 28 août à Laval, Nicolas Sarkozy annonçait l'instauration d'une contribution de 1,1 % sur les revenus du patrimoine et les placements pour financer la généralisation du RSA, prévue pour le 1er juillet 2009. Et ça n'est pas tout. Les prélèvements sociaux sur les revenus fonciers, l'assurance vie et les plus-values d'actions s'élèveront non plus à 11 % mais à 12,1 %. Malgré ses dénégations, les impôts continuent d'augmenter. Le rapporteur du Budget, Gilles Carrez, y note un premier tournant dans la doctrine Sarkozy.

Henri Guaino est la plume de ce lyrisme noir et lucide. Il a beaucoup travaillé avec le libéral François Pérol : « Nous avons eu de longues séances de cogitation dans le salon vert de l'Élysée. En ces circonstances, nous étions tout à fait complémentaires pour traduire au plus près le raisonnement du Président qui, précise Pérol, a lu et relu je ne sais combien de fois le discours avant de le prononcer. »

Éric Besson, qui accompagne le Président ce jour-là, reçoit des SMS d'anciens amis socialistes. « Pas mal la motion T. » « T » comme Toulon.

28 septembre. Fortis, groupe belgo-néerlandais qui avait des créances chez Lehman Brothers, craque[1]. Tout le monde sait que la banque franco-belge Dexia est elle aussi menacée, via sa filiale américaine FSA, spécialisée dans le rehaussement de crédit. « Huit jours plus tôt, ses dirigeants affirment que tout va bien », indique Augustin de Romanet. Or, le 29 septembre, la valeur de son action perd 30 %. Si la banque plonge, la faillite serait une catastrophe en France car elle est spécialisée dans le financement des collectivités locales, lesquelles seraient touchées de plein fouet. Les actions Dexia sont présentes dans toutes les SICAV européennes. On murmure que les Caisses d'Épargne et le groupe Banque Populaire pourraient également être en très mauvaise posture, car leur filiale Natixis a acheté des « toxiques », comme on commence à les appeler.

Il faut trouver – et vite – un accord avec les Belges. Une mission est dépêchée par Christine Lagarde à

---

1. Fortis passera sous le contrôle de BNP-Paribas en mai 2009.

Bruxelles. Elle est conduite par Augustin de Romanet, dont la Caisse des dépôts est actionnaire de Dexia à hauteur de 13 %, qui raconte : « Je suis arrivé à Bruxelles à minuit dans une atmosphère d'avant-guerre. Les Belges retiraient leur argent des banques. On m'a conduit chez le Premier ministre Leterme qui était entouré de son ministre des Finances et du ministre des Finances luxembourgeois. "Vous êtes qui, vous ?" m'a-t-il demandé, il pensait voir arriver Christine Lagarde. Vers 1 heure du matin, Leterme m'a dit : "Le management de la banque a fait ses comptes, il faut six milliards d'euros." »

À la même heure à Paris, François Pérol, Xavier Musca, le directeur du Trésor, Antoine Gosset-Grainville, le conseiller économique de François Fillon, se trouvent dans le bureau de Christine Lagarde avec Stéphane Richard, son directeur de cabinet, et Michel Pébereau, directeur de BNP-Paribas et conseiller de la Caisse des dépôts.

« Au milieu de la nuit, raconte Gosset-Grainville, nous avions établi un pré-accord avec les Belges. La Caisse des dépôts apporterait deux milliards [1]. »

---

1. Augustin de Romanet raconte : « Lors de la réunion autour de Christine Lagarde, certains envisageaient que la Caisse des dépôts apporte les trois milliards. J'ai dit à Christine Lagarde, il n'en est pas question. Je ne veux pas prendre tout le gâteau pour moi alors que je ne sais pas ce qu'il y a dedans. Deux milliards, je veux bien, mais pas plus. Et Christine était d'accord avec moi. » Ce que Nicolas Sarkozy prend très mal. Devant des tiers, il ne cesse de fustiger la frilosité de Romanet. Comme toujours quand il est stressé, le Président a besoin de se défouler sur quelqu'un. Pendant toute la crise, Augustin de Romanet, nommé par Jacques

L'État français empruntera donc un milliard pour le sauvetage de Dexia. Il est 4 h 30 quand François Pérol appelle Nicolas Sarkozy pour l'informer du deal qui vient d'être passé. Réponse du Président : « On ne peut pas décider une chose pareille comme ça au téléphone. Venez tous à l'Élysée. » François Fillon, qui suivait le dossier depuis Matignon, enfile son costume. Christian Noyer, le président de la Banque de France, est lui aussi appelé. « On s'est tous retrouvés à 5 heures, poursuit Gosset-Grainville. Le Président nous a dit : "Je veux que chacun me donne son avis et ses raisons sur la nécessité de sauver Dexia." Tout le monde s'est exprimé. Nous étions tous d'accord : il fallait sauver la banque. Même si les modalités proposées pouvaient diverger. » « Il nous a amenés à prendre une décision collective », dit François Pérol.

Michel Pébereau raconte : « Le Président posait les bonnes questions : comment va-t-on expliquer cela aux Français ? C'est lui aussi qui a exigé que les dirigeants défaillants s'en aillent et soient remplacés par un tandem dont le directeur exécutif serait un Français. » Et il charge François Fillon d'avertir son homologue à Bruxelles. « Dis-lui que ça n'est pas négociable. »

À 6 h 30, tout est bouclé. Le Président joint Franck Louvrier : « Arrive, il y a des annonces à faire. »

Chirac en 2007 un mois avant la présidentielle, devient sa tête de Turc. François Fillon raconte : « Je disais à Nicolas : "Arrête de taper sur Romanet, ou alors vire-le !" »

À 8 heures, c'est l'ouverture des marchés. Tout l'aréopage croit Dexia sauvée. Hélas, à tort [1].

Antoine Gosset-Grainville n'a pas oublié cette longue nuit : « Quand nous sommes rentrés à Matignon, le Premier ministre m'a dit : "C'est dans ces cas-là que Nicolas est bluffant." »

Dans la foulée, le Président reçoit les banquiers à l'Élysée. Pour une fois de plus les sermonner : « Vous ne faites pas votre métier, vous ne prêtez pas assez d'argent aux entreprises. » Ceux-ci rétorquent que les prêts ont au contraire repris. « Ça n'est pas ce que l'on me dit, coupe agacé le Président, tous les soirs la Banque de France doit faire la soudure pour que les comptes soient clôturés. Il faut que le crédit circule. On n'y est pas du tout. »

Et maintenant l'Europe. Depuis la chute de Lehman Brothers, la Commission est aux abonnés absents. Jean-Pierre Jouyet raconte : « Le jour où Fortis s'écroulait, je croise Barroso à New York qui

---

1. Une semaine plus tard, les nouveaux dirigeants de la banque, le Français Pierre Mariani et le Belge Jean-Luc Dehaene, découvrent avec stupeur que les besoins de financement de la banque équivalent au montant de la dette grecque : 250 milliards d'euros. La France, la Belgique et le Luxembourg doivent apporter 150 milliards de garantie. Trois ans plus tard, au printemps 2011, la banque sortait des garanties de l'État. Mais la crise de l'euro est venue chambouler tous les plans de redressement. Les agences de notation ont dégradé Dexia, le financement de la banque est devenu très difficile. La banque a été démantelée. « Sans la crise de l'euro, on y serait arrivé », assure Pierre Mariani, qui s'indigne du mauvais coup joué par les agences de notation. « Elles sont un thermomètre qui déclenche la fièvre », dit-il.

me dit : il s'agit d'une crise américaine, il ne faut pas alarmer les gens en Europe. »

Un boulevard s'ouvre donc pour la présidence française. Nicolas Sarkozy en est convaincu : pour faire face à la crise, une coordination européenne est absolument nécessaire. Seulement, on ne réunit pas les Vingt-Sept comme ça en claquant des doigts. Or il faut aller vite. Le Président décide donc de réunir les membres européens du G7 : avec autour de lui la Chancelière Angela Merkel, le Premier ministre britannique Gordon Brown et l'italien Silvio Berlusconi [1], auxquels s'ajouteront Jean-Claude Trichet, le patron de la Banque centrale européenne, José Manuel Barroso, le président de la Commission européenne et Jean-Claude Juncker, le président de l'Eurogroupe (les ministres des Finances de la zone euro).

4 octobre. Réunion de ce que l'on appellera le G4 à l'Élysée. Nicolas Sarkozy veut faire valider par ses partenaires un plan de soutien des banques affaiblies par l'achat des toxiques américains. À ses yeux, l'important est de ne laisser aucune banque aller à la faillite, pour éviter que les autres soient en difficulté.

Il vient accueillir Angela Merkel sur le perron de l'Élysée. Tous deux savent qu'il est impératif de mimer leur bonne entente, d'harmoniser leurs voix comme un ténor et une soprano sur la scène de

---

1. Revenue au pouvoir en avril 2008, la droite italienne a triomphé aux législatives. Romano Prodi, président du Conseil de centre gauche qui avait perdu sa majorité à la Chambre, avait démissionné en janvier.

l'Opéra quelles que soient leurs arrière-pensées. Or voilà que la Chancelière bouscule le protocole – ce qui n'est pas son genre – et s'adresse à la presse. Que dit-elle ? « Je suis contente que nous nous rencontrions pour parler des situations qui sont différentes dans nos pays. Chacun doit prendre ses responsabilités nationales. » Traduction : « Pas de décision collective, à chacun de se débrouiller. » À bon entendeur salut !

Nicolas Sarkozy est bien sûr d'avis contraire. Ce qui ne l'empêche pas de répondre avec aplomb : « Vous prenez ce qu'a dit la Chancelière, vous le traduisez en français, c'est exactement ce que je pense. » Mais pour ajouter aussitôt : « Il y a un problème mondial, il faut une réponse mondiale. L'Europe doit afficher la volonté de présenter une solution, ce qui rassurera tout le monde. » C'est sur ce hiatus, ce malentendu formidable que s'ouvre la réunion.

Une solution commune ? Angela Merkel, fermée comme une huître, n'a qu'un mot à la bouche : « *Nein* et encore *nein*. » Elle croit à la solidité des banques allemandes et à ses marges budgétaires. Pourtant, quatre jours plus tôt, elle avait été alertée, lors d'un dîner organisé à Berlin à la Chancellerie où elle réunissait dix grands patrons français et dix grands patrons allemands. Christine Lagarde et son homologue allemand, Peer Steinbrück, étaient également présents. On fait un tour de table pour évoquer les effets de la chute de Lehman. Tous ces grands patrons sont unanimes, les banques ne prêtent plus, même à leurs meilleurs clients, il faut agir. Louis Gallois, le patron d'EADS, raconte qu'il ne peut plus vendre d'avions parce que les banques ne prêtent plus à Air France. Les patrons de BMW et de Mercedes avouent rencontrer les mêmes difficultés chez eux. Et voilà que Peer Steinbrück s'emporte et révèle : « J'ai rencontré les banquiers et les mêmes qui il y a quinze jours me disaient la crise des subprimes c'est pour Wall Street, ce n'est pas pour nous, m'annoncent aujourd'hui : si vous ne trouvez pas deux cents milliards, on va tous sauter. Ou ce sont des incapables ou ce sont des menteurs. »

Il n'empêche : à Paris, la Chancelière ne veut rien entendre. Elle a très mal pris une interview de Christine Lagarde au quotidien économique allemand *Handelsblatt*, dans laquelle la ministre évoquait un plan de sauvetage européen pour les banques en difficulté de trois cents millions d'euros. Elle a cru que les Français voulaient lui forcer la main.

Nicolas Sarkozy cherche à amadouer la Chancelière : « Angela, tu es la tête et moi je suis les jambes.

— Non, Nicolas, toi tu es la tête et moi je suis la banque. »

Le quatuor se sépare sur un échec. En ces circonstances exceptionnelles, le couple franco-allemand s'est accordé sur la nécessité de s'affranchir des critères de Maastricht [1].

« À sommet partiel, réponse partielle », raille Laurent Fabius qui impute la responsabilité de la crise en France à la « seule mauvaise gestion de Sarkozy ».

---

1. La veille, Henri Guaino avait jeté le trouble devant les députés UMP réunis à Antibes en déclarant : « Le déficit de 3 % du PIB n'est pas la priorité. »

Lequel de son côté déplore que la Chancelière n'ait pas pris la mesure de cette crise. « C'est un maillon faible », regrette-t-il en Conseil des ministres. Devant des journalistes, il prédit : « Elle finira par y venir, elle a toujours huit jours de retard. »

Et de fait, à peine revenue à Berlin, la Chancelière est rattrapée par la crise. Elle réalise que les banques allemandes sont contaminées par la faillite de Lehman Brothers. La quatrième d'entre elles, Hypo Real Estate, vacille. Pire : les Allemands commencent à retirer leur argent. Ils ont peur. Attention, danger ! Mme Merkel doit annoncer que l'État garantira les dépôts bancaires des Allemands « de façon illimitée ». Deux jours plus tôt, elle avait critiqué l'Irlande qui avait pris une décision similaire. Elle abdique donc et publie un communiqué pour assurer que les actions de la France et de l'Allemagne seront « totalement concertées ».

6 octobre au matin. Le président français téléphone à Jean-Claude Trichet, à José Manuel Barroso, à Gordon Brown pour leur soumettre le communiqué qu'il compte rendre public l'après-midi même sur la nécessaire coordination des Vingt-Sept, avant de l'envoyer à ceux-ci. Dans la foulée, il déclare dans la cour de l'Élysée « avoir reçu le feu vert de tous en moins d'une journée ». Ne pas confondre vitesse et précipitation.

Décidément, ce mois d'octobre est fou.

8 octobre. À Marly-le-Roi, François Fillon prononce un discours consacré au soutien des PME. Et surtout, il ne lésine pas sur les compliments au Président : « Que se serait-il passé si la présidence de

l'Union européenne n'avait pas été entre les mains d'un homme d'État qui ne s'est pas embarrassé de trop de précautions pour agir ? On a besoin d'avoir quelqu'un à la barre. » Pendant ce temps, l'intéressé participe à Évian à la World Policy Conference, un colloque où est attendu le Russe Medvedev qui promet à Nicolas Sarkozy le retrait définitif des troupes russes de Géorgie, selon le plan acté en août… Paroles, paroles.

Retour à l'Élysée. Le monde s'enfonce dans la crise.

9 octobre. Gordon Brown appelle Nicolas Sarkozy à 6 heures du matin pour lui annoncer qu'il va nationaliser trois banques en faillite. Les Anglais s'affolent et font la queue pour retirer leur argent. Ce qui conforte encore plus Nicolas Sarkozy dans son idée de coopération européenne. Mais avec la Chancelière, les rapports demeurent tendus. *Le Canard enchaîné* affiche à la Une : « Merkel m'a dit : "Chacun sa merde". » En page 2, un long encadré cite ce commentaire prêté au chef de l'État après la réunion infructueuse de G4 : « C'est peut-être un échec, mais ça n'est pas le mien. Angela n'a pas voulu du fonds européen de sauvetage, elle m'a dit : chacun sa merde, et maintenant elle doit se débrouiller avec la débâcle de Hypo Real Estate. Elle s'est prise à son propre piège. »

La Chancelière, qui a le cuir sensible, n'apprécie pas du tout ce propos. Elle s'en explique au téléphone avec Nicolas Sarkozy, lequel lui répond qu'« il ne faut pas croire tout ce qui est écrit dans le *Canard* ».

10 octobre. Les Bourses européennes s'effondrent. En Asie, l'indice Nikkei plonge de 10 %. Sa pire

chute depuis vingt et un ans. Le marché américain enregistre lui sa septième baisse consécutive. Comment arrêter la débâcle ?

Ce jour-là, comme prévu de longue date, Sarkozy et Merkel inaugurent le Mémorial Charles de Gaulle à Colombey-les-Deux-Églises. Une manifestation censée célébrer la réconciliation des deux pays. L'Allemande et le Français se tiennent par la main, comme jadis François Mitterrand et Helmut Kohl. Sourires de façade ? Certainement. Mais l'Europe des Vingt-Sept continue de vivre au rythme des battements de cœur franco-allemands et la situation devient urgentissime. Les deux dirigeants doivent absolument trouver une position commune en vue de la réunion de l'Eurogroupe que Nicolas Sarkozy a convoqué pour le surlendemain à Paris [1].

Après le déjeuner, les choses semblent apaisées. Conférence de presse commune. Le couple parle – presque – au diapason avec des sourires en prime. « Il existe une parfaite identité de vues entre la France et l'Allemagne sur la gestion de cette crise », assure le président français. La Chancelière évoque, elle, une réaction « concertée et cohérente des Européens ». En précisant tout de même que chaque État membre doit garder ses marges de manœuvre. Ce qu'elle traduit ainsi : « Nous aurons une boîte à outils commune, chaque pays pourra utiliser ces outils de la façon qui lui convient. » Elle a obtenu que les termes

1. « Vous avez trente-six heures pour convoquer tout le monde et monter les cabines de traduction », lance-t-il à Jean-David Levitte dans l'avion du retour.

« doctrine commune » employés par Sarkozy et Trichet lors de la réunion du G4, soient remplacés par l'image de « la boîte à outils ». Nuance. L'ayant dit, elle donne son feu vert pour des actions concertées. « C'est la fin du chacun pour soi », se réjouit Nicolas Sarkozy. Mme Merkel a pris conscience que la politique du cavalier seul n'est plus praticable.

Dimanche 12 octobre. Le G4 n'ayant pas porté ses fruits, Nicolas Sarkozy réunit à l'Élysée et pour la première fois les seize chefs d'État et de gouvernement de la zone euro. Et aussi la troïka Trichet-Barroso-Juncker. Ce qui n'est pas ordinaire non plus est la présence d'un invité-surprise : Gordon Brown. Une question domine la réunion : comment obliger les banques à se prêter entre elles ?

Gordon Brown, qui avait empêché Tony Blair d'adopter l'euro, gouverne la première place financière d'Europe, la plus exposée aussi à la crise. À la demande de Nicolas Sarkozy, il va donc expliquer son plan de sauvetage des banques. Le magicien du social-libéralisme anglo-saxon vient donner des leçons d'interventionnisme aux continentaux. Dès le 8 octobre, il avait proposé la garantie de l'État britannique aux prêts interbancaires. Ainsi les banques étaient-elles assurées, quoi qu'il arrive, de récupérer l'argent qu'elles auraient prêté à d'autres établissements financiers. Son plan global de sauvetage passe par la prise de contrôle de plusieurs grandes banques anglaises en déroute (ce plan se monte à 500 milliards de livres, soit 630 milliards d'euros). Un diplomate présent à la réunion raconte : « Gordon Brown a exposé ses idées – il dominait vraiment son sujet –

ensuite, certains participants lui ont posé des questions. “Tu peux rester avec nous, Gordon”, lui a lancé Nicolas quand il eut terminé. On sentait bien que le Premier ministre brûlait d’envie de rester. Mais il a choisi de partir, car il risquait de se faire fusiller par son opposition dès son retour à Londres. » Son intervention est décisive. Après quatre heures de discussions, les membres de l’Eurogroupe adoptent de concert un plan en trois volets : injection de liquidités dans le système financier, garantie d’État pour les prêts interbancaires, recapitalisation des banques défaillantes par les États. On se quitte dans l’après-midi.

Commence alors en France un véritable marathon. Depuis la veille, les services de Bercy et de Matignon préparaient le projet de loi. François Pérol précise : « Nous avions beaucoup parlé avec les Anglais sur l’idée d’apporter des fonds aux banques. Mais le Président ne voulait pas que ces fonds proviennent du budget de l’État. En plus – différence notoire avec l’Angleterre – aucune banque française, mises à part Dexia et Natixis, ne risquait la faillite. Il n’était donc pas question pour nous de nationalisations. »

Il poursuit : « C’est Xavier Musca et ses équipes du Trésor qui ont eu l’idée d’un emprunt contracté au taux du marché par l’État, lequel prêterait ensuite aux banques, mais à un taux supérieur. L’État serait ainsi gagnant, il n’en coûterait rien au contribuable. »

Le plan de sauvetage ne lésine pas sur les milliards : 360. « C’était beaucoup d’argent, souligne

Pérol, mais en dessous ça n'aurait pas été crédible, il fallait montrer aux marchés que c'était du sérieux[1]. »

Vite rédigé, le projet de loi est soumis au Conseil d'État… le soir même, un dimanche. Une première ! Le lendemain matin, il est adopté lors d'un Conseil des ministres extraordinaire pour être soumis l'après-midi au vote de l'Assemblée nationale. Au moment où les députés entrent dans l'hémicycle, tous les chefs d'État et de gouvernement de l'Eurogroupe tiennent chez eux, à 15 heures, une conférence de presse pour décliner chacun sa version du soutien aux banques et en donner les mesures chiffrées. Une chorégraphie imaginée par le maître de ballet Sarkozy.

L'UMP, le Nouveau Centre, quatre non-inscrits – parmi lesquels François Bayrou – approuvent le projet. Un député UMP souligne, malicieux : « Heureusement pour Nicolas que sa réforme des institutions n'est pas encore en application, sinon il eût été impossible d'aller si vite[2]. »

Le Parti communiste, les Verts votent contre. Les socialistes… s'abstiennent. Expliquant leur geste par le fait qu'il n'y a pas eu de discussion préalable. À la

1. Pour bénéficier du prêt, les banques devront en contrepartie remplir des obligations d'éthique : limiter les dividendes aux actionnaires, aucun bonus aux dirigeants, ne pas opérer de rachat d'actions. Le 17 février 2009, Michel Pébereau et Baudoin Prot, respectivement président et directeur général de la BNP, seront les premiers à renoncer à leurs bonus – un an seulement. La semaine suivante, les dirigeants des banques concurrentes feront de même.

2. Une fois la réforme en vigueur, seuls les textes adoptés en Commission peuvent être examinés dans l'hémicycle.

tribune, Christine Lagarde se taille un franc succès auprès de la majorité en déclarant : « C'est la première fois qu'un renversement de situation vient de l'Europe et non des États-Unis. » Dans les couloirs, Jean-François Copé vante le sang-froid et la maîtrise de Nicolas Sarkozy. « Il s'est montré absolument exceptionnel. »

Les élus UMP sont fiers, il y a quelqu'un à la barre. Ils sont tout de même inquiets. Il va falloir expliquer aux électeurs que ces 360 milliards ne sont pas un cadeau aux traders, mais au contraire un prêt pour préserver leur épargne. Et en plus ce prêt rapportera de l'argent à l'État, donc à la collectivité. Benoist Apparu, député de la Marne, l'énonce sans ambages : « La trouille, c'est quand nos agriculteurs ou les ouvriers d'usines qu'on licencie vont venir nous dire : "Vous avez bien trouvé 360 milliards pour les banquiers, qu'est-ce que vous faites pour nous ?" »

Le lendemain mardi, le Sénat ratifie le plan à son tour.

Mais après le vote au Parlement, le débat se poursuit dans l'opposition. Marine Le Pen réclame un référendum. Martine Aubry et Benoît Hamon plaident que Nicolas Sarkozy aurait dû nationaliser les banques à l'instar de Gordon Brown, ou à tout le moins nommer des administrateurs de l'État à leurs conseils d'administration. Côté Élysée, on réplique qu'en 1982, les socialistes avaient nationalisé trente-neuf banques et que cela n'avait pas amélioré la distribution du crédit. Et bien pis : cela avait conduit au désastre financier du Crédit Lyonnais aux ordres de l'État, avec ses milliards de déficit. On rappelle aussi que l'introduction du libéralisme financier en France fut le résultat de la politique de Pierre Bérégovoy, ministre des Finances d'un Premier ministre qui s'appelait Laurent Fabius. Et c'est ce dernier, comme le souligne Favilla dans *Les Échos*, qui a fait basculer la majorité du bureau politique socialiste vers l'abstention : « La Rue de Solférino, toute à son prochain congrès, a joué la case tactique plutôt que la case histoire. Et à ce jeu-là, “the winner is : Laurent Fabius”. » Alors que certains députés n'auraient pas été hostiles à un vote favorable. Ainsi, Pierre Moscovici. Ainsi, Jérôme Cahuzac, vice-président du groupe, qui veut bien le reconnaître à la tribune : « Vous avez probablement réussi à juguler l'une des plus graves crises financières depuis les années 1930. » Manuel Valls, lui, exprime son regret : « Un grand parti d'opposition n'aurait pas dû prôner l'abstention sur un projet qui voit enfin l'Europe jouer son rôle et se doter d'un véritable outil opérationnel. » Et de trancher : « Il manque des hommes d'État aujourd'hui au Parti socialiste. » Les partisans de Martine Aubry et de Bertrand Delanoë soupçonnent, eux, le premier secrétaire François Hollande – le congrès du PS se tiendra un mois plus tard à Reims – d'avoir lui aussi songé à adopter ce plan. Ce qu'il nie avec véhémence : « Ce sont des malveillances d'avant congrès. Ma conviction est qu'il fallait s'abstenir à cause de l'absence de mesures de soutien à l'investissement, au logement et au pouvoir d'achat. »

Il y a au moins un socialiste qui, lui, ne sera pas chiche en compliments : Michel Rocard. « Nicolas Sarkozy a réagi en grand bonhomme. Quand la crise bancaire a explosé, j'ai été stupéfait que le langage du président Sarkozy soit plus concrètement et précisément adapté à l'ampleur du phénomène que ne l'était alors tout le patois de la direction de mon propre parti [1]. »

Pour une fois quasi unanime, la presse applaudit.

Mardi 14 octobre. Les banques françaises s'engagent à adopter sans délai le code de conduite du MEDEF qui limite le versement des parachutes dorés aux patrons en cas de départ contraint, et l'exclut tout à fait lorsqu'ils ont commis des fautes ou mis leur entreprise en difficulté (c'était prévu dans la loi TEPA).

Mercredi 15 octobre. Les Vingt-Sept réunis à Bruxelles endossent le plan, à leur tour, malgré les réserves tchèques (le pays qui doit cependant assurer la présidence de l'Union à partir du 1er janvier 2009). En clôturant cette réunion, Nicolas Sarkozy plaide une fois encore pour la tenue d'un sommet international sur la réforme du système financier mondial. « Avant la fin de l'année », précise-t-il (donc avant l'entrée en fonction du successeur de George Bush). « Si nous attendons le nouveau Président, cela veut dire que dans le meilleur cas on se réunira au printemps, je vous le dis, c'est beaucoup trop tard. » Et d'ajouter (preuve qu'il ne doute de rien) : « L'Europe (c'est-à-dire moi) le veut, l'Europe le demande,

1. In *La politique telle qu'elle meurt de ne pas être*, dialogue entre Alain Juppé et Michel Rocard, Éditions Jean-Claude Lattès, 2011.

l'Europe l'obtiendra. » Il est ovationné. Il va s'employer à mettre son projet à exécution.

Vendredi 17 octobre. Le Président, accompagné de José Manuel Barroso et de Christine Lagarde, assiste au sommet de la francophonie au Québec. Ils ne vont pas y rester longtemps. Nicolas Sarkozy appelle George Bush : « Je suis à deux heures d'avion de chez toi, je viens te voir. » Une forme d'ultimatum.

Accompagné des mêmes, le président français débarque donc le lendemain à Camp David, la résidence des présidents américains. Il a en tête son idée fixe : convaincre George Bush de réunir le premier G20 en novembre. Or celui-ci se montre plus que réticent. Il va quitter la Maison Blanche deux mois plus tard. Il est déjà un peu parti dans sa tête. « Mais avec ce G20 tu termineras ton mandat sur un coup d'éclat, tu entreras dans l'Histoire », insiste Nicolas Sarkozy. Après lui, Christine Lagarde, avocate de métier, plaide dans le même sens (en anglais) avec un brio qui éblouit Nicolas Sarkozy. George Bush aime bien Christine Lagarde. Elle ne manque jamais de lui apporter des macarons de chez Ladurée, son péché mignon. Face à ces pressions conjointes, avec cette stéréo française dans les oreilles, le président américain finit par lâcher du lest. D'accord pour que l'on débatte, concède-t-il, mais pas question de prendre des décisions ce jour-là puisque son successeur aura déjà été élu. Pas question non plus que le G20 se réunisse à New York, la ville d'où est partie la crise, symbole d'un capitalisme financier déréglé, ce que souhaitait Nicolas Sarkozy. Ce sera Washington. Mais c'est le Français qui choisit la date : le 15 novembre.

Tiens donc, le jour où les socialistes tiennent leur congrès à Reims.

21 octobre. Pour la deuxième fois, Nicolas Sarkozy s'exprime devant le Parlement européen. Il vient présenter son bilan d'étape. Il évoque bien sûr la Géorgie [1] et surtout sa gestion de la crise financière. La création d'un gouvernement économique européen lui semble plus que jamais indispensable. « Le vrai gouvernement économique, c'est l'Eurogroupe au niveau des chefs d'État et de gouvernement, car eux seuls disposent de la légitimité démocratique pour assumer des décisions aussi lourdes. » Il suggère aussi que les États membres se dotent de « fonds souverains nationaux qui pourraient se coordonner pour apporter une réponse industrielle à la crise ». Unanimité rare : les députés saluent et applaudissent l'énergie et la détermination du président français face à la crise. À la fin de son discours, il est interpellé par les présidents des groupes politiques. « Vous avez bien agi et pris les mesures qui s'imposent », lui dit notamment le socialiste allemand Martin Schulz, qui ajoute ironique : « Nicolas Sarkozy président de l'UMP parle aujourd'hui comme un véritable socialiste européen. Vous trouverez des formulaires d'adhésion à l'entrée de la salle.

— Suis-je devenu socialiste ? Peut-être, mais convenez que vous-même ne parlez pas comme un socialiste français, rétorque Nicolas Sarkozy. Dans le

1. Du fond de l'hémicycle, un député lui lance : « Vous n'aviez pas de mandat européen pour agir. » Réponse du tac au tac : « Les Russes non plus n'avaient pas de mandat. »

schisme socialiste, je choisis Martin Schulz sans regret ni remords [1].

— Mais il n'y a pas de différence entre mes camarades socialistes français et moi, réplique Schulz.

— Cher Martin, si je vous ai blessé en vous comparant à un socialiste français, je le regrette. Dans mon esprit, ça n'était pas indigne », lui lance aussitôt Nicolas Sarkozy, provoquant les rires du président du Parlement Pöttering et de l'hémicycle.

Le socialiste français Gilles Savary juge, lui, ce dialogue « indécent et indigne ».

22 octobre. Le Parlement européen vote pour la création d'un véritable gouvernement économique de la zone euro [2] à une écrasante majorité. Nicolas Sarkozy s'est bien fait comprendre. C'est qu'à ce moment de la crise, il se verrait bien président d'un Eurogroupe réunissant les chefs d'État. Une présidence qu'il aimerait même exercer jusqu'à ce que la présidence de l'Union revienne à un pays appartenant à la zone euro. C'est-à-dire l'Espagne en janvier 2010.

---

1. Dans *Le Monde* daté du 28 octobre, Pierre Moscovici répond à cette boutade présidentielle dans une tribune intitulée : « Nicolas Sarkozy, le tout à l'ego ». « Emporté par son narcissisme et sa suffisance, le président français n'est pas un Européen conséquent. Non, monsieur Sarkozy, vous n'êtes pas devenu un socialiste européen. Vous n'êtes pas même réellement un Européen conséquent. » Et vlan !

2. Une idée qui revient à Pierre Bérégovoy quand il était ministre des Finances. Elle a été portée ensuite par DSK. C'est un combat diplomatique de la France. Les Allemands ont toujours dit non. Ils ne croient qu'à un principe : faites un bon budget et nous ferons une bonne politique.

Logique, car c'est la République tchèque qui succède à la présidence française en janvier 2009. Or, Vaclav Klaus, son Président, est un eurosceptique déclaré. Il se définit même comme un « dissident » européen. Son pays n'appartient pas à la zone euro et il affiche plus d'attirance pour Washington que pour Bruxelles. Il est aussi un anti-sarkozyste épidermique. Ensuite, au deuxième semestre 2010, ce sera le tour de la Suède, pays lui aussi hors de la zone euro. Nicolas Sarkozy espère que les Européens, conscients du vide que cette situation risque de créer en pleine bourrasque financière et économique, lui donneront gain de cause.

« C'est une bonne idée », commente alors Alain Lamassoure, député européen français qui joue un rôle éminent au Parlement de Strasbourg [1]. Mais il ajoute : « Il faut que le Président fasse très attention de distinguer l'Eurogroupe et sa personne. Dans l'idéal, il eût fallu que ce soit Jean-Claude Juncker qui le lui propose. » Or, celui-ci n'en a nulle envie. Il préside l'Eurogroupe au niveau des ministres des Finances, une instance qui se réunit chaque mois. Il n'entend pas perdre son magistère. « Sarko me prend pour un con, fulmine-t-il, mais je ne suis pas un con. Non, il n'y aura pas de structure permanente de ce type [2]. »

D'ailleurs, pour institutionnaliser ces euro-sommets à seize, une décision unanime serait nécessaire. Or ni

1. Il est président de la Commission des budgets.

2. La structure sera pourtant avalisée par les Dix-Sept en 2011. Le règlement de la crise grecque a fait bouger les lignes.

l'Allemagne, qui craint que cette nouvelle instance menace l'indépendance de la Banque centrale européenne, ni la Commission, qui veut préserver l'unité de l'Union à Vingt-Sept, n'y sont favorables. Tous ont jugé Nicolas Sarkozy exceptionnel. Ils saluent son obstination, sa réactivité, sa façon de bousculer la routine. Ils admirent sa capacité de travail surhumaine, sa résistance physique hors du commun : « Il est un leader pour temps de crise », reconnaît l'ancien ministre britannique Denis MacShane. Seulement, il est trop vorace, trop insatiable. Il fait peur. « Ma vie, je l'ai transcendée par l'impatience », se plaît-il à dire. Quand sa partenaire Angela Merkel répète : « Ma position, c'est de toujours décider le plus tard possible. »

Mais de la transcendance, ses partenaires n'en ont cure. Nicolas Sarkozy les irrite d'autant plus qu'il utilise un argument analogue pour continuer à présider l'Union pour la Méditerranée, puisque la Tchéquie et la Suède n'en sont pas riveraines. Trop c'est trop. On se calme.

23 octobre. Depuis l'été, les dépôts de bilan et les liquidations judiciaires se sont accélérés. En déplacement à Nancy, Nicolas Sarkozy annonce une batterie de nouvelles mesures en faveur des entreprises. Entre autres, un prochain allègement de la taxe professionnelle et la création d'un fonds d'investissement, le FSI.

25 octobre. Le président français participe à Pékin au septième sommet Europe-Asie. La crise s'est amplifiée. « Elle est sans précédent dans sa gravité, dans sa soudaineté, dans sa violence », lance-t-il

devant les dirigeants de quarante-trois pays. Les Vingt-Sept européens et seize asiatiques. Dans le huis clos des discussions, ses partenaires le voient tel qu'il est toujours : tenace et infatigable, pour arracher à la Chine sa participation au sommet du G20 à Washington. Et comme chaque fois qu'il insiste au nom de l'Europe, Nicolas Sarkozy prend à témoin son fidèle faire-savoir José Manuel Barroso. Toujours associé au succès, mais rarement à ses préparatifs. Le président de la Commission est candidat au renouvellement de son mandat. Il mise sur le président français pour l'aider à rempiler. L'activisme paye. Les Chinois viendront à Washington !

30 octobre. Nicolas Sarkozy convoque les patrons des grandes banques françaises en présence des préfets et des trésoriers payeurs généraux. Il a sorti le grand jeu pour leur rappeler leurs responsabilités. Il leur parle de « pacte moral », dit compter sur le médiateur du crédit, René Ricol, présent à la réunion, qu'il a nommé huit jours plus tôt pour « aller à la télévision dénoncer les exemples de restrictions de crédits dans chaque département de la part de chaque établissement ». Ça chauffe !

« J'ai dit à Nicolas : "Si tu veux que je te donne la tête d'un banquier, je pourrais pas travailler avec les autres", s'amuse René Ricol qui ajoute : En fait, le Président voulait leur mettre la pression. »

3 novembre. Médiateur du crédit depuis deux semaines, René Ricol tire un premier bilan des

difficultés rencontrées par les entreprises. Trois cents sont en grande souffrance faute de crédits bancaires [1].

Samedi 15 novembre. Nicolas Sarkozy a obtenu ce qu'il voulait. Les dirigeants des vingt plus grandes économies du monde (90 % de la richesse mondiale) se réunissent à Washington. Il veut voir dans cette assemblée le premier pas nécessaire pour réformer l'architecture financière mondiale. La veille, comme pour doucher son ambition, George Bush déclarait : « Cette crise n'est pas l'échec de l'économie de marché. La réponse n'est pas de réinventer le système. » Bien évidemment, les Vingt n'allaient rien changer en un jour. Mais au moins, les problèmes sont posés sur la table. Pour la première fois, des pays émergents sont représentés : l'Afrique du Sud, le Brésil, la Corée du Sud, l'Inde, l'Indonésie, le Mexique, l'Australie. Il y a aussi l'Arabie Saoudite, la Russie, la Turquie.

La déclaration finale énumère une série d'actions pour empêcher l'économie mondiale de sombrer dans une récession prolongée. « S'il y a bien un moment dans l'histoire économique moderne où une relance budgétaire devrait être utilisée, c'est maintenant », plaide Dominique Strauss-Kahn, alors directeur du

---

1. La médiation mobilise sur le terrain tous les acteurs économiques du financement des entreprises : la Banque de France, les assureurs de crédit, qui n'avaient pas été associés au dispositif public, et aussi l'ensemble des organisations socio-professionnelles. Deux ans plus tard, grâce à la médiation du crédit, trois milliards d'euros auront été mis dans le circuit, permettant de sauver ou de conforter deux cent vingt mille emplois.

FMI, lui aussi présent et qui juge « très positive l'initiative française ». Plusieurs champs d'action sont retenus : l'amélioration de la transparence des marchés et des produits dérivés ou encore la révision des pratiques de rémunérations des dirigeants des banques. Mais on est encore très loin de ce dont rêvait Nicolas Sarkozy à la tribune de l'ONU : un nouveau Bretton Woods. La déclaration finale ne contient aucune proposition sur les monnaies. Bien que se gargarisant beaucoup de régulations, il n'a pris aucune mesure contre les paradis fiscaux et rien dit sur le secret bancaire. Mais promis, juré, on en parlera plus tard. À Londres, le 31 mars 2009, lors de la réunion du G20 suivant. Et cette fois, Barack Obama sera présent [1].

Mais tout de même, le G20 a pris forme.

En France, Bernard Thibault, le patron de la CGT, moque « un sommet qui a accouché d'une souris ». « C'est plutôt un gros rat », ironise un conseiller de l'Élysée tandis que Nicolas Sarkozy parle, lui, d'une « réunion historique ». « Le chantier de la coordination mondiale est lancé, dit-il, il reste beaucoup de travail à faire, mais c'est passionnant. » Il est si satisfait qu'il s'autorise un week-end privé à New York avec Carla.

---

1. Alors que la France est en pleine « obamania », Nicolas Sarkozy espérait être le premier à le rencontrer en tant que président de l'Union européenne. Son avion était prêt à partir pour Chicago. Mais les services du nouveau président américain avaient fait répondre qu'il ne rencontrerait personne avant sa prise de fonction le 20 janvier.

21 novembre. En déplacement à l'usine Daher de Saint-Julien-de-Chédon, dans le Loir-et-Cher (un équipementier qui travaille pour l'aéronautique et le nucléaire et qui vient de racheter une filiale d'EADS), Nicolas Sarkozy présente les grandes lignes du fonds souverain à la française, le FSI. Qui sera doté de vingt milliards d'euros [1] et opérationnel dans les semaines qui viennent. Le fonds sera géré par la Caisse des dépôts. L'objectif : acquérir des prises de participation minoritaires dans des sociétés (PME ou grands groupes) qui ont besoin de fonds propres pour se développer ou dont le capital est menacé par des rachats hostiles en raison de l'effondrement de leur valeur boursière : « Nous voulons mettre l'argent public au service d'entreprises qui portent la croissance française. Mais le fonds n'a pas pour objectif de faire perdurer des entreprises qui ne sont pas viables », explique le chef de l'État.

30 novembre. Angela Merkel, qui a été réélue à la tête de la CDU avec 94 % des suffrages, persiste dans son refus de prendre une part plus substantielle au plan de relance que vient de présenter la Commission européenne. Les députés allemands ont en effet voté une relance du marché intérieur de trente-deux milliards d'euros. Cela va de la suppression de la vignette automobile à l'augmentation des allocations familiales, à partir du 1er janvier 2009. Avant d'aller

1. « Avec vingt milliards, on peut prendre cent tickets d'entrée à deux cents millions d'euros dans des entreprises, ça n'est pas rien », se réjouit Augustin de Romanet, le président de la Caisse des dépôts.

plus loin, Mme Merkel entend mesurer d'abord les effets de ce plan. En Allemagne, des experts, des journalistes, dénoncent sa frilosité. Nicolas Sarkozy, lui, en est convaincu : avec la baisse prévisible de ses exportations et un marché intérieur qui risque d'être atone, la Chancelière, explique-t-il aux journalistes, « sera contrainte de relancer en janvier [1] ». Bref, elle donnera satisfaction aux Européens, mais avec un temps de retard. Comme toujours.

5 décembre. Nicolas Sarkozy annonce son plan de relance. Vingt-six milliards d'euros. Ce qui va augmenter le déficit public français de près de 4 % du PIB [2]. Patrick Devedjian abandonne la direction de l'UMP. Il est nommé ministre de la Relance. La présidence européenne touchant à sa fin, Jean-Pierre Jouyet quitte, à sa demande, le gouvernement. Il est remplacé par le villepiniste Bruno Le Maire, germaniste distingué.

Le plan français est un plan de relance par l'investissement. « La meilleure relance est celle qui soutient l'activité », explique le Président. Tous les nouveaux investissements seront exonérés de taxes professionnelles. Les particuliers qui mettront à la

1. Ce qu'elle fera en effet. Fin janvier, les exportations ont chuté de 10 %. Un nouveau plan de 50 milliards d'euros servira à financer des baisses d'impôts pour les entreprises et les particuliers. On distribue aux familles un chèque de cent euros par enfant. C'est un plan de relance par la consommation.

2. Dans une tribune publiée dans *Le Figaro* et la *Frankfurter Allgemeine Zeitung*, Nicolas Sarkozy et la Chancelière écrivent noir sur blanc que le pacte de stabilité et de croissance devra – à titre temporaire – être appliqué avec souplesse.

casse un véhicule de plus de dix ans pour acheter un véhicule neuf ayant le label écologique toucheront une prime à la casse de mille euros. Le prêt à taux zéro sera doublé en 2009. Pour être consacré à l'achat d'un logement neuf. Soixante-dix mille logements supplémentaires seront construits. Un programme de rénovation de l'habitat insalubre est aussi lancé. Mais ce plan ressemble aussi à une relance de la consommation. « La logique qui nous inspire ne doit pas nous faire oublier ceux que la vie a maltraités », ajoute-t-il. Une prime de deux cents euros sera donc versée fin mars 2009 aux 3,8 millions de personnes éligibles aux minima sociaux. Cette mesure s'ajoute aux transferts sociaux (370 milliards en 2007) qui vont croître de 17 milliards d'euros en 2009, du fait des mesures déjà annoncées (revalorisation de 3 % des allocations familiales en janvier, de 6,9 % du minimum vieillesse en avril, etc. Dans la soirée, François Fillon intervient à son tour pour préciser : « Nous n'avons pas le choix. Ne rien faire nous coûterait bien plus cher et nos finances publiques s'en trouveraient ruinées par l'effondrement des recettes fiscales et l'explosion des dépenses induites par la montée rapide du chômage. »

Les économistes sont comme toujours très divisés. Jean-Paul Betbèze, du Crédit Agricole, juge que s'endetter est indispensable. « On aura 0 % de croissance l'an prochain, pour tenter d'avoir un demi-point de plus, il faut avancer de l'argent. Si l'on n'a pas de croissance l'an prochain, on aura 5 % de déficits. » Selon Thomas Piketty : « Parler d'un effort supplémentaire de l'État pour relancer l'économie relève de la manipulation comptable. Car l'essentiel des vingt-six milliards de dépenses annoncées était déjà prévu. L'État, déplore-t-il, a dépensé l'essentiel de sa marge de manœuvre à contretemps, avec le paquet fiscal de 2007. Le gouvernement aurait mieux fait de baisser la TVA comme l'ont fait les Britanniques. »

Vendredi 13 décembre. C'est presque la fin de la présidence française. Et pour Nicolas Sarkozy, un regret qu'il avoue lors de sa dernière conférence de presse. « Ce que j'ai fait m'a passionné. Ce fut pour moi une ouverture d'esprit et pas une charge. Pendant 180 jours, j'ai voyagé, j'ai rencontré tout le monde, j'ai pris en considération les remarques de tous et la nécessité du compromis, je me suis fait de nouveaux amis. L'Europe mérite d'être incarnée, d'être défendue. Mais pour qu'elle continue à se construire, poursuit-il, il faut donner à ses institutions davantage de vie et de souplesse. » Et d'évoquer l'ennui mortel des réunions anciennes. « Il faut que les chefs d'État et de gouvernement européens fassent de la politique. » Il rend hommage à José Manuel Barroso avec qui il a travaillé « main dans la main ». Il rend hommage à son équipe, Jean-Louis Borloo, Bernard Kouchner « l'ami indispensable », Jean-Pierre Jouyet, François Fillon (« on a fait tous les sommets ensemble »), à Jean-Claude Trichet « qui a fait un travail remarquable ».

« Est-ce que cela va me manquer ? » s'interroge-t-il. « Peut-être. » Et de conclure : « Les belles années de l'Europe sont devant nous. »

Pierre Sellal, le représentant permanent de la France à Bruxelles raconte, encore ébloui, le vote final du dernier Conseil européen sous présidence française, l'ultime moment où les Vingt-Sept doivent s'accorder sur les conclusions des experts dans les cinq domaines mis à leur programme par la France : trente pages écrites dans un jargon mi-anglais, mi-français. Une mauvaise synthèse des compromis. « Sur le dossier climat, qui devait selon Nicolas Sarkozy faire de l'Europe le champion de la lutte contre le réchauffement climatique, j'ai admiré la façon dont il se l'est approprié. Il a passé des heures à négocier avec les Polonais, les Tchèques, les Slovaques, avec Angela Merkel, à accepter des compromis pour les convaincre de conclure. » Il poursuit : « Ce jour-là, nous nous réunissons tous à 9 heures. Le Président m'annonce : “À midi tout doit être terminé.” Je lui réponds : “Monsieur le Président, il faudrait d'abord donner au moins dix minutes aux délégations pour qu'elles aient le temps de lire le texte.” Il me répond : “Pas question on commence tout de suite, mettez-vous à côté de moi.” On était à peine à la page 3 que tout le monde levait la main. Les chefs de gouvernement n'y comprenaient rien. Chacun rajoutait des amendements sur la suggestion de son conseiller technique. Je lui passais des bouts de papier avec des arguments pour répondre. Il les repoussait en me disant : “Non, on continue.” Avec un culot incroyable, il a houspillé tout le monde. Quelqu'un levait le doigt, il le rabrouait. Les gens autour de la table étaient abasourdis. Et lui, il avançait à la hussarde. Au bout d'une heure et demie, on avait passé en revue les trente pages. Et c'est là qu'il a conclu tout sourires : "Bon, puisque je vois que tout le monde est d'accord, on signe." Eh bien, figurez-vous que tout le monde s'est levé… pour l'applaudir. Une véritable ovation. Tous étaient contents de terminer sur une note positive. Et tous ont signé, heureux au fond de s'être faits violenter. Ça, c'est Sarkozy. »

En tant que doyen, Silvio Berlusconi prend la parole pour saluer « l'extraordinaire présidence française ». La fascination l'a donc emporté sur l'agacement. « Il a présidé avec brio », ajoute Gordon Brown.

« Lorsque Nicolas Sarkozy a pris la présidence de l'Union, note Alain Lamassoure, tout le monde ressentait le besoin d'un leader. Et il l'a été. Comme personne, il sait motiver les gens pour faire avancer les dossiers. Comme personne, il sait convaincre. Tous l'ont admiré, mais ils ne sont pas tombés amoureux. Ses manières, ses aspérités les ont parfois chiffonnés car il peut balancer des vacheries, mais le bateau européen affrontait les quarantièmes rugissants, on n'allait tout de même pas reprocher au skipper d'avoir mauvais caractère. » Cet ex-giscardien va même plus loin : « Il a des qualités sur la scène internationale que je n'ai connues à aucun autre. Ce qu'il a fait comme président de l'Union, aucun, pas même Giscard, n'aurait été capable de le faire. »

« L'Europe était menacée d'asphyxie par excès de grisaille. Il lui a fait du bien », ajoute un observateur.

« La présidence française a été pour Nicolas le grand moment de son quinquennat », croit pouvoir dire Franck Louvrier. Tandis que son directeur de cabinet, Christian Frémont, ajoute : « Durant ces six mois, il s'est réconcilié avec lui-même, la crise l'a repositionné. Il s'est remis à croire à la politique. »

Les polémiques continuent en France

Retour en arrière. 5 juillet 2008. Ce samedi-là, Nicolas Sarkozy prend la parole devant deux mille cadres de l'UMP, mouvement qu'il ne préside plus officiellement mais dont il est toujours le patron.

Il est heureux ce jour-là. Presque euphorique. Depuis le 1er juillet, il préside l'Union européenne. Il va pouvoir multiplier les initiatives avec une légitimité renforcée. Il a d'ailleurs invité José Manuel Barroso, le président de la Commission avec qui il entretient des relations chaleureuses et aussi le président allemand du Parlement européen, Hans-Gert Pöttering. Et c'est à eux, assis au premier rang, qu'il s'adresse en priorité. En entonnant un hymne à la construction européenne : « La plus belle idée du XXe siècle. » Bien qu'il juge « imprudent » l'élargissement rapide de la Communauté à de nombreux États alors qu'elle n'était pas dotée d'institutions adaptées. Et comme il ne doute de rien, il va, dit-il, s'employer à consolider ces institutions, main dans la main avec la Commission.

Toujours lyrique, il souligne que la France est bien placée pour remplir une telle tâche. Parce qu'elle fut l'une des premières à bâtir cette Communauté. Mais aussi parce que depuis son arrivée au pouvoir, elle change : « Beaucoup plus vite et plus profondément qu'on ne le croit. » La preuve : « Quand il y a une grève en France, personne ne s'en aperçoit. » Un propos qui fait s'esclaffer José Manuel Barroso, lequel traduit aussitôt les propos à son voisin allemand qui rit à son tour aux éclats comme s'il s'agissait d'une bonne blague, tandis que la salle applaudit à tout rompre. Il est vrai que l'instauration du service minimum dans les transports et à la SNCF a limité les effets d'une précédente grève lancée par un syndicat minoritaire. Et il est vrai qu'au fil des ans, cette réforme aura vraiment modifié les comportements. Il n'empêche : la France est toujours réputée en Europe pour sa « gréviculture ». Elle est le pays où les services publics battent des records de grèves. Il est vrai aussi que deux semaines plus tôt, le 17 juin, une journée de mobilisation décrétée par la CGT et la CFDT pour « la sauvegarde des retraites » n'avait pas rencontré le succès escompté. Il est vrai également qu'à l'Éducation nationale, le SNES et la FSU, pourtant d'ordinaire favorables à la grève, ont donné pour consignes aux enseignants de ne pas perturber le bac, cette institution si chère aux familles. Les syndicats apprendraient-ils à ménager l'opinion ? En attendant, le propos présidentiel, au moment où il est prononcé, sonne comme une vantardise blessante aux oreilles des syndicalistes, des mécontents et opposants politiques. Une gaffe ? Dans l'esprit de son auteur, il s'agissait en réalité de montrer à ses invités européens que la France, c'est-à-dire lui, s'attaquait enfin à des réformes capitales. Et qu'il faudrait donc lui témoigner quelque indulgence si elle ne parvenait pas à combler ses déficits aussi vite que Bruxelles l'exige.

Reste que cette petite phrase glissée dans un discours de quarante-cinq minutes prononcé sans aucune note est restée dans les mémoires au titre de « gaffe présidentielle » regrettable. En réaction, Bernard Thibault, le patron de la CGT, s'empresse d'annoncer une nouvelle journée de protestations… le 7 octobre. Car il ne s'agit pas de perturber les allées et venues vacancières. Mais Nicolas Sarkozy est ainsi fait. Il a le goût de la provocation et y cède souvent.

Le lundi précédent, il avait soulevé l'émotion des militaires. L'affaire vaut d'être contée : la veille, le troisième RPIMa, basé à Carcassonne, organise comme chaque année une fête pour le public. Au programme, une série de démonstrations des capacités exceptionnelles de ce régiment d'élite. Le dernier exercice mimant une libération d'otages. Las ! Un jeune sergent tire en direction de la foule avec des balles réelles. Un accident. Son arme, bien sûr, n'aurait dû être chargée que de balles à blanc. Par miracle, personne n'est tué, mais on relève tout de même dix-sept blessés dont un homme atteint au thorax et deux enfants de 11 et 3 ans grièvement. Plusieurs victimes garderont un léger handicap à vie. Une énorme bavure, donc.

Le responsable de cette tragédie est le munitionnaire : celui qui après chaque exercice de tir doit veiller à ce que chaque soldat lui rende les balles non utilisées. Cette mesure de sécurité, d'une évidente nécessité, n'a pas été respectée. Une faute lourde qui aurait pu avoir des conséquences catastrophiques. Le coupable est, bien entendu, sanctionné. Et la tradition militaire veut que les chefs présentent dans de tels cas leur démission, même s'ils ne sont pas impliqués directement dans l'affaire. « J'ai convoqué illico le général Cuche, le chef d'état-major de l'armée de terre », explique le général Georgelin, chef d'état-major des armées, pour lui dire combien cette affaire était une honte et discréditait l'armée. « Tu dois démissionner, lui ai-je dit. »

Démissionner ? C'est ce que laisse entendre, dans l'avion, au ministre de la Défense Hervé Morin, le général Cuche, lorsqu'ils se rendent le jour même à Carcassonne.

Bousculant son agenda, comme il le fait très souvent, Nicolas Sarkozy se rend le lendemain au chevet des blessés, pour rencontrer des familles encore sous le choc. Après quoi, dans le hall de l'hôpital, il exprime sa colère et lance devant le général Cuche : « Tout cela n'est pas professionnel, c'est de l'amateurisme. » Des mots sévères. Mais justes. Qui pourrait dire le contraire ? Mais ils sont prononcés avec cette virulence extrême, dont le Président fait toujours preuve – la traduction de son émotion – lorsqu'il vient de rencontrer des victimes. Et comme toujours, la rumeur, cette fois encore, transforme et déforme. Assez pour créer le malaise. Des officiers ont cru entendre : « Vous n'êtes pas des professionnels. » Comme si le Président, chef des armées, jetait l'opprobre sur tout le corps militaire. Insupportable. Après un ultime entretien avec son supérieur, le général Georgelin, qui lui redit avec fermeté : « Tu dois démissionner », le général Cuche obtempère et informe Hervé Morin de sa décision. Le ministre appelle pour l'informer Claude Guéant qui lui répond : « Ça aurait de la gueule. » Puis rappelle un quart d'heure plus tard pour dire : « Le Président est d'accord. » L'Élysée n'a donc pas cherché à retenir le général. « Alors que Sarkozy couvre les bavures policières, il ne nous aime pas », grognent certains militaires, qui généralisent trop rapidement. Ils n'ont pas apprécié, c'est vrai, que la sécurité à l'Élysée ne soit plus assurée que par des policiers. Il n'y a plus de gendarmes.

Du coup, plusieurs journaux évoquent une crise de confiance, voire un divorce entre le chef de l'État et les armées. *Le Journal du Dimanche* croit pouvoir annoncer à la Une, « un 14 Juillet explosif ». D'autres laissent même entendre que certains officiers pourraient refuser de saluer la tribune présidentielle comme il en avait été question lorsqu'une partie de l'armée n'acceptait pas la politique algérienne du général de Gaulle… Une chose est certaine : des députés UMP font état de la nervosité des officiers qu'ils rencontrent dans leurs circonscriptions.

« Avec les militaires, n'y êtes-vous pas allé un peu fort, lorsque vous avez traité le chef d'état-major de l'armée de terre d'amateur ? interroge *Le Monde*, qui publie le 17 juillet une interview du Président.

— Mais je n'ai jamais dit cela, c'est un mensonge. Pour le reste, je n'étais pas très content après la tragédie de Carcassonne, c'est vrai, on le serait à moins. Je suis le chef des armées. Il est normal que je prenne des décisions quand il y a des dysfonctionnements. On annonçait un 14 Juillet explosif, on allait voir ce qu'on allait voir. J'ai descendu les Champs-Élysées devant des dizaines de milliers de Français, j'ai vu passer des centaines de militaires, j'ai eu des centaines de contacts. Le décalage entre la vie réelle et la vie décrite par certains est sans doute un problème. »

Si le défilé du 14 Juillet n'a de fait connu aucune fausse note, il est indéniable qu'entre les chefs militaires et le Président, le climat est loin d'être au beau fixe. C'est qu'avant l'affaire de Carcassonne avait été publié un Livre blanc de la Défense. Autrement dit, un ensemble de réformes, de révisions géostratégiques et l'élaboration d'une nouvelle carte militaire : trente-trois déménagements de régiments, la disparition d'un certain nombre d'unités et de sites. Toutes mesures précédées de semaines de discussions, y compris avec les élus locaux : quand une ville perd « son régiment », elle pleure. Les plus antimilitaristes savent bien que l'économie locale va en souffrir. Le gouvernement veut en effet supprimer en six ans 54 000 emplois civils ou militaires. Les personnes touchées, leurs familles sont aussi des consommateurs.

Bien des maires, et de toutes tendances politiques, s'inquiètent ou protestent. François Fillon a promis, certes, de débloquer 320 millions de subventions d'investissement pour venir en aide à leurs communes, mais de telles promesses ne rassurent jamais vraiment.

Côté armée, c'est Nicolas Sarkozy lui-même qui s'est employé à calmer les esprits. Le 30 mai, il a adressé une lettre à chacun des trois cent vingt mille membres militaires ou civils du personnel de la Défense pour expliquer la nécessité de la modernisation entreprise. En concluant : « Je sais le sens de l'intérêt général et de la discipline, vous avez toute ma confiance. » Et le 17 juin il avait réuni trois mille officiers au parc des expositions de la porte de Versailles afin de détailler « les grandes décisions prises pour la stratégie de défense et de sécurité nationales » en indiquant qu'il conviendrait de s'appuyer davantage sur l'Union européenne (dont il serait bientôt président) et l'OTAN... Mais ce 17 juin, justement, *Le Figaro* publie dans ses pages « débats » les commentaires critiques et désabusés d'un groupe d'officiers supérieurs contraints par la discipline des armées à se dissimuler sous un pseudonyme. Ils ont choisi celui de « Surcouf », grand corsaire comme on le sait, qui ne craignait pas de dire son fait à Napoléon, lequel le fit tout de même baron d'Empire. Le texte ainsi signé provoque une vive colère à l'Élysée. Nicolas Sarkozy menaçant même de rayer les militaires de la prochaine promotion de la Légion d'honneur. Ce qu'il ne fera pas. Comme il est normal, Claude Guéant demande au ministre de la Défense de « lancer une enquête sur ce manquement aux obligations du statut militaire ». L'enquête n'aboutira pas. Le général Cuche, en démissionnant, précise, lui, qu'il approuve tout à fait les réformes, à ses yeux absolument nécessaires, engagées par le gouvernement. Et bien que la quasi-totalité des trois états-majors des armées ait partagé – semble-t-il – cette opinion, cette deuxième polémique a donné le sentiment d'un mauvais climat entre l'Élysée et l'armée. Or, comme le souligne le général Georgelin, le Président a des qualités qui plaisent aux militaires. Ils sont sensibles à son courage, ses prises de risques, sa capacité à employer la force.

Une troisième polémique éclate à la fin du mois d'août, alors que Nicolas Sarkozy devrait pouvoir savourer les retombées positives de son intervention dans la crise géorgienne. Il a gagné quatre points de popularité dans les sondages [1]. Une appréciable remontée. Or, à la fin août donc, une cinquantaine de militants nationalistes corses occupent pacifiquement, quelques heures durant, le jardin de la propriété de l'acteur Christian Clavier, lequel est alors absent. Ils entendent protester contre le plan d'aménagement et de développement de la Corse que ces indépendantistes considèrent comme l'instrument d'une colonisation qu'ils abhorrent. Ils n'essayent pas de pénétrer dans la villa, mais demeurent au bord de la piscine et se retireront sans avoir fait subir de déprédations à la propriété. Rien de très grave donc. Un péché véniel aux yeux des Corses. Mais il se trouve que cette propriété n'a pas été choisie par hasard. Christian Clavier est un ami personnel de Nicolas Sarkozy.

Deux jours plus tard, le coordinateur des services de sécurité intérieure en Corse, Dominique Rossi, est démis de ses fonctions et muté à l'IGPN, la police des polices. L'affaire n'est pas mince : Dominique Rossi, 59 ans, contrôleur général, chapeautait jusque-là police et gendarmerie dans l'île de Beauté. Un poste qui avait été créé sur mesure pour lui. Il dirigeait le cabinet du préfet délégué à la sécurité Christian

---

1. Il a gagné 12 points chez les ouvriers, 15 dans les foyers les plus modestes et 10 chez les personnes les moins diplômées. Comme si le chef de l'État avait renoué avec le peuple, souligne l'hebdomadaire. Sondage IPSOS/*Le Point* du 28 août.

Lambert lors de l'arrestation d'Yvan Colonna, assassin présumé du préfet Érignac. Il aurait pu partir en retraite en avril 2008, mais on lui avait demandé de rester en fonctions. Corse lui-même, il connaît parfaitement l'île et ses hommes. Il a choisi de tolérer cette action des indépendantistes, plutôt que de l'empêcher par la force, au risque d'éventuels incidents.

Les réactions à cette sanction ne vont pas tarder. Sur Europe 1, François Hollande déclare benoîtement « se refuser à croire qu'il existe un lien entre l'importance de la sanction et l'amitié du Président pour Christian Clavier ». Lequel, il faut le signaler, n'avait rien demandé.

Sur France Inter, François Bayrou dénonce « le fait du prince ». Et il y va de bon cœur. « Ce sont, ajoute-t-il, des décisions arbitraires et disproportionnées qui montrent à quoi on arrive quand les pouvoirs sont ainsi concentrés entre les mêmes mains, quand le copinage avec les puissants remplace la raison d'État. On vient d'inventer le crime de lèse-copain de Sa Majesté. Au-delà du caractère dérisoire du motif et de la disproportion de la sanction, c'est l'État qui est en cause. Les fonctionnaires savent qu'ils sont à la merci de n'importe quel mouvement d'humeur de l'homme qui détient tous les pouvoirs. »

Surtout, ce limogeage fait très mauvais effet dans la police. Le secrétaire général adjoint du syndicat des commissaires, Emmanuel Roux, regrette une sanction qui punit un homme qui n'a pas commis de faute. « Notre métier est d'arbitrer. Son choix a été excellent, car il n'y a pas eu de dégâts chez Clavier, la manifestation s'est bien passée. » Et d'interroger :

« Qu'est-ce qu'on lui aurait fait si face à des forces de police lourdes, les manifestants s'étaient rebellés devant ce que l'on aurait pu appeler une provocation policière ? Ils auraient pu casser le lotissement. Alors, aurait-on fusillé Rossi ? »

En Corse, les policiers, les gendarmes s'avouent estomaqués par cette mutation intempestive à l'heure où l'île connaît une période plutôt calme. « Est-ce qu'on mesure bien à Paris, demande-t-on, ce qu'il faut d'années de réflexions, d'informations et d'expériences pour devenir directeur de la sécurité publique ici et obtenir des résultats que tout le monde considère comme remarquables ? »

Tous ou presque s'accordent à dire ou à penser que l'abus de pouvoir affaiblit le pouvoir. Si, du côté de l'UMP, les porte-parole jugent qu'il est normal de sanctionner une erreur, on sent bien que le cœur n'y est pas. Questionné, François Fillon refuse de commenter l'affaire. La presse s'interroge sur la marge de manœuvre dans ce dossier de Michèle Alliot-Marie, la ministre de l'Intérieur. Le 3 septembre, Nicolas Sarkozy déclare en Conseil des ministres qu'il soutient pleinement la décision de sa ministre (qui n'y est pour rien, son cabinet lui a appris la nouvelle alors qu'elle était en avion). « Lorsqu'on est préfet, on assume ses responsabilités », dit-il.

Mais chacun le sait ou le pressent, la décision est partie de l'Élysée. Christian Frémont, le directeur de cabinet du Président, l'avoue tout net : « Nous avons eu de grosses discussions. Nous n'étions pas tous d'accord. C'est Pierre Charon qui a fait le forcing. Il réclamait des sanctions. Longtemps, il s'était occupé de la communication de Christian Clavier et c'est lui, finalement, qui a emporté la décision. »

« J'ai fait mon boulot, je n'ai rien à me reprocher », déclare quatre jours plus tard Dominique Rossi au *Monde*. « J'avais alerté les gendarmes en leur demandant de prendre des dispositions préventives, mais de n'intervenir qu'en cas d'incident. S'il n'y en a pas, il est rare d'intervenir *a priori*. »

Nicolas Sarkozy se défend d'être intervenu dans cette affaire : « J'ai une ministre de l'Intérieur qui a fait son travail. » Mais il ne convainc guère.

Et dans la France continentale, bien des policiers de sécurité publique, de police judiciaire, voire de la brigade antigang, expriment ouvertement leur malaise. Et surtout regrettent qu'une si petite histoire, qui serait passée inaperçue, soit devenue une affaire d'État. Hors de proportions. Une mauvaise affaire pour le Président.

Quelques succès aussi

Au moment où commence, en juillet, sa présidence européenne, Nicolas Sarkozy peut se targuer de deux belles réussites. La libération d'Ingrid Betancourt au début du mois ; l'adoption par le Congrès de sa réforme sur la Constitution, trois semaines plus tard.

Le 4 juillet, il se rend, en effet, en compagnie de son épouse, sur l'aéroport de Villacoublay pour accueillir la Franco-Colombienne. Elle a été libérée deux jours plus tôt par l'armée colombienne. Dès sa descente d'avion, elle se dit heureuse de retrouver « sa douce France ». Laquelle en a fait presque une icône depuis son enlèvement par les rebelles des FARC, six ans plus tôt. Son portrait en grande dimension n'est-il pas affiché sur la façade de la mairie de Paris ? Et c'est à la mobilisation sans répit de comités de soutien et de gouvernements successifs que la Franco-Colombienne attribue sa capacité à avoir tenu le choc pendant ses 2 321 jours de captivité.

« Sans cet acharnement de six ans il n'y aurait pas eu cette opération militaire qui a conduit à sa libération », déclare Bernard Kouchner, histoire de récupérer en partie ce succès pour la France. Depuis des années, certes, les diplomates français n'avaient pas de mots assez durs en privé contre Uribe, le président colombien dont ils récusaient la stratégie militaire quand Paris prônait la négociation. Mais depuis son arrivée au pouvoir, Nicolas Sarkozy n'a pas ménagé sa peine. Il avait enregistré à la fin de 2007 et le 1er avril 2008 deux messages. L'un à la radio, destiné aux otages, l'autre à la télévision, qui s'adressait directement à Manuel Marulanda, le chef des FARC (décédé entre-temps d'une crise cardiaque selon ses proches, mais plus vraisemblablement des suites des bombardements de l'armée colombienne dans la zone). « Vous avez un rendez-vous avec l'Histoire, ne le manquez pas », lui avait-il lancé en lui demandant de relâcher Ingrid Betancourt « en danger de mort imminente ».

Il avait aussi espéré le soutien du président vénézuélien Hugo Chavez, ennemi intime d'Uribe, dont le territoire sert de bases arrière aux FARC ; grâce à celui-ci en effet, six otages civils (dont Clara Rojas, ex-collaboratrice d'Ingrid Betancourt) avaient été libérés en janvier 2008. De quoi renforcer la confiance de Nicolas Sarkozy qui deux mois plus tôt, le 20 novembre 2007, avait reçu Chavez à l'Élysée, malgré la désapprobation du président colombien. Et ce souci, cette volonté d'aboutir ne le quittaient pas. En février 2008, depuis l'Afrique du Sud où il était en visite avec Carla, Nicolas Sarkozy, évoquant les témoignages accablants des otages libérés sur la cruauté de la guérilla, s'était écrié : « Le martyre imposé à Ingrid Betancourt, c'est un martyre que les FARC infligent à la France. »

Le 24 avril, lors d'une interview télévisée, il déclarait : « Je me suis engagé à faire libérer cette femme qui vit un martyre, nous y arriverons, je ne céderai pas, je ne renoncerai pas. » Le plan de Nicolas Sarkozy prévoyait l'échange de l'otage français avec trente-huit détenus (dont trois américains) contre une grâce signée par le président Uribe en faveur de guérilleros des FARC condamnés à de lourdes peines. Nicolas Sarkozy avançait même que ceux-ci pourraient être accueillis en France en tant que réfugiés politiques, ce qui avait provoqué dans l'Hexagone des réactions pour le moins diverses.

En mai encore, il avait demandé à son homologue vénézuélien de poursuivre sa médiation. Le mois précédent, la France, soutenue par la Suisse et l'Espagne, avait envoyé un avion en Colombie. Une mission humanitaire dans l'espoir d'avoir ainsi accès à la prisonnière. Les FARC n'avaient pas répondu, jugeant cette initiative « ingénue ».

Selon des notes diplomatiques américaines divulguées ensuite par le désormais célèbre site WikiLeaks (aujourd'hui fermé), Nicolas Sarkozy était même prêt à rencontrer personnellement le chef des FARC et à lui payer une rançon. L'ambassadeur colombien à Paris, Fernando Cepeda, expliquait l'obsession de Sarkozy à faire libérer la Franco-Colombienne (qu'il ne connaissait pas) par sa rivalité avec Dominique de Villepin, grand ami de la prisonnière, lorsqu'ils étaient étudiants, qui lui aussi avait envoyé une mission quelque peu rocambolesque pour la faire libérer. Et qui avait échoué.

Mais quand Ingrid Betancourt recouvre enfin la liberté le 2 juillet, c'est grâce au président colombien. Uribe a en effet monté en juin, dans le plus grand secret, un scénario digne d'Hollywood. L'armée colombienne avait intercepté les communications échangées par les divers responsables des groupes d'otages, ce qui permettait de leur transmettre de faux ordres, dont celui d'emmener les otages sous prétexte d'opérations humanitaires en un lieu donné où les attendraient des hélicoptères (repeints en blanc) et des commandos militaires (déguisés en faux journalistes et faux humanitaires). Le stratagème avait fonctionné comme prévu. Les guérilleros, croyant obéir à leurs chefs, avaient livré les otages le 2 juillet à 13 h 30.

Nicolas Sarkozy, tenu à l'écart de l'opération (qu'il aurait sans doute récusée), n'est averti du dénouement qu'un quart d'heure seulement avant les agences de presse. L'administration Bush informée par Uribe, elle, avait contribué au succès grâce à un satellite espion. L'austère Uribe se trouvait au sommet de sa gloire. Jadis son ennemi juré, Ingrid Betancourt doit saluer sa maestria et le remercier.

Cependant, en arrivant en France deux jours plus tard, Ingrid Betancourt veut rendre grâce à Nicolas Sarkozy et à la mobilisation de tant de bénévoles.

À peine descendue de l'avion, on la voit saisir la main du Président afin de souligner le rôle de la France. « Le gouvernement colombien, dit-elle, a mis au point une stratégie différente. Mais cette opération extraordinaire, parfaite, impeccable de l'armée colombienne qui me permet d'être aujourd'hui avec vous, est aussi le produit de votre lutte. Vous m'avez sauvé la vie parce que si votre réflexion n'avait pas été faite au bon moment et avec la force et l'énergie qui sont les vôtres, probablement nous aurions connu d'autres échecs. »

Une bonne opération pour Nicolas Sarkozy. Qui peut nier que son volontarisme a payé, même s'il n'est directement pour rien, c'est vrai, dans la libération de l'otage ?

« Sarkozy n'y est pour rien », tranche Ségolène Royal.

Il y est quand même pour quelque chose.

2009

LE BRUIT ET LA FUREUR

CHAPITRE 1

L'année des polémiques

Vingt-deux discours de vœux en un mois ! Vingt-deux discours en presque vingt-deux lieux différents.

Alors que ses prédécesseurs bouclaient ce type de cérémonie officielle en une bonne semaine et sans sortir de l'Élysée, Nicolas Sarkozy innove et court à travers le pays pour s'adresser à des publics spécifiques. Aux policiers et aux gendarmes à Orléans, auxquels il promet un versement de cent millions d'euros pour financer entre autres l'acquisition de cinq mille véhicules ; au monde de la culture à Nîmes, cent millions de plus chaque année jusqu'à la fin de sa présidence, pour la rénovation du patrimoine. Il annonce aussi la gratuité des musées pour les moins de 25 ans et les professeurs. Aux « forces vives et économiques », selon l'appellation contrôlée, à Vesoul ; aux enseignants et aux lycéens à Saint-Lô [1] : « Notre

1. Pour n'avoir pas pu empêcher une manifestation dont les clameurs avaient couvert la voix du Président en visite dans une école, le préfet de la Manche est limogé. Après quoi, par crainte

société traverse une crise de l'avenir. » Au corps diplomatique : « L'Europe doit s'exprimer d'une seule voix. Ou bien nous subirons la crise, ou bien nous rebondirons grâce à elle. Nous irons ensemble vers ce nouvel ordre mondial et personne ne pourra s'y opposer. » Sans oublier à Paris le monde judiciaire auquel il fait part de son intention de supprimer le juge d'instruction [1] « qui cédera la place au juge de l'instruction ». Nuance !

Combien de fois ne l'avait-il dit : « Les Français ne m'en voudront jamais d'en faire trop. »

« Il veut donner sa feuille de route à chaque ministère », explique Claude Guéant.

Après un semestre occupé à sillonner l'Europe et le monde, le Président veut reprendre pied sur le terrain national. Son exigence de tout avoir en main (ou du moins de le croire) est son moteur.

L'intention est louable mais le résultat contre-productif : trop de discours tue le discours. Les Français finissent par ne plus prêter attention à ses propos – une à deux minutes chaque soir – que les chaînes de télévision se croient tenues de leur rapporter aux 20 Heures.

---

de subir le même traitement que leur collègue, les préfets interdiront toute circulation dans les villes visitées par le Président, au grand désagrément des habitants. Y faisant allusion lors d'une réunion à Paris le 1er février, Martine Aubry accuse : « Nicolas Sarkozy défigure la République, il se croit propriétaire de la France. »

1. Sans attendre les conclusions du rapport de la commission Léger, prévu pour le mois de février. Ses membres regretteront que le Président « veuille comme toujours que les choses soient faites avant qu'elles ne soient commencées ».

Pas le temps de saisir où le Président veut en venir. Sa communication devient anxiogène. Au lieu de rassurer, il inquiète, il agace, il sature. En ce début d'année, leur moral est au plus bas. La crise financière se double d'une crise économique sans précédent. S'ils ont apprécié son dynamisme de président de l'Europe, et même qu'il les prévienne le 31 décembre : « Les difficultés qui nous attendent sont grandes. Je suis plus décidé que jamais à y faire face », ils préféreraient qu'il leur dise comment. Et comprendraient qu'au lieu de galoper d'un bout à l'autre du pays en torturant son organisme, il prenne un peu de temps pour souffler. Et puis, être toujours en première ligne sans filtre protecteur est un comportement à haut risque : si un jour le Roi est nu, c'est bien parce qu'il se sera déshabillé tout seul.

« Nicolas Sarkozy ne capitalise jamais sur un événement positif », s'étonne un diplomate.

« Nicolas ne connaît pas la belle vie, le farniente, la liberté, celle que l'on pourrait avoir avant de mourir. Il travaille tout le temps, c'est un drogué du boulot, sa vie est une ascèse. Le bling-bling ? Je ne sais vraiment pas d'où ça vient », ajoute Carla.

Les difficultés économiques et sociales s'accumulent, il le confesse en privé : « Je n'ai pas tous les éléments. Combien de temps la crise va-t-elle durer, y aura-t-il un fort rebond ensuite ? Je ne le sais pas et d'ailleurs, personne ne le sait. »

Alors que les usines françaises sont arrêtées pour chômage technique, il reçoit la filière automobile à laquelle le gouvernement octroie un prêt de six milliards d'euros. Il veut inciter les constructeurs à s'engager plus en avant dans la filière électrique. Il fait son travail.

Et pourtant le doute s'insinue dans la majorité [1].

Malgré son omniprésence médiatique, Nicolas Sarkozy se fait voler la vedette. La France entière regarde ailleurs. Elle s'énamoure de Barack Obama, le nouveau président des États-Unis, longiligne et félin, à l'allure patricienne. Lorsque, dans son discours d'investiture de facture kennédyenne, il promet d'engager « le travail de restauration de l'Amérique, en respectant les règles de la morale et de la fraternité », et fait répéter à

1. Nicolas Sarkozy invente le remaniement permanent en procédant par ajustements successifs. Le 12 janvier, lors de son déplacement à Saint-Lô, il souhaite que Martin Hirsch, dont les prérogatives sont élargies à la jeunesse, mette en place un véritable droit à l'autonomie des jeunes – « encore des dépenses ! » s'inquiète l'UMP. Bernard Laporte, secrétaire d'État aux Sports, voit ainsi ses fonctions réduites. Trois jours plus tard, Nathalie Kosciusko-Morizet, secrétaire d'État à l'Écologie, est nommée secrétaire d'État à la Prospective et à l'Économie numérique. Un coup de théâtre de dernière minute, décidé « dans la nuit » selon François Fillon. Son manque de cohésion avec son ministre Jean-Louis Borloo a fini par convaincre l'Élysée de la rétrograder. Elle remplace Éric Besson qui, lui, est promu : ministre de l'Immigration, de l'Intégration, de l'Identité nationale et du Développement solidaire. Brice Hortefeux, qui occupait ce poste, se voit confier le ministère du Travail, des Relations sociales, de la Famille et de la Ville. Une promotion à double tranchant dans un climat social électrique. Le 21 janvier, Chantal Jouanno est nommée secrétaire d'État à l'Écologie. L'UMP change de cap, Patrick Devedjian, nommé ministre de la Relance en décembre, cède son fauteuil de secrétaire général à Xavier Bertrand. À lui la charge de redynamiser le parti avec obligation de résultat aux élections européennes en juin et aux régionales en 2010.

la foule « Yes we can ! », il fait chavirer les âmes américaines et rêver les Français. On lui prête toutes les vertus, il va faire des miracles. La presse, les chaînes de télévision et de radio n'en ont que pour lui et pour elle aussi, Michelle, sa femme, Junon majestueuse, amante et maternante. Si vite à l'aise dans le rôle de Première dame de l'Amérique. Il suffit de voir comment elle a déjà appris à leurs deux petites filles à tenir leur rôle de princesses démocratiques.

Ce couple solaire, uni, glamour, charme le peuple français.

À l'automne, Nicolas Sarkozy en avait fait la confidence à quelques journalistes : la concurrence médiatique avec le couple Obama sera rude. Il ajoutait : « Vous avez vu le monde, il est vaste, on peut être deux ou trois. »

Raison de plus, croit-il, pour aller se faire voir sur le terrain, ne pas baisser la garde. Le pouvoir est une bataille permanente.

Avec Jacques Chirac, l'atmosphère était plus paisible. On ne l'entendait que deux fois par an : pendant huit jours, lors des vœux, puis le 14 Juillet, le jour de la fête nationale. Le reste du temps, il faisait don de son silence à la France. À ses ministres trop entreprenants, il ordonnait : « Je ne veux pas voir les gens dans la rue, alors tu te calmes. » Justement, en ce début d'année, l'ancien Président se hisse au rang numéro un des hommes politiques préférés des Français. Il est, comme par hasard, l'exacte antithèse de Nicolas Sarkozy. Qui en est ulcéré bien sûr.

Devant les députés UMP qu'il réunit à l'Élysée le 8 janvier, il ne peut s'empêcher de se démarquer : « Je préfère être omniprésident que roi fainéant. Car, on en a connu ! » Les élus comprennent qui est visé. Les chiraquiens s'agacent de cette pique inutile.

« Je lui disais : mais à quoi ça te sert d'attaquer tout le temps Chirac, il n'est plus rien, il ne te gêne pas, chaque fois il me répondait : "C'est vrai, tu as raison", mais c'était plus fort que lui », témoigne Alain Juppé.

« Toujours son besoin de convaincre qu'il en fait plus que les autres et qu'il est meilleur que ses prédécesseurs », renchérit Michèle Alliot-Marie.

Nicolas Sarkozy ne dételle pas.

Les partenaires sociaux, comme on appelle officiellement les syndicats (et le patronat, ne pas l'oublier), ont eu droit, eux aussi, à des vœux particuliers alors que jusque-là, on les mêlait aux forces dites « vives ». Cette attention nouvelle les a peut-être flattés, mais pas dissuadés de manifester ensemble à l'initiative de la CGT, le 29 janvier, contre le plan de relance qu'ils jugent « insuffisant ».

« Comparé à ce que fait l'Allemagne, ça n'est pas sérieux. Ce plan fait de la France le mouton noir de l'Europe », cingle Martine Aubry [1]. Qui ajoute : « Il faut faire comme Obama. »

Huit jours avant la manifestation, la première secrétaire avait présenté le plan du PS, qui reprenait d'anciennes formules. C'est un plan de relance par la

1. Angela Merkel vient de présenter son plan de relance : 50 milliards d'euros sur deux ans. Mais elle bénéficie de rentrées confortables : l'Allemagne est la première exportatrice mondiale. Obama a fait adopter le sien : 787 milliards de dollars, que les Républicains ont refusé de voter.

consommation : augmentation de 3 % du SMIC, hausse de la prime pour l'emploi et du taux d'indemnisation du chômage partiel, création d'un chèque-crise de 500 euros pour les bénéficiaires de minima sociaux. Coût selon l'UMP : 50 milliards d'euros. François Hollande met en garde la direction du PS contre les risques d'une dérive inconsidérée des déficits publics, la tentation de soutenir toutes les revendications et, partant, de renouer avec les vieilles habitudes. « Celles du grand écart entre le discours d'opposition et la pratique du pouvoir. »

« La relance par la consommation ? Une erreur. Cela a été fait deux fois, d'abord par Mitterrand en 1981, ensuite par Chirac et dans les deux cas, ça n'a servi à rien, on a versé de l'eau sur le sable », commente Nicolas Sarkozy.

Ce 29 janvier, le Parlement adopte la loi de finances rectificative pour 2009, qui accorde au gouvernement 26 milliards d'euros. Le plan a été préparé par Bercy. Il est destiné à des projets d'investissement Ce sont des dépenses ciblées, immédiates, temporaires qui n'entraînent pas de dépenses à long terme [1]. Car l'état de nos finances ne permet pas d'aller plus loin.

« Sous-dimensionné, déséquilibré, plan *a minima* », déplore Lionel Jospin.

---

1. Le 2 février François Fillon annonce à Lyon les mille premiers projets du plan de relance par investissement : construction de cent mille logements sociaux et aussi vingt mille rénovations, des travaux sur les ponts, les routes et même cinquante-trois cathédrales. De quoi créer de l'activité très vite. Il promet des effets bénéfiques sur l'emploi.

La manifestation – grand rituel franco-français – est un succès : deux millions et demi de participants, selon les organisateurs, un million selon la police. Refrain habituel. La manif est une liturgie de la contestation, une catharsis libératrice. Les utopistes viennent y ranimer leurs ardeurs, les vindicatifs y purger leurs humeurs, le service public défendre le *statu quo*. On vient sur le boulevard crier sa colère contre la vie chère, le chômage, les banquiers pervers, les bonus exorbitants des traders, les salaires indécents des dirigeants du CAC 40. Et bien sûr donner de la voix contre Sarkozy, omniprésent, donc omniresponsable.

Selon un sondage publié le lendemain par *La Tribune*, 46 % des manifestants voulaient exprimer leur inquiétude causée par la crise. 47 % leur mécontentement à l'égard du Président.

Pour la première fois, le taux de grévistes dans la fonction publique est en baisse mais il y a en revanche plus de salariés du privé. Le mouvement a été peu suivi dans les transports, le service minimum dans les écoles pour les élèves de professeurs grévistes commence à fonctionner. Après avoir renâclé, beaucoup de villes socialistes – Nantes, Dijon, Grenoble – l'ont organisé. Comme toujours, la gauche accompagne le mouvement. La veille, le Parti socialiste avait déposé une motion de censure au Parlement.

La manifestation s'est déroulée sans violence, les services d'ordre de la CGT y veillent. « Avant chaque manif, je téléphonais aux syndicats pour organiser la répartition des tâches avec la police sur tout le parcours. Eux comme nous, n'avions aucun intérêt à ce qu'elle dégénère », révèle Michèle Alliot-Marie, alors ministre de l'Intérieur.

« Les syndicats ont deux fonctions : négocier et protester. Quand ils protestent de manière normale, nous les respectons », dit Raymond Soubie qui ajoute : « Encore faudrait-il savoir, dans une crise mondiale, pourquoi et contre qui l'on manifeste. »

Alerté par les cris et les slogans, l'Élysée publie un communiqué le soir même : le Président recevra les syndicats à la mi-février.

En dépit des multiples discours présidentiels et parfois à cause d'eux, la fronde sociale gagne tous les secteurs. La cherté de la vie embrase les Antilles. Les produits de consommation courante, les yaourts, les tomates, le cacao coûtent 40 % plus cher que sur le continent en raison de l'insularité et du coût du transport. La crise, autant sociale qu'identitaire, va durer quarante-quatre jours. Fin janvier, les syndicats de la magistrature appellent à la mobilisation contre le projet de suppression du juge d'instruction [1].

---

1. Depuis longtemps, des juristes de droite comme de gauche contestent les pouvoirs trop discrétionnaires du juge d'instruction. L'affaire d'Outreau avait agi comme un révélateur. Une telle réforme méritait une vaste concertation. Le Président en avait confié l'étude à la commission Léger. Mais en annonçant lui-même son choix qui a paru à certains motivé par son expérience malheureuse de justiciable dans l'affaire Clearstream, le Président a sans doute tué la réforme dans l'œuf. Les professions judiciaires vont la combattre frontalement, y compris ceux qui étaient disposés à l'accepter. Le juge d'instruction à la française est contraire aux principes européens, selon lesquels la même personne ne peut pas instruire et juger.

Mais en terme de fracas médiatique, on va connaître pire. Le 27 janvier des enseignants chercheurs réunis en coordination appellent à une grève illimitée. Ils sont cinquante mille, répartis dans quatre-vingt-trois universités. La loi d'autonomie offre aux présidents d'université (élus) la gouvernance directe sur les personnels. Les enseignants chercheurs protestent contre le projet de décret de leur ministre Valérie Pécresse, qui voudrait instaurer de la souplesse dans un système figé depuis vingt-cinq ans. Ils sont assujettis à quatre heures de cours par semaine (ce qui n'empêche pas les heures supplémentaires). Leur travail se répartit entre recherche et enseignement. Ils sont payés pour faire les deux. Le décret Pécresse, salué par quatre présidents d'université, établit une modulation dans l'organisation du travail pour mieux répondre aux besoins de l'Université : un enseignant qui fait de la recherche pourrait momentanément donner moins d'heures de cours, ce qui bien sûr déplaît aux autres qui devraient, en revanche, en faire davantage. « Non à l'enseignement punition », ragent-ils. Pour ramener le calme, la ministre accepte de réécrire le décret : rien ne se fera de manière autoritaire. Mais voilà qui les dérange plus encore : leur travail sera soumis à évaluation tous les quatre ans. Jusqu'ici n'était évalué que l'enseignant chercheur qui demandait une promotion. Seulement pour être promu il fallait avoir publié. Faute de l'avoir fait, beaucoup n'étaient jamais évalués. Avec le décret, ils le seront désormais sur l'ensemble de leurs activités, la recherche et l'enseignement. Une révolution. Les enseignants chercheurs crient à leur perte d'indépendance (laquelle est un principe à valeur constitutionnelle).

Cette grève corporatiste est d'abord le signe de la résistance au changement. Elle est très politique avec un SNESUP à la pointe du combat, qui dénonce la suppression de neuf cents postes d'enseignants chercheurs. Ce que réfute la ministre : « Il y a eu cent cinquante redéploiements », précise-t-elle. En plaidant que « jamais un gouvernement n'a autant fait pour l'Université et les carrières des enseignants ».

Seulement voilà : cinq jours plus tôt, Nicolas Sarkozy recevait à l'Élysée les présidents d'université, les directeurs des grandes écoles et des organismes de recherche : « La France des Sachants », comme on dit. Et ce jour-là, très en verve, il n'y était pas allé par quatre chemins : « À budget comparable, un chercheur français publie de 30 à 50 % moins qu'un britannique. Nous ne sommes pas aujourd'hui dans le peloton de tête des pays industrialisés pour la recherche et la rénovation (...) Depuis des décennies, le conservatisme l'a emporté. Il faut que cela cesse. L'enseignement supérieur, la recherche, l'innovation, sont notre priorité absolue.

« Nos universités bénéficient depuis le budget 2008 d'augmentation de leurs moyens, comme elles n'en ont jamais connu. On ne gagnera pas la bataille de l'intelligence avec des universités médiocres (...). Il s'agit aussi de permettre aux meilleurs talents d'être enfin reconnus et récompensés. La condition qu'on y met, c'est d'évaluer ces activités (...). Franchement, la recherche sans évaluation, cela pose un problème. Écoutez, c'est consternant, mais ce sera la première fois qu'une telle évaluation sera conduite (...). Certes, nos meilleurs chercheurs obtiennent des récompenses prestigieuses : un prix Nobel et un prix Turing [1] l'année dernière, deux prix Nobel cette année. Nous avons des domaines d'excellence, reconnus et enviés dans le monde entier : mathématiques, physique, sciences de l'ingénieur. Mais ces admirables chercheurs et ces points forts – j'ose le dire – ne sont-ils pas l'arbre qui cache la forêt ? Ne servent-ils pas d'alibis aux conservateurs de tout poil que l'on trouve à droite en nombre certain et à gauche en nombre innombrable ? Je dis innombrable à gauche car ils sont plus nombreux (...). Il faudra m'expliquer pourquoi la France est largement derrière dans la production scientifique dans le monde. Nous restons largement derrière l'Allemagne et la Grande-Bretagne, pour ce qui est des publications scientifiques... Or, chez nous, il y a plus de chercheurs statutaires (15 % de plus qu'en Grande-Bretagne), la dépense de recherche est la plus élevée (...). Je ne veux pas être désagréable, mais si l'on ne veut pas voir cela (...). Je vous remercie d'être venus. Il y a de la lumière, c'est chauffé, on peut continuer. La réalité n'est pas désagréable parce que je le dis, c'est désagréable parce qu'elle est la réalité. C'est quand même cela qu'il faut voir. » Etc.

Cela s'appelle caresser son auditoire à rebrousse-poil. Il y a, bien sûr, dans cet étonnant discours, quelques constats irréfutables. Mais aussi, comme chaque fois qu'il s'affranchit de son discours écrit,

1. Équivalent du prix Nobel pour les informaticiens.

l'expression d'un mépris sarcastique, dont il aurait été bien avisé de faire l'économie : « Je vous remercie d'être venus. Il y a de la lumière, c'est chauffé. » Nicolas Sarkozy ne résiste jamais à dire le fond de sa pensée. Cette franchise abrupte qui le délivre de ses tensions et lui procure une visible satisfaction, relève du plaisir masochiste : il a le génie de tendre les fouets pour se faire flageller.

« Les aspérités du Président font partie d'un tout qui va de pair avec son volontarisme », explique-t-on du côté de l'Élysée.

Il ne changera donc pas. À ses risques et périls.

L'auditoire est estourbi par le coup de boule présidentiel. Ses amis sont consternés. Valérie Pécresse, la ministre chargée de la réforme, doit le concéder : « Si l'on veut entraîner un corps dans la réforme, il vaut mieux lui dire qu'on l'aime. Il manquait l'hommage sincère à des types géniaux et désintéressés. »

Benoist Apparu est navré : « Alors qu'il est le Président qui aura le plus fait pour l'Université et la recherche, il va payer cash d'avoir humilié. Il va faire ressurgir l'idée bien ancrée à gauche que la droite est contre la culture et l'intelligence. »

« La gauche croit qu'elle incarne génétiquement l'intelligence et la vertu », relève Éric Besson, qui connaît bien le sujet.

En effet. Le discours, téléchargé deux cent mille fois sur YouTube, déclenche sur-le-champ un buzz sur la toile, comme on dit. Le monde de l'éducation étant très susceptible, les intervenants se comptent par dizaines de milliers. Un pur massacre. Cent vingt-huit chercheurs de très haut niveau dénoncent dans une lettre ouverte au chef de l'État : « Le manque de considération dont vous avez fait preuve. » Dix jours plus tard, cinquante-cinq universités sur quatre-vingt-trois sont en grève, l'UNEF se joint au mouvement par solidarité avec les chercheurs. Et c'est parti. La grève va durer cinq mois. Les étudiants défilent par centaines à Rennes, à Nantes, à Poitiers. La gauche soutient le mouvement et défile avec eux.

La fronde contre le Président suscite des réactions surprenantes. Presque risibles parfois. Elles ont au moins le mérite de révéler à quel point les nerfs sont à vif et les esprits déboussolés. Les plus instruits en arrivent à confondre réalité et fantasme.

Ainsi, Axel Kahn, moraliste respecté et chercheur justement renommé, président de l'université Paris 5 Descartes, cosigne dans *Le Monde* du 4 février (daté du 5) une tribune favorable à la loi Pécresse sur l'autonomie des universités et même à la modification du statut des enseignants chercheurs. Coïncidence : le lendemain, Nicolas Sarkozy intervient à la télévision. Et il fait référence à ce soutien public que lui a apporté cet homme de qualité, « qui n'est pas l'un de mes proches ». Craignant sans doute d'être taxé de « jaune » par ses collègues, la citation présidentielle fait sortir l'intéressé de ses gonds. On l'entend, le lendemain, faire une étrange déclaration sur LCI : « Il va bientôt y avoir un remaniement. C'est l'annonce qu'Axel Kahn va être appelé au ministère. Et moi je ne suis pas un vulgaire Éric Besson, une étreinte du Président est une étreinte qui tue. » Entendre cet homme, réputé pour la modération et l'équilibre de son jugement, parler de lui à la troisième personne (à la manière d'Alain Delon) et se poser en victime potentielle d'une offre ministérielle que Nicolas Sarkozy ne lui a pas faite et qu'il n'a d'ailleurs jamais songé à lui proposer, ne manque pas d'étonner[1].

« Il n'a jamais été dans le casting », Franck Louvrier le confirme.

Or voilà que trois jours plus tard, Axel Kahn toujours, en rajoute dans *Le Journal du Dimanche*, il menace de quitter son poste « si la loi sur l'autonomie des universités votée en 2007 était remise en cause ». Ce qui n'est pas non plus à l'ordre du jour, c'est même tout le contraire. Franchement, il faut le suivre.

Le président de la Sorbonne Paris 4, Georges Molinié, s'en prend, lui, à la réforme de la formation des enseignants en la taxant de « régression intellectuelle et d'agression sociale[2] ». Les effigies de Xavier

---

1. Il s'en est expliqué dans *L'Express* : « Je me sentais pris en otage. Dès le lendemain des pétitions ont circulé dans mon université. Des amis de quinze ans ont pensé que je cherchais à me placer en vue d'un éventuel remaniement ministériel. Je me suis demandé si je ne devais pas démissionner. La richesse fondamentale d'un homme, c'est sa réputation… Aujourd'hui, pour un président d'université, être le garant de la position du chef de l'État équivaut à se griller totalement. J'ai passé un vendredi 6 vraiment pénible, tout le monde s'était détourné de moi. »

2. Jusque-là, pour devenir instituteur, un étudiant après bac –3 devait, s'il réussissait le concours, faire une année de stage rémunérée dans un UIFM pour apprendre le métier. Les étudiants regrettant souvent leur enseignement trop théorique dispensé dans un langage abscons. Avec la réforme, ils seront formés à l'Université et mastérisés après bac + 5, mais ils ne seront plus

Darcos[1] et de Valérie Pécresse sont brûlées dans la cour de la Sorbonne. « C'est le plus grand casse de l'enseignement de la République depuis Vichy », déclare Molinié à *France-Soir*. Réflexe classique à gauche où mêler la droite à Vichy est l'injure suprême, en oubliant – petit détail – que la gauche a voté les pleins pouvoirs au maréchal Pétain.

Décidément, on n'apprend pas la modération à l'université. Mais il est vrai que le discours du président de la République n'y incitait pas.

Des facs en grève, des étudiants en révolte, l'histoire de la Ve République en est émaillée. Celle-ci, cependant, est originale. À plus d'un titre. D'abord par sa durée : quinze semaines. Pour la première fois, les grèves sont déclenchées par des professeurs qui ne supportent pas que l'on touche à leurs statuts. Mais curieusement, aucune personnalité emblématique ne se dégage de ce mouvement de courroux. Alors que dans les grèves universitaires précédentes, des leaders étudiants tenaient toujours le haut du pavé avant d'aller occuper des postes de responsabilité… au Parti socialiste.

Les mots d'ordre des jeunes qui manifestent ou qui bloquent l'entrée des facs n'ont d'ailleurs rien à voir

---

payés (ce que déplorait Molinié). Des bourses étant prévues pour les plus modestes. Les instituteurs entrant directement dans le métier en étant mieux payés et encadrés pendant plusieurs mois par un professeur référent.

1. Initiateur de la réforme de la formation des maîtres. « C'est avec cette réforme qu'il a supprimé onze mille emplois dans l'Éducation nationale », note Raymond Soubie.

avec la réforme. Ils sont inspirés par l'ultra-gauche : « non à l'ultra-capitalisme », « non à la privatisation » (aucun projet gouvernemental ne va dans ce sens). Ou encore « L'Université n'est pas une entreprise ». Ceux qui les profèrent et bloquent l'entrée des facs sont peu nombreux. Partout ou presque c'est toujours une petite centaine qui empêche la majorité des autres – des milliers. La passivité de ces derniers étonne. On peut comprendre qu'ils rechignent à se confronter avec des éléments souvent violents. À moins qu'à l'instar de leurs parents, ils se montrent compréhensifs envers les grévistes, tout en déplorant et condamnant les conséquences de la grève. Un comportement très français : « Tous les matins, les radios annonçaient le nombre des universités bloquées. Mais la police n'a eu à intervenir que quatre fois », se réjouit Michèle Alliot-Marie.

Quand même, les esprits bougent un peu. Ainsi, peut-on lire dans un « Manifeste pour refonder l'Université », publié par *Le Monde*[1], signé par nombre d'universitaires parmi lesquels bien des professeurs en sociologie (matière qui offre peu de débouchés) que « l'Université ne peut se désintéresser de l'avenir des étudiants qu'elle forme ». Et l'on y trouve même le mot jusque-là honni de « sélection ». Non pour

1. Le 14 mai 2009. Les vingt-neuf signataires sont des noms prestigieux, issus de tous les horizons politiques et de toutes les disciplines, allant du philosophe Marcel Gauchet au juriste Guy Carcassonne, en passant par le mathématicien Jean-Pierre Demailly, le professeur de sociologie François Dubet ou le philosophe Bruno Karsenti.

l'approuver, certes, mais pour en évoquer la possibilité. Ces mêmes universitaires dénoncent une réforme qui veut faire d'eux des « employés de l'Université ». En clair, ils n'ont pas fait dix ans d'études pour qu'un patron vienne les commander. Ils tiennent à leur statut de fonctionnaires.

Bien entendu, les enseignants en grève et les étudiants participent aussi aux manifestations et protestations des grandes centrales syndicales.

À la suite de l'impressionnant défilé du 29 janvier, l'Élysée, on l'a vu, avait annoncé pour le 18 février une réunion avec les partenaires sociaux. Raymond Soubie, le conseiller social du Président, a téléphoné à leurs leaders pour leur confirmer que leurs revendications seront examinées.

L'Élysée est animé d'un souci complémentaire : rassurer les Français qui entendent parler chaque jour de la crise. En déplacement – un de plus – dans le Val-d'Oise, Nicolas Sarkozy prévient : « Je répondrai aux inquiétudes. »

Pour s'assurer d'une plus large audience, il a fait ajouter M6 aux chaînes de télévision TF1 et France 2 sur lesquelles il parle le 5 février au soir. Pari réussi : quinze millions de téléspectateurs à l'audimat. En bon routier de la politique, il sait que l'attaque est la meilleure défense. Sûr de répondre à l'indignation, il a choisi ses cibles : les banquiers avares de prêts et qui ne font pas leur métier et les patrons qui s'octroient de trop substantiels revenus. À un moment où « nous devons affronter une crise comme on n'en a pas connu depuis un siècle. C'est la première fois qu'elle frappe tous les pays sans exception ».

Et puisqu'on lui rappelle à tout bout de champ sa promesse d'être « le Président du pouvoir d'achat », il montre qu'il ne l'a pas oublié : « Il y a des gens qui sont pris dans les mailles du filet, qui n'en peuvent plus, je veux leur apporter des réponses. »

Le prêt aux banques a rapporté 1,4 milliard d'euros[1] à l'État, il servira, dit-il, à financer les mesures sociales. Lesquelles ? Voilà annoncé l'ordre du jour de la rencontre avec les partenaires sociaux. Puisque les plans sociaux se multiplient, on parlera de l'emploi[2], de l'indemnisation du chômage partiel, de la fin des CDD, de la couverture chômage pour les jeunes. Le pouvoir d'achat ne sera pas oublié, avec la suppression – ponctuelle – d'une tranche de l'impôt sur le revenu pour les classes moyennes et l'augmentation des allocations familiales dans certains cas difficiles. Le Président souhaite également que l'on recherche un meilleur partage du profit des entreprises entre les actionnaires et les salariés. « Le compte n'y est pas pour eux », dit-il. Il suggère une règle des trois tiers (une idée que lui a vendue Serge Dassault) : un tiers des profits pour les salariés, un tiers pour les actionnaires, un tiers pour l'investissement. Et il indique au passage qu'il honorera une promesse de son prédécesseur : la baisse de la TVA dans la restauration (que la Commission européenne

1. Il rapportera en tout 2,7 milliards d'euros.

2. Le 5 janvier, l'Agence nationale pour l'emploi et les ASSEDIC ont fusionné pour devenir le Pôle emploi. L'objectif visé par le gouvernement consiste à individualiser la recherche d'emploi de chaque chômeur.

autorisera le mois suivant après avoir marqué bien des réticences). Enfin, pour lutter contre les délocalisations, il annonce pour 2010 la suppression de l'impôt qui pénalise les entreprises : la taxe professionnelle. « Je souhaite que l'on garde des usines en France. » Et une fois de plus il tacle les 35 heures. « Le partage du travail a été une erreur historique. »

« J'ai supprimé les 35 heures [1] », se plaît-il à dire souvent devant ses visiteurs.

L'émission terminée, il confie aux ministres présents avoir eu Barack Obama au téléphone, qui a achevé de le convaincre : la crise est loin d'avoir atteint son point culminant, il faut donc lâcher du lest.

Et il moque quelques-uns des économistes qui viennent lui dispenser leurs conseils : « Un des meilleurs qui m'assurait il y a quelques mois que la crise ne durerait que quelques semaines est à présent le plus pessimiste du lot. »

Quinze millions de Français étaient devant leur poste, mais, las ! Il ne les a pas convaincus. Après son

---

1. Antienne qu'il reprendra tout au long de l'année 2010. La loi Bertrand du 20 août 2008 a fait sauter en effet tous les effets contraignants en termes d'horaires, des 35 heures, mais non de coût, puisque le calcul des heures supplémentaires commence dès la 36e heure. Ses détracteurs diront qu'il a au contraire ancré la durée légale des 35 heures dans le marbre. Mais le Code du travail a été simplifié. Le nombre d'articles traitant de la durée du travail est passé de 76 à 34 et les entreprises qui avaient déjà passé des conventions avec leurs salariés sur les 35 heures y sont restées. Et la France continue d'être l'un des pays où les salariés travaillent le moins.

intervention, selon le baromètre mensuel BVA/*Les Échos*, 60 % des Français jugent mauvaise sa politique économique. « Sa parole est usée, les Français ne le croient plus », explique Gaël Sliman, le directeur adjoint de BVA.

Si elle est « usée » c'est peut-être aussi, on y revient toujours, parce qu'il parle trop. « Avec Nicolas le manège tourne trop vite, il y a trop d'annonces, les gens sont perdus », constatent bien des élus de sa majorité. La France s'installe dans une récession sévère. Le PIB a reculé de 1,2 point au quatrième trimestre 2008. Le 12 février, *Les Échos* l'annoncent à la Une. Une page toute noire pour frapper le lecteur.

Il parle trop ? Mais lui en est persuadé : dans un pays réputé pour son immobilisme, il faut en dire beaucoup pour faire un peu bouger les choses. « Si j'avais écouté tous les conseils depuis que je fais de la politique, je ne serais sûrement pas à l'Élysée », rétorque-t-il, lorsque des élus lui suggèrent d'en dire moins. Il ne changera donc rien.

Dommage ! Au début du mois de février, le Président, de retour d'un voyage express à Bagdad, en passant par le Koweit et le Sultanat d'Oman où il est allé vendre des avions et du matériel militaire, prononce à l'Élysée un discours sur la famille. Une dépêche de l'AFP tombe vers 18 heures : « Nicolas Sarkozy veut créer un statut du beau-parent. » Une demande des familles recomposées. Situation qu'il connaît personnellement. Mais vous imaginez de Gaulle ou Mitterrand s'occuper des beaux-parents ? Surréaliste ! Il devrait laisser à Nadine Morano, la secrétaire d'État chargée de la Famille, le soin d'en faire l'annonce, ce dont elle est tout à fait capable. Le quinquennat regorge d'exemples de ce type.

Le gouvernement a besoin d'un peu d'oxygène. « Le Président ne doit pas toujours être en campagne », assure Henri Guaino. Mais qui ose le lui dire à l'Élysée ?

Autre embrouille dont se régalent les médias : le conflit, « très français » selon la presse étrangère, qu'il a déclenché à propos de *La Princesse de Clèves*, le roman de Madame de La Fayette, publié en 1678. Il l'avait cité durant sa campagne, lors d'un meeting à Lyon. Non pour en réclamer sa lecture, mais au contraire pour estimer qu'il n'était pas indispensable de l'exiger : « L'autre jour, disait-il, je m'amusais à regarder le programme du concours des attachés d'administration. Un sadique ou un imbécile – choisissez – avait mis dans le programme d'interroger les concurrents sur *La Princesse de Clèves*. Je ne sais pas si cela vous est arrivé de demander à la guichetière ce qu'elle pense de *La Princesse de Clèves*. Imaginez le spectacle. » Et le Président de suggérer que les concours de recrutement exigent moins de savoir académique et davantage de connaissances pratiques. Ce qui relevait d'un certain bon sens.

Lequel, on le sait, n'est pas toujours partagé. L'œuvre, il est vrai, est un grand classique [1] à l'écri-

1. Madame de La Fayette décrit les tourments d'une belle princesse qui tombe amoureuse, avoue son trouble à son mari, mais choisit de se retirer de la Cour pour ne pas fauter. Le mari, persuadé d'être trompé, meurt de chagrin. Mais la princesse lui restera fidèle, même après sa mort. C'est un grand roman de l'amour

ture admirable, il faut le souligner ici pour ne pas encourir les foudres de tous les trissotins, qui vont faire de la connaissance de l'ouvrage et de l'admiration qu'il convient de lui porter, le test imparable qui permet de séparer les Français cultivés des malheureux incultes dont Nicolas Sarkozy est bien sûr, selon eux, le fier porte-drapeau. Sa façon de s'exprimer souvent imprudemment relâchée est aussi l'objet de tous leurs sarcasmes :

« Mitterrand, lui, faisait honneur à la syntaxe française. »

Le Président, qui a le goût de la provocation, et un véritable don pour susciter la polémique, va les y aider en revenant à la charge : le 4 avril, dans un discours sur la modernisation des politiques publiques et la réforme de l'État, il défend qu'il est possible d'assurer sa promotion professionnelle sans réciter par cœur *La Princesse de Clèves*. Trois mois plus tard, en juillet, il récidive. Lors d'une rencontre organisée par la Ligue de l'enseignement [1]. Au temps d'Internet

---

impossible et aussi de la vertu non récompensée. Un livre d'une grande acuité psychologique.

1. Deux inspecteurs généraux de l'administration, Corinne Desforges et Jean-Guy de Chalvron, auxquels Éric Woerth et André Santini avaient confié un rapport sur le contenu des conditions d'accès à la fonction publique de l'État, relèveront que : « Le concours dans sa forme actuelle n'est peut-être plus le meilleur système de sélection. Il convient de le moderniser. L'objectif, disent-ils, est de recruter des profils utiles et de favoriser la diversité. Platon était-il un philosophe grec ou un général américain ? » Considérant que ces connaissances n'ont qu'une utilité limitée dans leur vie professionnelle, ces questions – bien réelles –

et des blogs, une telle obstination dans la citation d'un ouvrage finit par être remarquée. Les enseignants chercheurs, toujours en guerre contre l'Élysée, accusent le Président de vouloir « bâillonner l'intelligence et la liberté de pensée ». Pas moins ! Au Salon du Livre de Paris, en mars, les badges métalliques bleu ciel où s'inscrit cette fière devise : « Je lis La Princesse de Clèves », sont plus recherchés que les petits-fours offerts par les éditeurs lors de la soirée d'ouverture – et, malheureusement, que les livres. « Nous entrons en résistance contre une forme de pensée unique », proclament sans rire des universitaires.

Partout en France, des lectures publiques de l'œuvre sont organisées, sur des campus, dans des théâtres ou des lieux symboliques comme le Panthéon. Ainsi voit-on le comédien Louis Garrel, le compagnon de Valeria Bruni Tedeschi, sœur de Carla Bruni-Sarkozy, participer à une lecture marathon de l'ouvrage en présence de plusieurs centaines de personnes – venues livre à la main. Des dizaines de voix et d'accents se succèdent devant le micro pour donner une leçon à Nicolas Sarkozy. Il ne faudra pas moins de six heures quinze aux récitants pour aller au bout du texte !

Les éditeurs du roman, surpris de l'aubaine, se frottent les mains. Ils ont écoulé tout leur stock.

---

seront retirées du concours des gardiens de la paix. Comme le souligne le secrétaire d'État à la Fonction publique, André Santini : « Il n'est pas digne de jouer la carrière d'un homme ou d'une femme sur une question du "Jeu des Mille Francs". »

L'incident n'est pas clos pour autant. Élisabeth Badinter, Régis Debray, François Bayrou, Ségolène Royal y vont à leur tour de leurs couplets. Dans *Le Monde* daté du 17 mars, Gérard Courtois écrit : « Ce livre est le symbole de tous ceux pour qui la culture n'est ni un luxe improductif ni une frivolité méprisable, mais un ressort, un besoin, un plaisir aussi vital que le travail pour donner du sens à la vie de chacun. »

À l'Élysée, on tente de calmer les esprits : le Président a seulement voulu souligner le fossé entre les programmes de concours et la réalité quotidienne des gens. « Ceux qui le critiquent manquent-ils à ce point d'humour pour prendre cette histoire au premier degré ? » interroge un de ses conseillers.

Humour ou pas, Nicolas Sarkozy ne prend pas l'affaire à la légère. « Ils me regardent comme si j'avais appris à lire, à écrire et à compter il y a quatre ans », s'indigne-t-il. De toutes les polémiques, celle-ci l'aura sans doute atteint plus que d'autres. Lui, inculte ? On ne l'y reprendra plus. Insatiable dans ses curiosités, il va combler tous ses retards. On ne le voit plus qu'avec un livre à la main. Dans les voyages, il ne parle plus que littérature avec ses ministres, où il fait étal de ses connaissances, en effet impressionnantes. « Nous avons eu cours de littérature moderne », disent-ils. Ou bien : « Nous avons eu cours de littérature classique. »

Au Conseil des ministres, il pose ostensiblement sur la table celui qu'il est en train de lire. Et il n'arrive jamais plus à un Conseil européen sans un ouvrage à la main. Devant des intellectuels ou les journalistes qu'il reçoit à déjeuner – et qui moquent en sortant cette démonstration puérile du gai savoir présidentiel – il y a toujours au moins une demi-heure consacrée à ses dernières lectures. Maupassant, Zola, Stendhal, Barbey d'Aurevilly, Maurice Leblanc, Zweig, Henry James, Steinbeck, Dostoïevski, Emmanuel Carrère, pour ne citer qu'eux. Mais aussi les grands classiques, Molière, Racine, Corneille, etc. Ou encore, des auteurs inconnus de ses commensaux. Mais sur *La Princesse de Clèves*, il n'en démord pas : « Je l'ai lu quatre fois, c'est d'un ennui profond. » Mais quand trouve-t-il donc le temps de lire ? Il répond : « Je ne regarde jamais la télé le soir, avec Carla nous lisons ou bien nous regardons un film. » Un autre domaine où sa culture est renversante.

Raymond Soubie raconte : « Je venais de relire *À la recherche du temps perdu*, quand lors d'un voyage, nous avons évoqué *À l'ombre des jeunes filles en fleurs*, le Président était incollable. J'étais bluffé », s'extasie le conseiller social.

« Je confirme que Nicolas Sarkozy aime et connaît la littérature française comme aucun autre politique dans ce pays [1] », affirme de son côté l'écrivain Yann Moix.

---

1. In *Le Point* du 7 avril 2011.

CHAPITRE 2

Troc avec les syndicats

Il ne faudrait pas que ces faux débats, qui montrent – à en croire l'Élysée – combien tout ce petit monde parisien se disant intellectuel ignore les préoccupations du peuple, cachent les vrais problèmes.

Nicolas Sarkozy est décidé à les affronter. Comme il l'avait annoncé le 5 février [1], il reçoit le 18 à l'Élysée les partenaires sociaux. Histoire de mettre la pression, les syndicats ont fait savoir – avant la réunion – qu'ils maintiennent leur grande journée d'action pour le 19 mars. Soit un mois plus tard.

Le 18 étant le « numéro des pompiers », le leader de la CGT, finaud, prévient : « Le 18, nous ne jouerons pas le rôle des pompiers. »

La veille, le plateau du « Grand Journal » de Canal+ a réuni pour la première fois la sainte trinité Thibault-Chérèque-Mailly. Un spectacle de les voir tels de gros oiseaux posés sur la même branche, serrés épaule contre épaule, bien coiffés, cravatés, l'air

1. Lors d'une interview télévisée en direct de l'Élysée.

content d'être ensemble et n'offrant pas l'image d'un jusqu'au-boutisme irresponsable. Bien que leur rengaine soit invariable : toujours plus. « La crise va durer au moins deux ans, c'est à nous de pousser les feux », explique François Chérèque. Traduction : la réunion du 18 n'est qu'une étape. Les journalistes pourraient même écrire à l'avance ce qu'ils diront à leur sortie sur le perron. Thibault : que le compte n'y est pas ; Chérèque : qu'il y a des pistes mais que c'est insuffisant et Mailly parlera du sentiment d'injustice qui se développe dans le pays. C'est un jeu de rôles où chacun joue sa partition. La CGT, qui s'est un peu requinquée aux élections prud'homales de décembre, entend occuper le terrain protestataire. Sa hantise : Besancenot, qui infiltre ses rangs. François Chérèque, pas encore remis de son cauchemar de 2003, quand ses troupes l'avaient lâché par vagues parce qu'il avait soutenu la réforme Fillon sur les retraites, ne veut plus être accusé de complicité avec le pouvoir. Quant à Jean-Claude Mailly, qui pèse moitié moins que la CGT, il doit protester pour survivre.

Le 18 février, le Président, entouré de six ministres, dont le Premier [1], ouvre les débats. « Pas une fois durant quatre heures, il ne leur a passé la parole », s'étonne Laurence Parisot. Il n'a que de mauvaises cartes en main. Les sondages sont au plus bas. Philippe Séguin, le président de la Cour des comptes, vient de publier des chiffres qui donnent le vertige. « Notre endettement pourrait bientôt friser

1. François Fillon, Christine Lagarde, Éric Woerth, Brice Hortefeux, Laurent Wauquiez et Luc Chatel.

les 80 % du produit intérieur brut. » Notre commerce extérieur enregistre un déficit historique : 56 milliards d'euros. La compétitivité des entreprises ne cesse de se dégrader. On annonce une avalanche de plans sociaux. En janvier, le chômage a bondi : 90 200 demandeurs d'emploi supplémentaires. Dans le dernier trimestre 2008, la France avait perdu 190 000 emplois. Que les autres pays industriels ne fassent pas mieux – l'Angleterre, c'est moins 146 000 emplois, l'Espagne, 200 000 en un seul mois, les États-Unis 500 000 chaque mois depuis le mois d'octobre – ne peut évidemment pas rassurer, bien au contraire.

Or, ce jour-là, prenant presque le contre-pied de son discours alarmiste du 5 février, « la crise du siècle », le Président, craignant sans doute des effets négatifs sur le moral des Français, se veut plus rassurant : « La France s'en sort mieux que les autres pays, parce qu'elle est rentrée plus tard dans la crise. Elle tient mieux le choc que ses partenaires car elle dispose de la couverture sociale la plus généreuse du monde. Lorsque les difficultés interviennent, les filets de sécurité et les stabilisateurs automatiques jouent un rôle crucial. »

Pendant sa campagne de 2007, il jugeait le modèle social français « à bout de souffle ». Deux ans plus tard, il se félicite de sa générosité. Façon peut-être de ne pas répondre aux demandes pressantes de ceux qui réclament toujours davantage.

Prosélytisme ? Christine Lagarde se félicite dans les colonnes de l'hebdomadaire américain *Newsweek* du bon équilibre de l'économie française entre public et privé : « Les dépenses publiques représentent plus de 50 % de notre richesse nationale. En période de crise, cela nous permet de résister [1]. »

En temps de crise, nos inconvénients seraient donc nos avantages… Mais jusqu'à quand ?

Le 5 février, les annonces présidentielles se montaient à 1,4 milliard d'euros, soit la somme que le prêt aux banques avait rapporté à l'État jusque-là. « Je n'ai pas trouvé un Président qui savait où il allait, j'ai eu l'impression qu'il était plus hésitant que d'habitude », commente Martine Aubry [2].

Treize jours plus tard – suite logique de la manif ? – le Président se montre plus généreux : six millions de foyers, au lieu de trois, seront finalement concernés par la suppression ponctuelle d'un tiers provisionnel de leur impôt sur le revenu. Les trois millions de familles qui bénéficient de l'allocation de rentrée scolaire toucheront (sous conditions de ressources) une prime supplémentaire de 150 euros. Et à partir du 1er avril pendant un an, les demandeurs d'emploi, ayant travaillé de deux à quatre mois durant les vingt-huit derniers mois, bénéficieront d'une prime de 500 euros (234 000 personnes sont concernées). Coût de la mesure : 117 millions d'euros. Enfin, l'indemnisation du chômage partiel est portée de 60 à 75 % du

---

1. La directrice du FMI changera radicalement de discours en 2011.

2. Au même moment, la première secrétaire présente un Livre noir recensant les atteintes aux libertés publiques depuis le début du quinquennat. Un réquisitoire du PS que Manuel Valls déplore : « un anti-sarkozysme obsessionnel ».

salaire brut. Coût global : 2,6 milliards d'euros (somme que rapportera *in fine* à l'État le prêt alloué aux banques en 2008).

La relance comporte quelques mesures de soutien à la consommation : ainsi la prime à la casse [1], qui va permettre aux constructeurs français de soutenir leurs ventes en 2009 et en 2010.

« Une pincée de social », titre *Libération*.

Nicolas Sarkozy, qui médisait quelques semaines plus tôt de la relance par la consommation, s'y est donc (un peu) résolu. Or, la Commission européenne vient d'ouvrir une procédure contre la France pour déficit excessif.

Ce dont se moquent comme de l'an 40 ses interlocuteurs syndicaux, qui considèrent – comme prévu – que « le compte n'y est pas ». Ils réclament une hausse importante du SMIC. Laurence Parisot, la présidente du MEDEF, s'y oppose avec véhémence. « Il n'en est pas question au moment où des PME meurent chaque jour. » Le Président vient à son secours : « Ce serait criminel vu l'état de nos entreprises [2]. »

---

1. Qui fera des émules. En juillet 2009 le gouvernement américain instaure la prime à la casse qui offre jusqu'à 4 500 dollars aux automobilistes qui échangent leur véhicule pour un modèle neuf moins énergivore. Un succès. La demande pour des véhicules neufs permet aux constructeurs, dont General Motors, d'augmenter leur production, les heures supplémentaires pour les ouvriers, alors que la filière était en pleine déroute.

2. Il est vrai que les salaires français se situent à 15 % audessous de la moyenne européenne, mais les entreprises françaises, contrairement à leurs homologues européennes, doivent

Les relations entre les centrales syndicales et Nicolas Sarkozy sont très codées. Il s'agit d'un jeu de rôles très concerté. C'est : « Tu me fais une manif sans violence et je lâche un peu de lest. »

« Nous avons constamment des accords de troc », reconnaît Raymond Soubie. Car les uns et les autres partagent une même crainte : la violence des extrêmes. Côté CGT, c'est la progression du syndicat SUD qui fait peur. Côté gouvernement, c'est la montée du Front national.

Il s'agit donc de s'écouter les uns, les autres. « Avec les syndicats, le Président a toujours des discussions très ouvertes, il leur fait des confidences, les consulte sur les sommets du G20. Aucun de ses prédécesseurs ne les avait aussi bien traités », dit Raymond Soubie. Ce dont atteste Edmond Maire, ancien leader de la CFDT : « J'ai dit à Chérèque : en un an, tu as rencontré Sarkozy beaucoup plus que je n'ai vu Mitterrand pendant sept ans [1]. »

Avant la réunion du 18, des rencontres bilatérales ont été organisées avec les ministres. Quant aux relations avec l'Élysée… tout baigne. Un ministre témoigne : « Il faut voir comment le Président prend des gants et un ton aimable pour s'adresser aux syndicats : je crois le dialogue social plus nécessaire que jamais ; je ne suis pas

---

prendre en charge une bonne partie de la protection sociale, ce qui nuit bien sûr à leur compétitivité. Chaque année, 550 milliards sont ainsi redistribués, et les entreprises en supportent les deux tiers.

1. Edmond Maire a été secrétaire général de la CFDT de 1971 à 1988.

un dogmatique. je vous propose à titre personnel ; vous avez des convictions, j'ai les miennes, etc. » Lorsqu'il interpelle le leader de la CGT en l'appelant par son prénom, « Bernard » lui répond par le silence glacial de qui refuse d'être instrumentalisé devant témoins [1].

Nicolas Sarkozy ayant égrainé ses nouvelles mesures sociales, il y ajoute la suppression de la taxe professionnelle afin d'alléger la fiscalité des entreprises, pour les rendre plus compétitives. Coût : 8 milliards d'euros [2]. Ce qui autorise Bernard Thibault à clamer : « Le MEDEF mène par 8 à 2,6. » Une réplique qui témoigne d'une culture économique à rebours du syndicalisme allemand. À la CGT, dont les gros bataillons sont issus du secteur public, tout ce qui profite à l'entreprise privée (dans leur esprit, aux patrons) serait donc une mauvaise manière faite aux salariés ? Et lorsqu'il s'agit de préserver un site industriel, Bernard Thibault se montre toujours à la pointe du combat. Or, la taxe professionnelle est l'une des causes de la désindustrialisation de la France et des délocalisations. Elle frappe l'investissement. Une entreprise industrielle qui achète une machine pour mieux produire et se développer est taxée avant même qu'elle lui ait rapporté quelque chose, qu'elle l'utilise ou pas. C'est une des aberrations

1. La CGT n'a pas à se plaindre du Président. La loi sur la représentativité syndicale votée le 20 août 2008 et qui conditionne l'existence des syndicats à leur audience électorale favorise la CGT et la CFDT. Mais suscite l'hostilité des petits syndicats. L'ambition étant de sortir de l'équation franco-française où maximum de syndicats égale minimum de syndiqués.

2. L'État devra en emprunter 6 chaque année pour pallier le manque à gagner pour les collectivités locales.

de la fiscalité française : plus une entreprise investit, plus elle est taxée[1].

« Le leader de la CGT et le Président partagent un amour commun pour l'industrie et la filière nucléaire », veut croire Raymond Soubie[2].

Ayant évoqué le 5 février le partage des bénéfices en trois tiers (investissement – dividendes – salariés) le Président entend mettre le sujet à l'étude. La patronne du MEDEF le coupe net : « Pas question de débattre. Ce partage, explique-t-elle, est stable depuis des années, et nous, patrons, n'avons pas à en rougir. Dans l'ensemble les entreprises françaises investissent à plus de 57 %. Les dividendes se montent à 30 % et l'intéressement à 13 %. Si vous voulez faire plus pour les salariés, dites-le, mais il faudra alors empiéter sur les investissements, en ces temps de crise, ça n'est pas une bonne solution[3]. » Et Laurence Parisot de conclure : « J'ai compris que le but de la réunion était de faire de moi une tête de Turc. »

---

1. En quarante ans, les prélèvements sociaux et fiscaux sur les entreprises sont passés de 13 à 18 %. En Allemagne, premier exportateur mondial, ils ont régressé de 14 à 9 %. Le taux de marge des entreprises allemandes est de 10 % supérieur aux françaises. En quinze ans, l'industrie a perdu cinq cent mille emplois directs et deux millions et demi d'emplois indirects.

2. La nomination d'Henri Proglio à la tête d'EDF était une demande de la CGT. Le comité d'entreprise d'EDF, le plus riche de France, est la plus grosse cagnotte pour la centrale.

3. Le Président confie alors au directeur de l'INSEE, Jean-Philippe Cotis, une mission d'analyse sur le partage de la valeur ajoutée.

Réplique de Nicolas Sarkozy : « En général c'est plutôt moi le spécialiste. »

Un mois plus tard, la manifestation du 19 mars est un nouveau succès pour les syndicats.

Nouvelle étape de son « dialogue courtois », le Président répond aux syndicats cinq jours plus tard.

Pas d'annonce nouvelle, mais le Président énumère la liste des dépenses consenties par l'État pour faire face à la crise et en atténuer les effets. Il répète que l'argent prêté aux banques a rapporté 1,4 milliard d'euros à l'État. Ce qui lui permet de répondre aux besoins. Mais il veut surtout convaincre son auditoire que les investissements prévus par le plan de relance sont « une occasion historique de rattraper nos retards ». Il veut surtout démontrer qu'il tient la barre dans la tempête et se préoccupe de tous y compris les moins bien lotis. C'est qu'il ne peut pas rester inerte : dix jours plus tôt, Dominique Strauss-Kahn, le directeur du FMI, a annoncé une récession mondiale pour l'année 2009 : « La croissance mondiale sera négative pour la première fois depuis soixante ans. »

Entre les manifestations du 19 mars et le sommet du G20 du 2 avril à Londres, censé refonder le capitalisme financier, Nicolas Sarkozy se trouve au creux de la vague des sondages. La semaine précédente, *L'Express* interrogeait à la Une : « Pourquoi la France devient anti-Sarko ? » À l'Élysée, on tente de relativiser cette mauvaise passe. « C'est la faute à la conjoncture. Les Français voient que le Président fait face à la crise, il y aura une sortie de crise et il faudra être au rendez-vous. »

CHAPITRE 3

OTAN

Décidément Nicolas Sarkozy ne s'épargne rien. Il ouvre un nouveau front en annonçant le retour de la France dans le commandement armé. Il sera officialisé le 4 avril à Strasbourg, lors de la célébration du 60e anniversaire de l'Alliance atlantique en présence de Barack Obama. Les parlementaires – devenus coresponsables de la politique de défense, conséquence de la réforme récente des institutions – doivent se prononcer le 17 mars.

L'affaire ne se présente pas très bien. Certains UMP renâclent. François Baroin exprime sans fard sa mauvaise humeur à la tribune de l'Assemblée : « Quelle est l'urgence d'un tel débat en pleine crise financière ? On prend le risque de briser un consensus de plusieurs décennies entre la droite et la gauche. Quel avantage allons-nous tirer de cette perte d'originalité et de singularité ? » Le Premier ministre s'était lui-même interrogé, il avait fait part de ses doutes à qui de droit. Mais le Président a su le convaincre. « Ce dont il était très fier », dit un témoin de la scène. François Fillon, qui veut obtenir « un vote de cohésion majoritaire », a décidé de poser la question de confiance. Le gouvernement n'étant responsable que devant l'Assemblée nationale, il évite ainsi un vote au Sénat encore plus aléatoire. Un principe de précaution, que le PS et François Bayrou dénoncent : « C'est un détournement de procédure. »

À gauche, deux anciens Premiers ministres, Lionel Jospin et Laurent Fabius, regrettent dans un texte commun un ralliement sans contrepartie et un affaiblissement du « message singulier et universel de la France ». Martine Aubry juge que « cette décision va obérer, poser problème en limitant la possibilité d'extension de la défense européenne ».

Le retour dans des structures quittées par le général de Gaulle en 1966 est interprété par certains comme un bradage de l'héritage gaulliste.

Les temps, il est vrai, ont changé : le Général avait annoncé cette décision par l'envoi d'une simple lettre au Président Johnson (sans en informer le Parlement), car il ne supportait plus la présence militaire américaine sur la terre et dans les cieux français. Il voulait avoir les mains libres pour construire la force de frappe nucléaire française. À l'époque, les socialistes, aussi atlantistes qu'anti-gaullistes, les centristes également, avaient dénoncé « le nationalisme étriqué et l'anti-américanisme primaire du Général ».

En se réclamant de l'indépendance de la France, en 2009, les socialistes – à rebours de leurs aînés en 1966 – s'opposent au retour de la France dans le commandement armé.

« Mais qui peut prétendre savoir ce que ferait aujourd'hui de Gaulle ? Croit-on qu'il aurait fait en 1966 la politique de 1923 ? » s'insurge Nicolas Sarkozy.

Dominique de Villepin taxe ce retour de « faute grave ». Alain Juppé, en arguant que cela banaliserait notre diplomatie, plaide qu'« il ne faut pas toucher aux symboles ». Il craint, dit-il, que ce retour soit « un marché de dupes ». Tous deux oublient qu'en 1995, Jacques Chirac avait ouvert la marche, en plaidant pour l'intégration de la vieille Union de l'Europe occidentale, l'UEO, au sein de l'OTAN. Il espérait en échange un poste de commandement opérationnel à Naples qu'il n'avait pas obtenu. Les Allemands et les Italiens ne l'avaient pas soutenu. À l'époque, aucun des deux, respectivement secrétaire général de l'Élysée et Premier ministre, n'avaient pipé mot. François Bayrou, son ministre de l'Éducation nationale non plus.

« Juppé et Villepin n'ont jamais rien compris à la défense. Ils jouaient à plus gaulliste que moi tu meurs », moque Michèle Alliot-Marie, ex-ministre de la Défense de Jacques Chirac, qui, elle, soutient le Président et l'écrit dans une tribune du *Figaro*.

« Je lui donne raison à 150 % », assure de son côté le chef d'état-major des armées, le général Georgelin.

Entre-temps, il est vrai, beaucoup de chemin a été parcouru. La France a participé à toutes les opérations militaires de l'OTAN en envoyant 1 600 militaires au Kosovo et 3 000 en Afghanistan. Elle est même devenue son quatrième contributeur : cent vingt officiers français figurent dans les états-majors de l'Organisation atlantique. Elle participe à trente-huit des quarante comités militaires et bientôt au trente-neuvième : celui des plans de défense, c'est-à-dire de la stratégie de l'OTAN. Mais Nicolas Sarkozy a exclu qu'elle fasse partie du quarantième : le comité nucléaire. Il veut en effet préserver l'indépendance de notre dissuasion. Pour le reste, il explique : « Les décisions s'y prennent toujours à l'unanimité. Il suffit qu'un pays s'oppose pour que les choses ne se fassent pas. » Traduction : la France peut rester un allié indépendant et libre des États-Unis.

Il fait en somme le même pari que le socialiste Guy Mollet qui, jadis, énonçait : « Si vous voulez que les Européens comptent dans l'Alliance, il faut être dans l'Alliance. »

Pour faire accepter ce retour, le Président a élaboré toute une stratégie de communication. D'abord, une tribune co-écrite avec Angela Merkel pour dénoncer l'insuffisance du partenariat OTAN-Union européenne. Ensuite, le 7 février, un discours prononcé à Munich aux Assises de la Défense qui réunit le gotha euro-atlantique. Il y annonce l'installation à Strasbourg de six cents soldats allemands.

Les négociations entre Jean-David Levitte et le général James Jones, conseiller pour la sécurité nationale de Barack Obama, accordent à la France deux postes de commandement. L'un à Norfolk en Virginie et l'autre à Lisbonne.

Ce qui répond à une demande qu'il avait formulée en décembre 2007 [1] : « La France ne peut reprendre

---

1. Interview au *New York Times*.

sa place dans l'OTAN que si une place lui est faite. » Quelques mois plus tard, le 11 mars 2008, Nicolas Sarkozy s'en était expliqué devant la Fondation pour la recherche stratégique : « Notre réflexion stratégique ne pouvait rester figée dans un monde où les conditions de notre sécurité ont radicalement changé et vont continuer de changer. Or, nous n'avons aucun poste militaire de responsabilité, nous n'avons pas notre mot à dire quand les alliés définissent les objectifs et les moyens militaires pour les opérations auxquelles nous participons. Formidable ! On envoie des soldats sur le terrain et on ne participe pas aux comités qui définissent une telle stratégie. Et tout ceci de notre propre fait, car nous nous excluons nous-mêmes. »

Un argument imparable.

Il avançait aussi : « Si nous ne développons pas ses capacités, l'Europe de la défense sera une défense de papier. Et tout le monde y perdra. L'Europe d'abord, mais aussi nos alliés au sein de l'OTAN… Face à la crise en Géorgie, nous avons déployé une opération d'observation civile qui consolide l'arrêt des hostilités. Et contre les pirates dans le golfe d'Aden qui attaquaient nos navires, nous avons lancé l'opération Atalante… Ce résultat, nous le devons à l'effort de chacun mais aussi, disons-le, au nouvel esprit qui a soufflé en Europe depuis que la France a annoncé son rapprochement avec l'OTAN, qui conforte notre indépendance nationale… Nous ne ferons aucun progrès dans la défense européenne si nous n'intégrons pas l'OTAN. »

Cinq nations assurent la sécurité de l'Europe : la France et la Grande-Bretagne (60 %), l'Allemagne et l'Italie, et très loin derrière elles l'Espagne [1].

Seulement, avec la crise, les Européens, qui ne sentent pas peser sur eux de menace militaire directe, n'envisagent pas de dépenser plus pour leur défense.

En 2010, Nicolas Sarkozy et David Cameron signeront le traité « historique » de Lancaster House, qui ouvrira la voie à une coopération inédite de défense des deux premières puissances militaires de l'Europe : une mutualisation des ressources militaires pour lutter « contre le rétrécissement stratégique de l'Europe ». En 2011, le leadership franco-britannique en Libye démontrera l'insuffisance des ressources militaires des deux pays pour des opérations de moyenne intensité. Gérard Longuet, le ministre de la Défense, doit le constater : « L'Angleterre est utilitaire dans ses relations avec l'Europe et la France. Nous avons les mêmes intérêts et la même culture militaire, mais il n'y a pas chez eux le réflexe de construire ensemble. Ils veulent d'abord faire des appels d'offres », façon de favoriser, bien sûr, leur allié américain [2].

Le 17 mars, François Fillon obtient sans surprise la confiance de l'Assemblée nationale : 329 voix contre

---

1. La France est condamnée par Bruxelles pour ses déficits qui équivalent à ses dépenses militaires.

2. L'Agence européenne de défense (AED) a présenté le 30 novembre 2011 « treize projets de mutualisation et de portage ». Selon sa directrice : « Les Européens vont prendre conscience que c'est le seul moyen pour eux de conserver des capacités militaires et leur technologie. »

228. La France est de retour dans l'OTAN. Quelques jours plus tard, un sondage indique que 58 % des Français approuvent ce choix. Il est vrai que l'élection de Barack Obama, aussi populaire en France que son prédécesseur l'était peu, a aussi changé la donne.

Barack et Nicolas

Au début du mois d'avril, le président américain arrive à Londres. À l'invitation du Britannique Gordon Brown, il vient participer à sa première réunion du G20. Il fait la couverture de tous les hebdos en France. À la Une du *Nouvel Observateur*, une photo d'Obama en compagnie de Nicolas Sarkozy. « Peuvent-ils s'entendre ? » interroge l'hebdomadaire. Bonne question, en effet.

Le Président le plus pro-américain de la Ve République va devoir composer avec un partenaire pour qui l'Europe est une terre inconnue, non inscrite sur son écran radar. Il n'est pas entré en politique avec l'idée que la relation transatlantique était d'une importance cruciale. Elle l'intéresse peu. Ses rêves l'ont toujours porté ailleurs. Il a grandi en Indonésie, vécu ensuite à Hawaï. Son père était kényan. Il s'est lui-même défini comme « un citoyen du monde ».

Ce sont deux avocats de la même génération [1], aux ego puissants. Là s'arrêtent les similitudes. Question

---

1. Obama est né en 1961. Il a six ans de moins que Nicolas Sarkozy.

style et tempérament, un abîme les sépare. Nicolas Sarkozy découvre un partenaire aux manières policées, d'un abord très distant, glacial même derrière le sourire charmeur. Il a cette morgue courtoise des Bostoniens indifférents et bien élevés. Il n'est pas un « good guy » que l'on salue avec une tape dans le dos. C'est un « wasp[1] noir » difficile à apprivoiser. Contrairement à Nicolas Sarkozy, effusif, inventif, hâbleur, toujours à l'abordage, qui privilégie la vitesse d'exécution et l'effet de surprise, Barack Obama est un cérébral, secret par nature, indécis par réflexe, circonspect par instinct. Il consulte beaucoup et peine à se décider. « Sarkozy est le syncrétisme de tout ce qu'il n'est pas », explique un haut diplomate.

Avant même son installation à la Maison Blanche, à quarante-huit heures de son investiture, précisément, Nicolas Sarkozy, auréolé de ses succès à la présidence de l'Union européenne, avait, lors d'une réunion à Charm el-Cheikh consacrée à la bande de Gaza, lancé l'idée d'une conférence de paix au Proche-Orient avant la fin du mois de juin. Barack Obama, s'en tenant à son seul agenda, n'avait pas voulu donner suite à la proposition. Le nouveau président de la première puissance économique mondiale n'allait tout de même pas laisser à la France, pays grand comme le Texas, la paternité de cette initiative.

Quelques jours plus tard, Nicolas Sarkozy faisait savoir à son grand allié qu'il excluait d'envoyer de

1. Appellation des Américains de souche blancs et protestants originaires de l'Europe anglo-saxonne.

nouveaux renforts militaires en Afghanistan, alors que l'OTAN venait de décider d'y envoyer cinq mille hommes supplémentaires.

Il faut, bien sûr, du temps pour se connaître et se reconnaître. « Pour qu'ils s'entendent vraiment bien, cela a pris un an », reconnaît Jean-David Levitte. Les deux Présidents vont se mesurer pour la première fois à Londres. Deux semaines avant la réunion, Nicolas Sarkozy avait prévenu : « Si le G20 n'avance pas, ce sera la crise, je partirai. » Lors d'une visioconférence avec Barack Obama, il s'était plaint des réticences de l'administration américaine, sur la réglementation financière à l'ordre du jour de la réunion. « On arrangera ça à Londres », lui avait promis le président américain. Et il avait tenu parole en jouant notamment les intermédiaires avec la Chine sur l'épineuse question des paradis fiscaux. À l'issue de la réunion, il lui avait même rendu hommage : « Sans son leadership, le sommet de Londres n'aurait pas été ce qu'il a été. » Et d'ajouter persifleur : « Nicolas Sarkozy est présent sur tellement de fronts qu'on a parfois du mal à le suivre. »

La réunion du G20 enregistre des résultats positifs. Le couple franco-allemand a réussi à imposer ses vues dans le communiqué final « au-delà de ce que nous espérions », expliquait le Français. Un optimisme partagé par l'hôte de ce sommet, Gordon Brown, qui croit pouvoir affirmer « qu'un nouvel ordre économique était né », Barack Obama se contentant, lui, de parler de « tournant ».

Il est vrai que les Vingt ne pouvaient se séparer sur un constat qui eût manifesté leur impuissance face à la crise. Le résultat final est une victoire politique pour les Européens, qui en matière de régulation, obtiennent quelques satisfactions. « Le temps du secret bancaire est révolu », dit le communiqué final. L'OCDE est chargé de classer les États en trois catégories : les pays noirs, paradis fiscaux qui refusent la transparence ; les pays gris, qui s'engagent à faire évoluer leur réglementation et les États blancs, supposés ne pas poser de problèmes.

Mais l'île britannique de Jersey, qui est de notoriété publique un paradis fiscal, échappe à cette classification (merci Gordon Brown). Plusieurs États comme le Delaware ou le Wyoming aux États-Unis, qui sont d'authentiques paradis fiscaux, également. On ne parle pas de Macao ni de Hong Kong, la Chine y veille jalousement… Les subtilités des équilibres diplomatiques…

Le FMI obtient un triplement de ses réserves pour venir en aide, le cas échéant, à des pays en difficulté. Il reçoit 500 milliards de dollars et disposera désormais de 750 milliards pour intervenir en faveur des pays de taille moyenne. La Chine a accepté de verser cinq milliards.

Le lendemain, 3 avril, Barack Obama vient participer à Strasbourg au premier sommet de l'OTAN, que la France vient de réintégrer. Il doit s'exprimer devant trois mille jeunes lycéens et étudiants français et allemands subjugués par avance. Nicolas Sarkozy comptait parler lui aussi. Mais la Maison Blanche a fait savoir à l'Élysée – petite vexation – qu'une intervention du président français n'était pas inscrite à leur programme, vu qu'il ne s'agit pas d'une visite d'État en France, mais d'une visite au siège de l'OTAN. Nuance. Ce qui n'avait pas empêché le président américain tout sourires de se déclarer emballé par « l'extraordinaire hospitalité de son homologue français », dont une fois de plus, il allait louer « l'énergie » en se félicitant du retour de la France dans le commandement intégré de l'OTAN. Nicolas Sarkozy lui avait répondu : « Nous sommes de la même famille, nous sommes des amis, des alliés, mais debout. » Sous-entendu : je ne me laisserai pas marcher sur les pieds par les États-Unis.

Après Londres et Strasbourg, le président américain s'envole pour Prague afin d'y prononcer un discours sur le désarmement nucléaire total qui englobe *ipso facto* la force de frappe française. Propos que Nicolas Sarkozy juge aussitôt « naïfs et potentiellement dangereux à l'heure de la prolifération nucléaire [1] ».

Sa tournée européenne se terminant à Ankara, Barack Obama s'inscrit dans la continuité de la politique américaine : il enjoint les Européens d'accueillir la Turquie dans l'Union, à la grande satisfaction de ses hôtes.

Nicolas Sarkozy le remet gentiment à sa place : « Je travaille main dans la main avec le Président Obama, mais s'agissant de l'Union, c'est aux membres de l'Union européenne de décider. J'ai toujours été

---

1. Il y reviendra le 24 septembre à la tribune de l'ONU en se livrant à une attaque en règle du projet « virtuel d'un monde sans arme nucléaire ». Façon de critiquer sans le nommer son homologue américain, lequel l'entendant restera de marbre.

opposé à l'entrée de la Turquie et je le reste. La Chancelière exprime les mêmes réserves que moi. »

Recevant à la mi-avril une poignée de parlementaires UMP pour tirer les conclusions du G20 de Londres, Nicolas Sarkozy ne craint pas de fustiger devant eux « un homme élu depuis deux mois et qui n'a jamais géré un ministère ». Bref, quelqu'un qui a encore beaucoup à apprendre avant de donner des conseils. À bon entendeur salut ! « Nicolas semblait très jaloux d'Obama », disent-ils. Ce que les ministres constatent : « En Conseil, Nicolas aime bien tacler Obama : un débutant, un indécis. »

« Chaque fois qu'il s'en prenait à lui, cela m'exaspérait », avoue MAM.

La célébration le 6 juin du 65e anniversaire du débarquement allié en Normandie est une nouvelle illustration de la difficulté à accorder leurs violons. Nicolas Sarkozy aurait aimé, en quittant le G20 de Londres et avant la cérémonie de Strasbourg, qu'ils fassent ensemble une halte sur les plages du débarquement. C'eût été un beau symbole de la continuité de l'Histoire avant le retour dans l'OTAN. Barack Obama avait décliné son offre : « Je n'ai pas le temps, mais, promis, je viendrai le 6 juin. »

Six jours avant l'événement, Robert Gibbs, porte-parole de la Maison Blanche, avait exprimé le souhait que la reine d'Angleterre soit invitée à la cérémonie, relançant ainsi la polémique soulevée par le quotidien britannique *Daily Mail* qui reprochait au protocole français d'avoir oublié d'y convier la Souveraine. « Insultant, révoltant. » La presse populaire britannique se déchaîne. Un impair ? La Reine avait, en effet, assisté à la célébration du 60e anniversaire. Rien n'était prévu pour le 65e. En tant que chef du Commonwealth, elle représente les 15 766 soldats britanniques, ainsi que les 5 316 canadiens enterrés en Normandie. Elle est aussi, parmi les chefs d'État, la dernière à avoir vécu la Seconde Guerre mondiale. Les Canadiens, eux aussi oubliés, réclament une invitation. Nicolas Sarkozy a seulement convié Gordon Brown. Côté Élysée on avance : « C'est au Premier ministre britannique de dire si c'est la Reine qui vient ou le prince Charles. » Il s'agirait donc d'une affaire intérieure britannique. À Londres, la presse reproche à Brown de ne pas avoir fait le forcing pour que la Souveraine soit présente.

« Évidemment, la Reine est naturellement la bienvenue », déclare Luc Chatel, le porte-parole du gouvernement (un peu goujat en l'occurrence, ce qui n'est pas son genre). Finalement, seul le prince Charles participera à la cérémonie. « La Reine boude, le prince Charles déboule », moque *Libération*.

« En réalité, Nicolas voulait un tête-à-tête avec Obama », résume un ministre.

Le service de presse de la Maison Blanche a d'ailleurs présenté cette visite en Normandie comme une étape mineure d'un voyage présidentiel beaucoup plus vaste, les médias américains s'intéressant bien davantage à sa visite en Égypte. L'avant-veille de son arrivée en France, Barack Obama avait en effet prononcé à l'université du Caire, devant un parterre de jeunes, un discours à l'adresse du monde musulman. « Salam aleikoum. Que la paix soit avec vous. » Son intervention, diffusée en direct par une trentaine de télévisions arabes, entendait restaurer l'image ternie par huit années d'administration Bush. Briser le cycle de la discorde entre l'Amérique et l'Islam et relancer le processus de paix au Proche-Orient : « L'alliance avec Israël est indestructible. Mais la situation des Palestiniens est intolérable. »

Sur ce chapitre-là, on attendait beaucoup de lui. Les espérances ont été déçues. Obama a eu la malchance d'arriver à la Maison Blanche au moment où Netanyahou accédait au pouvoir. Ayant exigé l'arrêt des colonisations comme préalable à toute discussion, il s'est heurté à l'intransigeance du Premier ministre israélien. Et il n'a plus eu aucune marge de manœuvre quand les Républicains en 2010 ont emporté la majorité de la Chambre des représentants [1].

La veille, il avait fait escale à Dresde en Allemagne, une ville rasée à 75 % en 1945 par les bombardements américains, qui avaient fait 35 000 morts. Puis une halte à l'hôpital américain de Francfort où sont soignés les soldats blessés en Afghanistan. Avant de se rendre à Buchenwald. Un de ses grands-oncles avait participé comme soldat à la libération de ce camp de concentration. Angela Merkel est à ses côtés. Mais le président américain n'a pas programmé de passer par Berlin, ce qui avait vexé la Chancelière. Hypothèse avancée par des médias allemands : Obama n'aurait pas apprécié qu'à l'occasion de sa venue dans la capitale lors de sa campagne présidentielle, le maire de

1. Obama n'a pas fait de visite d'État en Israël durant son premier mandat. Il est le seul à dire : il faut renégocier sur les frontières de 1967.

Berlin lui refuse de s'exprimer porte de Brandebourg[1]. Un lieu, il est vrai, réservé aux chefs d'État, d'où Ronald Reagan en 1987 avait apostrophé Gorbatchev : « Faites tomber le mur. »

La bonne entente Merkel-Obama n'a pas été immédiate non plus, souligne-t-on à l'Élysée.

Barack Obama arrive à Paris le 5 juin vers 20 heures à Orly. Il a refusé un accueil protocolaire. Il est pressé de rejoindre son épouse et ses filles. La famille loge à l'ambassade des États-Unis, située à trois cents mètres du palais présidentiel. Il n'a pas prévu d'aller saluer son homologue, car il désire passer une soirée privée dans la capitale : il n'entend pas se laisser instrumentaliser par le Français.

Les deux Présidents se rencontreront le lendemain, en Normandie. Des signes que la presse française interprète aussitôt comme une prise de distance avec Nicolas Sarkozy.

Il faut donc attendre le samedi midi pour voir les deux couples ensemble. Barack et Michelle, Nicolas et Carla. Les deux épouses vêtues d'une robe blanche.

---

1. Le lendemain Nicolas Sarkozy recevait Obama à l'Élysée, qu'il avait présenté devant une armée de journalistes comme son ami (deux jours plus tôt, il confiait au *Figaro* « C'est mon copain ») : « Je souhaite bonne chance à Barack Obama. Si c'est lui qui est élu, la France sera très heureuse, si c'est un autre (John McCain) la France sera l'amie des États-Unis. » En retour, Obama n'avait pas été non plus avare de compliments, saluant l'énergie du président français (qui l'inspire). Et il lui avait demandé ce qu'il mangeait pour « bouger constamment comme cela » !

Alors que le séjour comporte deux nuits et deux journées pleines en France, les numéros un américain et français se verront au total un peu plus de quatre heures. Le programme des festivités a été calé à la minute près par les Américains. Une demi-heure de tête-à-tête à la préfecture de Caen, un quart d'heure de conférence de presse en commun. Les images sont parlantes : Nicolas Sarkozy a sa tête des mauvais jours. « Obama fixait ses horaires, son programme. C'était un moment de très basses eaux dans leur relation », reconnaît un diplomate.

Dans son discours du Caire, Barack Obama avait appelé les Occidentaux à ne pas gêner les musulmans dans la pratique de leur religion et critiqué ceux qui « dictent aux femmes les vêtements qu'elles doivent porter… On ne peut dissimuler l'hostilité envers une religion derrière le faux-semblant du libéralisme ». Le président d'un État théocratique a beaucoup de mal à comprendre ce qu'est la laïcité à la française. Un principe que Nicolas Sarkozy tente de lui expliquer : « Toute jeune fille qui le désire peut porter le voile, mais il y a deux limites, il est interdit de le porter aux guichets des administrations et à l'école, au nom du respect de la laïcité. » Bien sûr, les deux hommes protestent en chœur de la solidité de l'amitié franco-américaine. « Peut-être jamais dans l'Histoire nos pays n'ont été aussi proches sur les grands dossiers », conclut Nicolas Sarkozy, tandis que le Président Obama se congratulait que « les États-Unis et la France soient des amis incontournables », ajoutant « Je considère personnellement Nicolas Sarkozy comme un ami ». Officiellement, tout va pour le mieux dans le meilleur des mondes.

On passe au déjeuner avec les épouses. Nicolas Sarkozy a fait venir son fils Louis de New York pour le présenter au président américain. C'est qu'il n'avait pas apprécié, c'est peu dire, l'initiative de Cécilia quelques jours plus tôt : invités par le boulanger de la Maison Blanche à visiter la résidence présidentielle, le couple Attias était venu accompagné de Louis, qui avait accosté un huissier : « Dites au président Obama que le fils du président français se trouve dans les lieux et aimerait le saluer. »

Craignant avoir affaire à un mythomane, les services de sécurité de la Maison Blanche avaient immédiatement appelé l'ambassade de France à Washington, qui avait aussitôt alerté l'Élysée. Prévenu, le Président avait piqué une grosse colère. Il n'appréciait pas que son ex-épouse instrumentalise leur fils pour présenter son mari au président américain, qui n'avait, d'ailleurs, pas répondu à la sollicitation.

La séquence normande terminée, retour à Paris. Obama a prévu une fin de week-end en famille avec visite, le samedi soir, de la cathédrale Notre-Dame, (fermée au public pour l'occasion). Puis dîner dans un restaurant du VIIe arrondissement, La Fontaine de Mars. Le lendemain matin, il s'était rendu au Centre Georges-Pompidou, avant de regagner Washington. Mais il laissait sur place Michelle et les filles, qui avaient accepté une invitation à déjeuner à l'Élysée. Michelle avait offert une guitare à Carla. Un moment sympathique. Retour à Washington, Sasha et Malia avaient écrit une lettre manuscrite au Président et à la Première dame pour les remercier de leur accueil. Des petites filles bien élevées. Nicolas Sarkozy rapporte l'anecdote. Nous sommes entre gens de bonne compagnie.

Demeure tout de même un petit agacement : Barack Obama aurait souhaité faire la connaissance de Jacques Chirac et visiter avec lui le musée du quai Branly. L'entrevue n'avait pu être arrangée, l'ancien Président étant à cette date en visite privée à Venise. Un mois après son entrée à la Maison Blanche, le président américain lui avait adressé une lettre dithyrambique pour saluer son opposition à la guerre en Irak et la justesse de ses mises en garde.

La visite d'Obama en Normandie est largement retransmise par les médias. Les images sont belles. Au diapason de ces discours sublimes de tragédie. Seule note humoristique : Gordon Brown, à plusieurs reprises, a la langue qui fourche et parle d'Obama Beach au lieu d'Omaha Beach.

Cette cérémonie est forcément gratifiante pour le Président. Pierre Moscovici s'interroge sur ses intentions réelles : « Le choix de l'inviter à cette date n'a pas été fait au hasard. Le Président recherche à travers cet événement un gain électoral pour les européennes et un gain d'image pour lui-même. » Même son de cloche chez Marielle de Sarnez, tête de liste MoDem en Ile-de-France : « Il y a un arrière-fond de pensée politicienne ou électoraliste. Tout est fait pour qu'il y ait cette photographie de Sarkozy et d'Obama. »

Daniel Cohn-Bendit décrète que « le débarquement n'est pas la propriété de Nicolas Sarkozy et de Carla Bruni »...

« Le Président n'allait tout de même pas changer la date anniversaire du débarquement en raison des élections européennes », rétorque Franck Louvrier.

Barack et Nicolas sont deux amis. Deux concurrents aussi.

Quelques semaines plus tard, le président américain téléphonera au président brésilien pour lui recommander d'acheter des F-18 américains. En clair, le dissuader de passer commande de trente-six avions de combat Rafale, comme il s'y était engagé auprès de son « ami » Nicolas. Charles Edelstenne, le PDG de Dassault Aviation, s'était réjoui trop tôt : « C'est Nicolas Sarkozy qui les a vendus », déclarait-il au *Monde*. Lula a quitté le pouvoir, le Brésil n'a toujours pas acheté le Rafale [1]. En raison de son coût trop élevé, mais surtout parce que son environnement ne fait pas peser sur le pays une menace qui nécessite

1. Nicolas Sarkozy espère que l'Inde passera bientôt commande des cent vingt-six Rafale, selon l'accord qu'il avait presque conclu. Mais le 7 décembre 2011, Gérard Longuet, le ministre de la Défense, affirmait : « Si Dassault ne vend pas de Rafale à l'étranger, la chaîne de production de l'avion de combat sera arrêtée. » Ajoutant tout de même que les appareils seront naturellement entretenus et que cela se produirait après que l'armée française aura reçu livraison de tous les appareils commandés.

Le Rafale a cumulé les échecs à l'étranger : la Suisse lui a préféré le Gripen du suédois Saab, et les Émirats arabes unis ont jugé l'offre de Dassault « non compétitive et irréalisable ».

l'achat d'un avion de combat aussi complet et sophistiqué.

Pour surveiller le littoral du Brésil, Lula a, en revanche, passé commande à la France de quatre sous-marins à propulsion classique, les Scorpène. Et acheté le porte-avions *Foch*.

CHAPITRE 4

L'omniprésident

Pour la première fois dans l'histoire de la Ve République, le Président s'exprime, le 22 juin, devant le Congrès réuni à Versailles. La réforme de la Constitution, votée un an plus tôt, lui accorde ce nouveau droit. « Si j'ai souhaité aller devant le Congrès, c'est pour valoriser le Parlement français », explique-t-il deux jours plus tôt à Bruxelles.

Cette nouvelle procédure ne contraint pas les élus d'être présents : si un temps de parole est dévolu à chaque groupe parlementaire, le débat n'est pas suivi d'un vote. Sitôt son discours prononcé, le Président quitte d'ailleurs l'hémicycle sans écouter les intervenants.

Les socialistes ont donc beau jeu de dénoncer « un simulacre de démocratie ». Les communistes ont annoncé qu'ils ne se rendraient pas à Versailles. Noël Mamère, député vert et maire de Bègles, appelle la gauche à boycotter le discours de Sarkozy. Après moult hésitations, les socialistes décident de venir écouter le Président, mais ils s'éclipseront comme lui, dès la fin de son discours. Ils ne participeront pas au débat.

Le moment est solennel : dans les tribunes, on aperçoit Carla Bruni-Sarkozy, sa mère Marisa et Pierre Charon.

S'exprimer à la tribune est un exercice qui a toujours plu à Nicolas Sarkozy. Et en ce lieu bien davantage encore : « J'ai conscience d'inaugurer un changement profond dans nos traditions républicaines, depuis 1875, le chef de l'État n'avait pas le droit de venir parler devant les Assemblées. Il ne pouvait communiquer avec elles que par des messages écrits qu'on lisait à sa place (...) le temps était venu que s'établissent entre le pouvoir législatif et le pouvoir exécutif des rapports plus conformes à l'esprit d'une démocratie apaisée. » Et puis, il se sent conforté par le score de l'UMP, arrivé en tête aux élections européennes du 7 juin[1]. Tout en reconnaissant ignorer quand elle se terminera, il est venu parler de la crise « qui touche le monde entier ». Il promet que le gouvernement ne mènera pas de politique de rigueur pour réduire les déficits, car « une hausse des impôts en retarderait la sortie ». Une fois encore, mais de manière plus appuyée qu'en février, il fait l'apologie

1. Avec 28 % des voix. Pour les socialistes, c'est une grosse déception, qui ne totalisent que 16,48 % des voix. Ils sont talonnés par Europe Écologie, 16,28 % des voix. « C'est une gifle pour Martine Aubry », disent les commentateurs. Le MoDem s'effondre, mais avec seulement 40,48 % de votants, le record d'abstention est battu. De toutes les élections européennes, cette campagne-là aura été la moins mobilisatrice, car menée tardivement par tous les partis et relayée a minima par les médias.

du modèle social français et de son rôle d'amortisseur. Avec cette nouvelle annonce : « Tous les salariés licenciés économiques pourront garder 80 % de leur salaire et recevoir une formation pendant un an. »

Il est venu pour lancer de nouveaux chantiers, à commencer par la réforme des retraites au milieu de l'année 2010. « Nous serons au rendez-vous : âge, durée de cotisation, pénibilité, toutes les options seront examinées. » Sur les questions de société, il veut interdire le port de la burka « qui n'est pas la bienvenue sur le territoire de la République française ». Le Président refuse d'y voir un problème religieux et même un signe religieux, il se réjouit que « les députés UMP aient souhaité se saisir de cette question ». Et enfin, deux grosses annonces qu'il relie l'une à l'autre : un remaniement et un grand emprunt. Il l'annonce ainsi : « Mercredi (c'est-à-dire le surlendemain), avec le Premier ministre, nous procéderons à un remaniement. Son premier travail sera de réfléchir à nos priorités nationales et à la mise en place d'un emprunt pour le financer. Ses priorités, nous n'avons nullement l'intention de les fixer tout seuls. Le Parlement et les partenaires sociaux y seront associés, ainsi que les responsables économiques, les acteurs du monde de la culture, de la recherche, de l'éducation seront consultés. Pendant trois mois, nous en discuterons ensemble. Quels sont les secteurs stratégiques prioritaires pour préparer l'avenir de la France une fois la crise refermée ? Les décisions ne seront prises qu'au terme de ce débat. Le montant de l'emprunt et ses modalités seront arrêtés une fois que nous aurons fixé ensemble les priorités. Je prendrai les dispositions nécessaires pour que cet emprunt soit affecté exclusivement à ces priorités. »

Un an plus tôt, Nicolas Sarkozy avait rejeté l'idée d'un grand emprunt d'État auprès des Français que Bernard Accoyer, le président de l'Assemblée nationale, lui suggérait de lancer. Il ne voulait pas, plaidait-il, « vider les SICAV des Français au risque de déstabiliser le système bancaire ». Et puis surtout, l'appel à l'épargne publique a toujours été très lourd pour les caisses de l'État, car il faut offrir aux Français un placement attrayant.

L'artisan de ce revirement présidentiel s'appelle Henri Guaino. Depuis trois mois, le conseiller spécial, tentant de clouer le bec aux pères la rigueur du gouvernement, François Fillon et Éric Woerth, insistait pour que le Président lance un large et grand emprunt consacré à l'investissement. Seule façon, selon lui, de relancer l'emploi et la croissance. Et tant pis si le déficit budgétaire dépasse 7 % du PIB.

En 2005, le rapport Pébereau sur la dette publique, dont Nicolas Sarkozy vantait à l'époque la justesse du propos, soulignait que lorsque l'État lance des investissements, il surestime systématiquement leur rentabilité future. Mais c'était avant la crise. Un grand emprunt pour financer quoi ? Le Président confie à Alain Juppé et Michel Rocard, deux anciens Premiers ministres, tous deux inspecteurs des Finances, le soin d'arbitrer ce grand débat qui va durer tout l'automne. Autour de quatre priorités : la recherche, l'Université, le haut débit et la croissance verte. À la fin de son discours, le Président confirme sa détermination à aller « le plus loin possible sur la taxe carbone et aussi jusqu'au bout du projet de loi sur le téléchargement illégal, dont le Conseil constitutionnel a censuré une partie du texte ».

Les réactions à ce discours de quarante-cinq minutes sont évidemment décevantes pour l'Élysée. Les éditorialistes écrivent qu'ils « restent sur leur faim » ou dénoncent « le contraste entre la lourdeur du processus et la pauvreté des annonces ». Fallait-il tant de solennité ? Les salons de l'Élysée auraient suffi, disent-ils.

Côté PS, on considère que « le Président est dépassé par les enjeux, qu'il laisse les Français seuls face à leurs problèmes et face à la crise ». Son discours ? « Faible et décevant », selon Laurent Fabius. « Habile et un peu vide », aux dires de Pierre Moscovici, qui évalue entre quatre cent mille et six cent mille euros le coût pour le contribuable de la réunion du Congrès.

Côté majorité, on entend un autre son. Xavier Bertrand se félicite au contraire du propos présidentiel qui, selon lui, « prend toute la mesure de la crise ». Dominique Perben, député UMP de Lyon, approuve : « J'ai entendu ce que je voulais entendre, la poursuite des réformes et le mot investissement prononcé plusieurs fois. Et puis, la réforme des retraites, le grand emprunt, ça n'est pas rien. » En effet.

L'exercice ayant été peu concluant, le Président ne reviendra pas devant le Congrès jusqu'à la fin de son quinquennat.

Un remaniement de plus

Annoncé à Versailles, le remaniement est officiel dès le lendemain. Il est d'abord justifié par les départs de Michel Barnier, le ministre de l'Agriculture et de la Pêche, et de Rachida Dati, ministre de la Justice, tous deux contraints de quitter leur poste pour rejoindre le Parlement de Strasbourg, où ils viennent d'être élus. Un départ choisi pour le premier, subi pour la seconde car imposé par l'Élysée. Ce remaniement est le huitième depuis 2007.

Un gros chamboulement. Huit ministres changent d'affectation, huit quittent le gouvernement. Les changements : Brice Hortefeux réalise son rêve. Il quitte les Affaires sociales (il n'y sera resté que six mois) pour le ministère de l'Intérieur. Xavier Darcos le remplace. Le poste de l'Éducation échoit à Luc Chatel, promu également porte-parole du gouvernement. Michèle Alliot-Marie passe de l'Intérieur à la Justice, elle remplace Rachida Dati. Bruno Le Maire quitte les Affaires européennes (lui aussi n'y sera resté que six mois) pour prendre l'Agriculture, une belle promotion. Pierre Lellouche le remplace. Bernard Laporte s'en va. C'est Rama Yade qui s'installe au secrétariat aux Sports, malgré ses différends avec le Président (elle a refusé d'être candidate aux européennes). Les partants sont : Christine Boutin, qui ne saisit pas les raisons de son éviction, elle en est toute retournée. Benoist Apparu, 39 ans, lui succède au Logement et à l'Urbanisme. Christine Albanel, malmenée par le Parlement lors du vote controversé de la loi Hadopi (voir plus loin), doit à son grand regret abandonner le ministère de la Culture à Frédéric Mitterrand (quelques jours plus tôt Jack Lang laissait entendre que l'Élysée l'avait contacté pour ce poste). « C'est une idée de l'Italienne », se plaît à dire Nicolas Sarkozy, allusion au rôle joué par Carla dans cette nomination. Frédéric Mitterrand avait organisé une exposition des photos de son frère Virgilio (décédé) à la Villa Médicis qu'il dirigeait jusque-là. Roger Karoutchi, autre fidèle parmi les fidèles, un ami de Cécilia, est lui aussi remercié. Le Président n'a pas toléré son absence au banc du gouvernement lors du vote de la loi Hadopi. Le sénateur Henri de Raincourt prend sa place. André Santini, autre ami des Hauts-de-Seine, quitte lui aussi le gouvernement. Il détenait le poste de la Fonction publique. Il n'est pas remplacé. Yves Jégo, sarkozyste de la première heure, secrétaire d'État à l'Outre-mer s'en va lui aussi. C'est Fillon qui a exigé son départ, il n'avait pas apprécié sa gestion de la crise aux Antilles. Le ministre n'avait pourtant pas démérité. La presse dénonce une injustice. Il est remplacé par Marie-Luce Penchard, jusque-là conseillère pour l'Outre-mer à l'Élysée.

Il y a quelques heureux, comme Christian Estrosi, nommé à l'Industrie, ou Michel Mercier, compagnon de route de François Bayrou, trésorier du MoDem, président du Conseil général du Rhône, nommé ministre de l'Aménagement et du Territoire.

Des entrants, des sortants, des joyeux, des amers. Un remaniement !

CHAPITRE 5

Les polémiques de l'été

Ce dimanche 26 juillet, le soleil brille sur l'Ile-de-France. Le mercure tutoie les 30 degrés à l'ombre en fin de matinée. Nicolas Sarkozy est venu passer le week-end au pavillon de la Lanterne. Vers midi, il décide d'aller faire son jogging quotidien dans le parc. Ses gardes du corps le suivent comme il est de règle en espérant qu'il n'en fera pas trop. Et justement, si. Voilà qu'il tombe comme une pierre. Paniqués, ils se précipitent vers lui, organisent vite les secours en craignant le pire. Un hélicoptère le transporte au Val-de-Grâce. « J'ai perdu connaissance, sans perdre conscience. On m'a perfusé du glucose », expliquera plus tard le Président.

Diagnostic : une lipothymie (et non un malaise cardiaque comme annoncé à tort par Frédéric Lefebvre) suite à un effort soutenu par grande chaleur. Rien de grave. On le garde quand même trois jours à l'hôpital pour y subir une batterie d'examens et d'analyses, qui le perturbent et l'impressionnent bien plus que sa chute spectaculaire.

Il en sort très fatigué. Il est temps de prendre des vacances, Carla l'exige : ce sera tout le mois d'août au Cap Nègre ! À son retour, sa mauvaise mine frappe tout le monde. Il a beaucoup maigri. Les ministres s'inquiètent : serait-il atteint d'un mal plus profond ou a-t-il observé un régime trop sévère ? « On n'est tout de même pas fini à 54 ans », lâche-t-il lors du premier Conseil. Il dit aussi « s'être bien reposé ». Un mot qu'il n'utilise jamais. Bizarre.

Il en avait bien besoin pourtant. La crise économique n'est pas finie et les jours qui vont suivre vont être marqués par toute une série de polémiques énervantes, voire usantes.

C'est l'abaissement du taux de la TVA à 5,5 % dans la restauration qui ouvre le bal. Jacques Chirac l'avait promis en 2002. En vain. Il n'avait pas obtenu le feu vert de Bruxelles. Esprit de compétition es-tu là ? Nicolas Sarkozy veut absolument réussir là où son prédécesseur a échoué. Il va se battre comme il sait le faire. Sa présidence de l'Union l'y aide. La Commission européenne va lui donner gain de cause. Las ! Le bonus pour les restaurateurs a un coût : trois milliards d'euros par an. « Je lui disais, c'est beaucoup trop, vu la situation de nos finances, c'est invendable à l'opinion, ne le fais pas », témoigne Pierre Méhaignerie, le président de la Commission des affaires sociales. « On aurait pu se contenter de descendre la TVA à 12 % », soupire Gilles Carrez, rapporteur du Budget qui lui aussi a tenté de le faire renoncer[1].

La gauche dénonce un cadeau malvenu. Pire, une « grosse bêtise », une « faute » ! Peu nombreux sont ceux qui approuvent : « Le bistrot, c'est culturel en France. La TVA à 5,5 a permis de maintenir à flot beaucoup d'établissements qui auraient fermé. » Le syndicat des restaurateurs avait promis d'engager du personnel supplémentaire et de baisser les prix. Deux mois plus tard, l'INSEE enregistre une baisse de... – 0,2 % dans les restaurants, – 0,1 % dans les cafés en août. Ridicule ! François Chérèque dénonce « l'arnaque de l'été ». Quelques mois après, rien ou presque n'a changé. Les promesses, selon une formule désormais célèbre, n'engagent toujours que ceux qui y ont cru[2]. « Ça ne rapporte rien au consommateur et ça coûte cher au contribuable », s'emporte le villepiniste Jean-Pierre Grand. Éric Ciotti, député UMP des Alpes-Maritimes, va plus loin. Il adresse à la mi-août une lettre à François Fillon pour lui demander « un moratoire sur la baisse à 5,5 % ». Car il l'a constaté à Nice, « seule une minorité de restaurants propose un menu à taux réduit ».

En septembre, le ministre des PME, Hervé Novelli, doit le concéder : le compte n'y est pas, alors qu'en juillet il affirmait qu'« un restaurant sur deux avait

1. Elle passera à 7 % en janvier 2012 pour se caler sur le taux allemand, la décision a été annoncée avec le deuxième plan de rigueur de novembre 2011.

2. En avril 2011, le patronat annonçait la création de 25 000 emplois en 2010 et la sauvegarde de 30 000 autres.

baissé les prix ». Lors de la discussion budgétaire, le PS dépose un amendement pour un retour au régime ancien. Le gouvernement s'y oppose. Jusqu'en juillet 2011, Nicolas Sarkozy refuse de toucher à la TVA à 5,5 % [1]. De quoi nourrir sa réputation d'homme qui ne fait pas les additions [2] ?

Une sorte de mise en bouche, comme on dit dans les restaurants chic.

Deuxième esclandre : début septembre, le journal *Le Monde* publie sur son site Internet une vidéo tournée par des journalistes lors de l'université d'été de l'UMP qui s'est tenue à Seignosse, dans les Landes. Elle montre Brice Hortefeux, ministre de l'Intérieur, en compagnie de Jean-François Copé qui le taquine sur ses origines auvergnates. Dans le même temps, plusieurs personnes, non visibles sur les images, leur présentent un jeune militant UMP, Amine, né de père algérien. On entend l'une d'elles dire : « C'est notre petit Arabe. » Et aussitôt cette phrase du ministre : « Il en faut toujours un. Quand il y en a un ça va, c'est quand il y en a beaucoup qu'il y a des problèmes. » Les images de cette discussion « spontanée » sont aussitôt relayées par tous les médias et sévèrement

---

1. Crise aidant, François Fillon, présentant le deuxième plan de rigueur, le 7 novembre 2011, annonce que ce taux sera aligné sur celui pratiqué en Allemagne : 7 %, tout comme celui dont bénéficiaient le secteur du bâtiment et les emplois à domicile qui eux aussi passeront de 5,5 à 7 %.

2. François Hollande, candidat, a déclaré qu'il ne la supprimerait pas, sauf pour les restaurateurs qui ne créent pas d'emplois… mesure inapplicable.

commentées : ce sont des propos racistes. L'intéressé se défend en arguant qu'il parlait des Auvergnats, que l'on a mal interprété ses propos... Il ne convainc pas. La gauche demande sa démission. François Hollande lui suggère de demander pardon. François Bayrou veut bien concéder : « Cela peut arriver de déraper. Mais quand on dit des bêtises, au moins ne faut-il pas les défendre. »

À droite, on défend avec vigueur l'ami de longue date de Nicolas Sarkozy. Henri Guaino dénonce la diffusion d'une conversation privée et il s'en prend aux journalistes qui font d'une petite phrase un événement national. Jack Lang et Dalil Boubakeur viennent eux aussi au secours du ministre de l'Intérieur en plaidant qu'il n'est pas raciste, tandis que le recteur de la Grande Mosquée de Paris évoquera lors du procès « son attitude toujours bienveillante à l'égard de l'Islam ». Car, le 29 septembre, le MRAP porte plainte contre lui. Le ministre est cité à comparaître pour injure raciale le 17 décembre. La quasi-totalité des éditorialistes estiment que le ministre de l'Intérieur aurait dû immédiatement présenter ses excuses. Beaucoup s'interrogent aussi sur l'usage de ces vidéos pirates tournées à l'insu de l'intéressé [1]. En privé tout

1. Le jugement de première instance devant le tribunal correctionnel de Paris le condamnait à 750 euros d'amende et 2 000 euros de dommages et intérêts, en juin 2010. La cour d'appel de Paris qui rejugeait l'ancien ministre de l'Intérieur pour délit d'injure raciale l'a relaxé le 15 septembre 2011, les juges estimant irrecevable la constitution de partie civile du MRAP, puisqu'il ne s'agissait pas de propos publics, qu'ils qualifiaient, néanmoins, de « méprisants et outrageants ».

le monde est bien d'accord : « Ces choses-là ne se disent pas. »

Il y a plus rude encore. Le 21 septembre s'ouvre, devant la 11e chambre du tribunal correctionnel de Paris, le procès Clearstream [1]. Il s'agit, comme on le sait, d'une très sombre affaire. La société Clearstream, chambre de compensation située au Luxembourg, aurait servi au blanchiment d'argent pour le produit des rétro-commissions dans l'affaire dite des frégates de Taïwan. Sur une liste envoyée à la justice par un corbeau, figurent en tant que bénéficiaires des personnalités très diverses, des politiques de droite ou de gauche, dont Nicolas Sarkozy, sous des noms facilement identifiables (Stéphane Bocsa et Paul de Nagy [2]). Cette affaire avait été révélée en 2005. Nicolas Sarkozy avait aussitôt soupçonné son ennemi Dominique de Villepin, alors ministre des Affaires étrangères, d'avoir fait insérer son nom dans la liste pour lui nuire et l'empêcher d'être candidat en 2007. Il avait porté plainte en 2006. L'instruction préalable au procès est menée dans une ambiance d'hystérie par les juges d'Huy et Pons. L'un des principaux prévenus, l'informaticien Imad Lahoud, le leur a assuré : la cabale contre Sarkozy était montée en toute connaissance des faits par Dominique de Villepin.

Très rapidement, cette histoire complexe a pris l'allure d'un duel entre les deux hommes dont l'inimitié, pour ne pas dire plus, est ancienne et connue.

---

1. Voir aussi chapitre 2, année 2010.

2. Le Président est né Nicolas Paul Stéphane Sarkozy de Nagy-Bocsa.

Le Président s'est porté partie civile. Son adversaire est prévenu de « complicité de dénonciation calomnieuse ». Le jour du procès, Dominique de Villepin fait une entrée dans les couloirs du tribunal digne de la Comédie-Française. Entouré de sa femme et de ses trois enfants, le verbe haut, la mèche au vent, le regard pointé vers les caméras, il déclare, grandiloquent : « Je suis là par la volonté et l'acharnement d'un homme : Nicolas Sarkozy. J'en sortirai libre et blanchi au nom du peuple français. » Son offensive ne trouble guère Thierry Herzog, l'avocat de Nicolas Sarkozy, qui affirme aux journalistes « attendre avec impatience que s'ouvre le débat de fond sur le rôle joué par l'ancien Premier ministre ».

Lorsque le procès commence, Nicolas Sarkozy est à New York. Comme tous les ans, il vient s'exprimer à la tribune de l'ONU, avant de se rendre à Pittsburgh, à la réunion du G20. Cette semaine américaine doit le réinstaller dans une stature présidentielle alors qu'il vient de baisser de six points dans les sondages. Il compte mettre en scène son action sur les grands dossiers de la planète : la gouvernance économique, le réchauffement climatique… du lourd !

Le soir, il est interviewé par David Pujadas et Laurence Ferrari. Les dirigeants des deux chaînes ont eux aussi fait le déplacement. Les journalistes l'interrogent, bien sûr, sur le procès en cours. « J'ai déposé plainte contre X quand j'ai découvert avec stupéfaction que j'étais titulaire de deux comptes dans une banque dont j'ignorais même le nom (…) Au bout de deux ans d'enquête, deux juges indépendants ont estimé que les coupables devaient être traduits devant un tribunal correctionnel », répond le Président. Et voilà le coup de tonnerre. L'avocat de l'ancien Premier ministre, Me Olivier Metzner, reçoit la phrase sur son BlackBerry pendant l'audience. Il mesure le profit que peut en tirer son client. Il se lève d'un bond et sur un ton courroucé en fait lecture devant le tribunal. Effet garanti !

En entendant le mot « coupables », Thierry Herzog reçoit un coup sur la tête. Il est sonné. Il ne comprend pas. Quelques heures plus tôt, il avait eu le Président au téléphone et ils en étaient convenus : il ne dirait rien aux journalistes qui n'allaient pas manquer d'aborder le sujet.

Indigné, Me Metzner enfonce le clou : « C'est cela, le respect de votre tribunal ? C'est cela qu'un président de la République donne comme spectacle de la justice en France ? La présomption d'innocence est un droit fondamental. Et le président de la République la bafoue en direct devant des millions de Français. On a déjà voulu pendre Dominique de Villepin à un croc de boucher et maintenant on le dit coupable. » Une occasion inespérée pour Dominique de Villepin de se poser en martyr.

Ses autres avocats – « quatre avocats pour un innocent, ça fait beaucoup », raille Thierry Herzog – vont s'en donner à cœur joie dans les couloirs en annonçant qu'ils vont porter plainte contre Nicolas Sarkozy (qui jouit de l'immunité pénale jusqu'à la fin de son mandat) : « Par ses propos, le Président s'ingère dans la procédure et porte atteinte à la présomption d'innocence [1]. »

Selon un sondage Viavoice pour *Libération*, 69 % des personnes interrogées estiment que le Président a eu tort de s'exprimer publiquement.

Bien entendu, l'affaire fait grand bruit, et parasite les journées parlementaires de l'UMP au Touquet. « Quand on est avocat, on sait faire la différence entre prévenu et coupable », s'emporte le député Jacques Le Guen. Tandis que le villepiniste François Goulard tranche : « Ça s'appelle une pression sur la justice. » Tous les députés avouent leur gêne. Claude Goasguen résume le sentiment commun : « Ce procès, on s'en passerait volontiers. »

Et tous le disent : « Nicolas aurait dû retirer sa plainte en arrivant à l'Élysée. » Ce que certains fidèles lui avaient aussi conseillé. En vain [2].

Villepin est sans doute le seul à droite à lui avoir fait peur. Les sondages le désignaient comme possible successeur de Jacques Chirac durant le dernier semestre 2006. Il est aussi celui qui l'aura le plus humilié en le traitant de « nabot » et pire, en le moquant, lorsque Cécilia avait rejoint Attias à New York : « Un homme qui n'est pas capable de garder sa femme ne peut pas garder l'État. » Ce mot cruel avait

---

1. Interrogé le 15 octobre par *Le Figaro* sur l'emploi du mot « coupables », le chef de l'État répond : « Le mieux à faire est de s'abstenir de tout commentaire. J'aurais été mieux inspiré de le faire. »

2. « Il a regretté plus tard de ne pas l'avoir fait », révèle Franck Louvrier.

fait le tour des rédactions. Impardonnable. Et jamais pardonné.

Lapsus ou gaffe ? Et si ce dérapage s'expliquait par un contexte émotionnel particulier ? « Quand il est arrivé, il avait l'air sombre, on voyait bien qu'il n'était pas dans son assiette », témoignent les journalistes. C'est que deux heures plus tôt, à la demande de Carla, qui insistait depuis longtemps sur la nécessité de la rencontre, ils étaient allés prendre le thé chez Cécilia et Richard Attias. En vue de normaliser les relations, pour faciliter l'organisation toujours très compliquée des visites de Louis à Paris. Il fallait aussi faire la paix. Lors d'un passage à Paris au moment de Noël, Louis, en pleurs, avait accusé son père d'empêcher son beau-père de travailler. Ce message, inspiré par Cécilia, l'avait complètement retourné. Le couple Attias avait en effet quitté Dubaï pour revenir à New York. Ce jour-là, Nicolas Sarkozy revoyait son ex-femme pour la première fois depuis leur divorce. L'un et l'autre étaient restés muets durant toute la rencontre. Carla et Richard avaient entretenu la conversation. Son stress n'était pas évacué au moment de l'interview. La suite allait le montrer.

« Pensez-vous que le mot "coupable" a un lien avec sa visite chez les Attias ?

— C'est à coup sûr un effet Cécilia [1] », avait répondu Claude Guéant.

« Nicolas avait un rapport immature avec elle », constate Carla.

---

1. Conversation avec l'auteure.

L'émission terminée, le Président prend un verre avec les journalistes et leurs directions. L'entretien est détendu, on évoque des sujets divers, quand Arlette Chabot, directrice de la rédaction de France 2, aborde la question de l'Iran et des sanctions qu'il préconise contre ce pays qui veut se doter de la bombe atomique. David Pujadas enchaîne : « J'ai cru comprendre en lisant le *New York Times* ce matin, que Bernard Kouchner n'est pas sur la même longueur d'onde que vous sur les sanctions. »

Réponse du Président : « Bernard a toujours des problèmes avec les sanctions. »

« Si vous n'êtes pas d'accord, on pourrait organiser un débat entre vous deux », s'amuse Arlette Chabot.

Que n'a-t-elle dit ? Le Président – preuve que son stress est toujours là – n'apprécie pas du tout son humour. Il se sent au contraire agressé et le voilà qui s'emporte contre le service public et France 2, qui n'organisent plus de vraies émissions politiques. Et d'évoquer avec nostalgie « L'Heure de vérité », qu'animait jadis François-Henri de Virieu, ou le « 7 sur 7 » d'Anne Sinclair. Piquée au vif, la journaliste rétorque que France Télévisions diffuse cinq grandes émissions politiques, dont la sienne mensuelle : « À vous de juger ». L'échange n'a duré qu'un petit quart d'heure. Les portes étaient ouvertes. Bientôt, toutes les rédactions parisiennes sont au courant de l'altercation. On en discute sur le Net. Arlette Chabot, elle-même, n'en revient pas. L'Élysée lui reproche le tohu-bohu qu'elle n'a pas orchestré. Elle révèle, stupéfaite : « J'ai reçu des SMS, de hauts fonctionnaires, de journalistes qui me disaient qu'eux aussi avaient eu à subir les foudres du Président. » Dans les jours qui suivent, il n'est question que du lapsus et des relations du Président avec la presse. Le G20 de Pittsburgh intéresse peu les médias.

Il était dit qu'en cet automne 2009, on n'en finirait pas avec les polémiques. Deux affaires vont troubler l'opinion bien davantage encore.

La première concerne Frédéric Mitterrand. En le nommant ministre de la Culture, Nicolas Sarkozy prenait un risque. Quatre ans plus tôt, il avait publié un livre salué par la critique, *La Mauvaise Vie*, dans lequel il évoquait sans fard son homosexualité, ses pulsions irrépressibles, avouant avoir eu recours à la prostitution masculine en Thaïlande et en Malaisie, avec de jeunes hommes qui n'étaient pas des adolescents : « Je sais très bien que tout cela n'est qu'une sinistre farce que je me raconte à moi-même », écrivait-il. « J'ai beau résister, le réel me remet le nez dans ma merde dès que j'arrive à Paris, le remords m'attrape et ne me lâche plus d'une semelle, rendu furieux par la peur d'avoir failli perdre ma trace. »

Si ce témoignage torturé, de bonne facture littéraire, venant d'un écrivain sincère, rencontre son public aisément, il devient risqué pour qui entre en politique.

Lors de la formation du gouvernement, personne n'avait évoqué l'ouvrage. Et puis voilà que trois mois plus tard éclate en Suisse une affaire qui n'a aucun rapport avec la promotion de Frédéric Mitterrand. La police de ce pays cueille à sa descente d'avion le cinéaste Roman Polanski. Il est invité au Festival de Zurich pour y recevoir un prix. Ce n'est pas la première fois qu'il séjourne en Suisse et sans problème, puisqu'il y possède un chalet. Mais on a exhumé en 2009, pour une raison inconnue, une très ancienne demande d'extradition de la justice américaine concernant une affaire très grave : le viol d'une adolescente âgée de 13 ans, qu'il aurait droguée. C'était dans les années 70 et depuis, la victime avait retiré sa plainte.

L'arrestation fait grand bruit dans les milieux culturels et la presse. Frédéric Mitterrand se joint aux protestations. Il qualifie l'événement d'épouvantable. Ajoutant : « Je pense que Roman Polanski, cet immense créateur, qui est âgé de 76 ans, a droit, ainsi que sa famille, à la solidarité et à la compassion du ministre de la Culture. » Son intervention, mal accueillie en Suisse, choque l'opinion en France. D'autant plus que ce jour-là – fâcheuse coïncidence – l'Assemblée nationale examine un texte sur le sort qui doit être réservé aux délinquants sexuels récidivistes. Yves Calvi, dont l'émission « Mots croisés » est toujours très suivie sur France 2, a choisi ce sujet pour thème. Et il a invité Marine Le Pen. Or, celle-ci a reçu le courriel d'une internaute l'incitant à lire le livre de Frédéric Mitterrand avec ce conseil : « Vous comprendrez pourquoi Mitterrand soutient Polanski. » L'ayant lu, la présidente du Front national profite de l'aubaine pour dénoncer, avec la violence et le sens du raccourci qui font sa marque, « l'amoralisme d'un ministre qui pratique le tourisme sexuel et prend plaisir à payer les petits garçons thaïlandais ». La polémique enfle. Le socialiste Benoît Hamon, qui n'a pas lu le livre, demande la démission d'un ministre qui « justifie le tourisme sexuel ». Ce qui n'est évidemment pas le cas. L'auteur évoque ses souvenirs qui lui ont laissé un goût de cendres, sur un ton de mélancolie honteuse. Ça n'est pas la gay pride. Il plane sur ce livre un climat de fatalité tragique. C'est la confession impudique d'un enfant du siècle qui cherche la rédemption. Pour faire face au tumulte, il vient s'expliquer sur TF1, où Laurence Ferrari le bouscule. Les téléspectateurs voient un homme tassé sur son fauteuil, sonné par la polémique. Très atteint. A-t-il fait une erreur ? « Sans doute, mais un crime, non. » Une faute ? « Peut-être une faute contre la dignité humaine », répond-il. Le camp socialiste baisse le ton. Sous le manteau, on juge plutôt moches les attaques de Benoît Hamon. Mais comme en même temps, cette affaire ne fait pas de bien à Sarkozy, c'est toujours bon à prendre.

Marine Le Pen, elle, continue de vociférer. Elle exploite l'homophobie latente du pays, surtout dans la classe populaire qui, une fois encore, s'interroge sur les mœurs du monde de l'élite et des dirigeants. Les électeurs de droite, les plus âgés surtout, ne sont pas loin d'éprouver les mêmes sentiments. Côté UMP, les mêmes qui applaudissaient l'arrivée du ministre en juin n'hésitent plus à fustiger un Président qui paie au prix fort son goût immodéré pour l'ouverture. Les ministres font profil bas. Les parlementaires sont mal à l'aise. Un sénateur UMP, Éric Doligé, dénonce dans l'hémicycle le soutien de Mitterrand au cinéaste : « Son arrestation a été qualifiée d'épouvantable ; je voudrais dire à l'auteur de cette appréciation que ce qui est épouvantable, c'est le viol de la petite fille et non l'arrestation du violeur. » Il est applaudi. Quand même, l'affaire sera assez vite oubliée.

C'est aussi parce qu'une polémique chasse l'autre. Et la suivante va rester dans les mémoires parce qu'elle concerne le fils du Président.

Le jeudi 8 octobre, Jean Sarkozy, 23 ans, qui préside avec autorité et à la satisfaction de ses membres le groupe UMP du conseil général des Hauts-de-Seine, se porte candidat à la tête de l'EPAD, Établissement public pour l'aménagement de la région de la Défense. La place est vacante. Son titulaire Patrick Devedjian est atteint par la limite d'âge fixée à 65 ans pour les établissements publics. L'EPAD, qui est chargé de l'aménagement du quartier d'affaires de la Défense (le premier d'Europe en mètres carrés de bureaux disponibles), vend des droits à construire, les terrains étant la propriété des communes. En contrepartie de ces recettes, l'établissement prend en charge l'environnement : voiries, parkings, espaces verts, viabilité des terrains. Le surplus des recettes va dans les caisses de l'État. La gestion de l'EPAD est l'apanage d'un directeur général, assisté d'un représentant de Bercy. Le tout étant contrôlé par la Cour des comptes.

Le conseil d'administration élit le président qui, dans un premier temps, doit être élu par le conseil général. Une formalité pour Jean Sarkozy. Puisque le groupe UMP, qu'il préside, est majoritaire dans les Hauts-de-Seine.

Élu aux cantonales de Neuilly, en mars 2008, ses collègues l'avaient aussitôt élu à la tête de leur groupe [1]. Sans doute pour faire plaisir à son père et aussi sous la pression d'Isabelle Balkany, l'amie de la famille. « Il a toutes les qualités de son père, moins les défauts », aime-t-elle plaisanter. Il avait 21 ans. Un an plus tard, Jean est candidat à la présidence de l'EPAD : un rôle essentiellement politique.

Il faut vendre l'image du quartier de la Défense, chercher des investisseurs à l'étranger. Il se sent assez dynamique pour faire le job. Pensant évidemment que s'appeler Sarkozy n'est pas une nuisance. C'est un poste où le titulaire ne perçoit aucune rémunération et ne bénéficie d'aucun avantage matériel.

Apprenant sa candidature, Nicolas Sarkozy n'a pas dissuadé son fils, qui, d'ailleurs, ne lui a pas demandé son avis. On connaît trop le cas de ces pères culpabilisés d'avoir été trop absents et qui n'osent plus s'opposer aux volontés de leur progéniture. « Il est meilleur que moi », se plaît à dire le géniteur devant ses ministres qui avouent, eux aussi, n'avoir pas senti que l'opinion pourrait être choquée. Idem pour Jean-Pierre Raffarin, qui pourtant a du nez. Idem pour Pierre Méhaignerie : « Bien que très jeune, ce garçon avait fait la preuve de ses qualités. Il n'y avait aucun avantage matériel à la clé. Non, je n'ai pas été heurté par sa candidature. » Un seul, Gérard Longuet, président du groupe UMP au Sénat, l'avait mis en garde : « Cette affaire risque d'être dangereuse parce que les

1. Le président de groupe sortant, Jean-Jacques Guillet, élu aux municipales, venait de démissionner pour cause de cumul des mandats.

gens ne vont pas comprendre », lui avait-il dit dans un tête-à-tête.

Dès que sa candidature est connue, la polémique se déchaîne en effet. Elle commence, comme il est désormais de règle, sur Internet. Et gagne très vite le monde politique. Un véritable ouragan. La gauche dénonce le népotisme sarkozyste. Benoît Hamon stigmatise l'EPAD, « un coffre-fort pour l'UMP ». Laurent Fabius raille : « L'EPAD, c'est lourd pour un bac + 2. » La droite est plus que mal à l'aise. Le site Internet du *Figaro* enregistre mille deux cents réactions, toutes hostiles ! L'opinion retient surtout qu'à 23 ans, Jean Sarkozy est loin d'avoir fini ses études. Cette histoire arrive à un très mauvais moment. C'est la crise. Les parents ont peur pour l'avenir de leurs enfants. De plus en plus de jeunes diplômés et même surdiplômés peinent à trouver un emploi. Dans un pays où la méritocratie des diplômes est respectée, on juge que Jean Sarkozy ne devra son élection qu'au nom qu'il porte. Un pur privilège. Une injustice. Une faute de goût.

Dans une interview au *Monde*[1], Catherine Pégard raconte : « Il y a quelques jours, une amie agacée m'a dit "Mais enfin, si tu étais toujours journaliste, qu'est-ce que tu écrirais ?" Être journaliste, c'est d'abord tenter de raconter l'histoire au plus près de ce qu'elle est. Il me semble que j'aurais essayé de comprendre d'abord la relation de Nicolas et Jean Sarkozy. Je crois que Jean ne s'est jamais vécu comme un héritier. Il a peut-être même détesté naguère la

1. Daté du 26 octobre 2009.

politique qui accaparait son père, qui l'éloignait de lui. Et puis, il est allé sur son terrain, il ne lui a pas demandé son avis. Je ne suis pas sûre que son père ait été heureux de ce choix parce qu'il sait la violence de la politique. J'observe Jean Sarkozy depuis longtemps. Il n'a rien d'un fils à papa. C'est peut-être pour cette raison qu'il a sous-estimé l'incompréhension soulevée par sa candidature. »

« Jean est un garçon d'une extraordinaire maturité pour son âge », ponctue Carla.

Incompréhension… L'affaire prend même une dimension internationale. Hervé Morin, en visite en Chine, en est médusé : l'EPAD fait la Une des journaux.

Nicolas Sarkozy est interrogé le 16 octobre par *Le Figaro* :

« Que répondez-vous à ceux qui vous accusent de népotisme ?

— La présidence de l'EPAD est un poste non rémunéré. Il ne s'agit pas d'une prébende. C'est une élection… À travers cette polémique, ça n'est pas mon fils qui est visé, c'est moi.

— Votre fils n'est-il pas trop jeune pour accéder à cette responsabilité ?

— Y a-t-il un âge pour être compétent ? Je souhaite le rajeunissement de nos élites politiques qui ont bien vieilli. J'ai été le premier surpris lorsque Jean a voulu se lancer en politique. Mais il m'a impressionné par sa ténacité. Il travaille énormément et fait face avec beaucoup de courage à la dureté et à la brutalité des attaques… Il n'a pas plus de droit qu'un autre, mais pas moins non plus. »

Commentaire d'un ministre : « On sentait qu'il était très fier de son fils. Qu'il se disait : c'est mon sang. »

Mais la fronde devient telle que Jean Sarkozy décide de se retirer, il ne veut pas nuire à son père.

Le mercredi 21 octobre au soir, il vient le lui annoncer, il veut jeter l'éponge. Mais celui-ci lui suggère de s'accorder une dernière nuit de réflexion. Le jeudi matin, Jean Sarkozy rappelle son père : « C'est non, définitivement. » Il a mesuré les ravages politiques de l'affaire.

Le soir, il vient dire sur France 2 qu'il abandonne. Et que voit-on ? Un jeune homme au look austère, costume gris, strict, cravaté. Cheveux châtains coupés court. Fines lunettes d'intellectuel. Il ne s'est pas fait la tête de qui rate ses examens. Il est même méconnaissable pour ceux qui gardent de lui l'image des débuts du quinquennat du grand blond aux cheveux flottant sur les épaules. Il a même pris soin d'arborer au poignet une simple montre Swatch en plastique (75 euros). Il s'exprime sur un ton à la fois humble et empli d'autorité et il dénonce une campagne de manipulation et de désinformation.

En novembre, Nicolas Sarkozy perd six points dans les sondages. Et l'histoire de la candidature à l'EPAD n'y est pas pour rien. Quelque temps plus tard, Nicolas Sarkozy voudra bien reconnaître en privé que « c'était une erreur ». Les Français vont continuer de ruminer l'affaire qui s'est incrustée dans les mémoires.

« Notre électorat a décroché à ce moment-là. C'était très net sur le terrain », dit Alain Lamassoure, ancien ministre.

« L'EPAD a été la grande rupture », disent en chœur tous les UMP. Lionnel Luca va même plus loin : « L'EPAD, ça a été pire que le bling-bling. Le fil avec les Français s'est cassé ce jour-là. »

L'homme qui veut faire bouger le monde

Quand on a, dès l'enfance, rêvé d'entrer en politique, quand on a, encore adolescent, précisé que c'était « pour monter haut » et quand on y est parvenu, dès la première candidature, on ne doute plus de sa capacité à vaincre.

« Nicolas n'a jamais eu peur de rien, ça l'a sûrement aidé dans la vie », note Dadue, sa mère.

Lors de son intervention inaugurale à la tribune de l'ONU en septembre 2007, Nicolas Sarkozy avait osé lancer un appel à toutes les nations pour qu'elles prennent en main « la moralisation du capitalisme financier ». Il prônait un new deal écologique et financier. Pas moins !

Elles sont nombreuses dans les cimetières, les stèles des économistes, des pontifes, des moralistes, des politiques, des chefs d'État qui – sans toujours avoir l'audace de le proclamer avec une telle assurance – en ont rêvé. Ils sont nombreux dans le monde ceux qui le souhaitent aujourd'hui. Sans le croire possible. Et voilà que le président d'un État qui n'est pas – et de loin – le mieux géré d'Europe depuis trente ans, ni le plus puissant du monde, en exprime l'ambition. Sans faire rire. Car il ne doute pas de lui. Il veut ériger la France en modèle, même si elle doit être seule à donner l'exemple, comme il le dira encore en 2012 à propos de la taxe Tobin. Prêt à faire la révolution tout seul !

Il s'est convaincu – mais était-ce nécessaire – durant sa présidence de l'Union européenne, de sa capacité à entraîner les autres. De son leadership incontesté. Il a une ambition. Devenir le grand régulateur international. Sans lui, c'est vrai, le G20 n'existerait pas. Et qui a obtenu de limiter les capacités de quelques paradis fiscaux ? Lui encore. En 2009 les difficultés financières s'accumulent, les sondages sont en berne, la majorité se met à douter. Pas lui. Il va s'attaquer aux pratiques des banques dont la réputation, il est vrai, n'est pas fameuse auprès du public. Et aussi à une grande cause mondiale : le réchauffement climatique.

CHAPITRE 6

Le bonus des banquiers

Moraliser le capitalisme. Un gros morceau. Les chefs d'État du G20 se réunissent à Pittsburgh les 24 et 25 septembre. Nicolas Sarkozy veut être à l'offensive et pour cela donner l'exemple.

Une belle occasion se présente. Le 4 août (une date symbolique dans l'Histoire [1]), la BNP-Paribas publie ses résultats trimestriels. Dans la masse d'informations, une ligne : un milliard d'euros est provisionné pour payer les bonus de ses traders. Alors que la banque avait reçu cinq milliards d'aides de l'État (qu'elle a remboursés).

Une ligne qui aurait dû passer inaperçue. Mais que *Libération* a dénichée et publiée, suscitant une tempête dans la presse et la classe politique. « L'État fait preuve de légèreté », s'exclame Aurélie Filippetti, députée proche de Ségolène Royal. « Il faut faire rendre gorge aux banques », clame Olivier Besancenot. « Indécent ! » s'emporte Nicolas Sarkozy, qui se trouve au Cap Nègre. François Fillon se trouvant en Toscane, et

1. Le 4 août 1789 sonne la fin des privilèges.

entendant y rester, c'est Antoine Gosset-Grainville, le directeur-adjoint du cabinet du Premier ministre, qui réunit les représentants des banques le vendredi 7 août à Matignon. Ce jour-là, un communiqué de l'Élysée annonce que le Président réunira les banquiers à la fin du mois. À la sortie de la réunion, Baudoin Prot, directeur général de BNP-Paribas, affirme que « les banques françaises vont prendre des mesures pour que rien ne soit comme avant la crise ». Il se dit prêt à ouvrir ses livres pour que la Banque de France exerce son contrôle.

Entouré du Premier ministre, de Christine Lagarde, de Christian Noyer, le président de la Banque de France, et du médiateur du crédit René Ricol, Nicolas Sarkozy reçoit le 25 août les banquiers (pour la septième fois en moins d'un an).

« L'opinion publique, leur dit-il, n'acceptera pas qu'après la crise que nous avons connue, le monde redevienne comme avant. Elle n'acceptera pas la spéculation qui n'enrichit que quelques-uns en faisant prendre des risques à tous. Je souhaite que nous définissions le cadre d'une initiative française sur la rémunération des traders. Je ne ménagerai pas mes efforts pour faire émerger sur ce sujet une approche européenne »

Baudoin Prot a fait travailler ses équipes. Il arrive avec une proposition : un plan de paiement différé pour les bonus. « On voulait apporter un vrai changement, mais sans nuire à l'industrie », explique-t-il. Ainsi, les traders devront attendre trois ans avant de toucher l'intégralité de leurs bonus. Si dans les deux années qui suivent, leur activité perd de l'argent, ils ne toucheront rien. Autrement dit, pas de bonus sans malus.

La suggestion est retenue par Nicolas Sarkozy. « La règle, dit-il, ne sera plus “à tous les coups l’on gagne”. »

Balayant l’idée martelée par les banquiers selon laquelle le sujet ne peut se traiter qu’à un niveau mondial, le Président veut que ces mesures soient nationales, avec « effet immédiat » et applicables aux établissements français et à leurs filiales. « On ne peut pas attendre que les autres pays avancent, explique-t-il, sinon on risque d’attendre longtemps. »

Ça n’est pas tout. Pour vérifier le respect par les banques françaises des règles adoptées par le G20 de Londres, notamment en matière de rémunération, celles-ci seront soumises au contrôle de Michel Camdessus (ex-directeur général du FMI), qualifié par Nicolas Sarkozy de « tsar des rémunérations ». Il sera chargé de vérifier si les cent plus importantes rémunérations des traders dans les banques sont conformes aux engagements pris. Si elles ne le sont pas, il pourra saisir la commission bancaire, le conseil d’administration de l’établissement, voire l’assemblée générale des actionnaires. Enfin, l’État n’accordera plus aucun mandat pour monter des opérations financières avec les banques qui n’appliqueraient pas les nouvelles règles du jeu.

Ce qui sera fait. « À la BNP, toutes les enveloppes ont été révisées et tous les bonus ont été restreints », assure Baudouin Prot. (La banque a réduit de moitié le milliard provisionné pour ses bonus.)

Nicolas Sarkozy veut faire de la place de Paris un exemple. Conscient toutefois que la France ne peut agir seule, il envoie un courrier à la présidence suédoise pour lui dire que l’Europe doit harmoniser ses positions sur la limitation des bonus. Il a déjà convaincu la chancelière allemande qu'il vient de rencontrer à Berlin : « Nous ne voulons plus être surpris par une banque qui nous dit : "Soit l'État nous aide dans les douze prochaines heures, soit nous faisons capoter le système financier mondial" », explique dès lors Angela Merkel, qui n'a toujours pas digéré le chantage de certaines banques allemandes l'année précédente.

Comme Nicolas Sarkozy, elle veut que les banques disposent de capitaux proportionnels aux risques qu'elles prennent. Le couple franco-allemand souhaiterait que toutes les banques, y compris américaines, appliquent les règles prudentielles dites « de Bâle II » : les établissements ayant des activités à risques sur les marchés doivent disposer de fonds propres supérieurs aux autres.

Nicolas Sarkozy a écrit une lettre à tous les chefs d'État et de gouvernement du G20 et il menace de claquer la porte si le sommet de Pittsburgh ne prend pas de décisions importantes sur les très hautes rémunérations. À l'Élysée, Claude Guéant assure aux journalistes que la « menace » doit être prise très au sérieux.

Mais la partie s'annonce rude avec les Américains. Dans un discours à New York et lors d'une interview sur Bloomberg TV au début de septembre, Barack Obama s'est déclaré opposé à une limitation des bonus. Le 16 septembre, Nicolas Sarkozy s'entretient donc une demi-heure avec lui par téléphone pour le convaincre de changer de position. La veille, il a reçu le renfort de Gordon Brown, ce qui n'est pas rien. À l'issue d'un dîner en tête à tête à l'Élysée, le Premier ministre a en effet déclaré : « Nous devons envoyer au monde entier un message soulignant que chaque pays doit à l'avenir observer des règles, sinon, le système bancaire va revenir où il en était avant, ce qui est totalement inacceptable. » Une position très courageuse. Faut-il rappeler que Londres est la première place financière européenne ?

Sur le chemin de Pittsburgh, Nicolas Sarkozy, interrogé à New York par les télévisions françaises, enfonce encore le clou : « Rien n'est acquis, mais je me battrai pour qu'il y ait des sanctions. La France arrive forte à Pittsburgh parce que la France ne dit pas aux autres faites ce que l'on vous dit de faire, mais regardez ce que nous avons fait. »

Et il parvient avec la Chancelière à convaincre leurs partenaires d'adopter la réglementation française : interdiction de garantir les bonus au-delà d'un an ; instauration du système bonus-malus ; intervention d'un superviseur pour limiter l'enveloppe globale desdits bonus. Un succès.

« Depuis Pittsburgh, la pratique mondiale sur les bonus a changé », affirme Baudoin Prot.

Il n'est toujours pas question de taxer les bonus (une taxe qui serait payée non par les bénéficiaires mais par les banques). Une telle mesure, prise par la France seule, plomberait le système français.

Pourtant, Nicolas Sarkozy veut aller plus loin et avec Gordon Brown, une fois encore ; « c'est avec lui qu'il a toujours eu le plus d'affinités », reconnaît l'un de ses conseillers. Ensemble, ils signent en décembre une tribune intitulée « À finances mondiales, régulation mondiale », que publie le *Wall Street Journal*. Ils proposent de taxer à 50 % les bonus distribués en 2009. Ce qui limite la mesure à cette année-là seulement. Il s'agit aussi d'éviter de jouer les avant-gardes qui pénaliseraient la place financière française. Cette prise de position commune avec Gordon Brown vise à éviter l'exil des traders français à Londres. (Messieurs les Anglais, tirez avec nous !)

Le Premier ministre britannique a encore sur le cœur le coût du sauvetage des banques, payé par les contribuables anglais. La situation française n'a rien de comparable. L'État avait bien avancé de l'argent aux banques, mais celles-ci le lui ont remboursé en payant des intérêts : 2,7 milliards d'euros.

« Nous avons quand même été soumis à cette loi d'exception », maugréent les banquiers français.

Dans les décisions prises à Pittsburgh, il n'est toujours pas question de taxer les bonus. C'est que ni l'Allemagne, ni les États-Unis n'en veulent. Angela Merkel se borne à juger l'idée « très charmante et qui pourrait avoir des vertus pédagogiques ». Une façon ironique de refuser. Elle a surtout trouvé des motifs juridiques à sa position : « La loi fondamentale allemande ne permet pas d'augmenter l'impôt sur une portion particulière du revenu », explique-t-elle. Les plus grosses banques allemandes ont signé un accord les engageant à respecter les règles sur les bonus édictées à Pittsburgh.

Quant au gouvernement américain, le premier concerné par la crise bancaire, il reste sur ses positions. Barack Obama fait répondre par un porte-parole : « Pas question pour l'instant. » Quelque temps plus tôt, le Secrétaire du Trésor, Timothy Geithner, avait pourtant reconnu la nécessité d'en finir avec l'ère des « gros bonus irresponsables ». Et un sondage de l'agence Reuters montrait que 60 % des Américains jugent déraisonnables les rémunérations pratiquées à Wall Street.

D'ailleurs Barack Obama lui-même avait fait campagne sur la « moralisation du capitalisme » et répété le 13 décembre, lors d'une émission sur CBS : « Je n'ai pas été candidat pour aider un tas de banquiers gras de Wall Street (...). Ce qui m'étonne c'est que ces gens-là n'ont toujours pas l'air de comprendre. Ils se demandent toujours pourquoi les gens sont en colère contre les banques. Et moi ce qui me met en colère, c'est que les banques qui ont bénéficié de l'aide de l'argent du contribuable, sont celles qui se battent bec et ongles au Congrès contre une régulation financière. »

Quelques jours plus tard, le Trésor américain faisait pourtant savoir qu'il ne prévoyait pas d'imposer une taxe spéciale sur les bonus des banquiers [1].

---

1. En juillet 2010, Barack Obama a lancé une réforme limitant la taille des établissements et leurs activités de spéculation. La loi baptisée « Dodd-Frank », d'après le nom des deux sénateurs auteurs du texte, laisse une grande place à l'interprétation qu'en feront les multiples superviseurs régionaux et fédéraux. Un an après sa promulgation, la grande réforme de la finance de Barack Obama est encore loin d'être entrée en vigueur. La réglementation qui doit interdire aux banques de spéculer pour leur compte ne sera appliquée qu'à l'été 2012.

CHAPITRE 7

La taxe carbone

Lors de sa campagne électorale, Nicolas Sarkozy l'avait promis, il ferait de la défense de l'environnement l'un de ses premiers combats. Et il avait signé comme tous les candidats le pacte écologique présenté par Nicolas Hulot dans lequel figurait l'instauration d'une taxe carbone.

Il avait, on le sait, tenu parole, en réunissant dès octobre 2007 le Grenelle de l'environnement – avec Jean-Louis Borloo aux manettes. Une réunion considérée comme un succès. « Sans le soutien de l'Élysée on n'aurait jamais pu aller aussi loin, quand il fallait arbitrer, Matignon se montrait toujours très réticent », dit le ministre.

Parmi les mesures annoncées lors de ce Grenelle, figurait l'ouverture des études sur la taxe carbone. À première vue, une excellente idée, très logique. Pour mieux lutter contre le réchauffement climatique, les pollueurs doivent être les payeurs.

Depuis des années déjà, la France s'est engagée à diviser par quatre les émissions de gaz à effet de serre entre 1990 et 2050. La taxe carbone permettra de faire mieux encore, Nicolas Sarkozy le croit, la qualifiant même de « choix historique ». Et il a bien l'intention de se présenter au sommet de Copenhague de décembre comme le champion de la défense de l'environnement.

Le 10 juin 2009, Jean-Louis Borloo et Christine Lagarde engagent officiellement le débat sur la création d'une « contribution climat-énergie ».

En clair il s'agit d'étudier si la taxe carbone peut constituer un outil efficace pour inciter les entreprises, les institutions, le secteur public et les ménages à réduire leur consommation en énergie émettrice de gaz à effet de serre. Un rapport sur la question a été confié à Michel Rocard.

La France est l'un des pays les moins pollueurs du monde grâce au nucléaire. Mais elle est aussi très dépendante du pétrole, énergie très polluante qui va se raréfier et coûter de plus en plus cher.

Si la nécessité d'une telle mesure peut réunir l'assentiment général, sa mise en œuvre ne va pas aller de soi : d'abord, comme le souligne début septembre UFC-Que choisir, les Français peineront à réduire leur consommation en énergie émettrice de gaz à effet de serre, parce qu'ils auront du mal à trouver une énergie alternative.

En outre, parler de taxe nouvelle alors que tout augmente, ne peut que susciter leur hostilité. En matière de mauvaise humeur, c'est le jackpot assuré pour le gouvernement. Enfin, Michel Rocard, esprit amphigourique par excellence, n'est sans doute pas le plus doué des politiques pour exposer avec clarté les vertus et les modalités de cet impôt supplémentaire.

Quand il vient s'en expliquer en août sur France Inter, le projet semble *a priori* plutôt simple : « Il faudra, dit-il, un signal-prix pour limiter la consommation des énergies fossiles. » Alain Juppé ne dit pas autre chose qui écrit sur son blog : « La taxe carbone doit être douloureuse pour être efficace. » On taxera donc la consommation des produits comme le gaz, l'essence, le fuel, qui émettent du CO_2, afin d'inciter les particuliers et les entreprises à préférer d'autres sources d'énergie.

François Fillon suggère ainsi une hausse à 17 euros la tonne de CO_2 qui se traduirait pour l'essence à quatre centimes supplémentaires le litre. Martine Aubry, elle, plaide que pour être efficace sur le plan écologique, il faudrait que ce soit au moins 32 euros la tonne, soit sept centimes de plus. Quatre ou sept centimes de plus par litre, c'est apparemment peu, mais cela finit par faire beaucoup pour le budget annuel des ménages. Alors, pour éviter que cette taxe ne devienne un impôt de plus, on promet aux Français de la leur restituer intégralement par une baisse d'impôt sur le revenu (que beaucoup ne payent pas du tout mais qui dépensent pour se chauffer, un poste qui grève leur budget). Le mécanisme de restitution s'annonce d'une complexité redoutable. Comment compenser équitablement les personnes âgées qui sont les plus frileuses ? Comme il fait plus froid dans le Nord que dans le Sud doit-on prévoir une compensation géographique ? On évoque aussi une ristourne pour les bas revenus et une autre pour les citoyens obligés d'utiliser leurs voitures pour aller travailler. Vous l'avez compris, on est en train de construire une véritable usine à gaz non polluante. Mais à haut risque toxique pour le Président. Une ponction d'un côté, un chèque de l'autre, voilà qui n'est pas d'une logique très cartésienne. D'autres pays ont déjà adopté la taxe carbone, mais aucun n'a mis en place un mécanisme de restitution.

Michel Rocard évoque un forfait égalitaire pour tous de 300 euros environ. Un auditeur âgé de 79 ans comme lui signale au cours de l'émission que 300 euros par an c'est un peu beaucoup. Rocard s'énerve et répond « Eh bien faites du vélo ».

Le retour du pédalier est violent. 6 % des Français seulement consentiraient [1] à payer plus de cent euros par mois. L'organisation de consommateurs UFC-Que choisir dénonce un hold-up fiscal qui permettra à l'État de récupérer sur le dos des ménages les 8 milliards qui devraient servir à financer la taxe professionnelle acquittée par les entreprises et que Nicolas Sarkozy a promis de supprimer.

« L'État rendra tout aux Français. Tous les ménages bénéficieront d'une redistribution sous forme d'un chèque vert [2] », promet Jean-Louis Borloo. Seulement deux jours plus tard, Éric Woerth, le ministre du Budget, rétorque : « Je ne suis pas favorable à la distribution de nouveaux chèques, verts ou pas. Voilà trente ans que l'État fait des chèques, nous sommes le pays qui redistribue le plus : 500 milliards

1. Sondage CSA/*Le Nouvel Observateur*.
2. Interview au *Journal du Dimanche*, le 5 juillet.

d'euros de transferts sociaux par an. Je suis pour une vision du développement durable qui ne se limite pas à l'écologie. Être responsable vis-à-vis de nos enfants ce n'est pas leur laisser une planète propre et une montagne de dettes. Il faut favoriser l'écologie mais aussi l'emploi et le social. »

La stéréo gouvernementale diffuse des messages contradictoires. L'Automobile Club, toujours là pour défendre les automobilistes, crie « Au voleur », c'est « la taxe de trop ». « Il ne faudrait pas que les bobos soient satisfaits et que les prolos soient les victimes », s'inquiète sur RTL le socialiste Jean-Marc Ayrault.

Bref, c'est un hourvari de protestations.

Au ministère de l'Environnement, on rentre la tête dans les épaules : « Parti comme ça, c'est mort », soupire-t-on. Jean-Louis Borloo et Christine Lagarde font bientôt marche arrière : « Il serait plus raisonnable d'inscrire la taxe carbone dans le budget 2010. »

Nicolas Sarkozy n'entend pas céder. L'avenir de la planète commande. Il le redit aux députés UMP au début de septembre, reprenant son thème favori : « La France doit donner l'exemple pour entraîner les autres (...) il faut être visionnaire, en avance sur son temps. De Gaulle a fait la décolonisation, Mitterrand la peine de mort, moi je ferai la taxe carbone. » Tous ne saisissent pas le rapport.

Dix jours plus tard, le Président s'effondre de six points dans les sondages : – 10 % chez les ouvriers et les agriculteurs, – 7 % chez les employés.

Il s'obstine : le 16 octobre, dans une interview au *Figaro*, il fait toujours de cette taxe carbone une priorité pour notre avenir : « La France sera écoutée à Copenhague parce qu'elle est à l'initiative. Nous allons entraîner le monde entier à prendre des engagements pour protéger l'avenir de la planète. Nous obtiendrons que la taxe carbone soit perçue aux frontières de l'Europe. Les importations financeront alors notre modèle social. » Il veut être le leader à Copenhague, comme il l'a été à Pittsburgh. Pendant ce temps les experts de Bercy s'arrachent les cheveux. Ils doivent – entre autres – tenir compte des taxes écologiques qui existent déjà et en cette période de crise, chaque groupe, chaque lobby renâcle. L'industrie ne veut pas supporter un impôt supplémentaire, les agriculteurs et les pêcheurs sont aux abois, car pour la deuxième année consécutive leurs revenus sont en chute libre. Est-ce bien le moment de les pénaliser davantage ?

Après des débats houleux, la taxe carbone est enfin validée par les députés le 23 octobre 2009. Dénonçant le risque d'un impôt « écologiquement inefficace et socialement injuste », les députés de l'opposition ont saisi le Conseil constitutionnel.

Mais à l'Élysée on respire, le Président a donné l'exemple. Il en allait de son prestige international.

Le 17 décembre s'ouvre à Copenhague la grande conférence des Nations unies sur le climat. Elle associe 192 pays. C'est un événement hors normes avec la présence annoncée de tous les chefs d'État pour le dernier jour. La capitale danoise est envahie par plus de 40 000 personnes : des diplomates, des scientifiques, des politiques, des militants écologistes et des ONG de tout poil venus pour l'essentiel du monde occidental.

Invité la veille du « Grand Journal » de Canal+, Nicolas Sarkozy dénombre quatre objectifs : limitation de la hausse de la température mondiale à 2 degrés, réduction de 50 % des émissions de CO_2 d'ici 2050, accord sur les financements innovants et création d'une Organisation mondiale de l'environnement. « Je n'envisage pas d'échec, dit-il, car ce serait une catastrophe absolue… Nous sommes la dernière génération à pouvoir faire quelque chose… Il se passera beaucoup de temps avant que l'on arrive à réunir autant de chefs d'État dans un seul lieu. C'est pourquoi nous allons organiser après le dîner chez la Reine une réunion de travail qui pourra durer toute la nuit. Le pays qui fera échouer le sommet de Copenhague portera une responsabilité historique. »

L'enjeu est de taille. À en croire les plus sombres rapports, le réchauffement de la planète, et la fonte des glaciers qui en résulterait, pourrait faire disparaître des villes comme La Nouvelle-Orléans, Shanghai ou Tokyo. Comment y parer ? Pour y répondre, un texte de 250 pages distribué le premier jour de la conférence recense plus de 2 500 points de désaccords entre les pays participants ! Or, cette conférence ne peut fonctionner évidemment qu'à l'unanimité. Il suffit qu'un pays dise non pour tout bloquer.

Il faut rendre à César ce qui revient à Nicolas Sarkozy et à Jean-Louis Borloo. Tous deux se sont démenés sans relâche pour convaincre les chefs d'État d'être présents à la réunion. Aucun ministre de l'Écologie au monde n'en aura autant fait que Borloo. Il avait organisé le Grenelle de l'environnement avec pour la première fois tous les acteurs de la société (élus, patrons, ONG, syndicats). Fort de cette expérience, il avait avec Nicolas Sarkozy fait le tour des 27 capitales pour faire adopter le paquet climat-énergie de la présidence française de l'Union et en vue de Copenhague, il a pendant deux ans sillonné l'Afrique, l'Asie du Sud, passé comme il dit « une nuit sur deux en avion » pour faire le point sur la question avec les chefs d'État de tous les continents. Ceux qu'il ne voit pas, il leur téléphone (le Président aussi). Il veut le croire : « Copenhague sera forcément le début d'une nouvelle régulation de l'humanité », dit-il avant d'aller passer quinze jours dans la capitale du Danemark. Nicolas Sarkozy lui-même a réussi à convaincre Barack Obama : « Que va-t-on pouvoir décider si tu n'es pas là ? Les Chinois et les Indiens seront présents, ton absence sera très mal perçue. » Barack Obama finit par céder.

Et c'est aussi Nicolas Sarkozy qui le 18 décembre oblige les représentants des plus grands pays à se réunir après dîner : « Nous ne sommes pas venus pour assister à un colloque, mais pour prendre des décisions », a-t-il martelé à la tribune. « On s'est retrouvés dans une petite salle du congrès où rien n'avait été prévu pour cela. Il manquait des interprètes, on croisait Medvedev, Poutine, le Premier ministre chinois, Hillary Clinton, le Premier ministre indien, l'éthiopien, porte-parole de cinquante-trois pays africains. Et aussi les européens Gordon Brown, Merkel, Zapatero, Barroso », raconte un collaborateur de Jean-Louis Borloo qui n'en croit pas ses yeux.

Beaucoup de palabres, certes, mais peu de résultats. Barack Obama était pourtant arrivé en proférant : « Revenir avec un accord vide de sens serait bien pire que revenir les mains vides. » Nicolas Sarkozy qui rêve d'un accord contraignant y passe une partie de la nuit. Il ne va pas réussir.

Au final, pour tous ceux qui y croyaient, pour tous ceux qui avaient lancé cet ultimatum climatique et qui attendaient une sorte de big bang écologique à Copenhague, le résultat de la conférence de l'ONU est une immense déception.

Nicolas Sarkozy a déployé une énergie considérable pour désembourber la conférence et ses efforts méritent d'être salués. « C'est le plus grand génie du monde, c'est le seul mec qui a le niveau des enjeux du monde », s'extasie Borloo.

Seulement voilà, tout s'est joué dans la confrontation entre les deux partenaires qui sont à la fois les deux pays les plus pollueurs et les plus riches : les États-Unis d'un côté, la Chine de l'autre. Les tensions entre ces deux pays ont été très vives, mais leurs intérêts contradictoires ont tout de même conduit à une alliance objective pour préserver leur souveraineté. Les deux pays veulent échapper à la contrainte. La Chine surtout, pourtant consciente des enjeux, y compris pour sa propre survie – la pollution est un énorme problème. Mais elle est allergique à toute contrainte internationale. Elle ne veut pas que l'on s'immisce dans ses affaires.

Obama, prisonnier de son Congrès – les Démocrates sont plus rétifs que les Républicains à légiférer sur le climat –, a manqué l'occasion d'entraîner la planète vers un autre modèle de développement. Il n'en avait peut-être pas les moyens politiques, ni l'ambition.

Les pays émergents, surtout soucieux de maintenir leur taux de croissance, ont fait bande à part, à commencer par le Brésil, ce qui a beaucoup déçu Nicolas Sarkozy qui avait cru aux promesses de son ami Lula. Bien sûr, un accord est conclu. Mais c'est un document non contraignant, bien en deçà des volontés affichées. S'il affirme la nécessité de limiter le réchauffement planétaire à 2 degrés, le texte ne comporte aucun engagement chiffré de réduction des émissions de gaz à effet de serre. Quelques mesures concrètes sont adoptées. Grâce à Jean-Louis Borloo les pays en développement ont obtenu une promesse de cent milliards de dollars d'ici 2020 pour réduire leurs émissions polluantes, notamment par le biais du reboisement de l'Afrique. Comment sera-t-il financé ? Nicolas Sarkozy a aussi échoué à faire accepter le principe d'une taxe Tobin sur les transactions financières qui l'alimenterait.

Copenhague a mis en évidence, une fois de plus, le fossé qui sépare les grands prêtres des laïcs. L'écologie est devenue une religion qui a ses ayatollahs, lesquels voudraient tout, tout de suite, au risque de mettre sur le flanc les économies. Tandis que les politiques acceptent d'avancer sur le chemin de la foi, mais veulent éviter les catastrophes sociales. Nicolas Sarkozy a pu mesurer à Copenhague les obstacles multiples à une entente mondiale. À l'issue de cet étonnant sommet, il veut conclure que « le meilleur accord possible a été trouvé ». Mais en coulisses il ne cache pas sa déception. Pour la plupart des dirigeants écologiques, Cécile Duflot, Noël Mamère en tête, Copenhague est un « échec lamentable ». Nicolas Hulot, lui, salue le rôle de la France, « qui a accompli sa mission et n'a pas à rougir ». Julien Dray reconnaît à Nicolas Sarkozy « le mérite de s'être battu ». Il est bien le seul au PS. Hors d'Europe les critiques sont moins sévères. La presse anglo-saxonne y voit des « avancées », Barack Obama parle de « percée ». C'est « un accord qu'il faut chérir », dit le Premier ministre chinois.

Retour en France, Nicolas Sarkozy n'est pas au bout de ses peines. Le 29 décembre 2009, soit trois jours avant son entrée en vigueur qui était prévue pour le 1er janvier 2010, le Conseil constitutionnel annule la loi sur la taxe carbone. Car les multiples exemptions auraient conduit à en exonérer les industries les plus polluantes (la chimie, la sidérurgie), au motif qu'elles sont déjà soumises à un système de quotas d'émissions de CO_2 mis en place par l'Union européenne le 1er janvier 2005. Les agriculteurs, les pêcheurs, les routiers ont eux aussi obtenu des accommodements. Bref, les exonérations sont si multiples que la taxe est devenue injuste, inacceptable et surtout inefficace, puisque moins de la moitié des gaz à effet de serre y aurait été soumise.

Ainsi mourut la taxe carbone, victime des dérogations et des modulations. « Le Conseil constitutionnel nous a plantés, il a fait de la politique », croit pouvoir dire Nathalie Kosciusko-Morizet.

Jean-Louis Debré raconte : « Lorsque j'ai téléphoné à Claude Guéant pour le prévenir que nous avions invalidé la taxe carbone, il m'a répondu : "J'aimerais mieux que vous l'annonciez vous-même au Président." J'ai senti qu'il craignait sa colère. »

Nicolas Sarkozy est bien sûr fort déçu. Il refuse de baisser les bras. « La lutte contre le réchauffement climatique était vraiment pour lui une priorité, il y croyait vraiment », souligne François Fillon, qui annonce dans la foulée que « le gouvernement présentera une nouvelle mouture de la loi le 20 janvier ». Sans convaincre grand monde.

CHAPITRE 8

Une majorité au bord de la crise de nerfs

En cet automne 2009, l'UMP est au bord de la crise de nerfs. Trop de polémiques : Clearstream, l'affaire Mitterrand, l'EPAD, la TVA à 5,5 % pour les restaurateurs, le remaniement qui a fait des mécontents, trop de projets, que la troupe a eu du mal à avaler : le travail du dimanche, qui prévoit l'ouverture des magasins dans certaines zones commerciales touristiques, avec repos compensateur et rémunération majorée pour les salariés volontaires, a heurté bien des consciences ; la loi Hadopi visant à lutter contre le téléchargement illégal sur Internet a laissé de mauvais souvenirs. La France est championne de la piraterie sur le Net. L'industrie du disque a perdu 50 % de ses recettes depuis cinq ans : la faute au téléchargement. Cette industrie étant pour moitié composée de PME, celles-ci périclitent les unes après les autres. La loi Hadopi est la transcription législative du rapport que Christine Albanel, ministre de la Culture, avait demandé à Denis Olivennes, alors patron de la FNAC. Ce texte doit servir à transposer en droit français la directive européenne de protection des droits d'auteur. La loi prévoit des sanctions graduées à l'encontre des internautes pirates : de la simple amende jusqu'à la suppression de leur abonnement Internet [1] pour une durée de trois mois à un an. Les artistes spoliés pourront saisir une autorité de régulation composée de trois magistrats et de fonctionnaires assermentés. L'internaute pris en train de télécharger illégalement recevra un mail d'avertissement. S'il y a récidive, un nouveau mail accompagné d'une lettre recommandée à son domicile. S'il persiste, il sera sanctionné par une suspension de son abonnement. Nicolas Sarkozy s'est beaucoup impliqué dans le projet. « Carla n'y est pas pour rien », veulent croire les élus UMP très circonspects : il y a ceux qui jugent la loi « inapplicable ». Ceux qui s'avouent techniquement dépassés par le sujet. Et ceux qui, alertés par des associations d'internautes, dénoncent une mesure liberticide. Et tous s'interrogent : pourquoi le Président défend-il le monde de la culture qui ne votera jamais pour lui ?

Présenté en première lecture au Sénat en octobre 2008, le projet de loi est adopté à la quasi-unanimité. Inscrit en procédure d'urgence le 7 avril à l'Assemblée, le vote final semble tellement acquis que le matin même Nicolas Sarkozy, recevant les dirigeants

---

1. En novembre 2007, quarante-six organisations et entreprises du monde de la culture et d'Internet avaient signé avec l'État les accords Olivennes.

de la majorité, les a remerciés par avance d'avoir mené à son terme un texte, selon lui d'une portée majeure, puisqu'il va « réconcilier la droite avec le monde de la culture ».

Mais quelques heures plus tard, à 13 h 15, c'est le coup de tonnerre lorsque le président de séance, le socialiste Alain Néri, proclame : « Le texte est rejeté par 21 voix contre 15. » Ce jour-là est veille de vacances parlementaires, il n'y a pas grand monde dans l'hémicycle : quinze UMP et huit socialistes. Christine Albanel vient de clore le débat et se rassoit tranquille à son banc : « On passe au vote », annonce le président de séance. Et voilà qu'une dizaine de socialistes, cachés derrière les rideaux, déboulent dans l'hémicycle pour rejeter le texte (les sénateurs socialistes Robert Badinter et Catherine Tasca, ancienne ministre de la Culture, avaient voté pour). À l'Élysée, c'est le choc. Le Président est furieux. Et il s'en prend à Roger Karoutchi, le ministre des Relations avec le Parlement, absent au moment du vote. S'il avait été présent, il aurait pu demander une suspension de séance pour éviter ce camouflet. Il en veut à Jean-François Copé, le président du groupe, lui aussi absent, occupé « dans son bureau », prétextera-t-il. Quant aux députés d'alerte – il était plus de 13 heures – ils étaient déjà partis déjeuner. Le Président juge que tout cela n'est pas professionnel. Ce faux pas coûtera cher aux deux ministres. Christine Albanel, qui n'y est pour rien, et Roger Karoutchi seront remerciés lors du remaniement de juin.

« La majorité fait une nouvelle fois défaut à Nicolas Sarkozy », titre *Le Monde* le lendemain [1].

Il faut donc organiser un deuxième vote. Mais l'on n'en a pas fini : mercredi 10 juin, le Conseil constitutionnel, saisi par une soixantaine de députés socialistes, prive la loi Hadopi d'une pièce essentielle, en retirant tout pouvoir de sanction à l'autorité administrative censée la faire respecter.

Censure partielle, mais censure à coup sûr. Il va falloir à nouveau légiférer. La loi Hadopi sera définitivement adoptée en octobre à l'issue d'un texte de compromis rédigé par la commission mixte paritaire.

---

1. La loi Hadopi divise le monde de la culture. Les pour : signée par vingt-deux cinéastes et acteurs aussi variés que Costa-Gavras, Gérard Jugnot, Danièle Thompson, Bertrand Tavernier ou Roschdy Zem, une tribune publiée par le quotidien *Libération* intitulée « Hadopi : mauvais film à l'Assemblée » dénonce « un joli coup politicien de la part de l'opposition et un mauvais coup pour la création et un bras d'honneur à tous les artistes ». Ce jour-là, Nicolas Sarkozy, accompagné de son épouse, reçoit à l'Élysée une soixantaine d'artistes, producteurs et cinéastes pour réaffirmer son engagement à faire adopter le projet de loi. Les chanteurs Juliette Gréco et Maxime Le Forestier, ainsi que les comédiens Pierre Arditi et Michel Piccoli, demandent au PS de « redevenir de gauche face au projet de loi » dans une lettre ouverte à Martine Aubry.

Les contre : le 7 avril, treize acteurs et cinéastes, dont Louis Garrel, compagnon de Valeria Bruni Tedeschi, Catherine Deneuve et Victoria Abril, dénonçaient, eux, la loi Hadopi et sa mise en place.

C'est vraiment l'un des textes qui aura donné au Président le plus de fil à retordre [1].

La rentrée de septembre se présente plutôt mal Il y a le choc des ambitions, en l'occurrence celle de Jean-François Copé, qui agace les plus fidèles : « Il ne roule que pour lui, il est trop personnel. » Quand d'autres objectent : « Il nous défend. » Les journées parlementaires en sont l'écho. Le président du groupe plaide pour une coproduction législative des députés : « 10 % seulement des textes que nous examinons sont d'initiative parlementaire. Il en faudrait 40 %. » Illustration : le député Thierry Mariani avait fait voter un amendement visant à imposer un test ADN aux étrangers demandant à bénéficier du regroupement familial, pour vérifier la véracité de leurs déclarations. Comme cela se fait dans beaucoup de pays. Mais Éric Besson vient de dire publiquement qu'il refuse de signer les décrets d'application sur les tests ADN. Il peut se prévaloir du soutien de Nicolas Sarkozy (avant de rencontrer celui qui allait devenir son mari, Carla Bruni avait publiquement déclaré son hostilité à la mesure). D'où un gros coup de colère du président du groupe qui accuse le ministre : « Tu affaiblis le Parlement, tu aurais dû en parler au président de la commission des lois et

1. En janvier 2012, dans le magazine *Capital*, Pascal Nègre, le patron d'Universal Music, tire un bilan positif de la loi Hadopi : « Le piratage a reculé bien plus en France qu'à l'étranger, l'effet dissuasif a bien fonctionné. La croissance des revenus du numérique est beaucoup plus forte chez nous. » François Hollande a annoncé qu'il abrogerait la loi Hadopi.

accessoirement à moi. » Éric Besson répond que le texte défendu par son prédécesseur Brice Hortefeux était « une usine à gaz inapplicable en l'état ».

Et voilà que le 25 octobre, le même Éric Besson, félicité quelques jours plus tôt par l'Élysée pour avoir démantelé la jungle de Calais où se rassemblent les migrants dans l'attente de passer illégalement en Angleterre, lance tout à trac un débat sur l'identité nationale, plaidant que le Président lui a demandé d'ouvrir ce débat dans sa lettre de mission. L'idée est plutôt bien accueillie au départ. Quelques éditorialistes de gauche, dont Jean Daniel, se montrent favorables au débat. Selon un sondage CSA, 60 % des Français jugent que c'est une bonne chose. Gordon Brown vient lui aussi d'engager une consultation auprès des sujets de Sa Majesté : « Qu'est-ce qu'être britannique en 2009 ? » Sans doute le communautarisme a-t-il trouvé ses limites. Dans certaines villes anglaises, l'extrême droite prospère.

Quelques élus de gauche, Ségolène Royal, Jean Glavany, applaudissent. Manuel Valls considère que « la gauche doit se réapproprier la question de l'identité nationale [1] ». Les UMP dans leur ensemble se disent plutôt motivés. Vingt-cinq parlementaires signent une tribune [2] pour défendre la nécessité de cette grande consultation pour ne pas « laisser le débat aux seuls nationalistes et xénophobes ».

Mais très vite les choses vont s'envenimer. On est à quelques semaines des élections régionales, certains

1. Interview à *Valeurs Actuelles*.

2. Le 18 décembre dans *Le Figaro*.

jugent que la ficelle est en réalité une corde à nœuds. Il y a soupçon de manœuvre politique. Marine Le Pen demande à être reçue d'urgence par le Président, comme si Éric Besson venait de la déposséder de son bien. Comme si elle seule avait le droit de parler de l'identité française. Et voilà le ministre accusé de lepénisme culturel. Le vote suisse pour interdire les minarets, l'interdiction de la burka déplacent le débat sur le terrain de l'islam. Avec l'expulsion de neuf Afghans à l'approche de Noël, tout s'emmêle et ce n'est pas Frédéric Lefebvre qui arrange les choses en déclarant qu'il a plus de respect pour les Afghans qui restent chez eux pour faire la guerre que pour ceux qui veulent fuir leur pays. Et c'est bientôt le déchaînement. Jean-Christophe Cambadélis compare Besson à Pierre Laval, le cinéaste Gérard Mordillat voit dans l'expulsion des Afghans une réédition de la politique d'extermination des Juifs, Pierre Moscovici l'accuse de « polluer la République ». Nicolas Sarkozy ayant déclaré devant des agriculteurs, à Poligny (Jura), que « la terre fait partie de cette identité nationale, la France a un lien charnel avec son agriculture », le Parti communiste dénonce « un retour du pétainisme le plus nauséabond ». On perd la raison. Éric Besson porte plainte. Nicolas Sarkozy lui apporte son soutien. La majorité l'accuse d'avoir ouvert la boîte de Pandore. Nicolas Sarkozy publie une tribune dans *Le Monde* pour défendre un débat qui est « un antidote au tribalisme et au communautarisme ». En cette fin d'année Éric Besson obtient la palme du ministre le plus éreinté du gouvernement. « L'homme le plus détesté de France », titre *Marianne* qui ne fait jamais dans la nuance. « L'inquiétant Monsieur Besson », signe *Le Nouvel Observateur*. Alain Juppé et Jean-Pierre Raffarin jugent ce débat inutile et dangereux. « Besson a monté un coup politique, c'est en train de lui revenir dans la figure. » Les flèches viennent autant de la gauche que de la droite [1].

Et ça n'est pas tout. Les sujets de litige se multiplient. La suppression de la taxe professionnelle, annoncée à sons de trompe par le Président, inquiète la majorité. Créée par Jacques Chirac en 1975, qualifiée « d'impôt imbécile » par François Mitterrand, qui ne l'avait pas supprimée, elle représente la moitié des ressources des collectivités locales. Or, sur les 920 députés et sénateurs, 761 disposent d'un ou plusieurs mandats locaux. Il y a chez eux comme un dédoublement de personnalité. Si le représentant de la nation est convaincu qu'il faut la supprimer pour

1. La palme du ridicule revient à Vincent Peillon. Le 14 janvier, Arlette Chabot invite dans son émission « À vous de juger » Éric Besson à débattre avec Marine Le Pen. Elle a aussi invité le socialiste qui a confirmé sa présence le matin même. L'émission commence ; il fait alors savoir qu'il ne viendra pas. Pour expliquer son geste, Vincent Peillon se pare de vertu, il ne veut pas, dit-il, participer à « cet exercice d'abaissement national », il entre en résistance. « Mon engagement, dit-il, c'est l'anti-fascisme. » Les grands mots. Peillon joue les héros à bon compte. Et en prime il demande la démission d'Arlette Chabot et des dirigeants de France 2 qui ont, dit-il, autorisé l'opération, c'est-à-dire le débat entre un ministre et la présidente du Front national. Débat qu'il qualifie d'« indignité » pour le service public. Officiellement Vincent Peillon reçoit le soutien d'une partie du PS. En réalité, beaucoup jugent son comportement incivil et gênant. « S'il ne voulait pas y aller il devait le dire plus tôt. »

restaurer la compétitivité des entreprises, l'élu local – de droite ou de gauche – s'arc-boute en se demandant qui va compenser cette perte de recettes. D'autant que les collectivités locales se sont souvent lancées dans des investissements coûteux et pas toujours rentables et des dépenses de fonctionnement incontrôlées. Alors que l'État supprime des fonctionnaires, le personnel des collectivités locales s'est accru de 36 000 personnes chaque année depuis vingt ans. Soit plus de 700 000 fonctionnaires. Ce sont les présidents de conseils généraux qui opposent les plus fortes résistances. Débordés par la multiplication des plans sociaux et par la mise en place du RSA, ils jugent la période particulièrement peu propice à une réforme de la fiscalité locale. Les maires sont eux aussi sur le qui-vive.

Au début du mois d'octobre, Alain Juppé, d'ordinaire plus modéré dans les termes, a ouvert le feu publiquement. Il craint que les finances de sa ville en pâtissent.

Dans un entretien à *Sud-Ouest*, il s'en prend à Nicolas Sarkozy lui-même : « Il se fout du monde. Le Président avait promis une compensation euro par euro, mais il a oublié de dire que c'était pendant un an seulement. »

Le lendemain, le maire de Bordeaux veut bien exprimer ses regrets : « Sur la forme j'ai utilisé une phrase sans doute excessive. Si elle a offensé le Président, je le regrette bien sincèrement. Je le lui ai dit au téléphone. Mais sur le fond je n'ai pas changé d'avis. »

Quelques jours plus tôt, c'est Jean-Pierre Raffarin qui s'y était mis. L'ancien Premier ministre ne déteste pas jouer les poils à gratter. Mais surtout, il appartient au Sénat, qui représente les collectivités territoriales. Il voit là une atteinte à la politique de décentralisation dont il a toujours été le chantre. Dans une tribune publiée par *Le Journal du Dimanche* et signée par vingt-quatre sénateurs, il indique qu'il ne votera pas la taxe professionnelle « en l'état ». Il pose la question de l'opportunité de cette réforme alors que le Parlement doit discuter en 2010 d'une réforme des administrations territoriales que prépare Édouard Balladur. Discuter des modalités de financement des collectivités avant d'en avoir modifié les compétences, n'est-ce pas mettre la charrue avant les bœufs ?

François Fillon lui répond en déplorant que « beaucoup de ceux qui demandent le report de la réforme n'aient pas trouvé la force dans le passé de l'engager ». Il vise sans le nommer… un de ses prédécesseurs : Raffarin.

Alors que le texte poursuit son chemin au Parlement, Jean-Pierre Raffarin persiste et indique que son vote et celui de ses amis ne sont pas acquis. Il réclame « une période probatoire avant que la loi ne soit définitive ». Il se répand dans les couloirs du Sénat pour énoncer que la suppression de la taxe professionnelle pourrait coûter très cher à la droite lors des élections sénatoriales de 2011 (propos prémonitoires).

La loi est tout de même votée à la fin du mois de novembre [1].

---

1. Entièrement réécrite par Gilles Carrez, le rapporteur du Budget, la taxe professionnelle, supprimée à compter du 1er janvier 2010, est remplacée par une contribution économique terri-

François Fillon a fort à faire pour apaiser les conflits dans la majorité. La presse s'en fait l'écho chaque jour[1].

Mais s'il n'y avait que les parlementaires ! Henri Guaino lui donne aussi du fil à retordre : il vient de donner son aval – peut-être même l'a-t-il inspirée – à une tribune publiée dans *Le Monde*, signée par soixante-trois députés UMP. Leur souhait : que le grand emprunt, annoncé en juin par le Président, atteigne un montant d'au moins cent milliards d'euros pour rattraper le retard du pays en matière d'investissements.

« Irréaliste, un grand chiffre ne fait pas un grand emprunt », répond Éric Woerth dans *Le Figaro*.

« Je commente rarement les propos des ministres, mais le débat gagnerait en maturité et en dignité si on évitait les qualificatifs excessifs. "Irréaliste" n'a pas de

---

toriale, assise sur le foncier et sur la valeur ajoutée pour toutes les entreprises réalisant plus de cinq cent mille euros de chiffre d'affaires. La baisse d'impôts est estimée à environ 6 milliards d'euros. En novembre 2011, on peut mesurer son impact réel. Deux millions d'entreprises gagnantes et 845 000 qui payent davantage. La réforme a atteint son principal objectif : une baisse massive d'impôts pour l'industrie. Seules perdantes : les banques.

1. On apprend que durant l'été, François Fillon aurait caressé secrètement le rêve de remplacer José Manuel Barroso à la tête de la Commission européenne. L'idée lancée par Jacques Delors aurait fait son chemin à Bruxelles pendant le premier semestre. Les amis de Fillon ont mené une campagne discrète. Ce qui a vraiment agacé Nicolas Sarkozy. L'explication entre eux n'aura lieu qu'après la réélection du Portugais à la tête de la Commission. Commentaire de Fillon : « Je trouvais l'idée de ma candidature séduisante, alors que je n'ai rien fait pour cela », jure-t-il.

sens, personne ne peut démontrer que 50, 60, 80 milliards d'euros c'est plus ou moins réaliste que 20 ou 30 milliards » s'emporte Henri Guaino sur i>Télé.

Lors de la réunion de groupe du mardi, François Fillon déclare : « Les conseillers du Président ne font pas partie de l'exécutif. »

Le Premier ministre est interrogé par *Le Monde* :

« Vous mettez en cause Henri Guaino, le conseiller de Nicolas Sarkozy ?

— Je pense que le Président ne souhaite pas que l'on s'exprime en son nom sur un sujet, l'emprunt, sur lequel lui et moi avons une approche cohérente. Ce n'est pas dans la presse que je dois apprendre qu'il y a une interrogation sur le volume de l'emprunt.

— Les prises de parole des conseillers de l'Élysée ne vous irritent-elles pas ?

— C'est un choix qu'a fait le président de la République, je n'ai pas à le commenter… Chacun doit rester à sa place. »

Ainsi indirectement réprimandé, Henri Guaino réplique trois jours plus tard « être à 52 ans, insensible à toute forme de recadrage ».

Nicolas Sarkozy désavoue son conseiller et précise qu'il attend les propositions de la commission Rocard-Juppé, et révèle que « son choix personnel se situerait entre 25 et 50 milliards ».

Jean-François Copé, le président du groupe, s'interroge, lui, sur la nécessité de lancer un grand emprunt. C'est la cacophonie.

Si la majorité du groupe juge que Guaino outrepasse ses droits, Jean Leonetti, élu des Alpes-Maritimes et l'un des soixante-trois signataires de la tribune, revendique en termes vifs sa liberté : « Nous ne sommes plus à l'époque des majorités silencieuses et des godillots, c'est Nicolas Sarkozy lui-même qui a voulu donner aux députés un droit de parole plus étendu. »

Le tintamarre majoritaire est aussi alimenté par Rama Yade, la secrétaire d'État aux Sports, une des figures emblématiques de la diversité, en désaccord ouvert avec sa ministre de tutelle Roselyne Bachelot sur le problème du droit à l'image collective des sportifs. Elle se voit aussitôt recadrée par François Fillon : « Lorsqu'on est secrétaire d'État, on est sous l'autorité d'un ministre. On ne peut pas être en opposition avec la ligne du gouvernement. Il faudra le moment venu tirer les conséquences de cette attitude. »

Nicolas Sarkozy, recevant quelques journalistes, laisse entendre qu'il pourrait opérer un remaniement après les régionales de 2010 (alors qu'il vient d'en faire un en juin). Songe-t-il à Rama Yade ? Ce qui ne signifie pas, précise-t-il, qu'il nommera alors un nouveau Premier ministre. « Avec François Fillon, nous travaillons très bien ensemble. »

Le 6 novembre 2009, Nicolas Sarkozy est à mi-mandat. Un sondage CSA réalisé deux jours plus tôt indique que Dominique Strauss-Kahn l'emporterait au deuxième tour de la présidentielle par 51 % contre 49. Ambiance.

Mais il est vrai que deux points de différence, trente mois à l'avance, ne constituent pas une prévision fiable, d'autant qu'il existe une marge d'erreur. En outre, selon le même sondage, Nicolas Sarkozy l'emporterait dans les autres hypothèses. Face à Martine Aubry, il totaliserait 53 % des voix ; face à Ségolène Royal, 55 %. Quand même, c'est un signal. Devant les journalistes qui le soulignent, le Président rétorque qu'avant lui ses prédécesseurs étaient bien plus mal lotis, et de citer de Gaulle, qui en 1967 avait remporté les législatives avec seulement une voix de majorité : celle d'un député d'outre-mer... L'année suivante la révolte étudiante et la grève générale faisaient vaciller le régime. Dix mois plus tard enfin, le Président quittait le pouvoir après l'échec du référendum qu'il avait voulu. Et c'était de Gaulle !

Nicolas Sarkozy rappelle aussi que Valéry Giscard d'Estaing s'était vu claquer la porte au nez en 1976 par Jacques Chirac son Premier ministre, qui du jour au lendemain se transformait en rival. Un événement qui avait pollué toute la fin du septennat.

Poursuivant l'analyse de la situation de ses prédécesseurs, le Président souligne que Mitterrand après deux ans de largesses avait été contraint de prendre le grand tournant de la rigueur, de tourner le dos au socialisme. Jacques Chirac, enfin, élu en 1995, avait perdu le pouvoir deux ans plus tard en organisant une dissolution. Ce qui l'avait contraint à cinq années de cohabitation avec Lionel Jospin ! Quant à sa réélection quelque peu « accidentelle » en 2002, elle avait été suivie en 2004 d'une défaite aux élections régionales et bientôt d'un fiasco au référendum européen.

Le Président ne se sent donc pas trop désavantagé : « Quand je m'analyse, je me désole, quand je me compare, je me console. »

La majorité, cependant, est loin d'être aussi zen. Les députés le constatent sur le terrain : l'endettement fait peur, la crise multiplie les inquiétudes pour l'avenir. Il est vrai que si le quotidien des Français ne s'est pas amélioré, il ne s'est pas trop dégradé. Rien à voir avec ce que subissent les Anglais ou les Espagnols. Mais le Président lance trop de réformes. Il les avait, certes, annoncées. Mais elles se bousculent et sont souvent mal comprises. Depuis septembre, on en compte pas moins de six : la taxe carbone (très impopulaire), la réforme du lycée (jugée obscure), la taxe professionnelle (qui fait grimper les élus aux rideaux) et les transformations de la Poste, service public très apprécié et qui touche chacun dans sa vie quotidienne, déstabilisent.

Depuis le 25 août une seule réforme est populaire : l'extension du RSA aux jeunes de moins de 25 ans. Comme par hasard, il s'agit d'une dépense nouvelle que la majorité garde en travers de la gorge : « On ne peut étendre les prestations sociales indéfiniment », s'insurge Jean-Michel Fourgous, le député des Yvelines. Martin Hirsch a convaincu le chef de l'État d'expérimenter ce dispositif coûteux : « 500 millions ? C'est ce que rapporte la suppression d'un fonctionnaire sur deux », déplore un élu.

CHAPITRE 9

Un Président trop dépensier ?

Nicolas Sarkozy s'est fait élire sur des postulats positifs. Son volontarisme libérerait, croyait-il, les énergies. La croissance permettrait aux Français de travailler plus pour gagner plus, les patrons embaucheraient. On récompenserait au mérite les salariés du privé comme les fonctionnaires. La gauche dénonçait sa vision ultra-libérale de l'économie.

Mais la crise est vite arrivée. Et il s'est fait le héraut du modèle social à la française, se plaçant ainsi dans la lignée de François Mitterrand et de Jacques Chirac. Un modèle social dont il ne cesse en 2009 de vanter les mérites, alors que la récession s'installe. S'agit-il d'une conversion totale et subite ? Nicolas Sarkozy a toujours pensé et dit que l'État devait réguler, servir d'amortisseur, intervenir lorsque les entreprises sont en difficulté [1].

1. En 2005, ministre des Finances, il était intervenu pour sauver Alstom que Bruxelles voulait démanteler.

Mais cette fois, la crise est d'une tout autre dimension, une crise telle que le monde n'en a pas connu depuis quatre-vingts ans. Plus profonde encore, peut-être. Il faut s'adapter. Mais Nicolas Sarkozy ne veut toujours pas entendre parler de rigueur. « Chaque fois qu'un besoin apparaît, il veut le couvrir, répondre à l'événement, satisfaire ceux qui crient au secours : lobbies, syndicats, élus locaux. Ça n'est pas quelqu'un qui fait les additions », se lamente Gilles Carrez.

Au début de l'été 2009, Philippe Séguin, alors premier président de la Cour des comptes, rend public son rapport. Alarmant ! « La France, dit-il, accumule les déficits depuis plus de trente ans[1]. On peut s'attendre à une dégradation sans précédent des comptes publics (...) Le déficit français restera supérieur à celui de nos voisins européens car nous partons d'une situation beaucoup plus défavorable. »

Ce que confirme fin septembre 2009 François Fillon : « Le déficit atteindra 8,2 % du PIB, soit 140 milliards d'euros. » Il représente plus de la moitié des recettes de l'État. Concrètement, les caisses sont vides à partir du 30 juin. L'intégralité des dépenses du pays – salaires des fonctionnaires compris – est financée par l'emprunt. Nous vivons à crédit. « Nous n'avons jamais autant emprunté, y compris en temps de guerre : 250 milliards chaque année, c'est colossal, dont 150 pour couvrir nos déficits », s'alarme Gilles Carrez.

1. La dépense publique s'élève à 53 % du PIB contre 44 % en 1980.

En octobre, le projet de loi de financement de la Sécu prévoit pour 2010 un déficit record : 30,6 milliards contre 23,5 en 2009. Cette hausse est principalement provoquée par la réduction des recettes elles-mêmes consécutives à la hausse du chômage. Jean-Luc Warsmann, président de la Commission des lois, s'arrache les cheveux. Il faudra emprunter 130 milliards en 2010 (soit le total de ce qui avait été emprunté depuis Alain Juppé en 1996 et Lionel Jospin en 1998), somme qu'il faudra rembourser à partir de 2013. De quoi donner la migraine. Comment va-t-on faire si l'activité ne reprend pas ?

« Depuis 2007 les dépenses de protection sociale ont augmenté de 3 à 4 % par an », se désole Pierre Méhaignerie. Toutes les aides frôleront en 2010 les 1 100 milliards d'euros, soit 56,6 % de la richesse nationale, « alors que nos recettes fiscales sont inférieures à celles de 2004 ». En Allemagne, premier pays exportateur mondial, la politique sociale est de dix points inférieure.

Par bonheur, si l'on peut employer ce mot dans une telle circonstance, l'argent a un coût historiquement bas : celui que l'on emprunte à moins de trois mois coûte 0,4 %. Autrement dit presque rien. Du coup, la somme annuelle des intérêts d'emprunts a baissé de 4 milliards d'euros. On s'inquiète pourtant à Bercy : si les taux remontaient ne serait-ce que d'un point, il faudrait emprunter deux milliards de plus. Diabolique ! Car la dette, chacun le sait, il faudra la payer un jour. Et la crise n'explique que la moitié du déficit public.

« Si la France ne réduit pas considérablement ses dépenses, une hausse des impôts sera inévitable », annonce Philippe Séguin.

Bien des élus de la majorité partagent ses craintes. Mais Nicolas Sarkozy persiste : il ne veut pas entendre parler de hausse d'impôts. Le niveau des prélèvements obligatoires est quasiment le plus élevé des pays de l'OCDE et toute hausse présenterait des risques pour la compétitivité et l'attractivité de l'économie française. Il est persuadé qu'une approche exclusivement financière de la crise étoufferait toute reprise et… ferait perdre les élections [1]. « On fera des économies, dit-il, quand la croissance sera revenue, sinon ce serait double peine pour les Français. »

Gilles Carrez raconte : « Quand je lui parlais de la nécessaire hausse des impôts, il me disait : "Je n'ai pas été élu pour augmenter les impôts." Je lui répondais : "Mais tu n'as pas été élu non plus pour augmenter la dette." »

Nicolas Sarkozy refuse de toucher au bouclier fiscal qu'il sait pourtant impopulaire : « Je ne reculerai pas d'un millimètre. »

---

1. 1980 a été la dernière année où un gouvernement a présenté un budget en équilibre. Raymond Barre était à Matignon. Avec l'arrivée de la gauche en 1981, les vannes des dépenses ont été grandes ouvertes, les déficits se sont creusés, l'endettement a gonflé. Ce qui n'a pas empêché François Mitterrand d'être réélu en 1988. Et depuis, les grands équilibres n'ont jamais été rétablis. Les déficits ont fait boule de neige. François Mitterrand était un dépensier, Jacques Chirac aussi, Nicolas Sarkozy n'a pas créé de rupture en ce domaine.

« Moi, j'ai réformé le bouclier fiscal », se flatte Gilles Carrez. Il raconte : « J'avais remarqué que les détenteurs de dividendes bénéficiaires de l'avoir fiscal et éligibles au bouclier fiscal pouvaient cumuler les avantages : toucher 100 et ne déclarer que 60. Plusieurs milliers de personnes étaient concernées, cela représentait à l'intérieur du bouclier une niche fiscale de plus de cent millions d'euros. Avec la complicité de Didier Migaud, j'ai fait adopter un amendement pour que les dividendes soient déclarés bruts et non plus défalqués de l'avoir fiscal. Il a été voté dans la nuit dans la plus grande discrétion. Huit jours plus tard, je reçois un coup de fil du secrétariat de Nicolas Sarkozy qui me demande de venir à l'Élysée. Et là je tombe sur un Président très remonté. J'avais l'impression de me retrouver devant un tribunal. J'ai plaidé : "Nicolas, tu as fait toute ta campagne sur la valeur travail en disant qu'il ne fallait pas payer plus de 50 % de ses revenus, est-ce que tu es d'accord pour que certains ne paient que 30 % ?" » Nicolas Sarkozy se tourne alors vers Xavier Musca : « C'est bien de cela dont il s'agit ? » Et le secrétaire général adjoint de l'Élysée d'acquiescer. « Alors, on me l'avait mal expliqué. »

Gilles Carrez suspecte quelques visiteurs du soir d'être venus se plaindre à l'Élysée.

Sans contester la légitimité de l'amendement Carrez, Nicolas Sarkozy est intervenu pour qu'il soit moins brutal pour les heureux bénéficiaires. Présenté par Jean-Pierre Fourcade au Sénat, un amendement étale l'application de la réforme sur trois ans.

Comme annoncé à Versailles en juin, le Président lance son grand emprunt. La commission présidée par Michel Rocard et Alain Juppé en a fixé le montant : 35 milliards d'euros.

Le 14 décembre, entouré de François Fillon et de sept ministres, il le présente devant cent cinquante journalistes. L'Élysée a prévenu qu'il ne parlerait que de l'emprunt. Alain Juppé est présent, Michel Rocard s'est fait excuser…

« Il s'agit, dit-il, de rattraper nos retards de compétitivité. » L'emprunt ne financera aucune dépense courante. Les investissements seront répartis entre cinq secteurs prioritaires :

— 11 milliards d'euros pour l'enseignement supérieur d'abord, dont un milliard dans l'immédiat afin de créer à Saclay un gigantesque campus universitaire regroupant les écoles de Paris Technologies jusqu'ici dispersées dans la capitale, mais aussi l'École centrale, l'École normale de Cachan et l'université Paris 11 ;

— 8 milliards pour la recherche ;

— 6 milliards et demi pour l'industrie et les PME ;

— 4,5 milliards enfin pour le numérique.

Ce plan, dit le Président, est « comparable à l'effort que fit notre pays dans les années 70 pour le téléphone ». Précision : il sera financé par un emprunt sur les marchés financiers et non auprès des Français, lancé dès 2010. Les intérêts ne seront pas payés grâce à d'autres emprunts – pratique détestable et ruineuse – mais gagés sur des économies supplémentaires sur les dépenses de l'État, comme le demande Éric Woerth le ministre du Budget.

Si la gauche fustige ce grand emprunt qualifié par François Hollande de « grand impôt », puisqu'il faudra le rembourser, le Président obtient quelques soutiens inattendus, dont celui (nuancé) de Philippe Séguin : « À circonstances exceptionnelles, dit-il, il peut y avoir des réponses exceptionnelles qui entraînent une augmentation de la dette… Mais ces réponses doivent être circonscrites, provisoires et directement liées à la crise. Elles ne dispensent pas d'un effort continu de maîtrise de dépenses. » Et d'ajouter moqueur : « À répéter que les caisses sont vides, il ne faudrait pas accréditer l'idée – paradoxale – qu'elles sont inépuisables, relève-t-il. Plus on attend, plus il faudra payer. »

En septembre, le directeur adjoint du FMI John Lipsky, estimant la reprise encore trop fragile, déclarait : « L'expansion de l'économie mondiale dans l'année qui vient présuppose que les économies du G20 continueront à mener les mesures de relance. » Ça n'est pas tout. En mars, Dominique Strauss-Kahn, considéré comme le futur candidat de la gauche, favori des Français pour la présidentielle de 2012 [1], était l'invité d'Arlette Chabot dans son émission « À vous de juger » sur France 2. Assurant avec superbe : « J'essaie de sortir le monde de la crise », il ne s'était pas présenté comme un strict partisan de l'orthodoxie budgétaire, bien au contraire, puisqu'il préconisait aux États, presque comme un devoir, la

1. Le directeur du FMI recueille 73 % d'opinions positives, à égalité avec Jacques Chirac dans le classement des personnalités IFOP/*Paris-Match*.

nécessité de s'endetter : « La dette, tant pis ! Lorsque la maison brûle, il faut y aller avec des lances à incendie pour relancer la croissance. Cela ne veut pas dire qu'il ne faudra pas mettre ensuite en place des instruments pour éponger l'eau. Si l'endettement permet à l'économie de repartir, on remboursera. » (Il l'avait redit en octobre à Istanbul.) Il envisageait une sortie de crise peut-être pour le premier semestre 2010. Mais il s'inquiétait de la prévisible très forte hausse du chômage partout dans le monde.

Au moment où Nicolas Sarkozy fait ses annonces, la dette de la France explose. Elle est le quatrième État le plus endetté de la zone euro. Philippe Séguin juge « trompeuse » l'idée que « la France s'en tirerait mieux que ses voisins, les lendemains risquent, dit-il, d'y être pires qu'ailleurs ». Il répondait à Nicolas Sarkozy qui en déplacement à La Seyne-sur-Mer, le 1er décembre, avançait que « la France s'en sort mieux que les autres pays. Elle ne connaît « ni les ravages subis par les USA », « ni la déflation japonaise », « ni l'effondrement anglais ou espagnol », ni la faillite irlandaise. Il ajoutait : « La récession a été deux fois moins forte qu'en Allemagne. »

Une façon trop optimiste de voir les choses. La récession en France a été moins forte qu'outre-Rhin, c'est vrai, mais en Allemagne le rebond y est plus fort, le chômage moins profond, les comptes publics moins dégradés. Berlin finit l'année avec un déficit de moins de 3 % de son PIB. L'Allemagne est un grand pays industriel exportateur, la France se vide de son industrie. Son commerce extérieur est en déficit : moins 140 milliards d'euros.

La Commission européenne exige de Paris un retour à un déficit public inférieur à 3 % dès 2013. Bercy avait annoncé 8,5 % en 2010. C'est dire l'importance des efforts indispensables.

« La Commission européenne nous invite à la transparence. Je n'ai pas l'intention de m'y dérober. Nous tiendrons une grande conférence sur les déficits publics au mois de janvier », répond Nicolas Sarkozy. Une déclaration qui annonce des révisions.

2010

ON SE CALME…

CHAPITRE 1

L'année des recentrages

« On nous l'a changé. » En quittant l'Élysée ce 13 janvier 2010, ils se le disent tous. D'ordinaire, quand le Président recevait les parlementaires, il ne leur ménageait pas les piques ni les réprimandes. Or pour cette cérémonie des vœux, il est tout miel. Et leur dispense des « Chers amis » affectueux en pagaille. « Son discours était calme et serein. » Une heureuse surprise.

Ceux qui avaient prêté attention à ses vœux télévisés du 31 décembre – même s'ils avaient d'autres préoccupations plus personnelles pour la soirée – avaient déjà noté son style rassembleur et quelques glissements sémantiques. Par exemple : son souhait de redonner un sens au « beau mot de fraternité » – un mot qui ne figurait pas jusque-là dans son vocabulaire. (La droite avait daubé Ségolène Royal quand elle l'avait scandé au Zénith [1].) Comme s'il ne figurait pas au fronton républicain… « Nous devons rester

1. En septembre 2008.

unis, pouvoir débattre sans nous déchirer. » La France unie. La référence est cette fois mitterrandienne.

La décision a été mûrie depuis quelques semaines avec ses conseillers en communication. D'abord il est moins prolixe : seulement onze discours de vœux, deux fois moins que l'année précédente. Tout le monde respire.

Le 26 de ce mois, il rencontre sur TF1 onze Français touchés par la crise, sélectionnés par la chaîne. Jean-Pierre Pernaut jouant, comme d'ordinaire, les modérateurs. Pour la première fois sur un ton de confidence, il avoue ses difficultés : « Je vous demande de considérer que mon travail n'est pas très facile. Je suis Président et j'assume. » Ou encore : « Si vous croyez que cela m'amuse de faire la réforme des retraites ? » À une jeune étudiante diplômée d'un master de marketing et qui ne trouve pas de travail, il répond : « C'est la crise, Nathalie, nous avons près de 450 000 chômeurs de plus, la réponse à votre situation, c'est la croissance. » Et il tente d'attirer dans son camp un syndicaliste CGT de chez Renault : « La stratégie de Renault ces dix dernières années, je ne l'accepte pas. » Un message clair. Quelques jours plus tôt, il avait convoqué Carlos Ghosn, le président de l'entreprise, après que *La Tribune* avait révélé que celui-ci envisageait de « délocaliser la fabrication des Clio 4 en Turquie ». Hélas, le coût de la production de la Clio en France est en effet supérieur de 10 % à ce qu'il serait là-bas.

C'est à l'industrie que le passage aux 35 heures a coûté le plus cher[1]. En 2000, le coût du travail horaire était le même en France et en Allemagne. En 2010 il est supérieur de 12 % chez nous. Les ouvriers de Renault, inquiets de cette perspective de délocalisation, menacent de faire grève. Dûment sermonné, le PDG de Renault, à qui l'on vient de rappeler les bienfaits de la prime à la casse et le prêt de six milliards consenti aux constructeurs, s'est engagé à réfléchir… Jusqu'en 2013.

À un professeur contractuel qui souffre de ne toujours pas être titularisé au bout de quinze ans, Nicolas Sarkozy, emporté par le même élan généreux, répond qu'il « serait favorable, lui, à sa titularisation ». Une réponse que Luc Chatel reçoit tel un coup en pleine poitrine, alors qu'il est en train de supprimer des postes dans l'Éducation nationale[2].

À une productrice de lait, obligée d'emprunter pour nourrir sa famille, il promet bien sûr de ne pas laisser mourir l'agriculture française. Et ainsi de

1. En dix ans, la part des exportations françaises de marchandises de la zone euro est passée de 16,8 % à 13,2 % soit une perte de cent milliards d'euros, plus de 5 % du PIB. « Là où nos concurrents ont fourni les efforts nécessaires pour muscler leur appareil productif, nous avons peu fait, et tard, le crédit impôt-recherches qui est une excellente mesure n'a été mis en place qu'en 2008, la réforme de la taxe professionnelle qui l'est également n'interviendra qu'en 2010 », écrit Jean Peyrelevade dans une tribune du *Figaro*.

2. Curieusement, les syndicats n'embrayeront pas. L'Éducation nationale compte cent mille contractuels.

suite… Deux heures et demie de pédagogie et de promesses.

Huit millions et demi de téléspectateurs sont restés jusqu'au bout devant leur écran. L'Élysée y voit la preuve que le Président malmené dans les sondages est toujours entendu, donc compris.

Tout au long de l'année précédente, sa majorité lui avait demandé d'en faire moins. Message reçu. Durant le nouveau millésime, il va éliminer un à un tous les sujets qui fâchaient : refermé le débat sur l'identité nationale. François Fillon l'annoncera en février. Oubliée la taxe carbone. Décision prise au lendemain de la déroute électorale de mars aux régionales. Ajournée en mai la réforme de la refonte du Code de procédure pénale, préparée par Michèle Alliot-Marie et qui lui avait demandé un travail colossal. La suppression du juge d'instruction attendra. Le Président annonce aux députés « vouloir prendre son temps ». La gauche était vent debout contre ce projet, une partie de la majorité grognait. L'autre regrette « une occasion manquée ».

Et enfin, finie l'ouverture. Le remaniement – tardif – de novembre verra Bernard Kouchner et Jean-Marie Bockel quitter le gouvernement. Les ministres indisciplinées Fadela Amara et Rama Yade également, tandis que François Fillon, populaire chez les élus et les militants, restera à Matignon. On se retrouvera en famille.

En 2010, Nicolas Sarkozy veut se consacrer à l'essentiel. La crise européenne s'est ouverte en janvier avec les déboires de la Grèce, les menaces sur l'euro. Il importe de montrer aux désormais fameux et anonymes marchés que la France est sérieuse et mérite de garder son « triple A », qui lui permet d'emprunter à des taux raisonnables. Or, les signes d'alerte se multiplient : avant la crise, l'écart des taux d'emprunt de l'État français avec ceux de l'Allemagne (les *spread*) tournait autour de 10 points de base, presque rien. En mai, la différence s'élève à 30 points et à 50 en juin [1]. Ce qui n'est évidemment pas une courbe sympathique. Nicolas Sarkozy le sait, il doit donner des signaux forts : la réforme des retraites en est un. Il veut aussi réduire les déficits. Comme il l'avait promis, en décembre, lors du lancement du grand emprunt, il réunit le 28 janvier (jour de son anniversaire) la première conférence nationale sur les déficits. Quatre jours plus tôt, Éric Woerth laissait entendre que 50 milliards d'économie devaient être réalisés avant 2013. Ayant exclu d'augmenter les impôts, Nicolas Sarkozy veut diminuer la dépense. La tonalité de son discours est grave. « Avec la lutte contre le chômage, le redressement des finances publiques est le défi majeur auquel nous devons faire face, au sortir de la plus grave crise de l'après-guerre. » Son discours interpelle aussi tous les acteurs de la dépense publique : l'État, les collectivités locales… Mais les associations des Départements de France et des Régions de France, présidées par des socialistes, boycottent le rendez-vous. Elles y voient une manœuvre et imputent au gouvernement l'entière responsabilité des déficits.

1. Jusqu'à 150 points de différence à la mi-2011 pour se stabiliser à 130 à la fin de l'année.

« Nous dépensons trop et nous dépensons mal », dit encore le Président. Et il lance un programme de travail qui devrait aboutir, promet-il, à des décisions en avril. Éric Woerth est missionné pour s'attaquer aux niches fiscales et sociales. « Tout reste à faire », lâche à l'issue de la réunion Didier Migaud, seul socialiste présent. « Nous sommes enfin entrés dans une phase de lucidité », se réjouit Jean Arthuis, le président de la Commission des finances du Sénat, tandis que Gilles Carrez note que « le Président a beaucoup changé, il est plus à l'écoute, il n'a parlé que dix minutes et nous a consacré deux heures et demie. Il a vraiment pris conscience qu'il fallait envoyer des signaux forts ».

« Le Président a amorcé le virage de la rigueur [1] », explique Alain Minc, toujours très écouté à l'Élysée.

1. Si le mot rigueur reste tabou dans les discours du gouvernement, le Premier ministre annonce le 6 mai un plan qualifié « qui pourrait marquer l'histoire des lois de finances », selon François Baroin, le ministre du Budget : dépenses publiques gelées « en valeur » (elles ne suivront pas l'inflation) ; rabotage des niches fiscales. Bercy s'était initialement donné pour objectif deux milliards de réductions. François Fillon promet au moins cinq milliards d'euros. Évoquant même la possibilité que les Français soient contraints « à des efforts supplémentaires ». Baisse du train de vie de l'État. Il s'agit d'être crédible, Nicolas Sarkozy et Angela Merkel viennent de signer une lettre commune appelant à un début de gouvernance économique au sein de l'Union monétaire. En octobre, le ministre du Budget annonce une réduction des niches de douze milliards. « Ce sont des augmentations d'impôts », reconnaît le Premier ministre. Ce que réfute le ministre du Budget. « C'est une dépense de l'État en moins », dit-il.

« J'étais alors en relation avec les agences de notation. L'engagement de réduire les déficits et la réforme des retraites, c'était pour elles très positif », dit Ramon Fernandez, devenu directeur du Trésor.

Ça n'est pas tout. Le Président a chargé Michel Camdessus d'introduire en France une règle d'équilibre structurelle des finances publiques. Autrement dit : « la règle d'or », à l'horizon 2020. L'Allemagne a inscrit dans sa constitution la limitation du déficit public à 0,35 % du PIB à compter de 2016. « Les Allemands sont bien parvenus à un accord trans-partisans. C'est ce que nous allons essayer de faire », annonce le Président.

« J'étais à l'époque très réticent sur l'idée d'une règle d'or. C'est-à-dire d'une règle constitutionnelle. Réticent sur la forme plutôt que sur le fond. J'estimais que c'était la voie de la facilité. Pour s'exonérer de faire des efforts sur le niveau des dépenses, on plaçait le curseur sur le terrain des grands principes », avoue Éric Woerth.

Que le redressement soit nécessaire, les événements le démontrent presque chaque jour. Au début de l'année, la société coréenne Kepco a remporté un très juteux marché : la fourniture de quatre centrales nucléaires à l'Émirat d'Abu Dhabi. Un contrat de vingt milliards de dollars, sur lequel comptait beaucoup le Président et pour lequel il s'était beaucoup dépensé lorsqu'en 2008, il avait signé son premier accord de coopération avec les Émirats arabes unis. L'affaire semblait dans le sac. N'avions-nous pas la technologie la plus pointue ? Le réacteur de troisième génération le plus sûr et le plus sophistiqué du monde ? Le savoir-faire le plus éprouvé ? Mais aussi, hélas, la traditionnelle arrogance française qui nous conduit à sous-estimer la concurrence sur les marchés extérieurs et à ne pas écouter assez les besoins et les désirs du client. Les Émirats souhaitaient qu'EDF – 58 centrales –, un symbole de compétence, soit le chef de file du projet, Areva fournissant la chaudière. Une délégation d'Émiratis était même venue à Paris solliciter Pierre Gadonneix, le patron d'EDF. Mais celui-ci, trop occupé à racheter British Energy, avait refusé le marché, arguant qu'il ne disposait pas de six cents hommes disponibles pour répondre à un tel appel d'offre. La France – en l'occurrence Claude Guéant, très impliqué dans ce dossier – avait alors proposé les services de l'autre entreprise nucléaire française : GDF/SUEZ (8 centrales) associée à Areva et Total. Mais le client jugeait ce groupe trop léger. Quand l'État a confié à EDF la construction de son deuxième EPR, les Émirats se sont définitivement vexés. Un mois plus tôt, en urgence, l'Élysée avait tenté de rattraper les choses avec Henri Proglio (un protégé de Claude Guéant), PDG de Veolia [1], nommé à la tête d'EDF en novembre. Trop tard ! Tandis que les Français tergiversaient et multipliaient les allées et

---

1. On allait bientôt apprendre que le nouveau patron d'EDF, demeuré patron non exécutif de Veolia, cumulait de ce fait deux salaires, alors que sa rémunération à EDF avait été fortement augmentée par rapport à celle de ses prédécesseurs. Un scandale ! Interrogé sur TF1, lors de son émission avec les Français, le 26 janvier, Nicolas Sarkozy promettait qu'une fois la transition faite, Proglio se consacrerait à 100 % à EDF et quitterait Veolia. « Il est le meilleur patron de France pour cette entreprise. »

venues désordonnées, les Coréens, présents presque en permanence dans les Émirats, avaient mené une politique très agressive, beaucoup écouté le client et emporté le marché [1]. Leur offre était moins onéreuse et les Émirats n'avaient sans doute pas besoin de la merveille technologique hors de prix des Français. Quand la concurrence est mondiale, le client est roi, il ne suffit pas de lui dire que nos produits sont les meilleurs.

Après Carlos Ghosn, le PDG de Renault, c'est Christophe de Margerie, le patron de Total, qui a été convoqué à l'Élysée. Les six raffineries de ce groupe sont en grève. Par solidarité avec celle de Dunkerque – trois cent soixante-dix salariés, sans compter les sous-traitants – menacée de fermeture définitive. C'est qu'elle ne produisait que de l'essence. Or les ventes d'essence ont chuté de 15 % et celles du gazole de 5 %. Depuis le Grenelle de l'environnement, le gouvernement a multiplié les incitations à réduire la consommation de produits pétroliers. Frappée par la crise, l'industrie, elle aussi, est moins consommatrice. Toutes les compagnies pétrolières ferment des raffineries en Europe pour les ouvrir dans des pays émergents là où l'industrie se développe. En 2009, les bénéfices de Total ont donc été divisés par deux. Ils

1. « Chez nous, on apprend aux gens à travailler ensemble. La société repose sur le groupe et lorsqu'un projet est considéré comme un enjeu national aux yeux du monde extérieur, la mobilisation de la Corée est totale », expliquait le 4 janvier au *Figaro* Philippe Li, le président de la Chambre de commerce franco-coréenne, pas mécontent de nous faire la leçon.

sont passés de 14 milliards à 7,8 milliards d'euros et sont réalisés, pour la presque totalité, hors de France : des milliards nécessaires à la survie de l'entreprise dans l'Hexagone, où le raffinage a perdu un milliard d'euros.

Comme il l'avait fait à Gandrange en février 2008, comme il l'a fait pour Renault, le Président, soucieux de paix sociale, se montre une fois de plus l'allié objectif de la CGT. Alors que la CFDT joue une autre musique.

François Chérèque accuse la Centrale concurrente de refuser la table ronde sur l'avenir du raffinage qu'il lui demande depuis deux ans. « La CGT refuse de voir l'avenir », dit-il. Et il accuse Christian Estrosi, le ministre de l'Industrie, de jouer les pompiers pyromanes : « Pourquoi demander à Total de raffiner plus de pétrole, si c'est pour le stocker dans les caves ? Total, dit-il, doit reconvertir le site dans les énergies de demain pour garder ses emplois industriels. » Par ricochet, il vise le Président Sarkozy.

Confronté aux exigences du pouvoir, le président de Total promet que l'emploi sera maintenu pendant cinq ans. En revanche, la raffinerie n'a jamais été remise en fonction. Mais Total a proposé aux salariés divers reclassements.

L'alliance objective Élysée-CGT ne va pas durer. Ce sera encore une des grandes révisions de l'année 2010. Bernard Thibault ne voulait pas entendre parler de retraite à 60 ans. La CGT tentera de faire capoter le projet. Et Nicolas Sarkozy ne cédera pas.

CHAPITRE 2

« *Mon meilleur ennemi* »

Jeudi 28 janvier, Nicolas Sarkozy fête ses 55 ans. Bon anniversaire, Monsieur le Président. Il se trouve que le feuilleton Clearstream se clôt ce jour même. À l'Élysée, on ne s'en inquiète guère : au début de la matinée, Thierry Herzog, avocat de Nicolas Sarkozy, partie civile, a assuré à son client et ami que Dominique de Villepin avait 95 % de chances d'être condamné.

Pari imprudent. On apprend vite que le tribunal correctionnel de Paris l'a relaxé. Un vrai camouflet pour le Président.

Au palais de justice, Dominique de Villepin fait face à la cohue fébrile des journalistes. Devant le rideau de caméras et de flashes, il se plante bien droit, le front haut et le regard lointain. Il est à son affaire dans un rôle qui le transporte. Bien davantage encore qu'au premier jour du procès quand, plein d'inquiétude, il avait dénoncé « l'acharnement d'un homme » (Nicolas Sarkozy) contre lui et juré qu'il sortirait libre et blanchi « au nom du peuple français ». Cette fois, il joue les grands seigneurs magnanimes : « Mon innocence a été reconnue. Je salue le courage du tribunal qui a su faire triompher la justice et le droit sur la politique. Je suis fier d'être citoyen d'un pays, la France, où l'esprit d'indépendance reste vivant. Je n'ai aucune rancœur, aucune rancune. Je veux tourner la page. »

« Edwy Plenel[1] pleurait de joie dans les couloirs, c'était Zola qui avait trouvé son Dreyfus », moque un avocat témoin de la scène.

Les initiateurs de l'opération, Lahoud et Gergorin, sont en revanche condamnés à des peines de prison et à de lourdes amendes. Ils font appel.

En fin de matinée, Nicolas Sarkozy réunit ses plus proches conseillers : Claude Guéant, Raymond Soubie, Henri Guaino, Patrick Ouart pour tirer les leçons de ce jugement. Que doit-il dire ? À 14 heures tombe le communiqué présidentiel : « Le tribunal a considéré que le rôle de Dominique de Villepin dans la manipulation ne pouvait être prouvé. J'en prends acte, tout en notant la sévérité de certains attendus le concernant[2]. Dans ces conditions, j'annonce que je ne ferai pas appel de la décision du tribunal correctionnel. »

À l'UMP, on décrypte le message : le Président est en phase de reconstruction de son image, il ne gâchera pas l'effet rassurant de sa prestation télévisée de l'avant-veille par une nouvelle passe d'armes avec

---

1. Patron du site Mediapart qui mènera campagne permanente contre le Président.

2. Le tribunal relève en effet que Villepin a menti à plusieurs reprises.

son ancien rival. On croit comprendre que la ligne de l'Élysée est d'en finir. Le procureur ne devrait donc pas être incité à faire appel de la décision du tribunal. Un soulagement.

Or, voilà que le lendemain matin, coup de tonnerre ! Le procureur de la République, Jean-Claude Marin, annonce qu'il va faire appel pour l'ensemble du verdict. Très engagé dans ce procès, convaincu par les juges d'Huy et Pons de l'implication de l'ancien Premier ministre dans cette affaire de Pieds nickelés, il avait pris des réquisitions musclées et réclamé à l'encontre de Villepin 18 mois de prison avec sursis et 45 000 euros d'amende. Or, le tribunal a suivi ses recommandations sévères pour les autres prévenus. Il a donc, selon le procureur, rendu un jugement non équilibré en relaxant Villepin. Le magistrat ne veut pas lâcher le morceau. Juridiquement, son appel est cohérent avec son réquisitoire. Mais politiquement, tout est dans l'interprétation.

Au micro de Jean-Pierre Elkabbach sur Europe1, Jean-Claude Marin explique qu'il reste « une part de vérité à faire émerger ». L'affaire Clearstream n'est donc pas close, un nouveau procès aura lieu l'année suivante.

À l'UMP, c'est la consternation. On aurait souhaité en finir avec cette bataille de fauves qui empoisonne le climat depuis trop d'années. On s'interroge sur les mobiles du procureur. « Nicolas n'y est pour rien », assure Franck Louvrier. Le soir sur Canal+, Dominique de Villepin accuse au contraire l'Élysée de duplicité. Suivez mon regard : c'est le Président, à l'en croire, qui a actionné le procureur.

Le lendemain, samedi, comme il était convenu d'assez longue date, Carla Bruni est invitée au « Journal inattendu » de RTL. Elle est évidemment interrogée sur l'affaire et se dit d'abord « un peu décontenancée d'être prise en otage sur ce thème d'une manière pas super-courtoise ». Puis ajoute : « Je suis très étonnée par le peu de confiance que monsieur de Villepin, mais aussi visiblement les médias, accordent à la justice française. Je crois fondamentalement dans l'indépendance de la justice et je suis stupéfaite par ce genre d'allégation. »

Indépendance ? François Baroin se montre plus que sceptique : « L'appel du procureur est un élément qui crée un soupçon sur l'indépendance de la justice (…) On ne peut pas arriver six mois avant la présidentielle avec un sujet de cette importance qui ne soit pas purgé », déclare-t-il le lendemain sur Canal+. Il appelle Nicolas Sarkozy à tourner la page.

Claude Guéant, le même soir, affirme sur BFM que Jean-Claude Marin n'a reçu « aucune instruction de la présidence de la République ou du ministère de la Justice ». Ajoutant : « Le président de la République souhaitait savoir la vérité, il estime qu'une part de la vérité a été révélée par le procès, mais que la vérité n'en est pas complètement sortie. » Une déclaration ambiguë.

Si le procureur a décidé seul, il s'est quand même couvert. Avant de se lancer, il a téléphoné à Patrick Ouart, le conseiller justice du président de la République, pour l'informer de ses intentions. « J'envisage, lui dit-il, de faire appel à titre personnel. » Et

« le conseiller ne l'a pas dissuadé – c'est un euphémisme », raconte un témoin du coup de fil.

« Une des plus belles victoires qu'un homme puisse remporter sur lui-même, c'est contre la colère qui l'habite », commente un élu UMP rageur.

Dominique de Villepin continue donc à le crier haut et fort, l'appel du procureur a été décidé à l'Élysée.

Michèle Alliot-Marie, sous l'autorité de laquelle est placé le procureur, assure « n'avoir eu ni instruction, ni incitation de quelque nature que ce soit pour prendre sa décision. Si j'avais eu à en donner, elles auraient été écrites et motivées ». Elle ne ment pas.

Le procureur Marin reçoit le soutien de Brice Hortefeux, le ministre de l'Intérieur, qui s'était lui aussi constitué partie civile dans l'affaire Clearstream. « S'il n'y avait pas eu appel, le débat aurait été incomplet… S'il avait été incomplet, il y aurait risque d'injustice. »

Trois jours plus tard, le 3 février, François Fillon est bien dans la même tonalité lorsqu'il déclare : « Il aurait été anormal que le Parquet ne fasse pas appel du jugement de l'affaire Clearstream (…) Il faut que l'on sache pourquoi Gergorin et Lahoud ont mené cette manipulation. Le tribunal a dit qu'il y avait eu manipulation et il a condamné à la prison ferme ces deux personnes, mais on ne sait toujours pas pourquoi elles ont conduit cette manipulation. Je suis effaré de ce que j'entends depuis plusieurs jours, du roman qu'on est en train d'écrire et qui aboutit à transformer le Président, qui est une victime dans cette affaire, quasiment en coupable [1]. »

---

1. Au micro de Jean-Pierre Elkabbach sur Europe 1.

Autrement dit, le pouvoir n'a pas donné d'instruction au Parquet, mais il n'est pas mécontent de sa décision.

Il ne faut pas être naïf non plus. Et si le tribunal avait lui aussi fait de la politique en relaxant Villepin ? « Si Sarkozy n'avait pas parlé de "coupables [1]", mon client aurait sûrement écopé d'une peine de prison avec sursis », estime Me Metzner [2], l'avocat de Dominique de Villepin.

Un an plus tard, le deuxième procès Clearstream n'intéresse plus personne. Nicolas Sarkozy n'est plus partie civile. Dominique de Villepin est relaxé pour la deuxième fois. Mais il n'est plus qu'un homme en colère qui s'autodésigne comme le meilleur opposant au Président [3]. Finie la magnanimité. Il ne va plus se taire, mais au contraire parler beaucoup. Toujours pour dénigrer, fustiger, dénoncer, accabler celui qui est devenu l'objet de tous ses ressentiments. Pire même : de sa haine. On ne l'arrêtera plus. Les soutiens politiques n'affluent pas. Qu'importe : il est à lui seul une armée en marche qui veut sa revanche. Il avale les kilomètres dans l'Hexagone, animé d'une seule idée fixe : empêcher sa réélection.

---

1. Voir pages 451-453.
2. Confidence à l'auteure.
3. Nicolas Sarkozy l'a néanmoins reçu à La Lanterne en compagnie de Claude Guéant, en novembre 2011. Villepin lui avait suggéré de « renverser la table, faire un gouvernement resserré avec dix personnalités de poids ». Il espérait sans doute en faire partie. Nicolas Sarkozy n'a pas donné suite à sa proposition. Une raison supplémentaire pour le combattre.

Et il s'est porté candidat à la présidentielle [1].

Rares sont ceux pourtant qui pensent qu'il pourrait aller jusqu'au bout : « Il n'aura jamais ses signatures. » Mais Villepin a des audaces qui n'appartiennent qu'à lui et une détermination qui va au-delà du raisonnable. Il est imprévisible. « Il est fou », murmure-t-on dans la majorité, qui craint de lui le pire. Une évidence : sans l'appel du procureur, il ne se serait sûrement pas lancé dans cette aventure.

---

1. Le 11 décembre 2011.

CHAPITRE 3

Une majorité en effervescence

Au petit matin du 7 janvier 2010, les radios annoncent le décès de Philippe Séguin, le premier président de la Cour des comptes [1], ancien ministre d'État de Jacques Chirac. La classe politique est frappée de stupeur. Philippe Séguin était un personnage hors normes. Une carrure à la Orson Welles et une robustesse de chêne, qui laissaient percevoir quelques fêlures intimes. Il promenait sur le monde et les choses un beau regard sombre, triste et fatigué. Il semblait né inconsolable. Il aurait pu jouer les premiers rôles s'il ne faisait alterner les moments d'exaltation – toujours brefs – avec des phases de dépression – toujours longues – accompagnées de crises de boulimie, suivies de semaines de régime strict, ponctuées de colères homériques. Servi par un timbre de baryton basse, cet excellent orateur avait des fulgurances. Tout le monde appréciait ce gaulliste à la fibre

1. Nommé à ce poste par Jacques Chirac en 2004, sur proposition de Nicolas Sarkozy, ministre du Budget.

sociale. Quelle était sa véritable ambition ? Nul ne pouvait le dire. Il n'en était que plus attachant. Il avait redoré le blason de la Cour des comptes, accru son rôle et son indépendance.

Des funérailles nationales sont organisées aux Invalides. Nicolas Sarkozy, accompagné de son épouse, semble sincèrement touché par sa disparition. François Fillon ne cache pas son chagrin, il a perdu son mentor.

Dès la fin des obsèques, une grande question agite le microcosme : qui va lui succéder ? Alain Juppé révèle le 18 janvier avoir refusé l'offre de Nicolas Sarkozy. Il veut se consacrer à Bordeaux. Le nom d'Alain Lamassoure, président de la Commission des budgets au Parlement européen et ancien de la maison, circule. Il n'a pas fait acte de candidature, contrairement à Didier Migaud. Le président socialiste de la Commission des finances ayant fait savoir à l'Élysée que le poste l'intéresse, ses vœux sont aussitôt exaucés.

Encore un socialiste ! La majorité est vent debout. « J'aurais dû exprimer plus fortement mon opposition à cette nomination », s'emporte Jean-François Copé. « La moindre des choses eût été que l'on m'en informât », bougonne Gilles Carrez, le rapporteur du Budget. La déception est d'autant plus grande que Jérôme Cahuzac, député PS du Lot-et-Garonne, qui succède à Didier Migaud, est loin de faire l'unanimité. « Un type brillant, mais très personnel, très sectaire », disent ses collègues de la Commission, qui regrettent Migaud.

Pas contents, les UMP ! Xavier Bertrand, le patron du mouvement, sans doute en service commandé, prévient pourtant : « L'ouverture va se poursuivre. » Quelques jours plus tard en effet, Michel Charasse, ancien ministre socialiste de François Mitterrand, sénateur, personnage haut en couleur et contesté, entre au Conseil constitutionnel par la grâce de Nicolas Sarkozy.

Et ça n'est pas tout. Claude Evin, ancien ministre de la Santé socialiste, est nommé directeur de l'Agence régionale de santé en Ile-de-France, tandis que Denis Morin, ex-directeur de cabinet de Martine Aubry, prend la tête de celle de Rhône-Alpes. Mais le Président n'est pour rien dans leur désignation. Aidée par un cabinet d'audit, Roselyne Bachelot, la ministre de la Santé, a décidé de recruter ces directeurs au mérite. Un jury présidé par Jean-Martin Folz, ex-patron de Peugeot, avait sélectionné une liste de cinquante candidats. « On essayait de me coller des copains, j'ai résisté », se flatte la ministre, bien que la « quasi-totalité des autres postes ait été offerte à des gens de chez nous », dit-elle. Il n'empêche, la nomination de Claude Evin est très mal perçue.

La campagne pour les régionales s'ouvre dans ce climat désabusé. La partie s'annonce difficile. La gauche détient vingt régions sur vingt-deux et clame qu'elle peut réussir le grand chelem, faire tomber l'Alsace et la Corse dans son escarcelle. L'UMP espère quand même gagner quatre à cinq régions. Alain Marleix, le secrétaire d'État aux Collectivités territoriales, qui connaît bien sa carte électorale, a convaincu l'Élysée que le gain de sept à huit régions n'est pas à exclure.

Nicolas Sarkozy décide de mettre le paquet : dix-neuf ministres et secrétaires d'État, sur un total de trente-huit, sont candidats. Parmi eux, huit sont très exposés. À commencer par Xavier Darcos, ministre des Affaires sociales et candidat dans la région Aquitaine.

« Tu sais que je vais perdre, répond-il à Nicolas Sarkozy, lorsque celui-ci lui demande de s'engager.

— Écoute, mon Xavier, rends-moi ce service et ne crains rien, si tu es battu tu restes au gouvernement. »

Même cas de figure pour Dominique Bussereau, secrétaire d'État aux Transports, qui doit aller affronter Ségolène Royal : « Darcos et moi, nous sommes les malgré-nous », plaisante-t-il, amer.

Pour Nicolas Sarkozy, l'implication de ses ministres doit être le signe de l'engagement total de la majorité dans ce combat. « Un ministre doit aller au front », répète-t-il chaque mercredi.

Une stratégie qui comporte évidemment de gros risques : l'affaiblissement du gouvernement en cas de défaite – ce que le Président refuse d'envisager. Les sondages ne sont guère favorables, mais il croit avoir trouvé la meilleure stratégie : des listes d'union comprenant toutes les composantes de la majorité, voire au-delà. Ce qui provoque des grincements de dents à l'UMP, où la majorité des militants sont d'anciens RPR. Ces proches du terrain savent que la juxtaposition des logos divers n'élargira pas la base électorale. « On plaçait en positions éligibles des minoritaires sans audience véritable, en reléguant en queue de liste des élus locaux UMP reconnus », déplore un ministre.

Certains dénoncent la trop grande implication de Claude Guéant dans la composition de certaines listes. Ainsi en Bretagne, où il a imposé une préfète de région, laquelle choisit elle-même ses colistiers – dont le fils du secrétaire général de l'Élysée – sans concertation avec les élus. Du coup, les parlementaires bretons oublieront de faire campagne. Le résultat était prévisible : la liste de la préfète fait un score inférieur à celui de 2004, déjà guère brillant. Même grogne en Alsace, idem dans les Pays-de-Loire, où les amis de Jean Arthuis décrochent trois places alors que son parti n'existe pas vraiment.

En janvier, une étude IFOP pour *Paris Match* annonce des résultats inférieurs à ceux du scrutin précédent pour la majorité présidentielle.

Bruno Le Maire a mis en garde le Président : « Le niveau de vie des agriculteurs a baissé de 54 % depuis deux ans. » Alerte rouge. Tous les élus signalent leur hostilité à la taxe carbone.

Le 6 mars, Nicolas Sarkozy se rend au Salon de l'Agriculture pour participer à une table ronde avec les leaders des organisations syndicales paysannes. Une première. (Jacques Chirac, pourtant grand habitué des lieux, n'avait jamais organisé pareille réunion.) Il est venu entendre leurs récriminations. Notamment à propos des normes européennes sur le développement durable. Bruno Le Maire l'avait prévenu. « On est allé trop vite, trop loin. L'Allemagne, qui est devenue notre grande concurrente agricole, les interprète de façon beaucoup plus souple que nous[1]. »

Ayant entendu les doléances, Nicolas Sarkozy se veut rassurant : « Je crois à une agriculture durable. Mais il faut changer de méthode et alléger les contraintes. » Et il ajoute : « Les questions d'environnement, ça commence à bien faire. » La phrase fait sursauter. S'il s'était contenté de dire : « Nous allons trop loin, prenons notre temps, soyons pragmatiques » (ce qui était le fond de sa pensée), sa sagesse eût été louée. Sa formulation abrupte déclenche la furie des écologistes, qui dénoncent la volte-face de celui qui s'était fait le chantre du Grenelle de l'environnement : « Le masque vert est tombé », s'écrie Cécile Duflot. Le Président accorde « un permis de polluer » aux agriculteurs.

Trois jours plus tard, il tente de rattraper le coup. « Mon rôle, dit-il, est d'apaiser pour pouvoir réformer[2]. » Voilà même qu'il emploie un mot nouveau : il souhaite « la pause » dans les réformes.

Alexis Brézet, directeur de la rédaction du magazine qui a recueilli ces propos, révèle que le Président ne l'avait pas employé pendant l'interview : il a été rajouté au moment de la relecture à l'Élysée, avant la publication, comme il est d'usage dans la presse.

---

1. En octobre 2010, Bruno Le Maire joue les « grenello-sceptiques » en déclarant à *Ouest-France* : « L'agriculture française est en convalescence, ne freinons pas son redémarrage. Je demande une pause en matière de règles environnementales pour laisser le temps aux paysans de mettre en place ce qui a été décidé. »

2. Interview au *Figaro Magazine*.

Qui a ajouté ce mot ? Guéant ? Guaino ? Mystère.

Vous avez dit pause ? Le terme évoque des retournements spectaculaires. Léon Blum l'avait employé huit mois après la victoire du Front populaire pour fermer la parenthèse des dépenses inconsidérées. En décembre 1981, Jacques Delors, effaré par les déficits, l'avait repris. François Mitterrand, qui n'avait pas apprécié, avait rétorqué l'air pincé : « Je n'emploierais pas ce mot-là. »

La pause ? Qu'a voulu dire le Président ? « Qu'il proposera, à la fin de l'année 2011, de compléter les réformes réalisées depuis 2007 et éventuellement de "délégiférer" pour "clarifier" la législation souvent d'une telle complexité que personne ne s'y retrouve. » Ce qui est vrai. Mais les observateurs y décèlent un tournant.

La pause, en tout cas, ne concerne pas Nicolas Sarkozy. Il multiplie les déplacements dans les régions où l'UMP garde un espoir de s'imposer. Croyant encore à un succès dans la région Centre, il se rend à Morée (Loir-et-Cher) pour évoquer les problèmes de la ruralité et défendre la réforme des collectivités territoriales (très mal acceptée par les élus). Est-il en campagne ? « Pas du tout, il se rend dans les régions où il n'est pas allé depuis longtemps », explique benoîtement Franck Louvrier. Nicolas Sarkozy est toujours écartelé entre son statut de chef d'État, qui requiert hauteur et retenue, et son tempérament qui le porte à l'action et à l'engagement partisan. Ainsi se rend-il en Corse, à six semaines du scrutin : l'île de Beauté est avec l'Alsace l'une des deux seules régions de métropole dirigée par la droite depuis 2004. Il s'agit bien sûr de la conserver. On l'entend promettre de gros moyens pour l'indépendance énergétique de l'île et le développement durable. Après quoi il s'envole pour la Guyane et la Martinique. Mais il proteste de la pureté de ses intentions : « Où avez-vous vu que, lors de mes déplacements, j'avais appelé à voter pour tel ou tel candidat [1] ? »

À la veille du scrutin, il continue à croire dur comme fer que des gains sont possibles. « Je me souviens d'un petit déjeuner de la majorité juste avant l'élection, témoigne un participant, le Président était euphorique. Il s'est lancé dans un vaste panorama pour nous décrire la situation mondiale. Il était très brillant. Il a vu qu'il nous avait impressionnés. Quand on s'est quittés il nous a dit : “Je suis content, nous avons vraiment eu un bon dialogue”, mais en réalité, c'était un monologue étincelant, nous n'avons pas pu placer un mot et nous n'avons pas parlé des régionales. » Un autre témoin résume : « On a écouté Nicolas nous parler de Nicolas et ensuite, comme d'habitude, Claude Guéant nous a donné des ordres par téléphone. »

Tous les candidats sont unanimes. Jamais ils n'avaient souffert d'une telle agressivité sur le terrain. Un an plus tôt, ceux qui faisaient campagne pour les élections européennes étaient bien reçus. « Les gens étaient aimables, ils avaient apprécié que Nicolas Sarkozy s'impose comme leader pendant la présidence française », assure Jean-Marie Bockel. Candidat aux régionales en Aquitaine, Alain Lamassoure évoque un

1. Interview du 11 mars au *Figaro Magazine*.

hiver noir : « On faisait du porte-à-porte, les gens nous disaient : on ne votera plus jamais pour Sarkozy. » Même écho chez le président du groupe Nouveau Centre François Sauvadet : « Pour la première fois, j'ai senti de la haine envers le Président. Les gens étaient pleins de ressentiment. »

« La campagne des régionales, c'est le sommet de l'incompréhension de notre électorat », dit Jean-Pierre Raffarin.

Le 14 mars, au soir du premier tour, les listes du PS et de ses alliés PRG totalisent 29,54 % des suffrages et sont en tête dans treize régions. La majorité présidentielle (26,2 % des voix) est en première position dans neuf régions, mais elle ne dispose d'aucune réserve de voix pour le deuxième tour : celles qu'auraient pu lui apporter les centristes de la majorité si on ne les avait pas contraints à faire liste commune : « On a réuni tout le monde sur les listes, de Philippe de Villiers à Bockel en passant par Boutin et Chasse, pêche, nature, et on obtient le pire score. On n'a pas offert de soupape ou d'exutoire aux électeurs les plus exaspérés », constate, amer, un élu UMP.

Une erreur tactique dont Gérard Longuet s'était inquiété auprès de l'Élysée. Sans être entendu. Ce dimanche soir de premier tour, alors que parviennent de province et d'Ile-de-France des résultats médiocres ou franchement mauvais, Nicolas Sarkozy persiste à croire que deux ou trois régions peuvent être gagnées le dimanche suivant. « Tout reste ouvert », affirme-t-il devant ses principaux ministres. L'un d'eux, effaré, évoque « un déni du réel ». « À force d'entendre dire qu'on n'avait pas perdu, que c'était une non-défaite, je suis parti », lâche un autre. « J'étais halluciné », avoue Hervé Morin, le ministre de la Défense.

Le Président continue d'espérer. Jean-François Copé, qu'il reçoit entre les deux tours, le stoppe net : « Il faut appeler un chat un chat : c'est une défaite Il faut laisser de côté l'ouverture et la taxe carbone et s'engager sur les vraies réformes : la baisse des déficits, les retraites, la compétitivité, il faut faire une loi sur la burka, envoyer un message à la France rurale qui se sent abandonnée. »

« Si ces élections avaient été à un tour, nous aurions gagné neuf régions », lance Nicolas Sarkozy, comme pour se consoler. Seulement voilà, elles sont à deux tours. Et le deuxième confirme les résultats du premier. Les listes de gauche remportent vingt et une régions métropolitaines sur vingt-deux. Une de plus avec la Corse avec un total de 54,3 % des suffrages, contre 36,1 % à la majorité présidentielle et 8,7 % au Front national. La majorité garde l'Alsace et gagne la Réunion et la Guyane.

« Nous avions deux régions, nous en avons trois », tente de se réjouir Brice Hortefeux.

L'abstention a baissé de cinq points par rapport au premier tour, mais certains chiffres inquiètent. Par exemple : la victoire éclatante de Ségolène Royal en Poitou-Charentes. Alliée au MoDem, elle a obtenu le ralliement d'Europe Écologie et s'est imposée face à Dominique Bussereau avec près de 61 % des voix. Plus alarmant : dans les régions où le Front national s'est maintenu, il totalise plus de 21 % des suffrages :

22,87 % pour Jean-Marie Le Pen en Provence-Alpes-Côte-d'Azur, 22 % pour Marine Le Pen dans le Pas-de-Calais, où elle devance la ministre Valérie Létard. En Alsace, symbole de l'ancrage à droite, la liste de Philippe Richert, sénateur UMP, l'emporte, certes, avec 46,16 %, devant le socialiste Jacques Bigot 39,27 % ; mais en 2007, l'Alsace avait voté à 65 % pour Nicolas Sarkozy.

La défaite n'est pas seulement le fruit amer d'une erreur tactique. La majorité et Nicolas Sarkozy ont perdu leurs électeurs.

François Fillon ne mâche pas ses mots à la télévision : « Le résultat confirme le succès de la gauche, nous n'avons pas su convaincre, c'est une déception. J'assume ma part de responsabilités, j'en parlerai demain matin avec le Président. La brutalité de la crise a laissé des traces, mais on ne perd jamais quand on défend ses convictions. »

Le lendemain matin, le Premier ministre va offrir une fois de plus sa démission à Nicolas Sarkozy, lequel, une fois de plus, la refuse.

L'urgence est d'aller purger les humeurs des députés, qui commencent à craindre pour leur réélection en 2012. Lors de la réunion du groupe parlementaire où il est ovationné, le Premier ministre assiste à un grand défouloir. « L'ouverture à gauche n'est pas passée dans notre électorat. Les gens ne comprennent pas que le Président s'entête à faire appel à des personnalités de gauche, alors qu'il y a des gens très compétents chez nous ! » s'exclame Jacques Domergue, député de l'Hérault. « On a mis Didier Migaud à la Cour des comptes et voici le résultat, l'UMP fait 25 % dans l'Isère », souligne le député Remiller. Un autre élu, pourtant ami fidèle du Président, note, logique : « Comment aller expliquer aux gens que les socialistes gèrent très mal les régions quand en même temps on nomme un des leurs à la Cour des comptes ? » Et quand Lionnel Luca, député des Alpes-Maritimes, s'écrie : « Vivement que les socialistes soient au pouvoir, nous obtiendrons enfin des postes de responsabilité ! », tout le monde rit. Mais jaune.

Ces députés ignorent que le Président a tancé Fadela Amara et Bernard Kouchner sur le thème : « Vous ne vous êtes pas battus, vous ne m'avez rien apporté », preuve qu'il commence lui-même à s'interroger.

« Après les régionales, Nicolas a zappé l'ouverture. Vous remarquerez qu'il n'a plus jamais employé le mot », remarque un proche.

Jean-Marie Bockel doit le constater à ses dépens : « Avant les régionales, Guéant m'avait promis le ministère de la Ville, il m'avait même dit : c'est fait. Après les régionales, il ne m'a plus parlé de rien et j'ai senti à l'Élysée que je n'étais plus regardé de la même manière. » Ajoutant même : « Je suis passé du statut de vedette américaine à tricard ! »

Mais l'ouverture n'est pas la seule chose qui indispose la troupe. L'exposition permanente du Président inquiète tout autant : « Notre peuple a le tournis », s'emporte Marc Laffineur, député du Maine-et-Loire et secrétaire d'État. Tandis qu'un élu du Loiret raconte la visite du Président dans sa circonscription : « Il y avait plus de CRS que d'habitants dans les rues. »

Le débat sur l'identité nationale fait aussi l'objet de leur colère. Ils s'en prennent une fois encore à Éric Besson « qui a remis en selle le Front national. Il nous a fait perdre des voix », disent-ils. Et ils louent François Fillon d'avoir enterré le débat, lors d'un séminaire gouvernemental organisé à Matignon le 8 février. François Hollande avait alors moqué : « C'est un enterrement en petite pompe. » Jean-François Copé est lui aussi visé. « Il lance trop de débats qui brouillent l'opinion. Il ouvre toutes les "boîtes à claque", à croire qu'il veut faire perdre le Président en 2012. »

Comme toujours après un échec électoral, c'est le grand déballage.

Pour apaiser son monde, François Fillon n'est pas arrivé les mains vides. Il annonce, sous des applaudissements nourris, le report *sine die* de la taxe carbone.

La réunion se termine dans un calme relatif.

Comme le chef de l'État l'avait laissé entendre dès le lendemain des régionales, un nouveau remaniement du gouvernement est annoncé par Claude Guéant sur le perron de l'Élysée. François Fillon l'aurait souhaité large, pour donner un nouvel élan à l'action. Il n'a pas eu gain de cause. Les changements, les départs et les arrivées ont un sens très politique. Xavier Darcos s'en va. Considéré comme un Premier ministrable un an plus tôt, il a été largement battu en Aquitaine, mais il est le seul ministre sacrifié à la suite de la déroute électorale. C'est peu dire qu'il prend mal cette éviction, qui contrevient aux promesses de Nicolas Sarkozy.

« Il m'a fait appeler par Guéant le soir du deuxième tour : le Président veut vous voir lundi matin, raconte Darcos. J'arrive à l'Élysée, Nicolas me lance : "Tu es trop affaibli, tu ne peux pas rester, je vais te trouver autre chose". » En réalité, Xavier Darcos est victime de Raymond Soubie. C'est lui qui a poussé à son départ. Plusieurs de ses initiatives lui avaient déplu. Exemple : le projet de notation des entreprises sur Internet sur le critère de leur prise en compte du stress au travail. Les patrons avaient téléphoné à l'Élysée pour se plaindre. Soubie estime qu'Éric Woerth (qui va donc quitter le Budget pour remplacer Darcos aux Affaires sociales et qui connaît le dossier de la retraite de la fonction publique) sera mieux armé que lui pour défendre une réforme qui s'annonce très difficile.

« Ça a été le début de leurs emmerdes », se console Xavier Darcos (faisant référence à l'affaire Woerth-Bettencourt).

Beaucoup plus politiques sont les arrivées du chiraquien François Baroin, qui remplace Éric Woerth au Budget et du villepiniste Georges Tron à la Fonction publique.

Enfin Martin Hirsch, haut commissaire aux Solidarités actives contre la pauvreté, s'en va. N'appréciant pas le débat sur l'identité nationale, il avait annoncé au Président son intention de quitter le gouvernement à la fin de 2009, mais Nicolas Sarkozy lui avait demandé d'attendre jusqu'aux régionales.

C'est peu dire que son départ ne chagrine pas à l'UMP, où l'on n'a jamais apprécié ce promoteur inlassable de la culture de l'assistanat. Son idée de mettre en place une cagnotte pour lutter contre l'absentéisme à l'école avait révulsé députés et militants. À gauche, la Fédération des conseils de parents d'élèves avait dénoncé « une perversion du sens de l'école que de vouloir régler par l'argent un problème d'éducation ». Certains conseillers de Matignon s'irritaient de son chantage permanent à la bonne conscience. « Quand je vois Hirsch, je comprends pourquoi je suis de droite », répétait un ministre. Et puisqu'il s'en va, adios, bon vent, bon débarras ! Par la grâce élyséenne, il prend la direction de l'Agence du service civique (son salaire : 160 000 euros annuels [1]).

Tous les ministres le disent : le Président a été sonné par le résultat des régionales. « Il a reçu un gros coup sur la tête. » François Fillon note que pendant quelques jours, « il était ailleurs ».

C'est la déprime à l'Élysée. « Guéant était tout blanc », Henri Guaino semble de tous le plus affecté : « On ne le voyait plus, on se demandait s'il était parti

1. Bernard Debré et Louis Giscard d'Estaing ont déposé un amendement pour supprimer son indemnité, qu'ils jugent imméritée. (L'amendement sera repoussé par le gouvernement.) Car, à peine Hirsch a-t-il quitté le gouvernement qu'il publie un livre, *Pour en finir avec les conflits d'intérêts*, dans lequel il se pare de toutes les vertus et de probité candide et dénonce des personnalités de la majorité, dont Jean-François Copé qui est entré dans un cabinet d'avocats d'affaires. Sur le fond, on peut en discuter. C'est la manière qui choque le plus. « Il voulait se purifier d'avoir collaboré avec la droite en jetant sur elle de la boue », s'indigne Jean Leonetti.

écrire le mémorial de Sainte-Hélène », raille un ministre.

Gros changement : le Président reçoit les députés par petits groupes de deux ou trois. Certain ont même droit à un tête-à-tête. « Il nous posait des questions, il écoutait, il était humble », dit Lionnel Luca. Au Conseil du mercredi, les ministres voient arriver un homme « très pâle, très tendu ». « Je prends toute ma part de l'échec. » Il reconnaît surtout n'avoir pas vu venir la montée du Front national. Et comme toujours, pour se rassurer, il parle sécurité. Disant : « J'ai adoré le ministère de l'Intérieur, j'ai tué le métier pour mes successeurs [1]. » Ce qui n'est guère aimable pour Brice Hortefeux…

Michèle Alliot-Marie, qui le connaît bien, l'affirme : « Après une défaite, il accuse toujours le coup, mais il remonte très vite. Les critiques de la presse l'affectent davantage et les sondages encore plus. Rien qu'à voir sa tête je sais s'ils sont mauvais. Il voudrait les ignorer, mais il n'y arrive pas. Il ne se résout pas à faire le deuil de l'amour des Français. »

Il remonte vite ? Illustration : le lendemain du deuxième tour, il reçoit à l'Élysée Lance Armstrong, le champion cycliste américain qu'il admire, plusieurs fois vainqueur du Tour de France, souvent soupçonné de dopage. Celui-ci vient lui offrir un vélo de course. Michel Drucker, qui l'accompagne, raconte : « Je croyais trouver un homme préoccupé,

---

1. C'était le temps où la presse louait son action. Où les hebdos lui consacraient des Unes flatteuses. Où les sondages lui faisaient révérence. Le bon temps….

contrarié. Au contraire, il nous est apparu disponible, détendu, nous sommes restés près d'une heure avec lui, nous avons parlé de sport. Il a qualifié les régionales de "péripétie" et lâché : "Depuis trente ans, j'en ai vu d'autres, je suis jeune, si je ne suis pas réélu, quelle importance ? Je ferai autre chose". »

Trois jours plus tard, il intervient à la télévision. Il apparaît pâlichon et la mine peu réjouie : « Mon devoir, dit-il, est d'entendre le message des urnes. » Son discours s'adresse d'abord aux abstentionnistes, aux agriculteurs auxquels il promet d'aller « jusqu'à la crise en Europe plutôt que d'accepter le démantèlement de la politique agricole commune ». Aux médecins qui ont boudé en masse, il annonce une concertation et des décisions structurelles – « pas de rustines ». Aux entreprises soumises à la concurrence extérieure, il confirme que la taxe carbone est repoussée non pas aux calendes grecques, mais aux frontières européennes. Il souligne qu'« il serait absurde de taxer les entreprises françaises en donnant un avantage compétitif aux entreprises des pays pollueurs ». Que ne l'a-t-il dit plus tôt ?

Quand on commence à lâcher du lest, on ouvre toujours une brèche. Le report de la taxe carbone annoncé, les élus de la majorité s'en prennent à l'une des mesures les plus emblématiques du quinquennat, le bouclier fiscal, dont l'utilité financière est contestée et qui les empoisonne sur le terrain. Pierre Méhaignerie suggère sa suppression ainsi qu'un rabotage des niches fiscales et la création d'une tranche supplémentaire d'impôt sur les hauts revenus. La contestation prend de l'ampleur : Gilles Carrez, le rapporteur du Budget, Jean-Luc Warsmann, le président de la Commission des lois, les centristes François Sauvadet, le président du groupe, et aussi Charles de Courson et Nicolas Perruchot – tous veulent supprimer le bouclier. Bientôt treize députés UMP annoncent leur intention de déposer une proposition de loi pour l'abroger purement et simplement. Alain Juppé déclare sur France Info : « Cela ne me choquerait pas que l'on demande aux très riches de faire un effort de solidarité supplémentaire. » Jean-François Copé lui-même semble gagné par le doute et admet « ne pas avoir de religion définitive sur le sujet ». Un propos qui vaut presque abjuration.

À son retour des États-Unis, le chef de l'État convoque les députés à l'Élysée. Informé de tous ces bleus à l'âme, il souhaite renouer les fils et rassembler la majorité autour de lui. Il commence par un chaleureux « Vous, mes amis députés ». Puis il revient à son sujet familier dans les périodes délicates : la sécurité. Il dit avoir « entendu le message des Français ». Et ajoute : « Que voulez-vous ? J'ai beaucoup d'affection pour le ministère de l'Intérieur, je l'ai été pendant cinq ans, hélas je ne peux plus l'être. » Voilà donc Brice Hortefeux taclé pour la deuxième fois en quelques jours. Comme il faut lâcher un peu de lest, le Président finit par concéder : « Si l'on y touchait (au bouclier fiscal), je choisirais moi-même le terrain, le moment et l'enjeu. » Traduction : vous pouvez suggérer, mais n'oubliez pas qui commande. Toucher à ce fameux bouclier ruinerait, croit-il, sa promesse de ne pas augmenter la fiscalité.

« Nous avons déjà le niveau de prélèvements obligatoires le plus élevé du monde, il ne faut pas casser le retour de la croissance », renchérit François Fillon.

Preuve que tout est chamboulé, un sondage CSA pour *Le Parisien* révèle à la fin du mois de mars que Dominique de Villepin arrive en tête des candidats de droite préférés des Français. Certes, le Président reste le meilleur candidat pour 31 % des sympathisants de droite. Mais ce sondage fait voler en éclats le dogme de l'infaillibilité présidentielle.

Le Point lui a déjà trouvé un successeur : « Le Président Fillon… La tentation de l'Élysée, pourquoi la droite croit en lui ? »

« Nicolas ne l'a pas mal pris », commente, sobre, le Premier ministre.

De quoi donner des idées à Alain Juppé qui, lui aussi, s'avance et prend date : « Nicolas Sarkozy reste le candidat naturel de la droite. Mais si d'aventure, il décidait de ne pas se représenter, l'UMP devra organiser des primaires et dans ce cas, j'envisagerais de concourir [1]. »

---

1. Dans une interview au *Monde* du 12 avril.

CHAPITRE 4

Vilaines rumeurs

La rumeur court depuis le début de l'année, enfle, s'enrichit chaque jour de nouveaux détails. Le microcosme parisien s'en gargarise, les sceptiques en la démentant contribuent à la propager. Le Président a une maîtresse : Chantal Jouanno, secrétaire d'État à l'Écologie, championne de karaté, et Carla un amant, le chanteur Benjamin Biolay, auteur à succès. L'affaire passionne. Il se raconte que les deux chanteurs ont été vus sur une plage de Thaïlande, « vus de nos yeux, vus ». « Cela fait deux ans que je n'ai pas parlé à Carla », s'indigne Benjamin Biolay. Mais les « témoignages » poussent comme du chiendent dans le petit milieu parisien. Avec ce commentaire : « On avait bien dit que ce couple ne tiendrait pas. » Au printemps, la rumeur est devenue une déferlante…

L'Élysée, bien sûr informé, s'en émeut enfin. Et veut en connaître l'origine, identifier les malfaisants. Où est la source ? Il s'agit d'explorer les mille et uns racontars qui circulent sur Internet. Pierre Charon, chargé de protéger la Première dame, prend l'affaire en main à sa demande : « Pierre, il faut faire cesser ces bruits. » Très vite un site installé aux Pays-Bas est identifié. Son responsable, joint par Me Thierry Herzog, présente des excuses et accepte de fermer la page. Mais d'où tient-il cette histoire, souvent accompagnée de propos obscènes ? D'un « tweet » incontrôlé. Voilà comment, de nos jours, se crée l'information. D'autant moins vérifiée qu'elle est plus alléchante.

Le sujet est amplement commenté dans les rédactions. Mais aucun journal – par respect de la vie privée – ne veut en faire état. La trêve est rompue le 9 mars. Un blog (toujours Internet), hébergé par le *Journal du Dimanche*, évoque le sujet. Noir sur blanc. Avide de ragots sur le couple présidentiel français depuis la rupture avec Cécilia, la presse étrangère se déchaîne et prend pour argent comptant l'information sortie par un journal sérieux. Grand propagateur de rumeurs sur les people, le *New York Post* est le premier à publier à la Une les photos de la jolie ministre et du chanteur chevelu. Il est bien vite imité par les tabloïds anglais et même… la presse chinoise.

C'est un rude coup pour Chantal Jouanno, mère de trois jeunes enfants, peu aguerrie aux cruautés de la vie politique. Pour contrer la rumeur, un mois durant, elle va jouer les « jamais sans mon mari ». Elle ne se déplace plus sans lui, dans les médias. Les journalistes les voient arriver, lui entourant de son bras l'épaule de sa femme, la serrant de près. Le couple affiche une proximité qui se veut démonstrative.

Nicolas Sarkozy a beau avoir plus d'expérience, il est pourtant perturbé lui aussi, d'autant que certains dans son entourage veulent le convaincre que le site hollandais n'est sans doute pas la seule source.

Officiellement, le couple Sarkozy n'accorde pas d'importance à l'affaire. Interrogé à Londres, en marge d'une rencontre avec le Premier ministre britannique, Nicolas Sarkozy répond qu'il n'a « pas une minute à perdre sur le sujet ». De son côté, Carla Bruni déclare au *Figaro Madame* que « la rumeur, hélas, fait partie de la nature humaine ».

Mais en réalité, de grands moyens sont mobilisés. La direction centrale du renseignement (DCRI) est saisie par la haute hiérarchie policière d'une enquête. Qui est la source de ces mauvais bruits ? Le Président veut savoir.

De son côté, le *JDD* porte plainte et licencie l'auteur du blog. Lenouvelobs.com affirme que le groupe Lagardère, propriétaire du journal, a subi dans ce but des pressions de l'Élysée.

Et voilà qu'une révélation du *Canard enchaîné* relance l'affaire : Rachida Dati, députée européenne et maire du VIIe arrondissement de Paris, vient d'être privée par le chef de l'État de ses officiers de sécurité et de sa voiture de fonction. La nouvelle a été annoncée à l'ancienne garde des Sceaux par l'un d'eux, le 14 mars, au soir du premier tour des régionales. *A priori*, il n'y a là aucun rapport avec la rumeur. Celle-ci d'ailleurs, commence à refluer. Mais Pierre Charon lâche lors d'un déjeuner réunissant les huit maires UMP de la capitale que cette vilaine histoire a été lancée par… Rachida Dati. L'Élysée, dit-il, détient des preuves matérielles de son implication. Les convives comprennent que le feuilleton se corse.

Deux jours plus tard, le 2 avril, à la veille du week-end pascal, Pierre Charon va plus loin, parle de complot et clame : « Nous faisons de cette ignominie un *casus belli*. Nous voulons aller jusqu'au bout pour que cela ne se reproduise plus jamais. La peur doit changer de camp. »

Charon aime la castagne, il va être servi. D'autant qu'il en rajoute sur le site Rue89 (toujours Internet, donc) : « Maintenant, dit-il, on va voir s'il n'y a pas une espèce de complot avec des mouvements financiers. » Il a mobilisé Thierry Herzog, l'avocat de Nicolas Sarkozy qui, interviewé le 6 avril sur RTL, parle de machination et explique : « L'enquête en cours a pour but de savoir si ceux qui font paraître ces rumeurs sur ces blogs l'ont fait pour eux-mêmes ou bien ont été instrumentalisés soit par des officines, soit par des particuliers. » Tandis qu'un ministre important lâche : « Rachida, je la connais, elle est capable du pire. »

Le lendemain, l'accusée riposte sur RTL. Elle a préparé sa défense avec Me Kiejman. Quatre fois, elle martèle au micro : « Il faut que cela cesse, on est dans un État de droit. » L'histoire de la rumeur risque de tourner au scandale d'État. La veille, *Le Canard enchaîné* avait d'ailleurs cité Claude Guéant : « Le Président ne veut plus voir Rachida Dati. » Tout le monde comprend qu'il parle sur ordre. Dans la foulée, un journaliste de l'AFP appelle le secrétaire général de l'Élysée pour vérifier la véracité de ce propos. Que celui-ci confirme en précisant qu'il avait ajouté à sa phrase un mot qui ne figure pas dans le *Canard* : « actuellement ». Et il ajoute que « la vérité d'hier n'est peut-être pas celle d'aujourd'hui ». Un magistral rétropédalage.

La majorité est sonnée par cette histoire et les embrouilles qui s'ensuivent. Encore une fois, surtout lorsque sa vie privée est attaquée, le Président se montre trop impulsif : « Il ne sait pas assez prendre sur lui, il n'est pas assez cornélien », déplore un haut responsable de l'UMP.

L'affaire dérape. Carla Bruni veut en finir et regrette que Pierre Charon ait joué « les pompiers pyromanes ». Elle souhaite s'expliquer. Elle a choisi Europe 1. L'entretien est enregistré le 7 avril, dans un studio de la station et à l'abri des regards, deux heures avant d'être diffusé. Carla Bruni a aussi exigé qu'aucune webcam ne la filme et n'a accepté la présence d'aucun photographe. Elle arrive seule, accueillie par le PDG, Alexandre Bompard, et par les deux journalistes Claude Askolovitch et Patrick Cohen, qui vont l'interroger. Que dit la Première dame ? « Il est vrai que nous avons été victimes de rumeurs, il est vrai que ce n'est pas très agréable, il est vrai aussi que ça n'a aucune importance pour nous, insiste-t-elle. Mon mari n'a qu'une seule préoccupation, ce ne sont pas les rumeurs, ce sont les Français et la France qui traversent une crise très difficile. »

Elle écarte l'idée que ces rumeurs feraient partie d'un complot et prend ses distances avec Thierry Herzog et Pierre Charon qui étaient, comme on l'a vu, montés rapidement au créneau : « Pierre Charon a parlé avec l'emportement de l'amitié », dit-elle, avant de mettre les choses au point : « Quels que soient l'amitié, l'affection, le respect que j'ai pour

Pierre Charon et pour Thierry Herzog, ils ne sont ni moi ni mon mari, et là, c'est moi qui vous parle. Et je vous parle au nom de mon mari. » À l'adresse de celle qui est soupçonnée, elle envoie ce message : « Rachida reste tout à fait notre amie. » Et elle assure que l'Élysée n'a pas demandé d'enquête dans cette affaire : « On ne fait pas une enquête sur des commérages », dit-elle. Pierre Charon, qui n'avait pas été prévenu, comprend qu'il est lâché.

L'intervention de Carla Sarkozy devrait clore cette histoire.

Eh bien, non ! Deux heures plus tard, Bernard Squarcini, le patron de la DCRI, ouvre son parapluie. Il confirme que son service a bien été saisi par son autorité de tutelle, Frédéric Péchenard, pour tenter de retracer le cheminement de la rumeur. Mais, rien, dit-il, ne permet de mettre en cause Mme Dati, qui n'a d'ailleurs fait l'objet d'aucune enquête. Il contredit la Première dame. Et Me Kiejman défend sur les ondes la maire du VIIe arrondissement. « Elle n'est en rien à l'origine de la rumeur. Qu'elle en ait parlé est une évidence, mais tout le gouvernement également. »

Cinq jours plus tard, interviewé à son tour sur l'affaire par la chaîne américaine CBS, Nicolas Sarkozy parle de « clapotis sans importance ».

Le Président et la Première dame veulent tourner la page. Pierre Charon va devoir quitter l'Élysée. Il en a trop fait.

L'Élysée se serait bien passé de cette étrange affaire au lendemain des régionales. Et la majorité encore plus.

CHAPITRE 5

La réforme des retraites

C'est le grand chantier de Nicolas Sarkozy. Ses travaux d'Hercule. Aucun de ses prédécesseurs n'avait jamais osé s'y attaquer. « Les retraites ? Il y a de quoi faire sauter dix gouvernements », prédisait Michel Rocard en 1988.

Le Président veut démontrer que la France est réformable : « Il en va de la crédibilité de notre pays, il faut que les investisseurs aient confiance en nous, il s'agit de préserver notre triple A. On ne calera pas », répète-t-il à qui veut l'entendre.

Au soir du deuxième tour des régionales, il appelle Éric Woerth, le ministre du Budget.

« Que dirais-tu si je te confiais ma réforme la plus importante, celle des retraites ?

— J'en serais naturellement très honoré », répond le ministre, tout de même un peu surpris.

Le Président lui précise alors qu'il installera à ses côtés un secrétaire d'État à la Fonction publique. « Je me souviens lui avoir demandé, raconte Éric Woerth :

vous me nommez ministre des Affaires sociales et de la Fonction publique ?

— C'est cela, répond le Président, mais parles-en à ta femme. »

Le ministre comprend qu'il y aura du tangage et que la barque sera lourde à manœuvrer. Rendez-vous est pris pour le lendemain matin.

« Le soir des régionales, le Président était déjà remonté sur son cheval », commente le ministre.

Deux semaines plus tard, Éric Woerth est à la tâche. Le processus des concertations sur la réforme commence. Elles doivent s'achever le 18 juin. Le projet sera ensuite élaboré pour être examiné en juillet au Conseil des ministres, avant d'être discuté au Parlement début septembre.

« Un gros travail, avec Raymond Soubie nous déchiffrions le terrain avant de nous retourner vers Nicolas Sarkozy et François Fillon avec lequel nous avons eu plus de quinze réunions », dit Woerth.

Les syndicats ont averti : « Pas question de toucher à la retraite à 60 ans, ça n'est pas négociable. » Mais ils savent aussi que Nicolas Sarkozy ne cédera pas.

« Pas de négociation ne signifie pas rupture du dialogue. » Il se poursuit donc avec eux. « Ce fut une suite ininterrompue de réunions officielles ou non officielles, explique Éric Woerth. Pendant trois mois, je n'ai cessé de les voir un à un, toujours en tête à tête et non ensemble, ce qu'aurait souhaité Bernard Thibault qui accuse le gouvernement de vouloir mettre les syndicats devant le fait accompli. » François Chérèque, lui, se plaint que le calendrier soit trop court pour aller au fond des sujets. « Nous les évoquions pourtant tous, précise le ministre : la pénibilité, l'emploi des seniors, l'avenir des retraites des fonctionnaires. Etc., etc. On leur envoyait tous les documents, on ne leur a jamais menti. »

Raymond Soubie maintient également des contacts quotidiens.

Nicolas Sarkozy a lui aussi beaucoup travaillé sur le projet : « Je regarde le texte au millimètre », dit-il à des journalistes. Mais il refuse – contrairement à son habitude – de recevoir les leaders syndicaux : il s'agit d'éviter les déclarations tonitruantes sur le perron de l'Élysée.

Le Conseil d'orientation des retraites (COR) a publié un rapport le 10 mai. Selon ses calculs, un recul de l'âge légal à 63 ans, combiné à un allongement de la durée des cotisations à 45 années, permettrait de couvrir seulement la moitié du déficit général en 2050. Sans aller aussi loin, le COR prévoit pour 2015 un besoin de financement d'une quarantaine de milliards, soit dix de plus que prévu. Ces chiffres donnent l'idée de l'impasse dans laquelle se trouveraient les finances publiques en l'absence de réforme. Ils sont évidemment contestés par le Parti communiste, qui parle d'« enfumage ». Jean-Luc Mélenchon, lui, a une solution qui n'a rien de nouveau : il veut faire « payer les riches » sans donner plus de précisions. Laurent Fabius juge les travaux du COR « discutables comme toute prévision statistique, mais néanmoins alarmants ». Et il s'inquiète que le gouvernement veuille passer en force.

La retraite à 60 ans est évidemment populaire. S'y attaquer est toucher à un tabou. Il s'agit de la réforme la plus emblématique de l'ère mitterrandienne. Avant même que le gouvernement ait ouvert le dossier, Martine Aubry avait créé la surprise en déclarant à la fin janvier sur LCI : « Je pense qu'on doit aller, qu'on va aller très certainement vers 61 ou 62 ans. » Michel Rocard avait aussitôt salué son courage. Manuel Valls y avait vu une manière de reconquête de crédibilité.

Cette bouffée de réalisme de la première secrétaire avait été interprétée comme le signe qu'elle ambitionnait d'être candidate en 2012. Qu'elle ne voulait pas laisser à Dominique Strauss-Kahn, le premier à avoir dit que « le dogme des 60 ans était un combat d'arrière-garde », le monopole du réformisme social-démocrate.

En énonçant ces chiffres, Martine Aubry faisait un bon coup politique : « Une petite phrase pour un grand virage, on a retrouvé la fille de Delors », écrivait *Le Nouvel Observateur*. D'autres socialistes s'engouffrent dans la brèche : Arnaud Montebourg, Jean-Marie Le Guen, Claude Bartolone se disent prêts à discuter des compromis avec le gouvernement.

Les socialistes savent bien que l'allongement de la durée du travail est inéluctable. Décidée en 1982, la retraite à 60 ans est le type même de la réforme à contre-cycle. Elle a été mise en œuvre au moment où l'espérance de vie commençait à croître d'un trimestre par an[1]. Une bonne nouvelle, certes. Mais

1. En 1981 elle était de 70 ans et 4 mois pour les hommes et de 78 ans pour les femmes… En 2009, 77 ans et 8 mois pour les hommes, 85 ans pour les femmes ; entre 1982 et 2011, les Français ont gagné 7 années de vie supplémentaires.

avec un revers : il y aura de moins en moins d'actifs pour financer les pensions – deux actifs pour un retraité à l'horizon 2050. Alors que le rapport était de sept pour un en 1950. Autre effet pervers de la réforme de 1982 : l'âge de la retraite passant de 65 à 60 ans, les entreprises ont usé et abusé des préretraites à 55 ans, voire 53 ans. Si bien que la France a le taux de seniors au travail le plus bas de toute l'Europe : 38 % seulement.

En parlant de retraite à 62 ans, la première secrétaire avait inquiété nombre de responsables du parti. Durant toute la semaine, elle avait dû téléphoner pour rassurer. « Nous reviendrons sur la retraite à 60 ans », promettait son porte-parole Benoît Hamon.

Mais quand on demandait aux Français si en cas de retour du PS au pouvoir, l'âge légal de la retraite reviendrait à 60 ans, ils répondaient « non » à une petite majorité (52 %). Plus résignés qu'enthousiastes pour beaucoup, mais prêts à avaler la pilule.

Le sociologue Alain Touraine, 86 ans, dont la fille Marisol, députée d'Indre-et-Loire, pilote le contre-projet du PS, juge la réforme indispensable et ne croit pas à un retour en arrière. « Ce serait se moquer du monde. On en a marre des gens qui nous disent : on va améliorer votre situation, compte tenu des déficits. »

Mais quand le débat s'ouvre vraiment, les socialistes les plus conscients de la nécessité d'élever l'âge de la retraite changent d'attitude. C'est que cette mesure suscite un clivage droite-gauche sans précédent. 73 % des sympathisants de gauche rejettent la réforme, 75 % des sympathisants de droite l'acceptent.

« Sarkozy s'attaquait à la réforme symbolique de Mitterrand, on n'allait tout de même pas venir lui prêter main-forte pour faire passer sa réforme, dont il voulait faire le marqueur de son courage », avoue un strausskhanien.

« J'avais entrepris de recevoir tous les chefs de parti pour parler de la réforme. J'ai vécu une scène assez surréaliste avec Jean-Marie Le Pen et sa fille Marine. Ils ne connaissaient absolument rien au dossier. Ils n'avaient qu'une seule exigence : mettre les immigrés dehors », raconte Éric Woerth. Qui poursuit : « Quant à Martine Aubry, elle débita de telles contre-vérités avec un tel aplomb, que je me suis dit que sa préoccupation n'était pas la retraite des Français, mais se situait ailleurs. »

En juin, Nicolas Sarkozy a tranché : l'âge légal du départ à la retraite à partir du 1er juillet 2011 sera relevé de quatre mois par an pour passer à 62 ans en 2018. Raymond Soubie prônait 63 ans. Le Président a voulu se montrer « raisonnable ».

Les socialistes jugent néanmoins le rythme trop brutal et la réforme injuste. Quant aux syndicats, ils espèrent faire reculer le gouvernement. Le 27 mai, à l'appel de l'intersyndicale, soixante-dix cortèges sillonnent les rues en France. La CGT annonce un million de personnes (la police 395 000). « C'est le point d'appui nécessaire pour convaincre le gouvernement qu'il n'a pas gagné la partie », positive Bernard Thibault.

Le gouvernement est prévenu : jusqu'à la fin de l'examen du texte au Parlement, les syndicats poursuivront les manifestations[1]. François Chérèque demande au gouvernement de renoncer : « On oublie, dit-il dans une interview aux *Échos*, que les Allemands ne cotisent que 35 ans. » L'information fait sursauter. L'âge légal de la retraite en Allemagne est de 65 ans et il faut avoir cotisé 45 années pour obtenir une pension complète. Vérification faite : il est possible de partir plus tôt, mais pas avant 63 ans et à condition d'avoir cotisé 35 années (les voilà les 35 ans de François Chérèque). Et bien sûr dans ce cas-là, la retraite est plus faible. Une décote de 3 % par année non travaillée. Ce qu'oublie de préciser le leader de la CFDT.

Dans la réalité, les hommes partent en moyenne à 63 ans et trois mois, en ayant cotisé 41 années et six mois. Ainsi leur retraite est-elle amputée de près de 8 %. Ils touchent en moyenne autour de 800 euros par mois. L'Allemagne n'est pas toujours le Pérou que l'on imagine.

Nicolas Sarkozy se dit prêt à faire évoluer le projet : une meilleure prise en compte de la situation des salariés qui ont commencé à travailler avant 18 ans, ainsi que de la notion de pénibilité.

« Je pensais qu'il fallait faire voter la réforme avant l'été. Je l'avais proposé à Raymond Soubie », dit Xavier Darcos, démissionné de son poste au lendemain des régionales. À quoi le conseiller de l'Élysée répond : « Nous ne pouvions pas, il fallait élaborer le

1. Il y en aura neuf.

projet de loi, prendre l'avis du Conseil d'État, ça n'était pas jouable si vite. » Il n'empêche : plusieurs élus de la majorité, dont Bernard Accoyer, jugent que la réforme aurait dû être présentée avant l'été pour éviter une rentrée trop chaude.

Mais Nicolas Sarkozy, sur ce dossier, finira par gagner la partie.

CHAPITRE 6

Un ministre au-dessus de tout soupçon

Le feuilleton Bettencourt, qui va tenir en haleine les médias durant plusieurs mois, commence au printemps 2010. Quand Françoise Bettencourt-Meyers porte plainte contre le photographe François-Marie Banier pour abus de faiblesse. Elle voudrait extirper sa mère, Liliane, 89 ans, héritière du groupe L'Oréal, des griffes de ce prédateur qu'elle comble de cadeaux : des centaines de millions d'euros. Françoise Bettencourt-Meyers soupçonne Banier d'avoir profité des vulnérabilités de la vieille dame pour obtenir ses largesses. Depuis qu'elle subit son emprise, leurs relations se sont distendues, elles ne se voient plus. La fille a le sentiment de s'être fait voler sa mère.

Quand elle apprend qu'une adoption de Banier serait même envisagée, trop c'est trop. Il est temps, croit-elle, de protéger sa mère et de la mettre sous tutelle. Françoise Bettencourt-Meyers s'adresse à Me Metzner. Commence une sombre querelle familiale sur fond de millions d'euros. Une histoire privée ? Pas seulement. Si l'état de faiblesse était confirmé, cela pourrait remettre en question le dernier pacte entre L'Oréal et Nestlé qui devrait permettre au groupe suisse d'absorber L'Oréal après le décès de Liliane Bettencourt. L'Élysée suit donc l'affaire de près. Un feuilleton extraordinaire.

Le 14 juin 2010 est une date qu'Éric Woerth n'oubliera jamais. Sa qualité est alors reconnue par l'ensemble de son camp et même au-delà. On le juge bon ministre, aussi bien au Budget qu'au Travail où il s'est attelé à la grande réforme des retraites. Certains le voient même déjà à Matignon. Ce jour-là, il reçoit au ministère un mail que lui envoie un journaliste de Mediapart.

« Un véritable interrogatoire de police », selon ses collaborateurs. Ce questionnaire concerne les activités qu'exerce son épouse Florence au sein de la structure de gestion de Liliane Bettencourt.

L'équipe d'Edwy Plenel est connue pour ses enquêtes à charge. « J'ai reçu cela à deux heures de la présentation publique de la réforme des retraites. Je n'avais aucune inquiétude sur le fond, mais je savais que je rentrais peut-être dans une machine qui pouvait nous broyer », raconte Éric Woerth.

Le jour même de la présentation de la réforme devant le Parlement, Mediapart met en ligne les premiers extraits d'enregistrements faits par le maître d'hôtel de Mme Bettencourt. Or dans ces enregistrements, Patrice de Maistre, le gérant de fortune de la milliardaire, évoque les conditions d'embauche de l'épouse du ministre.

« J'avais beau marteler que tout cela n'était qu'affabulation, le message ne passe pas », dit Éric Woerth.

Mediapart révèle aussi que Mme Bettencourt avait perçu en mars 2008, au titre du « bouclier fiscal », un chèque de 30 millions d'euros et que ce versement nécessitait la signature du même Éric Woerth. Ces allégations tournent en boucle dans les médias sans être vérifiées. Malgré un triple démenti. Celui d'Éric Woerth, celui de François Baroin, son successeur au Budget et bientôt celui du secrétaire national du Syndicat unifié des impôts qui atteste qu'Éric Woerth n'a jamais rien signé lui-même. Ce qui est bien sûr en question, c'est surtout le « bouclier fiscal ». Cette période de crise et de chômage impose à beaucoup de se serrer la ceinture et les Français dont on connaît la passion égalitaire jugent ce cadeau insupportable, immoral. Mme Bettencourt n'en avait pas besoin.

Les attaques se multiplient donc. *Marianne* fait sa Une : « La preuve qu'il a menti ». « C'est à propos, explique le ministre, de mes relations avec Mme Bettencourt, ils ont trouvé trace d'un dîner avec elle, mais à aucun moment ils n'écrivent que je n'ai jamais prétendu ne pas la connaître ni n'avoir jamais dîné avec elle. Alors où est le mensonge ? Ils oublient aussi de préciser que six personnes participaient à ce dîner, et qu'enfin pour l'anecdote, Mme Bettencourt a passé son temps à me confondre avec quelqu'un d'autre… très précisément le banquier qui me fait face et qu'elle appelait Monsieur le Ministre… ce qui en dit long sur ma proximité avec elle. Et puis, c'est vrai je l'ai rencontrée une autre fois lors d'un déjeuner organisé par le chancelier de l'Institut de France dont son mari avait été membre. »

Le même jour, la *Tribune de Genève* affirme que Mme Woerth se rendait souvent à Genève pour y gérer les comptes de Mme Bettencourt. L'article se fonde sur des déclarations anonymes. Des banquiers genevois règlent leurs comptes avec un ministre détesté par « la place », comme on dit dans la finance, pour l'avoir mise sur la liste des paradis fiscaux non coopératifs. Il avait même brandi une liste de 3 000 noms de citoyens français clients de la banque HSBC. Florence Woerth peut prouver qu'elle n'a pas mis les pieds à Genève depuis plusieurs années. Elle porte plainte contre Eva Joly et Arnaud Montebourg qui l'ont accusée d'être complice d'évasion fiscale. Ils seront mis en examen.

Éric Woerth encore, trésorier de l'UMP, est rattrapé par son passé. Hier, il qualifiait de stupide l'accusation de confusion des rôles que lançaient les socialistes. Il doit admettre avoir reçu de l'argent (légal) de la milliardaire pour la campagne de 2007, puis avoir décoré Patrice de Maistre, « une connaissance », de la Légion d'honneur. (Il a embauché sa femme.)

Alain Juppé, qui connaît bien Éric Woerth et l'avait nommé trésorier, prend sa défense. Mais il est obligé de reconnaître que « le soupçon est tellement présent partout, qu'effectivement les risques seraient diminués si les fonctions de trésorier étaient distinctes ».

Rien de ce qui accuse le ministre n'est illégal. Seulement mis bout à bout, chacun de ces faits obscurcit son cas de ce voile noir qui s'appelle le doute. Et le soupçon finit par devenir vérité. Nicolas Sarkozy soutien son ministre « loyal et compétent ». En quelques jours, Éric Woerth – trois mois plus tôt, il figurait sur la liste des successeurs possibles de François Fillon – voit son élan brisé. Il le reconnaît : « Je suis passé en quelques jours du pont d'Arcole à la Bérézina. »

Car les attaques se multiplient. On épluche son agenda, on fouille ses photos intimes. On liste ses déjeuners ou ses dîners avec les patrons, les donateurs de l'UMP. Sa présence sur le champ de courses de Chantilly, dont il est maire, tout devient suspect. Noël Mamère n'hésite pas à affirmer que « si Éric Woerth a défendu devant le Parlement, quand il était ministre du Budget, un projet encadrant les jeux en ligne, c'était évidemment parce que sa femme venait d'acquérir (en participation avec un club de femmes) deux chevaux de course ».

Le PS se livre à un dénigrement quotidien. C'est, bien sûr, la démission du ministre qui est visée.

Et le poison des affaires se propage et atteint d'autres personnalités et proches du pouvoir. Le 9 juin, *Le Canard enchaîné* révèle que Christine Boutin perçoit comme une sorte de compensation à son éviction du gouvernement, une rémunération mensuelle de 9 500 euros pour une vague mission sur la mondialisation et qu'elle la cumule bien sûr avec sa retraite de parlementaire. Le 16 juin, trois nouvelles affaires : toujours dans *Le Canard enchaîné*. La secrétaire d'État Fadela Amara héberge des membres de sa famille dans son logement de fonction qu'elle n'occupe pas. Le secrétaire d'État à la Coopération et à la Francophonie, Alain Joyandet, a déposé un permis de construire illégal pour faire agrandir sa propriété dans le Midi. On lui reproche aussi d'avoir loué un avion pour se rendre en Guadeloupe où se tenait une conférence pour le soutien d'Haïti. Coût : 116 000 euros. Christian Blanc, secrétaire d'État à la Ville, a fait régler l'achat de cigares pour une valeur de 12 000 euros par son cabinet. Or, aucun d'eux n'est inquiété ou blâmé par l'exécutif.

C'est la République des « mauvais exemples », moque la gauche qui ne cesse de rappeler au Président son discours sur la « démocratie irréprochable ».

« Le Président doit couper des têtes pour éteindre l'incendie, il n'est pas dans la logique de continuer comme avant », prévient Jean-Pierre Raffarin.

La cote de confiance du Président n'a jamais été aussi bas, la majorité fait front. En espérant que l'arrivée des vacances allégera l'atmosphère. Un espoir qui ne sera pas tout à fait au rendez-vous.

CHAPITRE 7

Toujours faire front

Éric Woerth se trouve dans l'œil du cyclone, mais le Président n'entend pas le lâcher. Devant les dirigeants UMP, réunis à huis clos le 5 juillet, il dénonce « un procès politique ». « Il est hors de question, dit-il, de céder sur quoi que ce soit. » Très remonté contre la gauche et les médias, qu'il accuse d'avoir bâti cette affaire de toutes pièces, il se lance dans un long dégagement sur l'âpreté de la vie politique : « Entrer dans un gouvernement est un aboutissement c'est vrai, mais on n'imagine pas, avant d'y être, que c'est un métier extrêmement difficile, fait de souffrances et d'épreuves. » À l'Élysée, comme au ministère du Travail, on a beau réfuter les allégations de la comptable Claire Thibout, le doute s'installe dans le pays. Comment sortir de cette situation glauque, quand tous les jours ou presque le pouvoir est obligé de démentir des informations qui, pour ne pas être toujours vérifiées ou exactes, instaurent un climat délétère. Solidaire d'Éric Woerth, l'Élysée rejette toute comparaison avec d'autres affaires ayant entraîné la chute de grands protégés des présidents précédents. « Mitterrand a lâché Charles Hernu parce qu'il était impliqué dans une véritable affaire d'État, celle du *Rainbow Warrior*, rien à voir avec Woerth », explique un conseiller de l'Élysée. Et Bérégovoy détruit par les attaques de la presse ? « Contrairement à Woerth, il n'était pas soutenu par le Président, cela fait une grande différence », explique-t-on encore.

Le Paris politique compte les coups. À qui profitent ces histoires qui favorisent le développement du populisme ? La réponse est unanime : au Front national. « Marine Le Pen est un danger, il faut absolument que le Président fasse un geste fort », souligne par exemple le ministre de l'Agriculture, Bruno Le Maire.

« Je pense que le Président doit préparer, à la date qui lui conviendra, un gouvernement resserré, expérimenté, un gouvernement qui respecte les règles d'éthique, insiste à nouveau Jean-Pierre Raffarin. Il faut un électrochoc gouvernemental. Quand ? C'est le Président qui décide. »

Lors du petit déjeuner de la majorité, Nicolas Sarkozy fixe la ligne. Selon un participant : « Il était calme et même sur-calme mais très déterminé. »

« Il faut continuer à soutenir Éric à fond. Quant à moi, pendant toute ma vie politique, on n'a pas réussi à me mettre un scandale sur le dos. Cette affaire d'enveloppes emplies de billets que l'on m'aurait remises ou fait remettre est un pur mensonge. Rien de tout cela n'est vrai. J'ai dû aller dîner deux fois en tout et pour tout chez Liliane Bettencourt. Il n'y a pas le début du commencement d'une preuve. Il s'agit d'une entreprise de déstabilisation. »

Xavier Bertrand, le secrétaire général de l'UMP, renchérit : « À travers Éric c'est la réforme des retraites et toi, donc nous, qui sommes visés. Si on le laissait partir, cela voudrait dire que le PS peut décider de cibler n'importe qui. » Éric Woerth restera donc au gouvernement et c'est lui qui fera voter la réforme.

Le dimanche 4 juillet, Alain Joyandet, secrétaire d'État à la Coopération et à la Francophonie, décide de démissionner. Il a pris seul sa décision qu'il a annoncée sur son blog, prenant de vitesse le gouvernement qui, mis devant le fait accompli, demande illico à Christian Blanc d'en faire autant.

L'Élysée doit réagir pour restaurer une image ternie. Le 5 juillet, Nicolas Sarkozy adresse à François Fillon une lettre de trois pages qu'il rend publique bien sûr : « J'ai décidé, écrit-il, que le train de vie de l'État serait rigoureusement réduit. »

L'État, à commencer par le gouvernement va devoir se serrer la ceinture : logements de fonction contrôlés, suppression de dix mille véhicules dans les ministères, déplacements en avion limités pour les ministres : ils prendront le train, les cabinets ministériels seront réduits. Les ministres paieront leurs frais privés sur leurs deniers personnels. « La violation de cette règle sera immédiatement sanctionnée », écrit encore le Président qui avait hésité à se séparer de Christian Blanc.

Ça n'est pas tout, la traditionnelle garden-party du 14 juillet est annulée, à trois semaines de la Fête nationale [1]. Une économie symbolique de 732 000 euros. Certains traiteurs, déjà engagés dans la préparation de cette festivité, brandissent une menace de faillite, s'ils n'obtiennent pas un dédit…

Tous les gouvernements européens réduisent, eux aussi, leur train de vie avec des diminutions de salaire de ministres (moins 5 % en Grande-Bretagne et au Portugal, moins 15 % en Irlande et en Espagne). À Londres, les ministres n'ont plus droit, sauf exception, à une voiture avec chauffeur. Mais en Allemagne, les ministres continuent à rouler en Mercedes, Audi ou BMW… Des vitrines majeures pour les exportations allemandes.

« La perspective de la rigueur n'effraie pas les Français », annonce *Le Figaro*, se référant à une enquête OpinionWay. Il faut néanmoins nuancer. Chacun préfère que la rigueur touche d'abord les autres. Si les Français applaudissent les mesures qui s'appliquent aux ministres, aux logements de fonction et aux véhicules de service, le non-remplacement d'un fonctionnaire sur deux partant à la retraite n'est approuvé que par 20 % des salariés du secteur public, contre 53 % des salariés du privé.

D'ailleurs, selon François Fillon, le gouvernement ne met pas en place une véritable politique de rigueur : on n'augmente ni les impôts, ni la TVA et les salaires des fonctionnaires ne sont pas amputés, car il ne faut pas casser la croissance.

---

1. Il n'y en aura pas non plus en 2011.

« C'est une politique de “rilance” », ose même Christine Lagarde. « Ri » comme rigueur, « lance » comme relance. Ouais…

Il faut rassurer les Français. Parler en direct à ceux qui souffrent de la crise. Créer un choc qui fera passer au second plan les remugles du feuilleton Bettencourt.

Le lundi 12 juillet, Nicolas Sarkozy est interviewé par David Pujadas sur la terrasse de l'Élysée, côté jardin. Un tête-à-tête. Le Président veut clore le chapitre des affaires et montrer aussi qu'il y a un pilote dans l'avion. La lumière du soir fait passer un reflet clair sur son visage. Ses tempes apparaissent blanchies, ce qui lui donne un air inhabituel de gravité. « Je suis le chef de l'État », répète-t-il à plusieurs reprises, sous-entendu : soumis à un certain nombre d'exigences – retenue et sang-froid loin de « l'agitation et la fébrilité » des commentateurs. Et il commence par l'affaire Woerth-Bettencourt. C'est pour redire sa pleine confiance en son ministre du Travail : « Un homme honnête et compétent », il ne s'en séparera pas comme la gauche et une partie de la presse le lui demandent tous les jours. En revanche, il recommande – autant dire donne l'ordre – à son ministre de démissionner de son poste de trésorier de l'UMP. « Maintenant que son honneur est lavé, mon conseil, c'est plutôt qu'il abandonne cette responsabilité [1]. » Et il s'appuie sur les conclusions de l'inspecteur général des Finances selon lesquelles Éric

1. Ce que fera Éric Woerth dès le lendemain, sa démission prenant effet le 31 juillet.

Woerth n'est jamais intervenu dans le dossier fiscal de la milliardaire comme l'en accusait Mediapart. « Il est lavé de tout soupçon. » Il balaie également les allégations le concernant, à commencer par celles de l'ex-comptable des Bettencourt qui l'accuse d'avoir reçu des enveloppes de billets. « C'est une honte », dit-il. Il y voit la main d'« officines », même s'il se garde bien de citer Mediapart.

Le chef de l'État considère que les réformes qu'il met en œuvre gênent des intérêts qui font répondre bien souvent par la calomnie. Il énumère lui-même toutes les affaires qui l'ont visé depuis des années : « Il y a deux mois, nous avons subi, ma femme et moi, les pires racontars mensongers sur notre vie privée. Il y a quatre ans, j'ai dû faire face à l'invraisemblable affaire Clearstream. Et maintenant on m'accuse d'aller chercher des enveloppes. Que chacun revienne à la raison et se concentre sur l'essentiel. »

Autre sujet de l'interview : la démission des secrétaires d'État qui ont commis, dit-il sans fard, « des indélicatesses ou des maladresses ». Mais il explique pourquoi il n'a pas voulu leur faire quitter aussitôt le gouvernement : « Mon devoir est d'être juste, plein de sang-froid, équilibré. J'essaie toujours de comprendre pourquoi il y a une erreur. » Aux députés de sa majorité qui lui demandaient pourquoi il avait tant de mal à couper les têtes, il avait déjà répondu : « Tout ce que je ferai à chaud compliquera ma tâche. »

Pour le reste, c'est-à-dire l'essentiel, l'action, il maintient son cap. À commencer par la réforme des retraites. La perspective des manifestations n'entamera pas sa détermination. À l'image de ses partenaires européens qui l'ont déjà faite, y compris dans des pays dirigés par les socialistes. « La France est un village, il faut regarder autour de nous. »

Et il campe sur son refus d'un remaniement rapide : « Je n'ai pas le droit de céder à la fébrilité des commentateurs. La valse des ministères donne une image ridicule. »

Il aurait dû en rester là. Seulement, faisant fi de sa contradiction, il ajoute : « Je procéderai à un vaste changement d'équipe en octobre. »

C'est ce qui s'appelle lancer un préavis de licenciement ministériel. Une nouveauté. Qui va déstabiliser tous les membres du gouvernement.

Le lendemain, les commentaires de la majorité sont pourtant unanimes : « Le Président tient le choc dans les épreuves, c'est une bête politique. » Mais aussi, refrain déjà entonné : « Dans une entreprise, il serait un DRH désastreux. »

CHAPITRE 8

Le discours de Grenoble

Le samedi 17 juillet, une cinquantaine d'individus cagoulés, armés de haches et de barres de fer s'en prennent à la gendarmerie de Saint-Aignan, une petite commune de 3 400 habitants dans le Loir-et-Cher. Ils ont essayé de forcer le portail d'entrée et brûlé deux voitures. Une boulangerie est dévalisée, trois commerces dégradés, des feux de signalisation tricolores cassés et des tilleuls tronçonnés.

Ces incidents ont pour origine la mort d'un jeune de la communauté des gens du voyage, comme il convient de dire désormais. Luigi Duquenet, 22 ans, père d'une fillette de 2 ans, atteint par les tirs d'un gendarme à la suite d'une course-poursuite. Il était à bord d'une voiture conduite – sans permis – par son oncle, lequel avait déjà forcé un premier barrage et emporté sur son capot un gendarme sur plusieurs centaines de mètres, alors qu'il fonçait sur un deuxième barrage, les militaires, sur la défensive, ont tiré, tuant le neveu. Des vols venaient d'être commis dans une commune voisine. Ils étaient suspectés.

Le lendemain dimanche, de nouvelles violences éclatent dans un bourg proche : Saint-Romain. Il s'agit des locaux du peloton de gendarmerie de l'autoroute ainsi que des cabines à péage. Toujours dans la même région, une vitrine est défoncée à la voiture bélier ici, des véhicules brûlés là et une salle de mairie ailleurs.

Deux escadrons de gendarmerie sont bientôt déployés et le calme revient. Cette poussée de violence s'est produite dans des bourgs et des villages paisibles non loin desquels, il est vrai, sont installés des camping-cars et des remorques. Leurs occupants sont bien sûr visés. Certains sont installés depuis des décennies dans le Loir-et-Cher, ils ne se mélangent pas à la population qui s'en méfie. « Nous avons des problèmes avec quatre ou cinq familles, il ne faut pas faire l'amalgame avec tous. Dans le département, les gens du voyage sont largement sédentarisés, la scolarisation des enfants est une réussite », disent les autorités locales.

Or cette histoire hors du commun dans le monde rural succède à une autre affaire plus grave qui a mis sens dessus dessous tout un quartier de Grenoble. Le 12 juillet, un braquage au casino d'Uriage, non loin de là, a mal tourné. L'un des agresseurs, Karim Boudouda, a été victime d'un échange de tirs avec les policiers. Il avait tiré sur eux à trois reprises, il a été tué. C'est un truand déjà condamné trois fois pour vol à main armée.

Le procureur de la République de Grenoble affirme alors que les policiers se trouvaient en état de légitime défense. Une version aussitôt contestée par des jeunes du quartier populaire de la Villeneuve qui manifestent. Ils commencent à casser et à incendier commerces et voitures, agressent aussi un tramway avec des barres de fer. Et l'un d'eux tire sur les policiers. Lesquels ripostent. À balles réelles : là encore, ils sont en état de légitime défense. On a retrouvé dans la voiture des agresseurs du casino des armes de guerre dont s'est servi Karim Boudouda.

Michel Destot, le maire socialiste de la ville, qui réclame un « Grenelle de la sécurité », constate « une évolution sociétale où l'économie souterraine liée au trafic de drogue est à l'origine d'une radicalisation de la délinquance ». Depuis quelques mois, Grenoble, la « capitale des Alpes », occupe la rubrique faits divers : braquages, violences diverses, crimes de sang. Mais selon le premier adjoint chargé de la sécurité, « contrairement aux apparences, les chiffres de la délinquance sont en baisse ». Pour lui il s'agit d'une flambée.

Mais une flambée qui va mettre, si on ose le dire, le feu aux poudres, multiplier incidents et polémiques.

Les journaux de 20 heures font de ces événements leur ouverture pendant plusieurs jours.

Il se trouve que depuis le printemps Nicolas Sarkozy s'est à nouveau beaucoup investi dans les questions de sécurité qui le passionnent, comme on le sait. Or, la gauche répète qu'il a échoué en ce domaine. Elle en veut pour preuve ces événements. Lors du dernier remaniement, il a nommé son meilleur ami Brice Hortefeux au ministère de l'Intérieur. Ce qui n'était pas lui faire un vrai cadeau. Le Président, on l'a vu, avait déclaré au Conseil des ministres : « J'ai tué le job pour mes successeurs. » Traduction : On ne peut pas faire mieux que moi, ce qui n'est guère encourageant pour le nouvel hôte de la Place Beauvau. Lequel se sent sous surveillance.

Tous les quinze jours Nicolas Sarkozy réunit à l'Élysée le préfet de police et les grands flics. « Au fond, il n'avait pas confiance en Brice. Il estimait qu'il demeurait le meilleur et ce n'était pas Claude Guéant qui lui disait le contraire », confie un conseiller de l'Élysée. Ces réunions se déroulent toujours dans une certaine tension. Le ministre de l'Intérieur fait le point sur les chiffres qui ne sont pas toujours bons. « Il faut mettre la pression », insiste le Président.

Après l'échec des élections régionales et la montée du Front national, une évidence s'impose à l'Élysée : la reconquête passe par une nouvelle phase de politique sécuritaire. « Patrick Buisson le lui répétait à chaque rencontre », dit un conseiller.

C'est aussi que les sondages sont catastrophiques : le Président est au plus bas, avec 26 % d'opinions favorables. François Mitterrand, il est vrai, avait fait pire en 1992 : 22 %. Et Jacques Chirac : 21 % en 2005. Mais c'était lors de leur deuxième mandat. Plusieurs études, commandées par l'UMP à l'IFOP, montrent que les sympathisants de l'UMP et du Front national qui ont voté à plus de 85 % pour Sarkozy réclament des actes forts : 67 % veulent la dissolution des associations de soutien aux sans-papiers ; 76 % l'interdiction des minarets ; 97 % plébiscitent l'adoption d'un fichier unique contre les fraudes aux allocations familiales.

Ces faits divers particulièrement violents qui heurtent l'opinion vont lui en offrir l'occasion. Il a lui-même été très choqué par les images de scènes d'incendies et de casses, diffusées aux 20 Heures des télévisions. Lors du Conseil du 21 juillet, il reprend ses habits d'ancien ministre de l'Intérieur. Il est à son affaire. « Ces événements, dit-il, sont inadmissibles. On a tiré sur des policiers avec des armes de guerre. Ce sont les trafiquants qui céderont. Pas nous. » Dans la foulée, il cible, à propos des affaires du Loir-et-Cher, une deuxième catégorie de suspects : les gens du voyage et les Roms. « On ne laissera pas la situation impunie, je demanderai l'expulsion des camps de Roms en situation illégale. » Il ajoute même à leur propos : « On va les dégager. »

Dans la foulée, il annonce aussi que le préfet de l'Isère Albert Dupuy est remplacé par le préfet de la Meuse Éric Le Douaron : « Je vais nommer à Grenoble un policier qui a bien réussi. J'irai l'installer dans ses nouvelles fonctions le 30 juillet. » Comme il l'avait fait le 20 avril pour l'ex-patron du RAID, Christian Lambert, nommé à la préfecture de Seine-Saint-Denis.

Les déclarations du Président sur les Roms provoquent aussitôt les plus vives réactions : « En quelques jours, un problème de droit commun a conduit à la stigmatisation officielle d'une communauté (…) jugées par avance, ces populations sont les premières cibles d'une politique de salissure et d'expulsions », lit-on dans *Le Monde* du 26 juillet.

Amnesty International somme la France de se conformer au droit : « Une expulsion ne doit en aucun cas être réalisée dans le but d'inciter des migrants à quitter le pays. » Les associations de défense des Roms accusent le chef de l'État de « racisme anti-tsigane ».

Interrogé sur ces réactions et les risques de mise en cause de toute une population, Luc Chatel, le porte-parole du gouvernement, assure que le Président ne veut pas stigmatiser une communauté, mais cherche à résoudre un problème. « On a beau être rom, dit-il, gens du voyage, parfois même français au sein de cette communauté, on doit respecter les lois de la République. »

À l'Élysée, Maxime Tandonnet, conseiller chargé de l'immigration qui a écrit tous les discours de Nicolas Sarkozy depuis 2005 et qui n'a pas la réputation d'être laxiste, est chargé de préparer celui que le Président prononcera à Grenoble le 30 juillet. Or voici des mois que les parlementaires reçus à l'Élysée par petits groupes réclament plus de fermeté à l'égard des Roms. Le préfet de police Michel Gaudin ne cesse d'alerter le Président sur les embarras que cette population crée dans la Grande Couronne. Les vols y sont en augmentation de 138 % depuis trois ans.

Tandis que Maxime Tandonnet s'attelle au discours, plusieurs policiers menacés de mort doivent quitter Grenoble : « Un bon flic, c'est un flic mort », préviennent des tracts et des tags dans la ville. Le syndicat Unité Police s'inquiète : « Il y a des contrats sur leurs têtes, la volonté de tuer est là, ces menaces s'inscrivent dans une logique de vendetta mafieuse. »

À l'Élysée, on se convainc que le Président doit parler haut et taper fort. Le premier jet du discours de

Maxime Tandonnet, jugé insuffisamment musclé, est « retoqué » par Cédric Goubet, le chef de cabinet du Président. « On menace de tuer des policiers : ce sont des actes contre la République. Il faut répondre. » Exit Tandonnet. Goubet prend la plume. Il est l'auteur des deux propos qui vont susciter la polémique : l'extension de la déchéance de nationalité et le lien fait – pour la première fois dans la bouche du Président – entre immigration et délinquance. Ainsi complété, le discours est approuvé par Claude Guéant et jugé « excellent » par Nicolas Sarkozy.

« Le Président voulait redonner une marque de l'autorité de l'État et reprendre la main sur ce sujet régalien », dit Michèle Alliot-Marie. Il s'agissait aussi de souligner, mine de rien, l'impuissance de l'opposition à se prononcer clairement sur les problèmes de l'immigration et de l'insécurité. Nicolas Sarkozy Il veut cliver, marquer les différences de sensibilité sur ces sujets. Il y réussira !

Le 30 juillet donc, il arrive à Grenoble pour installer le nouveau préfet. Il a sa tête des grands jours. Avant de s'exprimer en public, il tient une réunion avec les policiers qui lui manifestent leur inquiétude avec une telle insistance que la rencontre se prolonge bien plus que prévu.

Il va leur répondre par un discours « musclé de chez musclé ».

Que dit-il ? « Les forces de l'ordre ont été prises à partie par des assaillants qui se sont permis de leur tirer dessus à balles réelles avec l'intention de tuer. Ce sont des tentatives de meurtre (…) L'homme qui est tombé sous le tir d'un policier venait de commettre un braquage. Il a ouvert le feu avec une arme automatique de guerre contre les policiers. Ceux-ci ont riposté en état de légitime défense (...) Si on ne veut pas d'ennuis avec la police on ne tire pas à l'arme de guerre contre la police dans un pays qui est un État de droit comme la France (...) C'est donc une guerre que nous avons décidé d'engager contre les trafiquants et les délinquants. Tous les élus sont concernés : ce n'est pas une affaire d'opposition, de majorité, de gauche ou de droite, c'est une affaire d'intérêt général. Qui peut bien avoir intérêt à ce qu'on tolère que l'on tire à l'arme automatique contre des fonctionnaires de police ? Personne. (...) L'instauration d'une peine de prison pour les assassins de policiers ou de gendarmes sera discutée au Parlement dès la rentrée (...) Nous allons réévaluer les motifs pouvant donner lieu à la déchéance de la nationalité. Je prends mes responsabilités. Elle doit pouvoir être retirée à toute personne d'origine étrangère qui aurait volontairement porté atteinte à la vie d'un fonctionnaire de police ou d'un militaire de la gendarmerie ou toute autre personne dépositaire de l'autorité publique. La nationalité française se mérite, il faut pouvoir s'en montrer digne. »

« À ce moment du discours, commente Michèle Alliot-Marie, je me suis dit que le conseiller justice de l'Élysée n'avait sûrement pas dû relire ce texte. Il créait de fait deux catégories de Français. Je savais que cette proposition ne passerait pas devant le Conseil constitutionnel. »

« Quand on tire sur un agent chargé des forces de l'ordre, poursuit en effet le chef de l'État, on n'est plus digne d'être français. Je souhaite également que l'acquisition de la nationalité française par un mineur délinquant au moment de sa majorité ne soit plus automatique (...) Il faut le reconnaître, nous subissons les conséquences de cinquante années d'immigration insuffisamment régulée, qui ont abouti à un échec de l'intégration (...) Pour réussir le processus d'intégration, il faut impérativement maîtriser le flux migratoire. Le taux de chômage des étrangers non communautaires a atteint 24 % en 2009 (...) Nous allons évaluer les droits et les prestations auxquels ont aujourd'hui accès les étrangers en situation irrégulière. Les clandestins doivent être reconduits dans leur pays. (...) C'est dans cet esprit que j'ai demandé au ministre de l'Intérieur de mettre un terme aux implantations sauvages de campements de Roms. Ce sont des zones de non-droit qu'on ne peut pas tolérer en France. Il ne s'agit pas de stigmatiser les Roms. En aucun cas (...) Les Roms qui viendraient en France pour s'installer sur des emplacements légaux sont les bienvenus. Mais en tant que chef de l'État, puis-je accepter qu'il y ait 539 campements illégaux en 2010 en France ? Qui peut l'accepter ? Nous allons procéder d'ici fin septembre au démantèlement de l'ensemble des camps qui font l'objet d'une décision de justice. » Disant cela, il est certain d'avoir l'adhésion des Français.

Las ! Le discours à peine prononcé, les critiques pleuvent. Le constitutionnaliste Olivier Duhamel lance un appel solennel sur Mediapart. Il juge insupportable la stigmatisation des Français « d'origine étrangère » : « Si cette intention devenait réalité, elle instaurerait deux catégories de Français, ruinant le principe d'égalité devant la loi et créant une nationalité conditionnelle pour les Français d'origine étrangère. Rien ne saurait justifier que l'on commette de telles atteintes à l'unité de notre communauté nationale et à la tradition républicaine. » Sa pétition recueille 37 000 signatures.

Dans *Le Monde* du 5 août, Bernard-Henri Lévy dénonce les erreurs de Nicolas Sarkozy : le mépris des Roms, l'outrage à l'esprit des lois. « Le pire, et le fond de l'affaire, c'est que la proposition si elle est sérieuse, si elle n'est pas juste une façon de gesticuler pour prendre à Marine Le Pen un peu de son fonds de commerce électoral, contreviendrait de manière frontale à un actium trois fois sacré : La Déclaration des droits de l'homme de 1948 qui postule l'égalité devant la loi, quelle que soit précisément l'origine de tous les citoyens. On est Français ou on ne l'est pas. À partir du moment où on l'est on l'est tous de la même manière [1]. »

C'est en effet la mention « personne d'origine étrangère » qui surprend le plus dans la bouche d'un Président vu qu'il l'est lui-même et alors que bien des Français le sont. Seuls les ressortissants ayant acquis

1. La déchéance de nationalité instaurée par Édouard Daladier à la veille de la Seconde Guerre mondiale, reprise en 1945 par le gouvernement du général de Gaulle, réinscrite dans la loi de 1989, réaménagée en 1997 par Élisabeth Guigou, punit les auteurs d'actes de terrorisme ou qui conspirent contre la Nation. Depuis dix-sept ans, vingt-six personnes ont été ainsi sanctionnées.

la nationalité depuis moins de dix ans seraient en fait visés.

« Je suis allée vérifier que j'étais française depuis douze ans… Et je n'ai pas l'intention de tuer un policier », moque Rama Yade.

Corinne Lepage qualifie de « coup de poignard dans le dos de la République, le discours qui stigmatise l'étranger délinquant et au chômage et instaure une différence entre les citoyens selon leur origine ».

Si Benoît Hamon, le porte-parole du PS, dénonce un « discours usé », les élus locaux socialistes se montrent plus gênés. Car ils subissent les tracas causés par les camps illégaux de gens du voyage ou de Roms sur leurs communes. Et ils sont les premiers à demander leur expulsion. Ils se retrouvent coincés entre leur attachement aux valeurs humaines et le pragmatisme de terrain qu'ils revendiquent. Ainsi le sénateur-maire de Dijon, François Rebsamen : « Les maires ont raison de saisir la justice. Il est du devoir d'un gouvernement de reconduire les illégaux à la frontière – mais sans spectacle –, l'occupation illégale de terrains publics ou privés n'est pas admissible. » Gérard Collomb, le maire PS de Lyon, demande à Nicolas Sarkozy d'arrêter de « stigmatiser les Roms, sous peine de ne plus pouvoir procéder à leur expulsion parce que c'est devenu une affaire de droit européen et international [1] ». Martine Aubry, qui juge « abominable l'expulsion des Roms », avait demandé quelques

1. Une commission de l'ONU critique l'attitude du gouvernement français et pointe « une recrudescence notable du racisme et de la xénophobie ».

mois plus tôt deux expulsions de camps de Roms situés illégalement sur le territoire de la communauté urbaine de Lille. En effet, comme un membre de la direction du parti veut bien le reconnaître : « On sait que lorsque l'un de ces camps s'installe, la courbe des cambriolages augmente. »

Le Président a soufflé sciemment sur les braises et voilà que ses proches en rajoutent. Brice Hortefeux suggère d'étendre la possibilité de déchéance de nationalité aux faits d'excision ou de polygamie. Christian Estrosi voudrait sanctionner par une forte amende les maires qui ne sont pas assez actifs dans la prévention de la délinquance. « L'idée de sanctionner les maires n'est ni réaliste, ni applicable », lui répond le 17 août dans *Le Parisien* Jacques Pélissard, le président UMP de l'Association des maires de France. Enfin, Éric Ciotti, le président du conseil général des Alpes-Maritimes, voudrait condamner à la prison ferme les parents défaillants de jeunes délinquants.

« Ils en ont tellement rajouté que cela donnait une lecture du discours du Président encore plus violente », déplore Michèle Alliot-Marie.

Quinze jours après ce discours, sept cents personnes ont été délogées. Les pouvoirs publics ont procédé à une quarantaine de démantèlements de squats illégaux. Brice Hortefeux annonce un nombre élevé de « reconductions à la frontière ».

Plusieurs journaux se déchaînent. *Marianne* publie le 7 août un numéro dont la Une montre un portrait de Nicolas Sarkozy accompagné d'un titre choc : « Le voyou de la République » avec ce commentaire : « Xénophobe et pétainiste, certes pas. Mais aucun interdit moral ne l'arrête. Pour garder le pouvoir il est prêt à tout ! » L'article de fond est signé Jean-François Kahn : « Nicolas Sarkozy, écrit-il, est un voyou de banlieue dont la banlieue serait Neuilly. Typique à cet égard est cette façon de déclarer la guerre à tout bout de champ… aux bandes rivales. » Mais quelques pages plus loin dans une tribune intitulée « Désaccord », Guy Sitbon écrit : « Le Président n'honore pas sa fonction, mais je la respecte. Nicolas Sarkozy, si critiquable soit-il, est le président de la République et pas le voyou de la République. »

Avec ce titre le numéro de *Marianne* connaît son plus gros succès : 390 000 exemplaires vendus, soit la quasi-totalité du tirage. Le site d'information Mediapart qui mène depuis des mois sur Internet une campagne forcenée contre Nicolas Sarkozy publie un texte d'Edwy Plenel qui qualifie le chef de l'État de « délinquant constitutionnel ». Sur Radio France, généralement très critique à l'égard du Président, la plupart des informations et des éditoriaux reprennent la même antienne. Du côté des blogueurs, les caricatures stigmatisant le chef de l'État, sa petite taille, son épouse, ses ministres se déclinent par centaines.

Voilà donc une polémique de plus, et sans doute une des plus violentes du quinquennat. Des dirigeants de la majorité y participent. Mais sur un ton beaucoup plus modéré. Ainsi Alain Juppé met en garde le Président dans son blog contre « les exagérations de la politique sécuritaire ». Et Jean-Pierre Raffarin demande à François Fillon de stopper « la dérive droitière de l'UMP sur la sécurité ».

C'est que François Fillon, depuis le discours de Grenoble, a gardé le silence. Alors que le Président est si vigoureusement attaqué, son mutisme commence à devenir gênant et relance les spéculations sur son départ de Matignon. Le Premier ministre doit parler. Il saisit la perche tendue par Raffarin pour réunir à Matignon Brice Hortefeux (Intérieur), Éric Besson (Immigration), Pierre Lellouche (Affaires européennes). Il s'agit de calmer le jeu. Cette réunion de crise a-t-elle été suggérée par l'Élysée ? interrogent quelques journaux. Pas du tout, clame Matignon qui, à l'issue de la réunion, publie un communiqué dont chaque mot a été pesé. François Fillon y souligne la nécessité d'« agir avec fermeté, continuité et justice, sans laxisme ni excès (…) et rappelle la tradition humaniste de la France ». Et il met aussi en garde ceux qui « de part et d'autre » tentent d'instrumentaliser la lutte contre l'immigration. Ce « de part et d'autre » en dit long sur ce que le Premier ministre pense du discours de Grenoble. Les ministres qu'il avait convoqués à Matignon découvrent le communiqué en même temps que la presse. Il ne leur en avait rien dit.

À l'Élysée les proches du Président évitent de donner trop d'importance à cette critique voilée. Mais Nicolas Sarkozy fulmine contre son Premier ministre qui prend ses distances comme il l'avait déjà fait lors du débat sur l'identité nationale où il s'était alors efforcé de trouver un point d'équilibre. François Fillon ayant parlé, Fadela Amara se prévalant de sa qualité de fille d'immigrés déclare au *Monde* : « Je n'accepte pas que dans mon pays, on mette les gens comme moi dans une situation d'insécurité juridique. » Elle se prononce contre les expulsions de Roms.

Bernard Kouchner, lui, se dit choqué par certains aspects du virage sécuritaire du gouvernement. Interrogé sur la distinction faite par le Président à propos des Français « d'origine étrangère », il exprime un certain malaise : « Ce n'est pas la meilleure phrase que j'ai trouvée dans ce discours. »

Hervé Morin, enfin, juge que cette politique « est vouée à l'échec car elle ne comporte qu'un seul volet, répressif ».

De telles déclarations libèrent la parole à l'UMP. « Quand on est au gouvernement, il faut être solidaire », dit Renaud Muselier, le député de Marseille, qui avance une explication : « C'est parce qu'ils sont inquiets pour leur devenir à quelques semaines du remaniement que les ministres s'expriment. » Lionnel Luca conseille à Bernard Kouchner de démissionner.

Le lendemain celui-ci répond sur RTL qu'il a pensé à démissionner, mais y a renoncé parce que « s'en aller c'était déserter ».

Les autres ministres voudraient bien que cette page soit vite tournée. Beaucoup refusent de répondre aux questions qui leur sont posées ici ou là sur ce sujet.

Mais voilà qu'une circulaire du 5 août, signée de la main du directeur de cabinet du ministre de l'Intérieur, Michel Bart, met à nouveau le feu aux poudres lorsqu'elle est dévoilée bien plus tard par la presse : le 14 septembre précisément. Elle ordonnait explicitement aux préfets d'évacuer « en priorité les camps de Roms ». Ce qui place la France dans l'illégalité vis-à-vis de nombreux textes internationaux et contredit toutes les déclarations précédentes du pouvoir : « Aucune mesure spécifique n'a été prise à l'encontre des Roms », répétait à l'envi le gouvernement, alors que les Roms avaient été visés par le Président lui-même.

La Commission de Bruxelles monte en ligne contre Paris et menace la France de poursuites devant la justice européenne. La commissaire Viviane Reding, en charge de la justice et des droits des citoyens, déclare : « Je suis personnellement convaincue que la Commission n'aura pas d'autre choix que d'initier des procédures en infraction contre la France. » Fin août, elle avait obtenu des deux ministres, Éric Besson et Pierre Lellouche, l'assurance que le tour de vis sécuritaire français ne visait pas en priorité les Roms. La circulaire du 5 août fait ressortir l'inverse : « Il est choquant, dit-elle, de constater qu'une partie du gouvernement français soutient quelque chose à Bruxelles, tandis que l'autre fait le contraire à Paris. »

Une nouvelle circulaire est aussitôt rédigée au ministère de l'Intérieur pour lever « tout malentendu sur une éventuelle stigmatisation des Roms ». Elle demande aux préfets de poursuivre les évacuations de camps illicites, mais en précisant, cette fois, « quels qu'en soient les occupants ». Un texte que Brice Hortefeux a tenu à signer personnellement. Le matin, devant la presse, Éric Besson, ministre de l'Immigration, avait déclaré « n'être pas au courant de la première circulaire », dont il n'était pas destinataire.

Autre problème, plus grave, soulevé par cette affaire : en menaçant Paris de poursuites pour infraction à la législation européenne, la commissaire luxembourgeoise Viviane Reding a fait un parallèle entre les conditions de renvoi de Roms et les déportations de la Seconde Guerre mondiale. Ce qui a, bien entendu, provoqué aussitôt l'ire de Nicolas Sarkozy. Et Pierre Lellouche, secrétaire d'État aux Affaires européennes, avait riposté : « La Commission n'est pas un juge d'instruction... La France n'est pas devant un tribunal... Le gardien des traités, c'est le peuple français. » Une sortie qui a piqué au vif José Manuel Barroso, resté jusque-là sur la réserve. Il fait donc chorus avec sa commissaire et les eurodéputés qui viennent de demander à la France de suspendre les expulsions de Roms.

Le Conseil européen du 16 septembre s'annonce difficile pour Nicolas Sarkozy. Il en avait lui-même fixé l'ordre du jour : les relations de l'Europe avec les grands pays émergents et la gouvernance économique afin de préparer sa présidence du G20 qui débute en novembre. Mais on n'en parle guère : c'est la crise provoquée par la politique de Paris à l'égard des Roms qui occupe les esprits, pas tous mécontents de tirer les oreilles du Français : « Le déjeuner s'est bien passé pour ce qui est de la qualité des plats », ironise Angela Merkel à l'issue du Conseil. C'est que l'entrée à peine servie, Nicolas Sarkozy s'en est pris avec virulence à la commissaire : « Viviane Reding a offensé la France qui s'est sentie blessée. » Et Barroso de riposter en exigeant des excuses de Pierre Lellouche pour ses propos à l'encontre de la Commission. « La discrimination des minorités ethniques est inacceptable », s'indigne-t-il. Un échange jugé « viril et mâle » par le Luxembourgeois Jean-Claude Juncker, « extrêmement dur » par le Premier ministre belge. « C'est vrai que j'ai dit franchement ce que je pensais », reconnaît Nicolas Sarkozy qui obtient en fin de compte un soutien de ses pairs. Les dirigeants européens déplorent le ton exagérément véhément employé par la commissaire pour faire la leçon à la France [1].

Après ce déjeuner au vinaigre, Nicolas Sarkozy renouvelle l'offensive devant la presse, cette fois il accable encore Mme Reding : « Je ne peux pas laisser insulter mon pays, les mots qui ont été prononcés : dégoûtants, honte, Seconde Guerre mondiale, évocation des juifs, nous ont profondément choqués », dit-il. Deux journalistes tentent de lui faire remarquer que Mme Reding n'a pas prononcé le mot « juif ». Il les renvoie à leur statut de questionneurs. Et il souligne que Bruxelles ne se soucie pas assez des problèmes concrets des Européens : « À force de fermer les yeux sur les vraies questions, on éloigne les citoyens de l'Europe. » Il cherche aussi à attirer l'Allemagne dans son camp, indiquant que Mme Merkel lui avait parlé de « son intention de procéder dans les prochaine semaines à l'évacuation de camps de Roms ». Mais dans la soirée un rappel à l'ordre arrive de Berlin : la Chancelière Merkel n'a jamais parlé de camps de Roms en Allemagne et encore moins de leur évacuation puisqu'il n'existe aucun campement

1. « Je n'avais jamais entendu un commissaire s'adresser à un pays ainsi, disant "ça suffit !" sur un ton très en colère », assure Pierre Sellal, alors représentant de la France à Bruxelles.

illicite sur le territoire. Les Roms qui ont été accueillis et logés en Allemagne sont venus du Kosovo pendant la guerre. Ils avaient demandé et obtenu le droit d'asile.

Il faut pourtant en finir avec les polémiques. Nicolas Sarkozy, pour désavouer mine de rien Pierre Lellouche, concède enfin : « La Commission est gardienne des traités. Qu'elle fasse son travail. »

À Paris, au Quai d'Orsay, on fait observer que c'est sous la présidence française de l'Union européenne qu'avait été convoqué en 2008 le premier sommet sur les Roms parce que « malheureusement aucun pays européen ne voulait s'y intéresser sérieusement ». L'objectif alors poursuivi était d'amener l'État roumain à faire bon usage des vingt milliards d'aide de l'Europe « qu'il ne dépense même pas, faute d'avoir une administration en ordre de marche ». Que la Roumanie, ainsi aidée, s'occupe donc de ses ressortissants.

Dans l'immédiat, Éric Besson a reçu une lettre détaillée de Viviane Reding. Il doit lui démontrer que la circulaire du 5 août n'a pas eu le temps d'être appliquée et que la France ne se trouve donc pas en infraction.

L'affaire des Roms n'est pas pour autant apaisée. Des reportages diffusés sur les grands JT télévisés ont fait le tour du monde. On y voit des bulldozers écrasant des campements précaires. Des fuyards hagards chargés de ballots et des femmes en pleurs portant leurs enfants dans les bras. Bref, des images insoutenables, trop habituelles du malheur. La Chine elle-même, qui n'est, certes pas, un modèle en la matière, ironise sur la France qui ne respecte pas les droits de l'homme.

La compassion prend le pas sur la raison. Michel Rocard assure qu'il n'a rien vu de tel « depuis Vichy et les nazis ». Le 22 août, un prêtre lillois, le père Arthur, qui s'occupe des Roms annonce qu'« il prie pour que Nicolas Sarkozy soit victime d'une crise cardiaque ».

Un prêtre qui souhaite la mort du Président. Voilà qui n'est pas ordinaire. Fort heureusement il se repent bientôt de cette crise… de colère.

Devant des milliers de pèlerins à Lourdes, l'archevêque de Toulouse, monseigneur Le Gall, cite une lettre du cardinal Saliège (alors archevêque de Toulouse) sur les déportations des juifs en 1942, qu'il met en parallèle avec les expulsions de Roms. Un amalgame honteux, historiquement faux et qui revient à banaliser la Shoah. D'autant que sous l'Occupation, l'épiscopat français, dans sa majorité, s'était montré plus discret sur le sujet. Le grand rabbin de France, bien sûr, réfute cet amalgame.

Il est évident que l'expulsion n'est pas une déportation. Les Roms sont renvoyés chez eux avec un tribut de trois cents euros par adulte, cent par enfant et avec leur accord. La plupart avaient quitté leur pays en espérant trouver ailleurs une vie meilleure. Des filières roumaines organisent les départs. Elles exploitent des handicapés, des mutilés, des femmes atteintes de la maladie de Parkinson pour « faire la manche dans les rues ». Beaucoup s'installent sur des terrains publics ou privés, sans aucune autorisation, sans aucune hygiène. Ils vivent de mendicité et de vols. Les plaintes des habitants alentour se multiplient.

C'est – très aggravée – l'éternelle question des rapports entre nomades et sédentaires.

La circulaire européenne de 2004, transposée en droit français en 2006, précise que tout ressortissant européen ne peut prolonger un séjour de plus de trois mois hors de son pays qu'à condition de ne pas troubler l'ordre public, d'avoir les moyens de faire vivre sa famille et de ne pas être à la charge de la collectivité. Les Roms sont loin de remplir ces conditions.

Le gouvernement applique la loi.

Demeure la violence des images, qui trouble bien des esprits. D'autres évêques, dans des communiqués, rappellent les enseignements de l'Évangile en matière d'aide aux plus démunis. Fin août, 55 % des catholiques pratiquants déclarent désapprouver ces prises de position épiscopales [1].

Enfin, à Rome, Benoît XVI évoque dans une de ses homélies le « nécessaire accueil de l'autre ». Il a saisi l'occasion – une pratique habituelle au Vatican – du commentaire qu'il prononce après la lecture des Écritures. « Les textes liturgiques de ce jour, souligne-t-il, nous redisent que tous les hommes sont appelés au salut. C'est une invitation à savoir accueillir les légitimes diversités humaines. » Le fait que, parmi les sept ou huit langues qu'il a choisies pour son homélie, il ait inclus le français est un signe pour le connaisseur des usages pontificaux. C'est la manière dont ont été traités les Roms qui était en cause.

---

1. Sondage publié par *La Croix*.

Nicolas Sarkozy demande à voir le Saint-Père. Il se rend à Rome le 8 octobre pour une visite de quelques heures. Arrivé le matin avec quelques minutes de retard, il est visiblement tendu face à un Benoît XVI tout sourires. S'il ne s'agissait pas de l'Église, on pourrait conclure que celui-ci ne fait pas de cette question une affaire d'État… À l'issue de ce tête-à-tête[1], Nicolas Sarkozy se rend à la chapelle de sainte Pétronille, devant la dépouille de cette martyre des premiers temps du christianisme, considérée comme la protectrice de l'Hexagone. Il n'a pas droit à une messe mais à une prière pour la France. Spécialiste du dialogue interreligieux, le cardinal Jean-Louis Tauran, un Français très écouté à Rome, demande à Dieu d'apporter au peuple de France et à ses dirigeants courage et persévérance pour « œuvrer à l'accueil des persécutés et des immigrés ».

Dans la foulée Nicolas Sarkozy reçoit à déjeuner une trentaine de prélats à l'ambassade de France. Répondant au cardinal Tauran, il explique que « lutter contre l'immigration illégale est pour lui un impératif moral ». Il ajoute : « Il n'y a pas d'économie de vie en société, ni de liberté sans règles. » Nicolas Sarkozy cherche à calmer les tensions après un été pour lui dévastateur.

Il peut estimer avoir été – au moins en partie – entendu, quand, le 26 octobre, le pape Benoît XVI,

1. Pendant lequel Nicolas Sarkozy, sachant l'importance du rôle de l'Église au Mexique, a alerté le Saint-Père sur le cas de Florence Cassez, prisonnière et victime d'une terrible erreur judiciaire. Benoît XVI lui a promis qu'il allait diligenter une enquête.

présentant son message pour la journée mondiale du migrant et du réfugié, souligne que ces derniers « ont le devoir de s'intégrer dans le pays d'accueil en respectant ses lois et l'identité nationale ».

Une mise au point qui lui fait chaud au cœur.

Franck Louvrier téléphone à plusieurs journalistes pour s'assurer que la déclaration papale ne leur a pas échappé.

Quelques jours plus tôt, la crise avec Bruxelles s'était close pour l'essentiel. La commissaire Reding, ayant estimé suffisantes les garanties apportées par Paris, avait renoncé à lancer une procédure d'infraction contre la France.

Un sondage CSA pour *Le Parisien* indique en octobre que 48 % des Français se disent favorables aux expulsions de Roms, tandis que 42 % y sont opposés. Le sujet est donc toujours clivant. Les sympathisants de droite (70 %) et d'extrême droite (83 %) approuvent massivement. Chez ceux de gauche, le rejet est tout aussi ample : 65 % pour les sympathisants du PS, 81 % pour ceux du PC. L'Élysée peut se réjouir : les flèches de Villepin, les réserves de Raffarin, de Juppé et même de Fillon n'ont pas influencé l'électorat de droite.

Mais de cet été 2010, les Français retiendront le souvenir de deux grands incendies. Celui des forêts de Russie qui ont enfumé Moscou et ses environs pendant plus d'un mois. Et l'embrasement politico-médiatique déclenché par le discours de Grenoble [1].

---

1. Henri Guaino, qui n'est pas la plume de ce discours controversé, le qualifiera en septembre d'« erreur ».

CHAPITRE 9

Un pays irréformable

Rarement rentrée politique aura été aussi tendue. L'opposition capitalise sur l'anti-sarkozysme virulent du mois d'août. Elle se sent le vent en poupe.

L'Express vient de révéler qu'en mars 2007, alors seulement député, mais aussi trésorier de l'UMP, il avait sollicité par lettre la Croix de la Légion d'honneur pour Patrice de Maistre, le gestionnaire de la fortune de Mme Bettencourt. Lequel avait embauché son épouse Florence, six mois plus tard[1]. Comment ne pas y voir un lien de cause à effet. Voire un conflit d'intérêt ? La presse – et bien des Français – tranche vite. L'examen du projet de réforme des retraites doit commencer trois jours plus tard. Cette histoire, une aubaine pour l'opposition, embarrasse aussi la majorité et le Président. D'autant plus qu'un changement de titulaire en dernière minute affaiblirait la position du gouvernement, et apparaîtrait presque comme un aveu. Cela mettrait de plus en première ligne un

1. En septembre.

remplaçant moins au fait des dossiers. Sans compter que cette réforme, le gouvernement le savait, serait une rude épreuve. Nicolas Sarkozy avait prévenu ses ministres dès le printemps : « Vous allez voir, ce sera plus dur que vous ne le croyez. » Pas seulement au Parlement, mais dans le pays et avec les syndicats [1].

Chacun gardait aussi le souvenir du choc de 2003, lorsque François Fillon avait fait voter l'alignement des cotisations du public sur celles du privé. On avait compté sept grosses manifestations. Chaque fois il y avait du monde. Les trains avaient été bloqués pendant treize jours. Et le pays avec. À l'époque, François Chérèque, se distinguant de la CGT, était dans le rôle du syndicaliste réformiste : il avait directement négocié avec le gouvernement un aménagement pour les carrières longues. Une disposition qui permettrait à ceux qui avaient commencé à travailler à 15 ans de partir 40 années plus tard, soit à 55 ans, s'ils avaient toujours cotisé. 650 000 personnes allaient en bénéficier avec une retraite à taux plein. Coût : deux milliards et demi d'euros.

---

1. En août, la revue *Commentaires* avait publié, sous la plume d'Yvon Gattaz, ancien dirigeant du patronat français, une violente charge contre les syndicats. Il écrivait : « Pour la société, les syndicats ont été nécessaires au XIXe siècle, utiles puis abusifs au XXe, inutiles et nuisibles au XXIe, ils doivent disparaître. » Invité à l'Université du MEDEF, le 3 septembre, Éric Woerth est sollicité pour lui répondre : « Je pense exactement le contraire. Les syndicats sont utiles, pourvu qu'ils ne bloquent pas tout. » Il ajoute avoir « été frappé dans [ses] discussions par leur parfaite connaissance du sujet ».

Le leader de la CFDT pensait en être gratifié. Mais non : des dizaines de milliers d'adhérents avaient quitté sa confédération pour rejoindre la CGT et surtout SUD. Ils ne lui pardonnaient pas d'avoir directement négocié avec Jean-Pierre Raffarin, le Premier ministre. Certains socialistes, engagés à fond contre la réforme, l'avaient même qualifié de « social-traître ». Et pour bien marquer leur hostilité, ils avaient accueilli Bernard Thibault comme un héros à leur congrès de Dijon. Une première [1].

Cette fois, François Chérèque, qui souhaite protéger son organisation, fait chorus avec la CGT. Il ne veut plus avoir d'ennuis. Il laisse à Bernard Thibault le leadership de l'unité syndicale contre la réforme, lequel fait entendre une grosse voix. Sans jamais, non plus, se comporter comme un ultra.

Mais fait nouveau : les syndicats, rompant avec leur mot d'ordre habituel – « on ne choisit pas son interlocuteur, on discute avec celui qui représente le pouvoir » –, sont passés à l'offensive contre le ministre. À les entendre, pour eux aussi, Woerth devient un vrai problème. « Le ministre n'a pas le temps de travailler avec nous », avance même François Chérèque. « Quand je l'ai entendu affirmer qu'il devenait impossible de parler avec moi, j'ai bondi de mon siège : il sortait juste de mon bureau », se révolte le ministre [2].

---

1. Jacques Delors et Michel Rocard avaient dénoncé l'archaïsme du PS. Sept ans plus tard, Jacques Delors demeure muet. Il ne veut pas gêner la première secrétaire.

2. In *Dans la tourmente*, Éric Woerth, Plon.

Invité sur Europe 1, François Chérèque persiste : « Est-ce qu'il peut se défendre ? Ce qui est légitime. C'est le juge qui décide du fond de l'affaire. » Un argument qui tombe à côté : aucune procédure judiciaire, en effet, n'est lancée contre le ministre, il n'est pas mis en examen. « Éric Woerth n'a commis aucun délit pénal, identifié ou même identifiable », plaide son avocat Me Le Borgne, qui déplore « qu'on ne fasse plus la différence entre ce que l'on imagine et ce qui est réel » et constate que décidément « la présomption d'innocence n'appartient pas à notre culture ».

Pour fléchir le gouvernement, les syndicats disposent de trois leviers : les grèves reconductibles, les manifs et l'opinion. Les grèves reconductibles ? Ça ne marche plus à la SNCF. Les cheminots font leurs comptes. Dix jours de grève, c'est dix jours de salaire en moins : « moi je ne fais pas crédit », avait prévenu Guillaume Pepy, le patron de la SNCF.

« Si l'on n'avait pas fait le service minimum, on n'aurait pas pu faire la réforme des retraites, on aurait pu se trouver dans la situation de Juppé en 95 », assure Raymond Soubie.

Les manifs ? Avant l'ouverture du débat, il y en a déjà eu trois. Avec toujours des défilés bien fournis. On vient y exhaler sa mauvaise humeur : « Woerth démission. » « La seule chance de faire bouger le gouvernement, c'est que les gens soient dans la rue, le niveau de mobilisation est crucial », disait François Chérèque début septembre.

À cinq jours du vote, le 10 octobre, nouvelle manif. C'est un dimanche. Il fait beau. Les Français sont venus en famille. On aperçoit dans les défilés de jeunes couples avec des poussettes. Des ados avec leurs grands-parents. Une communion générationnelle contre la réforme. Martine Aubry confie alors qu'elle rêve « que cela se passe comme pour le CPE [1] ».

Dans l'opinion, comme dans le petit monde politique des Parisiens, Éric Woerth semble de plus en plus isolé. Il est peut-être victime de sa naïveté, de sa bonne conscience et même de ses fonctions : être maire de Chantilly et trésorier de l'UMP suscite la suspicion dans un pays où l'intimité avec les riches est toujours chargée d'opprobre.

Dans les semaines qui précèdent le débat, la gauche et les syndicats ne sont pas seuls à demander sa démission. Début septembre, Christine Boutin, son ex-collègue, juge que son départ eût été préférable : « Il n'est pas malhonnête, mais tout cela est détestable pour l'image du politique. »

En privé, bien des ministres partagent quelque peu cette opinion. « Tout le monde aime Éric, disent-ils, mais tout le monde est gêné. »

Ils craignent également pour lui : aura-t-il la capacité physique et psychique à tenir le choc dans un hémicycle en ébullition ? Un type de débat où le défenseur du projet doit être engagé à 150 %. Or, s'ils

---

1. À l'automne 2006, pendant deux mois, les étudiants avaient bloqué les facs, les lycéens faisaient des sit-in sur les voies ferrées avec leurs professeurs pour empêcher les trains de rouler. Le gouvernement avait reculé. Dominique de Villepin avait dû retirer sa réforme.

voient bien qu'il est toujours debout, ils le sentent aussi profondément atteint. « Voilà trois mois que toute la presse raconte une histoire invraisemblable. Au début vous hallucinez, puis finalement vous encaissez. Surtout quand il n'y a pas de limite à la chasse à l'homme », confesse le ministre qui ajoute : « Je sais exactement qui je suis, j'ai ma conscience pour moi, je connais mon intégrité, ma droiture, mon honnêteté, c'est ce qui me fait tenir[1]. »

Restera ? Restera pas ? La presse, qui s'interroge, note qu'à cette question posée au Président lors d'un déplacement en Côte-d'Or, il avait répondu sur un ton plus qu'agacé. Elle y décèle un soutien du bout des lèvres. Et voilà que le mardi, lors de la séance des questions d'actualité à l'Assemblée, François Fillon affirme que la réforme sera conduite « par le ministre », mais sans citer son nom. Un non-dit interprété comme un lynchage. Du coup, le soutien très insistant de Jean-François Copé : « Il faut absolument que ce soit lui », devient suspect. En juillet, le même Jean-François Copé disait aux journalistes : « Plus le Président garde Woerth, plus il perd. »

Or le jeu du président du groupe fait toujours penser à un billard à trois bandes.

Le 7 septembre, le débat s'ouvre enfin, Éric Woerth est l'invité du journal de 20 Heures de TF1.

« Alors, vous partez quand ? » lui demande Laurence Ferrari.

---

1. *Le Point* du 9 septembre.

« Je me suis retrouvé pris au piège d'une interview à charge », dit le ministre [1]. Mais il aurait pu prévoir une question de cet ordre.

Le Monde publie une photo à la Une où l'on voit le ministre isolé sur un banc de l'Assemblée nationale, l'air préoccupé, son téléphone à l'oreille. Avec cette légende : « La solitude d'Éric Woerth ».

Explication du ministre : « Lorsque la photo a été prise, mon père venait de tomber malade et j'essayais de le joindre aux urgences à Strasbourg. J'étais donc forcément seul. »

Le débat, comme prévu, est rude. « La gauche se déchaînait contre moi pour m'affaiblir. J'ai essuyé beaucoup d'insultes de la part de certains députés socialistes. Ce qui n'a pas été le cas des sénateurs du PS, plus élégants », dit Éric Woerth.

Dans la rue, les manifestations continuent. Le gouvernement, comme toujours, craint surtout la mobilisation étudiante ou lycéenne. L'UNEF, par la voix de son leader Jean-Baptiste Prévost – un ami de Benoît Hamon –, a invité les étudiants à se joindre au mouvement. Mais ils ne sont pas venus, le gouvernement ayant eu la sage idée de maintenir l'aide au logement qu'il avait – un temps – songé à leur supprimer.

Quand, début octobre, Force ouvrière appelle les lycéens à se joindre à leurs aînés, François Chérèque s'y oppose : « Ce serait l'arme du faible. »

Ils vont venir pourtant. Après le vote à l'Assemblée nationale, répondant à l'appel de l'UNL, le principal syndicat lycéen. Et l'on reverra les mêmes images : des

1. In *Dans la tourmente*, *op. cit.*

hordes de gamins et de gamines, vociférant, bloquant çà et là des lycées et mettant le feu aux poubelles. Clamant : « Touche pas à la retraite à 60 ans ! », alors que ce seront eux qui devront payer pour les adultes qui défilent et qui ne veulent pas travailler plus longtemps. Ils ne réfléchissent pas. Ils sont manipulés. Et surtout très contents de sécher les cours : une façon d'augmenter la durée des vacances de la Toussaint qui approchent. Ils veulent aussi montrer leur tête à la télé.

Les syndicats ont l'opinion pour eux : 70 % des Français approuvent les manifestations.

Nicolas Sarkozy tient absolument à ce que la réforme des retraites soit bouclée avant la fin du mois de novembre. Il réunit les députés de la majorité pour les remercier de leur soutien sans faille à Éric Woerth. Il faut à tout prix que la loi soit votée au plus tard le 16 septembre. Ensuite, les partis organisent leurs journées parlementaires.

Le paroxysme du débat se situe donc lors de la séance finale, le 14 septembre. « Je n'ai pas bougé de mon banc de 15 heures à 9 h 30 le lendemain matin », dit le ministre. L'opposition veut tout faire pour en retarder l'issue. Elle va jeter ses dernières forces dans la bataille. Le 15 septembre à 7 heures du matin, la gauche a épuisé son temps de parole. La discussion est close, conformément à la réforme du règlement de l'Assemblée [1], qui fixe une durée maximale de 50 heures au débat. Le président Bernard Accoyer demande que l'on passe aux explications de vote personnel. Après l'examen d'une loi, en effet, chaque

1. Que Bernard Accoyer a fait voter en 2008.

député peut expliquer pourquoi il ne la vote pas. Et il a droit à cinq minutes de parole. 167 députés de l'opposition se sont inscrits. S'ils parlent tous cela signifie 14 heures de séance supplémentaires.

Alors que les premiers orateurs commencent à parler – et tous lisent le même texte – Accoyer quitte la séance. Il y revient à 9 h 30, monte au perchoir pour dénoncer ce qu'il appelle « une application détournée du règlement ». « Je ne laisserai pas, dit-il, à travers de petites manœuvres, s'installer une obstruction qui est paralysante et dévalorisante pour le Parlement. La séance est levée. »

La droite se dresse comme un seul homme pour l'acclamer. La gauche crie au putsch, demande sa démission pour « forfaiture ». Entouré par les agents de l'Assemblée, Bernard Accoyer regagne en courant ses appartements, poursuivi par une troupe de députés socialistes vociférant – Jean-Marc Ayrault en tête, qui tente même de le bousculer lorsqu'il descend de la tribune. « J'ai estimé de mon devoir d'arrêter. La réaction de Jean-Marc Ayrault m'a amusé. En 97, il était le premier à réclamer une réforme du règlement de l'Assemblée. Il dénonçait alors la droite lorsqu'elle faisait de l'obstruction, parlait de "flibusterie". Avec ma réforme, l'opposition ne pourra plus faire d'obstruction, quelle que soit la majorité future. »

À 15 heures, on passe au vote. L'hémicycle est plein à craquer, l'ambiance survoltée. Les députés de l'opposition sont venus ceints de leur écharpe tricolore. Et lancent des invectives au président de l'Assemblée.

« Notre République est abîmée », s'indigne Jean-Marc Ayrault, lors des explications de vote. François

Sauvadet, le président du Nouveau Centre qui lui succède à la tribune, lui répond : « Ce qui abîme la République, ce sont les accusations sans preuve. » Jean-François Copé accuse les socialistes de recourir à des techniques gauchistes et ajoute : « Vous êtes incapables d'assumer à aucun moment une ligne claire, lisible, sur les retraites. »

La surprise vient de l'écrasante majorité qui se dégage au moment du vote en faveur du texte : 336 voix pour (UMP + Nouveau Centre), 233 voix contre (PS + PCF + Verts) ; 5 députés « villepinistes » sur 9 ont voté la réforme, 4 se sont abstenus [1]. François Bayrou et Nicolas Dupont-Aignan ont voté contre.

Le soir même, sur le plateau de France 2, Ségolène Royal, qui n'est plus députée, promet que la gauche reviendra sur la retraite à 60 ans si elle gagne l'Élysée en 2012, « c'est un engagement solennel ». Le lendemain sur France Inter, Martine Aubry déclare que « les socialistes n'ont jamais demandé la retraite à taux plein à 60 ans ». Allez comprendre.

Dans la rue, la mobilisation continue. Et le débat aussi, au Sénat. Le vote final est programmé pour le 22 octobre. Entre-temps, deux grandes manifestations sont organisées dans toute la France. Toujours la même affluence. Trois millions selon les syndicats, un million selon la police [2].

---

1. En 2012, les villepinistes ne sont plus que deux : Jean-Pierre Grand et Marc Bernier.

2. Ces chiffres et cet écart sont toujours les mêmes. Des journalistes de l'hebdomadaire *Marianne* ont voulu faire eux-mêmes les

Les grèves reconductibles n'ayant pas marché dans les transports, la CGT Chimie-Pétrole prend le relais. Ce sont les « ultras » de la centrale syndicale qui jugent depuis longtemps que Thibault est trop mou avec le gouvernement. Ils rêvent d'être les initiateurs d'« un grand soir ». Les raffineries vont être bloquées pendant dix-sept jours. Chez Total (six raffineries), une minorité impose sa loi. Une raffinerie fonctionne 24 heures sur 24, avec des équipes en 3 × 8. Il suffit que la moitié de l'une de ces équipes décide de faire grève pour entraîner l'arrêt de l'ensemble. Il faut quand même plusieurs jours pour les arrêter. Ce qui oblige la direction à négocier ce qu'elle appelle « un débit mini » : la raffinerie tourne au ralenti. Avec des grévistes qui demeurent à leurs postes tout en ayant cessé le travail mais qui, de fait, continuent d'être payés...

Le grand « intérêt » de cette grève est de pouvoir bloquer l'expédition d'essence ou de gazole. De priver les gens des moyens de circuler, de se chauffer. Un pouvoir de nuisance exorbitant. On peut entraver l'économie sans dommages pour soi. Or, les salariés des raffineries de Total ne sont pas concernés par la réforme des retraites. Ils bénéficient d'un régime maison en or massif. Ils partent à 55 ans, soit cinq ans plus tôt que les autres salariés. Cinq années de salaire leur sont offertes par la maison. Et ils travaillent 184 jours par an pour cause de pénibilité du travail. Et puis, faire grève au moment où l'industrie du raffinage est très malade n'est évidemment pas très responsable.

---

comptages. Finalement, ils ont dénombré moins de participants que les policiers...

François Chérèque a compris le piège : « Si l'on veut rester populaire, il faut que les gens puissent continuer à s'approvisionner », dit-il.

En quelques jours en effet, l'opinion se retourne. Les Français font la queue aux stations-service. Dans certains départements, beaucoup sont à sec. 52 % des Français se disent hostiles au blocage des raffineries. « Cette grève a desservi le mouvement et aidé le gouvernement », reconnaît Raymond Soubie.

Le 23 octobre des gendarmes viennent au petit matin briser le cordon des grévistes de la raffinerie de Grandpuits. Charles Foulard, le coordonnateur CGT de chez Total, que l'on voyait chaque soir dans les journaux de 20 Heures, coiffé d'un bonnet rouge (sa tenue de combat), dénonce devant les caméras la répression policière. (Alors qu'il n'y a eu aucune violence des forces de l'ordre.) Il parle même de « rafle comme au temps de Pétain ». Mais que 600 ouvriers sur 4 000 puissent bloquer le pays, qui peut être d'accord ?

Charles Foulard poursuit un but qu'il n'a pas caché. Ce qu'il veut, lui, c'est « virer Sarko ». Comme il l'a dit à *Libération*. Reste à savoir si c'est le rôle d'un syndicaliste.

Le 26 octobre, jour du vote au Palais du Luxembourg. Pierre Mauroy monte à la tribune, la voix embuée par l'émotion il dit son regret de « voir tomber la loi la plus importante peut-être de la Ve République [1] ».

---

1. Si la date du départ à la retraite était restée à 65 ans comme avant cette loi, le système des retraites serait encore équilibré, disent les spécialistes.

« Monsieur Mauroy, on ne gouverne pas avec la nostalgie », lui répond Éric Woerth.

Le gouvernement n'a pas reculé, la réforme est passée. Est-elle parfaite ? Sûrement pas. Injuste ? Sans doute. Mais on ne peut pas attendre d'une réforme de combler les injustices accumulées depuis des décennies par le marché du travail.

« On ne pourra pas nous reprocher de ne pas avoir mené la bagarre jusqu'au bout », se félicite Bernard Thibault qui voudrait pourtant encore empêcher Nicolas Sarkozy de promulguer la loi. Il n'est pas le seul. Après le vote du Sénat, Martine Aubry lui demande, elle aussi, de ne pas la promulguer et « d'ouvrir enfin des négociations pour proposer à la France des réformes justes ».

Le 27 octobre, la loi est définitivement adoptée. Elle est promulguée le 10 novembre.

Marisol Touraine parle de « naufrage démocratique ». Les syndicats organisent une dernière manif le 23 novembre. « Il ne l'emportera pas au paradis », clament ceux qui défilent pour la dernière fois, visant bien sûr le Président.

« Il a fait une réforme que la gauche est bien incapable de faire », applaudit un ministre.

En janvier 2012, Bernard Thibault (débordé par sa base contestataire en novembre) fait savoir à l'Élysée qu'il ne participera pas à la cérémonie des vœux. La CGT n'a rien obtenu. Elle boude.

CHAPITRE 10

Le remaniement

Le discours de Grenoble a enfiévré la gauche : sus au Président ! Il devient « L'homme le plus détesté de France [1] ». Les vannes ont cédé. « Je suis désolé qu'un système comme le système français arrive à avoir ce machin-là à la tête de l'État », s'emporte le philosophe Emmanuel Todd [2]. Ce « machin-là » c'est le chef de l'État. En juin, la chanteuse Lio, en tournée dans le Loir-et-Cher, avait souhaité, entre deux chansons, qu'il « crève rapidement ».

L'hallali prend une telle force, la critique une telle démesure que Julien Dray, le député socialiste, croit bon de préciser – et sans rire – dans une interview à Radio J que « Nicolas Sarkozy n'est pas Adolf Hitler ». Pierre Moscovici écrit sur son blog qu'« il n'est pas fasciste ».

1. Couverture de *L'Express* le 10 septembre.

2. Le 21 septembre dans l'émission « Ce soir ou jamais » sur France 3.

« Pourquoi rend-il les gens aussi fous ? » s'interroge alors son conseiller Alain Minc qui reprend du coup une formule bien usagée : « Il ne mérite ni cet excès d'honneur ni cette indignité. »

En mai, Martine Aubry avait déjà lancé une de ses gracieusetés : « Quand Nicolas Sarkozy nous donne des leçons de maîtrise budgétaire, c'est un peu Madoff qui nous donne des cours de comptabilité. »

Le meilleur ennemi du Président, Dominique de Villepin, avait jugé l'attaque de la première secrétaire « déplacée ». François Hollande lui avait conseillé « d'éviter ce genre de saillies ».

« Quand on dit que Nicolas Sarkozy est proche des riches, pro-américain et qu'on ose le comparer à un banquier condamné à 150 ans de prison pour une escroquerie de 60 milliards de dollars, c'est bien pour éveiller chez certains des relents d'antisémitisme », estime Franck Louvrier.

Antisémitisme ? Nicolas Sarkozy en voit des signes dans les allusions constantes à son physique. Un trait fréquent dans la presse d'extrême droite des années 30.

Il approchait aussi la vérité quand, après l'échec des régionales, il s'était livré en petit comité à un début d'introspection : « J'ai compris que chaque fois que je me mets en avant, c'est un problème. » Mais il n'en tire pas de conclusions pratiques, il continue d'être chaque jour sur le front, portant une parole souvent inflammatoire. « Nicolas a besoin de cliver, de se créer une adversité, de mettre l'autre en tension. Il est fabriqué comme cela. C'est sa complexion génétique », explique un ministre.

Le défi permanent est le fil rouge de sa vie politique.

En septembre, il invite à déjeuner trois dirigeants du *Nouvel Observateur*[1]. Il n'en sera pas récompensé. La semaine suivante, en effet, l'hebdomadaire publie en couverture sa photo en noir et blanc : une tête de malfaiteur, avec une barbe de deux jours, barrée d'un bandeau rouge : « Cet homme est-il dangereux ? »

Nicolas Sarkozy affecte d'en plaisanter devant des journalistes : « Vous savez pourquoi *Le Nouvel Observateur* fait sa couverture avec moi, parce que si c'est Martine Aubry à la Une, ça ne se vend pas. Le produit le plus frais, c'est moi. »

Dans l'éditorial qu'il lui consacre, Jean Daniel se montre d'abord plutôt admiratif : « Il fait beau dans le parc de l'Élysée, il fait très chaud. Je contemple le Président. Physiquement il est au meilleur de sa forme. Avantageux comme un joueur de tennis prêt à affronter Nadal après avoir vaincu Federer. »

Alors les multiples attaques et invectives dont il est l'objet ? Réponse : « Il s'est fait donner l'état de l'opinion sur tous ses prédécesseurs au bout de trois ans d'exercice de mandat : “Eh bien, dit-il, le sort ne m'a pas trop maltraité… Vous croyez que sur la question de la sécurité on me reproche de trop en faire ? Eh bien vous avez tort, ce que l'on me reproche c'est de ne pas en faire assez.” Et il ajoute : “Mais je vous promets de ne pas en faire plus”. »

« Ce que l'on reproche à Sarkozy et aux siens, poursuit Jean Daniel, c'est d'avoir une dramaturgie

---

1. Jean Daniel, Denis Olivennes et Jacques Julliard.

d'intimidation de préférence à une efficacité rassembleuse. À Grenoble, c'est l'ancien ministre de l'Intérieur qui a remplacé le Président. L'homme d'État ne s'est pas fait entendre des citoyens. »

Une condamnation sans appel.

Toujours dans ce numéro du *Nouvel Observateur*, Denis Olivennes écrit : « Son absence de doute est déconcertante. Lui dit-on que son impopularité est très grande et que ses paroles ont choqué, il balaie tout cela d'un revers de la main : "Ai-je attenté si peu que ce soit aux valeurs ? À la Constitution ? À la légalité républicaine ? Le peuple n'est pas idiot. Si nous méprisons sa souffrance, son attente légitime de sécurité, il se jettera dans les bras de Marine Le Pen. En vérité, c'est moi qui défends la République, pas vous". » Et Olivennes de conclure : « Ses prédécesseurs recherchaient un certain consensus, lui veut le choc frontal de la droite contre la gauche. Il le veut, il l'aura. »

Ces titres de magazine, succédant aux échecs électoraux, n'annoncent pas des lendemains qui chantent aux députés déjà soucieux de leur réélection aux législatives de 2012. Ils soutiennent la réforme des retraites, ils en sont même fiers. En revanche, ils ont traîné les pieds pour venir voter la loi sur l'immigration que leur présente Éric Besson. Le cinquième texte en sept ans. Trop c'est trop. « Ils ne voulaient pas venir dans l'hémicycle », constate Jean-Luc Warsmann, le président de la Commission des lois. Dans la ligne du discours de Grenoble, un amendement prévoit l'extension de la déchéance de nationalité aux personnes naturalisées depuis moins de dix ans et ayant commis un crime contre un dépositaire de l'autorité publique. La majorité juge cette disposition inutile. Surtout, les députés ont hâte de tourner la page. Ils sont, en outre, excédés par le remaniement annoncé en juillet par le Président et qui ne vient pas. Effet pervers : dans l'attente de ce grand mercato, les ministres sont démotivés, les cabinets ministériels en roue libre et les administrations livrées à elles-mêmes.

François Fillon va-t-il rester à Matignon ? Tel est le grand sujet des conversations. On suppute, on calcule, on examine ses chances. « Nicolas ne peut pas faire cinq ans avec le même Premier ministre, assure Alain Minc. Fillon a bien joué, mais il ne l'a pas protégé. Borloo a quelque chose d'intéressant. »

« Je ne vois pas qui d'autre que lui pourrait s'ajuster aussi bien au Président. Fillon a beau l'exaspérer, il a cette qualité inestimable : la souplesse. Mais d'un autre côté, s'il reste à Matignon, on n'aura pas le sentiment d'un nouveau souffle », résume un ministre.

Convoqué à Brégançon le 20 juillet, avec Christine Lagarde et François Baroin, Fillon se fait remarquer en arborant une veste bleu marine, genre Mao alors que le Président et le ministre du Budget portent un strict costume cravate. Ce look décontracté fait jaser le microcosme. A-t-il voulu signifier qu'il était en vacances et entendait y rester longtemps ? On apprend alors que le Président et son Premier ministre se sont parlé tête à tête. Qu'ils ont évoqué son maintien à Matignon de manière biaisée. « On va voir comment se passe cette rentrée, je n'ai pas tranché, mais une chose est certaine : j'aurai besoin de toi », a lâché le Président. Qui, le soir, confie à son ami Brice un énigmatique : « Ça s'est bien passé avec Fillon. »

Fillon, lui, avait peu apprécié qu'au début août Jean-Louis Borloo soit convié à déjeuner au Cap Nègre. Il y avait vu le signe que le Président songeait à se passer de lui.

En fait, Borloo, arrivé sans son épouse Béatrice, venait s'assurer qu'il était encouragé à échafauder des plans pour Matignon. Mais il s'est retrouvé dans un déjeuner people. Le Président a évité les sujets politiques.

Le déjeuner a donc fait deux mécontents : Borloo reparti sans avoir reçu aucune assurance ferme et François Fillon, saisi d'un doute profond. Interrogé fin août sur France Inter, à propos du discours de Grenoble, il répond : « Je n'aurais pas employé ces mots-là ; chacun a sa sensibilité et sa façon de faire. » Des paroles ainsi expliquées le lendemain par l'un de ses proches : « François s'est subtilement démarqué. Sa fibre gaulliste sociale lui est sortie comme un bouton de fièvre. »

Une prise de distance que Jean-François Copé se hâte de stigmatiser : « J'ai été étonné par les mots qu'il a choisis. Je peux comprendre qu'à gauche on soit gêné sur la sécurité, on préfère taper sur le Président ; je le comprends moins de la part de certains de nos amis [1]. » Voilà pour Fillon. Les dirigeants de l'UMP sont alors réunis à Port-Marly pour le « Campus Jeunes ». Copé en profite pour faire coup

---

1. Interview au *Parisien*.

double : il s'inquiète aussi de l'incapacité de l'UMP à « organiser des universités dignes de ce nom ». Voilà pour Xavier Bertrand, dont il dénonce l'incompétence. Le secrétaire général du mouvement lui réplique, furieux : « Dans notre camp plus qu'ailleurs, on n'aime pas les diviseurs, on n'aime pas les snipers, on n'aime pas ceux qui jouent contre leur camp. »

On n'a pas oublié à l'UMP le bon mot de Copé lorsque Nicolas Sarkozy avait nommé Xavier Bertrand patron de l'UMP en janvier 2009 : « Si tu lui donnes les clés du parti, pense à faire un double. »

Dominique Paillé propose une nouvelle version de cette recommandation : « Si Jean-François Copé prend l'UMP, inutile de garder le double, il aura déjà changé les serrures. »

Copé ou l'art de se faire des amis.

Que mijote-t-il ? « Il est déjà dans l'après-Sarkozy. Il songe à 2017. Il attaque Fillon parce qu'il craint que celui-ci brigue l'UMP s'il quitte Matignon, il attaque Bertrand parce qu'il veut prendre sa place », explique un député qui le connaît bien. Ce que l'entourage du Président du groupe ne dément pas : « Si on lui confiait le parti, il serait en mesure d'en faire une vraie machine de guerre. »

Sans préciser au service de qui. La plupart ont compris.

Les autres vont vite être renseignés.

Le 2 septembre, en effet, *Le Figaro* publie une curieuse tribune signée de quatre mousquetaires : Bruno Le Maire, le ministre de l'Agriculture, François Baroin, le ministre du Budget, Jean-François Copé, le président du groupe, et Christian Jacob, le président de la Commission du développement durable. Ce quatuor de quadras – dont trois sur quatre sont estampillés chiraquiens – a pris l'habitude de se parler, de déjeuner ensemble et de faire entendre (souvent) sa différence.

La tribune est intitulée : « Les conditions d'une victoire en 2012 ». Elle s'adresse au Président. « Une victoire de la gauche en 2012 est possible », assènent-ils dès la première ligne… Sauf, poursuivent-ils, « à tenir un langage de vérité aux Français ». (Ce qui ne serait donc pas le cas à les lire.)

« Nous avons trop souvent compensé notre baisse de compétitivité par une hausse des dépenses publiques. Les Français ont pu croire que c'était gratuit. C'était à crédit (…) »

Le contrat de gouvernement devrait, selon le quatuor, se fonder sur ces mots-clés : le courage (sortie des 35 heures et baisse des dépenses publiques), le rassemblement, la convergence des politiques française et allemande. Et… un nouveau mode de gouvernance : « On ne peut pas décider de tout depuis les bureaux à Paris (ils n'ont pas osé écrire : de l'Élysée), il faut que le Président s'appuie sur un gouvernement resserré, une majorité parlementaire engagée et un parti redynamisé (Jean-François Copé prêche pour sa paroisse). Ils réclament la fin de l'hyperprésidence.

« Ils entérinent la défaite », déplore un proche de Nicolas Sarkozy. François Baroin explique sans états d'âme : « On voulait faire passer ce message à Nicolas : on n'a pas aimé le début de ton mandat.

Nous, on sait faire la guerre, on est à ton service. Et on n'a rien à perdre. » Nicolas Sarkozy devra compter avec ces quadras effrontés. Qui savent ce qu'ils veulent : François Baroin et Bruno Le Maire, une promotion au gouvernement ; Jean-François Copé, s'installer à la tête de l'UMP et Christian Jacob prendre sa suite à la présidence du groupe.

« Nicolas nous a convoqués Le Maire et moi pour nous dire : "Vous vous êtes fait avoir par Copé, méfiez-vous" », raconte François Baroin.

Lequel Copé n'y va pas par quatre chemins. Son ambition ? Il l'avoue sans gêne : « Un soir, lors d'une réunion à l'Élysée avec Claude Guéant, Catherine Pégard et moi, le Président m'avait pris à partie. Puis s'étant calmé, il avait pointé un doigt dans ma direction pour me dire : "Tu fais partie des deux ou trois qui seront un jour président de la République." Je lui avais répondu : "C'est bien pour cela que j'ai voulu être président du groupe." Trois jours plus tard, je revois Sarko qui me lance : "Je ne connais personne qui soit devenu président de la République après avoir été président du groupe". »

Cette remarque a fait tilt dans sa tête. Il veut l'UMP. Cela tourne chez lui à l'obsession.

Six semaines plus tard, ces quatre-là obtiendront ce qu'ils voulaient. Entre-temps, Nicolas Sarkozy a même laissé filer une information selon laquelle il ne serait pas hostile à un saut générationnel : Baroin pourrait aller à Matignon. Un beau cadeau.

« Nicolas ne supporte pas les gens qui lui tiennent tête, mais ce sont les seuls qu'il respecte », reconnaît un conseiller de l'Élysée. Les ministres les plus dociles y décèlent chez lui une faiblesse. Et ils s'agacent que leurs efforts ne soient guère récompensés. D'où, forcément, un détachement à l'égard du chef. Cet automne-là, ils sont peu nombreux à parier sur sa victoire en 2012.

Dominique Strauss-Kahn est devenu l'objet de tous les désirs des Français : il l'emporterait sur l'actuel Président avec 59 % des voix selon l'IFOP, 62 % selon TNS/SOFRES. Qui dit mieux ? « Plus de doute, pour le directeur du FMI : c'est dans la poche, comme cette main qu'il avait nonchalamment glissée dans sa veste l'autre jour sur le perron de l'Élysée », raille Alexis Brézet dans sa chronique du *Figaro Magazine*. Mais il poursuit : « Ce qu'il y a de formidable avec la manie des sondages, surtout de deuxième tour, auquel pas un professionnel n'accorde la moindre valeur prédictive, c'est que rien jamais ne la décourage. »

DSK bientôt candidat ? Le Président n'arrive pas à y croire. Devant des journalistes il lâche : « S'il l'est, vous verrez qu'à côté de lui, Carla et moi nous paraîtrons bien austères. » La suite allait le démontrer…

Et voici un sondage bien plus éprouvant pour Nicolas Sarkozy : à la mi-septembre, 62 % des Français ne souhaitent pas qu'il se représente.

Édouard Balladur lui suggère alors de renouveler – et vite – son gouvernement « en profondeur avec de fortes personnalités à la compétence reconnue ».

Le Président réfléchit, consulte. Il veut prendre son temps. « Le remaniement ne peut avoir lieu avant le vote final de la réforme des retraites, prévu, si tout se passe bien, à la mi-novembre », indique son entourage. Où l'on ajoute que « le calendrier est entièrement occupé jusqu'au 22 novembre par l'international : rencontre avec David Cameron, visite du président chinois en France, sommet de l'OTAN à Lisbonne et G20 à Séoul ».

En réalité, Nicolas Sarkozy hésite. Les deux « possibles » tournent en boucle dans sa tête : Fillon ou Borloo, Borloo ou Fillon. Le 15 octobre, le Président s'est confié à quelques journalistes : « Je ne veux pas me tromper, choisir un Premier ministre, ce n'est pas le bon plaisir. De Gaulle a eu tort de remplacer Pompidou par Couve de Murville. En revanche, Giscard a eu tort de garder Barre. »

Le dialogue se poursuit :

« On dit que Fillon vous agace.

— Je ne le comprends pas toujours : pour m'agacer, il faudrait qu'il en fasse trop… Et puis, s'il y a ouverture de sa succession, c'est aussi à cause de certaines de ses déclarations. »

Claude Guéant, qui n'est évidemment pas le moins bien renseigné, témoigne de l'hésitation du chef : « Le Président a l'habitude de travailler avec François Fillon qui est fidèle, loyal et a une très bonne relation avec le groupe parlementaire… Et il est populaire [1]. »

François Fillon est en effet plébiscité par l'électorat de droite : 80 % des personnes interrogées souhaitent qu'il reste à son poste. Quant à Jean-Louis Borloo, le secrétaire général de l'Élysée le pare de deux qualités : « Il est orfèvre en matière sociale et il a l'oreille des syndicats. » Ce que conteste aussitôt François

1. Interview à *Valeurs actuelles*, 21 octobre 2010.

Chérèque, sur Canal+. « Borloo n'a aucune fibre sociale, il est le numéro deux du gouvernement, il porte comme les autres ministres la responsabilité du blocage du dialogue social dans notre pays. »

Borloo peut pourtant se prévaloir des faveurs des sympathisants de la gauche. Mais voilà le hic : la majorité parlementaire ne le regarde pas avec l'œil de Chimène. Elle juge ses interventions publiques intelligentes mais trop emberlificotées. Et puis, « être orfèvre en matière sociale » signifie qu'il serait un Premier ministre dépensier [1]. Or, les caisses sont vides.

Alain Juppé, auquel Nicolas Sarkozy a proposé de revenir au gouvernement – et qui serait, bien sûr, un renfort de poids –, déclare en confidence qu'il « aurait du mal à travailler avec Borloo ». Mais il admet le connaître assez mal.

Le principal intéressé, Jean-Louis Borloo, lui, a très envie d'aller à Matignon [2]. Depuis l'été, il se prépare. Il réfléchit. Tous ceux qui l'ont croisé après la rentrée découvrent un homme nouveau, relooké, aminci

---

1. « Sa loi "Grenelle II" a été, disent-ils, une machine à créer de nouvelles niches fiscales. Des mesures peu cohérentes avec le volonté affichée de François Fillon d'imposer l'austérité budgétaire à tous ses ministres. »

2. « Quand Nicolas Sarkozy m'invite après les régionales, je lui dis clairement qu'il a besoin de rééquilibrer sa majorité vers le centre et qu'il lui faut opérer un véritable tournant social, changer de politique, pas remanier l'équipe gouvernementale comme on ferait un casting. C'est à l'époque qu'il évoque Matignon. Envisage-t-il de me confier le poste… Je ne saurais dire. » (In *Libre et engagé*, Plon.)

par un régime protéiné, les cheveux coupés, le costume impeccable. En outre, il a deux supporters de choix à l'Élysée : Claude Guéant, comme on l'a vu, et Henri Guaino.

Mais François Fillon présente un gros avantage : il est déjà en place. Il connaît l'appareil gouvernemental et ses rouages. Nicolas Sarkozy lui demande de participer début septembre sur France 2 à l'émission « À vous de juger » d'Arlette Chabot. Éric Woerth, pris dans l'essoreuse de l'affaire Bettencourt, doit être épaulé. Fillon connaît le dossier des retraites et sait mettre les socialistes face à leurs contradictions. Deux jours plus tôt, dans l'hémicycle, il leur avait lancé : « Depuis 1993, la gauche n'a jamais tenu un seul des engagements qu'elle a pris en matière de retraites. En 1993, vous aviez promis d'abroger la réforme Balladur et vous ne l'avez pas fait. En 2003, vous aviez promis d'abroger la réforme que nous avions fait voter, or vous l'avez intégrée dans les propositions que vous faites aujourd'hui. Et vous ferez de même avec la réforme courageuse et nécessaire que nous engageons. »

Alors, Fillon ou Borloo ? « Nicolas nous avait toujours dit qu'il y aurait une dernière séquence avec un nouveau casting pour la présidentielle », confie Luc Chatel, le ministre de l'Éducation. Mais, d'évidence, Nicolas s'interroge encore.

Et le temps passe. Les députés UMP, qui ne se sont jamais reconnus en Borloo, s'impatientent. Ils reprochent au Président d'offrir prise par ses atermoiements aux quolibets des médias et bien sûr de la gauche. Ils ne le comprennent pas. Bernard Accoyer, fin connaisseur du jeu politique, décrypte : « Fillon attend une demande de Sarko et Sarko attend une demande de Fillon. Ces retards énervent tout le monde. » Ce qui est peu dire.

Les choses commencent à s'éclaircir le 3 novembre, François Fillon a réuni à Matignon un parterre d'ingénieurs. L'occasion pour lui de vanter le bilan social du gouvernement : « Rien n'est plus injuste que de dire que les liens avec les partenaires sociaux ont été négligés depuis 2007. » L'allusion est évidente : quelques jours plus tôt, Jean-Louis Borloo insistait sur la nécessité de restaurer le dialogue social. Un terrain sur lequel François Fillon n'entend pas recevoir de leçon. Mais ce n'est pas le seul domaine de son action qu'il défend – c'est tout le bilan de son gouvernement : « Je crois à la continuité de notre politique réformiste, parce que l'on ne gagne rien à changer de cap au milieu de l'action. Le président de la République a commencé de moderniser la France. Cette politique doit être poursuivie, je ne laisserai pas notre pays repartir en arrière. »

Le message est limpide, Fillon abat ses cartes : il veut rester à Matignon.

Or, à deux reprises, dans la quinzaine précédente, au cours des tête-à-tête d'avant Conseil des ministres, Nicolas Sarkozy l'avait sondé. Sans résultat. Fillon n'avait rien dit de ses intentions. C'est qu'il hésitait lui aussi encore. Un mois plus tôt, l'Élysée avait même interprété certaines de ses déclarations comme une envie de prendre du champ. Dans un entretien diffusé par France 2, il disait en effet : « Il faut savoir se fixer un nouveau challenge, ne pas refaire la même chose, je ne repartirai pas de zéro. » Il ajoutait : « Nicolas Sarkozy n'a jamais été mon mentor. J'ai accepté de faire alliance avec lui, parce qu'il m'a semblé être le meilleur candidat pour l'élection de 2007. » Des propos qui ressemblaient à une prise de distance.

Seulement voilà : en clôturant les journées parlementaires de l'UMP à Biarritz il se présente comme le meilleur défenseur du Président en multipliant les attaques contre la gauche, coupable à ses yeux « d'une violence irrespectueuse et détestable ». Ajoutant : « Nous entrons dans une nouvelle période du quinquennat, nous devons être en ordre de marche pour le Président. »

Selon son conseiller Jean de Boishue, François s'est décidé à rester à Matignon après avoir rencontré Édouard Balladur. Qui lui avait demandé : « Vous allez partir ? Mais que ferez-vous après ? » Bonne question : François ne sait pas vivre en dehors de l'aquarium. Balladur lui avait donné ce conseil. « Si vous voulez rester, il faudrait manifester au Président un peu d'affection. »

Se poser en défenseur et protecteur du Président est en effet une belle marque d'affection. Une déclaration, même. Le Président sait désormais à quoi s'en tenir.

La partie commence enfin le 12 novembre. Par une visite – chose rare – de Claude Guéant à Matignon. Le lendemain matin, un samedi, c'est François Fillon qui se rend à l'Élysée. Son tête-à-tête avec le Président se prolonge plus d'une heure. Et il y revient l'après-midi. Pour plus de deux heures cette fois. La rencontre se termine par une séance photo sur le perron du palais présidentiel. Nicolas Sarkozy raccompagne son Premier ministre. Ils prennent la pose, souriants, se donnent une longue poignée de main, comme deux complices bien contents de ce qu'ils viennent de mijoter.

« François Fillon a présenté sa démission au Président », annonce l'Élysée dans la soirée, en laissant entendre qu'il sera confirmé dans ses fonctions le lendemain. Merci. Tout le monde avait déjà compris.

Le lendemain, dimanche, les choses traînent. En apparence. Car les téléphones fonctionnent. Le matin, Hervé Morin, ministre de la Défense, a annoncé lui-même son retrait du gouvernement. Il avait, comme on le sait, proclamé sa volonté d'être candidat en 2012 et ne se faisait plus d'illusions sur son sort : « Si tu maintiens ce projet, je te vire », avait menacé Nicolas Sarkozy en avril. Pourtant, huit jours avant le remaniement, le Président l'avait reçu et la conversation avait été détendue. Morin avait cru qu'il pouvait rester. Mais il avait appris aussi que François Fillon cherchait un grand ministère pour y faire entrer Alain Juppé. Et il avait compris que ce serait la Défense. « Mais il était prêt à accepter un secrétariat d'État pour rester », assure-t-on du côté de Matignon.

L'après-midi, c'est plus lourd : depuis la veille Jean-Louis Borloo sait qu'on est en train de lui retirer l'échelle sous le pied. Il prend donc les devants et annonce à l'AFP qu'il a « choisi de ne pas appartenir au gouvernement ». Digne. « Il a été trop proche du paradis, il a préféré partir », commente un ministre.

Nicolas Sarkozy aurait préféré le garder. Borloo exigeait les Finances et les Affaires sociales. Trop gourmand. Nicolas Sarkozy n'entend pas se séparer de Christine Lagarde, devenue un maillon clé pour la préparation de sa présidence du G20. Sa renommée internationale plaide pour son maintien. « Nicolas Sarkozy est de bonne foi quand il me propose le Quai d'Orsay, il pense que c'est une proposition formidable dans la perspective du G20. Il ne croit pas une seconde que je puisse refuser. Sauf que ce n'est pas dans mon champ de vision, pas dans ma logique. Je partirai heureux », racontera plus tard le ministre démissionnaire [1].

François Fillon, habile, a su utiliser contre Borloo certaines de ses maladresses. Son absence au début de la crise du carburant suite à la grève et aux blocages dans les raffineries avait irrité le Président. Le Premier ministre s'était alors engouffré dans l'espace vacant pour aller dire sur TF1 le 17 octobre : « Je ne laisserai pas l'économie française étouffer par un blocage du carburant. »

Chaque fois qu'un membre du gouvernement est apparu comme un Premier ministrable possible, qu'il se nomme Xavier Darcos, Éric Woerth ou Jean-Louis Borloo, il lui est arrivé des problèmes ou des ennuis. « Fillon, c'est la malédiction du Pharaon », sourit un de ses conseillers.

Et voilà, c'est fait, il reste ! À 20 h 15, Claude Guéant l'annonce officiellement sur le perron de

---

1. In *Libre et engagé*, Plon.

l'Élysée. C'est un grand remaniement. Dix-huit ministres et secrétaires d'État s'en vont. Neuf entrent et onze changent de compétences. Dix sont reconduits au même poste.

Parmi les sortants, Éric Woerth semble le plus sonné. Il avoue vivre un moment difficile. Il est, bien sûr, victime de l'affaire Bettencourt, mais il a mené à bien la réforme des retraites. « Il a été excellent », juge Jean-Pierre Raffarin. Il aurait voulu rester. Hervé Novelli est désagréablement surpris lui aussi Il raconte : « Fillon m'a téléphoné pour me dire que le gouvernement était resserré et que le secrétariat aux PME serait supprimé. Trois heures plus tard, je découvre que Frédéric Lefebvre, ex-porte-parole de l'UMP dont Copé ne veut plus – et surtout que l'Élysée veut faire taire – me succède. » Novelli, pourtant, a bien travaillé. Le crédit impôt-recherche, c'est lui. Le statut de l'auto-entrepreneur, c'est encore lui. Sortent aussi Patrick Devedjian, dont les relations avec Nicolas Sarkozy sont pour le moins complexes, Hubert Falco, Valérie Létard, Anne-Marie Idrac et Christian Estrosi qui lui ne décolère pas. Dominique Bussereau, quant à lui, se réjouit : il voulait partir.

Bernard Kouchner va quitter le Quai d'Orsay. Il l'a appris dans l'avion qui le ramène d'Afghanistan. Il s'y attendait, à l'inverse de Jean-Marie Bockel, lequel s'accordait « 80 % de chances de rester au gouvernement ». Il tombe de l'armoire : « Fillon a eu ma peau, dit-il, parce que je soutenais Borloo. » C'est surtout parce que l'ouverture n'est plus de mise. Fadela

Amara[1] et Rama Yade sont également remerciées. C'est encore Fillon qui l'a exigé, les jugeant « trop ingérables ».

Ceux qui restent changent souvent de poste. Éric Besson est nommé à l'Industrie. Le ministère de l'Immigration et de l'Identité nationale disparaît. L'Immigration est rattachée au ministère de l'Intérieur. Plus question d'identité nationale. Michèle Alliot-Marie passe de la Justice aux Affaires étrangères et européennes avec le titre de ministre d'État. Nathalie Kosciusko-Morizet succède à Jean-Louis Borloo : c'est la plus belle promotion, elle se hisse au quatrième rang dans l'ordre protocolaire.

Les « quadras », auteurs de la tribune sulfurée dans *Le Figaro*, sont tous promus. François Baroin, ministre du Budget, devient aussi porte-parole du gouvernement (fonction que doit abandonner avec regret Luc Chatel, le ministre de l'Éducation), Bruno Le Maire, ministre de l'Agriculture et de l'Alimentation, se voit adjoindre l'Aménagement du territoire et la Ruralité. Copé obtient ce qu'il souhaitait : la direction de l'UMP. Xavier Bertrand revient au gouvernement en charge des Affaires sociales où il se trouve dans son élément. Nicolas Sarkozy sait pratiquer le judo politique : transformer ses faiblesses en points d'appui. Il fait ce pari : l'activisme de Copé lui sera, croit-il, profitable, puisqu'il nourrit l'ambition de mettre le parti en marche. C'est-à-dire à son service pour 2012.

---

1. Qui avait traité le Premier ministre de « grand bourgeois de la Sarthe qui ne peut pas aller en banlieue ».

Un mois plus tôt, Nicolas Sarkozy expliquait aux journalistes : « Copé ? Il a un grand talent, je n'ai pas de problème avec lui. Mais c'est lui qui en a un avec moi : il veut ma place. Je lui ai dit : "Ça se voit trop, sois plus habile." » Christian Jacob lui succède à la direction du groupe UMP.

François Fillon, lui aussi, a obtenu ce qu'il voulait.

Au total, ce remaniement marqué, comme on l'a vu, par la fin de l'ouverture et la suppression du ministère de l'Immigration et de l'Identité nationale, signe un virage idéologique du quinquennat.

Le mardi suivant, Nicolas Sarkozy s'explique à la télévision devant Claire Chazal, David Pujadas et Michel Denisot.

Pour commencer, il justifie le maintien de François Fillon : « Ce n'est pas un caprice : si je lui ai demandé de continuer c'est parce que j'ai une grande confiance en lui. Il est très compétent. Nous travaillons ensemble sans nuages depuis des années. Je l'ai nommé avec conviction parce qu'il était la meilleure personne à la place où il est. » Et d'ajouter : « Il fallait une certaine stabilité, de nature à apaiser le pays. Sauf imprévu, il restera jusqu'à la fin de mon mandat. »

Puis il énumère les raisons de plusieurs changements de poste. En rendant d'abord hommage à Jean-Louis Borloo et en utilisant, pour l'occasion, l'imparfait du subjonctif. Comme une marque de respect : « Un homme de très grande qualité, j'aurais d'ailleurs souhaité qu'il restât au gouvernement… Il reviendra un jour. » Le départ d'Éric Woerth est qualifié de « décision la plus difficile ». Il a mérité, dit le

Président, « mon admiration pour son courage et sa dignité. J'ai une grande confiance en lui. C'est un homme parfaitement honnête, mais pour la nouvelle équipe gouvernementale, c'était mieux aussi de ne pas avoir à gérer les rendez-vous judiciaires inévitables de sa situation ».

Sur l'identité nationale : « Le débat a été lancé mais pas compris. Éric Besson n'y est pour rien. C'est ma faute, il faut être pragmatique. J'ai renoncé à l'identité comme mot, parce qu'il y a eu des malentendus. Sur le fond je n'y renonce pas. Le ministère de l'Intérieur peut régler les flux migratoires. »

Après les hommes, il aborde les problèmes.

Les retraites ? « La France est un pays éruptif. Il y a eu neuf journées nationales de grève, mais ces conflits ont eu lieu sans violence. » Et Nicolas Sarkozy en profite pour rendre hommage aux syndicats qui les ont conduites de manière responsable.

« Vous auriez pu négocier avec eux, lui objecte-t-on.

— Négocier sur quoi ? Nous avons eu avec eux 56 réunions, mais ils ne voulaient pas assumer la responsabilité de l'impopularité. »

À propos des expulsions de Roms, il retourne la situation en accusant TF1 et France 2 d'avoir pendant une semaine, en juillet, présenté vingt-cinq sujets sur des questions de sécurité. Il cite même des phrases d'ouverture de l'un ou l'autre des journaux télévisés du type « La situation sécuritaire n'est plus tenue à Grenoble, c'est la jungle ». Et d'ajouter : « Vous, les médias, vous stigmatisez une attaque de gendarmerie pour deux carreaux cassés. Donc avec le ministre de l'Intérieur nous allons à Grenoble où j'ai prononcé ce discours. » Et il conclut – presque seul à penser ainsi – que ce discours fut « sans aucune outrance ».

« Le bouclier fiscal va-t-il disparaître ?

— Nous proposerons une réforme fiscale dans un projet de loi de finances rectificatif au printemps 2011. La France est en compétition mondiale, le bouclier fiscal et l'impôt sur la fortune seront supprimés. »

Un tournant majeur qui enchante la majorité. Le Président s'est enfin décidé à supprimer le bouclier. Sur l'ISF, les opinions sont plus partagées [1].

Autre engagement : « Il n'y aura pas d'augmentation des impôts. Il y aura des réductions de dépenses. »

« Quand vous voyez les sondages, vous n'êtes pas découragé ?

— Parfois. Mais ça ne dure pas longtemps. Je me ménage plus de temps pour réfléchir. Quand on a la chance d'être marié à une femme d'une grande intelligence ce serait dommage de ne pas écouter. J'écoute, mais sur les grands sujets, je suis moins influençable. »

---

1. « Si vous supprimez l'ISF, je t'offrirai du foie gras des Landes », lance le socialiste Henri Emmanuelli, à Gilles Carrez, le rapporteur du Budget.

C'eût été faire un nouveau cadeau à la gauche. L'ISF ne sera pas supprimé mais maintenu à des taux qui ne sont plus confiscatoires. « J'ai eu une vraie bagarre avec Nicolas », avoue François Baroin, hostile à la suppression de l'ISF.

François Hollande a fait savoir qu'il reviendrait au taux antérieur. D'où une fuite accélérée des grandes fortunes.

Et le Président termine l'entretien par un beau lapsus : « Ma détermination n'a rien changé. »

L'exercice est plutôt réussi. La presse se montre assez modérée le lendemain. Les éditorialistes l'ont jugé « plus humble » ou « plus à l'écoute ». D'autres, bien sûr « pas convaincant ». Laurent Joffrin (*Libération*) qualifie la prestation de « tendue et austère ». Mais il a décelé un « sarkozysme sans les excès du sarkozysme ».

Le remaniement est bien accepté par les députés UMP. Ils applaudissent François Fillon comme jamais lors de leur réunion du mardi. Pour lui, quelle revanche ! En 2007, la presse l'appelait « Mister Nobody ». Et voilà qu'elle parle d'« hyper-Premier ministre ». Formule que justement, devant le groupe UMP, il juge « dérisoire ». « Pour moi, il y a les institutions de la Ve République, rien que les institutions. »

La composition du gouvernement suscite peu d'objections dans la majorité, mais quand même quelques rancœurs profondes. Certains élus de la famille libérale estiment que toutes les sensibilités ne sont pas respectées. Ils regrettent le départ d'Hervé Novelli. Mais Luc Chatel est toujours là et Henri de Raincourt est promu à la Coopération. Pour les centristes, le départ d'Hervé Morin est compensé par l'arrivée de Michel Mercier, un « bayrouiste », nommé à un poste régalien : la Justice. Maurice Leroy, issu du Nouveau Centre, devient ministre de la Ville avec en charge le dossier du Grand Paris. Enfin Philippe Richert, président de la région Alsace, nommé secrétaire d'État aux Collectivités locales, est un centriste pur jus [1].

Lors de son interview Nicolas Sarkozy a nié avoir enterré l'ouverture : « Je reste toujours convaincu qu'il faut s'ouvrir. Ce gouvernement n'est pas un gouvernement partisan, c'est un gouvernement resserré. » En réalité, le temps des clins d'œil à des personnalités de gauche est terminé : la campagne électorale va commencer.

1. Il est récompensé pour son succès aux régionales.

2011

DANS L'ŒIL DU CYCLONE

CHAPITRE 1

Tsunamis

Comme de coutume, le 31 décembre 2010 au soir, le Président présente ses souhaits aux Français. Il se veut optimiste, mais n'ignore pas les dangers et les risques. Il énonce son combat des prochains mois : « Ne croyez pas ceux qui proposent que nous sortions de l'euro. L'isolement de la France serait une folie. La fin de l'euro serait la fin de l'Europe. Je m'opposerai de toutes mes forces à ce retour en arrière. »

Il vise ainsi sans les nommer Marine Le Pen et le Front national. Mais aussi l'extrême gauche. Et quelques parlementaires également du côté de l'UMP. Il sait que la tentation du repli sur soi rôde dans bien des esprits. Il la redoute d'autant plus que la crise économique peut encore s'aggraver. Ce qui sera le cas.

Bien plus, l'Histoire va s'accélérer en tous domaines, bousculant les hiérarchies, les pouvoirs et même les saisons. Le printemps arabe : la chute de régimes que l'on croyait solides, la révolte contre l'oppression qui renverse d'antiques bastilles. Est-ce l'automne de l'Europe ? Pays surendettés au bord de la faillite, voici venu le temps de l'austérité[1], des changements de majorité, des démissions de dirigeants, des mouvements sociaux d'un type nouveau (« les indignés »). Avec le réchauffement de la température le dérèglement climatique s'accélère : tempêtes et cyclones se succèdent, un séisme au Japon comme on n'en avait pas vu depuis le début du siècle dernier provoque une catastrophe nucléaire et fait ressurgir ailleurs l'ombre noire de Tchernobyl. L'Allemagne prend peur et choisit de fermer sept centrales ; Ben Laden, fondateur d'Al Qaïda, est tué dans sa résidence au Pakistan par un commando américain… Et l'on pourrait allonger la liste.

2011 est l'année de tous les tsunamis. Sans doute marquera-t-elle, pour les historiens du futur, le début du XXIe siècle.

En France, la gauche gagne encore du terrain. À la tête de vingt et une régions (sur vingt-deux) depuis 2010, elle conforte son emprise sur les départements. Le 27 mars, lors du deuxième tour des cantonales, elle réunit 49,1 % des voix tandis que la majorité (32 %) fait pâle figure. Surtout l'Élysée ! Bien des observateurs s'inquiètent du niveau élevé de l'abstention :

---

1. La France s'est résolue à adopter deux plans de rigueur. L'un en août, l'autre en novembre, présentés par François Fillon avec cette phrase en préambule : « Le mot faillite n'est plus un mot abstrait. » Le soir sur TF1, il plaide : « Depuis 1945, aucun budget de l'État n'a baissé dans ces proportions. » Évoque 65 milliards de dettes ainsi évitées. Et emploie 18 fois le mot « effort ». Un effort indispensable, certes, mais jugé « insuffisant » par Bruxelles et… l'Allemagne.

55,58 %. Une fois de plus, les électeurs de droite ne se sont pas déplacés et les milieux populaires marquent leur désintérêt pour la politique. À moins qu'ils ne penchent pour Marine Le Pen, nouvelle star convertie à l'anticapitalisme. Elle prône le retour au franc et à la peine capitale. Et elle fait un tabac. Ses candidats, présents au deuxième tour dans 403 cantons, ont obtenu une moyenne de 45,1 % des suffrages, grâce au report des voix de droite. Le Président est en danger.

« La malédiction », titre *Le Point* en avril.

« A-t-il déjà perdu ? » demande en mai *Le Nouvel Observateur* qui souligne qu'au gouvernement et parmi les parlementaires de l'UMP, beaucoup s'interrogent sur ses chances. Certains se demandent même qui pourrait le remplacer. Quelques noms circulent : Juppé ? Fillon ? Les éditorialistes supputent.

En septembre, le Sénat passe à gauche, pour la première fois sous la Ve République, il n'est donc plus « l'anomalie » que dénonçait Lionel Jospin. C'est un gros choc pour la majorité, même si ce résultat était prévisible depuis les élections locales et en raison de la nouvelle sociologie de la France profonde : l'apparition des « rurbains », comme disent les spécialistes, ces hommes et ces femmes qui vivent à la campagne, à la périphérie des villes dans lesquelles ils travaillent et qui envoient dans les mairies de leurs communes des retraités de la fonction publique, de l'enseignement, de la SNCF, plutôt que ces agriculteurs qui depuis des décennies composaient ce terreau des divers droite qui maintenait une majorité conservatrice au Sénat.

Mais les socialistes, surtout, voient la foudre leur tomber dessus en mai.

DSK, Désiré Strauss-Kahn, ils l'attendaient comme le sauveur. Les sondages le désignaient comme le successeur de Nicolas Sarkozy et avec une confortable avance, avant même qu'il ait fait acte de candidature : « Qu'il démissionne vite du FMI, car s'il revient trop tard, il n'aura pas le temps d'être adoubé par un contact direct avec le peuple », avait supplié Laurent Joffrin dans *Le Nouvel Observateur*. Il savait que la sensibilité populaire faisait défaut à l'homme de Washington. En février, une enquête LH2 pour LCP montrait que 65 % des Français jugeaient Dominique Strauss-Kahn – emblème de la gauche caviar – bien loin de leurs préoccupations. Le directeur du FMI représentait, à leurs yeux, cette élite lointaine et sans cœur, ignorante de la réalité du quotidien des Français. « L'affameur du monde », c'est ainsi que Jean-Luc Mélenchon le désigne.

Et voilà – patatras ! – que cet homme rate son rendez-vous avec la France. Il est arrêté par la police de New York dans l'avion qui devait l'amener à Paris. Une femme de chambre de l'hôtel Sofitel, Nafissatou Diallo (un nom désormais connu du monde entier), l'accuse de viol. La honte. Il doit passer par la case prison, avant d'être assigné à résidence dans un hôtel particulier loué 50 000 dollars par mois par son épouse. En dépit d'un rapport très sévère, le procureur Vance lui a rendu sa liberté, faute de crédibilité de la plaignante. DSK n'a pas été jugé. Il n'a pas été blanchi non plus. « Il a payé au prix fort une absence passagère de jugement », commente son avocat américain, Me Benjamin Brafman. Hélas, un très mauvais feuilleton commence. Qui va s'enrichir chaque semaine de nouvelles révélations sur DSK, toutes peu ragoûtantes.

Son « absence de jugement » était décidément permanente.

Contraint de quitter le FMI, DSK cède la place à Christine Lagarde. Elle abandonne Bercy pour Washington. Il revient à une Française de laver l'affront. Mais, très vite, les propos distanciés de l'ex-ministre à l'égard de la France et de l'Europe lui vaudront d'être appelée par ses anciens collègues « l'Américaine ».

La voie est libre pour François Hollande. Parti le premier et de très bas, il se hisse dans la cour des grands à force de présence sur le terrain. Et remporte la primaire socialiste, battant Martine Aubry qui en est fort marrie. Effet pervers pour le vainqueur ? Peut-il vraiment compter sur le soutien d'un parti toujours dirigé par celle qui fut une adversaire coriace, le traitait de « gauche molle » et dont la rancune tenace est bien connue ? En octobre, les sondages sont au zénith pour le député de Corrèze. Ils demeurent flatteurs au début de l'année 2012, malgré un fléchissement en décembre.

C'est que, justement, le climat politique se modifie dans ces mois-là. Les Français ont peur. Personne n'imagine un retour rapide à la croissance, ni une hausse du pouvoir d'achat. Bien au contraire. La crise s'installe. Le chômage augmente. Les prévisions pour 2012 sont des plus sombres. Conséquence inattendue : alors que 63 % des sondés souhaitaient au début de l'année que Nicolas Sarkozy ne se représente pas, certains observateurs qui le disaient condamné se demandent s'il ne pourrait pas en fin de compte, quatre mois plus tard, l'emporter. « Et si c'était (encore) lui ? » interroge *Le Point*[1]. Si les sondages sont toujours aussi peu encourageants, le noyau dur de son électorat tient bon.

L'homme semble avoir, une nouvelle fois, changé. Depuis janvier, ses proches ont noté chez lui un ton nouveau, plus grave. Les ministres parlent de lui avec respect. Son engagement total et permanent les impressionne. C'est que la crise, si difficile et rude pour tous les gouvernants européens, le motive : « Parce qu'il ne se résigne jamais, il n'est heureux que dans les difficultés et les tempêtes », note un proche.

Et beaucoup se souviennent alors que, lorsque le système bancaire menaçait de s'écrouler en 2008, Nicolas Sarkozy avait impressionné les Européens par son énergie, sa capacité à proposer des solutions et convaincre.

En 2012, les circonstances le favoriseraient-elles à nouveau ? Ses proches en sont convaincus : un homme de sa trempe est plus apte à diriger le navire dans la tempête qu'un « capitaine de pédalo », comme Jean-Luc Mélenchon – qui le déteste – a qualifié François Hollande.

Jean-Claude Trichet, quittant en fin d'année la Banque centrale européenne, le reconnaît en privé : « Le Président Sarkozy a démontré que sa capacité de leadership, anormale en temps normal, est appropriée en temps de crise. »

---

1. Édition du 1er septembre 2011.

On s'interroge : sera-t-il un profiteur de crise ?

Pour narrer l'année 2011, il faut montrer le personnage Sarkozy sous trois aspects : le chef de guerre efficace (en Libye et en Côte-d'Ivoire) ; le leader européen qui négocie pied à pied et sans relâche avec Angela Merkel pour sauver l'euro et l'Europe ; et l'homme compassionnel qui se crée bien des soucis par des élans que d'aucuns jugent irraisonnés.

CHAPITRE 2

Le printemps arabe

L'Histoire retiendra le nom de Mohamed Bouazizi, 26 ans, sans travail, devenu misérable marchand de fruits et légumes à Sidi Bouzid, petite ville du centre tunisien. Il ne soupçonnait pas que son suicide par le feu, le 17 décembre 2010 devant la préfecture de la ville, déclencherait une révolte qui s'entendrait bien au-delà de son pays et même du monde méditerranéen.

Bachelier, il n'avait pu prolonger ses études supérieures, il lui fallait faire vivre sa famille. Il s'était donc improvisé – sans autorisation – vendeur de légumes sur le marché. Par cinq fois, la police lui avait confisqué sa marchandise. Lors d'une dernière altercation, une policière l'avait giflé. Une humiliation supplémentaire pour un musulman. Il était allé se plaindre à la mairie, où on lui refusait les autorisations nécessaires et d'où il s'était fait « jeter comme un chien ». Alors, dans un sursaut de dignité, et pour que les autorités l'écoutent enfin, il a choisi de mourir dans d'atroces souffrances. Un ultime message : « Je n'avais pas de travail, je voulais gagner ma vie honnêtement, vous m'en empêchez. J'aurais pu devenir voleur, vouloir me venger, mais cette violence qui me submerge, je la retourne contre moi. » Sublime message. Ainsi Mohamed Bouazizi est-il devenu le symbole du mal vivre, le martyr d'une génération sans travail et privée d'espoir.

Dès le lendemain, des centaines de jeunes manifestaient dans la ville. Des troubles se sont vite étendus à toute la région. Molestés par la police, des manifestants ont incendié ses véhicules. Les forces de l'ordre ont riposté en tirant à balles réelles sur la foule, des jeunes ont été tués. Le pays tout entier s'est embrasé.

Le Président Ben Ali a cru qu'il se sortirait de ce mauvais pas en dénonçant des « actes terroristes » et en promettant de créer 300 000 emplois pour les jeunes.

Les manifestations ont repris de plus belle, la police a continué de tirer, le bilan s'est alourdi : 66 morts. Des scènes de violence inouïe ont été filmées et diffusées sur la Toile, dont le rôle est devenu capital dans tous les pays. Une publicité fatale.

Le 13 janvier, sur l'air de « Je vous ai compris », Ben Ali promettait des élections anticipées, la fin des tirs, la liberté d'expression pour tous et annonçait même qu'il ne se représenterait pas. Comme prévu, ses partisans l'ont applaudi. Mais pour les autres, il était trop tard, un verrou psychologique avait sauté.

Le 14 janvier, un jour qui fera date dans l'Histoire de la Tunisie, le chef d'état-major de l'armée, limogé quelques jours plus tôt par le Président parce qu'il refusait de tirer sur les manifestants, revenait au palais pour le sommer de partir. Ben Ali n'avait plus qu'à s'exécuter.

Au cœur de l'affaire, en France, une femme politique : Michèle Alliot-Marie. Elle peut afficher un CV hors normes. Elle a été ministre durant neuf années sans discontinuer et a occupé tous les fauteuils régaliens : Défense, Intérieur, Justice, Affaires étrangères. Elle rêve de Matignon, bien sûr.

Or, le 11 de ce mois, alors que des policiers tuaient encore des étudiants, la ministre est interrogée à l'Assemblée sur la crise tunisienne. Elle répond qu'elle déplore les violences, bien sûr, et – réflexe d'une ex-ministre de l'Intérieur – elle propose au pouvoir tunisien « le savoir-faire de nos forces de sécurité qui est reconnu dans le monde entier pour régler des situations sécuritaires de ce type ».

Et voilà comment, d'une phrase, on détruit une carrière !

Proposer le concours des services de sécurité français qui savent contenir les mouvements de foule sous-entendait, certes, qu'elle condamnait les actions de la police tunisienne. Mais sous-entendait seulement, car elle n'a pas une phrase pour dénoncer ces pratiques révoltantes, pas plus qu'elle n'a un mot de compassion pour les victimes. Sa proposition d'aide au pouvoir tunisien est apparue plus qu'ambiguë : inadaptée et choquante – alors que l'opinion française considérait ce mouvement avec sympathie.

L'opposition réclame donc sa démission. Michèle Alliot-Marie lui répond que l'on a « délibérément déformé [ses] propos, qu'on ne l'a pas comprise ».

Interrogée la semaine suivante dans l'hémicycle, alors que Ben Ali a quitté le pouvoir depuis quatre jours, elle veut bien admettre que la France, comme d'autres pays, n'a pas vu venir les événements.

Mais la séance est plus houleuse encore. On vient en effet d'apprendre que la ministre a passé les vacances de Noël en Tunisie avec son compagnon Patrick Ollier, ministre des Relations avec le Parlement, et ses parents. Ce qu'elle confirme, assurant toutefois qu'elle n'a eu aucun contact privilégié avec le Président Ben Ali. Or, le 2 février, *Le Canard enchaîné* révèle qu'elle a profité du jet privé de l'homme d'affaires tunisien Aziz Miled pour se rendre de Tunis à Tabarka, dans un hôtel appartenant à celui-ci, un proche de la famille Ben Ali. La presse bien sûr s'interroge : Alliot-Marie, son compagnon et ses parents ont-ils bien réglé la note ? Le président du groupe socialiste, Jean-Marc Ayrault, réclame aussitôt la démission de la ministre et de son compagnon.

« Cette polémique est hors de proportion », déclare-t-on à Matignon, alors que ces jours-là – tout l'Élysée vous le dira – le Président ne décolère pas.

Voyant leurs collègues de la majorité plutôt ébranlés, les députés socialistes poursuivent leur offensive. Olivier Dussopt, le benjamin du groupe, lance à François Fillon : « Votre ministre est disqualifiée. »

MAM, comme on l'appelle, s'avance vers le micro et explique, sourire forcé aux lèvres : « Si je prends mes vacances, parfois en Tunisie, c'est toujours à mes frais, voyage et hôtel. En arrivant à Noël à Tunis, un ami qui allait à Tabarka avec son avion, lieu final de notre destination, m'a effectivement proposé de voyager avec lui car il y avait des places. Plutôt que de faire deux heures de voiture, j'ai accepté de l'accompagner pendant vingt minutes. Mais il n'a pas mis son avion à ma disposition. » Elle ajoute dans un silence pesant : « Cet ami est un chef d'entreprise respecté en Tunisie. » Elle croit bon d'ajouter qu'il a été « spolié par des proches de Ben Ali ».

« Madame, partez », tonne alors le Vert Yves Cochet de sa voix de stentor.

La majorité est très embarrassée. Mais plusieurs ministres se dévouent. Ainsi François Baroin qui, sur France Info, veut croire que « c'est un sujet qui est derrière nous », sa collègue, dit-il, « a fait son mea-culpa, l'affaire est close ». Sur la chaîne i>Télé, Nadine Morano tient à peu près le même langage. Avec une nuance : « En ce qui me concerne, je ne serais pas partie en Tunisie. »

En plus, il apparaît bien vite que loin d'avoir souffert du régime Ben Ali, l'ami de la ministre, l'homme d'affaires tunisien Aziz Miled, a profité de ses faveurs.

Sur LCI, Laurent Fabius, dont les talents de sniper ne sont plus à démontrer, déclare que cette affaire « affaiblit la diplomatie française ».

Là-dessus se greffe une autre polémique, moins rude, mais qui vise le Premier ministre. Pour Noël, il s'est rendu en Égypte avec sa famille. Le pays n'est pas agité comme en Tunisie, mais quelques signes de contagion sont déjà perceptibles au Caire. Il est d'abord reproché à François Fillon d'avoir utilisé un appareil de l'ETEC, l'escadron de transport géré par l'armée. Mais il a payé le voyage de ses deniers. Sur ce point, il n'a pas transgressé les règles. Il a cependant été invité, logé et transporté gratuitement sur place par le pouvoir égyptien.

Pour la première fois, le Premier ministre est touché. Il le vit très mal.

Conscient des ravages que ces différentes affaires peuvent provoquer dans l'opinion, Nicolas Sarkozy s'empresse d'abord de renforcer les contrôles sur les déplacements privés des membres du gouvernement : les séjours hors de France seront désormais soumis à l'aval du Premier ministre et de la cellule diplomatique élyséenne, chargée d'examiner leur compatibilité avec la politique étrangère du pays.

Mais le Président sait qu'il doit aller plus loin : les polémiques à l'intérieur sur les liens de sa ministre avec la Tunisie, leur répercussion à l'extérieur où l'on célèbre le désir de démocratie de la population, entachent l'image de la France. MAM ne peut rester au Quai d'Orsay, son crédit est entamé, elle ne peut plus se rendre dans aucun pays arabe.

Et puis, le Président veut pouvoir s'appuyer jusqu'à la fin de son mandat sur des ministres régaliens solides. Ils forment un orchestre, dans lequel MAM, jusque-là, avait bien tenu sa partie. Si l'Intérieur ou la Défense peuvent s'apparenter à la trompette et la grosse caisse, le Quai d'Orsay est un violon solo. La ministre n'a pas su tenir l'archet.

Vaille que vaille, MAM se défend toujours, droite comme un « I ». Mais cette raideur, qui faisait sa force, finit par insupporter et se retourne contre elle. Sans compter que *Le Canard enchaîné* révèle à ce moment que son père, durant leurs vacances tunisiennes, a investi dans un complexe immobilier en cours de construction, le promoteur du projet étant Aziz Miled, le propriétaire du jet…

Le dimanche 27 février, le Président reçoit la ministre à 15 h 30. Peu après, elle rend publique sa lettre de démission dans laquelle elle déplore et dénonce les multiples attaques dont elle est l'objet et qui véhiculent, dit-elle, contre-vérités et amalgames : « Je ne puis néanmoins accepter, conclut-elle, que certains utilisent cette cabale pour essayer de faire croire à un affaiblissement de la politique internationale de la France… Bien qu'ayant le sentiment de n'avoir commis aucun manquement, j'ai donc décidé de quitter mes fonctions. »

Au grand concours des circonstances fâcheuses, MAM a remporté le premier prix.

Le chef de l'État doit la remplacer. Ce qui n'est évidemment pas simple trois mois à peine après le remaniement suspense de novembre et alors que l'Histoire s'emballe un peu partout dans le monde. Il s'agit donc d'un grand remaniement dans le remaniement.

Première urgence pour Nicolas Sarkozy : restaurer son image et celle de la France sur le plan international. Depuis le début des révolutions arabes, que personne – lui non plus – n'avait vu venir [1], le Président voit son capital de confiance se dilapider en ce domaine : « C'est comme une action qui aurait pris 10 % par an depuis trois ans, et qui en quelques jours chuterait de 50 % », explique un ministre. Il s'agit donc de remplacer MAM par une personnalité de

1. Pas même les services secrets israéliens, qui surveillent de près la politique égyptienne.

poids et qui n'a pas été mêlée aux dernières tribulations.

Ce sera Alain Juppé.

Nicolas Sarkozy voit une certaine justice à le remettre en avant. Juppé a enduré un calvaire judiciaire, il a dû renoncer à tous ses mandats pendant un an et s'exiler au Canada. Il a payé pour Chirac[1] dans l'affaire des emplois fictifs de la Mairie de Paris. Son arrivée récente à la Défense a été bien accueillie. Il a laissé de bons souvenirs au Quai d'Orsay. Il apparaît donc comme le meilleur choix possible.

Mais Juppé est un politique émancipé. « Je suis un homme libre », déclare-t-il dans une interview au *Figaro*. Il ne veut donc pas, comme Kouchner ou MAM, se trouver sous la tutelle de Claude Guéant et de Jean-David Levitte, les puissants conseillers de l'Élysée. Il ne veut pas de diplomatie parallèle. Quand Nicolas Sarkozy lui a offert le Quai d'Orsay, il a posé ses conditions. Elles ont été acceptées.

On admirera le rétablissement. Alain Juppé était donné politiquement mort en 2007 après son échec aux législatives et c'est désormais lui « sur lequel le Président compte le plus pour gagner en 2012 », analyse un ministre. Il est le seul du nouveau gouvernement Fillon à avoir le titre de ministre d'État. À peine est-il installé au Quai que le Président le consulte sur tous les sujets et travaille d'égal à égal avec lui. Le mercredi en Conseil, il lui arrive d'intervenir après le Président. Il est devenu une sorte de vice-Premier ministre qui

1. L'ancien Président est rattrapé par la justice en novembre 2011 et condamné à deux ans de prison avec sursis. Lourd.

s'extasie : « J'ai beaucoup de plaisir à travailler avec Nicolas Sarkozy. »

L'autiste rigide de jadis s'est métamorphosé en protecteur indispensable.

Pour satisfaire Juppé, Claude Guéant quitte donc l'Élysée et s'installe au ministère de l'Intérieur. Cet homme de la préfectorale, ancien patron de la police, rêvait de ce poste depuis longtemps.

François Fillon est le premier à s'en réjouir : « Depuis que Guéant n'est plus à l'Élysée, je m'entends beaucoup mieux avec Nicolas », se félicite-t-il devant un ministre.

Le choix d'évincer de la Place Beauvau Brice Hortefeux, l'ami de trente ans, le fidèle d'entre les fidèles, n'a pas été facile : « Nicolas en était malade, confie un intime, il téléphonait aux amis pour savoir comment Brice prenait la chose », mais le ministre a été condamné par la justice pour des propos jugés racistes. Il a, certes, fait appel et se trouve donc en attente de jugement. Il est difficile de garder à un tel poste un homme qui risque une condamnation. François Fillon est appelé à la rescousse pour oindre l'ami d'un baume réconfortant : « Le président de la République a souhaité modifier son organisation. Il appellera auprès de lui Brice Hortefeux dans un rôle de conseiller politique. Il a fait un travail remarquable, mais il sera plus utile auprès de Nicolas Sarkozy dans les circonstances qui s'annoncent. » Un compliment à double tranchant. Brice Hortefeux quitte l'Intérieur le front haut, sans se plaindre mais le cœur meurtri. Député européen, il retourne à Bruxelles et Strasbourg.

Claude Guéant s'installe à l'Intérieur, Nicolas Sarkozy lui laisse carte blanche pour s'exprimer sur la sécurité. Ce qu'il fait avec abondance, tenant des propos où d'aucuns décèlent et regrettent un trop ostensible voisinage culturel avec Marine Le Pen. Il remplit son rôle de bouclier. C'est désormais lui qui prend les coups au grand soulagement de l'Élysée. Sans compter qu'il pèse moins sur le cabinet, où l'on respire.

Xavier Musca, un ami de jeunesse, très proche du Président, jusque-là secrétaire général adjoint de l'Élysée, son sherpa pour le G20, ex-directeur du Trésor et grand expert en économie, le remplace. « C'est un homme d'une grande compétence, très respecté par ses interlocuteurs internationaux. C'est le meilleur choix possible en période de crise », se félicite François Barcin, le ministre de l'Économie.

« Je suis sous perfusion de Musca », avoue Valérie Pécresse, la ministre du Budget.

Changement de style aussi : « Guéant voulait tout savoir et tout contrôler, Musca, lui, veut seulement tout savoir », explique Nicolas Sarkozy à Brice Hortefeux. Guéant adorait les médias, Musca les fuit. Sous sa houlette, il règne un ordre nouveau à l'Élysée.

Autre nouveauté ministérielle, Gérard Longuet, président du groupe UMP au Sénat, remplace Alain Juppé à la Défense. En novembre 2010, Nicolas Sarkozy lui avait promis un poste. Le voilà exaucé. Il en est heureux.

Reste que tous ces changements ne simplifient rien : il s'agit de la dixième équipe gouvernementale depuis 2007 et le quatrième remaniement en moins d'un an.

« Ce n'est pas un remaniement de personnes, c'est un remaniement d'enjeux. Le Président a fait bouger les pièces maîtresses de son échiquier, pour mieux faire face aux changements du monde arabe », assure Laurent Wauquiez, ministre délégué aux Affaires européennes.

C'est qu'un nouveau bouleversement de taille est intervenu quelques jours plus tôt : Hosni Moubarak, le président égyptien qui gouvernait son pays sans partage depuis trois décennies, a été chassé, le 11 février, par « les indignés de la place Tahrir » et l'armée a pris le pouvoir sans que l'on sache encore à ce moment ce qu'elle va en faire. Et ce n'est pas tout : une troisième révolution commence – en Libye cette fois.

Moins de trois semaines après son émission « Face aux Français » sur TF1, où il n'avait consacré qu'une minute aux crises arabes, le dimanche 27 février, Nicolas Sarkozy s'adresse donc à 20 heures aux Français dans une brève allocution qui est la forme d'expression la plus solennelle : « Certains peuples arabes, dit-il, prennent leur destin en main. Renversant des régimes qui, après avoir été au temps de la colonisation les instruments de leur émancipation, avaient fini par devenir ceux de leur servitude. Voici qu'à l'initiative des peuples s'esquisse une autre voie. En opposant la démocratie et la liberté à toutes les forces de dictature, les révolutions arabes ouvrent une ère nouvelle dans nos relations avec ces pays, dont nous sommes si proches, par l'Histoire et la géographie. Ce changement est historique, nous ne devons pas en avoir peur. Il porte en lui une formidable espérance, car il s'est accompli au nom des valeurs qui nous sont les plus chères : celles des droits de l'homme et de la démocratie. »

En qualifiant les régimes tunisien et égyptien de « dictature » ou d'« instrument de servitude », Nicolas Sarkozy entendait solder les relations qu'il avait entretenues depuis 2007 avec Ben Ali et Hosni Moubarak.

Accusé, notamment par les socialistes, de ne pas avoir vu venir les révolutions arabes, Nicolas Sarkozy plaide à raison n'avoir pas l'exclusivité de la myopie : « Tous les gouvernements français depuis la fin des colonies ont entretenu des relations avec des régimes, malgré leur caractère autoritaire, parce qu'ils apparaissaient aux yeux de tous comme des remparts contre l'extrémisme religieux, le fondamentalisme et le terrorisme. »

Mais pour bien montrer qu'on ne l'y reprendra plus, le Président ajoute deux phrases très éclairantes : « Nous devons n'avoir qu'un seul but : accompagner, soutenir, aider les peuples qui ont choisi d'être libres, c'est pourquoi la France a demandé que le Conseil européen se réunisse pour que l'Europe adopte une stratégie commune face à la crise libyenne dont les conséquences pourraient être lourdes pour la stabilité de toute la région. »

En Libye, où la révolution tunisienne commence à faire des émules, il va démontrer qu'il est à l'initiative et même en avance sur tout le monde.

CHAPITRE 3

Le chef de guerre

« Encore Benghazi »... Bien sûr c'est Benghazi... C'est ce que l'on entend à la mi-février dans toutes les ambassades et chez les spécialistes du monde arabe.

Benghazi a toujours été hostile à Kadhafi. Et si le mouvement parti de Tunis et du Caire devait trouver un écho en Libye, chacun pouvait imaginer que ce serait là. Mais personne n'aurait parié un demi-euro sur le succès d'une révolution dans un pays où les sbires de Kadhafi veillent et suspectent tout et tous. Et aussi en raison des rivalités de tribus dans cette région. Et enfin parce que l'armée libyenne ne manque pas de moyens. Personne, d'ailleurs, n'aurait osé mettre en doute Saïf al-Islam, le fils du Guide, lorsqu'il assurait que son père « avait le soutien de l'armée ».

Au moment où les premières manifestations débutent, le 14 février, Kadhafi est bien décidé à tuer le mouvement dans l'œuf. Par tous les moyens, y compris les plus radicaux. Des avions de l'armée piquent du nez sur les manifestants et crachent leur feu pour les dissuader par le sang.

À Tripoli, c'est la police qui fait le travail. La télévision officielle passe en boucle des images de manifestants fidèles au régime. Pas un mot, pas une image, en revanche, des victimes dont la liste s'allonge chaque jour. Bientôt 300 morts. Et aussi quelques défections de dignitaires et de ministres [1]. L'affaire, le drame gagnent en émotion et en intérêt. Le monde regarde, écoute et bientôt prend la défense des insurgés.

Nicolas Sarkozy dénonce « l'usage totalement disproportionné et inacceptable de la force ». Barack Obama qualifie la répression de « monstrueuse ».

Nouvelle étape le 25 février. Dix jours seulement après les premières manifestations de Benghazi, Nicolas Sarkozy, en visite à Ankara [2], proclame : « Kadhafi doit partir. » Il est le premier à le dire. Et il est prêt à y aider. Une résolution de l'ONU permettrait d'intervenir. En 2005, lors du plus grand rassemblement de chefs d'État et de gouvernement de l'Histoire à New York, un document avait été adopté à l'unanimité. Il introduisait – une véritable révolution – la « responsabilité de la communauté internationale » lorsqu'un État se montre incapable ou non désireux de protéger sa population face aux violences

1. Mustapha Abdeljalil, le ministre de la Justice, prend la tête de la rébellion. Abdel Fattah Younès, le ministre de la Défense, démissionne le 22 février pour rejoindre les insurgés. Il sera assassiné le 28 juillet, victime de rivalités entre factions.

2. Courte visite, moins de trois heures, qui indispose ses hôtes.

les plus graves, comme le génocide, les crimes de guerre, les nettoyages ethniques et autres crimes contre l'humanité.

« Aucune intervention militaire ne se fera en Libye sans mandat clair des Nations unies », assure Alain Juppé le 1er mars devant l'Assemblée nationale.

Le 5 mars, Bernard-Henri Lévy, qui se trouve à Benghazi, appelle le président français : « Je viens de rencontrer les Massoud libyens. J'ai vu se former l'opposition citoyenne à Kadhafi. Accepterais-tu de recevoir personnellement une délégation de ce Conseil ? » Réponse immédiate : « Bien sûr. »

Or, ce jour-là, le Conseil national de transition (CNT), qui vient de regrouper à Benghazi l'opposition à Kadhafi, se déclare « seul représentant de la Libye » – pas moins – et demande le soutien international.

Le soir même, dans un communiqué, l'Élysée « salue la naissance du CNT ». Ce qui vaut légitimation. Un geste accueilli à Benghazi avec des cris de joie. Alain Juppé s'entretient au téléphone avec Abdel Fattah Younès, ex-ministre de la Défense qui a rejoint la rébellion.

Le 7 mars, Nicolas Sarkozy reçoit le philosophe, de retour de Libye, qui lui raconte Benghazi et ses craintes : que les légions de Kadhafi massacrent les révoltés. Il lui dit : « S'il y a un massacre, le sang des massacrés éclaboussera le drapeau français [1]. » Ajoutant : « J'ai eu l'impression, disant cela, d'avoir touché

---

1. In *La guerre sans l'aimer*, 2011, Grasset.

sans le savoir un point secret de l'âme, un ancien tourment. »

Mais que faire, concrètement et dans l'urgence ? Les deux hommes évoquent des frappes ciblées sur les aéroports, un brouillage des transmissions. « Rien n'est possible sans l'accord de nos alliés et, plus important encore, sans mandat international. Le pire serait de commettre la même erreur que Bush en Irak. On ne le pardonnerait ni à la France ni à moi », prévient le Président. Mais, par chance, un sommet européen est prévu le 11 mars à Bruxelles. Il ne faut pas être inerte en attendant.

Nicolas Sarkozy sait qu'il a besoin d'un allié. La Grande-Bretagne est, avec la France, l'autre puissance militaire en Europe [1]. Quelques jours plus tôt, il avait appelé David Cameron pour évoquer avec lui le drame libyen, le devoir de protéger les populations, la création d'une zone d'exclusion aérienne. Le Premier ministre britannique se dit prêt à faire équipe avec lui.

Alain Juppé confie qu'il travaille avec son homologue britannique sur un texte qui pourrait aboutir à une résolution du Conseil de sécurité.

Le 10 mars, comme il l'avait promis, Nicolas Sarkozy reçoit à l'Élysée trois représentants du CNT libyen, accompagnés de Bernard-Henri Lévy. À l'issue de la rencontre, le président français accepte d'aller plus loin dans la reconnaissance du CNT. Il devient pour la France le seul représentant légitime

1. La Grande-Bretagne et la France ont signé un accord de coopération militaire dit de « Lancaster House » en 2010. Les deux pays représentent 50 % des dépenses militaires des Vingt-Sept.

de la Libye nouvelle. « J'ai rencontré des gens raisonnables », expliquera-t-il le lendemain. Cette reconnaissance s'accompagne d'un échange d'ambassadeurs avec Benghazi. La France est le premier pays à « sauter le pas ».

Dans le monde actuel, pour que les choses soient bien entendues, il faut les montrer. il faut des images. Le Président raccompagne donc les trois hommes sur le perron de l'Élysée : longues poignées de main, sourires. La photo sera à la Une de tous les journaux du lendemain. Et les images passeront le soir même à la télévision.

À l'issue de la réunion, Bernard-Henri Lévy a quitté l'Élysée par une petite porte. Dix minutes plus tard, il reçoit un appel du Président. Ensemble, ils évoquent la réunion et font, comme on dit, un *debriefing*. Puis Nicolas Sarkozy lui glisse : « N'hésite pas à dire ce que tu as vu et entendu. » En clair, tu dois aller dans les médias. À 19 heures, l'écrivain se trouve dans les studios d'Europe1. Il se réjouit de la reconnaissance du CNT par la France, félicite le Président, évoque des frappes préventives contre les forces de Kadhafi, mais précise qu'il n'est pas question d'aller bombarder Tripoli.

Alain Juppé avait été convié à participer à la réunion. Mais il se trouvait à Bruxelles. Nicolas Sarkozy l'a bien sûr informé de son intention de reconnaître le CNT. Mais sans lui dire qu'il comptait rendre sa décision publique avant le Conseil européen du lendemain.

C'est peu dire qu'Alain Juppé n'apprécie guère de voir BHL s'improviser porte-parole du gouvernement, alors que « nul – croit-il – ne l'a mandaté pour le faire ».

Une explication s'impose donc entre le Président et son ministre des Affaires étrangères.

« BHL nous a rendu un grand service », explique-t-on à l'Élysée. « En plus, c'est le seul intellectuel de gauche qui dit du bien de moi », ironise Nicolas Sarkozy devant ses ministres.

11 février. Bruxelles. Les Vingt-Sept ont toujours besoin d'être bousculés pour bouger mais le cavalier seul de la France les irrite toujours aussi. La réunion en souffre quelque peu. Certes, proférer « Kadhafi doit partir » ne leur pose pas de problème (la Ligue arabe publie ce jour-là un texte très sévère qui condamne le dictateur libyen. En effet, ce foutraque du bocal méditerranéen exaspère depuis longtemps ses voisins). Mais agir est une autre affaire.

La reconnaissance du CNT ne va pas de soi. Le ministre des Affaires étrangères allemand relève que ses membres sont tous d'anciens du système Kadhafi. Des gens à ses yeux peu recommandables. Après de longues palabres, les Vingt-Sept finissent par admettre qu'il s'agit d'« un » interlocuteur politique. Autrement dit, « un » parmi d'autres. Sauf que les autres n'existent pas. Enfin, si tous estiment que la sécurité de la population libyenne doit être assurée « par tous les moyens nécessaires », très rares sont ceux qui sont prêts à préciser lesquels et encore moins à les fournir. Le problème d'une intervention militaire suscite d'âpres discussions et réticences. Les Vingt-Sept admettent, certes, qu'une action militaire pourrait être envisagée, mais ils y mettent une série de conditions à commencer par l'accord de plusieurs institutions internationales (ONU, Ligue arabe, Union africaine). Et seulement « en cas d'agression massive de Kadhafi contre les populations pacifiques et désarmées ». Il serait difficile de poser davantage de verrous.

Aucun dirigeant européen, à commencer par Angela Merkel, n'est pressé d'en découdre militairement. Ce jour-là, elle se déclare « fondamentalement sceptique » quant à l'idée d'une intervention. Barack Obama n'est pas plus chaud qu'elle. Il est prêt à envoyer un ambassadeur à Benghazi, l'Afghanistan lui suffit comme ennui de taille. Et puis, les enjeux stratégiques américains sont ailleurs : dans le golfe Persique, au Proche-Orient [1]. Il n'empêche : « la capacité de Kadhafi à se maintenir au pouvoir » l'inquiète beaucoup.

L'idée de frappes ciblées purement défensives pour empêcher le dictateur d'utiliser ses avions et ses chars contre les opposants ne suscite aucun enthousiasme : « Que ferons-nous si ça ne marche pas, demande le ministre allemand des Affaires étrangères, nous enverrons des troupes terrestres ? Pas question. » La création d'une zone d'exclusion aérienne surveillée, avec des moyens militaires, est loin d'emporter l'adhésion.

Cette réunion n'est donc qu'un demi-succès pour Nicolas Sarkozy. Il est très dépité : « La France est menacée d'isolement chez ses alliés en raison de sa

1. Les monarchies du Golfe ont été déçues qu'il lâche si aisément Hosni Moubarak, allié historique de l'Amérique.

position offensive jugée singulière », écrit aussitôt *Le Monde*.

Mais le Président ne veut pas baisser les bras. Ce n'est pas son genre.

Et la diplomatie française reçoit l'aide de la Ligue arabe, de l'Organisation de la conférence islamique et du Conseil de coopération du Golfe (en fait l'Arabie saoudite), trois instances qui viennent justement de donner leur accord pour une intervention « sous une forme ou sous une autre ».

« Pour arriver à nos fins, nous avons dû avancer comme un pack au rugby, en poussant la mêlée mètre par mètre », explique-t-on à l'Élysée, quand sont publiés ces communiqués.

Martine Aubry devient sans le vouloir une alliée. En visite à Sannois (Val-d'Oise), le 16 mars, elle est venue soutenir un candidat aux cantonales. Elle évoque soudain avec une foi sincère la situation en Libye. Elle ne veut pas être accusée de manquer le printemps arabe : « Ce qui se passe là-bas, on n'en parle pas, on a laissé faire, la communauté internationale est dans l'incapacité, le manque de courage d'agir, j'ai honte pour l'Europe, j'ai honte pour nos organisations internationales. On se met d'accord pour aider les banquiers, pas pour aider un peuple. Je suis désolée de ce coup de gueule, mais j'y pense jour et nuit. » La dépêche de l'AFP qui rapporte ces propos rappelle que le PS avait, dès le 27 février, demandé une zone d'exclusion aérienne. Avant Sarkozy en somme.

Or, ce jour-là, l'ambassadeur de France à l'ONU dépose un projet de résolution musclé qu'Alain Juppé vient défendre le lendemain à New York. Il veut obtenir du Conseil de sécurité de l'ONU le mandat qui permet d'agir. Le ministre fonde son propos sur la résolution de 2005 : « la responsabilité de protéger les populations ». Et il convainc. La résolution 1973 donne son accord pour instaurer une zone d'exclusion dans le ciel libyen et autorise « toutes les mesures nécessaires pour protéger les civils ». C'est-à-dire, en clair : des actions militaires. Un texte est adopté par dix voix contre cinq abstentions, dont celle de l'Allemagne.

Nicolas Sarkozy a réussi à convaincre Moscou [1] et Pékin – pourtant extrêmement rétifs, pour des raisons évidentes, à toute « ingérence dans les affaires des autres » – de ne pas poser leur veto.

« Tout est prêt pour l'action », se réjouit alors Alain Juppé.

Nicolas Sarkozy va pouvoir endosser le costume de chef de guerre.

La résolution 1973 impose à Kadhafi le retour immédiat des militaires dans les casernes. « Si Kadhafi cesse de martyriser sa population, il n'y aura pas de frappe », ont répété sur tous les tons Nicolas Sarkozy et David Cameron. Ajoutant : « Kadhafi sera jugé à ses actes, pas à ses paroles. »

Or, celui-ci fait répondre par son ministre des Affaires étrangères, Moussa Koussa [2], qu'il accepte

---

1. Il a promis à Medvedev que la résolution exclurait tout engagement de troupes au sol.

2. Qui désertera quelques jours plus tard.

d'appliquer la résolution de l'ONU. Il annonce même un cessez-le-feu.

Mais Kadhafi ment. Il intensifie la répression, pratique la politique de la terre brûlée. En assurant que « les Libyens sont prêts à mourir pour lui », alors que ses fils promettent de « faire couler des rivières de sang ». Drôle de jeu, fuite en avant. Le clan joue sa survie. Ses avoirs ont été gelés partout dans le monde et le procureur de la Cour pénale internationale évoque ouvertement des crimes de guerre dont il aura à répondre.

Le 19 mars, Nicolas Sarkozy reçoit à déjeuner à l'Élysée la coalition anti-Kadhafi. Vingt-deux pays dont la Grande-Bretagne, les États-Unis, le Canada, la Ligue arabe, le Qatar [1], les Saoudiens, les Émiratis, les Irakiens, l'Union africaine et le secrétaire général de l'ONU Ban Ki-moon, les représentants de l'Europe. Malgré l'abstention de l'Allemagne, Nicolas Sarkozy a bien sûr convié Angela Merkel.

Un étonnant sommet. Le premier du genre : pour la première fois dans l'Histoire, des officiels de pays arabes siègent aux côtés des Européens et des Américains afin de faire tomber une dictature arabe. La réunion a été organisée en quarante-huit heures : une prouesse des services de l'Élysée et du Quai d'Orsay.

Il faut s'en réjouir. Mais surtout agir. Nicolas Sarkozy entend bien que cette rencontre soit décisive.

Avant le déjeuner, entouré d'Alain Juppé, Jean-David Levitte, de l'amiral Guillaud, chef d'état-major

---

1. Avant le déjeuner, Nicolas Sarkozy a reçu la visite de l'Émir du Qatar.

des armées, et du général Puga, son chef d'état-major particulier, il a réuni dans son bureau David Cameron, son conseiller stratégique militaire, Hillary Clinton, et un officier de l'état-major américain. Le Président veut les informer de l'urgence d'agir : « Kadhafi défie la communauté internationale. Une colonne de chars fonce sur Benghazi. Elle pourrait y arriver au moment où nous serons à table. Une brigade spéciale de plus de 1 500 hommes est engagée sur le terrain. Je ne veux pas être le témoin impuissant d'un deuxième Srebrenica ou d'un génocide comme au Rwanda. Si nous n'agissons pas très vite, nous aurons un massacre sur la conscience. Il faut stopper la colonne de chars. Nous sommes dans une course contre la montre. »

Réponse de l'officier de l'état-major américain : « Tant que les batteries de missiles anti-aériens de Kadhafi n'auront pas été détruites, je refuse d'intervenir. Nous risquons de perdre des avions. Ce serait un échec symbolique très grave pour la coalition. » Ce qu'approuve à sa suite le conseiller stratégique anglais.

Quelques heures plus tôt, Nicolas Sarkozy avait interrogé la hiérarchie militaire, dont le général Paloméros, le chef d'état-major de l'armée de l'air. Connaissant la portée des missiles russes SAM 6 dont est équipée l'armée libyenne, ainsi que la fréquence des radars, les militaires ont fait leurs calculs et estimations. Leur avis ? Le général Puga le délivre au Président : « L'opération est tout à fait faisable. Je suis même sûr que nous allons réussir, mais nous pouvons perdre un avion ou deux. »

« Je suis prêt à prendre ce risque », lui répond alors le Président, qui révèle ses intentions devant ses invités. En précisant qu'il ne fera rien sans leur aval, il ajoute : « Les avions ont déjà pris l'air, l'ordre leur a été donné à 9 h 30. Mais ils peuvent faire demi-tour si je n'obtiens pas un accord collectif. » Hillary Clinton et David Cameron se laissent convaincre.

On passe à table. Tous les participants répètent qu'ils veulent stopper Kadhafi. Nicolas Sarkozy prend alors la parole pour répéter ses propos d'avant déjeuner : un massacre est imminent à Benghazi. Mais il ajoute : « Au moment où je vous parle, j'ai déjà pris des dispositions pour une intervention. Nos avions sont en route vers la Libye, mais ils n'entreront dans l'espace libyen pour accomplir leur mission qu'à une seule condition : que vous me donniez le feu vert. »

Le tour de table est vite fait. C'est l'unanimité. « J'ai connu cette situation, on ne peut pas laisser faire », assure le Premier ministre irakien. « Nicolas, tu as raison de saisir ce moment historique », applaudit Van Rompuy.

Il est 15 h 30. Trois heures plus tard, quatre chars qui arrivent aux portes de Benghazi sont détruits. Soulagement : la ville n'aurait pas tenu une nuit de plus. À leur retour, les pilotes raconteront avoir vu monter vers leurs appareils des traces blanches dans le ciel : le sillage des SAM 6 russes qui ne les auront heureusement pas atteints. C'était une opération risquée. Ils ont réussi. « Tout le monde est rentré à la maison », se félicitera Nicolas Sarkozy plus tard. Les avions canadiens, américains, arabes prendront la suite dès le lendemain. La France a accompli et réussi seule cette première mission[1]. À la grande satisfaction des militaires : « Le Président prend des avis, il écoute, il fait confiance. Mais c'est lui qui décide et relève les défis. En assumant tous les risques, mais avec aussi un grand sens des responsabilités », admire le général Puga.

L'opération est saluée par tous les partenaires. Elle est bien sûr mise au crédit de la France « mais pas forcément de Sarkozy », comme le note Henri Guaino, qui s'en afflige : « La frénésie contre Sarkozy est telle que même les faits sont occultés. » Certains, à gauche, l'accusent d'avoir choisi pour intervenir une date qui n'est pas innocente : la veille du deuxième tour des cantonales. La presse le qualifie de « super Rambo ». Beaucoup craignent un engrenage de type afghan.

Hillary Clinton, isolée au sein de son administration, était favorable à des frappes ciblées. Nicolas Sarkozy a fini par convaincre Obama qu'il ne pouvait rester à l'écart des opérations dès lors que les pays arabes étaient engagés dans la coalition. Angela Merkel, dont l'abstention au Conseil de sécurité avait été interprétée comme une rupture du couple franco-allemand – elle était en campagne électorale et son opinion publique ne l'aurait pas suivie –, suggère alors, pour marquer enfin sa solidarité, que des pilotes allemands assurent des missions de reconnaissance en Afghanistan, afin de libérer les avions américains envoyés en Libye. « Kadhafi ne doit pas nous diviser », affirme-t-elle.

---

1. L'intervention des hélicoptères français sera elle aussi décisive quelques mois plus tard à Misrata.

Commentant son attitude, le magazine *Der Spiegel* interroge : « Désastre diplomatique ou politique pacifique responsable ? » sans trancher. C'est tout le débat en Allemagne.

Ce 19 mars, un pas considérable a donc été franchi : « Si le Président n'avait pas pris cette initiative, les grandes puissances faussement attristées auraient assisté au massacre de la population civile libyenne », souligne Gérard Longuet. Et il explique : « La France a tiré de son accord avec la Grande-Bretagne un poids politique à l'intérieur de l'Union européenne, ce qui a permis d'aboutir à la résolution du Conseil de sécurité. Avant de passer le relais au commandement de l'OTAN[1]. »

L'Arabie saoudite, elle, a joué un rôle moteur pour convaincre les États du Golfe de soutenir le projet de zone d'exclusion aérienne. Le roi Abdallah a d'autant plus apprécié le volontarisme de Nicolas Sarkozy que Kadhafi est un vieil ennemi qui avait tenté jadis de le faire assassiner. Le Qatar est le premier pays à déployer ses appareils sur la base de l'OTAN, située à Souda en Crète. Les Émirats arabes unis participent

1. Craignant qu'une intervention sous la bannière de l'OTAN suscite une réaction négative des pays arabes, Nicolas Sarkozy pensait pouvoir se passer de son concours. Mais très vite il est apparu qu'il était indispensable d'utiliser ses moyens et la base de Naples commandée par un général américain. Lequel accepte de se retirer pour laisser la place à des généraux anglais et français. D'où ce commentaire de Jean-David Levitte : « L'affaire libyenne a validé le choix du Président de reprendre toute sa place dans l'OTAN. »

eux aussi aux patrouilles aériennes de la coalition occidentale.

Obama avait prévenu Nicolas Sarkozy : « Je m'engage à vos côtés pendant dix jours, mais pas plus longtemps. » Comprenez : « Si vous vous plantez, je ne veux pas que ce soit mon échec. » Il ne veut pas endosser une opération très risquée à ses yeux et impossible à vendre à son opinion publique. Nicolas Sarkozy ne partage pas son pessimisme. « Quand beaucoup prophétisaient que Kadhafi ne partirait pas, le Président répondait “vous verrez, il ne sera plus au pouvoir dans six mois” », témoigne Jean-David Levitte. Et Nicolas Sarkozy suit les opérations avec minutie : « Chaque jour il se faisait porter les cartes des combats pour mesurer les avancées des insurgés sur le terrain. Il suivait cela de très près. »

Mais bientôt, les avions américains cessent de participer aux opérations. Alain Juppé doit bien le constater : « Il y a un certain relâchement dans l'effort. » Il s'en plaint à Hillary Clinton, qui lui promet des opérations ponctuelles. Reste à convaincre Obama.

Heureusement, l'OTAN, à la demande des Anglais, prend le relais et affiche son but : un maintien opérationnel élevé tant que ne sera pas atteint le triple objectif. La fin des attaques ou des menaces contre les civils ; le retrait des forces libyennes des villes et, enfin, un accès pour l'aide humanitaire. Surtout le couple franco-britannique tient bon. Dans une tribune publiée le 15 avril par plusieurs journaux de divers pays (en France, *Le Figaro*), Sarkozy et

Cameron jugent « impossible d'imaginer que la Libye ait un avenir avec Kadhafi ».

Six mois après le début de l'insurrection, le régime de Kadhafi, qui tenait le pays sous sa coupe depuis plus de quarante ans, s'effondre le 22 août. Les rebelles contrôlent la capitale et – ce qui est désormais décisif – la télévision d'État. C'est une victoire personnelle de Nicolas Sarkozy, reconnue par tous : alliés et partenaires.

L'OTAN, qui redoutait une issue trop lointaine, est soulagée. L'Alliance a d'ailleurs joué un rôle clé dans la progression spectaculaire des rebelles les derniers jours. Outre les frappes aériennes, les insurgés ont bénéficié de l'aide de forces spéciales sur le terrain (notamment des renforts de militaires qataris et de tous les services de renseignements occidentaux). Et selon le *New York Times*, des drones armés américains ont également contribué à faire basculer le rapport de force.

Mais nul ne sait où se cache le dictateur libyen. Il n'a plus été vu en public depuis la mi-juin. Le scénario de son exil – un temps envisagé durant l'été – n'est plus d'actualité.

Le Guide devrait-il être capturé mort ou vivant ? « L'objectif n'a jamais été de le tuer », répond-on à l'Élysée, où l'on ajoute que les autorités libyennes doivent décider des suites à donner au mandat d'arrêt de la Cour pénale internationale qui le vise.

« Le soir de la chute de Tripoli, raconte Alain Juppé, Nicolas m'a appelé pour me dire : il faut que tu fasses un point pour la presse demain matin à 10 heures. Ensuite, on se verra à l'Élysée. Et quand on s'est retrouvés, il m'a lancé : “Il faut tout de suite réunir une conférence pour le soutien à la Libye nouvelle. Organiser le début de l'assistance à sa reconstruction.” J'ai admiré sa réactivité. »

Le jeudi 1er septembre en effet, soit quarante-deux ans jour pour jour après l'arrivée au pouvoir de Muhammar Kadhafi, Nicolas Sarkozy et David Cameron réunissent à l'Élysée les 63 délégations qui composent la Conférence internationale des amis de la Libye. La photo est impressionnante. Le rassemblement davantage encore. C'est la communauté internationale qui est rassemblée avec les représentants du Comité national libyen de transition. La Chine et la Russie ont dépêché des diplomates. Y compris les pays qui jugeaient que l'OTAN allait trop loin : l'Inde, le Brésil. L'Algérie est enfin disposée à reconnaître les autorités nouvelles. Seule absente : l'Afrique du Sud, qui n'a pas apprécié l'intervention militaire de l'OTAN.

« L'argent détourné par Kadhafi et ses proches doit revenir aux Libyens. Nous sommes tous engagés à débloquer l'argent de la Libye d'hier pour financer le développement de la Libye d'aujourd'hui », promet le président français à Mustapha Abdeljalil, président du Conseil national de transition.

« Nicolas Sarkozy a réussi à accréditer l'idée que sa présidence du G20 rendait légitime la convocation de ce sommet. Tout le monde est venu, son leadership est reconnu », admire un diplomate.

Quinze jours plus tard, Nicolas Sarkozy s'envole, en compagnie de David Cameron, pour la Libye. Un voyage éclair qui les amène à Tripoli et Benghazi, la ville d'où tout est parti sept mois plus tôt. Bernard-Henri Lévy, qui les accompagne, note qu'il existait entre eux une grande « fraternité de cadets » – comme disent les Anglo-Saxons – qui avaient réussi leur baptême du feu.

Une visite triomphale. Avec bain de foule sur la place Tahrir de Benghazi où le nom de Sarkozy est scandé et ovationné. Une image idéale pour les journaux télévisés du 20 Heures. Un jeune couple, venu de Tobrouk, poussant un landau, vient lui présenter son bébé, prénommé… Nicolas Sarkozy.

Devant les visiteurs fêtés, le CNT promet que la priorité pour les futurs contrats sera donnée aux alliés de la Libye.

Un mois plus tard, Kadhafi tombe sous les coups et les balles des insurgés dans des conditions obscures.

Une fin de dictateur.

« La façon dont Nicolas a su convaincre la coalition, l'entraîner, l'issue somme toute rapide du conflit, ont vraiment bluffé Obama », témoigne Alain Juppé.

« La Libye ne lui rapportera sans doute pas grand-chose en termes électoraux. Mais quand vous pensez qu'en 2007, Jacques Chirac lui déniait la capacité à tenir un rôle sur la scène internationale, il s'est bien trompé. C'est là qu'il se surpasse », analyse un ministre.

S'il n'avait pas réagi comme il l'a fait, Benghazi aurait été détruite. La Libye serait comme la Syrie aujourd'hui, avec ses 40 morts par jour et la plongée sans fin dans la tuerie. Nicolas Sarkozy a fait là ce qu'aucun président de la Ve République n'avait fait avant lui…

« On peut ne pas avoir voté Sarko en 2007, on peut s'apprêter à ne toujours pas voter pour lui en 2012 et reconnaître que, sur cette affaire libyenne, il a été exemplaire », témoigne Bernard-Henri Lévy.

En novembre 2011, l'influente revue diplomatique américaine *Foreign Policy* établit la liste des cent personnalités mondiales qui ont marqué l'année. Parmi elles, neuf chefs d'État et de gouvernement ont été sélectionnés. Nicolas Sarkozy arrive en troisième position derrière Barack Obama et le Turc Recep Erdogan, et devant Angela Merkel !

CHAPITRE 4

La Côte-d'Ivoire

En Côte-d'Ivoire, comme en Libye, mais pour des raisons historiques anciennes, la France se trouve aux premières loges.

Après dix années jalonnées de crimes, où « les escadrons de la mort » mataient les manifestations dans le sang, une élection présidentielle y est organisée. Enfin. Le Président Laurent Gbagbo, qui avait accédé au pouvoir en 2000[1], est resté en fonctions plus de cinq ans après la fin de son mandat, mais sous la pression internationale, il s'y est enfin résolu. C'est qu'il se juge désormais capable de l'emporter (ce que lui promettait l'équipe de communicants de RSCG : « Vous serez élu dès le premier tour avec 74 % des voix », affirmait même Stéphane Fouks, le patron de l'agence).

Et il a pris ses dispositions pour qu'il en soit ainsi.

1. Ses deux principaux rivaux Henri Konan Bédié et Alassane Ouattara avaient été arbitrairement éliminés et Ouattara avait échappé de peu à un attentat.

Cette élection – qui se déroule sous les auspices et les regards de la communauté internationale[1] – est perçue par les Ivoiriens comme la voie vers une vie meilleure. D'où un taux exceptionnel de participation : plus de 80 %. Or, à la surprise furieuse du Président sortant, son adversaire Alassane Ouattara, ancien directeur général adjoint du FMI, l'emporte le 28 novembre 2010 avec 54,1 % des voix. Sa victoire nette est constatée par l'ONU, l'Union européenne, l'Union africaine et la CEDEAO (Communauté économique des États d'Afrique occidentale), présidée par Goodluck Jonathan, le président du Nigeria.

Mais le sortant refuse d'admettre le verdict des urnes. Et il tire un atout de sa poche : le Conseil constitutionnel, dont il a évidemment nommé tous les membres, invalide les résultats créditant Ouattara d'une large victoire. Ils ont pourtant été certifiés par la Commission électorale officielle. Gbagbo ne veut rien entendre : c'est lui le vainqueur. Aucune médiation, aucune sanction, aucun appel ne le fait plier. Le 3 décembre, Nicolas Sarkozy lui demande de « respecter la volonté du peuple » ; Barack Obama lui offre même de le recevoir à la Maison Blanche s'il démissionne. Proposition dont l'intéressé n'a que faire.

Il est investi chef d'État le lendemain.

De son côté, Ouattara prête lui aussi serment et forme un gouvernement. Une situation inédite : la Côte-d'Ivoire a deux Présidents.

---

1. L'ONU a placé des observateurs dans chaque bureau de vote.

Mais le vrai vainqueur est contraint de résider avec son gouvernement dans un hôtel d'Abidjan, l'hôtel du Golf. Dans un régime de semi-liberté : « Chaque fois que Ouattara voulait en sortir, il fallait organiser son exfiltration, car il risquait de se faire tirer dessus », révèle Jean-David Levitte. L'hôtel est certes protégé par l'ONUCI (force d'interposition de l'ONU). Mais les chars de Gbagbo sont aussi présents. Et ils tirent au canon dans plusieurs quartiers de la capitale sur ceux qui le contestent. Gbagbo muselle la presse, arme ses partisans baptisés « Jeunes Patriotes » qui lynchent leurs adversaires et souvent les tuent. Ils pillent les domiciles, les bureaux, les entreprises et incendient même des mosquées (Ouattara est musulman). Les morts sont nombreux. Une véritable guerre civile s'annonce sous les yeux des soldats français et ceux de la force de l'ONU, présente dans le pays depuis 2002.

Or, la Côte-d'Ivoire occupe une position particulière en Afrique. Premier producteur mondial de cacao, c'est un pays riche où des milliers de Maliens, de Burkinabés et d'autres migrants de pays voisins viennent chercher du travail. Si ce blocage se prolongeait, il pourrait entraîner des désordres. Il importe donc d'empêcher un tel scénario catastrophe et de neutraliser Gbagbo.

En raison des liens anciens du pays avec l'ex-puissance colonisatrice, ce conflit ne peut laisser indifférente la classe politique française.

La droite (le général de Gaulle et ses successeurs) soutenant de longue date le vieux Président Houphouët-Boigny, Gbagbo son principal opposant, exilé dans l'Hexagone dans les années 80, s'était en effet rapproché des socialistes. Et son parti, le Front patriotique ivoirien (FPI), avait même adhéré à l'Internationale socialiste.

Mais dès 2004, François Hollande l'avait déclaré « infréquentable [1] ». Ce qui n'avait pas empêché quelques « figures du PS » (Jack Lang, Jean-Christophe Cambadélis, Jean-Marie Le Guen, Henri Emmanuelli [2]) qui l'avaient connu lors de son séjour en France, d'aller lui rendre une « visite de courtoisie », quinze jours avant le scrutin de novembre 2010. Ce qui leur avait valu quelques remontrances de Martine Aubry et les avertissements de Pierre Moscovici : « Quelques socialistes isolés ont cru, par fidélité amicale, devoir apporter un soutien prolongé à Laurent Gbagbo. Il ne faut pas s'entêter. »

Surtout depuis 2002, alors qu'une première menace de guerre civile se précisait, la France avait envoyé en Côte-d'Ivoire une force militaire baptisée Licorne, en raison d'accords de défense déjà anciens et avec le soutien de l'ONU. Ses effectifs, de cinq mille hommes à l'origine, s'étaient avec le temps réduits à moins de mille. Les incidents avec le pouvoir n'étaient pas rares, mais la fonction assignée à la force

---

1. En novembre 2004, les avions des forces armées de la Côte-d'Ivoire avaient bombardé le cantonnement militaire français de Bouaké. Neuf militaires français avaient été tués. En riposte, la force française Licorne avait neutralisé les avions et hélicoptères ivoiriens.

2. Emmanuelli est le seul à contester la victoire de Ouattara : « Le résultat de l'élection n'est pas clair… Dès qu'il s'agit de l'Afrique, la majorité des médias est donneuse de leçons. »

Licorne se limitait désormais à protéger l'évacuation des ressortissants français en cas de besoin. Seulement voilà : la France pouvait-elle rester passive en cas de massacre ?

Quelques jours après le scrutin de novembre 2010, Nicolas Sarkozy, un ami personnel d'Alassane Ouattara, avait donné huit jours à Laurent Gbagbo pour quitter le pouvoir. À gauche, on avait raillé « son ultimatum de matamore », alors que la situation allait se tendre chaque jour davantage dans le pays.

Michèle Alliot-Marie soulignait que le rôle de la force Licorne n'était pas de s'interposer « entre les deux camps ivoiriens, mais qu'elle [avait] un droit de légitime défense ».

L'objectif français était, en effet, de ne donner aucune prise à des accusations de réflexes post-coloniaux qui pourraient compliquer une situation déjà suffisamment embrouillée et tendue : « Ce n'est pas un tête-à-tête entre la France et Gbagbo », répète-t-on inlassablement au Quai d'Orsay.

Au lendemain de la déclaration de Michèle Alliot-Marie, ce ne sont plus les Jeunes Patriotes, mais des éléments de l'armée ivoirienne fidèle à Gbagbo qui attaquent un quartier d'Abidjan, considéré comme partisan de Ouattara. Résultat : des dizaines de morts. La pression internationale sur Gbagbo, notamment celle de la CEDEAO, se fait plus forte : « Il doit quitter la Présidence, cela ne fera l'objet d'aucun compromis », dit son communiqué.

Le 5 janvier, Nicolas Sarkozy, qui présente comme d'ordinaire ses vœux aux forces armées, réaffirme son soutien à Ouattara « choisi par les Ivoiriens », mais répète que les soldats français « n'ont pas vocation à s'ingérer dans les affaires intérieures de la Côte-d'Ivoire ». Et les jours passent, marqués d'incidents divers.

Comme il existe toujours des mercenaires prêts à s'engager au service des uns ou des autres en Afrique occidentale, le clan Gbagbo en recrute et fournit aussi des armes à ses partisans civils. Si bien que beaucoup s'interrogent sur l'issue du conflit, alors même qu'un sommet de l'Union africaine, réuni à Addis Abeba, apporte le 29 janvier un soutien inconditionnel à Ouattara. Ce qui ne règle rien sur place dans l'immédiat. Au contraire. À Abidjan, c'est désormais à l'arme lourde que l'on se bat. Car les forces de Gbagbo ont affaire, en février, à des adversaires mieux équipés. Dans l'ouest du pays, d'autres combats opposent les deux camps.

Le 3 mars, la soldatesque de Laurent Gbagbo ouvre le feu sur un groupe de femmes rassemblées pacifiquement devant la mairie du quartier d'Abobo à Abidjan. Sept femmes sont tuées. Et plusieurs dizaines grièvement blessées [1]. Pour Nicolas Sarkozy : « On a atteint le sommet de l'inacceptable. »

Et Gbagbo refuse toujours la médiation que lui offre l'Union africaine qui a reçu Ouattara à Addis Abeba.

Près de quatre mois après le scrutin, les morts se comptent par centaines. Mais l'ONUCI se borne à dénoncer les attaques des deux camps. Nicolas

1. En 2008 déjà Gbagbo n'avait pas hésité à faire tirer sur des femmes qui dénonçaient la vie chère.

Sarkozy convainc Ban Ki-moon qu'il va falloir passer à l'action. Ouattara, qu'il a chaque jour au téléphone, lui demande son aide. « Il est temps que la démocratie triomphe en Côte-d'Ivoire », déclare Obama le 29 mars. Et il réitère son soutien au vainqueur. Mais c'est toujours wait and see. Il faut en finir.

Le 30 mars, le Conseil de sécurité de l'ONU adopte à l'unanimité la résolution 1975, présentée par la France et le Nigeria, qui préside la CEDEAO. Le texte autorise l'utilisation de la force pour empêcher Gbagbo de tirer à l'arme lourde contre sa population, édicte quelques sanctions ciblées : gel des avoirs et interdiction de voyager pour les époux Gbagbo, exhorte enfin le Président vaincu « à se retirer immédiatement ».

Le 31 mars, les forces armées pro-Ouattara sont aux portes d'Abidjan et piétinent face au carré de fidèles de Gbagbo. Plusieurs chefs de l'armée ont déserté et se rallient à lui. Gbagbo retranché dans son palais refuse toujours de se rendre.

Mais il a encore des partisans. Notamment le président sud-africain, Jacob Zuma, dont l'influence est grande. Nicolas Sarkozy s'implique chaque jour davantage. Alain Juppé raconte : « Quand le Président Zuma est venu expliquer à l'Élysée pourquoi il défendait le maintien au pouvoir de Gbagbo, j'ai vu Nicolas à l'œuvre. “Tu sais combien je t'aime, lui a-t-il dit, mais tu te trompes complètement et voilà pourquoi. Et au bout de dix minutes il l'avait retourné.” » Le lendemain, Jacob Zuma expliquait devant l'Union africaine, pourquoi il soutenait Ouattara.

Le 3 avril, le Président Ouattara appelle son ami Nicolas pour lui demander l'aide de la Licorne. La situation humanitaire devient effroyable à Abidjan. Le *statu quo* est intenable. Réponse du Président : « Les forces françaises ne prendront pas l'initiative de détruire les armes lourdes et de déloger Gbagbo, sauf si l'ONUCI lui en fait la demande. »

Ce qu'une lettre du secrétaire général de l'ONU va faire expressément, après un échange téléphonique avec Nicolas Sarkozy. Elle est publiée le soir même sur le site de l'Élysée.

« Comme vous le savez, la situation sécuritaire à Abidjan s'est très gravement détériorée ces trois derniers jours, écrit Ban Ki-moon. Dans ces circonstances, il est pour moi urgent de lancer des opérations militaires nécessaires… Je vous serais reconnaissant de bien vouloir autoriser, de façon urgente, la force Licorne qui est mandatée par le Conseil de sécurité à exécuter des opérations conjointement avec l'ONUCI ».

Munis de ce précieux sésame, la force Licorne et l'ONUCI passent à l'acte le lendemain. Une première vague de frappes à coups de canon et de missiles antichars, vise des casernes, des blindés et l'antenne de la radio télévision ivoirienne. Elle dure quatre heures.

« Nous avons tout fait pour éviter que des soldats français ouvrent le feu en Côte-d'Ivoire. Nous l'avons fait en dernière extrémité, quand le secrétaire général de l'ONU nous a appelés à l'aide », explique le lendemain Alain Juppé devant l'Assemblée nationale.

Pour contrer le dernier carré des fidèles de Gbagbo, qui tirent à l'arme lourde sur les ambassades du Japon et de la France, le 6 avril les Casques bleus de l'ONUCI et la force Licorne[1] passent à l'acte, alors que la nuit tombe sur la lagune. Cinq hélicoptères Gazelle français et onusiens lancent des obus et des missiles sur le système de défense de la résidence présidentielle, tandis que les forces spéciales françaises exfiltrent l'ambassadeur du Japon, dont la résidence a été prise d'assaut par des éléments loyalistes. C'est un premier avertissement. Le 9 avril, la Licorne et l'ONUCI occupent le port d'Abidjan.

Le 10 avril vers minuit, c'est l'assaut décisif : deux cent cinquante militaires français à bord de véhicules blindés quittent leur base de Port-Bouët, pour aller encercler la résidence de Laurent Gbagbo. Ils tirent sur les murs d'enceinte, détruisent deux blindés de fabrication russe et plusieurs pièces d'artillerie. Ces derniers combats auraient fait une quarantaine de morts côté Gbagbo. L'armée française ouvre le passage aux troupes pro-Ouattara. Ce sont elles, et elles seules, qui pénètrent dans le palais présidentiel, et arrêtent celui que le vote des Ivoiriens avait cinq moins plus tôt fait ex-Président.

Les images de sa reddition ont fait le tour du monde.

L'intervention de l'armée française en Côte-d'Ivoire semble poser à certains quelques problèmes : beaucoup moins parce qu'elle a permis au Président élu Alassane Ouattara de pouvoir enfin prendre les commandes du pays, que parce qu'elle fut le fait de

---

1. La force française a été portée de 980 à 1 700 militaires grâce aux renforts venus du Gabon et du Tchad.

l'ancienne puissance coloniale. Il aurait été préférable, bien sûr, que cette intervention ait été conduite par les forces de l'ONUCI. Mais tous les observateurs sur place savaient qu'elles n'en avaient pas les moyens et qu'elles comptaient sur la force Licorne pour mener les opérations les plus délicates.

En France, le Parti communiste et Jean-Luc Mélenchon dénoncent « une opération néo-coloniale ». Alain Juppé souligne, lui, qu'il « n'est pas question de s'incruster en Côte-d'Ivoire, mais qu'il y a un moment où seule une intervention peut arrêter un massacre ».

« Le Président n'a jamais molli », s'enthousiasme Henri de Raincourt, le ministre de la Coopération.

« La France peut être fière d'avoir participé à la défense et à l'expression de la démocratie en Côte-d'Ivoire », affirme François Fillon à l'Assemblée nationale.

Le politologue Dominique Moïsi de l'IFRI approuve lui aussi : « Cette opération était tout à la fois légitime et légale au regard du droit international. C'est pour Nicolas Sarkozy un premier succès en termes d'image. La situation était bloquée et l'ONU impuissante. La France a fait la différence. »

Le 31 mai, Nicolas Sarkozy est l'invité du président ivoirien Alassane Ouattara. Pour une visite éclair de quelques heures à Yamoussoukro, la capitale, purement protocolaire. En compagnie d'une vingtaine de ses pairs africains, le président français vient assister à l'intronisation en grande pompe de son ami. Il est entouré d'Alain Juppé et d'Henri de Raincourt.

Nicolas Sarkozy est accueilli en héros. Des milliers de personnes massées sur son parcours scandent son nom et dansent jusqu'aux abords de la cérémonie. Un accueil triomphal. « Monsieur le Président Sarkozy, le peuple ivoirien vous dit un grand merci », déclare sous les applaudissements le Président élu qui exalte dans son discours d'investiture l'ex-puissance coloniale « avec laquelle la Côte-d'Ivoire a des liens historiques et une vision commune de l'avenir ».

La cérémonie durant plus de quatre heures, Nicolas Sarkozy et ses ministres n'attendront pas la fin. On connaît son aversion pour les choses qui traînent en longueur. Il repart pour Abidjan où une rencontre avec des expatriés français a été organisée. Mission terminée.

La décision de jeter le glaive français dans la balance et de permettre au Président démocratiquement élu, Alassane Ouattara, de prendre les rênes du pays a été déterminante pour la crédibilité de la France en Afrique.

CHAPITRE 5

Angela et moi

Le couple franco-allemand ne s'est pas formé dans un élan de séduction réciproque, il est le fruit d'une impérieuse raison : celle de deux hommes, le général de Gaulle et le Chancelier Adenauer qui ont décidé, une fois pour toutes, de tirer un trait sur les délires sanglants, abjects, ruineux de leur siècle.

À l'instar de tous leurs illustres prédécesseurs, le couple Sarkozy-Merkel[1] est un couple d'obligation, contraint de s'entendre, de trouver des compromis, de réussir, voire à chaque instant de faire comme si, dans un contexte particulièrement difficile : une crise économique sans précédent depuis 1929.

« Si Merkel et moi on ne sourit pas, ça devient un problème planétaire », lance Nicolas Sarkozy, mi-satisfait de l'importance qui leur est ainsi conférée, mi-résigné par ce travail de Sisyphe : amener sa partenaire sur ses positions.

---

1. Ils ont le même âge : elle est née le 17 juillet 1954, lui le 28 janvier 1955 et appartiennent au même courant politique.

Forcément unis, ils sont comme deux joueurs d'échecs embarqués dans une partie infernale sous les yeux du monde. Lui, est un joueur d'impulsion, il dit ce qu'il veut et le clame, prévisible donc. « Il est plus Kasparov que Karpov », dit François Baroin. Elle, tenace, méfiante, a fait de la lenteur son arme favorite « Jusqu'au dernier moment, on ne sait jamais quel pion elle va jouer, ni comment », admire et s'exaspère Xavier Musca.

La crise européenne, pas la crise bancaire de 2008, mais celle qui s'ouvre en 2009 avec l'affaire grecque, sera dominée par ces différences de caractère.

À peine installé à l'Élysée, Nicolas Sarkozy avait réussi à l'entraîner dans la mise en œuvre du traité simplifié pour donner à l'Europe le nouvel élan dont elle avait besoin. Ils avaient réussi ensemble. En 2008, comme président de l'Union européenne, il avait dû, en revanche, faire le forcing pour qu'elle consente à souscrire au plan de sauvetage des banques.

Dans la crise européenne, dite de l'euro, qui s'ouvre à la fin de l'année 2009, il n'est plus question de la bousculer. Il faut au contraire la ménager. L'Allemagne est riche. Ce qui est vrai dans la vie d'un couple, l'est aussi pour les États dont l'argent vient à manquer.

Tout commence avec l'arrivée au pouvoir du socialiste Georges Papandréou[1] à Athènes, lorsqu'il découvre une situation dégradée à un point qu'il ne soupçonnait pas. Une catastrophe. Les chiffres présentés par son prédécesseur Caramanlis n'ont rien à

---

1. En octobre 2009.

voir avec la réalité. Le déficit budgétaire n'est pas de 3,7 % mais de près de 13 % ! La dette pourrait atteindre 130 % du PIB. Les Européens savaient depuis longtemps que la Grèce n'aurait jamais dû entrer dans la zone euro et que si elle y était entrée en 2000, c'était en falsifiant ses comptes. Lorsque les autorités européennes s'en sont aperçues, il était trop tard. Mais la menteuse ne fut sanctionnée ni par la Commission Prodi, ni par les marchés. Une négligence qu'explique un ex-commissaire européen : « La Grèce c'était 2 % du PIB de la zone euro, personne n'a vu que c'était une voie d'eau qui risquait de faire couler le bateau. » La Grèce est un pays qui n'a jamais été géré. Jusqu'en 2010, il n'existait pas de comptabilité publique informatisée. La fraude fiscale y est depuis toujours un sport national, la flotte des richissimes armateurs vogue sous des pavillons de complaisance, l'Église orthodoxe, première puissance financière du pays, ne verse aucun impôt. Et ses prêtres sont payés sur les deniers publics. L'importance de l'économie « souterraine » – ce que l'on appelle le marché noir – est estimée à plus de 20 % du PIB. Il n'y a pas d'industrie, le pays exporte très peu et le tourisme régresse. Les ingrédients d'un funeste destin sont ici réunis.

Le 7 décembre 2009, Standard & Poor's, l'une des trois grandes agences de notation mondiale, annonce avoir placé la note de la Grèce sous surveillance avec implication négative, suscitant aussitôt la défiance des marchés, c'est-à-dire des prêteurs qui se sont rués sur les titres d'emprunt émis par les États et pas seulement de la Grèce : « Une faillite de la Grèce est complètement exclue », clame alors Jean-Claude Juncker, le président de l'Eurogroupe qui veut calmer le jeu. On veut le croire, mais pour quelques jours seulement.

Car début janvier, l'économiste en chef de la BCE craque l'allumette qui va mettre le feu. Interrogé par la presse italienne sur la revente des titres d'emprunt grecs, il répond : « Les marchés se font des illusions s'ils pensent que les autres États membres vont mettre la main au porte-monnaie pour sauver la Grèce. »

Le traité de Maastricht de 1992 interdit en effet à un pays de la zone euro de prendre en charge la dette d'un autre. Il interdit aussi à la Banque centrale européenne de se comporter comme… une banque centrale : à savoir de fournir des liquidités pour renflouer un pays en difficulté. « La BCE ne sera pas le prêteur en dernier ressort », disent les textes. Autrement dit : un État de la zone euro qui a des dettes doit les rembourser lui-même.

Cette disposition du traité de Maastricht avait été exigée par les Allemands, l'abandon du mark, la création de l'euro était à ce prix. Il s'agissait ainsi d'obliger les pays à respecter le pacte de stabilité. C'est la France qui avait fixé à 3 % la limite à ne pas dépasser en matière de déficit budgétaire. Un pays qui manquerait à la règle devrait expier seul ses péchés. L'Allemagne a respecté le traité à la lettre. La France, jamais.

Les créanciers de la Grèce, ceux que l'on appelle les investisseurs sur les marchés, n'ont jamais lu les traités. Ils ont toujours cru que les pays de la zone euro seraient forcément solidaires en cas de défaillance de l'un des leurs. D'ailleurs, en 2008, lors d'une première alerte sur la Grèce, le ministre des Finances allemand, le socialiste Steinbruck, avait déclaré : « Nous ferons ce qui est nécessaire », sans autre précision. Il laissait ainsi croire qu'il mettrait la main à la poche. Ce qui avait offert un temps de répit à la Grèce. Menacé par Standard & Poor's, Papandréou s'engage en janvier 2009 à ramener les déficits sous la barre des 3 % avant… 2012. Mais à trop user du mensonge, l'on n'est plus cru.

Les taux d'intérêt des emprunts s'envolent à plus de 6 % et les marchés regardent de plus près ce qui se passe ailleurs, en Espagne, au Portugal. La presse allemande, qui se fait l'écho de l'opinion, suggère que la Grèce sorte de la zone euro : « Allez ouste, dehors ! » Le ministre des Finances Schauble est bien de cet avis.

« Sortir de l'euro ? Je l'exclus catégoriquement », déclare alors Papandréou au quotidien *Die Welt*. Et avec quelque forfanterie : « Nous allons régler nos problèmes budgétaires tous seuls, nous n'attendons aucune aide extérieure. »

Un engagement qu'il ne pourra évidemment pas tenir. De tels propos sapent la confiance des partenaires européens plus qu'ils ne les rassurent.

Le 4 février se tient à Paris un sommet franco-allemand. La Chancelière arrive de très mauvaise humeur. Elle s'en prend aux Grecs, à leur gestion irresponsable, elle veut leur tordre le bras : « Qu'ils règlent eux-mêmes leurs affaires puisqu'ils prétendent en être capables. »

« Tu as raison, lui répond le président français, mais laisser tomber la Grèce serait une source d'ennuis pour tout le monde, y compris pour toi. »

Il ne la convainc pas.

Le 11 février ils se retrouvent à Bruxelles pour un sommet européen à l'issue duquel, comme toujours, ils tiennent une conférence de presse. Officiellement, ils chantent la même chanson. « La Grèce doit réduire ses déficits. » Et puis, chacun intervient à son tour dans une pseudo-improvisation bien réglée.

Nicolas Sarkozy : « Tous les États membres seront contraints de faire quelque chose (des économies). Nous sommes une union, il y a des règles à respecter [1]. »

Angela Merkel : « Nous avons besoin d'une fiabilité du côté de la Grèce, il faut rétablir la confiance des marchés. »

Nicolas Sarkozy : « Est-ce que la Grèce est prête à faire davantage d'efforts ? C'est oui. Faut-il la solidarité ? (sous entendu : Devrait-on l'aider ?) La Grèce fait partie de la zone euro. »

Angela Merkel : « La Grèce n'a pas demandé d'aide financière, elle n'attend pas d'argent. »

Ce dialogue est le révélateur de leur dissonance.

Nicolas Sarkozy a compris que la Grèce ne s'en sortirait pas sans aide. D'où l'emploi (prudent) du mot « solidarité », qu'Angela Merkel refuse de prononcer. Pour elle, il n'existe qu'un impératif, un seul : que la

---

1. En 2007, Nicolas Sarkozy, qui espérait une consolidation de la croissance, avait été prévenir Bruxelles qu'il s'abstiendrait de réduire les déficits jusqu'en 2012.

Grèce fasse le ménage chez elle et qu'elle respecte le traité.

Leur désaccord va persister plusieurs mois.

À chaque rencontre, à chaque coup de fil, le discours du Français ne varie pas. « Angela, tu as juridiquement raison, mais tu as économiquement tort. »

« Il voulait essayer d'amener la Chancelière à ouvrir son porte-monnaie », dit un conseiller de l'Élysée.

Sa réponse est invariable : « Nein. » Et de plaider : « Nicolas, toi tu peux décider tout seul en France, tu es le roi, mais moi je ne peux rien faire si je n'ai pas l'accord du Bundestag, de mes partenaires dans la coalition gouvernementale et je dois aussi compter avec la cour de Karlsruhe. »

Au début du mois de mars, la situation se détériore en Grèce. Mais Georges Papandréou se dit prêt à faire des efforts supplémentaires. Il réussit à lever 5 milliards d'euros sur le marché obligataire. Du coup, l'agence de notation Standard & Poor's procède à la « mise sous surveillance négative de la Grèce ». En l'espace de deux semaines, le taux d'emprunt de la Grèce recule de deux points. Ouf !

Mais ce ouf est de courte durée, car fin mars c'est à nouveau la débandade sur les marchés et cette fois, c'est Angela Merkel la fautive. Elle vient pour la première fois de reprendre à son compte l'idée de son ministre des Finances Schauble, auquel elle abandonnait jusque-là le rôle de Père Fouettard : « La possibilité d'exclure en dernier recours la Grèce de la zone euro », ce pays trop laxiste devrait, dit-elle, se tourner vers le FMI pour obtenir de l'aide.

« Envisager l'hypothèse de l'exclusion d'un État membre est absurde », rétorque aussitôt Jean-Claude Trichet, qui craint le pire. De son côté, Nicolas Sarkozy répète sans se lasser qu'une solution européenne est indispensable. « Un geste de solidarité précipité n'est pas la bonne réponse », lâche la Chancelière. Et de fait, pour l'instant, la Grèce n'a rien demandé. Mais ce qui est dit est dit. Et c'est bien sûr pour satisfaire son opinion que la Chancelière a parlé ainsi. Des élections régionales ont lieu en Rhénanie-Westphalie au mois de mai, elles pourraient bien lui faire perdre la majorité au Bundesrat. Or, la crise grecque rend presque hystériques ses électeurs. La presse rappelle que l'Allemagne est le plus gros contributeur au budget européen. Que grâce à sa puissance économique elle a maintenu la valeur de l'euro, ce qui a permis aux pays de la zone – dont la France – de maintenir leur niveau de vie sans effort.

Or, voilà que dans une interview au *Financial Times*, Christine Lagarde, ministre de l'Économie, reproche à l'Allemagne de déprimer l'économie du continent par sa politique de compétitivité forcée. Elle lui conseille de baisser les impôts. En clair : de faire de la relance par la consommation. « De quoi se mêle-t-elle ? » s'indignent les Allemands. Ça n'est vraiment pas le moment de faire la leçon à l'Allemagne. Il faudrait plutôt lui rendre justice. Elle seule a respecté le pacte de stabilité signé en commun. Mme Lagarde ignore-t-elle que Gerhard Schröder a infligé à l'Allemagne une crise d'austérité sans précédent avec des remises en cause drastiques des avantages sociaux[1] ? Berlin a misé sur la compétitivité de son industrie et donc sur l'emploi. Des choix douloureux, admis par la population. L'exportation est une des bases de la culture économique allemande. Entre 1996 et 2009, les coûts salariaux n'ont augmenté que de 5 % avec l'accord des syndicats. Alors qu'en France ils ont augmenté de 35 %. Résultat : l'Allemagne, qui comptait 5 millions de chômeurs en 2005, n'en a plus que 4,4 millions en 2009. Elle est devenue le deuxième exportateur mondial derrière la Chine. Une performance : d'un côté 80 millions d'Allemands, de l'autre, un milliard et demi de Chinois. Mme Lagarde est mal placée pour faire la morale.

Depuis plus de trente ans, la France a pris le chemin inverse. Elle a fait le choix de la croissance par la consommation et non par la production. Dans ce pays instable et violent, les politiques ont acheté la paix avec les subventions et la dépense. Ils ont emprunté pour distribuer l'argent qu'ils n'avaient pas. La politique sociale de la France est la plus généreuse d'Europe. « L'endettement est à la France ce que le vin est à l'alcoolique », ironise un grand banquier. Pendant ces années-là, son périmètre industriel s'est tragiquement rétréci et son commerce extérieur est en lourd déficit chronique. « Ça n'est pas le bon modèle pour la survie dans un monde économique globalisé », raille la presse allemande avec raison.

1. Ce qui lui a fait perdre le pouvoir au profit d'Angela Merkel.

En mars 2010, Angela Merkel n'a qu'un credo : rien pour les Grecs. En tous cas, rien avant les élections en Rhénanie-Westphalie. Or, voilà qu'en avril l'Office européen des statistiques révèle que leur déficit budgétaire atteint plus de 14 % du PIB. Plus que ne l'avait avoué Papandréou en décembre. Les agences de notation déclassent aussitôt la Grèce. Les taux d'emprunt à dix ans bondissent au-dessus de 8,5 % (7 points d'écart avec l'Allemagne), Papandréou doit trouver d'urgence 8,5 milliards d'euros pour rembourser un emprunt qui arrive à échéance le 19 mai. Et il lui faudra 39 autres milliards dans les douze mois suivants.

Le vendredi 23 avril, il va demander de l'aide. Il n'a pas d'alternative. Il choisit pour faire la quête un décor rieur : dans une petite île, devant la mer, sous un ciel d'azur, façon de minimiser le tragique de la situation ? Il tend sa sébile à l'Union européenne et au FMI. Car ça urge.

Mais Angela Merkel fait la sourde oreille. Dominique Strauss-Kahn, puis Jean-Claude Trichet doivent se rendre à Berlin pour lui dire qu'elle ne peut camper sur son refus. Et elle finit par céder. « Merkel a mis plusieurs mois avant d'admettre que laisser tomber la Grèce nuirait aux intérêts de l'Allemagne », explique un diplomate. On est à deux jours des élections en Rhénanie-Westphalie qu'elle sait déjà perdues. Elle fait sien un nouveau credo : il n'est pas question que la Grèce sorte de l'euro. Et elle convainc le Bundestag d'accorder son feu vert au plan d'aide. Mais à une condition : que l'argent soit versé une fois que le programme d'austérité aura été définitivement arrêté. L'Union européenne et le FMI s'accordent pour un prêt de 45 milliards d'euros sur trois ans. La France y contribue pour 6 milliards d'euros. Après plus de dix heures d'âpres négociations, le 10 mai, l'Union européenne crée pour trois ans un fonds monétaire européen : le FESF (Fonds européen de solidarité financière). Il sera doté de 500 milliards d'euros que le FMI complétera à hauteur de 220 milliards pour face à d'autres attaques contre des dettes souveraines. Les Européens veulent croire que les marchés n'auront plus de raison de se défier. D'autant moins que la Banque centrale européenne a bougé elle aussi. Jean-Claude Trichet a racheté de la dette grecque.

Las ! Les agences de notation ne sont pas convaincues. Elles doutent de la Grèce mais aussi de ceux qui lui viennent en aide. La France par exemple. Qui craint de voir sa note dégradée. « Le triple A est notre trésor », avait lancé Alain Minc.

La France doit donc montrer qu'elle fait des efforts pour le conserver. Nicolas Sarkozy lance la réforme des retraites [1]. En juin, François Fillon s'engage à réduire le déficit à 3 % d'ici 2013. S'il ne détaille pas les mesures qui doivent permettre d'économiser 100 milliards d'euros en trois ans, le chef du gouvernement avance que cela se fera pour moitié par des réductions de dépenses. Et pour l'autre moitié par des hausses de recettes. Le gouvernement mise aussi sur 35 milliards de rattrapage liés à la reprise de la

---

1. Qui sera votée en novembre.

croissance. Les 15 autres milliards correspondant au reste du plan de relance mis en œuvre en 2009.

« L'objectif de 3 % de déficit en 2013 est réalisable », affirme aussitôt le gouverneur de la Banque de France Christian Noyer. Mais Bruxelles se montre dubitative.

La Chancelière n'est pas davantage exempte de critiques chez elle. Celle que la presse américaine sacrait « Femme la plus puissante du monde » déçoit par sa frilosité. « Angela Merkel menace l'avenir de l'Europe avec ses hésitations et sa politique de blocage », s'emportent les Verts au Bundestag. L'éditorialiste de la *Süddeutsche Zeitung* écrit : « Elle n'est européenne que par l'esprit, alors que Kohl l'était par les sentiments : si les problèmes de la Grèce s'étaient posés du temps de Kohl, il aurait réagi instinctivement, de façon plus généreuse que Merkel. Pour Kohl, l'Europe était une famille. Il aurait reconnu que les problèmes grecs coûtent cher au contribuable allemand, mais il aurait ajouté : quand il s'agit des intérêts européens, ce sont les intérêts allemands qui sont en jeu. »

Angela Merkel a accepté de bouger. Mais en contrepartie, elle entend se servir de la crise pour imposer de nouvelles règles de discipline aux membres de la zone euro. Une obsession chez elle. Qu'ils prennent donc exemple sur l'Allemagne. Cette fille de pasteur a une conception morale du respect des traités. Qui oserait le lui reprocher ?

Le plan européen de secours à la Grèce a, en revanche, séduit les marchés. Les Dix-Sept s'étant engagés à accélérer la purge de leurs finances publiques, une certaine euphorie gagne l'ensemble des Bourses mondiales, les mesures annoncées par François Fillon dopent le CAC 40 qui gagne plus de dix points.

Les problèmes de la gouvernance économique européenne ne sont pas réglés pour autant.

Le lundi 14 juin, Nicolas Sarkozy rencontre à nouveau Angela Merkel à Berlin. Il a réussi à lui faire accepter de venir au secours de la Grèce. Mais il échoue à lui imposer ce qu'il prône depuis des mois : la constitution d'un gouvernement économique de l'euro [1]. Pourtant il ne manque pas d'arguments : « Nous avons une monnaie commune et aucun lieu pour la gérer ensemble », et de citer cet exemple : « En 2004, au moment où l'Allemagne appliquait le plan Schröder, la France instituait les 35 heures. Si un gouvernement économique avait alors existé, on aurait pu prévenir de tels écarts. » À quoi la Chancelière répond : « Il faut un gouvernement fort qui s'étende aux vingt-sept pays et non pas aux dix-sept de la zone euro. » Elle ne veut pas, dit-elle, « diviser le marché commun, séparer l'Union en pays de première et de deuxième classe ». Façon de dire non. C'est que la presse allemande lui reproche de se laisser dominer par l'hégémonie française : le trio Sarkozy, Trichet, Strauss-Kahn.

À l'issue de leur rencontre, Nicolas Sarkozy, visiblement déçu, déclare pourtant : « On a fait chacun un pas vers l'autre. »

1. Que proposait Jacques Delors en 1997 : un pôle économique avec un pacte de coordination des politiques économiques.

Que la zone euro doive évoluer, le couple franco-allemand en est bien conscient.

Quatre mois plus tard, en marge du sommet, avec le président russe Medvedev, Angela Merkel et Nicolas Sarkozy se retrouvent le 28 octobre 2010 en tête à tête à Deauville. Avec l'ambition de dessiner les grandes lignes d'un compromis susceptible de déboucher sur une réforme des structures européennes. C'est une sorte de marché : je te donne ceci, tu me donnes cela.

Le président français souhaite que le Fonds européen, créé au mois de mai pour trois ans, devienne permanent, une sorte de fonds monétaire continental. Ce qu'elle accepte. Mais sa rigueur morale la pousse à demander des sanctions automatiques avec convocation devant la cour de justice européenne pour les pays qui dépasseraient le déficit budgétaire prévu. De quoi faire dresser les cheveux sur la tête du président d'un pays qui, en matière de dépassement de déficit prévu, a de lourds antécédents. Il fait valoir que sanctionner un pays dont le PIB est en baisse, reviendrait à le pousser un peu plus vers l'abîme. Il suggère une autre solution : renforcer la désormais célèbre règle d'or [1], l'inscrire dans la constitution de chaque pays, afin qu'en France le Conseil constitutionnel soit l'arbitre. La Chancelière accepte. Mais elle avance une nouvelle idée : un nouveau traité pour renforcer les sanctions contre les pays qui ne respectent pas les

1. Votée au Parlement français en juillet 2011. Mais le Président renoncera à la faire entériner par le Congrès, le Sénat étant passé à gauche, il n'aurait pas obtenu la majorité requise.

règles budgétaires. Cette fois, le Président s'affole. L'expérience du traité de Lisbonne dont la ratification a tant tardé est assez éclairante. Il suffit que le Parlement d'un pays fasse de la résistance pour bloquer l'Europe. Non merci ! « Mais Angela, ça va prendre cinq ans ! » À la rigueur, on pourrait conclure un traité entre les pays qui le souhaitent, ceux de la zone euro, sans obliger les Vingt-Sept, leur participation serait volontaire. Accordé ! En échange, Nicolas Sarkozy doit faire sienne, bon gré, mal gré, la dernière suggestion de la Chancelière : la « participation du secteur privé ».

De quoi s'agit-il ? Ces quatre mots signifient que les banques créancières d'un pays en quasi-faillite devront prendre à leur charge une partie de leurs engagements. En clair, passer un peu l'éponge sur l'ardoise des dettes. Et la Chancelière a ses arguments : « Moi, je ne peux pas vendre à mon opinion que les Grecs vont utiliser l'argent qu'on leur alloue pour rembourser en priorité les banques étrangères qui sont leurs créancières. » Un pur argument de politique intérieure.

Xavier Musca pique une vraie colère, il perçoit qu'une telle mesure va aussitôt créer la panique chez les investisseurs : les fonds de pensions, les assureurs qui achètent des créances sur la Grèce vont prendre peur, déjà qu'ils ne sont pas très confiants. Ils vont vendre leurs créances, et s'ils le font tous en même temps, c'est la dégringolade assurée et ils ne prêteront plus. « Cette mesure a inoculé le virus mortel de la défiance des marchés, vis-à-vis de la zone euro », admet un an plus tard François Baroin, le ministre des

Finances. Et Jean-Claude Trichet, au risque de se faire étriller par Angela Merkel et Nicolas Sarkozy, ne craint pas d'affirmer : « L'accord de Deauville est un très mauvais accord. »

Un haut diplomate du Quai d'Orsay explique : « En demandant que les investisseurs privés trinquent et en refusant les sanctions automatiques, c'était un accord perdant-perdant. »

Pendant ce temps, la Grèce continue de courir vers le gouffre. Un an plus tard, elle s'approche du précipice. En juin 2011, elle affiche 350 milliards de dette. Athènes crie, une fois de plus, au secours. La contagion menace. Elle pourrait gagner l'Irlande, le Portugal, l'Espagne. Il faut un nouveau plan de renflouement de la Grèce. Début juillet 2011, les ministres des Finances de la zone euro l'ont chiffré à 110 milliards d'euros. Son adoption en Allemagne dépend de la condition posée par Angela Merkel et dont elle ne démord pas : la participation des créanciers privés. Nicolas Sarkozy n'a pas le choix. Il faut en passer par là. Mais il obtient de la Chancelière que la participation soit « volontaire ».

Un nouveau plan ? Elle renâcle. Laisse entendre à quelques jours du sommet du 21 juillet qu'« il ne faut pas en attendre des miracles ». La veille, Nicolas Sarkozy se rend à Berlin pour l'amadouer. La Chancelière a toujours en tête une restructuration de la dette, c'est-à-dire un début de faillite de la Grèce. Nicolas Sarkozy finit par avoir gain de cause. Le plan est adopté. Mais pour être mis en œuvre, il doit être validé par les Parlements des dix-sept pays de la zone euro. Une gageure. Dans l'idéal, il aurait fallu que le couple franco-allemand impose le vote chez les Dix-Sept dans les huit jours, pour illustrer la résolution des Européens. Mais fin juillet… Aucun gouvernement n'est pressé, les parlementaires songent à leurs vacances. La France est certes la première à l'adopter quelques jours plus tard. Mais en Allemagne le Bundestag est en rébellion contre la Chancelière : pas question de voter avant la fin du mois de septembre, « après la visite du pape », explique-t-on. Les Hollandais traînent les pieds, la Slovaquie réserve son vote jusqu'en décembre. Elle refuse de venir en aide à la Grèce « qui est plus riche [qu'elle] [1] ».

En visite aux États-Unis, où on l'interroge sur ces lenteurs préjudiciables à tout le monde, Jean-Claude Trichet tente d'expliquer : « C'est le temps de la démocratie. »

Mais les marchés courent plus vite que les politiques qui révèlent ainsi leur impuissance. Au mois d'août, c'est la défiance. « Tout s'est cassé à ce moment-là, alors qu'au début de l'année, les chefs d'entreprise étaient confiants. Il y avait eu 70 000 créations d'emplois, le mouvement s'est arrêté net. On est entrés en récession », remarque Raymond Soubie. Les taux d'intérêt de l'Italie s'envolent à plus de 7 %. Il faut d'urgence éteindre le feu. « Nous avons réussi à convaincre la BCE qu'il fallait racheter de la dette italienne et espagnole, il a fallu le demander à Jean-Claude Trichet », explique Xavier Musca. Ce que le patron de la BCE va faire,

1. Elle acceptera de voter le plan en octobre. Mais obtient d'être exclue de la participation au financement du plan.

massivement et pour la première fois. En contrepartie, il écrit une lettre à Silvio Berlusconi et à José Luis Zapatero pour les sommer de prendre au plus vite des mesures de rigueur et faire des réformes de structure dans leur pays. Zapatero s'exécute avec courage.

La décision de Jean-Claude Trichet, contraire au traité de Maastricht, révulse le très orthodoxe Jürgen Stark, l'économiste en chef de l'institution, qualifié de « maniaque de la stabilité » par ses détracteurs. Il ne tolère pas cette trahison. Il démissionne. C'est pour Nicolas Sarkozy la confirmation d'une crainte, car le moment approche où il faudra trouver un successeur à Jean-Claude Trichet qui est en fin de mandat. Le président français redoute qu'un Allemand à la tête de la BCE soit trop raide et empêche de prendre les mesures qu'il préconise. Or celui qui est donné comme favori, Axel Weber, le patron de la Bundesbank, est très hostile à la ligne française. Nicolas Sarkozy avait prévenu Angela Merkel dès le mois d'avril : « Je ne veux pas d'un Allemand à la tête de la BCE. » Et il avançait le nom de Mario Draghi, ex-directeur du Trésor, gouverneur de la Banque d'Italie. Il serait croyait-il plus souple, et faisait donc ouvertement campagne pour lui. Ayant compris qu'il ne serait pas soutenu, Axel Weber se retire de la compétition. Draghi succédera à Jean-Claude Trichet.

En attendant, les votes des Parlements de la zone euro, les banques européennes, en France, la BNP, la Société Générale, le Crédit Agricole, voient leurs titres baisser de 30 à 55 % en trois mois, car elles détiennent des stocks de créances sur l'Italie et l'Espagne. Christine Lagarde, du haut de son siège au FMI, où elle vient d'arriver, n'arrange rien en déclarant le 29 août : « Les banques ont un besoin urgent d'être recapitalisées, c'est la clé pour couper la chaîne de la contagion. » Que n'a-t-elle dit ? Elle n'a pas mesuré que cette déclaration venant d'une ex-ministre des Finances de la France allait déclencher une campagne terrible contre les banques françaises dans la presse Murdoch : « Comme si nous étions les maillons faibles, les Américains ne nous prêtaient plus de dollars, j'étais vraiment furieux contre elle », s'emporte un banquier de la place. Nicolas Sarkozy ne manquera pas de dire à son ex-ministre tout le mal qu'il pense de ses propos.

Ça n'est pas tout. Début août, les États-Unis perdent leur triple A. Qui devient la vedette de cet été noir. Nicolas Sarkozy veut à tout prix garder le sien. Cela tourne même à l'obsession chez lui. « Il l'a trop sacralisé, il en faisait une affaire personnelle, il a eu tort [1] », dit un ministre.

« Nicolas Sarkozy joue sa peau sur le triple A », affirmera même Alain Minc [2], alors que sa perte en janvier 2012 [3] n'aura pas les conséquences fâcheuses redoutées.

---

1. Tort ? Pas vraiment. Perdre son triple A, c'était l'assurance, croyait-il, de devoir emprunter à un taux supérieur. Et de s'écarter de celui de l'Allemagne. Et puis, un point de taux d'intérêt en plus, cela a un coût de 16 milliards. Ce qui équivaut à un point de CSG. Danger.

2. Le 28 octobre.

3. L'agence Moody's a dégradé la France, mais pas les deux autres agences, Standard & Poor's et Fitch.

À la fin de l'été, la lenteur du processus de ratification du plan d'aide à la Grèce accentue la défiance des marchés. Les Bourses s'affolent. Berlusconi qui avait annoncé un plan d'économie de 45 milliards d'euros se rétracte huit jours plus tard. Sa dette représente 120 % de son PIB. Les critiques de la troïka (FMI + BCE + Commission européenne) ont jeté une lumière crue sur l'impuissance d'Athènes à mettre en place ses recommandations. C'est la pagaille, tout est à refaire. Le plan du 21 juillet est caduc, avant même d'être appliqué. Angela Merkel et Nicolas Sarkozy se parlent tous les jours, quittent même leurs lieux de villégiature pour se retrouver le 15 août à Paris. Un sommet européen est prévu le 23 octobre. À quatre jours du sommet, la tension est à son comble : « S'il n'y a pas de solution dimanche tout peut s'effondrer », s'alarme le Président, alors qu'il reçoit le 19 octobre les députés du Nouveau Centre. Les banques françaises sont en grande difficulté. « On ne sait pas si l'on passera Noël », s'alarment certains dirigeants. Depuis quelques jours, l'agence Moody's accentue la pression. Elle avertit qu'elle se donne deux mois, voire trois pour dire si la France peut garder son triple A. Or, selon l'Élysée, les interrogations de l'agence portent moins sur la politique budgétaire de la France que sur les risques encourus si l'État français devait emprunter pour venir à leur secours.

Panique à l'Élysée. Nicolas Sarkozy a la solution : que le Fonds européen de stabilité financière devienne permanent et soit alimenté par la BCE. Voilà pourquoi ce soir-là, celui qui allait être papa quitte précipitamment la clinique avant que le bébé n'arrive pour s'envoler vers Francfort, où le Gotha européen est réuni pour rendre hommage à Jean-Claude Trichet qui fait ses adieux. Mais c'est Angela qu'il veut voir en tête à tête pour tenter de lui faire valider son idée : que le FESF devienne une vraie banque. Ce qu'Angela Merkel refuse. Elle accepte, en revanche, d'effacer la moitié de la dette grecque à une condition : que les banques acceptent cette fois de perdre 50 % sur leurs échanges de titres (en juillet c'était 23 %). Énorme ! Nicolas Sarkozy rentre très dépité. Il était absent lorsque la petite Giulia est arrivée. Les féministes allemandes s'indignent de cette désinvolture paternelle et se répandent dans les télés pour fustiger un homme qui aurait dû rester auprès de son épouse. Nicolas Sarkozy en est-il conscient ? À ceux qui le félicitent de la naissance de sa fille, il répond : « Carla est tellement intelligente », sous-entendu, elle connaît mes soucis et pardonne mes absences. Il ajoute : « En ce moment je suis plus souvent avec Angela qu'avec ma femme. »

Le combat continue. La Chancelière lui a dit non à Francfort. Bien pire : elle l'appelle le lendemain sur son portable pour lui dire : « Nicolas il faut annuler la réunion du 23. » Elle craint les réactions négatives de sa majorité, elle ne veut rien faire sans mandat du Bundestag. Abasourdi, le Président lui : « Il est impossible d'annuler la réunion. Les marchés vont très mal réagir, on court à la catastrophe. Si tu veux, on se réunit le 23, tu vas ensuite devant le Bundestag, et on prendra les décisions le 26. » Nouveau compromis. Angela Merkel consulte donc son Parlement, mais le texte qu'elle y présente « a été préparé avec Bercy », révèle Ramon Fernandez, le directeur du Trésor.

Le 26 octobre, la Grèce voit en effet sa dette effacée de moitié : cent milliards, excusez du peu ! Moyennant un nouvel engagement à réduire les dépenses et plus encore à faire les réformes promises, mais pas encore vraiment lancées. Mais les choses ne se présentent pas bien. Les banques refusent ce qui leur est proposé (ou plutôt imposé) : renoncer à la moitié de leurs engagements. Les directeurs du Trésor français et italien qui ont été chargés de négocier [1] reviennent bredouilles.

Angela Merkel suggère alors : « Allons nous coucher et revenons au plan Schauble » (laisser la Grèce faire faillite).

Réponse de Nicolas Sarkozy : « Ce serait une folie. Demain ce sera la panique sur les marchés, on ne pourra plus emprunter. Faisons plutôt venir les banquiers pour nous expliquer. »

Angela Merkel : « Pas besoin de les faire venir, on n'a qu'à leur dire c'est comme ça et c'est pas autrement. »

Nicolas Sarkozy : « Si on procède de cette façon, on dira que c'est une restructuration "non volontaire", ce qui créera encore plus de panique chez tous les créanciers. »

1. Avec l'Américain Charles Dallara qui représente 450 établissements financiers répartis sur l'ensemble de la planète, et le Français Jean Lemierre ex-directeur du Trésor. Tous deux jugent la proposition inacceptable.

Herman Von Rumpuy, José Manuel Barroso, Christine Lagarde qui participent à la réunion, l'approuvent.

À 1 heure du matin, les représentants des banques arrivent. Ils ont une petite mine. C'est une heure où l'on est en état de moindre résistance. Nicolas Sarkozy n'y va pas par quatre chemins : « C'est à prendre ou à laisser. Si vous dites non, vous porterez la responsabilité de la crise. Vous avez une heure pour vous décider. » Une heure plus tard, les banquiers reviennent. Ils ont cédé à la pression.

Pendant ce temps, Georges Papandréou se confond en remerciements : cent milliards de dette effacés, « c'est une décision historique », se réjouit-il.

« Nous sommes rentrés à 6 heures du matin », note, fourbu, un collaborateur de l'Élysée qui remarque que, durant le trajet du retour, le Président lisait *L'Équipe*.

Le soir même, il donne une interview à Yves Calvi et Jean-Pierre Pernaut : « S'il n'y avait pas eu d'accord, plaide-t-il, le monde entier sombrait dans la catastrophe. L'accord d'hier permet à la Grèce de se sauver, mais elle doit travailler, se réformer, combattre la fraude fiscale. Nous avons demandé aux banquiers de renoncer à 50 % de leurs dettes. Nous avons obtenu leur accord volontaire » (*sic !*).

Nicolas Sarkozy s'apprête à partir pour Cannes où il doit présider la réunion du G20. Il peut penser que le plus dur est fait quand la foudre s'abat sur l'Élysée : à peine rentré chez lui, Georges Papandréou a décidé, sur un coup de tête, d'organiser un référendum en janvier. Il veut consulter les Grecs sur le plan d'aide [1]. Il n'a prévenu personne, ni son ministre des Finances, ni les Européens.

C'est qu'à son retour à Athènes la violence des manifestations, la virulence de l'opposition l'ont déstabilisé. « C'était un homme déprimé », dit de lui Nicolas Sarkozy, mais qui risque par son initiative intempestive de faire capoter le plan adopté par la zone euro ainsi que le sommet du G20.

Papandréou est convoqué en urgence à Cannes. Une invitation à dîner dont il se souviendra. Angela et Nicolas lui administrent une volée de bois vert. Une vraie fessée.

Nicolas Sarkozy : « Tu nous ridiculises, ce que tu fais est irresponsable. Les investisseurs vont se retirer, il n'y aura plus personne pour prêter aux Européens. Si tu veux faire un référendum, c'est ton droit [2], mais tu dois poser la bonne question : "Voulez-vous sortir ou rester dans l'euro [3] ? Si c'est oui, on aura perdu du temps. Si c'est non, tu prolonges l'incertitude des marchés, et là on ne sait plus où l'on va." »

Angela Merkel : « En attendant le résultat du référendum, il n'est pas question que tu reçoives le chèque de huit milliards d'euros que tu attendais pour le 8 décembre. »

---

1. Cent milliards d'aide d'État et cent milliards d'effacement de la dette bancaire.

2. François Hollande apporte son soutien à Georges Papandréou : « Il a le droit de consulter son peuple. »

3. Un sondage publié en Grèce révèle que si 65 % des Grecs sont contre le plan du 27 octobre, 72 % veulent rester dans l'euro.

Jean-Claude Juncker : « Tu joues le sort de ton pays à la roulette russe. »

Pour finir Nicolas Sarkozy laisse tomber : « Protéger l'euro est pour nous plus important que protéger la Grèce. »

« C'était un moment dramatique, dit un témoin, Papandréou était complètement abattu. » « J'ai été débordé », reconnaît le Premier ministre grec. Il repart à Athènes plus sonné que jamais. La pression sur lui a été telle qu'il renonce deux jours plus tard à son référendum, éteignant ainsi la mèche qu'il avait allumée. Une semaine plus tard, il démissionnait, peut-être soulagé.

L'acte suivant met en scène l'Italie. Berlusconi arrive à 2 heures du matin, pas fier d'avoir renoncé à son plan de rigueur. « C'était pathétique, raconte Alain Juppé. Nicolas lui posait des questions précises auxquelles il demandait à son ministre des Finances Tremonti de répondre. Car il ne connaissait pas les dossiers. On le sentait dépassé. La France et l'Allemagne voulaient mettre l'Italie sous la tutelle du FMI. Tremonti s'y opposait. À un moment, Berlusconi s'est endormi, il était 4 heures du matin. » Lui aussi quittera le pouvoir quatre jours plus tard.

« Le G20 a fait deux morts : Papandréou et Berlusconi », commente un diplomate.

Le lendemain de cette nuit tragique, le couple franco-allemand apparaît plus soudé que jamais. Leur conférence de presse s'écoute comme un monologue à deux voix.

« L'axe franco-allemand s'est renforcé pendant la crise », affirme le Président. « Décidez ce que vous voulez, mais nous, nous souhaitons que vous restiez avec nous », minaude presque la Chancelière qui refusait quelques semaines plus tôt d'aider les Grecs. Nicolas Sarkozy se fait l'apôtre de la bonne gestion et du respect des règles budgétaires. Ça n'était pas sa priorité au début du quinquennat.

Mais le G20 de Cannes est pollué par l'affaire Papandréou. Alors que Nicolas Sarkozy comptait en tirer un bénéfice médiatique, les résultats sont décevants. Pourtant la régulation de la finance a fait quelques pas en avant. La Chine accepte que soit écrit noir sur blanc la nécessité pour elle d'évoluer vers des taux de change plus souples, c'est-à-dire d'accroître la flexibilité de sa monnaie. Le projet franco-allemand de taxe financière suscite des oppositions fortes. Mais il a tout de même été évoqué. Et ainsi de suite. Xavier Musca qui organisait la rencontre reconnaît que « l'impression d'impuissance du G20 vient de l'écart qui existe toujours entre les décisions qui y sont prises et leur impact immédiat sur l'économie ».

« Si le G20 n'existait pas, il n'y aurait pas ce lieu précieux où les chefs d'État des vingt principales puissances, les dirigeants des banques centrales, les régulateurs se parlent. Grâce au G20 je connais mon homologue chinois, on se téléphone souvent, on se parle, c'est très important », assure Ramon Fernandez, le directeur du Trésor.

Mais la cerise sur le gâteau de Cannes, c'est Barack Obama qui l'offre à Nicolas Sarkozy. Un duo devant les caméras de TF1 et France 2 où le président américain, tout sourires, salue « son énergie, son leadership impressionnant, bref sa stature internationale qui est reconnue, dit-il, par tous ses pairs ». Il lui offre en somme un triple A politique.

« Dans une réunion comme celle du G20 il y a deux pôles qui attirent la lumière, Obama et Nicolas », assure Alain Juppé.

Fini le G20, retour sur la scène européenne, les négociations continuent. Nicolas Sarkozy et Angela Merkel se retrouvent à Strasbourg le 24 novembre. Ils ont rendez-vous avec Mario Monti, le nouveau président du Conseil italien. Le coût de la dette italienne explose, la Grèce est toujours au bord de la faillite, il faut faire évoluer la gouvernance de l'Europe. Nicolas Sarkozy ne change pas d'idée fixe. Il voudrait que la Banque centrale européenne garantisse les dettes des États attaqués par les marchés, joue le même rôle que la FED américaine [1].

Jusque-là Angela Merkel l'a toujours refusé, car elle en redoute les conséquences : l'inflation et surtout le retour au laxisme budgétaire qui est, chez elle, une idée fixe. Elle veut donc changer les traités pour rendre les règles de discipline budgétaire plus contraignantes. La Chancelière a trouvé en Mario Monti un allié en matière de sanction contre les pays qui ne rempliraient pas leurs engagements. « Il faut que les règles soient respectées », dit l'Italien. Nicolas Sarkozy a fini par accepter une modification des traités. Mais en échange, il obtient la constitution d'un gouvernement économique de la zone euro qu'il

1. Ce mois-là, un banquier de la place pose ce diagnostic : « Si Draghi ne rachète pas de la dette italienne, l'euro ne passera pas 2012. »

réclamait de ses vœux depuis si longtemps. La Chancelière a dit oui. Enfin. « C'est une victoire conceptuelle de la France », se réjouit le Président.

À la fin de la réunion, les journalistes interrogent le trio sur l'avancée des discussions relatives à un élargissement du rôle de la Banque centrale européenne. Réponse du Président : « Tous les trois on s'est mis d'accord pour dire que le respect de l'indépendance de la Banque centrale européenne, c'est de s'abstenir de faire des demandes, positives ou négatives. »

Réponse de la Chancelière : « Je voudrais rappeler que la BCE est indépendante, est-ce que vous avez compris ? »

Un arrêt sur image s'impose – en déclarant après le Président : « La Banque centrale européenne est indépendante », la Chancelière laisse entendre qu'elle s'abstiendra désormais de toute critique. En clair : libre à la BCE de racheter de la dette. En symétrie, Nicolas Sarkozy s'abstiendra de lui donner des conseils. Il vient de faire sauter le verrou allemand.

Ainsi avance le couple Merkel-Sarkozy [1]. Le Président qualifie la rencontre de Strasbourg de « sommet le plus réussi ». Car il a eu gain de cause. Quinze jours plus tard, recevant des journalistes à l'Élysée, il prédit : « Entre le 9 décembre et le début du mois de janvier, la BCE va lancer les Orgues de Staline. » En

1. Au moins le tandem franco-allemand travaille et cherche des solutions dont, naturellement, chacun veut qu'elles soient compatibles avec ses intérêts nationaux… Ce que Sarkozy a fait sur la scène financière internationale est ce qu'il y a de mieux (Michel Rocard, *Le Parisien*).

clair : Draghi va accepter de faire avec amplitude ce que son prédécesseur faisait avec parcimonie. En réalité, Draghi n'ira pas aussi loin que l'espérait le Président. Il veut d'abord s'assurer que les pays respecteront la discipline budgétaire. Il n'empêche : la Banque centrale européenne accorde 500 milliards de prêt sur trois ans aux banques à un taux défiant toute concurrence : 1 %. Les marchés s'ajustent, le calme revient peu à peu.

9 décembre : nouveau sommet européen de crise. Le couple franco-allemand fait adopter son projet de modification du traité. Vingt ans après Maastricht, sous la pression de l'Allemagne, l'Europe referme la parenthèse des dix premières années de la monnaie unique caractérisées par le laxisme financier. Chaque État va s'engager à adopter une nouvelle règle budgétaire. Ne pas dépasser un déficit structurel de 0,5 % du PIB à horizon de 2020. La création d'un nouveau fonds monétaire européen. La Chancelière a accepté le gouvernement économique de la zone euro qui pousse à plus d'intégration et de convergence économique. Elle abandonne la règle qu'elle avait imposée à Deauville en octobre 2010 : la participation du secteur privé.

David Cameron, le Premier ministre britannique, comptait monnayer son vote sur le nouveau traité, en posant ses conditions : une dizaine de points pour mettre la City à l'écart de toute réglementation financière. Réponse cinglante de Nicolas Sarkozy : « Tu ne peux pas vouloir rester toujours en dehors et exiger de peser sur les délibérations des autres. Ou tu es dedans, ou tu es dehors. Ça n'est plus supportable. On se passera de toi. »

Et c'est ainsi que David Cameron s'est retrouvé seul à Bruxelles, exclu du traité. Il a peut-être obtenu ce qu'il cherchait au plan intérieur : une remontée dans les sondages.

« Le non très net du président français aux exigences britanniques, auquel s'est jointe Angela Merkel, est une vraie avancée. Cela a clarifié la situation. Ce que nous n'avions pu faire de mon temps », apprécie Gerhard Schröder [1].

Le 30 janvier, les Dix-Sept ont approuvé la modification du traité. La zone euro renforce son intégration. Le problème grec n'est toujours pas réglé. Mais l'Europe a avancé d'un grand pas.

Le volontarisme français et la discipline allemande l'ont emporté.

« J'ai vu le Président à l'œuvre avec la Chancelière depuis 2010. Malgré des divergences importantes, je ne l'ai jamais vu s'énerver, il était en totale maîtrise. Il ne l'a jamais attaquée de front. Il a toujours gardé son calme. Il ne lui a jamais fait de mauvais coup, jamais fait état publiquement de leurs conversations. C'est ainsi qu'il l'a amenée à évoluer et qu'une confiance réciproque s'est forgée au gré des événements », constate un conseiller de l'Élysée. « Si le Président avait eu le même tempérament que la Chancelière, rien n'aurait bougé en Europe », ajoute un diplomate.

« Plus je vais, plus je suis européen, confie en privé Nicolas Sarkozy. J'ai accepté les compromis pour

1. In *Le Figaro* du 22 décembre.

l'Europe. Angela et moi nous sommes condamnés à travailler ensemble. »

« Depuis 2007, Nicolas Sarkozy a beaucoup fait pour l'Europe. Il l'a relancée avec le traité simplifié. Sa présidence européenne est saluée par tout le monde. Et dans la crise de l'euro, il a vu juste, il a tenu le bon cap. Si l'Europe n'a pas explosé, c'est bien grâce à lui. Je crois qu'il s'inscrit dans la lignée des grands Européens », veut conclure Alain Juppé.

CHAPITRE 6

Victime des victimes ?

« Moi, je suis toujours du côté des victimes. » Ce n'est pas un successeur de l'abbé Pierre ni une nouvelle mère Teresa qui fait cette déclaration à la mi-juin 2009, mais le président de la République française.

Son entourage, ses ministres, la plupart des députés de la majorité ne peuvent être surpris par cette profession de foi. Ils l'ont tous remarqué : sa compassion pour les victimes, quelles qu'elles soient – victimes de crimes, de viols, otages, soldats morts au combat –, suscite chez lui des élans irrépressibles qui les interrogent toujours par leur intensité.

« Ce qui m'étonne le plus chez lui, c'est son hypersensibilité. Son émotion totale devant le malheur des gens, tout l'atteint », témoigne Franck Louvrier.

Même écho chez Christian Frémont, son directeur de cabinet : « Quand il reçoit les familles des victimes, il établit avec elles un lien presque charnel, il sait trouver les mots pour les apaiser. Il se montre en totale empathie. Et ce n'est pas pour le spectacle. Ces rencontres ont lieu sans les médias. J'ai connu beaucoup de politiques, mais aucun capable comme lui d'autant de chaleur humaine. »

« Les rencontres avec les familles des victimes sont pour moi des moments que je conserverai toute ma vie en mémoire », confie le Président.

Ce trait de caractère peu souligné aide à mieux expliquer l'homme Sarkozy. « La politique se fait avec la tête, mais il est très certain qu'elle ne se fait pas avec la tête seulement[1]. » Car il n'en reste pas là. Ensuite, il passe à l'action (réflexe d'avocat que révulse l'erreur judiciaire ?). Il secoue tous les services intéressés. Clama sa colère au risque de se faire des ennemis en parlant sans fard, trop vite et trop fort parfois. Bref en sur-réagissant.

Et si la compassion faisait de lui une victime des victimes ? « C'est un élément transversal du quinquennat », admet un diplomate. En cette année 2011, trois exemples l'illustrent : le drame de Pornic, qui achève de le brouiller avec le monde judiciaire ; l'affaire Florence Cassez ; et la loi sur la négation du génocide arménien qui vont mettre à mal les relations de la France avec deux grands pays : le Mexique et la Turquie.

---

1. Max Weber, *Le savant et le politique*, 1959.

CHAPITRE 7

Laetitia Perrais

Pornic, station balnéaire de Loire-Atlantique, somnole au rythme du calme venteux de l'hiver. Et voilà que le 1er février, une nuée de journalistes l'envahit. C'est que la petite ville vient d'être le théâtre d'un horrible fait divers. On a retrouvé au fond d'un étang le corps dépecé d'une jeune fille, Laetitia Perrais, disparue depuis le mardi 18 janvier. Une horreur. Elle avait 18 ans.

La France entière est bouleversée et choquée. Le principal suspect, Tony Meilhon, 31 ans, a été mis en examen et incarcéré pour enlèvement suivi de mort, dès le 24 janvier. Il réfute l'accusation en arguant qu'il s'agit d'un accident mortel de la circulation. C'est un habitué des tribunaux : avant le drame, il a fait l'objet de quinze condamnations et a passé douze années dans les centrales et les maisons d'arrêt pour vol, dégradation de biens, conduite en état d'ivresse, outrage à magistrat. Une personnalité incontrôlable.

En déplacement à Saint-Nazaire le 25 janvier, Nicolas Sarkozy se saisit de l'affaire. Depuis son passage au ministère de l'Intérieur, cinq lois ont déjà été votées pour limiter et si possible empêcher la récidive des délinquants sexuels. Pourtant il exige de nouvelles mesures afin, s'écrie-il, « que de tels actes criminels ne se reproduisent plus ».

Dans le cas présent, le coupable présumé était sorti de prison en février 2010, après avoir accompli l'intégralité de sa peine. N'ayant jamais commis d'agression sexuelle contre des femmes ou des enfants – sa compagne était venue s'en indigner au commissariat, mais elle n'avait pas porté plainte – il ne figurait donc pas sur la liste des délinquants sexuels dangereux. Il n'a pas été pris en charge par le Service pénitentiaire d'insertion et de probation (le SPIP), débordé : ils sont vingt et un conseillers d'insertion dans le département, dont seulement seize à plein temps. Il y a 887 détenus fichés comme délinquants sexuels, récemment libérés. Comment les prendre tous en charge ? Impossible. « Ils ne le sont donc pas, alors qu'ils devraient l'être », déplore le responsable CGT de l'administration pénitentiaire. C'est la misère de la justice.

Le parcours carcéral de Meilhon étant jalonné d'incidents, il n'a jamais bénéficié du moindre aménagement de peine, il est considéré comme un détenu impulsif, immature, très violent. Il a purgé ses condamnations jusqu'au bout.

Révulsé par ce fait divers qu'il évoque lors de trois petits déjeuners successifs de la majorité, Nicolas Sarkozy reçoit le 31 janvier, à l'Élysée, la famille d'accueil[1] de Laetitia. Celle-ci est très remontée contre les policiers et les juges « qui n'ont pas fait leur travail pour empêcher un tel crime ». « Monsieur le Président, il ne faut plus que cela recommence », supplie le père.

Et comme toujours, lorsqu'il reçoit des parents de victimes, sa réaction est émotionnelle et spontanée : il promet des sanctions.

Quelques jours plus tard, accompagné de Michel Mercier, le ministre de la Justice, il visite un commissariat central à Orléans, ville pilote pour sa réussite dans la baisse de la délinquance. Il n'a pas été prévu qu'il prononce un discours sur la sécurité. (Celui de Grenoble ayant laissé un souvenir qui n'est pas effacé.) Les journalistes présents tendent néanmoins leurs micros et l'interrogent sur l'affaire qui fait tant de bruit. Il se fait l'interprète de l'émotion des Français. Et ajoute sur un ton pète-sec : « Quand on laisse sortir de prison un individu comme le présumé coupable sans s'assurer qu'il sera suivi par un conseiller d'insertion c'est une faute. Et quand il y a une faute, nos compatriotes ne comprendraient pas qu'il n'y ait pas de sanction. » Il vient de réactiver un feu qui couvait.

Pour les juges, trop c'est trop. C'est l'embrasement.

Les magistrats du tribunal de Nantes décident sur-le-champ de faire la grève des audiences pendant une semaine. Une forme de protestation rarissime. Leur

---

1. Le père de cette « famille » d'accueil, accusé de viol quelques mois plus tard par la sœur jumelle de Laetitia, a été arrêté et mis en garde à vue depuis. Sordide.

syndicat fustige « un populisme de bas étage ». Les agents de probation font chorus. Mais l'entourage du Président n'en démord pas, il y a eu faute policière et faute judiciaire.

Entre l'avocat Sarkozy et les juges, les relations sont depuis longtemps exécrables. Ministre, en 2005, il leur avait reproché d'avoir libéré « le monstre ». En l'occurrence le meurtrier de la joggeuse Nelly Crémel. En 2006, il étrillait les juges « laxistes de Bobigny ». Devenu Président, il qualifiait de « petits pois », en 2007, les magistrats de la cour de cassation.

Lors d'une table ronde consacrée à la prévention, Nicolas Sarkozy avait lancé le projet de création de jurys populaires – comme aux assises – dans les tribunaux correctionnels. Une mesure qui réconcilierait, croyait-il, les Français avec la justice. « La parole au peuple c'est une révolution. J'y crois beaucoup. » Et il avait promis de le faire aboutir avant la fin de l'année.

La colère des magistrats de Nantes fait tache d'huile. À Bayonne, à Lille, à Grenoble, à Bordeaux, à Caen, à Nancy et jusqu'à Pointe-à-Pitre, des grèves d'audience sont répétées. Les syndicats annoncent une grande journée de protestation pour le 10 février. La justice gronde.

« Tout le monde sait qu'il n'y a pas eu faute. Des choix ont été faits et validés par la hiérarchie, il n'y avait pas moyen de faire mieux », s'indigne le secrétaire général du Syndicat de la magistrature qui souligne un sentiment « d'injustice et de révolte ». Le juge antiterroriste Marc Trévidic, président de l'Association française des magistrats instructeurs, qualifie Nicolas Sarkozy de « multirécidiviste dans ses attaques ».

Nicolas Sarkozy ne fait qu'exprimer sa piètre opinion des magistrats. Il les a toujours décrits comme des conservateurs frileux, pétris de certitudes, qui ne se remettent jamais en question, enfermés dans leur corporatisme et leur souci d'avancement. Alors que lui rêve d'une justice réactive, moderne, ouverte sur l'extérieur.

« Nicolas exècre les corporations mais pas forcément les individus qui les composent », explique un proche, qui veut bien admettre « qu'il a jeté du gros sel sur les plaies ».

Reste que le budget de la justice française est l'un des plus faibles par habitant en Europe. « Cela fait des années que l'on se plaint, ça ne date pas de Sarkozy », admet un juge. Il n'empêche : la multiplication des griefs explique le succès de la journée de manifestation organisée par tous les syndicats de magistrats, auxquels se sont joints les avocats – les uns et les autres défilant en robe. On n'avait jamais vu ça.

Ce soir-là, Nicolas Sarkozy participe sur TF1 à l'émission « Paroles de Français ». Elle était programmée de longue date. Il va donc tenter d'apaiser le climat, de mettre un peu de baume sur les plaies en promettant d'engager une discussion de fond avec la profession. « Le budget de la justice augmentera de plus de 4 % dans l'année, promet-il, ajoutant : Je confirme que s'il y a eu dysfonctionnement, le responsable aura à en répondre. Cela n'a rien à voir avec ce que je pense de la magistrature dans son ensemble

(…) L'immense majorité des magistrats sont compétents, honnêtes et diligents. »

Ses propos ne calment pas les magistrats. Ils se disent au contraire toujours aussi consternés et scandalisés. À Nantes, le tribunal reconduit le mouvement pour sept jours. Sur le plan national, les vingt-quatre organisations de l'Intersyndicale qui regroupent avec les magistrats les fonctionnaires de justice, les greffiers, les policiers et même des psychiatres, appellent à dresser « un état des lieux juridiction par juridiction ».

Elles sont encouragées par les conclusions des enquêtes menées par les Inspections générales de la police nationale (IGPN) et de la gendarmerie, lesquelles exonèrent les fonctionnaires et les policiers de toute responsabilité dans l'affaire Tony Meilhon. Ni l'une ni l'autre ne font état de dysfonctionnements graves. « Les vérifications opérées n'ont pas démontré de manquements particuliers », relève le directeur de l'IGPN dans un courrier adressé à Frédéric Péchenard, directeur général de la police.

Syndicats de magistrats et responsables policiers se disent soulagés.

Le garde des Sceaux, le placide Michel Mercier, est chargé par l'Élysée de tourner la page. Il reçoit les syndicats. Après trois heures de rencontre, il constate des carences manifestes au niveau de l'organisation des services et de la circulation de l'information entre les différents acteurs. Il note aussi des choix inadaptés sur l'affectation des moyens. Mais il ne retient aucune faute individuelle.

Affaire terminée. Sinon classée. Quand à la mi-novembre, un nouveau drame tragique éclate au lycée de Chambon-sur-Lignon, le viol et l'assassinat de la jeune Agnès, 13 ans, par un camarade de lycée déjà condamné pour viol, le Président se gardera bien d'intervenir publiquement.

Il sait qu'il ne retrouvera pas aisément la confiance du monde judiciaire (qu'il n'a jamais eue…).

CHAPITRE 8

L'avocat

Quelques jours après le drame de Pornic et la crise avec le monde judiciaire, Nicolas Sarkozy ouvre un autre front, cette fois avec le Mexique. Et au moment le plus inattendu : l'année 2011 est consacrée en France à la culture mexicaine. Plus de 350 manifestations sont prévues dans tout le pays. À la fin du mois de janvier, le Président décide de les dédier à Florence Cassez, jeune Française détenue au Mexique depuis six ans. L'État mexicain se jugeant insulté retire illico sa participation. (Une partie des manifestations seront néanmoins sauvées.)

Cette brouille résulte d'une longue et très complexe histoire.

Florence Cassez est cette jeune nordiste partie en 2003 rejoindre son frère installé au Mexique. Elle est arrêtée deux ans plus tard dans des conditions spectaculaires (la police a mis en scène son arrestation pour deux chaînes de télévision). Son crime : avoir été la compagne d'Israël Vallarta, considéré comme le chef d'une bande de kidnappeurs et le responsable de plusieurs enlèvements.

Or les rapts et les enlèvements sont dans ce pays un véritable fléau : plus de 8 000 victimes sont recensées chaque année. L'opinion publique est à vif.

Florence Cassez, « l'étrangère », sera le parfait bouc émissaire, le symbole de tout le mal que le pays ne supporte plus. Malgré ses dénégations, elle est jugée pour complicité de trois enlèvements et séquestrations et condamnée à 96 ans de prison, pas moins, alors que son ex-compagnon a été jugé en première instance, mais n'est toujours pas condamné. Bizarre.

Nicolas Sarkozy découvre l'affaire en mai 2008, quand, à la demande de Thierry Lazaro, député du Nord, il reçoit les parents de la jeune femme qui habitent Dunkerque et leur avocat Me Franck Berton. Il ne connaît rien au dossier. Le Quai d'Orsay n'a pu lui fournir aucune information, Bernard Kouchner ne s'était pas saisi de la question. Le Président se montre donc circonspect.

Après plusieurs voyages au Mexique, Franck Berton lui remet une note de quarante pages. L'avocat a fait sa propre enquête et acquis la conviction que sa cliente est victime d'une machination montée par le chef de la police, Genaro Garcia Luna, devenu depuis ministre de la Sécurité publique. Dès lors convaincu de l'innocence de la jeune Française, Nicolas Sarkozy s'entretient de l'affaire à plusieurs reprises avec son homologue mexicain le Président Calderon. Il voudrait obtenir le transfèrement de la prisonnière comme l'autorise la Convention de

Strasbourg que le Mexique a signée [1]. Une visite d'État est prévue au Mexique en mars 2009. On attend la décision de la cour d'appel, qui a été saisie par la condamnée. Avant son voyage Nicolas Sarkozy a dépêché à Mexico Jean-Claude Marin, le procureur de la République, avec pour mission de s'entretenir avec les autorités judiciaires et de s'assurer que le verdict ne tombera pas pendant sa visite. Le procureur revient chargé de belles promesses.

Huit jours avant sa visite, Nicolas Sarkozy a reçu une lettre du Président Calderon qui le conforte. Celui-ci écrit en effet : « Si la cour d'appel maintient sa condamnation, je ne mets pas d'opposition à l'application de la Convention de Strasbourg. »

Le Président est tout heureux de montrer la lettre à Franck Berton. Or, trois jours avant le voyage, l'avocat reçoit un appel angoissé de Florence Cassez : « Ils viennent de me condamner à soixante années de prison. »

Les autorités judiciaires se sont moquées de Jean-Claude Marin. Nicolas Sarkozy veut croire que la lettre de Calderon anticipait la décision de la cour d'appel. Et dès son arrivée à Mexico, l'affaire est au menu de leurs rencontres. Nicolas Sarkozy demande à son homologue de tenir ses engagements écrits. Réponse plus vague de celui-ci : « On va mettre en

1. Un conseiller de l'Élysée Damien Loras fait plusieurs voyages à Mexico pour convaincre l'entourage du président mexicain : l'affaire Florence Cassez est une priorité pour le président français.

place une commission bipartite (avec des Français et des Mexicains) pour envisager le transfèrement. »

Nicolas Sarkozy comprend que les choses vont traîner. Ce qui l'exaspère. L'après-midi il a été invité à prendre la parole devant le Sénat de Mexico. Avant qu'il monte à la tribune, le président du Sénat [1] lui souffle à l'oreille qu'il vaudrait mieux ne pas évoquer la prisonnière. Nicolas Sarkozy décide au contraire d'enfoncer le clou : « Puisque l'on m'a discrètement recommandé de ne pas parler de Florence Cassez, je vais commencer par vous parler d'elle… Je ne suis pas venu pour contester les décisions de la justice mexicaine. Ma démarche ne présuppose ni de son innocence, ni de sa culpabilité. Cette démarche, je la fais parce qu'elle est une citoyenne française. »

Crispation des sénateurs.

La presse mexicaine, rarement paisible, s'enflamme et multiplie les éditoriaux violents. Va jusqu'à rappeler l'intervention des troupes de Napoléon III dans le pays au milieu du XIXe siècle. Les responsables politiques, tous partis confondus, serrent les rangs, parlent en chœur d'atteinte à la souveraineté mexicaine et d'arrogance française.

Nicolas Sarkozy ne lâche pas prise. Il l'avait promis aux parents : « On va la sortir. » Le transfèrement de la jeune Française est devenu pour lui une affaire personnelle. « Je me souviens d'un voyage en avion où il nous avait entretenus longuement de cette affaire qui l'obsédait », témoigne Laurent Wauquiez. Ses ministres, qui s'interrogent toujours sur le rôle exact et les

1. Qui est dans l'opposition à Calderon.

responsabilités de la jeune femme, se demandent s'il n'en fait pas trop.

La commission est néanmoins créée avec côté français Jean-Claude Marin et l'ambassadeur de France au Mexique, Daniel Parfait [1]. Côté mexicain, on exprime les craintes que le président français use de son droit de grâce après le transfèrement.

L'opinion publique se montrant hostile à toute mesure de clémence, Calderon, tenu par son ministre de l'Intérieur (chef de la police quand fut montée l'opération-arrestation de la jeune femme), est paralysé. Trois mois après la constitution de la commission, il finit par y mettre publiquement fin. Soulignant même à la télévision : « Le Mexique n'appliquera pas la Convention de Strasbourg. »

Nicolas Sarkozy s'obstine. Chaque sommet du G20 est, pour lui, l'occasion de rappeler à Calderon sa promesse écrite : le transfèrement. « Ça va s'arranger », lui répond invariablement ce dernier.

Or, rien ne bouge.

Après le rejet de la cour d'appel, Florence Cassez avait saisi la cour de cassation. Fin janvier 2011, celle-ci confirme le verdict de la cour d'appel : 60 années de prison [2]. Nicolas Sarkozy enrage.

Il reçoit, à nouveau, les parents de Florence Cassez, évidemment bouleversés. Sa mère en particulier, qui suggère qu'il faudrait annuler les manifestations de

1. Ex-beau-frère d'Ingrid Betancourt.

2. Les juges avaient rencontré le matin le directeur de cabinet du Président Calderon et celui du ministre de la Sécurité. Ils ont obéi aux ordres.

l'année du Mexique. C'et que, dans le Nord, Martine Aubry a donné le *la*, en décidant la première d'annuler les manifestations qui étaient prévues à Lille. Elle a même demandé aux collectivités locales dirigées par les socialistes d'en faire autant.

Le Président répond à Mme Cassez que cela n'est pas une bonne idée : 350 manifestations culturelles, économiques, scientifiques sont prévues. De gros frais sont engagés.

« Il ne faut pas punir le peuple mexicain », plaide-t-il.

Il joint la jeune femme au téléphone qui lui confirme que l'annulation ne serait pas souhaitable et même qu'elle risquerait d'en faire les frais. Elle n'a qu'un souci : qu'on ne l'oublie pas.

Et voilà que Nicolas Sarkozy, très ému, se rend en salle de presse, entouré de Michèle Alliot-Marie et du député Thierry Lazaro pour annoncer sans ambages et à la surprise de ceux qui l'accompagnent : « J'ai décidé de dédier ces manifestations à Florence Cassez. Et je me rendrai moi-même à la première. »

« Quand je l'ai entendu, je me suis dit : ça va être la catastrophe pour les relations diplomatiques », avoue Franck Berton.

La réaction de Felipe Calderon ne se fait pas attendre : il annule les festivités.

Dans une lettre publiée par *Le Monde*, des artistes, des écrivains, des scientifiques français et mexicains disent leur regret d'être utilisés comme moyen de pression dans des affaires qui relèvent de la justice et de la diplomatie. « En dédiant l'année du Mexique à Florence Cassez, disent-ils, Nicolas Sarkozy a pris une lourde responsabilité, c'est un mélange des genres inadmissible. »

Les relations avec le Mexique atteignent un point de crispation jamais égalé.

Mais dans l'opinion publique mexicaine, l'impact de cette crise va retomber assez vite. On commence dans certains milieux à s'intéresser au fond de l'affaire. Lors de sa visite au pape, le 8 octobre 2010, Nicolas Sarkozy sachant que l'Église a un poids énorme au Mexique, avait alerté le Saint-Père sur cette affaire. Avec succès. Le pape avait missionné vingt-sept prêtres mexicains : qu'ils mènent leur enquête. Un an plus tard, en novembre 2011, l'un d'eux qui est aussi avocat, le père Pedro Arellano, conclura dans son rapport à « l'absolue innocence de la condamnée ». Il l'écrira même : « Les preuves ont été falsifiées par le gouvernement pour l'incriminer. » Et il mettra en cause le ministre de la Sécurité publique.

« Sans le Président, cette enquête, qui a fait grand bruit au Mexique, n'aurait jamais été conduite », admire Damien Loras, conseiller de l'Élysée, chargé du dossier. Ça n'est pas tout. Trois revues mexicaines ont publié leurs propres recherches, pointant du doigt les incohérences du dossier. Une universitaire et éditorialiste de renom, Denise Dresser, écrit dans son livre *El Pais de Uno* : « Dans toute démocratie digne de ce nom, ce procès mal géré aurait eu pour conséquence sa libération automatique. »

En mars 2011, la Française a déposé un ultime recours auprès de la Cour suprême du Mexique. C'est, elle le sait, sa dernière chance. Nicolas Sarkozy continue de lui téléphoner très souvent : « Il la traite comme si elle était sa fille. » En octobre, le président du Sénat mexicain (celui qui lui avait conseillé de n'en rien dire à la tribune), reçu à l'Élysée, a promis : « On trouvera une solution. » Lui aussi a changé d'avis sur l'affaire.

À Mexico, un collectif d'ONG et d'avocats instruisent des plaintes contre Calderon [1]. Ils veulent saisir le Tribunal pénal international.

L'Élysée a relâché la pression. En espérant que la Cour suprême ne rendra sa décision qu'après juillet 2012, date de l'élection présidentielle au Mexique. Calderon ne se représente pas [2]. Son ministre de la Sécurité ne sera plus au gouvernement.

« Le Président nous a beaucoup aidés. Il a reçu les parents au moins une douzaine de fois. Il était plein d'humanité. Il ne fait pas semblant », apprécie Me Franck Berton.

L'obstination de Nicolas Sarkozy dans cette affaire ne surprend pas. « C'est son syndrome "Human Bomb", commentent ceux qui le connaissent. Maire de Neuilly, on le sait, il avait en effet risqué sa vie pour libérer des enfants de la maternelle pris en otage par un homme qui manifestait de tout faire sauter. »

---

1. 60 000 disparus pendant qu'il était au pouvoir.

2. Au Mexique le mandat présidentiel est de six ans et non renouvelable.

CHAPITRE 9

La Turquie et le génocide arménien

Compassion pour le peuple arménien, victime d'un génocide en 1915 ? Hostilité atavique envers les envahisseurs turcs auxquels ses ancêtres hongrois s'opposèrent, ce qui leur valut d'être renouvelés dans leurs titres de noblesse par l'empereur d'Autriche Ferdinand II en 1628 ? Mésentente permanente du président français avec le chef du gouvernement turc, qu'une dépêche diplomatique américaine qualifiait en 2009 de Sarkozy turc ? Agacement provoqué dans la toute récente affaire libyenne par l'attitude de Recep Erdogan, qualifiant l'intervention militaire française d'« action pour le pétrole » ? Paris avait constaté que les deux navires militaires turcs déployés au large de Benghazi s'employaient non pas à faire respecter l'embargo contre le régime Kadhafi, mais à empêcher que des armes parviennent à la rébellion. Du sabotage ! Il avait fallu une médiation de la Secrétaire d'État américaine Hillary Clinton pour aplanir le contentieux.

Conviction que ce pays n'est pas européen « mais d'Asie mineure » ?

Crainte de se faire doubler dans la recherche des voix arméniennes (plusieurs centaines de milliers) par la gauche, plusieurs fois à l'initiative. D'abord en 2001, sous le gouvernement Jospin. Pour faire reconnaître par la loi le génocide arménien[1]. Et ensuite pour punir de lourdes peines ceux qui en nieraient l'existence. En 2006, Didier Migaud avait déposé une proposition de loi visant à punir cela de cinq ans d'emprisonnement et de 45 000 euros d'amende. Votée à l'Assemblée nationale, elle n'a jamais été inscrite au Sénat[2].

Il est impossible, bien sûr, d'établir une hiérarchie entre les multiples raisons petites ou grandes – cette liste n'est d'ailleurs pas limitative – qui ont pu pousser le président français à encourager l'inscription à l'ordre du jour de l'Assemblée nationale de la proposition de la députée UMP, Valérie Boyer (élue de Marseille, ville où la communauté arménienne est très importante), visant à frapper de lourdes peines les « négationnistes » : ceux qui nieraient le génocide

1. Loi votée à l'unanimité. Soutenue par Jacques Chirac et Lionel Jospin qui, par ailleurs, avaient appuyé à Helsinki l'adhésion de la Turquie à l'Union européenne. Ce que refuse toujours Nicolas Sarkozy.

2. À l'occasion d'un meeting à Alfortville le 26 septembre, François Hollande, candidat à la primaire, annonçait qu'il demanderait « à la majorité de gauche au Sénat de reprendre la proposition ». Lors de ce meeting il recevait le soutien pour 2012 de Mourad Papazian, premier secrétaire du Parti socialiste arménien en France.

arménien risqueraient un an de prison et 45 000 euros d'amende.

En octobre, Nicolas Sarkozy avait entrepris un voyage qui l'avait mené en Géorgie où une foule de cent mille personnes l'avait acclamé pour son action en faveur de la paix. Puis en Azerbaïdjan, le Dubaï du Caucase (il n'y avait passé que deux heures) et en Arménie, qui était la première étape de son voyage (un séjour de 24 heures). Charles Aznavour et plusieurs personnalités françaises d'origine arménienne avaient été conviés au voyage. Reçu en grande pompe à Erevan, capitale de l'Arménie, il n'avait pas évoqué le négationnisme du génocide dans son discours prononcé devant trente mille personnes.

Ce qu'il allait faire quelques heures plus tard.

« Je sais exactement quand le Président a pris sa décision de légiférer [1], révèle un conseiller de l'Élysée : il venait de visiter le mausolée dédié au génocide. Un lieu tragique. Il a été saisi par l'émotion. On le voyait, c'était physique. Il est allé planter un arbre en mémoire des victimes, quand il a été interpellé par un Français d'origine arménienne sur le négationnisme. Il a aussitôt rétorqué : c'est insupportable. Il faut que la Turquie regarde son histoire en face et reconnaisse dans un délai assez bref le génocide arménien. Et il a ajouté : "Si la Turquie ne fait pas ce geste de paix, ce pas vers la réconciliation, j'envisagerais alors de proposer l'adoption d'un texte de loi, réprimant spécifiquement la négation du génocide arménien." »

---

1. Il s'y était engagé durant sa campagne en 2007.

Le Président aurait donc réagi sous le coup de l'émotion. Les ministres qui l'accompagnaient sont fort surpris. Et plus encore Alain Juppé : « Avant son départ pour l'Arménie, le Président nous avait dit : on a déjà reconnu le génocide par une loi. C'est très bien. On s'arrête là. »

En Conseil des ministres, le ministre des Affaires étrangères marquera clairement ses réticences. Mais le dernier mot, bien sûr, revient au Président.

Et c'est ainsi que le 22 décembre, la loi est adoptée à l'Assemblée nationale. Ce vote est reçu comme une gifle à Ankara. « Cela va ouvrir des plaies profondes, impossibles à refermer dans nos relations bilatérales, s'emporte le Premier ministre Recep Erdogan qui accuse la France de génocide en Algérie. Il promet des sanctions économiques [1].

Nicolas Sarkozy avait pourtant amorcé un rapprochement avec la Turquie. Barack Obama [2] le lui conseillait à chaque rencontre. Pour de multiples raisons : ce pays musulman de 80 millions d'habitants est une puissance stable dans un Orient de plus en plus compliqué. Il est en plein essor économique,

1. Les échanges avec la Turquie se montent à 12 milliards d'euros. Les échanges avec l'Arménie : 34 millions d'euros.

2. En 2008, lors de sa campagne, Barack Obama avait lui aussi promis de reconnaître le génocide arménien. En 2009, un communiqué de la Maison Blanche le qualifiait d'« une des grandes atrocités du XXe siècle » mais pas de « génocide ». Obama a renoncé. « Il a voulu ménager la Turquie », ont déploré les Arméniens. En mars 2010, une commission du Congrès américain a reconnu le génocide des Arméniens. Ankara avait multiplié les pressions pour empêcher ce vote.

pousse ses avantages en Afrique du Nord et même au sud du Sahara. Autant de raisons pour que la Turquie ne soit pas négligée dans la politique méditerranéenne de la France.

Alain Juppé a toujours revendiqué une proximité intellectuelle et affective avec la Turquie. Devenu ministre des Affaires étrangères il est considéré comme un « turcophile [1] ». C'est à ce titre qu'il a été chargé par l'Élysée de créer les conditions de l'apaisement. En novembre, il a effectué une visite remarquée à Ankara. Recep Erdogan l'a reçu pendant plus d'une heure en faisant montre d'une grande cordialité. « J'avais une commande de cent Airbus », dit le ministre. De son côté, Claude Guéant s'est engagé à multiplier les efforts policiers contre les réseaux d'un parti kurde en France. Les choses semblaient en bonne voie. Patatras !

Dans la majorité, les critiques s'expriment à peine voilées. « Un projet inopportun », lâche Bernard Accoyer, le président de l'Assemblée nationale, qui a toujours clamé son hostilité aux lois mémorielles. Ladislas Poniatowski, le président de la Commission des affaires étrangères, emploie le même mot : « inopportun ». François Fillon est lui aussi plus que réservé. Est-ce judicieux en période de crise économique de se fâcher avec un pays client ? Le projet divise aussi les socialistes : « Ce texte, vous le savez,

---

1. Il est président du haut comité de parrainage de l'Université Galatasaray à Istanbul, un poste qu'occupait avant lui Raymond Barre. Il s'agit de la troisième université turque où l'on enseigne en français.

est anticonstitutionnel. Maintenant qu'existe une question prioritaire de constitutionnalité, il y aura un recours et cette loi s'effondrera comme un château de cartes. Dans la course folle au communautarisme, certains d'entre nous doivent dire stop », s'insurge Jean Glavany, député PS des Hautes-Pyrénées, s'attirant une vive réplique de ses collègues socialistes présents.

Au terme de quatre heures de discussions, la proposition est soumise au vote à main levée. Patrick Ollier, le ministre des Relations avec le Parlement qui défendait la loi[1], a laissé la liberté de vote aux députés. Elle est largement adoptée. Dans la cour du Palais-Bourbon, les invités arméniens s'étreignent, applaudissent et saluent ce jour de « reconnaissance ».

Il se murmurait que le texte ne serait pas inscrit à l'ordre du jour du Sénat et, donc, probablement pas voté avant les présidentielles. Après quelques hésitations, il est vrai, le Sénat, désormais à majorité de gauche, a décidé à son tour de s'emparer de la loi en janvier. Le débat a été rude. « Je suis resté plus de sept heures et demie à mon banc, dit Patrick Ollier, pour une loi de deux articles et qui faisait quatorze lignes. » Le texte est finalement adopté par les deux Assemblées. Le Conseil constitutionnel pourrait-il

1. Le rôle aurait dû revenir à Michel Mercier, le ministre de la Justice. Seulement quelques mois plus tôt, à la demande du gouvernement, quand le sénateur Lagauche avait proposé un projet similaire au Sénat, le ministre s'y était opposé au nom du gouvernement. Il ne pouvait donc pas se dédire.

l'annuler ? Bernard Accoyer, pourtant hostile à la loi, a prévenu qu'il ne le saisirait pas.

« Une loi discriminatoire et raciste », ont été les premiers mots du Premier ministre Recep Erdogan qui attend la promulgation définitive de la loi pour mettre en œuvre les sévères rétorsions économiques annoncées en décembre contre Paris.

Pour tenter d'apaiser son courroux, le 18 janvier Nicolas Sarkozy a pris la plume et écrit au Premier ministre turc pour s'expliquer : « La France, non sans mal, a fait ce qu'elle estimait être son devoir en assumant sa responsabilité dans la traite négrière, en reconnaissant le concours de l'État français dans la déportation des Juifs de France ou installés en France pendant l'Occupation. J'ai pour ma part en 2007 dénoncé à Constantine, en terre algérienne, les souffrance indicibles et la brutalité aveugle de la colonisation française en Algérie. » En clair la France regarde son Histoire en face, pourquoi pas vous ? « Je souhaite que nous sachions faire prévaloir la raison et maintenir notre dialogue, comme il sied entre deux pays amis et alliés. Sachez que la France y est de son côté pleinement disposée. »

Rebondissement : le 31 janvier, plus de 70 sénateurs et 65 députés (dont 52 UMP et Nouveau Centre) ont déposé un recours en annulation devant le Conseil constitutionnel qui a un mois pour statuer. Ce recours bloque la promulgation de la loi par le président de la République. « C'est une démarche conforme à ce qu'est la France, a aussitôt commenté le Premier ministre Erdogan. Cela va permettre, dit-il, aux relations franco-turques de se détendre. »

Fin de l'histoire ? Qui peut le dire. Les choses s'avèrent plus complexes. Une directive européenne pas encore transposée en droit français, mais qui doit l'être, punit de manière beaucoup plus large la négation de tous les génocides.

Conclusion

« Il faut du temps pour entrer dans une fonction comme celle que j'occupe, pour comprendre comment cela marche, pour se hisser à la hauteur d'une charge qui est, croyez-moi, proprement inhumaine [1]. »

Au bout du compte, les Français auront apprécié chez lui l'énergie, le mouvement, l'imagination, l'authenticité.

Mais dans le même temps, ils auront appris à se défier, voire à exécrer son impulsivité, sa logique de défi permanent, sa véhémence, et son inaptitude à maîtriser toujours cette majesté du verbe et du comportement qui sied à un monarque républicain.

Finalement – en attendant la suite ? – sa personnalité fascine autant qu'elle indispose, mais elle captive toujours sans lasser. Car il crée sans cesse l'événement, convoque ses opposants sur son terrain, a toujours sur eux deux temps d'avance. De l'art de changer de pied et d'ordonner le jeu.

---

1. Nicolas Sarkozy, *Le Nouvel Observateur*, juillet 2009.

Ce quinquennat aura glissé trop vite entre ses doigts. « À la vitesse de la lumière », dit-il. Cinq ans : à peine un battement de cils. Et pourtant, que de bouleversements dans cette brièveté : divorce, remariage, paternité, crise financière, crise européenne, récession. Et en face, une irrésistible ascension de la gauche (pas une élection hexagonale [1] gagnée par son camp depuis les législatives de 2007).

Beaucoup espéraient que son volontarisme suffirait à retourner la France et à la sortir comme par enchantement des « Trente Piteuses » où elle s'était assoupie. Il serait injuste de croire qu'il n'y est pas, en partie, parvenu. « Il a entrouvert beaucoup de portes. » Son bilan est bien meilleur que ne le claironnent ses adversaires avec une froide férocité. Paradoxe tout de même : cet homme courageux et même téméraire jusqu'au dernier instant aura été entravé par une trop grande retenue qui s'ajuste mal à son tempérament. Un audacieux trop craintif ? Cet oxymore pour fabuliste pourrait résumer son règne. À cause de lui ? Ou en raison de ce qu'est la France, un pays monarchiste qui décapite les rois ?

Ces déceptions au plan intérieur sont compensées par l'éclat du « sarkozysme international », où son leadership, reconnu maintes fois, fait merveille. Géorgie, Libye, Côte-d'Ivoire, crise des subprimes, puis de l'euro, il s'est révélé être un grand Européen. Chaque fois, sa détermination, sa capacité à entraîner les autres, à leur dire les choses en face, sa prise de

1. L'UMP est arrivée en tête aux élections européennes de 2009.

risque maximale, ont fait bouger les lignes. Et toujours provoqué le succès.

Dans cette aventure, ses deux qualités les plus fiables ont été son imagination et sa résistance physique proprement surhumaine. Nicolas Sarkozy a adoré « le job » de Président. « Le pouvoir ne fatigue pas, dit-il, c'est l'opposition qui épuise. » Or, de ce pouvoir il n'a pas joui avec l'impudeur hédoniste d'un Bill Clinton. Ce supposé « bling-bling », une fois exilé en son palais, aura mené une vie austère de Président le plus travailleur de la Ve République post-gaulliste. Mais il avait prévenu : « J'ai toujours fait du travail la valeur cardinale de ma vie. »

Le plus étonnant, après un tel régime, c'est qu'il en redemande.

Besoin d'adrénaline ? Et pour quoi faire ? Il faudra qu'il le dise, car on ne mobilise pas une vieille nation sur un taux de TVA. Où veut-il la mener ?

Son destin dépend désormais des autres autant que de lui-même.

« Un homme normal », tel que s'est défini François Hollande, peut-il, va-t-il déjouer ses attentes ? Est-ce lui que la France désire ? Ou choisira-t-elle, au contraire, de prolonger le bail de ce personnage hors du commun ? En attendant, devant le candidat-Président qui a le don de capter la lumière et d'affadir les autres acteurs de la vie politique, devant son survoltage perpétuel et son appétit toujours aussi aiguisé après tant d'épreuves, on s'interroge : les Français, eux, ne sont-ils pas rassasiés ? Auquel cas, on songerait au mot de Napoléon : « La balle qui me tuera portera mon nom. »

[illegible] ont [illegible] les lignes [illegible]

[illegible]

Dans cette [illegible]

[illegible]

[illegible] tous les [illegible]

[illegible]

ANNEXES

ANNEXE 1

La réforme de la Constitution

Alors qu'il vient comme on le sait de prendre la présidence de l'Union européenne, Nicolas Sarkozy en ce mois de juillet est animé d'un autre grand souci. « Matin, midi et soir il ne fait plus que cela », note un ministre, qui oublie un peu vite le reste. Quoi « cela » ? Il téléphone lui-même aux parlementaires pour les inciter à voter la réforme constitutionnelle qu'il avait annoncée durant sa campagne.

Dès son arrivée à l'Élysée, il a créé dans ce but une commission confiée à son ancien mentor Édouard Balladur, lequel préconisait l'instauration d'un véritable régime présidentiel, suggestion refusée par Nicolas Sarkozy. L'idée de base étant le rééquilibrage des pouvoirs entre le Parlement et l'exécutif. Le primat de celui-ci n'étant pas remis en cause, il n'empêche que le Président souhaiterait pouvoir s'exprimer directement devant l'Assemblée ou le Sénat, comme cela se fait aux États-Unis. En revanche, les prérogatives du Parlement seraient renforcées par un certain nombre de mesures, peu visibles pour les citoyens peut-être mais d'une efficacité certaine : ainsi, la fixation de l'ordre du jour des assemblées serait partagée entre majorité et opposition, les projets de loi gouvernementaux seraient discutés en séance tels que les commissions compétentes les auraient amendés, les nominations aux principaux emplois publics par le Président seraient soumises au Parlement. Celui-ci en outre devrait être informé dans les trois jours de l'intervention des armées. Et son autorisation serait nécessaire – comme on le verra en 2011 à propos de la Libye – si celle-ci se prolongeait au-delà de quatre mois.

D'autres mesures amélioreraient les droits des citoyens : la possibilité pour eux de saisir le Conseil constitutionnel sur la conformité d'une nouvelle loi à la Constitution. Ou encore, la réforme du Conseil supérieur de la magistrature (le président de la République cédant la place au président de la Cour de cassation et au premier procureur général).

Bref, la Commission Balladur a pour mission d'enfanter une réforme de la Constitution comme on n'en a pas vu depuis celle qui, en 1962, soumettait au suffrage universel le choix du président de la République.

À première vue, un tel texte devrait être voté assez facilement par le Congrès, puisque le Président est assuré d'avoir à l'Assemblée une majorité et que le Sénat n'est pas encore passé à gauche. Seulement voilà : un tel texte doit rassembler les trois cinquièmes des voix du Congrès. Or, des réticences se manifestent au sein même de la majorité chez des parlementaires très attachés à la Constitution promue par le général de Gaulle. Ils jugent que donner trop de pouvoir au Parlement reviendrait à paralyser l'exécutif. Tandis que la gauche estime ses pouvoirs trop minces, « un pourboire », dira Robert Badinter.

Ministre des Relations avec le Parlement, Roger Karoutchi, lui, fait ses comptes : l'affaire va se jouer à une poignée de voix près. C'est pourquoi le Président, en ce mois de juillet, a pris les choses en main et téléphone lui-même aux parlementaires les plus hésitants. Et dans sa longue interview au *Monde* du 17 juillet (celle où il évoquait, on l'a vu, les problèmes de l'armée), il fait des concessions à la gauche. La plus symbolique, signe des temps, est la possibilité pour l'opposition de répondre à la télévision chaque fois qu'il se sera lui-même exprimé sur une question de politique intérieure. (Il est vrai que les journalistes faisant leur travail, cette pratique existe déjà.) Plus important ? Nicolas Sarkozy se déclare ouvert à une évolution du mode de scrutin sénatorial qui favorise depuis toujours une surreprésentation du monde rural, longtemps jugé plus conservateur (ce qui ne sera pas vérifié en 2011), les communes rurales, proches des villes, ayant en grandissant changé de population… Et de sensibilité politique.

Nicolas Sarkozy dit aussi espérer que certains parlementaires socialistes se rallieront : « Il y aurait une certaine forme de ridicule à ne pas voter une réforme dont ils n'ont cessé de rêver les contours sans jamais la mettre en œuvre. » Mais François Hollande, alors premier secrétaire du PS, raille ces annonces de dernière minute et doute de la possibilité (ou de la volonté ?) de changer le mode d'élection des sénateurs. « Cette réforme, dit-il, c'est la dérive présidentialiste du pouvoir qui se trouve vérifiée. »

Dix-sept députés socialistes parmi lesquels Manuel Valls, le député de l'Essonne, futur candidat aux primaires de son parti, se déclarent cependant dans une tribune publiée par *Le Monde* du 23 mai prêts à « donner une chance à la réforme ». Il y a aussi Jack Lang, vice-président de la Commission Balladur et toujours en quête d'un poste d'ouverture qui veut bien saluer le projet. Dans une lettre ouverte au président de la République que publie *Le Monde*, il proclame : « Pas une seule disposition ne constitue un recul pour les libertés, il y a des avancées audacieuses. » Et d'ajouter : « Le programme de Ségolène Royal sur les institutions pour la campagne présidentielle était très inférieur à ce projet du gouvernement. Après le départ de Jospin, plus personne au PS ne s'est sérieusement intéressé à ces questions. » Il est vrai que ce mitterrandiste fidèle a, par ailleurs, toujours regretté que Mitterrand oubliant ses promesses d'avant son élection de 1981 n'ait jamais réformé les tables de la loi gaulliste.

Lors du vote du projet, en deuxième lecture à l'Assemblée le 8 juillet, les députés du PS vont sur l'injonction du parti rentrer dans le rang et voter « non ». Sauf Jack Lang… Cohérent avec lui-même, il est vrai.

Un des plus ardents défenseurs du compromis, Gaëtan Gorce, député de la Nièvre et signataire de la tribune dans *Le Monde*, expliquera le changement d'attitude de son groupe en accusant Nicolas Sarkozy « de n'avoir pas su se placer à la hauteur du sujet ». Mais il l'avoue honnêtement : « Dans le contexte social et politique, je ne me vois pas servir d'appoint à Nicolas Sarkozy. » L'essentiel est dit. Olivier Biancarelli, chef de cabinet du Président, qui tente lui aussi de convaincre des socialistes, se verra répondre par l'un d'eux : « Ne comptez pas sur moi pour donner un brevet de démocratie à votre Président. »

Ce n'est pas le projet constitutionnel lui-même qui est mis en cause (sauf quelques points, la non-réforme du système électoral du Sénat par exemple), comme le soulignera Jean-François Copé : 21 dispositions demandées par le PS figuraient dans le projet de réforme. En vérité, les socialistes ont voté contre Nicolas Sarkozy. Son style et sa politique.

Convaincu de l'opposition socialiste, le Président s'était auparavant attaché à rallier les radicaux de gauche et y était parvenu en leur faisant miroiter la possibilité d'abaisser le seuil de vingt députés à quinze, pour permettre la constitution d'un groupe parlementaire.

Jean-Michel Baylet, sénateur du Tarn-et-Garonne et président du Parti radical de gauche, avait ainsi annoncé qu'il voterait une réforme comportant d'importantes avancées pour le Parlement : « S'il n'est pas parfait, explique-t-il, ce projet va oxygéner la vie démocratique. »

Alors que des parlementaires de la majorité se plaisent à répéter que le projet constitutionnel n'intéresse pas les électeurs, l'Élysée déploie aussi des trésors de diplomatie pour convaincre ceux d'entre eux qui se montrent encore réticents : dix-huit voix de l'UMP, treize députés et sénateurs ont manqué en première lecture. Pour quelques-uns d'entre eux, Nicolas Sarkozy abandonne même le téléphone pour le face-à-face. Il reçoit à l'Élysée Bernard Debré, Jacques Myard, Hervé de Charette, notamment. À dix jours du congrès qui doit réunir à Versailles les deux Assemblées, « rien n'est réglé », dit un de ses conseillers. Et de rappeler qu'en 1973, Georges Pompidou avait renoncé à instaurer le quinquennat faute de majorité. Mais Nicolas Sarkozy est toujours décidé à prendre le risque. En coulisses avec François Fillon, ils avaient déjà débloqué plusieurs obstacles. Ainsi, à la demande des sénateurs centristes, ils avaient accepté de faire figurer dans l'article 1 une phrase que ceux-ci réclamaient : « La loi garantit l'expression pluraliste des opinions. » Comme le souligne alors Michel Mercier, président du groupe centriste au Sénat (il deviendra ministre en 2011) : « Il ne s'agit pas pour nous d'imposer la proportionnelle, mais seulement… de la rendre possible. » Nuance !

Sept voix centristes manqueront pourtant à l'arrivée. Sans surprise, François Bayrou a voté contre. Six parlementaires UMP « villepinistes ou chiaraquiens, notamment » votent également « non ». Un député s'abstient.

Le projet est quand même adopté avec deux voix de plus que la majorité requise : « Jusqu'au compte des derniers bulletins, on ne savait pas comment le vote allait tourner », témoigne Bernard Accoyer, le président de l'Assemblée nationale, qui a participé au vote. Ce qui n'est pas prévu par les textes, mais il peut plaider : « Avant moi, Laurent Fabius, lorsqu'il était président de l'Assemblée nationale, avait lui aussi voté au Congrès. »

Deux voix, ça n'est vraiment pas beaucoup. Le projet est passé ric rac. Comme le souligne Jean-François Copé : « Souvent les très grandes réformes de notre pays ont été adoptées à une voix près. » Sa phrase faisait écho au célèbre amendement Wallon qui, en 1875, avait instauré la IIIe République à une voix de majorité.

Mission accomplie pour Nicolas Sarkozy qui lâche devant les députés : « C'est comme quand on a le bac sans mention. Au moins on l'a et on peut partir en vacances tranquille. »

ANNEXE 2

Lettre de Sarkozy à Erdogan

Le Président de la République

Paris, le 18 JAN. 2012

Monsieur le Premier ministre,

Comme vous, je suis très attaché aux relations que nos deux pays ont su nouer tout au long de l'histoire, et je souhaite aujourd'hui poursuivre le dialogue afin de progresser dans la compréhension mutuelle de nos intérêts respectifs.

Le 22 décembre dernier, l'Assemblée nationale a adopté une proposition de loi d'origine parlementaire visant à pénaliser la négation de tous les génocides reconnus par la loi française.

Dans quelques jours, le Sénat se prononcera sur le même texte. Je suis conscient de l'incompréhension que son approbation pourrait susciter en Turquie.

C'est pourquoi, dans un souci de transparence et d'amitié, je tiens à porter à votre connaissance les éléments suivants.

Le but de cette loi qui s'applique avant tout en France ou aux ressortissants français est de protéger la mémoire des membres de notre communauté nationale qui ont eu trop longtemps le sentiment que l'on niait la réalité de ce que leurs ancêtres avaient vécu et de les aider ainsi à refermer les plaies ouvertes il y aura bientôt 100 ans. Elle permettra aussi progressivement de protéger toutes les mémoires blessées.

Cette démarche s'inscrit dans un mouvement général de notre droit qui vise à pénaliser les propos racistes ou xénophobes. Dans sa rédaction, ce texte ne vise nullement un peuple ou un Etat en particulier. Les auteurs du texte y ont veillé, car ils savent aussi les souffrances endurées par le peuple turc dans le contexte de la disparition de l'empire ottoman, puis de la Première Guerre mondiale.

Monsieur Recep Tayyip ERDOGAN
Premier ministre de la République de Turquie

Par définition, les enjeux de mémoire sont toujours des sujets complexes et douloureux quand ils se rapportent à des événements tragiques.

La France a, non sans mal d'ailleurs, fait ce qu'elle estimait être son devoir en assumant sa responsabilité dans la traite négrière, en reconnaissant le concours de l'Etat français dans la déportation des juifs de France ou installés en France pendant l'occupation. J'ai, pour ma part, en 2007, dénoncé à Constantine, en terre algérienne, les souffrances indicibles et la brutalité aveugle de la colonisation française en Algérie.

Je forme le vœu que la Turquie voudra bien prendre la mesure des intérêts communs qui unissent nos deux pays et nos deux peuples. Au-delà de l'ampleur de nos échanges commerciaux et de nos investissements, qui profitent à chacun et qui s'insèrent dans les règles de l'Organisation mondiale du commerce ainsi que dans celles de l'accord d'association et de l'union douanière entre l'Union européenne et la Turquie, je pense à la qualité de notre coopération dans la lutte anti-terroriste contre le PKK et à la valeur ajoutée qu'apporte la coordination de nos actions dans la gestion des crises, au Moyen-Orient notamment. Je pense également à la richesse de notre coopération dans le cadre de l'Alliance atlantique et au sein du G20, dont la Turquie assurera la présidence en 2015, comme nous l'avons décidé ensemble lors du Sommet de Cannes.

Je souhaite ainsi que nous sachions faire prévaloir la raison et maintenir notre dialogue, comme il sied entre deux pays amis et alliés. Sachez que la France y est de son côté pleinement disposée.

Je vous vous prie de croire, Monsieur le Premier Ministre, à l'assurance de ma haute considération.

Nicolas SARKOZY

Table

2009
LE BRUIT ET LA FUREUR

2010
ON SE CALME…

2011
DANS L'ŒIL DU CYCLONE

ANNEXES

Du même auteur :

La Double Méprise, Grasset, 1980.
Le Noir et le Rouge, Grasset, 1984. Prix Aujourd'hui 1984.
Les Sept Mitterrand, Grasset, 1988.
Le Dauphin et le Régent, Grasset, 1994.
Un pouvoir nommé désir, Grasset, 2007.

PAPIER À BASE DE FIBRES CERTIFIÉES

Le Livre de Poche s'engage pour l'environnement en réduisant l'empreinte carbone de ses livres. Celle de cet exemplaire est de :
650 g éq. CO_2
Rendez-vous sur www.livredepoche-durable.fr

Composition réalisée par FACOMPO (Lisieux)

Achevé d'imprimer en janvier 2013 en France par
CPI – BRODARD ET TAUPIN
La Flèche (Sarthe)
N° d'impression : 71506
Dépôt légal 1re publication : janvier 2013
LIBRAIRIE GÉNÉRALE FRANÇAISE
31, rue de Fleurus – 75278 Paris Cedex 06

31/7470/3